수의사 헤리엇의 개 이야기

James Herriot's Dog Stories

# 수의사 헤리엇의
# 개 이야기

제임스 헤리엇 지음 | 김석희 옮김

아시아

**일러두기**

1. 본문의 주는 모두 역주이며, 따로 표시 없이 괄호 속에 작은 글자로 넣었다.
2. 외국의 인명과 지명은 '외래어 표기법'에 따랐다.

차례

# 머리말

개에 관한 이야기만 따로 엮어서 이렇게 책장을 넘기고 있자니, 완전히 한 바퀴 돌아서 다시 원점으로 돌아온 듯한 느낌이 든다.

나는 어릴 적부터 개에 반해서, 무슨 일이 있어도 개를 돌보는 의사가 되겠다는 꿈을 불태웠다. 그런데 결국에는 소나 말이나 양이나 돼지의 병을 치료하면서 평생을 보냈다. 그런 내가 인생의 황혼기를 맞아 개 이야기를 책으로 펴내게 되었으니, 몇 가지 설명을 해둘 필요가 있을 것 같다.

이야기는 아주 간단하다. 글래스고에서 보낸 소년 시절에 나는 우리 개든 남의 개든 많은 개와 관계를 가졌다. 우리 집은 글래스고 변두리에 있었는데, 시가지가 끝나고 전원 풍경이 펼쳐지기 시작한 서쪽 변두리였다. 창문으로는 굽이굽이 이어지는 언덕들이 보였다. 북쪽에는 킬패트릭 구릉과 캠프지 산맥이 있었고, 클라이드 강 너머로는 닐스틴 고개가 보이고, 남쪽에는 바헤드 너머로 언덕들이 보였다. 그 초록빛 언덕들이 나를 손짓해 부르는 듯했다. 언덕들은 꽤 멀리 떨어져 있었지만 나는 자주 걸어서 언덕에 가곤 했다. 언덕마루에 올라서면 아가일 지방의 호수와 산들이 바라보였다. 이제 와서 생각해보면 엄청난 거리였다. 하루에 50

킬로미터나 걸은 적도 많았다. 그리고 댄이 언제나 나와 함께 있었다. 댄은 윤기 나는 털에 날씬하고 아름다운 아이리시세터였다. 그리고 나처럼 산에 가기를 좋아했다.

대개는 학우들도 함께 갔다. 늦게까지 해가 지지 않는 화창한 여름날, 개들이 한데 어울려 장난을 치고 즐겁게 노는 것만 보아도 유쾌했다. 그렇게 어린 나이에도 나는 개의 성격과 행동에 강한 관심을 가지고 있었다. 나에게 개는 무심하게 보아 넘길 수 있는 당연한 존재가 아니었다. 개는 왜 그렇게 인간에게 헌신적일까? 개는 왜 사람과 어울리기를 좋아하고, 주인이 집에 돌아오면 그처럼 반갑게 맞이할까? 개는 왜 우리가 집에 있을 때나 밖에 나갈 때나 우리와 함께 있기를 좋아할까? 개도 결국 동물이다. 따라서 동물답게 먹이를 찾거나 제 몸을 지키는 데 가장 큰 관심을 가져야 하지 않을까. 그런데 개들은 인간에게 끝없는 애정을 쏟고 충성을 바친다.

게다가 개는 모양도 크기도 색깔도 다양하지만, 기본적으로는 똑같은 특징을 갖고 있다. 도대체 무엇 때문일까?

나는 그 무렵에 애독했던 『아동백과사전』을 조사하여, 개가 수천 년 전부터 인간의 친구였다는 사실을 알았다. 그것은 전혀 놀라운 일이 아니었다. 고대 이집트인도 개를 귀여워했고, 석기시대에 개는 이미 가족의 일원이었다. 개의 조상이 이리나 늑대라는 것도 알았다. 모두 흥미로운 이야기였지만 개의 매력을 충분히 설명해주지는 못했다. 나의 궁금증은 여전히 풀리지 않았다. 나는 늘 개와 함께 지내면서, 가능하면 개와 관련된 일을 하면서 평생을 보내고 싶었지만, 그것은 막연한 꿈이나 소망일 뿐 구체적으로 어떻게 하면 그 소망을 이룰 수 있는지는 알지 못했다.

그 막연한 소망이 구체적인 형태를 갖추기 시작한 것은《메카노 매거진》(1916~81년에 발간된 소년용 취미 잡지)에서 '수의학'이라는 기사를 읽었을 때였다. 그래, 바로 이거야. 수의사가 되면 개를 돌봐주고 병을 치료해주고 목숨을 살려주면서 평생을 개와 함께 지낼 수 있어. 생각만 해도 너무 행복해서 현기증이 날 정도였다.

　이 새로운 진로에 대해 아직 결정을 내리지 못하고 있을 때, 글래스고 수의과대학 학장인 화이트하우스 박사가 우리 학교에서 강연을 했다. 지금 수의과대학에 들어가려고 머리를 싸매고 공부해도 뜻을 이루지 못하고 있는 수많은 젊은이들이 이 이야기를 들으면 속이 상하겠지만, 당시에는 수의과대학 교수들이 곳곳을 돌아다니며 학생을 모집하려고 필사적이었다. 이유는 단순했다. 1930년, 영국은 지독한 불황에 빠져 있었다. 사람들은 요즘처럼 반려동물을 키울 경제적 여유가 없었고, 수의사의 주요 수입원이었던 짐말은 거리와 들판에서 급속히 자취를 감추어가고 있었다. 아무도 수의사를 필요로 하지 않았다.

　하지만 화이트하우스 박사는 수의사라는 직업이 바람 앞의 등불 같은 신세라는 것을 결코 인정하려 하지 않았다. 수의사가 되면 큰돈을 벌 수는 없겠지만 나름대로 성취감을 맛보면서 변화무쌍하고 따분하지 않은 인생을 보낼 수 있을 거라고 말했다.

　나는 그 낚싯바늘에 걸려들었다. 이제 나는 평생을 바치고 싶은 일이 무엇인지를 정확히 알았지만 눈앞에 놓인 걸림돌도 만만치 않아 보였다. 수의사는 과학적 직업인데 나는 이과에는 도무지 소질이 없었다. 잘하는 과목은 어학이었고, 물리학이나 화학을 배우는 학생들과는 이미 다른 진로를 걷고 있었다. 당시 나는 열다섯 살이었고, 1년 반 뒤에는 대학입학

자격시험을 치러야 했다. 이제 진로를 바꾸기에는 너무 늦었다.

방법은 하나뿐이었다. 나는 수의과대학으로 화이트하우스 박사를 찾아갔다. 그분은 우람한 체격에 유머 감각이 뛰어난 온화한 노신사였다. 내가 장황하게 털어놓는 고민을 그분은 느긋하게 들어주었다.

"저는 개를 무척 좋아합니다. 그래서 개를 상대하는 일을 하고 싶습니다. 그래서 수의사가 되고 싶은데, 제가 학교에서 배우는 과목은 영어와 프랑스어와 라틴어이고, 과학 과목은 전혀 배우지 않습니다. 그래도 수의과대학에 들어올 수 있나요?"

박사는 빙긋 웃었다.

"물론이지. 대입자격시험에서 두 과목만 합격하면 돼. 그 과목이 무엇이든 상관없어. 물리학과 화학과 생물학은 대학에 들어와서 배우면 돼."

요즘 학생들은 믿을 수 없겠지만 박사의 말씀은 나에게 생명줄이었다.

"세 과목은 합격할 자신이 있습니다."

"그거 잘됐군. 그렇다면 아무것도 걱정할 거 없다."

나는 잠시 망설이다가 물어보았다.

"수학에는 영 소질이 없는데, 수의사가 되려면 수학을 잘해야 하나요?"

그러자 박사는 활짝 미소를 지으면서 대답했다.

"그날 번 돈을 계산해야 하니까 덧셈만 알면 돼."

그것으로 내 진로는 결정되었다. 목표가 내 눈앞에 뚜렷이 나타났다. 어쨌든 나는 세 과목에서 합격했고, 글래스고 수의과대학 학생이 되었다. 개 의사가 되는 길을 걷기 시작한 것이다.

내가 어떤 개 의사가 될지는 벌써 알고 있었다. 고등학교를 졸업하고 대학에 들어갈 날을 기다리는 여름방학 동안, 나는 줄곧 미래의 내 모습을 상상했다. 마스크를 하고 수술 가운을 입고 산뜻한 수술실에 서 있는 모습을 눈앞에 생생히 떠올릴 수 있었다. 나는 간호사들에게 둘러싸여 있고, 수술대 위에는 나의 멋진 수술 덕분에 건강을 되찾은 개가 누워 있다. 때로는 가운을 입고 얼룩 하나 없는 진료실에서 차례로 들어오는 크고 작은 개들을 보살피기도 한다. 꼬리를 흔드는 개도 있고 고통에 짓눌려 슬픈 표정을 짓는 개도 있지만, 모두 매력적이고 내 도움을 필요로 한다. 그것은 천국처럼 기쁨이 넘치는 미래였다.

그런데 대학에 입학해보니 대학 당국은 내 꿈을 실현시켜줄 의도가 전혀 없었다. 그들은 나를 위해 다른 길을 준비해놓고 있었다. 나는 말 의사가 되어야 할 운명이었다.

세상에 근본적인 변화가 일어나고 있는데 수의학은 구태의연하게도 여전히 말에 모든 공부의 초점을 맞추고 있었다. 동물의 우선순위는 첫째가 말, 그다음이 소·양·돼지, 그리고 마지막이 개였다. 그 우선순위는 교과서를 읽을 때마다 주문처럼 되풀이되어 우리 머릿속에 주입되었다. 셉티머스 시슨의 고전적 명저인 『가축 해부학』을 펼치면 우선 말의 골격과 근육과 소화기관 따위가 상세히 기술되어 있고, 소에는 그 분량의 5분의 1을 할애하고, 그다음이 양과 돼지였다. 개는 가엾게도 맨 마지막으로 밀려나 있었다.

오늘날 글래스고 대학교 수의학부는 근대적인 설비를 갖추고 훌륭한 교수들이 모여 있는 세계 최고의 수의과대학으로 꼽히고 있다. 하지만 50년 전의 글래스고 수의과대학은 전혀 달랐다. 당시 대학은 글래스고 시내의 수상쩍은 동네에 있는 낡은 건물을 교사로 쓰고 있었다. 천장이

낮고 길쭉한 그 건물은 말이 궤도차를 끌던 시절에 마구간으로 쓰였다고 한다. 확실히 마구간처럼 보였다. 외관을 개선하기 위해 노란색 페인트를 칠했지만 효과는 전혀 없었다.

교수님들도 몇 분을 제외하고는 나이 들어 은퇴한 수의사들이었다. 개중에는 가는귀이거나 지독한 근시이거나 가르치는 일에 별로 관심이 없는 노인네들도 있었다. 식물학과 동물학을 가르치는 교수님은 교과서를 소리 내어 읽는 게 전부였고, 그나마도 책장을 잘못 넘기기 일쑤였다. 하지만 우리가 고함을 질러 잘못을 일깨워줄 때까지 알아차리지도 못했다. 우리가 고함을 지르면 교수님은 안경 너머로 우리를 바라보면서 씩 웃어 보이고는 책장을 뒤로 넘기곤 했다. 당황하거나 부끄러워하는 기색은 전혀 없었다. 그래도 우리는 그 교수님을 무척 좋아했다.

학생들도 고등학교 때와는 달랐다. 대부분이 농부의 아들이었고, 헤브리디스 제도(스코틀랜드 서북쪽 해안에 있는 섬무리)에서 온 학생도 있었다. 북부의 산간지방에서 온 학생들은 거친 트위드 재킷을 입고 다녔지만, 예의바르고 진지했다. 북부 사투리가 섞인 목소리로 조용조용히 말했고, 자기들끼리 이야기할 때는 말이 당장 게일어(켈트어파에 속하는 언어군으로, 크게는 아일랜드 게일어와 스코틀랜드 게일어로 나뉜다)로 바뀌었다. 나를 포함한 나머지 학생들은 영국 전역의 도시에서 온 아이들이었다.

내가 가장 놀란 것은 어이없을 만큼 오랫동안 대학에 눌러앉아 있으면서도 학업에서는 거의 제자리걸음을 하고 있는 낙제생들이었다. 매컬런이라는 학생은 무려 14년이나 대학에 다녔지만 2학년으로 간신히 진급했을 뿐이다. 당시에는 그가 기록 보유자였지만, 그밖에도 10년 이상 대학에 다니는 학생이 많았다. 이유는 간단했다. 대학은 돈이 필요했다. 보

조금은 한 푼도 나오지 않았다. 그런데 시험에 낙제했다고 해서 학생을 쫓아내는 것은 당치도 않은 일이었다. 부모가 꼬박꼬박 등록금만 내주면 그 고참 학생들은 대학의 귀중한 수입원이었다. 14년 동안 대학에 다닌 매컬런은 특히 소중한 존재로 대접받았다. 그가 마침내 대학을 그만두고 경찰관이 되었을 때는 다들 못내 아쉬워했다.

유급생들은 늘 몰려다녔고, 휴게실에서 다리를 잘라낸 그랜드피아노를 테이블 삼아 포커 게임을 하면서 거의 모든 시간을 보내는 것 같았다. 말이 나온 김에 말이지만, 북부 출신 중에는 낙제생이 한 명도 없었다. 그들은 글래스고의 싸구려 셋방에서 오트밀과 청어자반으로 끼니를 때우고, 모든 강의에 빠짐없이 출석하여 연말에는 우등상을 받았다.

우리는 '말 조련의 원리'를 전수받았다. 그것은 말을 능숙하게 다루는 법과 능숙하게 타는 법으로 이루어져 있었다. 우리는 일주일에 한 번씩 마더웰 목장까지 차에 실려 가서 늙어빠진 말을 타고 들판을 뛰어다니다가, 오합지졸 기병대가 돌격하듯 철공소 사이의 좁은 길을 요란하게 빠져나가 간선도로의 차량들 사이에 끼어들곤 했다. 말을 타본 경험이 있는 학생은 거의 없었지만, 승마의 기초부터 가르쳐주는 배려 따위는 눈곱만큼도 찾아볼 수 없었다. 무턱대고 말 등에 올라앉은 우리는 당연히 사방으로 내동댕이쳐졌고, 헬멧도 쓰지 않은 머리로 착지하여 뇌진탕을 일으키는 학생이 속출했다. 나도 뇌진탕으로 며칠 동안 기억상실증에 걸렸다. 부모님은 내가 그동안 학교에서 배운 것이 모두 영영 사라져버린 게 아닐까 하고 진심으로 걱정하셨다.

해부학 교실에서 주로 해부되는 것도 물론 말이었고, 방대하고 복잡한 과목인 약물학을 지배하는 분위기도 역시 마찬가지였다. 약물학은 동물의 질병에 쓰이는 모든 약물의 효능과 용법을 연구하는 학문이다. 지금은 약리학이라고 부르고, 항생제와 설파제와 스테로이드를 주로 다룬다. 하지만 1930년대의 교과서에는 그런 약제 이야기가 한마디도 나오지 않았다. 아직 개발되지 않았기 때문이다. 내 딸애가 30년 전에 책갈피에 끼워둔 수많은 꽃잎을 조심스럽게 떼어내면서 책장을 넘겨보니, 지금은 전혀 쓰이지 않는 온갖 약물이 끝없이 나열되어 있다. 약물은 알칼리·중금속·비금속원소·산·탄소·탄소화합물·식물 등으로 분류되어 있고, 항목마다 라틴어 명칭과 함께 그 약물이 각 동물에 미치는 작용이 열거되어 있다. 동물의 순서는 역시 말·소·양·돼지, 그리고 마지막이 개다.

인간을 치료하는 의사는 인간 환자에 대한 약물 투여량만 배우면 되지만, 수의사는 다섯 가지를 알아야 한다. 그리고 내 낡은 교과서에 나타나 있는 우선순위는 보기만 해도 우울해지는 '말·소·양·돼지·개'의 순서다.

그러나 대학의 전반적인 분위기는 전혀 우울하지 않았다. 우울하기는커녕 더없이 유쾌하고 태평했다. 우리가 강의에 출석하든 말든 아무도 상관하지 않았다. 결정은 우리 학생들 자신에게 완전히 맡겨져 있었다. 많은 학생이 강의실보다는 휴게실의 그랜드피아노 주위에 둘러앉아 카드놀이를 즐겼고, 어쩌다 강의실에 들어가서도 카드놀이를 계속했다. 뒷자리에서 짤랑거리는 동전 소리 때문에 나이든 교수님의 시름없는 목소리를 알아듣기 어려울 때도 많았다.

우리는 소리를 지르고 웃어대고 물건을 이리저리 던지고 못된 장난을 치면서 나이 많은 교수님들을 무척이나 괴롭힌 것 같다. 조직학 교수님은 귀가 거의 들리지 않았지만, 강의 시간 내내 주위에서 왁자지껄한 소동이 벌어져도 전혀 개의치 않고 만족스러운 듯 우물거리는 목소리로 강의를 계속했다.

나는 이런 분위기가 재미있었다. 엄격한 고등학교 시절의 반동으로 거기에 따뜻한 매력을 느꼈고, 즐거운 마음으로 새로운 생활에 쉽게 빠져들었다. 그랜드피아노 주위에 둘러앉은 고참들은 신참을 환영했기 때문에 나는 포커판에 자주 얼굴을 내밀기 시작했고, 포커야말로 세상에서 가장 매력적인 일이라는 판단을 내리기까지는 그리 오랜 시간이 걸리지 않았다. 유일한 문제는 내가 매번 돈을 잃는다는 것이었다. 눈 깜짝할 사이에 빚까지 지게 되었다. 게임에 열중하여 차비와 점심값까지 탕진한 나는 외상을 요구했고, 문득 정신을 차리고 보니 갚을 길도 없는 빚을 각자에게 몇 실링씩 지고 있었다.

나는 죄책감에 시달리면서 내 처지를 곰곰 생각해보았다. 당시 나는 열일곱 살이었지만, 어릴 적에 읽은 교훈소설이 기억에 생생히 남아 있었다. 『에릭』이나 『서푼짜리 시계의 모험』 같은 소설은 노름 같은 나쁜 짓 때문에 파멸하는 소년의 이야기였다. 열심히 일해서 학비를 대주는 부모님께 보답은 못할망정 노름판에서 젊음을 낭비하고 있음을 생각하자 소설 주인공의 운명이 남의 일 같지 않았다. 나는 포커판을 피하고 엄격한 용돈 관리 체제에 들어갔다. 버스비와 전차비를 절약하기 위해 학교까지 걸어서 다니고, 점심은 구내매점에서 파는 싸구려 케이크 한 조각으로 때웠다. 그것은 명색만 케이크일 뿐, 실제로는 먹을 수 있는 납덩어리였다. 1페니짜리 케이크를 하나만 먹으면 입맛이 싹 달아나서 온종일 식욕을 억누를 수 있었다. 이리하여 겨우 빚을 청산할 수 있었다.

내가 좀스럽게 노름빚을 건네주자 돈을 받은 아이들은 깜짝 놀란 표정을 지으며 상당히 재미있어 했다. 덩치 큰 글래스고 출신 아이가 제 몫의 몇 실링을 주머니에 넣으면서 한 말이 그들의 감상을 여실히 표현하고 있을 것이다. 그는 킬킬거리면서 말했다. "노름빚을 갚다니! 네 앞날이 암담하구나!"

카드놀이는 내가 없어도 여전히 활기차게 계속되었지만 나는 멀리서 구경만 했다. 수많은 시험에 낙제한 역전의 고참병들, 친절하고 상냥한 그들을 나는 무척 좋아했다. 지금도 나는 그리운 마음으로 그들을 생각한다. 요즘에는 그런 사람을 찾아볼 수 없기 때문이다. 몇 년 동안 나는 수의사가 되기 위한 과정을 착실히 밟았지만, 그 고참 학생들이 차츰 줄어드는 것을 보면 슬퍼졌다. 몇 명은 학교를 그만두고 청소기 외판원이 되었다. 그들이 어떻게 지내는지 가끔 궁금해지곤 했다. 최고참인 매컬런은 경찰에 멋지게 자리를 잡은 게 분명했다. 네거리에서 교통정리를 하고 있는 그를 자주 보았기 때문이다. 그를 볼 때마다 반갑게 손을 흔들어주었다.

앞에서도 말했듯이 대학 수업은 대부분 웃음거리였고, 교과 과정은 중세 암흑기에 깊이 잠겨 있었지만, 밝은 면도 있었다. 실습을 많이 했다는 점이다. 대학에는 부속 병원이 없었기 때문에 우리는 밖에 나가 현실 세계에서 동물의 치료 과정을 관찰해야 했다. 실제로 졸업반이 되면 오전에만 한 시간 강의를 듣고 오후에는 외부에 나가 개업 수의사 밑에서 실습을 했다. 현실 세계에는 말은 거의 없고 개는 아주 많았다.

나는 운이 좋았다. 처음부터 훌륭한 수의사인 도널드 캠벨 밑에서 배운 것도 행운이었지만, 개 의사를 꿈꾸는 나에게 최고의 행운은 글래스고 시내 중심가에 있는 웨이퍼스 선생의 동물병원에서 일할 수 있었다는 것이다. 이제는 윌리엄 웨이퍼스 경이 되었고 신설된 글래스고 대학교 수의학부의 초대 학부장을 지낸 웨이퍼스 선생은 시대를 수십 년이나 앞선 선구자였다. 그분은 작은 동물만 치료하는 전문 병원을 세우고, 당시에는 꿈도 꿀 수 없는 수준의 시설을 갖추었다. 그분은 활력이 끝없이 솟아나는 쾌활한 사람이었고 누구에게나 호감을 주었다. 실습생들은 그분을 신처럼 숭배했다. 나는 아예 넋을 잃었다. 온종일 개와 고양이만 상대할 수 있었고, 멋진 수술실과 최고 수준의 뢴트겐 설비, 혈액검사와 세균검사 따위가 이루어지는 실험실을 보았을 때는 한 가지 생각밖에 떠오르지 않았다. 나도 언젠가는 이런 병원을 갖고 싶다는 생각뿐이었다.

이 실습 경험은 신의 선물이었지만, 그 시절에는 또 한 가지 이점이 있었다. 아직 수의사법이 제정되지 않아서, 수의사 자격이 없는 학생도 진료를 할 수 있었다는 점이다. 주말에 수의사 조수로 일하는 학생도 있었고, 나도 스무 살 때 꼬박 보름 동안 대리 진료를 했다. 수의사가 풋내기인 나한테 병원을 맡기고 휴가를 떠났기 때문이다. 그 보름이 1년처럼 길게 느껴졌지만 나에게 엄청난 도움이 되었다.

우리는 대학 수업에서 중요한 정보를 이삭 줍듯 주워 모았기 때문에, 그렇게 익힌 과학 지식을 실물에 적용할 수 있는 것은 깊은 만족감을 안겨주었다. 우리는 병리학을 철저히 배웠다. 근엄한 엠슬리 교수가 병리학 공부를 강조했기 때문이다. 엠슬리 교수는 노쇠한 개업 수의사가 아니라 한창 나이의 정력적인 지식인이었고, 자기 분야에 열정을 가진 위엄 있는 인물이었다. 체격이 건장한 그분이 짙은 눈썹 밑에서 이글거리는 눈으로 한 번 노려보기만 해도 우리는 모두 벌벌 떨었다. 나이든 교수들 시간에는 항상 소란을 피우는 녀석들도 엠슬리 교수한테는 고양이 앞의 쥐였다. 엠슬리 교수는 통렬한 유머와 우렁찬 고함으로 이따금 분노를 터뜨리면서 병리학을 우리의 머릿속에 우겨다짐으로 쑤셔 넣었다.

나도 다른 아이들처럼 엠슬리 교수를 무서워했지만, 한편으로는 고맙기도 했다. 병리학은 모든 동물 진료의 핵심이고, 내가 폐렴이나 신장병에 걸린 동물을 진찰하면서 질병 원인을 이해하려고 애쓰던 풋내기 시절에 병리학 지식은 베일을 벗기듯 진실을 밝혀주었기 때문이다.

수의사 자격증을 얻어 대학 문을 나설 때 나는 소중한 무언가를 영원히 잃어버린 듯한 상실감에 빠졌다. 나는 그 초라하고 낡은 건물에서 가장 행복한 시절을 보냈다. 대학 교육은 시대에 뒤떨어지고 많은 점에서 비효율적이었지만, 그 태평스럽고 느긋했던 시절은 지금도 내 마음속에 황금빛으로 빛나고 있다.

그리고 몇 십 년 뒤, 내 아들 지미가 수의과대학 학생으로 새로운 삶을 시작했다. 요크 역에서 지미를 배웅할 때 나는 딱 한마디만 했다.

"즐겁게 지내렴."

지미가 즐겁게 지낸 것은 알고 있지만, 나보다 즐거운 대학 시절을 보내지는 못했을 것이다.

이제 나는 이름 뒤에 'MRCVS(영국수의사협회 회원)'이라는 꼬리표를 달고 넓은 세상으로 나왔지만, 나를 기다리는 것은 차갑고 엄격한 세상이었다. 소싯적 환상이 아직도 고스란히 남아 있었던 것을 보면 나는 눈가리개를 하고 대학 시절을 보낸 게 분명했다. 나는 여전히 하얀 가운이나 수술복을 입고 간호사들에게 둘러싸여 눈부신 불빛 아래서 수술하는 내 모습을 머리에 그리고 있었다. 그 꿈을 실현하기가 어렵다고는 전혀 생각지 않았다. 작은 동물을 전문으로 진료하는 병원에서 조수로 경험을 쌓고, 돈이 좀 모이면 다른 수의사의 병원에 파트너(공동경영자)로 들어가거나 글래스고에 병원을 차리면 된다. 미래는 장밋빛이었다. 어디에서나 개들이 나를 기다리고 있었다.

하지만 막상 졸업한 나를 맞이한 것은 가혹한 현실이었다. 1930년대의 경제 불황이 아직도 검은 담요처럼 수의사라는 직업을 뒤덮고 있어서 수의사의 일자리는 없는 거나 마찬가지였다.『수의사 회보』에 구인광고가 나올 때마다 경쟁률이 80대1에 이르렀고, 겨우 일자리를 구한 사람도 쥐꼬리만 한 봉급에 만족해야 했다. 숙식을 제공받는다 해도 어엿한 자격증을 가진 수의사 월급이 단돈 100실링이었다. '구직광고란'에서 '먹여주고 재워주기만 하면 무보수로 일하겠다'는 끔찍한 광고를 보면 눈앞이 캄캄해졌다. 끊임없이 실리는 이런 광고는 나처럼 부모 슬하에서 벗어나기 위해서라면 무슨 짓이든 할 각오가 되어 있는 젊은이들의 가슴 아픈 비명이었다.

동창생들이 상점 점원이 되거나 조선소 노동자가 되는 것을 보면서 절망에 빠지기 시작했을 때 요크셔 데일스(영국 잉글랜드 북동부 요크셔 지방의 북쪽 지역. 고원과 골짜기가 아름답게 펼쳐져 있어서 '신이 내린 땅'이라는 말을 들었으며, 1954년에 국립공원으로 지정되었다.)에서 개업하고 있는 수의사한테서 나를 면접하고 싶다는 요청이 들어왔다. 나는 한달음에 달려가 채용되었다. 내가 얻은 행운을 도무지 믿을 수가 없었다. 그것은 나에게 생명줄이었다. 하지만 일곱 빛깔 무지개 같은 행복 속에도 작은 슬픔이 섞여 있었다. 내 환자는 농가의 말·소·양·돼지…… 모두 커다란 동물뿐이었다. 내 꿈은 어디로 갔는가?

하지만 너무 바빠서 그런 것은 생각할 겨를도 없었다. 말쑥한 차림으로 깨끗한 환경에서 일하는 젊은 수의사 선생의 환상은 순식간에 눈 녹듯 사라졌다. 나는 고무장화를 신고 진창과 거름 속을 돌아다니며 셔츠 바람으로 거대한 동물과 씨름하고, 발길에 차여 나가떨어지고 짓밟히면서 시간을 보냈다. 도시에서 자란 나는 시골에 대해서는 책에서 읽은 지식 밖에 가지고 있지 않았다. 난생처음 외딴 시골구석에 내던져진 나는 헤엄도 못 치는 주제에 깊은 물에 뛰어들어 어떻게든 물 위에 떠 있으려고 안간힘을 쓰는 꼴이었다. 농사일에는 깜깜한 내가 시골에서 제대로 수의사 노릇을 하려면, 평생을 가축과 함께 지내면서 나 같은 사람을 '책상물림'이라 부르며 무시하고 삐딱하게 보는 농부들에게 인정받아야 한다는 것을 절실히 깨달았다. 생활은 충실했다.

하지만 눈코 뜰 새 없이 돌아가는 일상에도 매력적인 요소가 하나 있었다. 나는 온종일 밖에서 일했다. 야외에는 햇빛과 맑은 공기가 있었고, 주위에는 예기치 않았기 때문에 더욱 매력적인 전원 풍경이 펼쳐져 있었다. 아무도 요크셔의 아름다운 자연에 대해 말해주지 않은 것이 놀라웠다. 바닥에 조약돌이 가득 깔린 맑은 강물 위로 우뚝 솟은 푸른 산, 회색 마을, 자줏빛 히스가 파도처럼 굽이치는 드넓은 황무지. 내가 우연히 맞닥뜨린 멋진 풍경은 아직 아무한테도 발견되지 않은 비경처럼 보였다. 그 넓은 풍경 속에 나 혼자 있을 때가 많았기 때문이다. 이곳에는 고독감이 있었다. 가슴 설레는 야생이 있었다. 나는 개 의사 대신 가축을 돌보는 운명을 선고받았다 해도 그 보상은 엄청나다는 것을 깨달았다.

날이 갈수록 이 느낌은 확신으로 변했다. 이것이 나에게 어울리는 생활이다, 이제 두 번 다시 도시로 돌아가지 않겠다고 나는 결심했다.

꿈을 실현하지 못하는 것이 좀 아쉽기는 했다. 나는 오랫동안 간직하고 있었던 꿈을 마음 한구석에 밀쳐놓았다. 그러다가 문득 이곳에도 도처에 개가 있다는 생각이 떠올랐다. 이 지방에 드문드문 흩어져 있는 마을들에는 개들이 매력적인 작은 세계를 이루고 있었다. 도시와 마찬가지로 이곳 사람들도 반려동물을 키웠다. 도시만큼 수가 많지는 않았지만, 큰 동물을 상대하는 틈틈이 기분전환 삼아 부업으로 삼기에는 충분했다. 그리고 놀랍게도 이곳 사람들은 나 같은 수의사가 나타나기를 기다리고 있었다. 말이나 소 같은 가축을 상대하면서 단련된 그 시대의 억세고 완고한 수의사들은 개나 고양이를 치료하는 일을 좀스럽게 생각했기 때문이다. 내가 개를 치료한 이야기를 하자 어느 늙은 수의사가 나를 깔보는 태도로 "그런 건 수의학이 아닐세" 하고 툴툴거린 일이 생각난다.

하지만 나한테는 그것도 훌륭한 수의학이었다. 그리고 내 고용주는 말이야기만 나오면 눈빛이 달라질 만큼 말을 좋아해서 개와 고양이는 모두 나한테 맡겼기 때문에 나는 마음껏 개와 고양이를 상대할 수 있었다. 그래서 1년쯤 뒤에는 소문이 널리 퍼져서, 반려동물을 진정으로 치료해주고 싶어 하는 수의사의 도움을 받기 위해 먼 길을 마다하지 않고 우리 병원을 찾아오는 고객이 늘어났다. 결국 나만의 작은 동물 전문 병원을 차린 거나 마찬가지가 되었다.

개와 고양이를 상대하는 일은 칙칙한 빛깔의 천을 누비는 화려한 빛깔의 한 가닥 실처럼 빈틈없이 짜인 일상에 빛을 던져주었다. 시골 수의사의 일은 지금도 힘들지만, 변변한 약도 없고 덩치 큰 동물을 다루기 쉽게 해주는 금속기구나 마취제도 개발되지 않은 당시에는 훨씬 더 힘들었다. 나는 젊고 건강했기 때문에 그 거친 생활을 기꺼이 받아들였지만, 추운 날씨에 온몸이 멍투성이가 되어 진흙구덩이에서 씨름하다가 따뜻한 집에서 온순한 개나 고양이를 치료하게 되면 구원받은 기분이었다.

물론 그것은 소싯적에 꿈꾼 것과는 달랐다. 수술실도 없었고, 하얀 가운을 입은 예쁜 간호사도 없었다. 마을 우체국 바닥에서 다리가 부러진 래브라도리트리버를 마취한 적도 있고, 외양간의 어두운 구석에서 강아지를 받은 적도 있고, 외딴 오두막의 부엌 식탁이나 싱크대를 수술대로 삼아 온갖 수술을 해내기도 했다. 나는 농가를 돌아다니면서 내 시간의 99퍼센트를 보냈기 때문에 수술 시간을 결정할 수가 없었다. 그래서 사람들은 내가 집에 있음직한 시간, 이를테면 식사 때나 이른 아침에 반려동물을 데려왔다. 아내인 헬렌은 치료받기 싫어하는 환자를 붙잡아주기 위해 요리를 중단하기 일쑤였다.

이처럼 현실은 꿈과는 전혀 달랐지만, 그 대신 엄청난 보너스가 있었다. 개 환자들은 널리 흩어져 있었지만 수는 별로 많지 않아서, 어느 개와도 친하게 사귈 수 있었다. 도시에서 개업한 수의사는 진료실로 끊임없이 들어오는 개를 기계적으로 치료하겠지만, 그런 일이 나한테는 결코 일어나지 않았다. 나는 모든 환자의 이름을 알고 있었고, 환자들이 무슨 병으로 나를 찾아왔는지도 모두 기억할 수 있었다. 차를 타고 가다가 길거리에서 내 환자를 발견하고 얼마나 좋아졌는지 확인할 수 있는 것은 내가 얻은 보상 가운데 하나였다.

전 세계의 모든 시골 수의사와 마찬가지로 우리 일도 세월과 함께 차츰 달라졌다. 이제는 반려동물이 크게 늘어나, 작은 동물이 환자의 50퍼센트를 차지한다. 내가 소싯적에 꿈꾸었던 수술실과 뢴트겐 설비와 진료실도 갖추었다. 그리고 물론 옛날에는 구할 수 없었던 최신 의약품도 모두 갖추고 있다. 수의사들은 모두 그렇겠지만, 몇 년 전만 해도 불가능했던 일을 환자들에게 해줄 수 있는 것은 나에게 더없는 만족감을 안겨준다.

개와 고양이가 우리 병원에 들어오는 것을 보면 아직도 짜릿한 흥분과 기쁨을 느끼니, 수의사를 직업으로 택한 나는 정말 운이 좋다. 의학적 측면은 제쳐놓고, 반려동물의 다양한 성격을 관찰하는 것은 동물을 사랑하는 사람에게는 끝없는 즐거움이다. 수의사는 동물을 사랑하는 사람이다. 그들이 애당초 수의사가 된 것은 그 때문이다. 수의사는 본성이 냉담해서 환자에 대해서는 의학적 관심밖에 없다고 생각하는 사람이 많지만, 사실은 그렇지 않다. 수의사라는 직업은 생명에 대한 애정과 관심을 필요로 한다.

수의사가 키우는 반려동물과 수의사의 관계를 보면 그런 마음가짐을 잘 알 수 있다. 나는 동료들 중에서도 가장 사내다운 사람한테서 소녀처럼 감상적인 기질을 발견하곤 했다. 나도 내 개에 대해서는 여느 할머니들처럼 감상적이다. 그 기질은 환자들을 다룰 때 큰 도움이 된다. 많은 사람이 자기가 키우는 반려동물에 대한 애정과 걱정, 개가 오래 살지 못하고 죽었을 때의 고통을 수의사에게 털어놓기를 겸연쩍어한다. 하지만 내 앞에서는 감정을 거리낌 없이 드러내도 좋다. 노래 가사에도 있듯이, 굳이 말하지 않아도 나는 그들의 심정을 알고 있다.

지금까지 내가 키운 개들을 돌이켜 생각해보면 나는 정말 운이 좋은 편이다. 개를 키우는 사람은 누구나 개가 오래 살지 못한다는 사실에 직면해야 한다. 언젠가는 사랑하는 개를 여의는 슬픔이 찾아온다. 나는 수의사로 일하면서, 그 길지 않은 수명이 질병이나 사고로 더욱 단축되는 비극을 수없이 목격해야 했다. 하지만 내가 키운 개들은 모두 열 살이 넘게 살았고, 그래서 마지막 이별이 더욱 힘들었는지도 모르지만, 그토록 오래 키울 수 있었던 것을 늘 고맙게 생각했다.

나는 그동안 내가 키운 개들을 자주 생각한다. 개들의 다양한 성격, 내가 개들과 함께 누린 행복, 소싯적에 스코틀랜드의 언덕을 함께 돌아다닌 그 아름다운 아이리시세터, 그렇게 애를 썼는데도 끝내 혈통을 알아내지 못했지만 기품 있고 영리했던 하얀 잡종개, 많은 생일카드 속에서 아직도 촉촉이 젖은 눈망울로 나를 바라보고 있는 사랑스러운 비글. 그리고 헥터와 댄.

나는 『이 세상의 똘똘하고 경이로운 것들』라는 책을 '날마다 내 왕진에 동행해준 충실한 길동무 헥터와 댄'에게 바쳤다. 헥터와 댄은 정말로 그런 존재였다. 녀석들의 삶이 곧 나의 삶이었다. 아침마다 식사가 끝나면 녀석들은 밖으로 달려 나와 차에 뛰어올랐다. 하루 일을 빨리 시작하고 싶어서 몸이 근질거리는 모양이었다. 헥터는 잭러셀테리어였고, 댄은 검은 래브라도였다. 둘은 완전히 대조적이어서, 헥터는 활기차고 댄은 위엄이 있었다.

헥터는 댄보다 두 살 위였다. 나는 개를 잃은 사람들에게 되도록 빨리 다른 개를 구하라고 권하곤 했다. 키우던 비글이 죽었을 때 나는 그 권고를 실천했다. 그런데 꼬박 하루가 지나도 마땅한 개를 구할 수 없었다. 그러다가 석간에서 잭러셀테리어 새끼를 분양한다는 광고를 보았다. 묘하게도 나는 며칠 전에 친구한테서 잭러셀테리어는 절대 키우지 말라는 말을 들은 참이었다. "잭러셀은 너무 팔팔해. 자네를 보자마자 손을 물어뜯을 거야." 실제로 나는 병원에서 아주 사나운 잭러셀을 몇 마리 다루어

보고, 대러비의 잭러셀은 주의 깊게 감시해야 한다는 결론에 도달했다.

그런데도 나는 그 농장으로 달려가 강아지를 보여 달라고 부탁했다. 강아지는 모두 다섯 마리였다. 생후 50일 된 강아지들이 어미 주위에 모여 있었다. 네 마리는 냉담하게 나를 바라보았지만, 마지막 한 녀석은 나한테 아장아장 다가와서 짧은 꼬리를 흔들며 내 손을 열심히 핥아댔다.

"이 녀석으로 할게요." 나는 말했다. 그렇게 헥터와 나는 15년에 걸친 교제를 시작했다.

헥터는 모든 사람과 모든 개를 사랑하는 좋은 품성을 타고난 개였다. 사람들도 헥터를 보면 당장 반해버렸다. 당시 나는 지붕 없는 컨버터블만 몰고 다녔기 때문에 헥터는 얼굴이 널리 알려졌다. 내가 농장에 도착하면 그 집 아이들이 밖으로 달려 나와, 지붕 없는 차에서 목을 길게 빼고 애교를 부리는 헥터를 쓰다듬어주곤 했다. 그들의 부모도 사람을 잘 따르는 헥터를 보면 어김없이 흥미를 보이면서 이구동성으로 이렇게 말하곤 했다.

"정말 대단한 개로군요. 우리 암캐가 발정이 나면 선생님 개를 좀 빌려주시겠습니까?"

헥터는 해마다 종견으로서 꾸준히 명성을 쌓았고, 좋은 품성을 가진 새끼를 많이 낳았다. 이 강아지들이 자라서 또 새끼를 낳았는데 모두 헥터의 기질을 쏙 빼닮은 것 같았다. 그렇게 잔물결이 멀리멀리 퍼져가듯 헥터의 자손은 계속 늘어났다. 헥터가 자신의 노력으로 이 지역 전체의 잭러셀의 성격을 바꾸어놓았다 해도 과언이 아니다.

헥터가 죽은 뒤 오랜 세월이 지난 지금도 녀석과 닮은 개가 병원으로 들어오는 것을 보면 가슴이 뜨거워진다. 이따금 헥터의 손자를 보면, 녀석과 함께 보낸 행복했던 시절이 생각나 가슴이 저린다.

댄은 우연히 나에게 왔다. 내 아들 지미가 수의사 자격을 얻었을 때 가족과 친구들이 다양한 선물로 축하를 해주었는데, 내 동료 한 사람은 5파운드를 선물로 주었다. 지미는 이 돈으로 검은 래브라도 강아지를 사서 댄이라는 이름을 지어주었다. 지미는 텔레비전에 출연하는 유명한 수의사 에디 스트레이턴의 조수가 되어 바쁜 나날을 보냈고 댄은 밤낮으로 지미 곁을 지켰다.

지미는 내 병원으로 직장을 옮기면서 댄을 데려왔고, 헥터와 댄은 만나자마자 친구가 되었다. 헥터가 활기차게 뛰어다니며 덩치 큰 댄의 다리를 장난스럽게 깨물어도 댄은 기꺼이 받아주었다.

댄은 정말 아름다운 개였다. 고상하게 생긴 머리, 차분한 표정, 윤기가 자르르 흐르는 검은 털. 그렇게 윤기 나는 털은 나도 일찍이 본 적이 없었다. 지미는 댄이 에디 스트레이턴의 병원에서 우유를 많이 먹었기 때문이라고 주장했다. 에디의 동물병원에는 고양이가 많았는데, 댄은 염치 없이 고양이 밥그릇을 습격하곤 했다는 것이다. 댄이 막대기를 쫓아 달려가는 모습은 정말 보기 좋았다. 힘껏 달릴 때면 그 반짝이는 피부 밑에서 근육이 물결쳤다. 막대기를 쫓아다니는 것이 댄에게는 가장 즐거운 놀이였다. 지금도 댄을 생각하면 그 모습이 눈앞에 떠오른다.

지미는 결혼하여 딴 살림을 차릴 때 댄을 놔두고 갔다. 내가 댄을 사랑하게 된 것을 알고 나와 헥터에게 친절을 베푼 것이다. 하지만 지미의 집은 1킬로미터 정도밖에 떨어져 있지 않고 또 지미는 내 병원에서 일하고 있으니까 날마다 댄을 볼 수 있을 것이고, 그러니 댄을 따로 떼어놓고 가도 그리 괴롭지는 않을 거라고 생각하며 미안한 마음을 달랬다. 지미는 사랑스러운 랭커셔힐러 암컷을 사서 소피라고 이름 지었다. 소피가 새끼를 낳자 지미는 암컷 한 마리를 키우기로 하고 클로이라는 이름을 붙여 주었다. 이리하여 지미도 차에 태우고 다닐 개 두 마리를 얻게 되었다.

나에게는 '헥터와 댄의 시대'로 내 기억에 소중히 간직되어 있는 시대가 시작되었다. 나처럼 길에서 평생을 보내는 시골 수의사에게 개는 아주 중요한 존재였다. 그림은 늘 똑같았다. 댄은 머리를 내 무릎에 올려놓은 채 조수석에 몸을 쭉 뻗고 엎드렸다. 헥터는 기어를 잡은 내 손에 앞발을 올려놓고 절묘하게 균형을 잡으면서 유리창으로 앞을 내다보았다. 댄은 밖에서 일어나는 일에 별로 관심이 없었지만 헥터는 하나도 놓치고 싶어 하지 않았다. 내가 기어를 바꾸면 헥터의 머리는 불안정하게 이리저리 까딱거렸지만, 앞발은 절대로 내 손에서 미끄러지지 않았다.

왕진을 다니는 동안 이따금 쉴 수 있었던 것은 내 생활의 커다란 보너스였다. 나는 영국에서 개가 산책하기에 가장 좋은 지방에서 일했기 때문에 그 휴식 시간은 특별했다. 생각하면 도시에 사는 개 주인들이 정말 안쓰럽다. 그들이 개를 산책시키려면 온갖 어려움과 불편을 감수해야 한다. 나는 언덕 위의 풀밭이나 히스 우거진 황무지를 거닐었다. 개와 사람이 걷기 좋고, 차도 사람도 소음도 없는 한적하고 평화로운 오솔길이 얼마든지 있었다.

차를 세우고 내리기만 하면 조용하고 평화로운 세계로 들어갈 수 있었다. 그것은 더없는 행운이었다. 몇 초 만에 나는 요크셔의 아름다운 자연 속에 들어가, 앞장서서 뛰어가는 두 길동무와 함께 찬란한 햇빛과 맑은 공기 속을 거닐었다. 그럴 때마다 생각했다. 내 개들은 행운아야. 그리고 나는 더 행운아야.

산책할 때 댄이 집착한 것은 막대기였다. 막대기를 입에 물지 않으면 댄은 비참해졌다. 우리가 산책하러 간 곳은 대개 나무가 없는 고지대여서 막대기를 찾기가 어려웠기 때문에, 댄은 좌절감에 빠져 이리저리 막대기를 찾아다니며 산책 시간을 다 보내곤 했다. 내가 보다 못해 질긴 히스 줄기를 꺾어주면 댄은 마지못해 그것을 받아 입에 물었다. 댄은 그냥 막대기를 좋아한 것이 아니라 굵은 막대기를 좋아했다. 그래서 나는 댄의 취향을 알자마자 자동차 트렁크에 적당한 막대기를 넣어 가지고 다니게 되었다.

어느 날 내가 자동차 트렁크에서 장화와 주사기를 꺼내고 있을 때, 옆에 서 있던 농부가 약품 사이에 누워 있는 튼튼한 나뭇가지를 의아한 눈으로 바라보다가 물었다.

"저 몽둥이는 도대체 뭘 치료하는 데 쓰는 겁니까?"

헥터는 막대기 자체에는 아무런 흥미도 보이지 않았지만 댄이 막대기를 물고 있으면 덤벼들어 빼앗기를 좋아했다. 그러면 막대기 쟁탈전이 벌어진다. 나는 그 광경을 수없이 보았지만, 두 개의 상반된 반응을 지켜보면 항상 재미있었다. 헥터는 아주 진지했다. 테리어다운 끈기로 집요하게 막대기를 물고 늘어지면서 사납게 으르렁거리고, 당면한 일에 모든 주의를 집중했다. 반면에 댄에게는 그것이 단순한 놀이였고 가벼운 오락이었다. 댄은 막대기를 입에 꽉 물고는 "어때요, 나 잘하죠?" 하는 표정으로 계속 나에게 눈길을 던지곤 했다.

댄은 몇 킬로미터나 막대기를 운반했다. 댄이 열네 살 때 기력이 떨어지기 시작한 첫 번째 징후가 나타났다. 막대기를 물고 산책을 나갔다가 빈 입으로 돌아온 것이다. 그때 나는 무언가가 잘못되었다는 것을 알았다. 또 다른 징후는 굵은 막대기를 고집하지 않게 된 것이었다. 실제로 댄의 취향은 점점 작은 막대기 쪽으로 기울어졌다.

내 사진집 표지에는 윤곽만 나타난 사진이 실려 있다. 그것은 나를 쳐다보고 있는 댄의 모습이다. 헥터는 1년 전에 세상을 떠났고 댄도 늙은 개가 되어 있었다. 댄의 눈은 내가 손에 들고 있는 무언가에 고정되어 있다. 그것은 아주 작은 막대기다.

내가 지금 키우고 있는 보디를 바라보면, 완전히 한 바퀴를 돌아 다시 원점으로 돌아온 듯한 느낌이 든다. 보디는 보더테리어다. 나는 50년 전 요크셔에 처음 왔을 때부터 줄곧 보더테리어를 키우고 싶었다.

시그프리드는 레이번에서도 프랭크 빙엄이라는 사람과 공동으로 동물병원을 경영하고 있었다. 레이번은 웬즐리데일로 들어가는 입구에 있다. 나는 프랭크의 투베르쿨린 검사를 도우러 일주일에 며칠씩 거기에 가곤 했는데, 내가 병원에 들어가면 토비라는 이름의 작은 보더테리어가 종종걸음으로 달려와 발랑 드러누워서는 진지하게 나를 쳐다보며 가슴을 긁어주기를 기다렸다. 나는 옛날부터 그런 식으로 드러눕는 작은 개를 좋아한다. 그것은 좋은 성격을 갖고 있다는 확실한 증거다. 그래서 나는 토비를 무척 좋아했다. 게다가 까맣고 작은 귀가 솟아 있는 수염 난 얼굴에는 마음을 강하게 끌어당기는 무언가가 있었다.

"언젠가는 나도 보더테리어를 키울 겁니다." 나는 프랭크에게 말했다.

나는 오랫동안 많은 사람에게—특히 나 자신에게—그 말을 했지만, 묘하게도 내가 키우던 개를 잃고 다른 개를 구할 때마다 보더테리어는 구할 수 없었다. 헥터가 떠나고 1년 뒤 댄마저 가버리자 나는 슬픔으로 정신이 나가버린 게 분명하다. 개를 잃으면 바로 다른 개를 구해야 한다는 교훈을 이번만은 따르지 않았기 때문이다. 어떤 개도 헥터와 댄을 대신할 수는 없다고 생각한 것 같다. 모든 면에서 대조적인 헥터와 댄은 멋진 조화를 이루어 내 삶을 넘칠 만큼 가득 채워주었다. 그때 나는 이미 60대 중반에 이르러 정신적 탄력성도 떨어지고, 헥터와 댄에게 느낀 감정을 다른 개한테도 느낄 수 있을지 의심스러웠다. 사실은 그런 가능성을 인정할 마음도 별로 생기지 않았다.

나는 몇 달 동안 어중간한 상태에 놓여 있는 것 같았다. 내가 기억하는 한, 개 없이 산 것은 그때가 처음이자 마지막이다. 이웃에 사는 딸 로지가 아름다운 래브라도 강아지를 한 마리 구하지 않았다면 산책하는 재미도 잃어버렸을 것이다. 로지는 그 강아지를 폴리라고 불렀다. 나는 함께 산책할 길동무를 얻게 된 것이 기뻤다. 하지만 왕진을 다닐 때는 자동차가 너무 허전하게 느껴졌다.

어느 일요일 점심때 로지가 와서 들뜬 목소리로 말했다.

"《달링턴 타임스》에 보더테리어 강아지를 분양한다는 광고가 나왔어요. 비데일에 사는 메이슨 부인이래요."

이 말은 폭탄처럼 나를 덮쳤다. 나는 당장 달려가려고 했지만 아내의 반응에 깜짝 놀랐다.

"그 강아지들은 생후 두 달 됐다고 나와 있어요." 헬렌은 신문을 보면서 말했다. "그러니까 크리스마스 무렵에 태어난 거예요. 당신이 그랬잖아요. 이왕 기다린 김에 좀 더 기다렸다가 봄에 태어난 강아지를 구하는 게 낫겠다고."

"그래, 맞아. 하지만 여보, 이건 보더테리어야! 이번 기회를 놓치면 보더를 구할 기회가 영원히 안 올지도 몰라!"

"느긋하게 기다리면 반드시 구할 수 있을 거예요."

"하지만……."

그런데 헬렌은 벌써 등을 돌리고 감자를 요리하기 시작했다.

"점심식사는 10분 뒤에 준비될 거예요. 그때까지 로지와 함께 폴리를 데리고 잠깐 산책이나 다녀오세요."

집에서 나와 골목을 걸어갈 때 로지가 나를 돌아보며 말했다.

"정말 이상해요. 이해할 수가 없어요. 엄마도 아빠 못지않게 개를 키우고 싶어 하면서, 아빠가 그토록 기다린 보더 강아지를 손에 넣을 기회가 왔는데…… 보더는 아주 드물어요. 모처럼 온 기회를 놓치는 건 너무 아까워요."

"놓치지 않을 거야." 나는 중얼거렸다.

"무슨 말씀이세요? 엄마가 하시는 말씀을 아빠도 들으셨잖아요?"

나는 너그럽게 미소를 지었다.

"너는 네 엄마가 아빠를 속속들이 안다고 말하는 걸 자주 들었겠지? 엄마는 내가 하려고 하는 일은 뭐든지 미리 알 수 있다고."

"그래요. 하지만……."

"네 엄마는 나도 자기를 속속들이 알고 있다는 걸 잊고 있어. 우리 내기할까? 집에 돌아가면 엄마 마음이 바뀌어 있을 거다."

"글쎄요, 의심스러운데요. 엄마는 아주 단호해 보였어요."

집으로 돌아와 현관문을 열자 헬렌이 전화로 누군가와 이야기를 나누고 있었다.

헬렌은 나를 돌아보며 들뜬 어조로 말했다.

"방금 전화로 메이슨 부인과 통화했어요. 강아지가 수놈 한 마리밖에 안 남았는데, 100킬로미터나 떨어진 데서도 강아지를 보러 오는 사람이 있대요. 서둘러야겠어요. 산책을 이렇게 오래 하시다니!"

우리는 서둘러 점심을 먹어치우고, 손녀 에마와 함께 넷이서 비데일로 달려갔다. 메이슨 부인은 우리를 부엌으로 안내하여 식탁 밑에서 꼼지락거리는 얼룩무늬 강아지를 가리켰다.

"저 녀석이에요."

나는 손을 뻗어 강아지를 안아들었다. 강아지는 꼬리에 코를 대려는 것처럼 몸을 동그랗게 말았다. 하지만 그 꼬리는 맹렬하게 흔들렸고, 분홍색 혀는 내 손을 핥느라 바빴다. 나는 탈장이 없는지, 위턱이 아래턱보다 튀어나오지는 않았는지를 검사하기도 전에 이미 그 개가 우리 개라는 것을 알았다.

거래는 금방 끝났고, 우리는 강아지의 혈통을 조사하러 밖으로 나왔다. 거기에는 강아지의 어미와 할미가 있었다. 개집 대신 작은 통에 살고 있는 개들은 우리를 보자마자 달려 나와 뒷다리로 일어서서 우리 다리에 앞발을 대고는 꼬리를 흔들며 헐떡거렸다. 나는 마음이 놓였다. 그렇게 행복하고 건강한 어미와 할미의 피를 물려받았다면 강아지도 일급 개가 될 가능성이 컸다.

에마의 품에 안긴 강아지와 함께 집으로 돌아올 때, 이제 정말로 운명의 수레바퀴가 완전히 한 바퀴 돌아 원점으로 돌아왔다는 생각이 들었다. 50년 세월이 지난 뒤에 드디어 보더테리어를 손에 넣은 것이다.

강아지 이름을 뭐라고 지을까. 우리는 며칠 동안 궁리를 거듭하고 토론을 벌였다. 제안과 반론이 되풀이된 끝에 마침내 '보디'라는 이름으로 낙착되었다. 아내와 나는 〈프로페셔널〉이라는 텔레비전 연속극의 열렬한 팬이었는데, 특히 보디 역할을 맡은 주인공 루이스 콜린스를 좋아했다. 우리는 루이스를 몇 번 만난 적이 있었다. 처음에는 그의 극중 이름을 따서 강아지 이름을 지었다고 말하기가 좀 망설여졌지만, 루이스는 우리가 얼마나 개를 사랑하는지, 우리 집에서 개가 어떤 지위를 차지하고 있는지 알기 때문에 전혀 싫어하지 않는다.

이리하여 보디와 우리의 행복한 생활이 시작되었다. 집에 개가 없을 때는 너무 허전해서 어찌할 바를 몰랐는데, 그 빈틈이 메워지자 안심이 되었다. 코끝에서 꼬리끝까지 겨우 25센티미터밖에 안 되는 작은 생물, 털투성이 얼굴에 희끗희끗한 털로 덮인 강아지 한 마리가 그 빈틈을 가득 채워준 것은 놀라운 일이었지만, 보디는 아주 쉽게 그 기적을 이루었다. 헬렌에게는 다시 먹여주고 재워주고 보살펴줄 강아지가 생겼고, 나는 차에 태우고 다니거나 저녁 산책에 데려갈 길동무가 생겼다. 줄에 매달린 보디는 너무 작아서 거의 보이지도 않을 정도였지만.

보디와 폴리의 첫 만남은 엄청난 사건이었다. 헥터와 댄은 만나자마자 친구가 되었지만, 보디는 좀 달랐다. 보디는 폴리를 보자마자 사랑에 빠진 것이다.

이 말은 결코 과장이 아니다. 보디에게 폴리는 이 세상에서 가장 소중한 존재가 되었고, 지금도 마찬가지다. 폴리는 옆집에 살고 있기 때문에 보디는 우리 집 거실 창문으로 폴리의 집을 바라볼 수 있었다. 보디가 맹렬히 짖어대는 것은 사랑하는 폴리가 정원에 나타났다는 신호였다. 다행히 보디는 날마다 폴리와 함께 산책을 하고 주말에는 하루에도 몇 번씩 만나 마음의 평화를 얻을 수 있었다. 보디가 자랄수록 이 일과는 보디에게 세상의 무엇보다도 중요한 일이 되었다.

보디가 한 살쯤 되었을 때였다. 나는 종종걸음을 치는 보디와 폴리를 앞세우고 골목을 내려가고 있었다. 고상한 래브라도와 더부룩하고 작은 테리어가 나란히 있는 것을 바라보는 동안 옛날 기억이 되살아났다. 그때 갑자기 폴리가 막대기 하나를 주웠다. 보디는 막대기 끝을 물었다. 순식간에 막대기 쟁탈전이 벌어졌다. 보디는 막대기에 온 정신을 집중하여 맹렬히 으르렁거리며 끈질기게 물고 늘어졌다. 폴리는 즐거운 눈빛으로 나를 힐끔 쳐다보았다. 나는 헥터와 댄이 되돌아온 듯한 불가사의한 느낌을 받았다.

보디가 자랄수록 다양한 특징이 나타났다. 개 백과사전은 보더테리어의 특징을 '강인함'·'순종적'·'실제적' 같은 말로 설명하고 있다. 예쁘다는 말은 한마디도 없다. 그와는 반대로 '인기 있는 테리어종과 같은 우아함은 전혀 없다'고 말한다. 이런 설명은 나도 인정할 수밖에 없다. 구레나룻이 난 것처럼 텁수룩한 보디의 작은 얼굴은 거의 익살스럽기까지 하다. 하지만 갈수록 그 얼굴이 좋아진다. 이제는 보디의 얼굴에서 성격의 깊이와 풍부한 표정을 발견할 수 있다.

백과사전에는 보더테리어가 '충직하고 아이들에게 온순하다'고 기술되어 있다. 이것도 맞는 말이다. 하지만 보디는 자신을 '터프가이'로 생각하는 모양이다. 그래서 애정을 표현하는 것을 좀 쑥스럽게 여기는 듯하다. 내가 소파에 앉아 있으면 보디는 미안해하는 것처럼 내 옆에 털썩 주저앉는다. 앉다 보니 어쩌다 우연히 내 옆에 앉게 된 척하지만, 그래도 내 옆에 바싹 붙어 있다. 그리고 식사 때나 내가 글을 쓰고 있을 때는 내 발 사이로 슬며시 기어드는 독특한 버릇이 있다. 지금 이 순간에도 보디는 내 발 사이에 앉아 있다. 내 의자는 회전의자이기 때문에 의자를 갑자기 돌리지 않도록 조심해야 한다.

폴리에 대한 열정은 한 가지 불행한 결과를 낳았다. 보디가 미친 듯한 질투심에 사로잡히게 된 것이다. 보디는 소유욕이 너무 강해서, 폴리에게 구애할 가능성이 있는 수캐가 눈에 띄면 아무리 큰 개한테도 주저 없이 덤벼들곤 한다. 그러면 어김없이 싸움이 벌어지고, 나는 성난 개 주인에게 열심히 사과해야 한다.

보디처럼 작은 개가 그런 행동을 하는 것은 무분별하기 짝이 없다. 보디는 대개 싸움에서 지기 때문이다. 하지만 절대로 항복하지 않는다. 지난주에 나는 보디의 어깨에서 실밥을 제거했다. 거대한 셰퍼드와 교전을 벌이다가 입은 상처. 보디가 셰퍼드한테 덤벼드는 것을 보고 내가 재빨리 끼어들었지만, 그때는 이미 셰퍼드가 보디의 다리를 물고 공중으로 들어 올려 마구 휘두르고 있었다. 그런데도 보디는 셰퍼드의 털을 입에 가득 물고 더 큰 재난을 자초하고 있었다.

보디는 미련한 면이 있을지 모르지만 아주 용감하다. 백과사전에는 그 작은 테리어가 수백 년 동안 스코틀랜드와 잉글랜드의 경계(보더) 지방에서 여우 사냥에 이용되었다고 적혀 있다. 보디가 겁이 없는 것은 이 때문인지도 모른다. 그건 좋지만, 나는 보디와 폴리를 데리고 밖에 나갈 때마다 주위를 유심히 살펴야 한다.

그렇다고 해서 보디가 언제나 무턱대고 공격적인 것은 결코 아니다. 암캐한테는 갖은 애교를 다 부린다. 턱수염 사이로 실실 선웃음을 흘리며 꼬리를 치켜들고 거드름을 피우면서 암캐 주위를 맴돈다. 암캐가 같이 놀자는 유혹을 받아들이면, 보디는 상냥한 신사로 변신하여 암캐가 자기를 넘어뜨리고 땅바닥에 굴리고 야단법석을 떨어도 점잖게 받아준다. 암캐는 마음대로 보디를 때려눕혀도 괜찮다. 보디는 암캐가 아무리 공격해도 바보처럼 실실 웃으면서 기꺼이 감수한다.

나는 보디를 처음 만났을 때 몸을 이상하게 뒤트는 것을 보았는데, 그 버릇은 지금도 남아 있다. 보디는 반가운 사람을 보면 꼬리가 코에 닿을 만큼 몸을 뒤틀고 게처럼 옆걸음을 쳐서 살금살금 다가간다. 이런 몸짓은 어떤 개한테도 본 적이 없다.

보디 전에 키우던 개가 댄이었기 때문에 순종성의 차이가 더욱 뚜렷이 드러났다. 덩치 큰 댄은 래브라도가 대부분 그렇듯이 주인에게 순종하고 싶은 욕망을 타고났다. 댄은 내 명령을 수행하고 싶은 갈망에 사로잡혀 항상 간절한 눈빛으로 나를 지켜보았다. 차에서 내리거나 이 방에서 저 방으로 가는 따위의 사소한 일을 할 때에도 반드시 내 명령이 떨어지기를 기다렸다. 보디는 다르다. 나는 오랫동안 애쓴 뒤에야 겨우 보디에게 '기다려!'나 '이리 와!' 같은 간단한 명령에 반응을 보이게 할 수 있었지만, 그나마도 그 명령에 따르느냐 마느냐는 녀석의 마음에 달려 있다. 제 형편이 좋을 때는 명령에 따르지만, 흥미로운 일에 열중해 있을 때는 내 말을 아예 들은 척도 하지 않는다. 내가 열 번쯤 고함을 지른 뒤에야 무슨 일이냐고 묻는 듯한 표정으로 나를 쳐다본다. 이것은 정말 곤혹스러운 노릇이다. 사람들은 수의사의 개라면 당연히 훈련이 잘 되어 있을 거라고 생각하기 때문이다. 얼마 전에 이웃에 사는 아홉 살 난 아이가 진지한 얼굴로 말했다. "선생님은 만날 '보디! 보디! 보디!' 하고 소리를 지르시네요." 온 동네에 메아리치는 나의 외침 소리를 듣는 것이 우리 동네의 독특한 풍물이 된 모양이다.

하지만 그래도 그 작은 녀석은 독특한 카리스마를 갖고 있다. 보더테리어를 키우는 사람은 모두 그 더부룩한 얼굴의 매력에 사로잡혀 있는 듯하다. 보더테리어는 좀처럼 보기 힘들다. 나는 거리에서 보더테리어를 볼 때마다 흥미롭게 관찰한다. 나만 그런 게 아니다. 다른 보더테리어의 주인들도 우리 보디를 보면 매혹된 것처럼 바라보기 때문이다. 보더테리어를 키우는 사람들 사이에는 분명 강한 유대감이 존재한다.

지난여름에 대러비와 글래스고의 중간쯤 되는 곳에 있는 호텔 밖에서 보디를 산책시키고 있을 때 한 남자가 차를 몰고 주차장에서 나오다가 차창 밖으로 고개를 내밀고 소리쳤다.

"멋진 보더군요!"

나는 상상할 수 없을 만큼 자랑스러워서 가슴이 뿌듯해졌다.

"예, 댁도 보더를 키우십니까?"

"그렇습니다!" 사내는 손을 흔들고 가버렸지만 동지 의식은 남았다.

올봄 휴가 때도 흐뭇한 만남이 있었다. 오반(스코틀랜드 서부, 아가일뷰트 주에 있는 휴양 도시)과 헤브리디스 제도를 잇는 페리호 갑판에 내 차를 세웠을 때, 뒷좌석과 유리창 사이의 선반에 길게 엎드려 있는 보디를 뚫어지게 바라보는 은발의 미국 신사가 눈에 띄었다.

그도 역시 열렬한 보더테리어 팬이어서, 자기가 키우는 보더테리어에 대해 말해주었다. 보더테리어는 대서양 너머 미국에서도 점점 드물어지고 있는 모양이다. 그는 그 넓은 나라에 자기가 아는 보더테리어 사육장은 세 곳밖에 없다고 말했다. 떠나기 전에 그는 다시 한 번 내 차 안을 오랫동안 들여다보았다.

"보더는 최고예요!" 그는 경건하게 중얼거렸다.

나도 동감이지만, 보디를 생각하면 보더테리어의 장점 따위는 아무래도 좋다. 보디가 먼저 가버린 녀석들의 빈자리를 완전히 메워준 것을 생각하면 마음이 훈훈해지고 그저 고마울 따름이다. 이것은 모든 개 주인에게 위로가 될 수 있는 사실을 재확인해준다. 개의 수명은 짧지만 그들이 남긴 빈자리가 영원한 공백으로 남지는 않는다는 사실이다. 좋은 추억은 남지만 그 공백은 얼마든지 메워질 수 있다.

우리 가족에게는 보디가 그런 존재다. 우리에게 보디는 다른 모든 개들만큼 소중한 우리 가족의 일원이다.

이제 머리말을 끝맺을 때가 되었다. 나는 소나 말을 치료하는 수의사가 어떻게 개 이야기를 책으로 내놓게 되었는지를 설명하려는 의도에서 머리말을 쓰기 시작했는데, 막상 쓰다 보니 세계 곳곳에서 독자들이 보내오는 수많은 편지와 비슷해져버렸다. 독자들은 자기가 키우는 개에 대해, 개의 우스꽝스러운 버릇에 대해, 가족에게 기쁨을 가져다주는 개의 행동에 대해 이야기하고, 때로는 고통과 슬픔을 털어놓기도 한다. 독자들의 편지에는 사실상 개를 키우면서 겪는 온갖 경험이 담겨 있다.

이 글은 그 모든 독자들에게 보내는 답장으로도 좋을 것이다. 이 책에 실린 이야기들은 모두 나에게 실제로 일어난 일이기 때문이다.

# 1
# 털썩병에 걸린 트리키

가을이 겨울로 넘어가면서 높은 산마루에 첫눈이 희끗희끗한 줄무늬를 그리면 데일 지방에서 수의사로 일하는 괴로움을 더욱 절감하게 된다.

꽁꽁 언 발로 몇 시간씩 차를 몰아야 하고, 언덕에 돋아난 철사 같은 풀을 쓰러뜨리는 칼바람을 맞으며 언덕마루에 있는 축사까지 올라가야 하고, 바람이 잘 통하는 외양간에서 웃통을 벗어야 하고, 양동이에 담긴 찬물에 빨랫비누로 손과 가슴을 씻어야 하고, 수건 대신 마대 조각으로 물기를 닦아야 한다.

나는 손이 튼다는 게 어떤 것인지를 여기서 처음 알았다. 일이 밀릴 때면 내 손은 잠시도 마를 새가 없고, 그러다 보면 가늘고 빨간 균열이 팔꿈치까지 기어 올라간다.

작은 동물을 진료하는 일이 구원처럼 고맙게 느껴지는 것은 바로 이런 때였다. 거칠고 힘든 일상에서 잠시나마 벗어날 수 있기 때문이다. 일하는 곳은 외양간이 아니라 따뜻한 거실이고, 다루는 동물도 만만찮은 말이나 소가 아니라 작고 온순한 귀염둥이다. 그 쾌적한 거실 중에서도 가장 재미난 곳은 단연 펌프리 부인네 거실이었다.

펌프리 부인은 나이 많은 과부였다. 남편은 맥주로 떼돈을 번 이른바 맥주 귀족으로, 드넓은 요크셔 지방 여기저기에 많은 양조장과 선술집을 소유하고 있었다. 그는 세상을 떠나면서 대러비 변두리에 있는 아름다운 저택과 막대한 유산을 아내에게 남겨주었다. 펌프리 부인은 이 저택에서 수많은 하인과 정원사와 운전기사 그리고 트리키와 함께 살았다. 부인은 페키니즈인 트리키를 눈에 넣어도 아프지 않을 만큼 사랑했다.

나는 웅장한 현관 앞에 서서 구두코를 바짓자락으로 슬쩍 문질러 닦고 언 손에 입김을 호호 불었다. 불길이 활활 타오르는 난롯가에 놓여 있는 푹신한 안락의자, 칵테일 비스킷이 수북하게 담긴 쟁반, 최고급 셰리주가 벌써 눈앞에 보이는 듯했다. 나는 방문 시간을 점심식사가 시작되기 30분 전에 맞추려고 늘 신경을 썼다.

하녀가 문을 열고 이 댁의 귀빈인 나를 활짝 웃으며 반갑게 맞아들였다. 하녀의 안내를 받아 들어간 거실에는 값비싼 가구가 가득 들어차 있고, 고급 종이로 만든 잡지와 신간 소설이 흩어져 있었다. 펌프리 부인은 난롯가 의자에 앉아서 책을 읽고 있다가, 책을 내려놓고 기쁨의 환성을 질렀다.

"트릭! 트리키! 헤리엇 아저씨가 오셨다!"

나는 너무 일찍 아저씨가 되었지만, 그 관계의 이점을 알아차리고 굳이 이의를 제기하지 않았다.

트리키는 여느 때처럼 제 쿠션에서 소파 등받이로 폴짝 뛰어오른 다음, 내 어깨에 앞발을 척 올려놓았다. 그러고는 지칠 때까지 내 얼굴을 철저히 핥았다. 트리키는 금세 지쳐버렸다. 그만한 크기의 개한테 필요한 양의 갑절에 가까운 먹이를 먹고 있었기 때문이다. 게다가 그 먹이란 것이 모두 개한테 먹여서는 안 되는 것들뿐이었다.

펌프리 부인은 그런 트리키를 걱정 어린 눈으로 바라보면서 말했다.

"와주셔서 정말 고마워요. 트리키가 글쎄 또 털썩병에 걸렸지 뭐예요."

털썩병이라는 질병은 어느 교과서에도 나와 있지 않다. 사실은 트리키의 항문샘이 막히는 증세에다 펌프리 부인이 갖다 붙인 이름이다. 항문샘이 막히면 트리키는 산책을 하다 말고 '털썩' 주저앉아 괴로운 표정을 짓는다. 그러면 여주인은 소스라치게 놀라서 전화기로 달려간다.

"헤리엇 선생님! 빨리 좀 와주세요! 트리키가 또 털썩병에 걸렸어요!"

나는 작은 개를 탁자 위에 올려놓고는 항문에 솜을 대고 힘껏 눌러서 항문샘에 가득 차 있는 것을 짜냈다.

트리키가 나를 만날 때마다 반가워해주는 것은 이해하기 어려웠다. 만나기만 하면 움켜잡고 똥꼬를 쥐어짜는 인간을 좋아할 수 있으려면, 그런 개는 믿을 수 없을 만큼 관대한 성격을 타고나야 한다. 트리키는 나를 원망하거나 미워하는 기색을 한 번도 보인 적이 없었다. 사실 트리키는 변덕스럽지 않고 늘 침착하고 영리한 개였다. 나는 진심으로 트리키를 좋아했다. 그래서 기꺼이 트리키의 주치의가 되었다.

처치가 끝나자 나는 환자를 탁자에서 들어올렸다. 갈비뼈에 군살이 더 붙고 몸무게가 또 늘어나 있었다.

"또 먹이를 너무 많이 주시는군요. 케이크는 먹이지 말고 단백질을 좀 더 먹이라고 말씀드리지 않았나요?"

"알아요." 펌프리 부인은 구슬픈 소리로 말했다. "하지만 트리키는 닭고기에 물려서 입도 안 대는 걸 난들 어쩌겠어요."

나는 어깨를 으쓱했다. 사태는 절망적이었다. 하녀가 나를 호화로운 욕실로 안내해주었다. 나는 처치가 끝나면 반드시 그 욕실에서 무슨 의식이라도 치르듯 손을 씻었다. 널찍한 욕실에는 화장품이 즐비하게 놓여 있는 화장대, 거대한 초록빛 대리석 세면대와 욕조, 세면도구가 놓여 있는 유리 선반이 완비되어 있었다. 값비싼 비누 옆에는 내 전용 수건도 걸려 있었다.

거실로 돌아와 보니 벌써 내 술잔에 셰리주가 가득 채워져 있었다. 나는 펌프리 부인과 대화를 나누려고 난롯가에 자리를 잡았다. 이야기는 펌프리 부인 혼자 도맡아 하니까 대화라고 부를 수는 없을지 모르지만, 나에게는 항상 보람 있는 시간이었다.

펌프리 부인은 호감이 가는 노부인이었다. 자선사업에도 많은 돈을 기부하고, 곤경에 빠진 사람을 기꺼이 도와주었다. 부인은 재미있고 지적이며 묘한 매력을 갖고 있었지만, 사람은 누구나 나름의 맹점을 갖고 있는 법이다. 부인의 맹점은 바로 트리키였다. 사랑해 마지않는 이 개에 대해 부인이 하는 이야기는 완전히 환상적이었다. 다음에는 또 어떤 판타지가 펼쳐질까. 나는 설레는 마음으로 부인이 입을 열기를 기다렸다.

"아주 신나는 소식이 있어요. 트리키한테 펜팔이 생겼답니다! 사실은 트리키가 기부금을 동봉해서 《개들의 세계》 편집장한테 편지를 보냈거든요. 편지 내용은 이런 거였어요. 나는 오랜 역사를 가진 중국 황제의 자손이지만, 몸을 낮추어 평범한 개들과 기꺼이 교제하기로 결정했으니, 서로 도움이 되는 편지를 주고받을 수 있도록 당신이 아는 개들 가운데 적당한 펜팔을 소개해달라. 나는 '허풍쟁이'라는 필명을 쓰기로 하겠다. 그랬더니 글쎄 편집장이 멋진 답장을 보내오지 않았겠어요?" (나는 이 노다지에 덤벼든 약삭빠른 사내를 상상할 수 있었다.) "편집장은 본조라는 달마시안을 펜팔로 소개하고 싶대요. 그 달마시안도 외로우니까, 요크셔의 새 친구와 편지를 주고받을 수 있으면 기뻐할 거라고……."

나는 셰리주를 홀짝거렸다. 트리키는 내 무릎 위에서 코를 골고 있었다. 펌프리 부인이 말을 이었다.

"새로 지은 여름 별장 때문에 이만저만 실망한 게 아니에요. 따뜻한 오후를 밖에서 함께 보내려고 트리키를 위해 특별히 지은 통나무 별장인데, 트리키가 싫어해요. 아주 질색을 한답니다. 별장에는 발도 들여놓으려 하지 않아요. 별장을 바라볼 때 트리키가 얼마나 무서운 표정을 짓는지 보셔야 하는 건데. 어제 트리키가 그 별장을 뭐라고 했는지 아세요? 차마 입에 담을 수도 없을 정도예요." 부인은 방을 둘러보고 나서 내 쪽으로 몸을 기울이고 속삭였다. "트리키가 그 별장더러 뭐라고 했냐면요, '젠장맞을 오두막'이라고 불렀답니다!"

하녀가 난로에 장작을 넣어 난롯불을 돋우고 내 술잔을 다시 채워주었다. 바람에 날린 진눈깨비가 유리창에 부딪쳤다. 인생은 이래야지. 나는 속으로 중얼거리고 부인의 이야기에 다시 귀를 기울였다.

"내가 말했던가요? 트리키가 어제 또 경마에서 돈을 땄답니다. 트리키는 경마 기사를 열심히 연구하는 게 틀림없어요. 게다가 경주마의 컨디션을 판단하는 능력도 대단해요. 어제 레드카에서 열린 3시 경주에서 트리키가 캐니 래드한테 돈을 걸라고 했는데, 아니나 다를까 그 말이 이겼어요. 1실링을 걸어서 9실링을 땄지 뭐예요."

이런 경마 도박은 항상 트리키의 이름으로 이루어졌다. 나는 대러비의 마권업자들을 동정하지 않을 수 없었다. 그들은 끊임없는 걱정에 시달리는 도망자들이었다. 어느 날 안전하고 확실한 조 다운스에게 투자하라는 광고판이 골목 끝에 내걸린다. 조는 경마에 정통한 시민들과 지혜를 겨루면서 불안정한 상태로 몇 달을 버티지만, 결과는 늘 똑같았다. 우승 후보가 연달아 우승하면 조는 광고판을 들고 야반도주하는 것이다. 어느 날 나는 그런 불운한 방랑자들 가운데 하나가 떠난 것을 알고 동네 주민한테 어찌된 일이냐고 물어보았다. 그러자 그는 태연히 대답했다. "우리가 녀석을 알거지로 만들었지 뭐요."

개한테 정기적으로 돈을 잃는 것은 그 불운한 사내들이 짊어져야 할 무거운 십자가였을 것이다.

"지난주에는 끔찍한 일을 겪었답니다." 펌프리 부인이 말을 이었다. "선생님한테 왕진을 부탁해야 할 일이라고 생각했어요. 가엾은 트리키가 맴맴증을 일으켰지 뭐예요!"

나는 개의 새로운 질병으로 털썩병과 함께 이 맴맴증을 머리에 새겨넣고, 증세를 좀 더 자세히 설명해달라고 요구했다.

"끔찍했어요. 얼마나 겁이 났는지 몰라요. 정원사가 트리키를 위해 고리를 던져주고 있었는데…… 아시다시피 정원사는 날마다 30분씩 그 일을 한답니다."

나도 그 광경을 여러 번 보았다. 정원사인 호지킨 영감은 등이 구부정한 요크셔 토박이인데, 늘 기분이 언짢은 것처럼 뚱한 표정을 짓고 있었다. 영감은 모든 개를 싫어했지만, 그 중에서도 특히 트리키를 싫어했다. 그런데도 날마다 잔디밭에 나가서 작은 고무 고리를 몇 번이고 던져야 했다. 트리키는 고무 고리를 따라 달려가서 입에 물고 호지킨 영감에게 돌아와, 그 절차가 되풀이될 때까지 미친 듯이 짖어대곤 했다. 영감의 얼굴에 새겨진 주름살은 놀이가 진행될수록 더욱 깊어졌다. 영감의 입술은 쉬지 않고 움직였지만 뭐라고 투덜대고 있는지는 알아들을 수 없었다.

"그때도 그 놀이를 하고 있었어요. 트리키는 그 놀이를 무척 좋아한답니다. 그런데 갑자기, 정말로 느닷없이 맴맴증을 일으킨 거예요. 트리키는 고리를 까맣게 잊어버리고 이상하게 짖어대면서 빙글빙글 맴돌기 시작했어요. 한참 그렇게 맴맴 돌다가 옆으로 털썩 쓰러져서는 죽은 듯이 꼼짝도 하지 않았어요. 나는 정말로 트리키가 죽은 줄 알았어요. 털끝 하나 움직이지 않았으니까요. 그런데 내가 가장 기분이 상했던 건 호지킨이 소리 내어 웃었기 때문이에요. 호지킨은 우리 집에서 24년이나 일했지만, 소리 내어 웃기는커녕 빙긋이 웃는 것도 본 적이 없어요. 그런데 그런 사람이 꼼짝 않고 누워 있는 트리키를 보고는 높은 소리로 낄낄거리는 거예요. 오싹했어요. 내가 막 선생님한테 전화를 걸려고 달려가려는데 트리키가 벌떡 일어나 저쪽으로 걸어가더군요. 아무 일도 없었던 것처럼."

히스테리 발작이구나 하고 나는 생각했다. 잘못된 식사와 지나친 흥분이 원인일 것이다. 나는 술잔을 내려놓고 펌프리 부인을 엄격한 눈으로 바라보았다.

"그것 보세요. 제 말대로 되지 않았습니까. 트리키한테 계속 그런 쓰레기 같은 음식을 먹이면 건강을 망치게 됩니다. 개한테 어울리는 먹이를 주셔야 돼요. 고기와 흑빵이나 비스킷을 하루에 한 번, 많아야 두 번, 그것도 조금씩만 주시고 간식은 절대 먹이면 안 됩니다."

펌프리 부인은 의자 속에서 몸을 움츠렸다. 죄책감을 그림으로 그려놓은 듯한 모습이었다.

"제발 그런 식으로 말하지 마세요. 나도 개한테 어울리는 먹이를 주려고 애쓰기는 하지만, 그게 여간 어려운 일이 아니에요. 트리키가 한입만 달라고 애걸하면 매정하게 거절할 수가 없는걸요."

부인은 손수건을 눈에 살짝 갖다 댔다. 하지만 나는 고삐를 늦추지 않았다.

"그건 부인께서 알아서 할 일이지만, 이대로 가면 트리키는 더 자주 맴맴증에 시달릴 겁니다."

나는 마지못해 아늑한 안식처를 떠났다. 자갈 깔린 진입로에서 잠시 걸음을 멈추고 돌아보니 펌프리 부인이 손을 흔들어주었다. 트리키는 여느 때처럼 창가에 기대서서 입을 크게 벌리고 있었다. 그것은 분명 다정하게 웃는 얼굴이었다.

나는 집으로 돌아오면서 트리키의 아저씨가 된 이점을 곰곰 생각해보았다. 트리키는 바닷가에 가면 참나무 연기로 훈제한 청어를 보내주었고, 온실에 토마토가 열리면 매주 1킬로그램씩 보내주었고, 정기적으로 담배를 보내주었고, 애정 어린 글귀가 새겨진 제 사진을 담배상자와 함께 보낼 때도 있었다.

하지만 내가 정말로 행운아라고 느끼고 그 행운이 좀 더 계속되기를 바란 것은 '포트넘 앤 메이슨' 백화점(영국 런던에 있는 300년 전통의 백화점으로, 영국 왕실의 식료품 납품업체이기도 하다)의 식료품 바구니가 크리스마스 선물로 도착했을 때였다. 그때까지는 펌프리 부인에게 선물을 받으면 전화를 걸어 고맙다고 말했고, 그러면 부인은 선물을 보낸 것은 트리키니까 인사는 트리키가 받아야 한다고 대답하곤 했다.

그런데 유명한 백화점에서 선물 바구니가 도착하자 내가 중대한 전술 착오를 저지른 것을 깨달았다. 나는 시그프리드(저자는 수의과대학을 졸업한 뒤 시그프리드 파넌의 동물병원에 조수로 채용되었고, 그 후 공동경영자가 되었다)의 빈정거리는 눈길을 피해 내 조카 트리키한테 편지를 쓰기로 했다. 크리스마스 선물은 고맙게 받았고, 지금까지 보내준 많은 선물도 잘 받았다. 크리스마스 시즌에 맛있는 음식을 과식해서 배탈이 나지 않기 바란다. 몸이 불편하면 이 아저씨가 늘 처방해주는 검은 가루약을 먹도록 해라. 수의사로서 부끄러운 마음도 들었지만, 눈앞에 떠도는 훈제 청어와 토마토와 식료품 바구니의 환상은 그런 수치심을 억누르고도 남았다. 나는 겉봉에다 '발비 그레인지, 트리키 펌프리 군'이라고 써서 우체통에 넣었다. 죄책감은 그리 심하지 않았다.

다음에 내가 찾아가자 펌프리 부인은 나를 구석으로 데려가서 속삭이는 소리로 말했다.

"트리키가 선생님 편지를 받고 무척 좋아했어요. 한시도 손에서 놓지 않으려 해요. 다만 한 가지는 그 애를 몹시 화나게 했어요. 선생님은 '트리키 군'이라고 쓰셨던데, 트리키는 '씨'라고 불러주기를 바란답니다. 처음에는 심한 모욕감을 느끼고 거의 이성을 잃었지만, 선생님 편지인 걸 알고는 금세 마음을 돌렸지요. 트리키가 왜 그런 편견을 갖고 있는지 모르겠어요. 아마 외둥이여서 그런가 봐요. 외둥이는 대가족 틈에서 자란 개보다 편견을 갖기 쉬운 것 같아요."

스켈데일 하우스(저자가 근무한 동물병원의 별칭)에 들어가면서 나는 왠지 차가운 세계로 돌아온 듯한 기분이 들었다. 복도에서 나는 시그프리드와 마주쳤다.

"아니, 이게 누구야? 헤리엇 아저씨 아니신가? 지금까지 뭘 하고 계셨나요, 헤리엇 아저씨? 아마 발비 그레인지에 가서 노예처럼 일했겠지. 가 없게도 녹초가 다 되었겠군. 식료품 바구니를 받기 위해 몸을 아끼지 않고 뼈빠지게 일하다니, 정말로 그럴 가치가 있다고 생각하나?"

\* \* \*

다양한 환자가 밀려드는 동물병원에서도 펌프리 부인은 두드러진 존재였겠지만, 날마다 거친 환경에서 흙내 나는 농부들과 함께 일하는 나에게 부인은 거의 환상적인 존재였다. 부인의 거실은 내가 고된 생활에서 위안을 얻을 수 있는 따뜻한 안식처였고, 트리키는 사랑스러운 환자였다. 별난 병을 앓는 그 작은 페키니즈는 전 세계 독자들의 사랑도 독차지했다. 나는 트리키에 대한 편지를 수없이 받았다. 트리키는 행복하게 장수를 누렸지만 털썩병은 끝내 낫지 않았다. 펌프리 부인은 여든여덟 살에 세상을 떠났다. 부인은 내 책에서 자신에 대한 글을 읽은 몇 사람 가운데 하나였다. 부인은 내 글을 재미있게 읽어주었다. 내가 부인에 대한 글을 쓰지 않으면 나한테 이런 편지를 보내왔기 때문이다. "이제는 웃음거리로 삼을 사람이 많은가 보군요." 어쩌면 부인은 줄곧 나를 놀려대고 있었던 게 아닐까.

# 2
## 래브라도와 함께 밤을

나는 봉합바늘을 트레이(의료 기구를 담아두는 쟁반)에 던지고 한 걸음 물러서서 마무리 상태를 살폈다.

"내 입으로 말하기는 뭣하지만 꽤 좋아 보이는데."

트리스탄은 의식을 잃은 개 위로 허리를 굽히고 바늘땀이 가지런히 늘어서 있는 절개 부위를 살펴보았다.

"정말 깨끗하군. 누가 해도 이보다 더 잘할 수는 없을 거야."

커다란 검은색 래브라도는 수술대 위에 평화롭게 누워 있었다. 혀는 축 늘어지고, 흐리멍덩한 눈은 아무것도 보고 있지 않았다. 이 녀석은 가슴에 종양이 생겨서 병원에 왔다. 나는 그 종양이 수술로 말끔히 제거할 수 있는 단순한 양성 지방종이라고 진단했다. 내 판단은 옳았다. 둥글고 반짝반짝 빛나는 종양은 어이없을 만큼 간단히 떨어져 나왔다. 단단하게 삶은 달걀을 껍데기에서 쏙 빼내는 듯한 느낌이었다. 출혈도 없고 재발할 염려도 없었다.

보기 흉한 멍울은 사라지고 수술 자국만 남았다. 이 흉터도 몇 주 뒤에는 보이지 않게 될 것이다. 나는 만족했다.

"마취에서 깰 때까지 여기 놔두는 게 좋겠어. 저 담요 위로 옮길 테니까 좀 도와줘."

나는 개를 전기난로 앞에 편안히 눕혀놓고 오전 왕진을 나갔다.

우리가 그 야릇한 소리를 처음 들은 것은 점심을 먹고 있을 때였다. 그것은 신음소리와 청승맞은 울음소리의 중간쯤 되는 소리였고, 처음에는 아주 낮게 시작하여 귀청을 찢을 듯이 높아졌다가 다시 조금씩 낮아져서 잠잠해지곤 했다.

수프를 먹고 있던 시그프리드가 놀라서 고개를 들었다.

"도대체 저게 무슨 소리야?"

"오늘 아침에 수술한 개가 분명합니다." 내가 대답했다. "마취에서 깰 때 이상한 소리를 내는 경우가 있지요. 곧 그칠 겁니다."

시그프리드는 미심쩍은 눈으로 나를 바라보았다.

"그랬으면 좋겠군. 저 소리는 금방 지겨워질 거야. 오싹 소름이 끼쳐."

우리는 개를 보러 갔다. 맥박은 힘차게 뛰고 있었다. 호흡도 깊고 규칙적이었다. 점막의 색깔도 좋았다. 개는 여전히 움직이지 않고 길게 드러누워 있었다. 의식이 돌아오고 있는 조짐은 10초 간격으로 판에 박힌 듯 되풀이되는 울음소리뿐이었다.

"상태는 아주 좋군." 시그프리드가 말했다. "하지만 이렇게 시끄러워서야 견딜 재간이 있나! 밖으로 나가세."

우리는 배경 음악처럼 끊임없이 되풀이되는 구슬픈 울음소리를 들으면서 말없이 서둘러 점심식사를 끝냈다. 시그프리드는 마지막 한입을 삼키자마자 벌떡 일어섰다.

"빨리 나가봐야겠군. 오후에는 할 일이 많아서 말이야. 트리스탄, 저 개를 거실로 데려가서 난롯가에 눕혀두는 게 좋겠다. 그러면 네가 곁에서 지켜볼 수 있을 테니까."

트리스탄은 기겁을 했다.

"나더러 오후 내내 저 끔찍한 소리를 들으라는 거야?"

"그래, 바로 그거야. 지금 상태로는 개를 주인한테 돌려보낼 수도 없고, 개한테 무슨 일이 생기면 큰일이거든. 누군가가 옆에 붙어 앉아서 돌봐줘야 돼."

"그러니까 개 앞다리를 붙잡고 있거나 휠체어에 태워서 시장 구경이라도 시켜주란 말이지?"

"건방떨지 말고 개 옆에 붙어 있어. 이건 명령이야!"

트리스탄과 나는 들것 대신 담요에 무거운 개를 눕혀서 거실로 옮겼다. 나는 오후 왕진을 나가야 했다. 거실 문간에서 뒤를 돌아보니 커다란 개는 난롯가에 편안히 누워 있고 트리스탄은 의자에 비참한 몰골로 앉아 있었다. 소음은 압도적이었다. 나는 서둘러 문을 닫았다.

왕진을 마치고 돌아왔을 때는 이미 어두워져 있었다. 얼어붙은 하늘을 배경으로 검은 윤곽을 드러낸 낡은 건물이 머리 위에 조용히 솟아 있었다. 조용하다고 말하기는 했지만, 완전히 조용한 것은 아니었다. 그 청승맞은 울음소리는 아직도 집 안에 메아리치고, 복도를 지나 아무도 없는 거리로 으스스하게 새어나오고 있었다.

나는 자동차 문을 닫으면서 손목시계를 들여다보았다. 6시였다. 그렇다면 트리스탄은 벌써 네 시간이나 저 소리를 견딘 셈이다. 나는 계단을 뛰어올라가 복도를 달려갔다. 거실 문을 열자 소음이 한꺼번에 덮쳐왔다. 머리가 삐걱거리는 느낌이었다. 트리스탄은 나에게 등을 돌린 채 창문 앞에 서서 어두운 정원을 내다보고 있었다. 두 손을 주머니에 깊이 찔러 넣고, 귀에 큼지막한 솜뭉치가 매달려 있었다.

"그래, 어땠어?" 내가 물었다,

대답이 없었다. 그래서 나는 트리스탄에게 다가가 어깨를 톡톡 두드렸다. 그 효과는 놀랄 만했다. 트리스탄은 공중으로 펄쩍 뛰어오르더니 갈지자로 비틀거렸다. 얼굴은 창백했고 몸을 심하게 떨고 있었다.

"맙소사! 하마터면 간 떨어질 뻔했잖아. 귀마개를 했더니 아무 소리도 안 들려. 저 개가 짖는 소리만 빼고는. 저 소리는 무엇으로도 막을 수가 없어."

나는 래브라도 옆에 무릎을 꿇고 상태를 살펴보았다. 상태는 아주 좋았지만, 눈에 희미한 반사작용이 있을 뿐 의식이 돌아오고 있는 조짐은 전혀 없었다. 개는 여전히 일정한 간격을 두고 귀청을 찢는 듯한 울음소리를 내고 있었다.

"마취에서 깨어나는 데 시간이 너무 걸리는군." 내가 말했다. "오후 내내 이런 식이었어?"

"그래, 꼭 저런 식이었어. 조금도 다르지 않고 똑같아. 저 울부짖는 악마를 동정할 필요는 없어. 녀석은 난롯가에 아주 행복하게 누워 있으니까. 자기가 어떤 소리를 내고 있는지도 전혀 몰라. 하지만 나는, 몇 시간이나 저 소리를 들었더니 신경이 갈기갈기 찢어져서 엉망진창이야. 저 소리를 더 들어야 한다면 차라리 나한테도 마취제를 놓아줘."

트리스탄은 부들부들 떨리는 손으로 머리를 쥐어뜯었다. 뺨이 실룩실룩 경련을 일으키기 시작했다.

나는 트리스탄의 팔을 잡았다.

"가서 밥이나 먹자. 뭘 좀 먹으면 기분이 한결 나아질 거야."

트리스탄은 저항하지 않고 나에게 이끌려 식당으로 갔다.

시그프리드는 식사를 하면서 무척 기분이 좋았다. 들뜬 것처럼 쾌활하게 대화를 독점했다. 하지만 다른 방에서 들려오는 날카로운 배경음에 대해서는 한마디도 하지 않았다. 그 소리가 아직도 트리스탄의 귀에 들리고 있는 것은 의심할 여지가 없었다.

식당을 나갈 때 시그프리드가 내 어깨에 손을 올려놓고 말했다.

"오늘 밤 브로턴에서 모임이 있다는 걸 잊지 말게. 리브스 선생이 양의 질병에 대해 발표할 거야. 리브스 선생의 말씀은 늘 큰 도움이 되지. 트리스탄, 너도 함께 가면 좋겠지만, 너는 저 개가 회복될 때까지 곁에 붙어 있어야 할 것 같다."

트리스탄은 한 방 얻어맞기라도 한 것처럼 움찔했다.

"저 빌어먹을 짐승과는 1초도 같이 있을 수 없어. 나는 미쳐버리고 말 거야!"

"어쩔 도리가 없어. 제임스나 내가 오늘 밤 그 일을 맡아줄 수 있다면 좋겠지만, 우리는 그 모임에 참석해야 돼. 우리가 빠지면 무슨 소리를 들을지 몰라."

트리스탄은 비틀거리며 방으로 들어갔고 나는 코트를 입었다. 거리로 나가자 나는 잠시 차를 세우고 귀를 기울였다. 개는 여전히 청승맞게 울부짖고 있었다.

모임은 성공적이었다. 장소는 브로턴의 호화로운 호텔이었는데, 가장 즐거운 일은 늘 그렇듯이 모임이 끝난 뒤 호텔 바에서 다른 수의사들과 어울리는 자리였다. 동료들의 고민이나 실수담을 듣는 것은 큰 위안이 되었다.

　사람들로 붐비는 방을 둘러보면서, 삼삼오오 모여 있는 사람들이 무슨 이야기를 하고 있는지 알아맞히려고 애쓰는 것도 재미있었다. 저기 있는 저 남자, 허리를 잔뜩 구부리고 한 손으로 허공을 가르고 있는 저 사람은 서 있는 망아지를 거세하고 있군. 팔을 쭉 뻗고 손가락을 바쁘게 움직이고 있는 저 사람은 암말의 해산을 돕고 있는 게 분명해. 아마 수근골의 굴곡 부위를 바로잡고 있겠지. 게다가 그 일을 아주 쉽게 하고 있어. 따뜻한 바에서 술을 몇 잔 들이켜면 수의학도 어린애 장난처럼 간단한 문제로 여겨졌다.

　우리가 모두 차에 올라타고 요크셔의 각 지방으로 흩어져 간 것은 11시가 지나서였다. 웨스트라이딩의 큰 산업 도시로 가는 사람도 있고, 동부 해안으로 가는 사람도 있었다. 시그프리드와 나는 돌담 사이로 구불구불 뻗어 있는 좁은 길을 따라 서둘러 페나인 산맥으로 들어섰다.

　지난 몇 시간 동안 트리스탄을 까맣게 잊고 있었던 것을 생각하자 좀 미안한 마음이 들었다. 그래도 오늘 밤에는 한결 나았을 것이다. 개도 지금쯤은 벌써 잠잠해졌을 것이다. 하지만 대러비에 도착하여 차에서 뛰어내리자 스켈데일 하우스에서 울부짖는 소리가 희미하게 새어나왔다. 나는 걸음을 옮기다 말고 그 자리에 얼어붙었다. 도저히 믿을 수 없는 일이었다. 자정이 지났는데 아직도 울부짖고 있다니. 트리스탄은 어떻게 됐을까? 트리스탄이 어떤 상태에 빠져 있을지는 생각하고 싶지도 않았다. 거실 문에 이르자 나는 거의 두려운 마음으로 조심스럽게 손잡이를 돌렸다.

　거실은 빈 맥주병의 바다였고, 트리스탄의 의자는 그 바다에 떠 있는 작은 섬이었다. 뒤집힌 맥주 상자가 벽 앞에 놓여 있고, 트리스탄은 의자에 꼿꼿이 앉아서 엄숙한 표정을 짓고 있었다. 나는 쓰레기 너머로 발 디딜 곳을 찾으면서 트리스탄에게 다가갔다.

"힘들었지, 트리스탄? 기분은 어때?"

"최악은 아니야. 그럭저럭 견딜만해. 두 사람이 떠나자마자 나는 '드로버스 암스'('수의사 헤리엇의 이야기' 시리즈에 나오는 선술집)에 가서 맥주 한 상자를 사왔지. 그게 효과 만점이었어. 서너 병 마시고 나니까 개가 아무리 짖어대도 괜찮더라고. 실은 나도 벌써 몇 시간 동안 저 녀석한테 짖어댔어. 우리 둘이서 아주 재미있는 저녁을 보냈지. 어쨌든 녀석은 이제 정신이 돌아오고 있어. 가서 확인해봐."

큰 개는 고개를 쳐들었고 눈도 흐리멍덩하지 않았다. 더는 울부짖지도 않았다. 나는 다가가서 머리를 토닥여주었다. 긴 꼬리가 꿈틀했다. 꼬리를 흔들려고 하는 게 분명했다.

"좋아." 나는 개에게 말했다. "하지만 이젠 얌전히 구는 게 좋을 거야. 너 때문에 트리스탄 아저씨가 지옥 같은 하루를 보냈거든."

래브라도는 일어나려고 버둥거렸다. 하지만 비틀거리며 몇 걸음을 걷다가 술병들 사이에 쓰러져버렸다.

시그프리드가 문간에 나타나, 아직도 꼿꼿이 앉아서 법관처럼 엄숙한 표정을 짓고 있는 트리스탄과 술병들 사이에서 허우적거리는 개를 못마땅한 눈으로 노려보았다.

"난장판이군! 이렇게 술을 퍼마시지 않아도 개 한 마리 지키는 일쯤은 할 수 있을 텐데."

그의 목소리를 듣고 래브라도는 비틀거리며 일어났다. 그러고는 갑자기 자신감이 생겼는지, 꼬리를 흔들면서 시그프리드에게 달려가려고 했다. 하지만 얼마 못 가서 다시 털썩 쓰러져버렸고, 그 대신 빈 맥주병 하나가 천천히 시그프리드의 발치로 굴러갔다.

시그프리드는 허리를 굽혀 검은 머리를 쓰다듬었다.

"사람을 잘 따르는 순한 개로군. 제정신일 때는 아주 당당하고 멋진 개일 거야. 아침까지는 정상으로 돌아오겠지만 문제는 지금이야. 개가 아래층에서 비틀거리며 돌아다니게 내버려둘 수는 없잖아. 잘못하면 다리가 부러질지도 몰라."

시그프리드는 근육 하나 움직이지 않는 트리스탄을 힐끗 바라보았다. 트리스탄은 아까보다 더 꼿꼿이 앉아서 독일 장군처럼 부동자세를 취하고 있었다.

"오늘 밤에는 네 방으로 데려가는 게 좋겠다. 이제 거의 다 회복됐는데, 다치면 곤란하잖아. 그래, 그게 좋겠어. 개는 네 방에서 밤을 보내면 돼."

"고마워, 형. 정말 고마워." 트리스탄은 여전히 똑바로 앞을 바라본 채 단조로운 목소리로 말했다.

시그프리드는 잠시 동생을 찬찬히 바라보다가 돌아서면서 말했다.

"좋아. 그러면 이 쓰레기들을 치우고 빨리 자자."

내 침실과 트리스탄의 침실은 나란히 붙어 있고 사잇문으로 이어져 있었다. 내 방은 넓고 정사각형에다 천장이 높고 아래층에 있는 방들처럼 장식 기둥이 있는 벽난로와 우아한 벽감이 딸려 있었다. 침대에 누우면 나는 늘 백작이 된 기분이었다.

트리스탄의 침실은 원래 내 방에 딸린 옷방이어서 좁고 길쭉했다. 작은 침대는 숨으려고 애쓰는 것처럼 한쪽 끝에 웅크리고 있었다. 카펫 따위는 깔려 있지 않고, 바니시를 칠한 미끄러운 마룻바닥이 드러나 있었다. 그래서 나는 개를 담요 위에 눕히고, 베개 위에 놓여 있는 트리스탄의 핼쑥한 얼굴을 내려다보며 달래듯이 말했다.

"개는 이제 조용해. 아기처럼 쌔근쌔근 자고 있어. 밤새도록 얌전히 잘 것 같아. 그러니까 너도 이제 편히 쉴 수 있을 거야."

나는 내 방으로 돌아가 재빨리 옷을 벗고 침대 속으로 파고들었다. 그리고 곧바로 잠이 들었기 때문에 옆방에서 언제부터 소음이 나기 시작했는지는 알 수 없었지만, 성난 고함 소리가 귓전에서 울려 퍼지는 바람에 갑자기 잠에서 깨어났다. 잠시 후 주르르 미끄러지는 소리와 쿵 하는 소리에 이어 또다시 트리스탄의 미친 듯한 외침 소리가 들려왔다.

옆방에 가볼 생각을 하니 몸이 움츠러들었다. 어쨌든 내가 해줄 수 있는 일은 아무것도 없었다. 그래서 나는 이불 속에서 몸을 잔뜩 웅크리고 귀를 기울였다. 잠깐씩 선잠에 빠져들었지만, 그때마다 벽을 통해 들려오는 쿵 소리와 외침 소리에 놀라서 다시 깨어나곤 했다.

두 시간쯤 지나자 소음이 달라지기 시작했다. 래브라도는 다리에 대한 통제력을 되찾은 듯 방을 오락가락하고 있었다. 발톱이 마룻바닥에 닿아 규칙적인 소리를 냈다. 달각, 달각, 달각. 그 소리는 그칠 줄 모르고 계속되었다. 이따금 트리스탄이 완전히 쉬어버린 목소리로 고함을 질렀다.

"제발 그만 좀 해! 앉아! 이 빌어먹을 개새끼야!"

나는 좀 더 깊은 잠에 빠진 게 분명하다. 다시 잠에서 깨어났을 때는 차가운 아침 햇살이 방을 어슴푸레 비추고 있었기 때문이다. 나는 반듯이 드러누워 귀를 기울였다. 달각거리는 발소리는 여전히 들려왔지만, 이제는 래브라도가 방을 끝에서 끝까지 마구 달리는 대신 여유 있게 어슬렁거리며 돌아다니는 것처럼 불규칙해져 있었다. 트리스탄은 아무 소리도 내지 않았다.

나는 침대에서 빠져나왔다. 얼어붙을 듯한 공기가 나를 사로잡았다. 나는 부르르 몸을 떨면서 재빨리 셔츠와 바지를 주워 입었다. 그러고는 발꿈치를 들고 마루를 가로질러 사잇문을 열었다. 그 순간, 커다란 발 두 개가 내 가슴팍에 얹히는 바람에 하마터면 뒤로 나동그라질 뻔했다. 래브라도는 나를 보고 기뻐서 어쩔 줄 몰라 했다. 이제 완전히 이곳에 익숙해진 모양이었다. 아름다운 갈색 눈은 건강하고 영리하게 빛나고 있었다. 개는 반짝거리는 이빨을 드러내고 활짝 웃으며 기뻐서 헐떡거렸다. 혀는 흠잡을 데 없는 분홍색이었다. 저 아래쪽에서 꼬리가 힘차게 움직이고 있었다.

"아주 좋아졌구나. 어디 상처 좀 볼까."

나는 뿔처럼 단단한 앞발을 내 가슴에서 떼어내고, 가슴의 꿰맨 자리를 살펴보았다. 부종 없음. 통증도 없음. 진물도 없음.

"좋아! 훌륭해. 넌 이제 다시 태어난 거나 마찬가지로 말끔해졌어."

나는 개의 엉덩이를 장난스럽게 찰싹 때렸다. 개는 기뻐서 어쩔 줄 몰라 하며 나에게 덤벼들어 온몸을 핥아댔다.

내가 녀석을 떼어내려고 애쓰고 있을 때 침대에서 음울한 신음 소리가 들렸다. 희미한 햇살 아래 누워 있는 트리스탄은 꼭 송장 같았다. 그는 반듯이 누워 두 손으로 이불을 움켜잡고 있었다. 눈에는 광기가 어려 있었다.

"한숨도 못 잤어. 한숨도." 트리스탄이 속삭였다. "저 짐승과 함께 밤을 지내게 하다니, 형의 유머 감각은 정말 놀라워. 내가 밤을 어떻게 보냈는지 얘기하면 형은 아마 기뻐 날뛸걸. 두고 봐. 형은 아주 만족스러운 표정을 지을 테니까. 내기해도 좋아."

아침식사를 하면서 시그프리드는 동생이 밤새 얼마나 괴로웠는지를 자세히 듣고 깊이 동정해주었다. 이런저런 말로 동생을 한참 동안 위로하고, 그런 고생을 시켜서 미안하다고 사과했다. 하지만 트리스탄의 예상대로 시그프리드는 아주 즐거워 보였다.

\* \* \*

나는 동물이 예측할 수 없는 존재라는 사실을 계속 강조했다. 실제로 이 예측 불가능성은 내 글의 핵심을 이루고 있다. 마취제에 대한 다양한 반응도 전혀 예측할 수 없는 것 가운데 하나다. 사람은 느닷없이 노래를 부르거나 입에 담을 수 없는 상소리를 내뱉기도 한다. 래브라도는 단지 울부짖었을 뿐이다. 이 사건이 내 기억에 깊이 새겨져 있는 것은 물론 트리스탄이 관련되었기 때문이다. 지금도 트리스탄을 만나면 그 이야기를 하면서 웃곤 한다. 그 이야기를 하면 나는 옛날이 그리워서 가슴이 저린다. 그 시절에는 환자를 거실로 데려가서 돌보고, 심지어는 침실까지 데려가서 밤새 보살폈다. 수의사들은 아직도 환자에게 많은 관심을 기울인다고 믿고 싶지만, 옛날처럼 그렇게까지 헌신적으로 돌볼지는 의문이다.

# 3
## 트리키의 다이어트 성공기

　이번만큼은 정말로 트리키가 걱정되었다. 여주인과 함께 거리를 걷고 있는 트리키를 보고 나는 놀라서 차를 세웠다. 녀석의 모습은 가히 충격적이었다. 뒤룩뒤룩 살이 쪄서 마치 탱탱하게 부풀어 오른 소시지에 귀퉁이마다 다리가 하나씩 달려 있는 듯한 모습이었다. 눈곱이 끼어 핏발 선 눈은 앞을 노려보고 있었고 혀는 턱 아래로 축 늘어져 있었다.

　펌프리 부인은 서둘러 변명하기 시작했다.

　"몸이 굼뜬데다 움직이려 들지 않았어요. 기운이 하나도 없는 것처럼 축 늘어져 있는 거예요. 아무래도 영양실조에 걸린 것 같아서 간식을 좀 먹였지요. 족발과 엿기름 분유, 간유를 약간씩 주었고, 밤에는 잠이 잘 오도록 허브티를 한 사발 먹였어요. 정말로 많이 먹이진 않았어요."

　"제 말대로 단 음식은 줄였겠지요?"

　"조금 줄이긴 했지만, 트리키가 하도 기운이 없어 보여서 마음을 모질게 먹을 수가 없었어요. 트리키는 크림 케이크와 초콜릿을 너무너무 좋아하거든요. 그렇게 좋아하는 걸 안 줄 수가 있어야죠."

　나는 다시 작은 개를 내려다보았다. 바로 그게 문제였다. 트리키의 유일한 결점은 식탐이었다. 음식이라면 절대로 거절할 줄 모른다. 밤이건 낮이건 언제라도 먹을 것을 보면 덤벼든다. 짐작컨대 펌프리 부인은 트리키가 먹은 음식을 다 털어놓지도 않았을 것이다. 비스킷 위에 고기를 얹은 파이, 말랑말랑한 젤리 사탕, 버터와 달걀을 듬뿍 넣고 생크림을 바른 케이크…… 모두 다 트리키가 사족을 못 쓰는 음식이다.

"운동은 충분히 시키고 있나요?"

"보다시피 날마다 나와 함께 산책은 하고 있지만, 호지킨이 요통으로 몸져눕는 바람에 요즘에는 고리 던지기를 전혀 못했어요."

나는 엄격한 목소리를 내려고 애썼다.

"당장 먹이를 줄이고 운동을 더 많이 시키지 않으면 트리키는 정말로 병에 걸릴 겁니다. 정말이에요. 마음을 모질게 먹고 엄격한 다이어트를 시켜야 합니다."

펌프리 부인은 두 손을 쥐어짰다.

"그럴게요. 선생님 말씀이 옳아요. 하지만 그게 말처럼 쉽지가 않네요. 너무 힘들어요."

펌프리 부인은 새로운 관리 체제를 당장 시행하기로 단단히 결심한 것처럼 고개를 숙이고 걸어갔다.

나는 펌프리 부인과 트리키의 뒷모습을 지켜보면서 점점 더 걱정이 되었다. 작은 코트를 입은 트리키는 뒤뚱거리며 걷고 있었다. 트리키의 옷장에는 그런 코트가 가득 들어 있었다. 추운 계절에 입을 따뜻한 트위드 코트나 모직 코트, 비가 올 때 입을 방수 코트까지 갖고 있었다. 트리키는 기운 없이 축 늘어진 채 간신히 걸음을 떼어놓고 있었다. 나는 오래지 않아 펌프리 부인에게서 전화가 올 거라고 생각했다.

아니나 다를까, 며칠 뒤에 전화가 걸려왔다. 펌프리 부인은 당황해서 어쩔 줄 몰랐다.

트리키가 아무것도 먹으려 하지 않는다. 제일 좋아하는 음식도 입에 대지 않는다. 게다가 토하기까지 한다. 온종일 헐떡거리면서 카펫 위에 엎드려 있다. 산책도 나가기 싫어하고, 아무것도 하고 싶어 하지 않는다…….

나는 미리 계획을 세워두었다. 유일한 방법은 트리키를 당분간 그 집에서 멀리 떼어놓는 것이었다. 나는 트리키를 곁에 두고 관찰하고 싶으니까 보름쯤 입원시키라고 제안했다.

가엾은 노부인은 하마터면 기절할 뻔했다. 부인은 귀염둥이 트리키와 한 번도 떨어져 지낸 적이 없었다. 트리키가 날마다 여주인을 보지 못하면 그리움에 애가 타서 죽을 거라고 굳게 믿고 있었다.

하지만 나는 한 발짝도 물러서지 않았다. 트리키는 중병에 걸렸고, 트리키를 살리는 길은 오직 그것뿐이라고 말했다. 실제로 트리키를 그 집에서 당장 데리고 나오는 것이 상책이었다. 나는 담요에 싼 작은 개를 안고 단호하게 내 차로 걸어갔다. 펌프리 부인이 비통한 울음소리를 내면서 내 뒤를 따라왔다.

주인만이 아니라 하인들도 모두 제정신이 아니었다. 하녀들은 바쁘게 들락거리면서 트리키의 낮잠용 침대와 밤잠용 침대, 트리키가 좋아하는 쿠션, 장난감과 고무 고리, 아침식사용 식기와 점심식사용 식기와 저녁식사용 식기를 날랐다. 나는 그 많은 물건을 내 차에 다 실을 수 없다는 것을 깨닫고 슬금슬금 차를 출발시켰다. 내 차가 움직이기 시작하자 펌프리 부인은 절망적인 소리를 지르며 차창으로 작은 코트를 한 아름 던져 넣었다. 길모퉁이를 돌기 전에 백미러를 보니 모두 눈물을 흘리고 있었다.

큰길로 나오자 나는 옆자리에 엎드려 헐떡거리고 있는 가엾은 개를 내려다보았다. 머리를 톡톡 두드려주자 트리키는 꼬리를 흔들려고 무진 애를 썼다.

"불쌍한 녀석, 기운이 하나도 없는 모양이구나. 하지만 걱정 마라. 이 아저씨가 치료해줄 테니까."

병원에 도착하자 우리 개들이 나를 에워쌌다. 트리키는 시끄러운 무리를 흐리멍덩한 눈으로 내려다볼 뿐이었다. 차에서 내린 뒤에도 카펫 위에 꼼짝 않고 누워 있었다. 다른 개들은 잠시 트리키 주위를 맴돌면서 냄새를 맡아보고는 재미없는 상대로 판단하고 무시해버렸다.

나는 다른 개들의 잠자리 옆에 커다란 상자를 놓고 따뜻한 잠자리를 꾸며주었다. 그리고 이틀 동안 먹이는 전혀 주지 않고 물만 충분히 먹이면서 상태를 지켜보았다. 이틀째 되는 날 저녁, 트리키가 주위에 조금 관심을 보이기 시작했다. 사흘째 되는 날은 마당에서 개들이 시끄럽게 뛰노는 소리를 듣고 끙끙거리기 시작했다.

내가 문을 열어주자 트리키는 밖으로 달려 나가 그레이하운드인 조와 그 친구들 사이에 당장 휩쓸려 들어갔다. 다른 개들은 트리키를 땅바닥에 넘어뜨리고 철저히 조사한 뒤, 정원 아래쪽으로 자리를 옮겼다. 트리키는 군살 때문에 조금 뒤뚱거리면서도 흥미를 느끼며 개들을 따라갔다.

그날 저녁에 나는 개들의 식사 시간에 입회하여 트리스탄이 그릇에 먹이를 나누어주는 동안 개들을 관찰했다. 개들은 여느 때처럼 쏜살같이 먹이에 달려들어 맹렬한 속도로 먹어대기 시작했다. 다른 개보다 뒤처지면 제 몫을 다 먹은 개들이 우르르 몰려들어 치열한 먹이 다툼이 벌어진 다는 것을 모두 잘 알고 있었기 때문이다.

개들이 식사를 마치자 트리키는 반짝반짝 빛나는 그릇들을 한 바퀴 순례하면서 냄새를 맡고 때로는 빈 그릇을 슬쩍 핥아보기도 했다. 이튿날에는 밥그릇이 하나 늘어났다. 나는 트리키가 다른 개들을 밀치고 제 먹이를 향해 돌진하는 것을 흐뭇하게 바라보았다.

그때부터는 상태가 급속히 호전되었다. 트리키는 어떤 의학적 치료도 받지 않았다. 그저 온종일 다른 개들과 어울려 뛰어다니고 장난삼아 드잡이를 하면서 놀았을 뿐이다. 트리키는 몇 분마다 한 번씩 다른 개한테 떠밀려 넘어지고 짓밟히고 짓눌리는 즐거움을 발견했다. 갱단 같은 우리 개들에 비하면 트리키는 순진하고 귀엽고 고상한 개였지만, 그 거친 패거리 속에 용케 받아들여졌다. 식사 시간에는 제 몫을 빼앗기지 않으려고 호랑이처럼 싸웠고, 밤에는 낡은 닭장에서 쥐를 사냥하기도 했다. 트리키가 이런 생활을 한 것은 난생처음이었다.

그동안 펌프리 부인은 불안에 사로잡혀 끊임없이 뒷전을 맴돌았다. 최신 뉴스를 듣기 위해 하루에도 수십 번씩 전화를 걸어 질문을 퍼부었다. 쿠션을 정기적으로 뒤집어주고 있느냐, 날씨에 맞는 코트를 입혔느냐 등등. 나는 이런 질문에는 대답을 얼버무리고, 트리키가 위험한 상태에서 벗어나 급속히 회복되고 있다고 보고했다.

'회복'이라는 말이 펌프리 부인의 마음에 자극을 준 모양이었다. 부인은 트리키의 체력을 증진시켜줄 신선한 달걀을 한 번에 두 꾸러미씩 보내오기 시작했다. 덕분에 우리는 한동안 아침식사 때 달걀을 두 개씩 먹는 행복을 누렸다. 하지만 이 상황이 앞으로 어떻게 발전할 수 있는가를 우리 병원 식구들이 깨닫기 시작한 것은 셰리주가 도착하기 시작했을 때였다.

그 셰리주는 내가 잘 알고 있는 그 맛있는 최고급 포도주였다. 부인이 셰리주를 보낸 것은 그것이 트리키의 혈액을 진하게 해준다고 믿었기 때문이다. 우리의 점심식사는 격식을 차린 엄숙한 행사가 되었다. 점심을 먹기 전에 셰리주 두 잔, 식사를 하면서 또 몇 잔 마시는 것은 호화로운 오찬이었다. 시그프리드와 트리스탄은 교대로 트리키의 건강을 위해 건배했고, 건배에 따른 축사 솜씨도 날마다 향상되었다. 그리고 나는 오찬을 베푼 주최자로서 답사 요청을 받았다.

브랜디가 도착했을 때는 거의 믿을 수가 없었다. '코르동 블뢰'(프랑스의 마르텔사에서 생산하는 고급 코냑 제품) 두 병은 펌프리 부인이 트리키의 회복에 마지막 마무리를 하려는 의도로 보낸 것이었다. 시그프리드는 가보로 물려받은 브랜디 잔을 꺼냈다. 내가 처음 보는 술잔이었지만, 그 후 며칠 동안 그 아름다운 크리스털 술잔은 밤마다 식탁에 자태를 나타냈다. 우리는 고급 브랜디를 그 술잔에 따라 빙글빙글 돌리면서 향기를 깊이 들이마시고 경건하게 들이켰다.

만족스러운 나날이었다. 아침에는 달걀로 하루를 시작하여, 점심때는 셰리주로 기력을 보태고, 밤에는 난롯가에 둘러앉아 브랜디로 사치스럽게 하루를 마무리했다.

트리키를 영원한 손님으로 붙잡아두고 싶은 유혹도 느꼈지만, 펌프리 부인의 고통을 잘 알고 있었기 때문에 보름이 지나자 부인에게 전화를 걸어 귀염둥이 트리키가 회복되었으니 와서 데려가라고 말할 수밖에 없었다.

전화를 끊은 지 몇 분도 지나기 전에 길이가 10미터나 되는 번쩍이는 검은색 금속 덩어리가 병원 밖에 멈춰 섰다. 운전기사가 내려서 문을 열었다. 내부가 너무 넓어서 구석에 오도카니 앉아 있는 펌프리 부인의 모습을 하마터면 못 보고 지나칠 뻔했다. 부인은 두 손을 앞으로 모아 쥐고 입술을 바르르 떨면서 물었다.

"헤리엇 선생님, 정말이죠? 트리키는 정말로 좋아진 거죠?"

"예, 이제 괜찮습니다. 아니, 차에서 내리실 필요 없습니다. 제가 가서 데려오죠."

나는 병원을 빠져나가 뒤뜰로 갔다. 개들이 떼 지어 잔디밭을 이리저리 뛰어다니고 있었다. 그리고 그 한복판에 귀를 나풀거리고 꼬리를 기운차게 휘두르며 달리는 황금빛 트리키가 있었다. 겨우 보름 만에 트리키는 유연한 몸과 단단한 근육을 가진 동물로 탈바꿈했다. 몸을 한껏 뻗어 공중으로 펄쩍 뛰어오르거나 가슴이 거의 땅바닥을 스칠 만큼 몸을 낮추고 뛰어다니는 모습은 다른 개들한테 조금도 뒤지지 않았다.

나는 트리키를 안고 복도를 지나 병원 현관으로 돌아갔다. 운전기사는 아직도 차 문을 열고 기다리고 있었다. 트리키는 여주인을 보자 내 품에서 펄쩍 뛰어내리더니 펌프리 부인의 무릎 위로 가볍게 뛰어올랐다. 부인은 놀라서 "어머나!" 하고 소리를 질렀다. 그러고는 몸 위로 기어올라 얼굴을 마구 핥아대며 짖어대는 트리키를 막느라 애를 먹어야 했다.

감격적인 장면이 이어지는 동안 나는 운전기사와 함께 그동안 한 번도 쓰지 않은 트리키의 침대와 장난감·쿠션, 코트와 밥그릇 따위를 병원에서 가지고 나와 차에 실었다. 차가 움직이기 시작하자 펌프리 부인은 차창 밖으로 몸을 내밀었다. 눈에 눈물이 반짝이고 있었다. 부인은 떨리는 입술로 소리쳤다.

"헤리엇 선생님! 어떻게 감사를 드려야 할지 모르겠네요. 이거야말로 수의학의 승리예요!"

* * *

트리키를 다시 등장시켰지만, 이것은 충분히 보상을 즐기면서 동물을 치료한 좋은 사례다. 이 이야기는 또한 우리가 펌프리 부인의 맛있는 음식을 나누어 먹으면서 우정을 나누었던 스켈데일 하우스 시절의 훈훈한 추억을 되살려준다. 그 후 트리키는 다이어트를 꾸준히 계속했고, 그래서 죽을 때까지 비만이나 맴맴증에 시달리지 않았다는 것을 알면 독자들도 만족할 것이다.

# 4
# 잘 가거라, 보비

나는 왕진할 곳을 적은 쪽지를 다시 한 번 들여다보았다.

'톰프슨 야드 3번지, 딘, 늙은 개.'

대러비에는 '야드'가 아주 많은데, 실제로는 찰스 디킨스의 소설에 나오는 뒷골목처럼 좁은 길이었다. 시장으로 통하는 길도 있지만 대개는 읍내의 옛 큰길 뒤쪽에 흩어져 있었다. 밖에서 보면 아치 길밖에 보이지 않는다. 그런데 좁은 길을 따라 걸어가다 보면 갑자기 작은 집들이 불규칙하게 늘어선 동네가 나타나서 놀라곤 했다. 집들의 모양은 가지각색이었고, 자갈이 깔린 2미터 너비의 골목을 사이에 두고 서로 창문을 맞대고 있었다.

어떤 집 앞에는 손바닥만 한 땅을 일구어 만든 정원이 있고, 금잔화와 한련이 울퉁불퉁한 돌 틈새로 줄기를 뻗고 있었다. 하지만 골목 끝에 있는 집들은 금방이라도 무너질 것 같았고, 창문에 널빤지가 박힌 채 버려진 집도 있었다.

3번지는 그런 막다른 골목 끝에 있었다. 다 쓰러져가는 집은 그리 오래 버틸 수 있을 것 같지 않았다.

나무가 다 썩어버린 문을 노크하자 벗겨진 페인트 조각이 바르르 떨렸다. 바깥쪽 돌벽은 길게 갈라져 있고, 틈새 양쪽이 위태롭게 불거져 나와 있었다.

　작달막한 백발 노인이 문을 열었다. 얼굴은 가난에 찌들어 주름져 있었지만, 쾌활한 두 눈이 얼굴에 생기를 주었다. 누덕누덕 기운 모직 카디건과 무릎에 헝겊조각을 댄 바지를 입고 슬리퍼를 신고 있었다.

　"개를 보러 왔는데요."

　내가 말하자 노인은 미소를 지었다.

　"와주셔서 고맙소. 우리 개 때문에 좀 걱정이오. 어서 들어와요."

　노인은 나를 작은 거실로 안내했다.

　"지금은 나 혼자 살고 있다오. 작년에 집사람이 먼저 저세상으로 가버려서. 집사람은 우리 늙은 개를 둘도 없는 보물처럼 애지중지했지."

　가난의 증거는 곳곳에 있었다. 닳아빠진 리놀륨 바닥, 불 꺼진 난로, 눅눅한 곰팡내. 습기 찬 벽에서는 벽지가 떨어져 나왔고, 식탁에는 노인의 쓸쓸한 점심식사가 차려져 있었다. 베이컨 한 조각, 튀긴 감자 몇 토막, 그리고 차 한 잔. 이것이 노령 연금으로 살아가는 노인의 생활 모습이었다.

　방구석에 담요가 깔려 있고 그 위에 내 환자가 누워 있었다. 래브라도 잡종이었다. 한창때는 크고 힘센 개였겠지만, 입 주위의 하얀 털과 눈 속의 희끄무레한 백태에는 나이든 증거가 나타나 있었다. 개는 조용히 엎드려서 나를 쳐다보았다. 적대감은 전혀 보이지 않았다.

　"나이가 제법 들었군요."

　"그렇소. 열네 살이 다 되었지. 하지만 몇 주 전까지만 해도 강아지처럼 뛰어다녔다오. 이름이 보비인데, 나이에 비해 건강하고 평생 한 번도 사람을 공격한 적이 없어요. 어린애들이 무슨 짓을 해도 점잖게 다 받아주지요. 녀석은 이제 내 유일한 친구요. 빨리 고칠 수 있으면 좋겠는데."

"음식을 전혀 안 먹습니까?"

"입에도 안 대요. 정말 이상하지. 전에는 이가 없어도 잇몸으로 먹을 수 있었는데. 식사 때는 늘 내 곁에 앉아서 무릎에다 머리를 올려놓곤 했는데, 요즘에는 그런 적이 없어요."

개를 바라보는 동안 나는 점점 불안해졌다. 배가 심하게 부풀어 있고, 고통스러워하는 기색이 역력했다. 호흡 곤란, 오므라든 입술, 무언가에 마음을 빼앗기고 있는 듯한 불안한 눈빛.

주인이 말하는 동안 개는 꼬리로 담요를 두어 번 내리쳤다. 희끄무레한 눈 속에 잠깐 흥미를 보이는 기색이 나타났지만, 그것은 곧 사라지고 골똘히 생각에 잠긴 듯 멍한 표정이 되돌아왔다.

나는 배를 조심스레 만져보았다. 복수가 가득 차서 배를 심하게 압박하고 있었다.

"자, 돌아누울 수 있는지 볼까."

나는 이렇게 말을 걸면서 개의 몸을 반대쪽으로 천천히 굴렸다. 개는 내가 몸을 굴릴 때는 아무 저항도 하지 않았지만, 그 일이 끝나자 끙끙거리며 주위를 둘러보았다. 문제의 원인은 이제 쉽게 찾을 수 있었다.

나는 가만히 배를 만져보았다. 얇은 뱃가죽을 통해 쭈글쭈글 주름진 단단한 덩어리가 만져졌다. 비장암이나 간암이 분명했다. 종양이 너무 커서 수술은 불가능했다. 나는 늙은 개의 머리를 쓰다듬으며 생각을 정리하려고 애썼다. 이 일은 쉽지 않을 것 같았다.

"치료가 오래 걸릴까요?" 노인이 물었다. 그러자 또다시 꼬리가 바닥을 두어 번 내리쳤다. 사랑하는 사람의 목소리를 들은 개의 반사적인 동작이었다. "내가 집안일을 할 때 녀석이 따라다니지 않으면 얼마나 쓸쓸한지 몰라요."

"유감이지만 아주 심각한 병입니다. 이 커다란 혹이 보이시죠. 몸속에 종양이 생겼기 때문입니다."

"그럼…… 암이란 말인가요?" 노인은 머뭇거리며 물었다.

"그런 것 같습니다. 너무 많이 진행돼서 손쓸 방법이 없습니다. 제가 도와줄 수 있으면 좋겠지만, 아무것도 해줄 수가 없군요."

노인은 당황한 표정을 지었다. 입술이 바들바들 떨리고 있었다.

"그럼 죽는단 말이오?"

나는 마른침을 삼켰다.

"그냥 죽게 내버려둘 수는 없지요. 지금도 상당히 고통스럽겠지만, 조금 있으면 통증이 훨씬 심해질 겁니다. 보비를 잠재우는 게 최선이라고 생각지 않으십니까? 어쨌든 보비는 오랫동안 행복하게 살았으니까요."

이럴 때면 언제나 사무적으로 말하려고 애썼지만, 그 진부한 말이 내 귀에도 너무나 공허하게 들렸다.

노인은 한참 동안 잠자코 있다가 겨우 입을 열었다.

"잠깐만 기다려주시오."

그러더니 개 옆에 천천히 힘들게 무릎을 꿇었다. 노인은 아무 말도 하지 않고 회색 주둥이와 귀를 몇 번이고 쓰다듬었다. 꼬리가 천천히 마룻바닥을 때렸다. 털썩, 털썩, 털썩.

노인은 오랫동안 거기에 무릎을 꿇고 있었다. 그동안 나는 일어나서 음울한 방을 둘러보았다. 벽에 걸려 있는 빛바랜 사진, 낡아빠진 더러운 커튼, 스프링이 망가진 안락의자.

마침내 노인이 몸을 일으키고는 한두 번 침을 꿀꺽 삼켰다. 그러고는 나를 외면한 채 쉰 목소리로 말했다.

"됐어요. 지금 해주시겠소?"

나는 주사기를 채우고, 이럴 때 늘 하는 말을 했다.

"걱정하지 마세요. 전혀 아프지 않으니까요. 마취제를 좀 많이 투여하는 것뿐입니다. 문자 그대로 안락하게 개를 보내는 방법이지요."

주사바늘을 찔러도 개는 꼼짝하지 않았다. 마취제가 혈관으로 흘러 들어가자 개의 얼굴에서 불안한 표정이 사라지고 근육이 풀리기 시작했다. 주사가 끝났을 때쯤에는 이미 호흡이 멈춰 있었다.

"끝났소?" 노인이 속삭였다.

"예, 다 끝났습니다. 이제 고통에서 벗어났습니다."

노인은 꼼짝 않고 서서 두 손만 계속 쥐었다 폈다 했다. 나를 돌아보았을 때 노인의 눈은 밝아져 있었다.

"맞아요. 보비가 고통을 받도록 내버려둘 수는 없지요. 녀석이 편히 잠들게 해줘서 정말 고맙소. 그런데 얼마를 드리면 될까요?"

"괜찮습니다, 영감님." 나는 서둘러 말했다. "대수롭지 않은 일입니다. 마침 이 근처를 지나는 길에 잠깐 들렀으니까요. 별로 애쓴 것도 없습니다."

노인은 깜짝 놀랐다.

"하지만 공짜로 그런 일을 해주실 수는 없지요."

"그런 말씀 마세요. 아까도 말했듯이 이 근처를 지나가던 길이었으니까요."

나는 작별 인사를 하고 그 집을 나와서 좁은 골목을 지나 큰길로 나왔다. 북적거리는 사람과 찬란한 햇빛 속에서도 내 눈에는 여전히 을씨년스러운 작은 방과 노인과 죽은 개밖에 보이지 않았다.

길가에 세워둔 자동차 쪽으로 걸어가고 있을 때 뒤에서 외치는 소리가 들렸다. 노인이 슬리퍼를 질질 끌면서 열심히 달려오고 있었다. 뺨은 눈물로 얼룩져 있었지만 노인은 웃고 있었다. 손에는 작은 갈색 물건을 들고 있었다.

"그렇게 친절을 베풀어주셨는데 그냥 보내기가 섭섭해서⋯⋯."

노인이 손에 든 것을 내밀었다. 나는 그것을 내려다보았다. 비록 너덜너덜해지긴 했지만 그것은 옛날 어느 경사스러운 날의 소중한 기념품이 분명했다.

"어서 받으시오." 노인이 말했다. "자, 시가나 한 대 태워요."

\* \* \*

풋내기 시절에 있었던 이 사건은 그 후 몇 달 동안이나 내 마음에 달라붙어 떠나지 않았고, 지금도 가장 생생하고 가슴 저린 추억으로 남아 있다. 수의사가 노인의 소중한 반려견을 안락사 시키는 일은 슬프게도 아주 흔한 일이지만, 바르비투르산염이라는 마취제 덕분에 자비롭고 평화롭게 잠재울 수 있어서 그런 대로 견딜만하다. 하지만 딘 노인의 경우에는 유난히 마음에 남는 무언가가 있었다. 지금도 나는 '나중에 책을 쓰게 되면 반드시 그 이야기를 넣어야지⋯⋯' 하고 처음 결심했을 때만큼 그것을 생생하게 기억하고 있다. 그것은 아마 그 시가였을 것이다⋯⋯.

# 5
## 팁이 눈 속에서 자는 이유

어떻게든 도로로 무사히 돌아갈 수 있어서 천만다행이었다. 황무지의 동쪽 지평선이 희붐하게 밝아지기 시작한 겨울 아침 7시는 자동차가 눈 속에 처박힐 경우 꺼내기에 적당한 시간이 아니었기 때문이다.

울타리도 없는 이 좁은 길은 높은 언덕 가장자리를 따라가다가 훨씬 좁은 샛길로 갈라지고, 그 샛길 끝에 외딴 농가 몇 채가 드문드문 흩어져 있었다. 이 이른 아침에 암소가 자궁내출혈을 일으켰다는 전화를 받고 여기까지 오는 동안은 눈이 내리지 않았지만, 바람이 쉴새없이 일어나 지난 몇 주 동안 산등성이를 뒤덮고 있었던 하얀 담요를 걷어내고 있었다. 바람에 날린 눈발이 길바닥 위를 기어가는 것이 헤드라이트 불빛 속에 떠올랐다. 뾰족하고 예쁜 손가락들이 포장도로를 더듬거리며 조금씩 앞으로 나아가는 것 같았다.

처음에는 이런 식으로 시작되지만 나중에는 바람에 날려 쌓인 눈이 길을 막아 차가 다닐 수 없게 된다. 농장에서 암소에게 피튜이트린(뇌하수체 후엽 호르몬. 자궁에 흥분 작용을 일으킨다)을 주사하고 출혈하는 자궁경부에 깨끗한 시트를 대고 있을 때, 바람이 외양간 문을 때리는 소리를 듣고 길이 막히기 전에 집으로 돌아갈 수 있을지 걱정이 되었다.

집으로 돌아가는 길에는 바람에 날리는 눈발이 더 이상 예뻐 보이지 않았다. 눈은 이제 하얀 베개처럼 길을 가로질러 쌓여 있었다. 하지만 내 작은 차는 쌓인 눈을 가르며 용케 나아갔다. 계속 미친 듯이 방향을 바꾸고 바퀴가 헛돌았지만, 드디어 200미터 앞에 눈이 쌓이지 않은 간선도로가 보였다. 희미한 햇빛 속에서 포장도로의 검은색을 보니 마음이 놓였다.

왼쪽 목초지 너머에 코트 하우스가 있었다. 나는 그 농장의 수송아지 한 마리를 치료하는 중이었다. 언 순무를 먹고 배탈이 난 것이다. 그런데 왕진 날짜가 마침 오늘로 잡혀 있었다. 가능하면 오늘은 이곳에 다시 오고 싶지 않은데 부엌 창문에 불빛이 보였다. 사람들이 벌써 일어나 있는 모양이다. 나는 차를 돌려 코트 하우스 마당으로 들어갔다.

농가의 뒷문은 작은 포치 안에 있었지만, 바람에 날린 눈이 포치 안까지 들어와 50센티미터 높이의 눈더미가 문을 막고 있었다. 내가 눈더미 너머로 몸을 기울여 문을 노크하려는데 눈더미가 가볍게 흔들리더니 위로 올라오기 시작했다. 눈더미 속에 무언가가, 상당히 큰 무언가가 있었다. 어스름한 새벽에 눈더미가 갈라지고 털로 덮인 형체가 나타나는 것을 보니 으스스했다. 야생동물이 온기를 찾아 눈더미 속으로 들어간 게 분명했다. 하지만 그것은 여우보다 훨씬 컸고, 이 근처에 있음직한 어떤 들짐승보다도 컸다.

바로 그때 문이 열리고 부엌 불빛이 새어나왔다. 피터 트렌홈이 나에게 어서 안으로 들어오라고 손짓했다. 그의 아내는 환한 집 안에서 나를 보고 생긋 웃었다. 그들은 쾌활한 젊은 부부였다.

"저게 뭐죠?" 나는 털에 묻은 눈을 힘차게 털어내고 있는 동물을 가리키며 물었다.

"저거요?" 피터가 히죽 웃었다. "우리 팁이에요."

"팁? 당신네 개라고요? 개가 눈더미 속에 뭐 하러 들어가죠?"

"개가 들어간 게 아니라 눈이 바람에 날려서 개 위에 쌓인 거겠죠. 거기가 팁의 잠자리예요. 팁은 늘 뒷문 밖에서 자거든요."

나는 농부를 노려보았다.

"밤마다 한데서 잔단 말이에요?"

"여름에도 겨울에도 늘 밖에서 자지요. 그런 눈으로 보지 마세요. 팁이 원해서 하는 일이니까. 다른 개들은 따뜻한 외양간에서 자는데 팁은 절대로 거기서 자려 하지 않아요. 벌써 열다섯 살인데 새끼 때부터 줄곧 뒷문 밖에서 잤답니다. 우리 아버지가 살아 계실 때에도 저 녀석을 안에서 재우려고 별의별 방법을 다 써봤지만 아무 소용도 없었어요."

나는 놀라서 그 늙은 개를 바라보았다. 이제는 좀 더 분명히 알아볼 수 있었다. 팁은 전형적인 양치기개는 아니었다. 골격이 더 크고 털도 길었다. 팁은 열다섯 살이라는 나이에 어울리지 않는 넘치는 활력을 발산하고 있었다. 이 추운 고지대에서 사는 동물이 한데서 자기를 좋아하고, 그러면서도 이렇게 활력이 넘친다는 것은 믿기 어려웠다. 언뜻 보아서는 늙은 징후를 전혀 찾아볼 수 없었다. 그래도 자세히 보니 걸음걸이가 조금 뻣뻣하고, 머리와 얼굴에 살이 없고, 백내장으로 눈 속의 수정체가 탁해 보였다. 하지만 전체적으로는 억누를 수 없는 활력에 가득 찬 느낌을 주었다.

팁은 털에서 마지막 남은 눈을 털어내고 주인에게 달려와 높고 날카로운 소리로 두어 번 짖었다. 피터 트렌홈은 껄껄 웃었다.

"팁이 나갈 준비가 되었군요. 어서 일거리를 달라고 졸라대는 거예요."

피터는 외양간 쪽으로 앞장서서 걸어갔다. 나는 칼날 같은 바람을 피해 고개를 숙이고 눈 밑에 쇠처럼 단단히 얼어붙은 바퀴자국에 발이 걸려 비틀거리며 그 뒤를 따라갔다. 외양간 문을 열고 소들의 온기 속으로 들어가자 살아난 기분이 들었다.

길쭉한 축사 건물에는 아주 다양한 동물이 살고 있었다. 젖소가 건물의 대부분을 차지했고, 아직 새끼를 낳지 않은 어린 암소와 수송아지도 있었다. 그리고 짚이 푹신하게 깔린 빈 우리에 다른 개들이 있었다. 고양이도 있었다. 그렇다면 외양간은 따뜻한 게 분명했다. 어떤 곳이 안락한지 아닌지를 판단할 때 고양이만큼 좋은 지표가 되는 동물은 없다. 고양이들은 짚 속에 털뭉치처럼 웅크리고 있었다. 소들의 체온이 전해오는 나무 칸막이 옆이 가장 좋은 자리였고, 고양이들은 어김없이 그 자리를 차지하고 있었다.

팁은 자신만만하게 동료들 사이를 돌아다녔다. 그곳에는 젊은 수캐 한 마리와 반쯤 자란 새끼 세 마리를 거느린 암캐가 있었다. 누가 보아도 팁이 우두머리임을 알 수 있었다.

내 환자인 수송아지는 상태가 조금 나아진 것 같았다. 어제 보았을 때는 순무를 너무 많이 먹어서 혹위가 완전히 기능을 멈추고 이완되어 있었다. 배가 조금 부풀어 올랐고 신음 소리로 불편을 호소했었다. 하지만 오늘은 왼쪽 옆구리에 귀를 대보니, 어제는 아무 소리도 내지 않았던 혹위가 정상적으로 연동운동을 시작한 것을 알 수 있었다. 배에서 꾸르륵거리는 소리가 들려왔다. 어제 위세척을 한 것이 효과가 있었던 모양이다. 한 번만 더 위세척을 하면 정상으로 돌아올 것 같았다. 위세척은 진보의 홍수에 떠내려간 지 오래지만 내가 좋아하는 치료법 가운데 하나였다. 나는 애정을 담아서 위세척 용액을 섞었다. 포르말린 30그램, 소금 250그램, 거의 모든 외양간에서 찾아볼 수 있는 검은 당밀 한 통. 이것을 모두 양동이에 넣고 뜨거운 물 10리터를 부어 고루 섞는다.

나는 나무 재갈을 수송아지의 입에 끼우고 뿔 뒤에서 고정시킨 다음, 피터가 손잡이를 잡고 있는 동안 튜브를 혹위 속에 밀어 넣고 용액을 집어넣었다. 작업이 끝나자 송아지는 놀라서 눈을 크게 뜨고 뒷다리를 굴렀다. 다시 송아지 옆구리에 귀를 대보니 위의 내용물이 부글부글 거품을 내는 소리가 들렸다. 나는 만족하여 혼자 빙긋 웃었다. 위세척은 효과가 있었다. 늘 그렇듯이.

튜브를 씻고 있을 때 피터의 동생이 젖을 짜는 소리가 들렸다. 내가 떠날 준비를 하고 있는데, 피터의 동생이 우유가 가득 든 양동이를 냉각기로 옮기려고 이쪽으로 걸어왔다. 그는 개들이 있는 우리를 지나칠 때 따뜻한 우유를 개들의 접시에 부어주었다. 팁은 별로 관심도 없는 것처럼 아침을 먹으러 천천히 우유 그릇 쪽으로 다가갔다. 젊은 수캐가 끼어들려고 하자 팁은 수캐의 코 바로 앞에서 소리 없이 아래위 턱을 마주쳤다. 하마터면 물릴 뻔한 수캐는 다른 접시로 물러갈 수밖에 없었다. 하지만 암캐와 새끼들이 끼어드는 것은 그냥 내버려두었다. 고양이들—흑백 얼룩고양이, 삼색털 고양이, 회색 고양이—이 짚 속에서 나와 기지개를 켜고는 원을 이루어 사방을 경계하면서 다가왔다. 다음은 고양이들 차례였다.

트렌홈 부인이 차 한 잔 하라고 나를 불렀다. 외양간에서 나오니 해가 높이 떠 있었다. 하지만 하늘은 구름이 잔뜩 끼어 우중충한 잿빛이었고, 집 근처에 드문드문 서 있는 나무들의 앙상한 가지는 바람에 휘어 있었다. 얼음같이 차가운 바람은 황무지의 드넓은 눈밭 위를 거침없이 휘몰아쳤다. 요크셔 사람들은 이런 바람을 '마른 바람'이라고 부르지만, 때로는 '게으른 바람'이라고 부르기도 한다. 너무 게을러서 사람을 빙 돌아가지 않고 곧장 뚫고 나간다는 뜻이다. 그런 바람을 맞으면 세상에서 가장 좋은 곳은 농가 부엌의 난롯가라는 생각이 든다.

대부분의 사람들은 그렇게 생각했겠지만, 늙은 팁은 달랐다. 피터가 바깥 외양간에 있는 어린 소들에게 줄 건초를 마차에 싣고 있는 동안 팁은 그 주위를 신나게 뛰어다녔다. 피터가 고삐를 흔들자 말이 마차를 끌고 목초지로 나갔다. 그러자 팁은 재빨리 마차 뒤로 뛰어올랐다.

나는 기구를 자동차 트렁크에 던져놓고 늙은 개를 돌아보았다. 팁은 덜컹거리는 마차에서 넘어지지 않으려고 다리를 앙버틴 채 꼬리를 흔들면서 추운 세상에 도전하듯 짖고 있었다. 나는 안일한 삶을 경멸하고 자신이 명예로운 자리라고 생각하는 곳—주인댁 뒷문—에서 잠자는 팁의 기억을 안고 그 농가를 떠났다.

\* \* \*

늙은 팁은 요크셔의 산악지방에서 즐겁게 일하는 수천 마리의 강인한 개들의 표본이다. 활력 넘치고, 다부지고, 어떤 어려움도 잘 견뎌낸다. 살찐 개는 찾아볼 수 없다. 안락함이나 한가로움이나 균형 식단 따위는 거의 모른다. 대개는 옥수수가루와 우유만으로 끼니를 때운다. 하지만 놀

랄 만큼 건강하다. 끊임없는 노동과 활동 때문에 수명은 좀 짧을지 모르
지만, 반드시 그런 것도 아니다. 스무 살이나 먹은 개가 마구간에서 비틀
거리며 달려 나와 나를 맞아준 일은 지금도 기억에 생생하다. 힘차게 흔
드는 꼬리는 그 개가 아직도 삶을 즐기고 있다는 것을 말해주었다. 하지
만 내가 아는 한, 눈더미 속에서 잠을 잔 개는 오직 팁뿐이다.

# 6
# 개도 영혼이 있나요?

그 카드는 노부인의 침대 위에 매달려 있었다. 카드에는 '주님은 가까이 계시다'고 적혀 있었지만, 평범한 종교적 구절 같지는 않았다. 액자에 끼워져 있지도 않고 장식적인 서체로 인쇄되어 있지도 않았다. '금연'이나 '비상구' 같은 표지판처럼 평범한 글씨가 20센티미터 길이의 판지에 쓰여 있을 뿐이었다. 카드는 노처녀인 스터브 여사가 누운 자세로 쳐다보면서 또박또박 쓴 '주님은 가까이 계시다'는 글귀를 읽을 수 있도록 낡은 가스관에 아무렇게나 걸려 있었다.

스터브 여사가 볼 수 있는 것은 별로 없었다. 낡아빠진 커튼을 통해 1미터 남짓한 쥐똥나무 울타리를 볼 수는 있었겠지만, 여사가 볼 수 있는 것은 주로 난잡하게 어질러진 작은 방뿐이었다. 여사에게 이 방은 오래전부터 전 세계나 마찬가지였다.

그 방은 작은 집의 일층 앞쪽에 있었다. 한때는 정원이었던 황무지를 지나 집으로 다가가면 노부인의 침대 위로 뛰어올라 나를 내다보는 개들이 보였다. 내가 문을 노크하면 집 안은 개 짖는 소리로 폭발할 지경이었다. 늘 그런 식이었다. 나는 1년 동안 정기적으로 그 집을 찾아갔지만 매번 똑같은 일이 판에 박은 듯이 되풀이되었다. 개들이 요란하게 짖어대면 스터브 여사를 돌봐주는 브로드위스 부인이 내 환자를 제외한 다른 개들을 모두 뒤쪽 부엌으로 밀어 넣고는 문을 연다. 그러면 나는 안으로 들어가 방구석 침대에 누워 있는 스터브 여사와 침대 위에 걸려 있는 카드를 본다.

스터브 여사는 오랫동안 침대에 누워 지냈고, 다시는 일어나려 하지 않았다. 하지만 자신의 병이나 고통을 나한테 털어놓은 적은 없었다. 여사의 관심사는 개 세 마리와 고양이 두 마리뿐이었다.

오늘의 환자는 늙은 프린스였다. 나는 프린스를 걱정하고 있었다. 프린스는 심장이 나빴다. 내가 이제껏 들어본 적도 없을 만큼 위중한 심장판막증이었다. 내가 들어갔을 때 프린스는 나를 기다리고 있다가 여느 때처럼 반가워하며 술 모양의 털이 난 긴 꼬리를 천천히 흔들었다.

그 꼬리를 보면 프린스가 아이리시세터의 피를 많이 받은 게 틀림없다는 생각이 들지만, 검은색과 흰색 털이 섞인 불룩한 몸뚱이를 지나 털투성이의 머리와 셰퍼드처럼 곧추선 귀에 이르면 생각이 바뀌곤 했다. 스터브 여사는 프린스를 종종 '미스터 하인츠'라고 불렀다. '하인츠' 상표의 사료 봉지에는 57가지 성분이 표시되어 있는데, 여사는 프린스가 57가지 견종의 피가 섞인 잡놈이라고 놀리고 있는 것이다. 설마 57가지 견종의 피가 섞이지는 않았겠지만, 잡종 특유의 강인한 생명력은 프린스에게 큰 도움이 되었다. 다른 품종의 개가 그런 심장병에 걸렸다면 벌써 오래전에 죽었을 것이다.

"선생님께 전화하는 게 좋을 것 같아서요." 브로드위스 부인이 말했다. 그녀는 푸근한 인상의 나이 지긋한 과부였다. 혈색 좋은 네모난 얼굴은 베개 위에 얹혀 있는 여윈 얼굴과는 완전히 대조적이었다. "이번 주에 줄곧 기침을 하더니 오늘 아침에는 좀 비틀거렸어요. 그래도 밥은 여전히 잘 먹어요."

"그야 그렇겠지요." 나는 프린스의 갈비뼈에 붙어 있는 투실투실한 살을 만져보았다. "프린스가 밥을 못 먹게 하려면 입을 꽁꽁 묶어놔야 할 겁니다."

스터브 여사가 침대에서 소리 내어 웃었다. 늙은 개도 입을 크게 벌리고 눈을 빛내면서 내 농담을 재미있어하는 눈치였다. 나는 프린스의 심장에 청진기를 대고 귀를 기울였지만, 어떤 소리가 날지는 이미 알고 있었다. 심장은 '쿵, 쿵' 하고 뛴다지만, 프린스의 심장은 '휙 슈우, 휙 슈우' 하는 소리를 냈다. 순환계로 흘러나가는 피와 거의 맞먹는 양의 혈액이 다시 심장으로 흘러드는 것 같았다. 그리고 그 '휙 슈우' 하는 소리가 지난번보다 훨씬 빨라졌다. 프린스는 강심제인 디기탈리스를 먹고 있었지만 별로 효과가 없었다.

나는 우울한 기분으로 청진기를 이리저리 움직였다. 만성 심장병을 앓고 있는 늙은 개가 모두 그렇듯이 프린스도 노상 기관지염에 걸렸다. 휘파람을 불듯 휙휙거리는 소리, 물거품이 일어나는 소리, 삑삑거리는 소리, 부글거리는 소리. 나는 프린스의 폐가 어떻게 활동하고 있는지를 알려주는 그 소리의 교향악에 우울하게 귀를 기울였다. 늙은 개는 여전히 꼬리를 천천히 흔들면서 똑바로 서 있었다. 프린스는 내 진찰을 받는 것을 언제나 대단한 찬사로 받아들였다. 프린스가 진찰을 즐기고 있는 것은 의심할 여지가 없었다. 다행히 프린스의 병은 심한 통증을 수반하는 병은 아니었다.

나는 일어나면서 개의 머리를 토닥여주었다. 그러자 프린스는 당장 앞발을 내 가슴에 올려놓으려 했지만 뜻대로 되지 않았다. 발을 조금 들어올렸을 뿐인데도 숨이 차서 혀를 축 늘어뜨리고 헐떡거렸다. 나는 디기탈린을 근육에 주사하고 모르핀 염산염도 주사했다. 프린스는 그것도 놀이의 일부로 즐겁게 받아들이는 듯했다.

"주사를 놓았으니까 심장과 호흡이 안정될 겁니다. 오늘은 온종일 멍해 있겠지만, 그것도 도움이 됩니다. 알약은 계속 먹이세요. 기관지염 치료약도 드리겠습니다."

나는 토근(거담제)과 암모늄아세테이트를 섞은 상비약을 한 병 건네주었다.

브로드위스 부인이 차를 가져오고 나머지 동물들이 부엌에서 해방되면서 왕진의 두 번째 단계가 시작되었다. 실리엄테리어인 벤, 코커스패니얼인 샐리가 프린스와 함께 짖기 시합을 벌이기 시작했다. 세 마리가 한꺼번에 짖어대면 귀청이 찢어질 정도였다. 곧이어 고양이인 아서와 수지가 나타났다. 고양이들은 거드름을 피우며 우아하게 다가와서 내 다리에 몸을 문질러대기 시작했다.

그것이 침대 위에 작은 카드가 매달려 있는 그 방에서 스터브 여사와 차를 마시는 동안 으레 벌어지는 장면이었다.

"오늘은 좀 어떠세요?" 나는 스터브 여사에게 물었다.

"한결 좋아졌어요." 여사는 짧게 대답하고는 여느 때처럼 얼른 화제를 바꾸었다.

대개 스터브 여사는 반려동물에 대해 이야기하기를 좋아했다. 소녀 시절에 키운 반려동물까지 화제로 삼았다. 가족이 살아 있던 시절에 대해서도 즐겨 이야기했다. 특히 남동생들의 엉뚱한 장난질에 대해 이야기하기를 좋아했다. 오늘 여사는 브로드위스 부인이 서랍 바닥에서 찾아낸 사진 한 장을 보여주었다.

나는 사진을 받아들었다. 1890년대에 유행한 빵떡모자와 무릎까지 오는 반바지를 입은 세 젊은이가 누렇게 바랜 사진 속에서 나를 보며 익살스럽게 웃고 있었다. 담배 파이프를 들고 있는 그들의 표정에서는 세월이 가도 바래지 않는 개구쟁이 같은 장난기를 느낄 수 있었다.

"정말 쾌활한 소년들이군요."

"짓궂은 악동들이었지."

여사는 고개를 뒤로 젖히고 깔깔 웃었다. 그녀의 얼굴이 잠시 환하게 밝아졌다. 즐거운 옛 추억이 노부인의 시든 얼굴을 놀랍게 바꾸어놓은 것이다.

마을에서 들은 이야기가 머리에 떠올랐다. 스터브 여사는 유복한 집안에서 태어나, 오래전에는 대저택에서 살았다. 그러다가 부친이 외국에 투자한 것이 잘못되어 갑자기 상황이 달라졌다. 한 노인은 이렇게 말했다.

"그 양반이 돌아가셨을 때는 거의 알거지였지. 지금도 그 집에는 돈이 별로 없을 거요."

스터브 여사와 동물들이 끼니를 잇고 브로드위스 부인에게 봉급을 줄 만큼의 돈밖에 없을 것이다. 정원을 가꾸거나 집에 페인트칠을 하거나 작은 사치를 누릴 만한 돈은 없는 게 분명했다.

나는 거기에 앉아 차를 마시면서 침대 옆에 나란히 앉아 있는 개들과 침대 위에 올라가 편안히 누워 있는 고양이들을 바라보며, 전에도 자주 느꼈듯이 수의사로서 내가 지고 있는 책임이 좀 두려워졌다. 노부인의 삶에 조금이나마 빛을 던져주는 것은 잠시도 주인의 얼굴에서 눈을 떼지 않는 이 털투성이 동물들의 꾸밈없는 애정과 헌신이었다. 그런데 문제는 그 개와 고양이들이 모두 나이가 많다는 것이었다.

사실 그 집에는 원래 개가 네 마리 있었지만, 한 마리—정말로 늙은 골든리트리버—는 몇 달 전에 죽었다. 이제 나는 나머지 동물들을 보살피고 있었지만 모두 열 살이 넘었다.

아직은 그래도 팔팔했지만, 모두 노화의 징후를 보이고 있었다. 프린스는 심장이 나빴고, 샐리는 물을 많이 마시기 시작해서 자궁내막염에 걸린 게 아닌지 걱정이었다. 벤은 신장염 때문에 계속 여위었다. 벤에게 새 신장을 선물할 수도 없고, 헥사민(항균제)을 먹이고는 있었지만 나는 그 약의 효능을 별로 신뢰하지 않았다. 벤의 특이한 점은 발톱이 엄청나게 빠른 속도로 자란다는 것이었다. 나는 올 때마다 벤의 발톱을 잘라주어야 했다.

고양이들의 상태는 개들보다 나았지만, 수지는 좀 수척했다. 나는 우울한 기분으로 수지의 배를 주무르면서 림프육종의 징후를 찾았다. 아서가 제일 건강했다. 아서는 이빨에 치석이 생기기 쉬운 것을 제하고는 아무 병도 없는 것 같았다.

스터브 여사도 아서의 치석을 걱정하고 있었던 모양이다. 내가 차를 다 마시자 여사는 아서를 보아달라고 부탁했다. 나는 침대 위에 엎드려 있는 아서를 끌어당겨 입을 벌렸다.

"또 치석이 조금 끼었군요. 이왕 온 김에 제거하는 편이 좋겠습니다."

아서는 몸집이 크고 회색 털을 가진 거세한 수고양이였는데, 고양이는 냉정하고 이기적이라는 따위의 속설을 모두 뒤엎는 살아 있는 표본이었다. 내가 이제껏 본 고양이 중에서 가장 얼굴이 넓적했고, 그 얼굴에 파묻혀 있는 작은 눈은 모든 것을 포용할 것처럼 자애롭고 너그럽게 세상을 내다보고 있었다. 아서는 어떤 동작을 해도 기품이 있었다.

내가 이빨을 긁기 시작하자 아서의 가슴속에서 가르릉거리는 소리가 메아리쳤다. 멀리서 모터보트의 엔진이 윙윙거리는 소리와 비슷했다. 누군가가 아서를 붙잡고 있을 필요도 없었다. 아서는 차분하게 앉아 있었고, 딱 한 번―어금니에서 좀처럼 떨어지지 않는 치석을 핀셋으로 긁어내다가 실수로 잇몸을 찔렀을 때―몸을 움찔했을 뿐이다. 아서는 "이봐, 조심해!" 하고 말하는 것처럼 커다란 앞발을 슬쩍 들어 올렸지만, 발톱은 감춘 채였다.

나는 한 달도 지나기 전에 그 집을 다시 찾아가게 되었다. 저녁 6시에 브로드위스 부인한테서 다급한 전화가 걸려왔기 때문이다. 벤이 쓰러졌다는 것이다. 나는 곧바로 차에 뛰어올라 10분도 안 되어 그 집에 도착했다. 앞마당에 길게 자란 풀을 헤치며 집으로 다가가자 창문으로 나를 내다보는 동물들이 보였다. 내가 문을 노크하자 개들이 일제히 짖어댔지만 벤의 소리는 들리지 않았다. 작은 방에 들어가 보니 늙은 개가 침대 옆에 쓰러져 있었다. 벤은 옆으로 누워 꼼짝도 하지 않았다.

'D.O.A.'는 우리가 업무 일지에 적어 넣는 기호다. 'Dead on Arrival'의 약자로, '도착했을 때는 이미 죽어 있었음'이라는 뜻이다. 짧은 몇 마디에 불과하지만, 그 속에는 온갖 상황이 담겨 있다. 유선염에 걸려 죽은 암소, 고창증으로 죽은 황소, 산통으로 죽은 송아지. 오늘 밤의 'D.O.A.'는 내가 이제는 벤의 발톱을 잘라줄 필요가 없게 되었다는 뜻이었다.

신장염 환자가 그렇게 갑자기 죽는 일은 흔치 않지만, 벤의 경우에는 요단백 수치가 요즘 들어 위험할 만큼 높아져 있었다.

"돌연사였군요. 벤은 조금도 괴롭지 않았을 겁니다."

내 말이 내 귀에도 부자연스럽고 공허하게 들렸다.

노부인은 슬픔을 억누르고 있었다. 그토록 오랫동안 벗이 되어준 벤을 침대에서 내려다볼 때 표정이 좀 굳어졌을 뿐, 눈물도 흘리지 않았다. 나는 되도록 빨리 벤을 여기서 데리고 나가야 한다고 생각했다. 그래서 담요로 벤을 싸서 들어올렸다. 내가 방을 나가려 할 때 여사가 말했다.

"잠깐만요."

그러고는 간신히 옆으로 돌아누워 벤을 뚫어지게 바라보더니, 여전히 차분한 표정으로 손을 뻗어 벤의 머리를 가볍게 어루만졌다. 여사가 다시 돌아눕자 나는 서둘러 방에서 나왔다.

부엌에서 나는 브로드위스 부인과 속삭이는 소리로 의논했다.

"나는 마을로 달려가서 프레드 매너스를 불러올게요. 벤을 묻어야 하니까요. 바쁘지 않으시면 제가 돌아올 때까지 할머니 곁에 있어주시겠어요? 말상대가 있으면 할머니한테 도움이 될 거예요."

그래서 나는 방으로 돌아가 침대 옆에 앉았다. 스터브 여사는 잠시 창밖을 내다보다가 나에게 눈길을 돌렸다.

"다음은 내 차례예요." 여사는 아무렇지도 않게 말했다.

"무슨 말씀이세요?"

"오늘 밤 벤이 떠났고, 다음엔 내가 가겠지. 난 알아요."

"말도 안 돼요! 기분이 좀 가라앉아 있는 것뿐입니다. 이런 일이 일어나면 누구나 다 그렇지요."

말은 그렇게 했지만 나는 좀 불안했다. 스터브 여사는 한 번도 그런 말을 한 적이 없었기 때문이다.

"죽는 건 두렵지 않아요. 더 좋은 세상이 나를 기다리고 있을 테니까. 거기에 대해서는 한 번도 의심해본 적이 없어요."

침묵이 흘렀다. 여사는 가스관에 걸려 있는 카드를 쳐다보며 조용히 누워 있었다.

이윽고 여사는 베개 위에서 다시 내 쪽으로 고개를 돌렸다.

"딱 한 가지 걱정이 있다오."

여사의 표정은 놀랄 만큼 변해 있었다. 마치 가면이 벗겨진 것 같았다. 의연한 얼굴은 찾아볼 수 없었다. 눈에는 공포가 어른거리고 있었다. 여사는 재빨리 내 손을 움켜잡았다.

"개와 고양이들. 내가 세상을 떠나면 다시는 녀석들을 못 보게 될까봐 두려워요. 그게 유일한 걱정거리라오. 저 세상에 가면 부모님과 동생들을 다시 만나게 되리라는 건 알고 있지만…… 하지만……."

"그런데 왜 동물은 만날 수 없습니까?"

"바로 그거예요." 여사는 베개 위에서 고개를 흔들었다. 처음으로 나는 그녀의 뺨에서 눈물을 보았다. "동물은 영혼이 없대요."

"누가 그래요?"

"어디선가 읽었어요. 목사님들도 대부분 그렇게 생각하는 것 같아요."

"저는 그렇게 생각지 않습니다." 나는 아직도 내 손을 잡고 있는 손을 토닥였다. "영혼을 갖는다는 게 사랑과 헌신과 감사를 느낄 수 있다는 뜻이라면, 동물이 인간보다 훨씬 낫습니다. 그 점에 대해서는 조금도 걱정하실 거 없어요."

"정말 그렇다면 얼마나 좋을까. 그 생각을 하면 밤에도 잠이 오질 않아요."

"제 말이 맞습니다. 제 말을 믿으세요. 우리 수의사들은 동물의 영혼에 대해 배우니까요."

여사의 얼굴에서 긴장이 사라졌다. 그녀는 다시 활기를 되찾아 소리 내어 웃었다.

"괜한 이야기를 늘어놔서 미안해요. 다시는 그런 얘기 안 할게요. 당신이 가기 전에 묻고 싶은 게 있는데…… 솔직히 말해줘야 돼요. 헛된 위안은 바라지 않아요. 내가 원하는 건 오직 진실뿐이에요. 당신이 아주 젊다는 건 알고 있지만, 어떻게 생각하는지 알고 싶어요. 정말 저 녀석들도 나와 같은 곳에 갈 거라고 믿으세요?"

스터브 여사는 내 눈을 열심히 들여다보았다. 나는 의자에서 앉음새를 고치고 한두 번 침을 삼켰다.

"솔직히 말씀드리면 저는 이런 문제에 대해서 막연한 생각밖에 갖고 있지 않습니다. 하지만 한 가지만은 확실합니다. 할머니가 가시는 곳이면 녀석들도 어디든 따라갈 겁니다."

노부인은 여전히 나를 뚫어지게 바라보고 있었지만 얼굴은 다시금 평온해졌다.

"고마워요. 당신이 정직하게 말하고 있다는 걸 알겠어요. 정말로 그렇게 믿고 있는 거죠?"

"그럼요. 진심으로 그렇게 믿고 있습니다."

그리고 한 달쯤 지났을까. 나는 스터브 여사가 세상을 떠난 것을 우연히 알게 되었다. 외롭고 가난한 노파가 죽으면 아무도 떠들어대지 않는다. 길거리에서 일부러 달려와 그 소식을 전해주지도 않는다. 나는 왕진을 갔다가 우연히 어떤 농부한테서 코비 마을의 작은 집이 매물로 나왔다는 얘기를 들었다.

"그럼 스터브 여사는 어디로 간답니까?"

"아아, 그 할머니는 3주쯤 전에 갑자기 세상을 떠났어요. 그 집은 오랫동안 손을 보지 않아서 아주 형편없는 상태라더군요."

"그럼 브로드위스 부인은 그 집에 살고 있지 않나요?"

"마을 반대쪽에 산다고 하던데요."

"개와 고양이들은 어떻게 되었는지 아세요?"

"무슨 개와 고양이요?"

나는 서둘러 왕진을 끝냈다. 점심때가 되어가고 있었지만, 곧장 집으로 가지 않고 투덜거리는 내 작은 차를 재촉하여 코비 마을로 달려갔다. 그리고 마을에서 처음 만난 사람에게 브로드위스 부인이 어디 사느냐고 물었다. 그 집은 작지만 아담한 집이었다. 내가 문을 노크하자 브로드위스 부인이 문을 열어주었다.

"어머나, 헤리엇 선생님. 어서 들어오세요. 이렇게 와주셔서 정말 기뻐요."

나는 안으로 들어가, 깨끗한 탁자를 사이에 두고 부인과 마주앉았다.

"할머니는 정말 안됐어요." 부인이 말했다.

"저는 그 소식을 방금 전에야 들었습니다."

"어쨌든 평온하게 눈을 감으셨어요. 잠든 채 세상을 떠나셨답니다."

"다행이군요."

브로드위스 부인은 방을 둘러보았다.

"이 집을 구한 건 행운이었어요. 내가 늘 꿈꾸었던 게 바로 이런 집이랍니다."

나는 더 이상 참지 못하고 불쑥 물었다.

"개와 고양이들은 어떻게 됐습니까?"

"아아, 그 애들은 정원에 있어요. 뒤뜰이 굉장히 넓거든요."

부인은 일어나서 문을 열었다. 나는 옛 친구들이 문으로 쏟아져 들어오는 것을 보고 안도의 한숨을 내쉬었다.

아서는 순식간에 내 무릎 위로 뛰어올라, 몸을 활처럼 구부리고 기뻐어쩔 줄 몰라 하며 내 팔에 몸을 문질렀다. 모터보트의 엔진 같은 소리가 개들이 짖어대는 소리에 섞여 낮게 웅웅거렸다. 프린스는 여느 때처럼 숨이 가빠 씨근거리며, 꼬리로 부채질하듯 공기를 휘저었다. 그래도 열심히 짖으면서 틈틈이 나에게 환한 웃음을 보냈다.

"다들 좋아 보이는군요. 그런데 얘들을 언제까지 여기 놓아둘 겁니까?"

"영원히 여기 있을 거예요. 나도 할머니만큼 얘들을 사랑해요. 도저히 헤어질 수가 없었어요. 얘들은 살아 있는 한 나와 함께 좋은 집에서 행복하게 살 거예요."

나는 전형적인 요크셔 시골 아낙네의 얼굴을 바라보았다. 볼은 투실투실하고 선이 굵어서 투박해 보이지만, 눈은 더없이 상냥하고 따뜻했다.

"정말 멋진 집이군요. 하지만 사료비가 좀…… 많이 들지 않을까요?"

"그건 걱정하실 거 없어요. 나도 모아놓은 돈이 좀 있으니까요."

"그거 잘됐군요. 이따금 들러서 녀석들이 어떻게 지내는지 보겠습니다.

며칠에 한 번은 이 마을을 지나가니까요."

나는 일어나서 문 쪽으로 걸어갔다. 그러자 브로드위스 부인이 손을 들었다.

"한 가지 부탁이 있는데요, 할머니 댁에 있는 물건이 팔리기 전에 그 집에 들러서 선생님이 주신 약을 좀 갖다 주실 수 없을까요? 약은 앞방에 있어요."

나는 열쇠를 받아들고 마을 반대쪽 끝에 있는 그 집으로 달려갔다. 삐걱거리는 대문을 열고 무성하게 자란 풀을 헤치며 다가가는데, 창문에 개들의 얼굴이 보이지 않는 것이 묘한 느낌을 주었다. 집은 생기를 잃고 죽어 있었다. 현관문이 삐걱거리며 열렸다. 나는 안으로 들어갔다. 적막이 무거운 관뚜껑처럼 집을 덮고 있었다.

집 안은 그대로였다. 아무것도 옮겨지지 않았다. 침대는 구겨진 담요가 덮인 채 여전히 구석에 놓여 있었다. 나는 방 안을 돌아다니며 반쯤 빈 약병들과 연고, 죽은 벤의 알약이 든 상자—이 알약은 벤한테 큰 도움이 되었다—를 주워 모았다.

약을 다 챙긴 다음 나는 작은 방을 천천히 둘러보았다. 이제 다시는 여기 올 일이 없을 것이다. 문간에서 나는 걸음을 멈추고 빈 침대 위에 걸려 있는 카드를 마지막으로 읽었다.

'주님은 가까이 계시다.'

* * *

노인들, 그리고 반려동물에 대한 그들의 애착. 스터브 여사의 경우, 그 애정은 조용히 빛나며 부채꼴로 퍼져나갔다. 그녀의 용기와 신념은 감동적이었다. 나에게 편지를 보낸 많은 이들이 스터브 여사와 똑같은 걱정을 털어놓는다. "개도 영혼이 있나요?" 나는 그때와 마찬가지로 지금도 자신있게 말할 수 있다. 스터브 여사와 반려동물들은 같은 곳으로 갔다고. 노인들의 또 다른 걱정거리는 자기가 죽은 뒤 반려동물들이 어떻게 될까 하는 것이다. 누가 돌봐줄까? 학대받지는 않을까? 자신보다 반려동물을 더 걱정하는 노인이 적지 않다는 것을 나는 경험으로 알고 있다. 그들은 자기가 죽으면 반려동물이 버림받지는 않을까 생각하면 견딜 수가 없다고 하소연한다. 이 두려움과 불안은 영원히 사람들을 따라다니며 괴롭히겠지만, 그것은 괜한 걱정인 경우가 많다. 우리는 인정 많은 사회에 살고 있고, 우리 주위에는 브로드위스 부인 같은 사람이 많다는 것을 잊어서는 안 된다.

# 7
# 만만치 않은 녀석 클랜시

가슴에 대고 있는 청진기를 통해 희미하게 으르렁거리는 소리가 들렸다. 그 순간 나는 이 개가 지금까지 내가 본 어떤 개보다 크다는 사실을 깨닫고 등골이 오싹해졌다. 물론 키는 아이리시울프하운드가 제일 크고, 불마스티프 중에는 이 개보다 어깨 폭이 넓은 개도 많다. 하지만 순수한 몸무게로는 이 개가 으뜸이다. 녀석의 이름은 클랜시였다.

클랜시는 아일랜드인의 개에게 어울리는 이름이었다. 조 멀리건은 오랫동안 요크셔에 살았지만 골수까지 철저한 아일랜드인이었다. 조는 오후에 개를 병원으로 데려왔다. 거대한 털투성이 형체가 복도를 가득 메우며 천천히 걸어오는 것을 본 순간, 나는 전에 클랜시를 보았을 때를 떠올렸다. 대러비 근처의 목초지에서 나는 짓궂게 까불어대는 작은 개들의 장난을 너그럽게 견디는 클랜시를 여러 번 보았다. 그때는 점잖고 온순한 개처럼 보였다.

하지만 지금은 지하 동굴에 울려 퍼지는 북소리처럼 불길한 소리가 거대한 흉곽 속에서 메아리치고 있었다. 청진기가 갈비뼈를 따라 움직이자 그 소리는 더욱 커졌고, 입술이 거대한 이빨 위에서 부드러운 산들바람에 흔들리는 깃발처럼 펄럭거렸다. 내가 오싹한 사실을 알아차린 것은 바로 그때였다. 클랜시는 엄청나게 큰 개일 뿐만 아니라, 마룻바닥에 무릎을 꿇고 오른쪽 귀를 클랜시의 입 바로 앞에 들이대고 있는 내 자세는 공격당하기에 안성맞춤이라는 사실이었다.

내가 슬며시 일어나 청진기를 주머니 속에 떨어뜨리자 개는 나한테 차가운 눈길을 던졌다. 머리는 움직이지 않고 눈알만 굴려서 곁눈질로 나를 쏘아보는 것이었다. 머리를 움직이지 않는 것 자체가 오싹할 만큼 위협적이었다. 나는 환자들에게 물리는 것을 대수롭지 않게 여겼지만, 이 개만은 달랐다. 클랜시는 다른 개들처럼 그냥 덥석 물지는 않을 거라는 생각이 들었다. 클랜시가 일단 무슨 일을 시작하면 그 덩치에 걸맞게 웅장한 규모로 일이 벌어질 터였다.

나는 한 발짝 뒤로 물러섰다.

"증세가 어떻다고 하셨지요?"

"뭐라고?" 멀리건 씨가 손을 귓바퀴에 대고 되물었다.

나는 숨을 한 번 깊이 들이마시고 나서 고함을 질렀다.

"개한테 무슨 문제가 있냐고요?"

노인은 똑바로 쓴 헝겊모자 밑에서 무슨 소린지 통 모르겠다는 표정으로 나를 바라보며 목을 싸맨 머플러를 만지작거렸다. 입 한가운데에서 삐죽 튀어나온 파이프가 노인의 곤혹스러움을 대변하듯 푸른 연기를 뿜어냈다.

나는 클랜시의 과거 병력을 기억해내고, 멀리건 씨에게 바싹 다가가 그의 얼굴에 대고 목청껏 고함을 질렀다.

"이 개는 토합니까?"

반응은 즉각적이었다. 노인은 안심한 듯 히죽 웃으며 파이프를 입에서 떼었다.

"아아, 예, 토해요. 심하게 토해."

토한다는 말은 멀리건 씨도 잘 알고 있는 게 분명했다.

오랫동안 클랜시는 원거리 치료만 받았다. 2년 전 내가 대러비에 온 첫날 시그프리드는 이렇게 말했다. 우리 병원을 찾아오는 환자들 중에 에어데일테리어와 당나귀 사이에 태어난 잡종개가 있는데, 이 개는 아무 문제도 없지만 길을 가다가 눈에 띄는 쓰레기를 먹어치우는 버릇이 있어서, 그 필연적인 결과로 자주 토한다. 그래서 비스무트와 탄산마그네슘 혼합물을 일정한 간격을 두고 큰 병으로 한 병씩 투여했다. 클랜시는 이따금 따분해지면 주인인 조 노인을 땅바닥에 내던지고, 고양이가 쥐를 다루듯 주인을 물고 흔들면서 가볍게 기분전환을 한다. 하지만 주인은 그래도 여전히 클랜시를 사랑한다……

나는 클랜시를 진찰해보지도 않고 약을 처방하는 데 양심의 가책을 느꼈다. 내 양심은 클랜시를 철저히 검사해야 한다고 말했다. 예를 들면 체온을 잰다든가……. 체온을 재는 것쯤은 간단하다. 그 꼬리를 잡고 들어올린 다음 체온계를 항문에 밀어 넣으면 된다. 그래서 나는 그렇게 했다. 그러자 개는 고개를 돌려 멍한 눈으로 내 눈을 마주보았다. 또다시 나는 낮게 울려 퍼지는 북소리를 들었다. 개의 윗입술이 살짝 올라가 하얗게 빛나는 엄니가 드러났다.

"예, 예, 됐습니다, 멀리건 씨." 나는 기운차게 말했다. "늘 먹이는 약을 한 병 드리지요."

조제실 선반에는 라틴어 이름이 적혀 있고 유리 마개가 씌워진 약병이 즐비하게 놓여 있었다. 나는 300그램짜리 병에 혼합물을 넣고 흔든 다음, 코르크 마개를 하고 라벨을 붙이고 사용법을 적었다. 멀리건 씨는 친숙한 하얀 약을 주머니에 넣으면서 흡족한 표정을 지었지만, 그가 나가려고 돌아서자 양심이 또다시 나를 괴롭혔다. 개는 아주 건강해 보였지만 아무래도 다시 검사를 해봐야 할 것 같았다.

"목요일 오후 두 시에 개를 다시 데려오세요." 나는 노인의 귀에 대고 고함을 질렀다. "그리고 가능하면 시간에 맞춰서 오세요. 오늘은 좀 늦으셨어요."

나는 멀리건 씨가 파이프를 앞세우고 멀어져가는 것을 지켜보았다. 파이프는 출발하는 증기기관차처럼 규칙적으로 연기를 내뿜고 있었다. 침착함의 화신 같은 거대한 클랜시가 그 뒤를 천천히 따라갔다. 클랜시는 온몸이 곱슬거리는 갈색 털로 빽빽이 뒤덮여 있어서 정말로 거대한 에어데일테리어처럼 보였다.

목요일 오후는 내가 심사숙고해서 정한 시간이었다. 목요일은 내가 오전에만 근무하는 날이었고, 오후 2시에는 아마 브로턴에서 영화를 보고 있을 터였다.


이튿날인 금요일 아침, 시그프리드는 책상 앞에 앉아서 오전 왕진 일정을 짜고 있었다. 그는 내가 왕진해야 할 곳을 종이에 적어서 건네주었다.

"여기 있네, 제임스. 이곳을 다 돌려면 점심때나 되어야 돌아올 수 있겠군."

바로 그때, 어제 일지에 기재된 무언가가 시그프리드의 눈에 띄었다. 그는 불을 피우고 있는 동생을 돌아보았다.

“트리스, 여기 일지를 보니까 어제 오후에 조 멀리건 씨가 개를 데려왔고 네가 그 개를 진찰한 걸로 되어 있는데, 결과는 어땠냐?”

트리스탄은 들통을 내려놓았다.

“아아, 그거? 비스무트 혼합물을 좀 주었어.”

“그래? 하지만 환자를 검사한 결과는 어떻게 나왔냐고?”

“글쎄, 어떻게 나왔더라.” 트리스탄은 턱을 문질렀다. “그 개는 아주 활기차 보였어. 정말이야.”

“그것뿐이야?”

“응…… 그런 것 같아.”

시그프리드는 나를 돌아보았다.

“그럼 자네는 어떤가? 자네도 요전 날 그 개를 진찰했는데, 결과가 어떻게 나왔지?”

“글쎄, 그게 좀 진찰하기가 어려웠어요. 그 개는 코끼리만큼 큰데다 어딘지 모르게 섬뜩한 데가 있어서요. 나를 해치울 기회가 오기만 기다리는 것처럼 보였어요. 그런데 개를 잡아줄 사람은 조 노인뿐이었고, 그래서 철저히 진찰할 수가 없었어요. 하지만 사실은 저도 트리스탄과 똑같은 생각을 했습니다. 그 개는 아주 활기차 보였어요.”

시그프리드는 피곤한 얼굴로 펜을 내려놓았다. 전날 밤에 수의사들이 피할 수 없는 가혹한 운명이 그를 덮쳤다. 취침 시간의 처음과 막판에 두 번이나 다급한 전화를 받고 잠을 설쳤던 것이다. 오전 1시에 따뜻한 침대에서 끌려나왔고 오전 6시에 다시 끌려나왔기 때문에, 그 특유의 활기가 잠시 약해져 있었다.

그는 한 손으로 눈을 문질렀다.

"이보게 제임스, 자네는 수의사 경력이 벌써 2년이야. 그리고 트리스, 너는 수의대 졸업반이야. 그런데 기껏 하는 소리가 '아주 활기차 보였다'? 정말 한심하기 짝이 없군! 그게 진찰 결과를 설명하는 말이라고 할 수 있어? 동물이 병원에 오면 맥박과 체온과 호흡을 재서 기록하고, 가슴을 청진하고, 복부를 촉진하고, 입을 벌려서 이빨과 잇몸과 목구멍을 조사하고, 피부 상태를 점검하고, 필요하다면 도뇨관을 삽입해서 소변을 검사해야지."

"맞습니다." 내가 말했다.

"알았어." 트리스탄이 말했다.

시그프리드는 의자에서 벌떡 일어났다.

"다음에 올 날짜는 정했어?"

"응." 트리스탄은 주머니에서 '우드바인' 담뱃갑을 꺼냈다. "월요일로 정했어. 그런데 멀리건 씨는 항상 약속 시간보다 늦게 오니까, 우리가 저녁때 그 집으로 찾아가서 개를 진찰하겠다고 말했지."

"알았다." 시그프리드는 메모지에 그것을 적어 넣다가 갑자기 고개를 들었다. "월요일은 너와 제임스가 젊은 농부들 모임에 가는 날이잖아?"

트리스탄은 담뱃갑에서 담배를 뺐냈다.

"맞아. 젊은 고객들과 어울리는 건 우리 수의사들한테는 유익한 일이니까."

"좋아." 시그프리드는 문으로 걸어가면서 말했다. "그럼 그 개는 내가 진찰할게."

다음 화요일에 나는 당연히 시그프리드가 철저한 진찰의 이점을 지적하기 위해서라도 멀리건 씨의 개에 대해 한마디 할 거라고 생각했다. 그런데 시그프리드는 그 문제에 대해서 한마디도 하지 않았다.

그날 나는 우연히 시장에서 어슬렁거리며 걷고 있는 멀리건 씨와 마주쳤다. 그 뒤를 클랜시가 천천히 따라가고 있었다.

나는 노인에게 다가가서 귀에 입을 대고 고함을 질렀다.

"개는 좀 어떻습니까?"

멀리건 씨는 파이프를 입에서 떼고 천천히 미소를 지었다.

"아아, 좋아요. 아직도 좀 토하긴 하지만, 그리 심하지는 않아요."

"그럼 파넌 원장이 병을 고쳐주었군요?"

"그 하얀 약을 좀 더 주었지. 그건 굉장히 좋은 약이요. 정말 놀라운 약이지."

"그래요. 그럼 파넌 원장이 개를 진찰했을 때 다른 건 찾아내지 못했군요."

멀리건 씨는 다시 파이프를 한 모금 빨았다.

"그래요, 아무것도 찾아내지 못했어요. 아무것도. 그런데 파넌 씨는 머리가 비상한 사람이요. 그렇게 일을 빨리 하는 사람은 난생처음 봤다니까."

"그게 무슨 말씀이세요?"

"글쎄 3초 만에 진찰을 끝냈다니까."

나는 어리둥절했다.

"3초요?"

"그래요, 3초." 멀리건 씨는 단호하게 덧붙였다. "1초도 더 걸리지 않았어."

"정말 놀랍군요. 도대체 어떻게 했는데요?"

멀리건 씨는 파이프를 구두 뒤꿈치에 대고 톡톡 두드려서 재를 털어내고, 천천히 나이프를 꺼내 사악한 뱀처럼 똬리를 튼 시커먼 담배를 잘게 썰기 시작했다.

"글쎄, 내 말 좀 들어보구려. 파넌 씨는 동작이 아주 재빠른 사람이더군. 어젯밤 그 양반이 우리 집 현관문을 쾅쾅 두드리고 방으로 뛰어들어 왔는데……" (나는 멀리건 씨가 사는 작은 집을 알고 있었다. 거기에는 현관홀도 없고 로비도 없고, 거리에서 곧장 거실로 들어가게 되어 있었다.) "방에 들어오면서 벌써 체온계를 상자에서 꺼내고 있었어. 클랜시는 난롯가에 누워 있다가 벌떡 일어나더니 늑대처럼 우우 하는 소리를 냈지."

"늑대처럼요?"

나는 그 털북숭이 괴물이 벌떡 일어나 시그프리드의 얼굴을 향해 으르렁대는 광경을 상상할 수 있었다. 딱 벌린 입과 번득이는 이빨이 눈에 보이는 듯했다.

"꼭 늑대처럼. 그러자 파넌 씨는 체온계를 당장 상자에 다시 집어넣더니, 홱 돌아서서 문으로 나갔어."

"그럼 아무 말도 하지 않았습니까?"

"한마디도. 그냥 군인처럼 '뒤로 돌아'를 해서는 밖으로 사라졌지."

이 말은 사실처럼 들렸다. 시그프리드는 결단이 빠른 사람이었다. 나는 클랜시를 토닥여주려고 손을 내밀었지만, 녀석의 눈빛을 보고 마음을 바꾸었다.

"어쨌든 클랜시가 나아졌다니 다행입니다."

멀리건 씨는 라이터로 파이프에 불을 붙이고 질식할 것 같은 연기를 내 얼굴에 구름처럼 내뿜고는 작은 금속 뚜껑을 파이프 담배통에 씌웠다.

"파넌 씨는 그 하얀 약을 커다란 병에 담아서 보내주었다오. 정말 효과 만점이더군." 노인은 행복한 미소를 지었다. "클랜시는 옛날부터 만날 토해요."


일주일 동안 아무도 그 큰 개를 입에 올리지 않았지만, 시그프리드의 직업적 양심은 그를 끊임없이 괴롭히고 있었던 모양이다. 어느 날 오후, 트리스탄과 내가 조제실에서 바쁘게 일하고 있는데 시그프리드가 들어 오더니 일부러 아무렇지도 않게 말했다.

"그런데 말이야, 아까 멀리건 씨한테 편지를 보냈어. 그 개가 토하는 원 인을 우리가 충분히 조사했다는 확신이 서질 않아서 말이야. 토하는 건 아무거나 주워 먹는 못된 버릇 때문인 게 확실하지만, 그래도 확인하고 싶을 뿐이야. 그래서 내일 오후 두 시에서 두 시 반 사이에 개를 데려오 라고 했어. 그때는 우리 셋이 다 병원에 있을 테니까."

우리가 이 말에 환성을 지르지 않자 시그프리드는 다시 말을 이었다.

"그 개가 좀 다루기 힘든 동물이라고 말할 수는 있겠지. 그러니까 계획 을 세워야 돼." 시그프리드는 나를 돌아보았다. "제임스, 개가 오면 자네 가 엉덩이를 붙잡게. 알겠나?"

"알았습니다." 나는 시큰둥하게 대답했다.

시그프리드는 동생을 바라보았다.

"그리고 트리스, 너는 개의 머리를 맡아. 알았지?"

"알았어." 트리스탄도 무표정한 얼굴로 중얼거렸다.

시그프리드는 말을 이었다.

"두 팔로 녀석의 목을 단단히 감싸 안는 게 좋겠어. 그러면 내가 진정제를 주사할 준비를 할 테니까."

"아주 좋은 생각이야." 트리스탄이 말했다.

"그래, 멋진 작전이지." 시그프리드는 두 손을 맞비볐다. "내가 진정제를 주사하면 그다음은 쉬울 거야. 찜찜한 기분을 말끔히 털어버리고 싶어."

요크셔 지방의 수의사가 대부분 그렇듯이 대러비의 수의사들도 주로 농장을 돌아다니며 큰 동물을 돌보았고, 병원 대기실이 환자로 가득 차는 일은 별로 없었다. 그런데 이튿날 오후에는 대기실에 환자가 하나도 없었다. 그래서 운명의 시간을 기다리는 동안 긴장이 더욱 고조되었다. 우리 셋은 진료실을 어슬렁거리며 쓸데없는 잡담을 하고, 병원 앞 도로를 일부러 무심한 태도로 힐끔 내다보고, 작게 휘파람을 불기도 했다. 하지만 2시 25분이 되자 우리는 모두 입을 다물었다. 그 후 5분 동안 우리는 30초에 한 번씩 손목시계를 들여다보았다. 이윽고 2시 30분 정각에 시그프리드가 입을 열었다.

"기다려도 소용없어. 늦어도 두 시 반까지는 와야 한다고 그렇게 단단히 일렀는데, 내 말을 들은 척도 하지 않았군. 그 양반은 한 번도 약속 시간을 지킨 적이 없어. 무슨 수를 써도 그 양반이 제시간에 나타나게 할 수는 없는가 봐."

시그프리드는 창밖의 텅 빈 도로를 마지막으로 내다보았다.

"좋아. 언제까지나 기다릴 수는 없지. 제임스, 자네와 나는 그 망아지를 거세해야 하고, 트리스, 너는 윌슨네 농장에 가야 하니까, 자, 우리 그만

나가자."

로렐과 하디(뚱뚱이와 홀쭉이로 짝을 이룬 미국의 희극배우)가 문간에 끼여서 오도 가도 못하게 된 꼴은 본 적이 있지만, 다른 사람들이 그런 장면을 연출하는 것은 그때까지 한 번도 본 적이 없었다. 하지만 우리 셋이 앞다투어 복도로 나가려고 동시에 문으로 달려간 순간, 그 유명한 희극배우들의 코미디와 그런 대로 비슷한 장면이 벌어졌다. 그래도 몇 초 뒤에는 셋 다 거리에 나와 있었다. 트리스탄은 구름처럼 피어오른 배기가스속으로 순식간에 사라졌고, 시그프리드와 나는 반대 방향으로 트리스탄 못지않게 빨리 달려갔다.

트렌게이트 거리 끝에서 우리는 시장 쪽으로 구부러졌다. 나는 주위를 두리번거리며 멀리건 씨의 모습을 찾았지만 보이지 않았다. 우리가 멀리건 씨를 본 것은 시내 변두리에 이르렀을 때였다. 멀리건 씨는 그제야 집을 나와 푸른 담배 연기를 내뿜으며 천천히 걷기 시작한 참이었다. 클랜시는 여느 때처럼 후위를 맡아 주인 뒤를 따라가고 있었다.

"저기 있다!" 시그프리드가 외쳤다. "믿을 수 있나? 저런 속도로 걸으면 병원에는 세 시나 되어야 도착하겠군. 병원에 가봤자 아무도 없을걸. 그건 순전히 저 영감 탓이야."

시그프리드는 곱슬 털로 뒤덮인 거대한 동물을 바라보았다. 경쾌한 발걸음으로 걸어가는 클랜시는 건강과 활력의 화신 같았다.

"어쨌든 저 개를 진찰해봤자 우리 시간만 낭비했겠군. 저 개는 아무 데도 고장난 데가 없어." 시그프리드는 잠시 입을 다물고 생각에 잠겨 있다가 나를 돌아보았다. "클랜시 말이야, 정말 활기차 보이지 않나?"

* * *

만만찮은 개들의 종류는 다양하지만, 클랜시처럼 조용하면서도 위협적인 개는 달리 본 적이 없다. 클랜시의 주인인 조 멀리건 씨도 기억에 남는 특이한 인물이었다. 그가 즐겨 쓰던 말은 내 마음속에 달라붙어, 지금도 배탈이 난 개를 진료할 때는 나도 모르게 이런 말이 튀어나오려고 한다. "이 개는 토합니까?"

# 8
# 대러비의 해결사

호감이 가는 얼굴에 은발의 노신사는 쉽게 자제심을 잃을 타입으로는 보이지 않았지만, 성난 눈으로 나를 노려보면서 입술까지 바르르 떨고 있었다.

"헤리엇 선생, 나는 항의하러 왔소. 우리 개한테 불필요한 고통을 준 당신의 냉정함에 강력히 항의하겠소."

"고통이라니요? 무슨 고통을 말씀하시는 겁니까?" 나는 어리둥절했다.

"당신도 알 텐데 그래. 나는 며칠 전에 개를 데려왔었소. 다리를 심하게 절었는데, 그때 당신이 치료를 했잖소. 그걸 말하고 있는 거요."

나는 고개를 끄덕였다.

"아, 그건 잘 기억하고 있습니다만…… 그게 고통과 무슨 관계가 있지요?"

"우리 개는 가엾게도 다리를 대롱거리며 걸어 다니고 있소. 그런데 어떤 훌륭한 권위자한테 들으니까, 우리 개는 **뼈**가 부러졌기 때문에 당장 깁스를 해야 한다고 합디다."

"그건 걱정하지 않아도 됩니다. 선생님의 개는 갈비**뼈**에 충격을 받아서

요골마비를 일으킨 거예요. 인내심을 가지고 제 치료에 따라주시면 차츰 나아질 겁니다. 충분히 완쾌될 수 있습니다."

"하지만 걸을 때 다리를 질질 끌고 다니는데?"

"알고 있습니다. 그게 전형적인 증상이죠. 일반인들이 보기에는 꼭 다리가 부러진 것처럼 보이지만, 개가 고통스러워하는 징후는 없겠지요?"

"그건 그래요. 개는 아주 행복해 보입디다. 하지만 그 여자는 아주 자신만만하던데. 틀림없는 골절이라고 강력하게 주장했단 말이오."

"여자라고요?"

"그렇소. 동물을 아주 능숙하게 다루는 여자인데, 우리 개를 도와줄 수 없을까 하고 보러 왔습디다. 동물한테 좋은 영양제를 가지고 말이오."

눈부신 한 줄기 빛이 내 마음속의 안개를 꿰뚫었다. 모든 상황이 순식간에 분명해졌다.

"아하, 도노번 부인 말이군요?"

"맞아요. 그런 이름이었소."

도노번 부인은 정말로 오지랖이 넓은 여자였다. 대러비에서 무슨 일이 벌어지든—결혼식, 장례식, 주택 매매 등등—구경꾼 속에는 반드시 땅딸막한 체구에 호두색 얼굴이 끼어 있었다. 잽싸게 움직이는 까만 단추 같은 눈은 무엇 하나 놓치지 않았다. 그리고 그 늙은 부인이 어디에 가든 손에 쥔 줄 끝에는 항상 테리어가 매달려 있었다.

나는 '늙었다'고 말했지만, 그것은 짐작일 뿐이다. 도노번 부인은 영원히 나이를 먹지 않는 것처럼 보였기 때문이다. 오랫동안 세상 경험을 쌓은 것은 분명한데, 어떻게 보면 쉰다섯 살 같기도 하고 때로는 칠순이 넘은 것처럼 보이기도 해서 도무지 나이를 짐작할 수가 없었다. 어쨌거나 사건을 열심히 쫓아다니려면 엄청난 거리를 걸어야 할 테니까, 젊은 여자 못지않은 활력을 가진 것만은 분명했다. 그녀의 유별난 호기심을 곱지 않게 보는 사람도 많았지만, 동기가 무엇이든 도노번 부인은 대러비 생활의 거의 모든 분야에서 활발하게 움직이고 있었다. 그 분야 가운데 하나는 바로 우리 수의사들의 영역이었다.

관심 범위가 넓은 도노번 부인은 동물 의사이기도 했기 때문이다. 사실은 그것이 도노번 부인의 삶에서 다른 모든 측면을 압도하는 최대 관심사라고 해도 좋을 것이다.

도노번 부인은 작은 동물들의 질병에 대해 이야기하기 시작하면 한이 없었고, 온갖 약과 치료법을 알고 있었다. 특히 기적적인 효과가 있는 영양제와 털을 아름답게 가꾸어주는 신비의 개 전용 샴푸는 부인의 자랑거리였다. 부인은 아픈 동물을 냄새 맡는 불가사의한 능력을 갖고 있어서, 내가 왕진을 가서 보면 도노번 부인이 한 발 먼저 와서 집시처럼 까무잡잡한 얼굴로 내 환자를 열심히 들여다보며 송아지 족편이나 신비의 특효약을 먹이고 있는 경우도 드물지 않았다.

시그프리드보다 내가 더 많은 피해를 보았다. 내가 작은 동물 치료에 더 적극적으로 참여했기 때문이다. 나는 이 분야를 개척하고 싶었고, 이 분야에서 내 이미지를 높이고 싶었다. 도노번 부인은 이런 내 노력에 전혀 도움이 되지 않았다. 부인은 내 고객들한테 비밀이라도 털어놓듯 말하곤 했다. "헤리엇인가 하는 젊은 수의사 말이에요, 소나 양 같은 동물은 잘 보는지 몰라도 개나 고양이에 대해서는 쥐뿔도 몰라요."

고객들은 당연히 그 말을 믿었고, 도노번 부인을 무조건 신뢰했다. 부인은 비전문가의 신비로운 매력을 갖고 있어서 사람들의 마음을 사로잡앉다. 게다가 부인은 절대로 돈을 요구하지 않았다. 이것이 대러비에서는 특히 잘 먹혀들었다. 부인은 공짜로 조언을 해주고, 약도 주고, 아픈 동물을 오랫동안 부지런히 간호해주었다.

대러비의 노인들은 아일랜드 출신 노동자였던 남편이 오래전에 죽었는데도 도노번 부인이 경제적 어려움을 겪지 않고 다양한 관심사에 기웃거릴 수 있는 것을 보면 남편이 '얼마간의 저축'을 남겨준 게 분명하다고 말했다. 도노번 부인은 날마다 온종일 대러비의 길거리에서 살다시피 했기 때문에 나는 부인을 자주 만났다. 나를 보면 부인은 언제나 상냥한 미소를 지으면서, 내가 치료하고 있는 아무개 부인네 개를 자기가 밤새 간호했다고 말하곤 했다. 부인은 내 환자를 자기가 완쾌시킬 수 있다고 확신했다.

하지만 그날 도노번 부인의 얼굴에는 웃음기가 전혀 없었다. 내가 시그프리드와 차를 마시고 있는데 도노번 부인이 병원으로 뛰어 들어왔다.

"헤리엇 선생님! 빨리 좀 가주세요! 우리 개가 차에 치였어요."

나는 벌떡 일어나 부인과 함께 차로 달려갔다. 부인은 조수석에 앉아서 고개를 푹 숙인 채 무릎 위에서 두 손을 꽉 잡고 있었다.

"목줄을 빠져나가서 차 앞으로 뛰어들었어요. 지금 클리펜드 거리 중간에 있는 학교 앞에 누워 있어요. 제발 좀 빨리 가주세요."

우리는 3분도 안 되어 현장에 도착했지만, 흙투성이가 된 채 길바닥에 드러누워 있는 개를 들여다보니 이미 손을 쓸 수 없는 상태였다. 눈은 급속도로 흐릿해지고, 호흡은 꺼져가고, 점막은 핏기 없이 창백했다.

"병원으로 데려가서 링거액을 주사하겠습니다. 하지만 내출혈이 심한 것 같군요. 사고를 목격하셨습니까?"

도노번 부인은 침을 꿀꺽 삼켰다.

"바퀴에 완전히 깔렸어요."

장파열이 분명했다. 내가 작은 개의 몸 밑에 두 손을 밀어 넣고 조심스럽게 들어올리는 순간, 개의 호흡이 멈추고 눈이 고정되었다.

도노번 부인은 털썩 무릎을 꿇고 개의 머리와 가슴을 잠시 쓰다듬었다.

"죽었군요. 그렇죠?"

"그런 것 같습니다."

부인은 천천히 일어나, 인도에 모여든 구경꾼들 사이에 어쩔 줄 모르고 서 있었다. 입술이 달싹거렸지만 아무 말도 나오지 않는 것 같았다.

나는 부인의 팔을 잡고 자동차로 데려가 문을 열었다.

"타세요. 댁까지 모셔다드리겠습니다. 뒷일은 모두 저한테 맡기세요."

나는 개를 내 작업복으로 싸서 자동차 트렁크에 넣고 그 자리를 떠났다. 이윽고 나는 도노번 부인의 집 밖에 차를 세웠다. 그제야 부인은 흐느끼기 시작했다. 나는 부인이 울음을 그칠 때까지 아무 말도 않고 옆자리에 앉아 있었다. 부인은 눈물을 닦고 나를 돌아보았다.

"많이 아팠을까요?"

"고통은 느끼지 못했을 겁니다. 거의 즉사였어요. 아마 무슨 일이 일어났는지도 몰랐을 겁니다."

부인은 미소를 지으려고 애썼다.

"가엾은 렉스. 렉스 없이 어떻게 살아가야 할지 모르겠군요. 늘 함께 다녔는데."

"그랬지요. 렉스한테는 다시 없이 행복한 일생이었을 겁니다. 한 가지 충고해드리죠. 다른 개를 구해야 합니다. 그렇지 않으면 더욱 힘들어질 거예요.”

도노번 부인은 고개를 저었다.

“아니, 그럴 수는 없어요. 렉스는 나한테 너무나 소중했어요. 다른 개가 렉스 자리를 차지하게 할 수는 없어요.”

“지금 기분은 그렇겠지만, 한번 생각해보세요. 저를 냉정한 사람으로 생각하지는 마세요. 저는 반려동물을 잃은 사람한테는 반드시 다른 동물을 키우라고 말합니다. 그건 확실히 효과가 있어요.”

“나는 절대로 다른 개를 키우지 않을 거예요.” 도노번 부인은 다시 단호하게 고개를 저었다. “렉스는 오랫동안 내 충실한 친구였어요. 나는 렉스를 잊어버리고 싶지 않아요. 앞으로 다시는 개를 키우지 않겠어요.”

그 후 나는 시내에서 도노번 부인을 자주 보았다. 부인 곁에 작은 개가 없으니까 무언가가 빠진 것처럼 허전해 보였지만, 부인이 여전히 활동적인 것은 다행스러웠다. 하지만 내가 부인과 말을 나눌 기회를 얻은 것은 달포쯤 지나서였다.

그날 오후에 동물애호협회의 핼러데이 조사관한테서 전화가 걸려왔다.

“헤리엇 선생님, 나랑 함께 가주셨으면 하는데요. 동물 학대 사건입니다.”

“좋습니다. 그런데 무슨 일입니까?”

“개가…… 정말 끔찍합니다. 완전히 버려졌어요.” 조사관은 강변에 낡은 벽돌집이 늘어서 있는 동네 이름을 말하고, 거기서 만나자고 말했다.

내가 뒷골목에 차를 세우자 핼러데이는 나를 기다리고 있었다. 검은 제복을 입고 있어서 말쑥하고 능률적으로 보였다. 핼러데이는 몸집이 크고 금발에 쾌활한 푸른 눈을 갖고 있었지만, 내 차로 다가오는 그의 얼굴에는 웃음기가 전혀 없었다.

"걔는 저 안에 있습니다."

그는 무너진 담장에 나 있는 문 쪽으로 나를 안내했다. 호기심 많은 사람들이 주위를 얼쩡거리고 있었다. 그들 속에서 작은 도깨비 같은 갈색 얼굴을 발견했을 때는 '그럼 그렇지!' 하는 생각이 들었다. 이런 경우 도노번 부인이 나타나지 않을 리가 없었다.

우리는 문을 지나 길쭉한 마당으로 들어갔다. 대러비에서는 아무리 초라한 집도 길쭉한 뒤꼍을 갖고 있다. 이곳에 살게 될 시골 사람들은 당연히 흙을 만지고 싶어 할 테니까 채소와 과일을 재배하고 가축도 몇 마리 키울 수 있는 뒷마당을 만들어야 한다고 건축가들은 생각한 모양이다. 뒤꼍에는 대개 돼지와 암탉 몇 마리가 있었고, 예쁜 화단을 가꾸어놓은 집도 많았다.

하지만 이 집의 뒷마당은 전혀 손대지 않은 황무지였다. 무성하게 우거진 잡초 사이에 서 있는 뒤틀린 사과나무와 자두나무 위에 황무지의 쌀쌀한 공기가 감돌고 있었다. 모든 생물이 이곳을 버리고 떠난 것처럼 보였다.

핼러데이는 페인트가 벗겨지고 녹슨 함석지붕이 덮여 있는 헛간으로 다가갔다. 목재로 지어진 헛간은 금방이라도 무너질 것처럼 건들거렸다. 핼러데이는 열쇠를 꺼내 맹꽁이자물쇠를 열고 문을 잡아당겼다. 창문이 없어서, 헛간 안에 아무렇게나 쌓여 있는 잡동사니를 분간하기가 어려웠다. 망가진 연장, 낡은 탈수기, 화분, 페인트 통 따위가 널려 있었다. 그리고 그 뒤에 개 한 마리가 조용히 앉아 있었다.

헛간이 어두운데다 고약한 냄새 때문에 기침이 나서 처음에는 개를 알아보지 못했다. 하지만 가까이 가서 보니 커다란 개가 똑바로 앉아 있는 것이 보였다. 개줄은 벽에 박힌 고리에 쇠사슬로 연결되어 있었다. 나는 여윈 개를 몇 번 본 적이 있지만 이 개는 해부학 교과서에 실린 해골 그림을 연상시켰다. 골반, 얼굴, 갈비뼈가 소름끼칠 만큼 또렷이 드러나 있었다. 흙바닥에는 깊고 매끄러운 구덩이가 생겨나 있었다. 개가 눕거나 걸어 다닌 흔적이었다. 그것은 개가 아주 오랫동안 이곳에서 살았다는 것을 보여주었다.

나는 개를 보고 망연자실했다. 머리가 멍해져서 다른 것은 눈에 들어오지도 않았다. 가까이 흩어져 있는 더러운 마대 조각, 더껑이가 앉은 물이 담긴 더러운 물그릇이 눈에 띄었다.

"엉덩이를 좀 보세요." 핼러데이가 중얼거렸다.

나는 앉아 있는 개를 조심스럽게 들어올렸다. 그리고 헛간에 가득 찬 악취는 수북이 쌓인 개똥 때문만이 아니라는 것을 알았다. 개의 엉덩이는 욕창으로 엉망진창이었다. 욕창은 벌써 괴저로 진행되어, 상처에서 떨어져 나온 조직이 길게 늘어져 있었다. 가슴과 배에도 비슷한 상처가 있었다. 털은 누리끼리해 보였지만, 오물과 흙이 덕지덕지 달라붙어 있었다.

조사관이 다시 말했다.

"이 개는 여기서 나간 적이 없는 것 같습니다. 아직 어린 개예요. 한 살쯤 됐을 겁니다. 하지만 생후 두 달이 되었을 때부터 줄곧 이 헛간에 갇혀 지낸 모양입니다. 뒷골목을 지나가던 사람이 낑낑대는 소리를 들었기에 망정이지, 그렇지 않았다면 끝내 발견되지 않았을 겁니다."

나는 목이 메고 갑자기 구역질이 났다. 악취 때문은 아니었다. 1년 동안 어둡고 더러운 헛간에 방치된 채 굶주리면서도 참을성 있게 앉아 있었던 개를 생각했기 때문이다. 나는 다시 개를 바라보았다. 개의 눈 속에서 볼 수 있었던 것은 침착한 신뢰뿐이었다. 어떤 개들은 이런 처지에 놓이면 맹렬히 짖어대서 곧 발견되었을 것이다. 공포에 질린 나머지 사나워지는 개도 있을 것이다. 하지만 이 개는 아무것도 요구하지 않았다. 사람을 굳게 믿고, 그들이 무슨 짓을 해도 불평 없이 받아들였다. 아무도 없는 어둠 속에 혼자 끝없이 앉아 있었기 때문에 도대체 이게 어찌된 일일까 하는 생각이 들어서 이따금 낑낑거렸을 뿐이다. 이 어두운 헛간이 개한테는 온 세상이었다.

"개를 이 지경으로 만든 사람한테 호된 벌을 주었으면 좋겠군요."

내가 말했다. 그러자 핼러데이가 툴툴거렸다.

"그렇게 호된 벌을 주지는 못할 겁니다. 주인이 정신지체로 '한정책임능력자'니까요. 완전히 바보 천치예요. 노모와 함께 사는데, 그 모친도 주변에서 무슨 일이 일어나고 있는지 거의 모르는 형편입니다. 개 주인을 본 적이 있는데, 그 사람은 어쩌다 한 번씩 마음이 내키면 음식을 조금 던져준 것 같습니다. 그가 한 건 그것뿐이에요. 벌금을 물리고 앞으로는 동물을 키우는 것을 금지하겠지만, 그보다 더한 벌은 줄 수 없습니다."

나는 손을 뻗어 개의 머리를 쓰다듬었다. 그러자 개는 당장 내 손목에 앞발을 올려놓았다. 그 꼿꼿한 자세는 측은한 위엄을 갖추고 있었다. 나를 바라보는 침착한 눈에서는 두려움을 찾아볼 수 없었다.

"내가 법정에서 증언할 필요가 있거든 연락을 주세요."

"물론입니다. 여기까지 와주셔서 고맙습니다." 핼러데이는 잠시 망설이다가 말을 이었다. "그런데 이 가엾은 개를 당장 안락사 시키고 싶으시겠죠?"

나는 개의 머리와 귀를 쓰다듬으면서 잠시 생각했다.

"아무래도 그래야겠지요. 이런 상태로는 이 개를 맡아줄 사람이 없을 겁니다. 편히 잠재워서 이 비참한 상태를 끝내주는 게 개한테 가장 친절한 일이에요. 어쨌든 개를 잘 보고 싶으니까 문을 활짝 열어주시겠습니까?"

헛간이 조금 밝아지자 나는 개를 철저히 조사했다. 이빨은 완벽했고, 누런 털로 덮인 팔다리는 균형이 잘 잡혀 있었다. 청진기를 가슴에 대보니 천천히 힘차게 뛰는 고동 소리가 들려왔다. 개는 다시 내 손에 앞발을 올려놓았다.

나는 핼러데이를 돌아보았다.

"이 앙상한 뼈와 가죽 속에는 아주 건강한 골든리트리버가 들어 있군요. 살릴 방법이 있으면 좋겠는데……."

나는 이렇게 말하면서 열린 문간에 핼러데이 말고 또 한 사람이 서 있는 것을 알아차렸다. 까만 단추 같은 한 쌍의 눈이 조사관의 넓적한 등 뒤에서 커다란 개를 열심히 들여다보고 있었다. 다른 구경꾼들은 뒷골목에 남아 있었지만 도노번 부인은 호기심을 이기지 못했던 것이다. 나는 부인을 못 본 척하고 말을 이었다.

"이 개한테 필요한 건 무엇보다도 엉킨 털을 깨끗이 씻어줄 특제 샴푸예요."

"예?" 핼러데이가 어리둥절한 얼굴로 되물었다.

"그다음에는 효과가 좋은 특별 영양제를 오랫동안 먹여야 합니다."

"그게 뭔데요?" 조사관은 놀란 표정을 지었다.

"의심할 여지가 없습니다. 이 개를 살리는 방법은 그것밖에 없는데, 도대체 그런 걸 어디서 구할 수 있을까요? 정말로 강력한 효과를 가진 영양제가 필요한데……." 나는 한숨을 내쉬고 몸을 일으켰다. "어쩔 수 없지요. 안락사 시킬 수밖에. 차에 가서 약을 가져오겠습니다."

내가 헛간으로 돌아가 보니 도노번 부인은 조사관의 항의에도 아랑곳하지 않고 벌써 헛간 안에 들어가 개를 살펴보고 있었다.

"이것 보세요! 이 개의 이름은 로이예요." 도노번 부인이 흥분하여 목걸이에 새겨진 이름을 가리켰다. 그러고는 나를 보고 활짝 웃었다. "렉스와 좀 비슷하지 않나요?"

"과연 듣고 보니 그렇군요. 렉스와 아주 비슷하네요. 혀에서 나오는 느낌이……." 나는 진지하게 고개를 끄덕이며 대답했다.

도노번 부인은 몇 초 동안 깊은 감정에 사로잡혀 말없이 서 있다가 불쑥 말했다.

"내가 이 개를 맡을 수는 없을까요? 나라면 이 개를 살릴 수 있어요. 난 알아요. 제발, 제발 내가 키우게 해주세요!"

"전 모르겠습니다. 그건 조사관이 결정할 문제니까요. 조사관의 허락을 받아야 합니다."

핼러데이는 당황한 눈으로 도노번 부인을 바라보다가 말했다.

"잠깐 실례합니다, 부인."

그러고는 나를 한쪽으로 끌고 갔다. 우리는 길게 자란 풀을 헤치며 몇 미터 떨어진 나무 아래로 걸어갔다.

"헤리엇 선생님." 핼러데이가 속삭였다. "뭐가 어떻게 된 건지 잘 모르겠지만, 저런 상태에 있는 개를 일시적인 변덕으로 키우겠다고 나서는 사람한테 순순히 넘겨줄 수는 없습니다. 저 가엾은 개는 벌써 지독한 꼴을 당했어요. 한 번으로 족합니다. 저 여자는 개를 맡길 만한 사람으로는 보이지 않……."

나는 한 손을 들어 그의 말을 가로막았다.

"내 말을 믿으세요. 걱정하실 거 없습니다. 저 부인은 좀 이상하지만, 오늘은 하늘이 보내준 사람입니다. 저 개한테 새 삶을 줄 수 있는 사람이 대러비에 있다면, 그건 바로 저 부인일 거예요."

핼러데이는 여전히 미심쩍은 표정을 짓고 있었다.

"하지만 아직도 이해할 수가 없군요. 샴푸와 영양제는 또 뭡니까?"

"아아, 그건 신경 쓰지 마세요. 다음에 기회가 있으면 말씀드리죠. 저 개한테 필요한 건 좋은 음식과 보살핌과 애정입니다. 저 부인은 그걸 줄 거예요. 내 말을 믿으셔도 됩니다."

"좋습니다. 그렇게까지 말씀하신다면……."

핼러데이는 몇 초 동안 나를 바라보다가 돌아서서 헛간 옆에 서 있는 자그만 노부인한테 다가갔다.


일찍이 나는 도노번 부인을 일부러 찾은 적이 없었다. 내가 가는 곳마다 부인이 불쑥 나타나곤 했기 때문이다. 하지만 이제는 날마다 대러비의 거리를 열심히 살폈지만 도노번 부인은 어디에서도 눈에 띄지 않았다. 고버 뉴하우스가 술에 취한 채 자전거를 타고 가다가 하수관을 묻으려고 파놓은 3미터 깊이의 구덩이에 거꾸로 처박혔을 때, 시청 직원과 경찰관 두 명이 그를 끌어내리려고 안간힘 쓰는 것을 지켜보며 재미있어하는 구경꾼들 속에 도노번 부인이 끼어 있지 않은 것을 알아차리고 나는 왠지 께름칙한 기분이 들었다. 생선튀김 식당에서 화재가 나 소방차가 출동한 밤에도 도노번 부인은 나타나지 않았다. 이제 나는 진지하게 걱정하기 시작했다.

집에 찾아가서 도노번 부인이 그 개와 어떻게 지내고 있는지 보아야 하지 않을까. 물론 나는 부인이 로이를 데려가기 전에 상처를 어느 정도 치료했지만, 그것으로는 부족했다. 하지만 그때는 개를 헛간에서 데리고 나와 깨끗이 씻기고 먹이는 것이 무엇보다 중요하다고 생각했고, 나머지는 자연의 힘에 맡기면 된다고 생각했다. 그리고 나는 동물 치료에 관해서는 도노번 부인을 믿었다. 사실은 부인이 나를 믿는 것보다 몇 배나 부인을 믿고 있었다. 내가 잘못 생각했다고는 믿기 어려웠다.

거의 한 달이 지났다. 더는 기다릴 수가 없어서 부인네 집에 가봐야지 생각하고 있을 때 시장을 활기차게 걸어가는 부인이 눈에 띄었다. 부인은 전과 다름없이 모든 쇼윈도를 들여다보며 걷고 있었다. 유일한 차이점은 줄 끝에 노란색 개가 매달려 있다는 것이었다.

나는 핸들을 돌려 도노번 부인 옆에 차를 세웠다. 부인은 차에서 내리는 나를 보고 꼬마 도깨비처럼 웃었지만, 내가 허리를 굽혀 로이를 검사하는 동안 한마디도 하지 않았다. 로이는 여전히 여위었지만 활기차고 행복해 보였다. 상처는 아물어서 새살이 돋고 있었다. 털이나 피부는 얼룩 하나 없이 깨끗했다. 나는 도노번 부인이 그동안 무엇을 하고 있었는지 알아차렸다. 부인은 로이를 씻기고 더러운 털을 빗질하여 마침내 엉킨 털을 다 풀어낸 것이다.

내가 몸을 일으키자 도노번 부인은 내 손목을 깜짝 놀랄 만큼 강하게 움켜잡고 내 눈을 들여다보았다.

"어때요, 몰라보게 달라졌죠?"

"놀랍습니다. 기적을 이루셨어요. 물론 그 놀라운 강력 샴푸를 쓰셨겠지요?"

도노번 부인은 킬킬거리며 가버렸다. 그날부터 나는 도노번 부인과 로이를 자주 보았지만, 먼발치에서만 보았을 뿐 부인과 다시 대화할 기회는 갖지 못했다. 그런데 두 달쯤 뒤에 병원 앞에서 우연히 부인과 마주쳤다. 그녀는 병원 앞을 지나가다가 계단을 내려오는 나를 보고는 또다시 내 손목을 꽉 움켜잡았다. 그러더니 지난번과 똑같이 말했다.

"어때요, 몰라보게 달라졌죠?"

로이를 내려다본 순간 나는 경외감과 비슷한 감정에 사로잡혔다. 몸집이 더 커졌고 살도 토실토실하게 붙어 있었다. 털은 이제 노란색이 아니라 화려한 황금색이었다. 황금색으로 빛나는 털이 가슴과 잔등을 무성하게 덮고 있었다. 반짝이는 장식을 박은 새 목줄이 로이의 목에서 빛나고 있었다. 아름다운 장식술이 달린 꼬리가 부채질하듯 천천히 공기를 휘저었다. 로이는 이제 당당한 골든리트리버였다. 내가 가만히 바라보자 로이는 뒷발로 일어서서 앞발을 내 가슴에 대고 내 얼굴을 들여다보았다. 로이의 눈 속에서 나는 그 어둡고 불쾌한 헛간에서 본 것과 똑같은 애정과 신뢰를 똑똑히 보았다.

"아주머니, 로이는 요크셔에서 제일 아름다운 개예요." 나는 조용히 말했다. 그리고 부인이 내심 기다리고 있다는 것을 알았기 때문에 이렇게 덧붙였다. "그 놀라운 영양제 덕분이겠죠? 도대체 거기에 뭘 넣으시는 겁니까?"

"실은 알고 싶지도 않으면서!"

도노번 부인은 고개를 빳빳이 쳐들고 요염하게 생긋 웃었다. 도노번 부인이 거의 키스를 허락할 듯한 표정을 지은 것은 참으로 오랜만이었다.


로이에게는 제2의 삶이 시작되었다고 할 수 있다. 세월이 흐르는 동안 나는 자비로운 신의 섭리를 자주 생각했다. 처음 열두 달을 무정한 주인에게 버림받은 채 그 지긋지긋하고 악취 나는 어둠을 바라보며 보낸 동물은 마땅히 빛과 활동과 사랑으로 충만한 생활 속으로 옮겨져야 한다는 것이 신의 섭리였던 게 분명하다. 그때부터 로이만큼 행복한 생활을 한 개는 없을 것이기 때문이다.

로이의 식사는 극적으로 달라졌다. 주인이 이따금 던져주는 빵조각으로 연명하던 로이가 이제는 스테이크와 비스킷, 살점이 잔뜩 붙은 뼈다귀를 먹고, 저녁마다 따끈한 우유를 마시게 되었다. 그리고 로이는 어디에나 얼굴을 내밀었다. 원유회, 운동회, 경매가 열리면 로이는 어김없이 거기에 있었다. 나는 도노번 부인의 행동반경이 갈수록 넓어지는 것을 보고 기뻐했다. 구두가 빨리 닳아서 구둣값으로 나가는 돈도 수월찮았겠지만, 물론 로이한테는 아주 좋은 일이었다. 오전에는 바쁘게 시내를 한 바퀴 돌고, 집에 돌아와서 점심을 먹은 다음 다시 나가고…… 정말 바쁜 나날이었다.

도노번 부인의 활동 범위는 시내 중심가에만 한정되지 않았다. 강변에는 넓은 공유지가 있고 의자가 놓여 있어서 사람들은 이곳에 개를 데려와 마음껏 뛰놀게 했다. 도노번 부인은 동네 사람들의 집 안에서 최근에 무슨 일이 일어났는지를 조사하기 위해 규칙적으로 이곳을 찾았다. 나는 로이가 잡다한 개들과 어울려 풀밭을 당당하게 뛰어가는 것을 자주 보았다. 다른 개들과 어울리지 않을 때는 사람들 손에 자신을 내맡겼다. 사람들은 로이를 보면 대개 쓰다듬거나 토닥이면서 야단법석을 떨었다. 로이는 잘생긴 개였고 사람을 잘 따랐다. 그래서 누구나 로이를 귀여워하지 않을 수 없었다.

로이의 여주인이 다양한 크기의 솔과 빗을 잔뜩 사들였다는 사실은 널리 알려져 있었다. 도노번 부인은 그것으로 로이의 털을 정성껏 빗겨주었다. 도노번 부인이 로이의 이빨을 닦아주려고 칫솔을 샀다고 말하는 사람도 있었다. 그 말은 사실이었을지도 모르지만, 발톱은 자를 필요가 없었을 것이다. 온종일 돌아다녀서 발톱이 자랄 새가 없었기 때문이다.

도노번 부인도 보상을 받았다. 밤에도 낮에도 늘 곁에 붙어 있는 충실한 벗이 그녀가 얻은 보상이었다. 하지만 그것만이 아니었다. 도노번 부인은 언제나 동물을 도와주고 치료해주고 싶은 충동에 사로잡혀 있었다. 로이를 구제한 것은 부인에게는 인생의 절정이었고, 결코 빛이 바래지 않는 눈부신 승리였다.

이 승리의 기억이 내 마음에 늘 선명하게 남아 있었던 것은 몇 년 뒤 크리켓 경기장에서 도노번 부인과 로이를 보았기 때문이다. 노부인은 주위를 열심히 둘러보고 있었고 로이는 운동장을 차분하게 내다보고 있었다. 경기를 즐기고 있는 게 분명했다. 시합이 끝나자 군중이 흩어졌다. 나는 멀어져가는 부인과 로이를 유심히 바라보았다. 로이는 그때 열두 살쯤 되었을 테고, 도노번 부인이 몇 살인지는 하느님만이 아시겠지만, 커다란 황금색 개는 경쾌하게 종종걸음을 치며 주인을 따라갔고, 부인은 전보다 등이 더 굽어 머리가 땅에 더 가까워지긴 했지만 여전히 정정해 보였다.

도노번 부인은 나를 알아보고는 다가와서 또다시 내 손목을 꽉 움켜잡았다.

"헤리엇 선생."

나를 탐색하듯 살피는 부인의 검은 눈에는 자부심과 승리감이 담겨 있었다. 로이를 구출한 것이 바로 어제 일이기라도 한 것처럼 그 자부심과 승리감은 여전히 뜨겁고 생생했다.

"어때요, 몰라보게 달라졌죠?"

* * *

도노번 부인의 헌신적인 보살핌은 충분한 보상을 받았다. 로이는 오랫동안 부인에게 충실한 벗이 되어주었기 때문이다. 로이는 삶의 첫걸음을 불행하게 내디뎠지만, 십대 후반까지 행복하게 살았다. 로이가 죽은 뒤 도노번 부인은 대러비의 양로원에 들어갔다. 나는 언제나 내 글에 나오는 인물을 실제 모델이 드러나지 않도록 위장하려고 애썼지만, 도노번 부인은 그렇게 위장된 인물들 중에서 자신을 알아보고 기뻐했다. 로이가 구출되어 외모와 생활 전반이 놀랄 만큼 달라진 것은 가장 흐뭇한 기억 가운데 하나다. 그리고 풋내기 수의사의 성공담이 독특한 매력을 갖는 것은 말할 나위도 없다.

# 9
# 위대한 탄생

술집 '드로버스 암스'에서 무도회가 열린 밤이었다. 우리는 제일 좋은 나들이옷을 차려입었다. 커다란 장화를 신은 농부들이 마을회관에 모여 삑삑대는 바이올린과 피아노 소리에 맞추어 춤을 추는 여느 무도회와는 달랐기 때문이다. 이것은 인기있는 악단인 '레니 버터필드와 소방관들'을 초빙한 정식 무도회였고, 해마다 봄이 온 것을 알리는 봄맞이 행사였다.

나는 트리스탄이 술을 나누어주는 것을 지켜보았다.

이윽고 내 옆에 나타난 트리스탄이 말했다.

"멋진 모임이야, 짐. 남자가 여자보다 좀 많긴 하지만 그건 별로 문제가 되지 않을 거야."

나는 차갑게 그를 노려보았다. 우리 일행 가운데 남자가 더 많은 이유를 나는 알고 있었다. 그래야 트리스탄이 춤을 추러 자주 나갈 필요가 없기 때문이다. 그가 춤을 좋아하지 않는 것은 전반적으로 에너지 낭비를 싫어하는 그의 성향과 일치했다. 트리스탄은 이따금 여자를 안고 플로어를 걸어 다니는 것을 싫어하지는 않았지만, 그보다는 바에서 술을 마시면서 시간을 보내기를 더 좋아했다.

사실 대러비 사람들은 거의 다 마찬가지였다. 우리가 드로버스 암스에 도착했을 때, 술청은 혼잡했지만 플로어에서 춤을 추고 있는 사람은 열정적으로 춤을 좋아하는 몇 명뿐이었다. 하지만 시간이 갈수록 과감하게 플로어로 진출하는 쌍이 늘어나, 10시쯤에는 플로어가 **빽빽**해졌다.

나는 곧 무도회를 즐기기 시작했다. 트리스탄의 친구들은 모두 활기에 넘쳤다. 남자들은 호감이 가는 젊은이들이었고 여자들은 매력적이었다. 즐겁지 않을 수가 없었다.

빨간색 재킷을 입은 유명한 레니 버터필드 악단 덕분에 무도회 분위기가 더욱 들뜨고 쾌활해졌다. 레니는 쉰다섯 살쯤 되어 보였고 '소방관' 넷은 머리가 허옇게 센 노인들이었지만, 넘치는 활력은 백발을 벌충하고도 남았다. 레니의 머리가 백발이었다는 뜻은 아니다. 그는 머리를 까맣게 염색하고 열정적으로 피아노를 두드리면서, 뿔테 안경 너머로 춤추는 사람들에게 미소를 던졌다. 때로는 옆에 있는 마이크에 대고 큰 소리로 코러스를 넣거나 곡명을 발표하거나 쉰 목소리로 재치있는 농담도 했다. 그는 돈을 들일 만한 가치가 있었다.

우리 일행은 두 명씩 짝을 짓지 않았기 때문에 나는 모든 여자와 번갈아 춤을 추었다. 분위기가 한창 무르익었을 때 나는 대프니와 짝을 지어 플로어를 돌고 있었다. 대프니 같은 몸집을 가진 여자와 춤을 추는 것은 색다르고 유익한 경험이었다. 나는 말라깽이 여자를 좋아하지 않았지만, 대프니는 반대 방향으로 좀 지나치게 발달했다고 말할 수 있을 것이다. 그렇다고 뚱보는 아니었다. 그저 살이 좀 푸짐했을 뿐이다.

나는 혼잡을 뚫고 나아가거나 옆사람과 충돌하거나 대프니의 몸에 부딪혀 되튀는 유쾌한 감각을 즐겼다. 모두 춤을 추면서 노래를 불렀고, '소방관'들은 강렬한 비트를 쏟아냈다. 세상에 걱정거리라고는 하나도 없는 듯한 기분이 들었다. 헬렌을 본 것은 바로 그때였다.

헬렌은 오늘도 역시 리처드 에드먼드와 함께 춤을 추고 있었다. 그의 번들거리는 금발은 운명의 상징처럼 다른 사람들의 머리 위를 떠다니고 있었다. 그들을 본 순간 나의 아늑한 세계는 산산이 부서지고 가슴을 갉아먹는 차디찬 공허감만 남았다. 참으로 불가사의한 일이었다.

음악이 끝나자 나는 대프니를 그녀의 친구들한테 데려다주고 트리스탄을 찾으러 갔다. 드로버스 암스의 쾌적한 술청은 사람들로 넘쳐흐르고 오븐 속처럼 후끈거렸다. 담배 연기가 짙은 안개처럼 자욱했다. 나는 그 짙은 안개를 뚫고 등받이 없는 높은 의자에 앉아 있는 트리스탄을 찾아냈다. 그는 술꾼들과 어울려 신나게 떠들어대고 있었다. 다른 술꾼들은 모두 더워서 땀을 뻘뻘 흘리고 있었지만 트리스탄은 시원해 보였고 여느 때처럼 무척 기분이 좋아 보였다. 술잔을 단숨에 비우고는, 지금까지 그렇게 맛있는 맥주는 마셔본 적이 없는 것처럼 쩍 소리를 내며 입맛을 다신 다음, 카운터 너머로 손을 뻗어 술잔을 다시 채워달라고 정중하게 요구하다가 사람들을 헤치며 힘들게 다가가는 나를 발견했다.

내가 겨우 목적지에 도착하자 트리스탄은 내 어깨에 다정하게 손을 올려놓았다.

"야아, 짐, 멋진 무도회라고 생각지 않아?"

나는 아직 플로어에서 트리스탄이 춤추는 것을 보지 못했지만, 그 사실은 덮어두고 애써 태연한 목소리로 헬렌이 와 있다고 말했다.

트리스탄은 다정하게 고개를 끄덕였다.

"나도 아까 들어오는 걸 봤어. 가서 헬렌과 춤을 추지 그래?"

"그럴 수가 없어. 파트너와 함께 왔으니까. 에드먼드라는 작자 말이야."

"그렇지 않아." 트리스탄은 새로 따른 맥주를 비판적인 눈으로 조사하고는 시험 삼아 한 모금 마셔보았다. "헬렌도 우리처럼 여러 사람과 함께 왔어. 파트너가 아니라고."

"그걸 어떻게 알아?"

"여자들은 위층으로 올라가고 남자들은 모두 저기에다 코트를 거는 걸 보았거든. 헬렌과 춤추면 안 될 이유는 전혀 없어."

"알았어."

나는 잠시 망설이다가 다시 사람들을 헤치고 무도회장으로 돌아갔다.

하지만 일은 그렇게 간단치 않았다. 나는 우리와 함께 온 여자들과 춤추는 의무를 다해야 했고, 내가 헬렌 쪽으로 다가갈 때마다 헬렌의 남자친구들 가운데 하나가 나보다 한 발 먼저 잽싸게 헬렌을 낚아채곤 했다. 이따금 헬렌이 나를 바라보는 듯한 느낌이 들었지만 확신할 수는 없었다. 확실한 것은 내가 이제 즐겁지 않다는 것뿐이었다. 마력과 들뜬 기분은 사라지고, 절망적으로 헬렌을 바라볼 수밖에 없는 좌절감을 또다시 맛보아야 한다고 생각하면 기분은 더욱 비참해질 뿐이었다. 이번에는 상황이 더 나빴다. 아직 헬렌한테 말도 붙여보지 못했으니까.

지배인이 다가와서 전화가 걸려왔다고 말했을 때는 차라리 구원받은 기분이었다. 전화를 받아보니 우리 가정부인 홀 부인이었다. 난산을 하고 있는 암캐가 있는데 내가 가봐야 한다는 거였다. 나는 손목시계를 보았다. 자정이 지나 있었다. 나에게 무도회는 끝난 셈이었다.

나는 잠시 그 자리에 서서 무도회장에서 들려오는 소리에 귀를 기울였다. 그러고는 천천히 코트를 입고 트리스탄의 친구들에게 작별 인사를 하러 갔다. 그들과 몇 마디 인사를 나누고, 손을 흔들고, 입구로 돌아왔다. 그리고 안팎으로 열리는 문을 밀었다.

헬렌이 거기에 서 있었다. 나한테서 한 발짝도 떨어지지 않은 곳에 그녀가 있었다. 헬렌의 손도 문에 닿아 있었다. 헬렌이 안으로 들어오려는 건지 나가려는 건지는 궁금하지 않았다. 그저 미소 짓고 있는 그녀의 푸른 눈을 말없이 바라보았을 뿐이다.

"벌써 가세요?" 그녀가 물었다.

"예, 급한 환자가 있어서요."

"저걸 어째. 심각한 일이 아니었으면 좋겠군요."

나는 말을 하려고 입을 벌렸지만, 아름다운 헬렌이 바로 코앞에 있다는 사실이 내 세계를 가득 채웠다. 이룰 수 없는 갈망의 물결이 밀려와 나를 완전히 뒤덮었다. 나는 손을 조금 미끄러뜨려 물에 빠진 사람처럼 헬렌의 손을 움켜잡았다. 그러자 놀랍게도 그녀가 손을 돌려 내 손을 꽉 맞잡았다.

순식간에 악단도, 소음도, 사람들도 모두 사라졌다. 세상에 존재하는 것은 문간에 바싹 붙어 서 있는 우리 둘뿐이었다.

"같이 갑시다." 내가 말했다.

헬렌은 눈을 크게 뜨고, 내가 잘 아는 그 미소를 지었다.

"코트를 가져올게요." 헬렌이 속삭였다.

이건 내가 아니야. 나는 헬렌이 종종걸음으로 계단을 올라가는 것을 지켜보면서 생각했지만, 헬렌이 코트를 입으면서 층계참에 다시 나타났기 때문에 이것이 꿈이 아닌 현실이라는 것을 믿을 수밖에 없었다. 밖으로 나와서 시장의 자갈길 위에 세워둔 내 차에 올라탔다. 그런데 내 차도 깜짝 놀란 모양이었다. 엔진을 켜자마자 단번에 시동이 걸렸기 때문이다.

나는 조산 기구를 가지러 병원으로 돌아가야 했다. 달빛을 받은 조용한 길에 차를 세우고 헬렌과 함께 차에서 내렸다. 나는 스켈데일 하우스의 육중한 문을 열었다.

우리는 나란히 복도로 들어갔다. 그곳에서 할 일은 하나뿐이었다. 헬렌을 끌어안고 입을 맞추는 것은 세상에서 가장 자연스러운 일이었다. 나는 서두르지 않고 감사한 마음으로 헬렌에게 입을 맞추었다. 이 순간을 얼마나 오랫동안 기다려왔던가. 시간이 쏜살같이 흘러갔다. 우리는 시간 가는 줄도 모르고 거기에 서 있었다. 발밑에는 검은색과 붉은색의 18세기 타일이 깔려 있고, 머리 위에는 입구를 내려다보는 '넬슨 제독의 죽음'이라는 대형 그림이 걸려 있었다.

복도가 처음 구부러지는 곳에 이르자 우리는 '웰링턴과 블뤼허의 워털루 회동'이라는 그림 밑에서 또다시 입을 맞추었다. 복도가 두 번째로 구부러지는 곳에서는 시그프리드가 승마용 코트와 부츠를 넣어두는 장식장 옆에서 다시 입을 맞추었다. 조제실에서는 기구를 찾는 틈틈이 입을 맞추었다. 바깥 정원에서도 입을 맞추었는데, 꽃들은 달빛 속에서 무언가를 기대하듯 조용히 서 있고 축축한 흙냄새와 풀냄새가 주위에서 피어올라 최고로 멋진 입맞춤이 되었다.

환자를 보러 가면서 그렇게 천천히 차를 몬 적은 한 번도 없었다. 시속 15킬로미터 정도였다. 헬렌은 내 어깨에 머리를 기대고 있었고, 열린 차창으로는 봄의 온갖 향기가 흘러들어왔다. 폭풍이 휘몰아치는 바다에서 아름답고 안전한 항구로 들어가는 듯한 기분, 그리운 고향으로 돌아가는 듯한 기분이었다.

깊이 잠든 마을에서 불빛이 새어나오는 창문은 하나뿐이었다. 내가 그 집 문을 노크하자 버트 채프먼이 문을 열어주었다. 버트는 도로공사를 하는 시청 인부였다.

시청의 도로공사 인부들은 늘 길에 나와 있다는 점에서 내 동료들이었다. 그들은 나와 마찬가지로 대러비 주변의 한적한 길에서 대부분의 시간을 보냈다. 나는 거의 일주일 내내 그들을 보았다. 그들은 여름에는 부순돌과 타르로 포장된 길을 보수하고 길가에 무성하게 자란 풀을 베었다. 겨울에는 길바닥에 모래를 뿌리고 눈을 치웠다. 내가 차를 몰고 지나가는 것을 보면 그들은 나를 본 것만으로도 기쁘기 짝이 없다는 듯 쾌활하게 웃으면서 손을 흔들곤 했다. 특별히 싹싹하고 선량한 사람만 도로공사 인부로 선발했는지 어떤지는 모르지만, 도로공사 인부들은 모두 한결같이 착한 성품을 갖고 있었다. 그들만큼 균등한 집단은 이제껏 만난 적이 없는 것 같다.

언젠가 어느 늙은 농부가 심술궂게 말했다.

"그 녀석들이 행복하지 않을 수가 있나. 할 일이 아무것도 없는 팔자 좋은 놈들인걸."

물론 이 말은 과장이지만, 그 농부의 심정도 이해할 만했다. 농사에 비하면 사실 다른 직업은 일이라고 할 수도 없었다.

나는 이틀 전에도 버트 채프먼을 보았다. 그는 삽을 옆에 내려놓고 강둑 풀밭에 앉아 큼지막한 샌드위치를 먹고 있다가, 나를 보고는 활짝 웃으면서 근육이 불끈거리는 팔을 들어 인사를 했다. 함박웃음을 짓자 햇볕에 빌겋게 달아오른 둥근 얼굴이 둘로 갈라졌다. 그는 언제 보아도 태평해 보였지만 오늘은 웃는 얼굴이 굳어 있었다.

"밤늦게 성가시게 해서 죄송합니다." 그는 우리를 집 안으로 안내하면서 말했다. "하지만 아무래도 수지가 좀 걱정이 돼서요. 새끼를 낳을 때가 돼서 수지가 온종일 보금자리를 만들고 부산을 떨었는데 아무 일도 일어나지 않는 거예요. 아침까지 두고 볼 작정이었지만, 자정 무렵에 심하게 헐떡거리기 시작해서…… 상태가 좀 이상합니다."

수지는 내 단골 환자였다. 체격이 우람한 주인은 늘 쑥스러워하며 수지를 병원에 데려왔다. 대기실에서 반려동물을 데려온 여자들 틈에 남자 혼자 앉아 있으면 어울리지 않아 보이는 것도 사실이었다. 버트는 대개 "집사람이 수지를 병원에 데려가라고 해서요" 하고 말했지만, 뻔한 변명이었다.

"수지는 잡종이지만 말을 아주 잘 듣는답니다."

버트는 여전히 변명하듯 말했지만 나는 그가 수지를 얼마나 사랑하는지 알 수 있었다. 수지는 텁수룩한 부랑자처럼 털이 마구 뒤엉킨 작은 개였다. 수지가 부리는 재롱이라고는 내 무릎에 앞발을 올려놓고 꼬리를 채찍처럼 휘두르며 내 얼굴을 보고 활짝 웃는 것뿐이었다. 그런데 그게 못 견디게 귀여웠다.

하지만 오늘 밤의 수지는 딴판이었다. 우리가 거실로 들어가자 수지는 바구니에서 기어 나와 꼬리를 힘없이 딱 한 번 흔들고는 숨을 헐떡이며 방 한복판에 비참하게 서 있었다. 갈비뼈가 격렬하게 오르내리고 있었다. 내가 허리를 숙이자 수지는 입을 크게 벌린 채 불안한 눈으로 나를 쳐다보았다.

나는 수지의 배를 만져보았다. 배가 그렇게 터질 것처럼 **빵빵**하게 부풀어 오른 개는 이제껏 본 적이 없었다. 몸집이 작은 수지는 축구공처럼 동그랬다. 쑥 튀어나갈 준비를 하고 있는 새끼들이 가득 들어 있었지만, 아무 일도 일어날 기미가 없었다.

"어떻습니까?"

햇볕에 그을린 버트의 얼굴이 수척해 보였다. 그는 옹이가 박인 커다란 손으로 수지의 머리를 잠깐 쓰다듬었다.

"아직은 잘 모르겠습니다. 내진을 해봐야겠으니까 뜨거운 물을 좀 갖다 주세요."

나는 물에 소독약을 타서 비누로 손을 씻고, 조심스럽게 손가락 하나를 수지의 질 속에 집어넣었다. 새끼가 한 마리 있었다. 손가락 끝이 새끼의 콧구멍과 작은 입과 혀를 스쳤다. 하지만 새끼는 그 좁은 통로에 코르크 마개처럼 꽉 끼여 있었다.

나는 쭈그리고 앉아서 채프먼 부부를 돌아보았다.

"큰 새끼 한 마리가 단단히 끼여 있는 것 같습니다. 이 녀석만 나오면 나머지는 쑥쑥 빠져나올 겁니다. 다른 녀석들은 몸집이 좀 작을 테니까요."

"그 녀석을 **빼낼** 방법이 있나요?" 버트가 물었다.

나는 잠시 생각했다.

"겸자(집게)로 머리를 집어서 움직이는지 볼게요. 겸자를 쓰고 싶지는 않지만, 한번 조심스럽게 해보겠습니다. 그래도 안 되면 병원에 데려가서 제왕절개를 해야 할 겁니다."

"수술이라고요?"

버트가 중얼거리고는 침을 꿀꺽 삼키며 겁먹은 눈으로 아내를 힐끔 돌아보았다. 덩치 큰 남자들이 대개 그렇듯이 버트도 키가 150센티미터밖에 안 되는 아담한 여자와 결혼했고, 지금 이 순간 의자에 몸을 웅크리고 놀란 눈으로 나를 뚫어지게 바라보는 채프먼 부인은 여느 때보다도 더 작아 보였다.

"수지를 시집보내지 말았어야 하는 건데." 부인이 손을 쥐어짜면서 한탄했다. "다섯 살에 초산을 하는 건 너무 늦다고 말했지만, 남편은 들으려 하질 않았어요. 이제 수지를 영영 잃어버리겠군요."

나는 서둘러 부인을 안심시켰다.

"다섯 살이라도 너무 늦지는 않습니다. 모두 잘될 겁니다. 어디 한번 해봅시다."

나는 끓는 물로 기구를 소독한 다음 다시 환자 뒤에 무릎을 꿇었다. 겸자를 들어 올려 자세를 취하자 강철이 빛을 받아 번쩍 빛났다. 그러자 검붉게 그을린 버트의 얼굴에서 핏기가 사라지고 그의 아내는 의자에서 공처럼 몸을 웅크렸다. 그들을 조수로 쓰는 것은 애당초 가망 없는 일이었다. 그래서 헬렌에게 수지의 머리를 잡게 하고는 다시 새끼 쪽으로 손가락을 집어넣었다. 겸자를 넣을 공간도 거의 없었지만 나는 손가락을 따라 간신히 겸자를 새끼의 코까지 밀어 넣었다. 그런 다음 신중하게 겸자를 벌려 머리를 끼웠다.

결과는 이제 곧 알게 될 것이다. 이런 상황에서는 무리하게 잡아당기면 안 된다. 일이 쉽게 일어나도록 도와준다는 마음가짐이 필요하다. 새끼가 조금 움직인 듯한 느낌이 들었다. 다시 한 번 해보니, 이번에는 틀림없었다. 새끼는 분명 내 쪽으로 다가오고 있었다. 수지도 상황이 좋아지고 있음을 알아차린 듯, 무기력한 상태에서 벗어나 열심히 힘을 주기 시작했다.

그때부터는 아무 문제도 없었다. 나는 새끼를 쉽게 끌어낼 수 있었다.

"이 녀석은 아무래도 살지 못할 것 같군요."

내 손바닥에 올려놓은 작은 새끼는 숨을 쉴 기미가 없었다. 하지만 엄지와 집게손가락으로 가슴을 집어보니 심장이 규칙적으로 뛰고 있었다. 나는 얼른 새끼의 입을 벌리고 허파에 숨을 불어넣었다.

나는 인공호흡을 몇 번 되풀이하고 새끼를 바구니에 눕혔다. 그래 봤자 아무 소용도 없을 거라고 생각했기 때문이다. 그런데 바로 그때 작은 흉곽이 갑자기 올라갔다. 두 번, 세 번……

"살았어요!" 버트가 기뻐서 소리쳤다. "장하다! 우리는 이 새끼들을 모두 살리고 싶어요. 아비가 잭 데니슨네 테리어인데, 그 녀석은 정말 대단한 놈이지요."

"맞아요." 채프먼 부인이 거들었다. "새끼를 달라는 사람이 하도 많아서, 수지가 아무리 많이 낳아도 모자랄 판이에요. 모두 수지의 새끼를 갖고 싶어 한답니다."

"당연히 그렇겠지요."

나는 그렇게 말했지만 속으로 웃음을 참을 수 없었다. 잭 데니슨네 테리어도 혈통이 불확실한 잡종개니까, 이 새끼들은 잡종 중의 잡종일 것이다. 하지만 그게 무슨 상관인가.

나는 수지에게 피튜이트린 0.5시시를 투여했다.

"저 녀석을 밀어내느라 몇 시간이나 고생했으니까 피튜이트린이 필요할 겁니다. 이제 무슨 일이 일어나는지 두고 봅시다."

즐거운 기다림이었다. 채프먼 부인은 차를 끓이고 집에서 만든 스콘에 버터를 바르기 시작했다. 수지는 피튜이트린의 도움으로 15분마다 한 마리씩 자랑스러운 태도로 새끼를 밀어냈다. 새끼들은 그렇게 작은 동물치고는 놀랄 만큼 큰 소리로 울어댔다. 시간이 갈수록 눈에 띄게 느긋해진 버트는 파이프를 피우면서 빠르게 불어나는 가족을 바라보았다. 새끼가 한 마리 태어날 때마다 버트의 입은 옆으로 점점 더 벌어졌다.

"젊은 두 분이 이렇게 우리와 함께 있어줘서 정말 고마워요." 채프먼 부인은 고개를 한쪽으로 기울이고 우리를 걱정스러운 눈으로 바라보았다. "무도회장으로 돌아가고 싶어서 줄곧 안달이 났을 텐데."

나는 드로버스 암스에서 벌어지고 있을 소동을 생각했다. 담배 연기, 후끈한 열기, '소방관'들의 끊임없는 연주. 나는 평화로운 작은 방을 둘러보았다. 검은색의 구식 벽난로, 바니시를 칠한 낮은 들보, 채프먼 부인의 반짇고리, 벽에 줄지어 걸려 있는 버트의 담배 파이프. 나는 지난 한 시간 동안 탁자 밑에서 잡고 있었던 헬렌의 손을 더 힘껏 움켜잡았다.

"천만에요. 무도회에는 조금도 가고 싶지 않았습니다." 내가 말했다. 그 말은 진심이었다.

마침내 수지의 출산이 끝났다고 판단한 것은 2시 반이 지나서였다. 수지는 건강한 새끼를 여섯 마리 낳았다. 그렇게 작은 개치고는 많이 낳은 편이었다. 새끼들이 자리를 잡고 통통 불은 어미젖을 빨기 시작하자 소음이 한결 줄어들었다.

나는 새끼들을 한 마리씩 들어 올려 검사했다. 수지는 싫어하기는커녕, 내가 새끼를 만질 때마다 자랑스럽게 웃고 있는 것 같았다. 내가 새끼를 돌려주면 수지는 바쁘게 냄새를 맡으며 새끼를 조사하고는 다시 옆으로 드러눕곤 했다.

"수컷 세 마리에 암컷 세 마리, 딱 맞게 낳았군요." 내가 말했다.

그 집을 떠나기 전에 나는 수지를 바구니에서 들어 올려 배를 만져보았다. 빵빵했던 배가 믿을 수 없을 만큼 홀쭉해져 있었다. 풍선을 바늘로 터뜨린다 해도 이만큼 극적으로 모양이 달라질 수는 없을 것이다. 수지는 어느새 내가 잘 아는 여위고 텁수룩하고 사교적인 개로 돌아와 있었다.

내가 놓아주자 수지는 서둘러 바구니로 돌아가 새끼들을 감싸 안았고, 새끼들은 곧 젖을 빠는 데 열중했다.

버트가 껄껄 웃었다. 그러고는 허리를 숙여 처음 태어난 새끼들을 손가락으로 콕콕 찔렀다.

"수지가 새끼들한테 완전히 뒤덮여버렸군요. 나는 이 수놈이 마음에 들어. 여보, 이 녀석은 우리가 키웁시다. 수지에게 좋은 놀이 상대가 될 거야."

떠날 시간이었다. 헬렌과 나는 문으로 다가갔다. 작달막한 채프먼 부인이 문손잡이를 잡고 나를 쳐다보았다.

"선생님, 뭐라고 감사해야 할지 모르겠네요. 수지한테 무슨 일이 생겼다면 남편이 어떻게 됐을지……."

버트는 멋쩍은 듯 씨익 웃으며 중얼거렸다.

"어떻게 되긴? 나는 사실 조금도 걱정하지 않았어."

채프먼 부인은 웃으면서 문을 열었다. 봄 향기가 가득한 조용한 밤거리로 나오자 부인은 내 팔을 잡고 짓궂은 눈으로 나를 쳐다보았다.

"이 아가씨는 선생님 애인이겠죠?"

나는 헬렌의 어깨를 감싸 안았다.

"예, 제 애인입니다." 나는 단호하게 말했다.

* * *

그날 밤은 수지의 새끼가 태어난 밤일 뿐만 아니라 내 결혼생활이 태어난 밤이기도 했다. 그때까지 헬렌의 사랑을 얻으려는 내 시도는 번번이 실패했기 때문이다. 늘 일이 틀어져서 만사가 뜻대로 되지 않았다. 그런데 그날 밤 세상에서 가장 중요한 일이 일어났고, 그 일을 통해 내가 나아갈 방향이 정해졌다. 45년에 이르는 우리의 결혼생활을 돌이켜보면 그날의 무도회에서 나를 도와준 행운에 감사하지 않을 수 없다. 그 당시 우리 수의사들이 환자들을 대하던 태도가 그립기도 하다. 작은 시골집 거실에서 새끼를 낳는 암캐 옆에 줄곧 붙어 앉아 밤을 지새우는 것은 예사였다. 이것은 낭만적인 이야기니까 기술적인 문제는 중요하지 않은 듯싶지만, 이제는 분만 겸자를 사용하는 경우가 드물다는 것만 말해두겠다.

# 10
## 온 동네 개들이 모여든 이유

　대러비에서 롤랜드 파트리지 씨보다 특이한 인물을 찾기는 기대하기 어렵다. 트렌게이트 가에 면해 있는 그의 집은 우리 병원 맞은편 길을 따라 조금 올라간 곳에 있는데, 어느 날 창문으로 밖을 내다보는 그를 보자 이 사람은 역시 대러비에서 으뜸가는 괴짜라는 생각이 들었다.

　그는 유리창을 톡톡 두드려 나에게 신호를 보내고 있었다. 두꺼운 안경을 쓴 눈에는 근심이 가득했다. 내가 멈춰 서서 기다리자 그가 문을 열었다. 나는 거리에서 곧장 그의 거실로 들어갔다. 그의 작은 집은 거실과 길이 바로 맞붙어 있었기 때문이다. 뒤쪽에는 부엌밖에 없고 이층에는 작은 침실이 하나 있을 뿐이었다. 거실에 들어간 나는 깜짝 놀랐다. 이 연립주택에 사는 주민은 대부분 노동자였고, 세간은 어느 집이나 대개 엇비슷했다. 그런데 파트리지 씨의 거실은 화실이었다.

　햇빛이 들어오는 창가에는 이젤이 세워져 있고, 벽은 바닥부터 천장까지 온통 그림으로 덮여 있었다. 액자에 넣지 않은 그림이 곳곳에 무더기로 쌓여 있고, 장식적인 의자 몇 개와 색칠한 도자기가 잔뜩 놓여 있는 탁자와 오래된 골동품이 예술적인 분위기를 더해주고 있었다.

이유는 물론 간단했다. 파트리지 씨가 실은 화가였기 때문이다. 하지만 이 중년의 탐미주의자가 영세농의 아들이고 조상들도 대대로 흙에 파묻혀 산 농부라는 것을 알면 뭔가 어울리지 않는 느낌이 든다.

"지나가는 것을 우연히 보았어요. 많이 바쁘세요?" 그가 물었다.

"그렇게 바쁘지는 않습니다. 제가 뭐 도와드릴 일이라도 있습니까?"

그는 엄숙하게 고개를 끄덕였다.

"잠깐 짬을 내서 퍼시를 보아주면 고맙겠는데……."

"물론 보아드리지요. 어디 있습니까?"

파트리지 씨는 나를 부엌으로 데려갔다. 그때 바깥문이 홱 열리더니 우편배달부인 버트램 하디스티가 들어왔다. 버트는 거칠고 무례한 남자였다. 그는 탁자 위에다 소포 하나를 아무렇게나 내던졌다.

"롤리! 소포 왔어!" 이렇게 외치고는 돌아섰다.

파트리지 씨는 우편배달부의 등을 차분하고 위엄있게 바라보았다.

"고맙네, 비트. 수고하게."

우편배달부와 화가는 둘 다 대러비에서 태어나 자랐고, 같은 사회적 배경을 가졌고, 같은 학교에 다녔지만, 말투며 태도는 전혀 달랐다. 롤랜드 파트리지 씨는 마치 법정 변호사처럼 정확한 발음으로 이야기했다.

우리는 부엌으로 들어갔다. 독신인 파트리지 씨는 이곳에서 손수 음식을 만들어 먹었다. 오래전에 부친이 세상을 떠나자 그는 당장 농장을 팔아치웠다. 흙내 나는 농장은 보기만 해도 지긋지긋했을 것이다. 그는 한시라도 빨리 농장에서 벗어나고 싶었다. 어쨌든 그는 농장을 팔아서 자신의 관심사에 탐닉할 수 있는 돈을 손에 넣었다. 그는 그림을 그리기 시작했고, 그 후 줄곧 이 초라한 집에 살면서 남이 뭐라고 하든 상관하지 않고 자기 일에만 몰두했다. 이런 일은 모두 내가 대러비에 오기 훨씬 전에 일어났고, 길게 늘어진 그의 머리는 이제 은발이었다. 나는 그를 볼 때마다 그가 나름대로 행복하게 살고 있다는 느낌을 받았다. 그 작달막하고 고상한 인물이 질퍽거리는 농장을 터벅터벅 돌아다니는 모습은 상상할 수도 없었기 때문이다.

독신생활도 아마 그의 성미에 맞았을 것이다. 여윈 뺨과 연푸른색 눈에는 금욕적인 데가 있었다. 자제심 강하고 차분한 그의 성격은 따뜻한 인간미가 부족하고 남을 사랑할 줄 모른다는 것을 나타낼 수도 있었다. 하지만 퍼시에게는 이것이 들어맞지 않았다.

그는 퍼시를 과보호한다고 말할 수 있을 만큼 열렬히 사랑했다. 퍼시가 종종걸음으로 다가오자 그는 다정하게 허리를 숙였다. 그의 얼굴은 넘치는 애정으로 환하게 빛났다.

"아주 원기왕성해 보이는데요. 아프지는 않겠죠?"

내가 말하자 파트리지 씨는 묘하게 안절부절못하는 태도였다.

"글쎄…… 퍼시는 아주 건강하지만, 자세히 보면 뭔가 알아차릴 수 있을지도……."

나는 자세히 보았지만 늘 보는 퍼시와 똑같았다. 눈처럼 새하얀 털이 텁수룩하게 나 있는 작은 개는 이곳의 개 사육가나 개 감정가들한테는 하찮은 잡종견일 뿐이겠지만, 그래도 내가 좋아하는 환자들 가운데 하나였다. 파트리지 씨는 5년 전에 브로턴의 애견센터 진열창을 들여다보다가, 그를 빤히 쳐다보는 두 눈의 매력에 넘어갔다. 감정이 깃들어 있는 눈으로 단번에 그의 마음을 사로잡은 개는 생후 6주 된 하얀 털북숭이 강아지였다. 파트리지 씨는 5실링을 주고 그 강아지를 사서 집으로 달려왔다. 애견센터에서는 퍼시를 좀 막연하게 '테리어'라고 말했기 때문에 파트리지 씨는 꼬리를 바싹 잘라주어야 한다고 생각했다. 하지만 그 강아지한테 홀딱 반해버린 그는 차마 꼬리를 자를 수 없었고, 꼬리는 위로 크게 말려 올라가 등 위에서 동그라미를 만들 만큼 자라버렸다.

내가 보기에 그 꼬리는 몸집에 비해 지나치게 큰 머리와 멋지게 균형을 이루고 있었지만, 파트리지 씨는 그 때문에 시달림을 당했다. 대러비에 사는 친구들은 시골 사람들이 대개 그렇듯이 동물 전문가를 자처했기 때문에 내키는 대로 제 의견을 말했다. 나도 그들의 이야기를 직접 들은 적이 있었다.

퍼시가 어렸을 때는 이렇게 말했다.

"저 꼬리를 잘라주어야 할 때가 됐어. 자네가 원한다면 내가 이빨로 물어뜯어서 잘라주지."

나중에는 이렇게 말했다.

"퍼시가 강아지였을 때 진작 꼬리를 잘라줬어야 했어. 저 꼴 좀 봐. 너무 꼴불견이잖아."

누가 퍼시의 품종이 뭐냐고 물으면 파트리지 씨는 '실리햄테리어 잡종'이라고 대답했다. 하지만 사실은 그렇게 간단치 않았다. 작은 체격, 빽빽하게 몸을 덮고 있는 뻣뻣한 털, 크고 고상한 머리, 쫑긋한 귀, 짧은 안짱다리, 그리고 그 꼬리로 보아 퍼시는 분명 잡종 중의 잡종이었다.

파트리지 씨의 친구들은 이 점에서도 무자비해서 퍼시를 '똥개'나 '쥐 사냥개'라고 불렀다. 작달막한 화가는 이런 놀림을 웃으면서 받아넘겼지만, 그 말에 깊은 상처를 받았음을 나는 알 수 있었다. 파트리지 씨가 나에게 호감을 가진 것은 내가 퍼시를 처음 보았을 때 아주 자연스럽게 "정말 예쁜 강아지군요!" 하고 말했기 때문이다. 나는 개의 혈통을 까다롭게 따지는 것을 싫어했고 품종 감별의 기준이 되는 외적 특징에도 별로 관심이 없었기 때문에 그 말은 진심이었다.

"정확히 문제가 뭡니까? 제가 보기에는 아무 이상도 없는 것 같은데."

작달막한 화가는 또다시 거북한 표정을 지었다.

"퍼시가 걸을 때 잘 봐주세요. 퍼시야, 이리 온."

파트리지 씨가 나한테서 멀어지자 개도 주인을 따라갔다.

"글쎄…… 뭘 말씀하시는 건지 잘 모르겠는데요."

"다시 한 번 보세요." 그는 다시 저쪽으로 걸어갔다. "퍼시의…… 저어, 퍼시의…… 엉덩이가……."

나는 다시 쭈그리고 앉았다.

"아아, 잠깐만 기다리세요. 개를 잡고 계세요."

나는 개에게 다가가서 자세히 살펴보았다.

"이제 알겠습니다. 불알 하나가 좀 커졌군요."

"예, 예…… 맞아요." 파트리지 씨의 얼굴이 좀 붉어졌다. "내가 생각한 게…… 바로 그겁니다."

"자세히 볼 테니까 잠깐 퍼시를 잡고 계세요." 나는 퍼시의 불알을 들어 올려 살짝 만져보았다. "왼쪽 불알이 확실히 더 크고 딱딱하군요."

"저어…… 심각한 건가요?"

"그렇지는 않을 겁니다. 고환 종양은 개한테 드물지 않고, 다행히 온몸으로 금세 퍼지지는 않으니까요. 그러니 너무 걱정하지 마세요."

나는 이 마지막 말을 서둘러 덧붙였다. '종양'이라는 말이 나오자마자 파트리지 씨의 얼굴에서 핏기가 사라졌기 때문이다.

"종양이라면 암 아닙니까?" 그가 더듬거리며 물었다.

"종양에도 여러 종류가 있는데, 대개는 악성이 아닙니다. 그러니까 걱정 마시고 유심히 지켜보세요. 많이 커지지는 않겠지만, 만약 커지면 즉시 알려주셔야 합니다."

"알겠습니다…… 그런데 커지면 어떻게 하죠?"

"커지면 제거할 수밖에 없습니다."

"수술을 한다고요?"

작달막한 화가는 나를 뚫어지게 바라보았다. 나는 그가 기절하는 줄 알았다.

"예. 하지만 심각한 건 아닙니다. 사실은 아주 간단한 수술이에요."

나는 허리를 숙여서 다시 한 번 불알을 만져보았다. 종양은 아주 작았다. 퍼시는 계속 음악적으로 으르렁거리고 있었다. 나는 싱긋 웃었다. 퍼시는 늘 그랬다. 내가 체온을 재거나 발톱을 자르거나 할 때면 쉬지 않고 투덜거리지만, 그것은 아무 의미도 없었다. 나는 퍼시에게 악의가 전혀 없다는 것을 잘 알고 있었다. 퍼시는 단지 사내다움을 내세우고, 자기가 얼마나 만만찮은 터프가이인가를 나한테 일깨워주고 있을 뿐이었다. 그것은 결코 터무니없는 허세가 아니었다. 비록 몸집은 작았지만 퍼시는 긍지와 기개를 가진 용감한 개였기 때문이다.

그 집을 나와서 뒤를 돌아보니 파트리지 씨가 창가에 서서 나를 내다보고 있었다. 그가 두 손을 쥐었다 폈다 하는 것이 보였다.

병원으로 돌아간 뒤에도 내 마음의 절반은 여전히 그 묘한 화실에 남아 있었다. 스스로 원하는 일을 하고 있는 파트리지 씨한테는 탄복할 수밖에 없었다. 대러비에서는 그림으로 명성을 얻을 가망이 전혀 없었

기 때문이다. 훌륭한 말 사육가나 크리켓 선수는 존경을 받겠지만, 화가
는…… 아무리 유명해져도 존경받지 못한다. 물론 파트리지 씨는 유명해
지지도 못할 것이다. 그의 그림을 사는 사람도 있었지만, 그 수입으로 먹
고살 수는 없었을 것이다. 나도 침실 겸 거실에 그의 그림을 한 점 걸어
놓았고, 내가 보기에는 확실히 재능 있는 사람이었다. 그런데 파트리지
씨는 내가 사랑해 마지않는 요크셔의 풍경을 그리고 싶어 하지 않았다.
그렇지만 않았다면 나도 그의 그림을 좀 더 사려고 열심히 돈을 모았을
텐데…….

내가 그림을 그릴 수 있다면 돌담이 황량한 산비탈을 어떻게 넘어가는
지를 보여주고 싶어 했을 것이다. 검은 웅덩이 위에서 흔들리는 갈대로
끝없는 황무지의 마력을 포착하려고 애썼을 것이다. 그런데 파트리지 씨
는 녹슨 다리 옆에 늘어져 있는 수양버들, 마을의 교회당, 장미로 뒤덮인
시골집처럼 아늑하고 편안한 것만 좋아했다.

퍼시는 가까운 이웃이었기 때문에 나는 거의 날마다 퍼시를 볼 수 있었
다. 꼭대기층에 있는 살림방에서 볼 때도 있고 병원 창문으로 볼 때도 있
었다. 퍼시의 주인은 열심히 규칙적으로 퍼시에게 운동을 시켰다. 화가
가 자랑스럽게 옆에서 종종걸음 치는 작은 개를 데리고 길 건너편을 지
나가는 것은 일상적인 풍경이었다. 하지만 거리가 멀어서 종양이 커지고
있는지 어떤지는 확인할 수 없었다. 파트리지 씨한테서 아무 연락이 없
으니까 별문제가 없는 모양이라고 생각할 뿐이었다. 어쩌면 그 종양이
더는 커지지 않았을지도 모른다. 때로는 그런 일도 일어난다.

퍼시에게 관심을 기울이다보니 퍼시와 관련된 사건들이 생각났다. 특

히 퍼시는 싸움에 수없이 말려들었다. 그렇다고 퍼시가 먼저 싸움을 거는 것은 아니었다. 키가 한 뼘밖에 안 되는 몸으로 먼저 싸움을 걸 만큼 어리석지는 않았다. 그런데 큰 개들은 하얗고 고상한 퍼시가 뽐내며 걸어가는 것을 보면 덤벼들고 싶은 충동을 느끼는 모양이었다. 나는 병원 창문으로 큰 개들이 퍼시를 공격하는 장면을 몇 번 목격했는데, 상황은 매번 똑같았다. 큰 개가 돌풍처럼 달려들면 으르렁거리는 소리와 깽깽거리는 비명 소리가 들리고, 큰 개가 피를 흘리며 달아난다.

퍼시는 상처 하나 입지 않았다. 그 빽빽하고 두꺼운 털옷이 몸을 완벽하게 보호해주었기 때문이다. 하지만 상대는 항상 밑으로 파고든 퍼시에게 배를 물렸다. 나는 퍼시가 해치운 거리의 싸움꾼들을 여러 번 꿰매주었다.

파트리지 씨가 다시 찾아온 것은 달포쯤 지나서였다. 그는 바싹 긴장한 것처럼 보였다.

"퍼시를 다시 한 번 봐주셨으면 해서요."

나는 개를 진찰대 위로 들어올렸다. 자세히 검사할 필요도 없었다.

"많이 커진 것 같은데요."

나는 진찰대 너머로 작달막한 화가를 바라보았다.

"압니다." 그는 머뭇거리다가 말을 이었다. "어떻게 하면 좋을까요?"

"수술을 받아야 하는 건 분명합니다. 저걸 떼어내야 해요."

두꺼운 안경 뒤에서 공포와 절망이 어른거렸다.

"수술!" 그는 두 손으로 진찰대를 짚었다. "생각하기도 싫습니다. 생각만 해도 참을 수가 없어요!"

나는 그를 안심시키려고 미소를 지었다.

"그 심정은 충분히 이해하지만, 정말로 걱정하실 것 없습니다. 전에도 말씀드렸듯이 아주 간단한 수술이니까요."

"압니다. 알아요." 그는 신음하듯 말했다. "하지만 나는 퍼시한테……칼을 대고 싶지 않아요. 생각만 해도……."

나는 끝내 그를 설득하지 못했다. 그는 완강하게 수술을 거절하고는 퍼시를 데리고 단호하게 병원을 나갔다. 나는 그가 길을 건너 자기 집으로 들어가는 것을 지켜보았다. 그가 큰 걱정거리를 떠안은 것은 나도 알고 있었지만, 그 부담이 얼마나 심하게 그를 짓누를지는 미처 알아차리지 못했다.

그것은 일종의 순교라고 말할 수 있었다.


파트리지 씨가 그 후 몇 주 동안 겪은 일을 순교라고 부르는 것은 결코 과장이 아니다. 시간이 갈수록 퍼시의 불알은 점점 거대해졌다. 게다가 퍼시는 꼬리를 위로 말아 올리고 다녔기 때문에 거대한 음낭이 더욱 눈에 잘 띄었다.

파트리지 씨와 퍼시가 길을 걸어가면 사람들은 으레 고개를 돌려 퍼시의 불알을 말똥말똥 바라보곤 했다. 퍼시는 용감하게 종종걸음을 쳤고, 퍼시의 주인은 앞을 똑바로 노려보며 아무것도 알아차리지 못한 척했다. 그들을 보면 나는 정말 가슴이 아팠다. 그토록 우아한 개가 추한 꼴로 변모해가는 것은 차마 볼 수가 없었다.

파트리지 씨는 겉으로 초연한 체했기 때문에 자연히 놀림감이 되기 일쑤였다. 그는 누가 뭐라고 놀려도 달관한 태도로 묵묵히 참아냈지만, 이제 퍼시가 놀림감이 되었다는 사실은 가슴에 사무치는 고통이었다.

어느 날 오후 파트리지 씨가 퍼시를 병원에 데려왔다. 그는 거의 울음을 터뜨릴 지경이었다. 퍼시의 불알을 살펴보니 이제 길이가 15센티미터로 자라 있었다. 큼지막한 불알이 다리 사이에 축 늘어져 시계추처럼 흔들리는 꼴은 정말 우스꽝스러웠다.

"헤리엇 선생." 화가는 헐떡거리는 소리로 말했다. "어떤 아이들이 우리 집 창문에다 분필로 낙서를 했더군요. '어서 와서 중국의 명견 딜링이를 구경하세요.' 방금 그걸 지우고 온 참입니다."

나는 턱을 문질렀다.

"그저 장난일 뿐이에요. 나 같으면 신경 쓰지 않겠습니다."

"하지만 나는 신경이 쓰입니다! 저것 때문에 걱정이 돼서 잠을 잘 수가 없어요!"

"그럼 수술을 하는 게 어떻겠습니까? 그러면 만사가 잘될 텐데요."

"싫습니다! 싫어요! 그렇게는 못합니다!" 그는 어깨 위에서 격렬하게 고개를 흔들었다. 나를 뚫어지게 노려보는 그는 불행을 그림으로 그려놓은 듯했다. "사실은 겁이 납니다. 마취된 상태로 죽으면 어떻게 합니까."

"말도 안 돼요! 퍼시는 아주 튼튼합니다. 그런 걱정을 할 이유는 전혀 없습니다."

"그래도 위험은 있겠지요?"

나는 무력하게 그를 바라보았다.

"그야 물론 모든 수술에는 어느 정도 위험이 따르게 마련이지만, 이 경우에는 정말로……."

"아니, 됐습니다! 아무 말도 듣지 않겠어요."

그는 버럭 소리를 지르고는 퍼시의 줄을 끌고 성큼성큼 나가버렸다.

그 후 사태는 더욱 나빠졌다. 종양은 꾸준히 커져서, 개가 길 건너편을 지나가면 병원 창문에서도 축 늘어진 불알을 쉽게 볼 수 있었다. 사람들의 눈길과 놀림이 파트리지 씨한테 영향을 미치기 시작한 것도 알 수 있었다. 그의 볼은 움푹 들어갔고 얼굴은 핏기를 잃었다.

하지만 내가 다시 파트리지 씨와 이야기를 나눈 것은 몇 주 뒤의 장날이었다. 이른 오후에는 외상값을 갚으러 오는 농부들이 많다. 그런 손님을 문 밖까지 배웅하고 있을 때 퍼시와 파트리지 씨가 집에서 나오는 것이 보였다. 나는 작은 개가 이제 거대해진 장애물을 피하려고 한쪽 뒷다리를 옆으로 뻗치고 걷는 것을 당장 알아차렸다.

나는 충동적으로 소리를 질러 파트리지 씨를 불렀다. 그래서 그가 다가오자 말했다.

"저걸 당장 떼어내야 합니다. 저것 때문에 퍼시가 제대로 걷지도 못하고 절름발이가 돼버렸어요. 계속 이런 식으로 살 수는 없습니다."

화가는 아무 말도 않고 겁에 질린 눈으로 나를 쳐다보았다. 우리가 말없이 거기에 서 있을 때 윌리엄 돌턴이 길모퉁이를 돌아 병원 계단으로 다가왔다. 손에는 수표책을 들고 있었다. 빌은 장날만 되면 선술집 '블랙스완'에 죽치고 앉아 시간을 보내는 우람한 몸집의 농부였다. 그가 다가오기도 전에 지독한 맥주 냄새가 먼저 밀려왔다.

"야아, 롤리, 어떻게 지내나?" 그는 작달막한 화가의 등을 힘껏 때리면서 고함을 질렀다.

"잘 지내고 있어. 그래, 자네는 어떻게 지내나?"

하지만 돌턴은 대답하지 않았다. 그의 관심은 인도를 따라 몇 걸음 걸어간 퍼시에게 온통 쏠려 있었다. 돌턴은 한동안 열심히 퍼시를 바라보다가 킬킬거리는 웃음을 억누르고 짐짓 진지한 표정으로 파트리지 씨를 돌아보았다.

"이봐 롤리, 저 똥개를 보니, 불알이 짝짝이였던 데비지스의 그 젊은이가 생각나는군. 불알 하나는 너무 작아서 불알이라고 할 수도 없었지만, 또 하나는 너무 커서 상을 여러 번 받았지."

돌턴은 요란한 웃음으로 말을 맺었다. 한 번 터진 웃음은 좀처럼 그치지 않았다. 너무 웃어서 맥이 빠졌는지, 나중에는 철제 난간에 등을 기대고 힘없이 주저앉을 정도였다.

나는 파트리지 씨가 주먹을 한방 날리는 줄 알았다. 그는 덩치 큰 사내를 이글거리는 눈빛으로 노려보았다. 입술이 부르르 떨리고 있었다. 하지만 곧 자제심을 되찾은 듯 나를 돌아보았다.

"잠깐 말씀 좀 나눌 수 있을까요?"

"물론이죠." 나는 파트리지 씨와 함께 몇 걸음 걸어갔다.

"선생 말씀이 옳아요. 아무래도 수술을 받아야겠어요. 언제 수술할 수 있을까요?"

"내일 당장 합시다. 그때까지 아무것도 먹이지 마시고 오후 두 시에 데려오세요."


이튿날 나는 수술대 위에 누워 있는 작은 개를 보고 안도의 한숨을 내쉬었다. 트리스탄이 개를 마취시켰다. 나는 재빨리 거대한 불알을 떼어내고, 종양 조직을 말끔히 제거하기 위해 정관도 잘라냈다. 문제는 수술을 오래 미뤘기 때문에 음낭 자체에 암이 전이된 점이었다. 이것을 내버려두면 재발의 원인이 될 수 있었다. 나는 음낭의 환부를 조심스럽게 절제하면서 파트리지 씨가 수술을 미루고 꾸물댄 것을 저주했다. 나는 기도하는 심정으로 상처를 봉합했다.

파트리지 씨는 퍼시가 무사히 살아 있고 진저리나는 혹도 사라진 것을 보고는 기뻐서 어쩔 줄을 몰랐다. 그렇게 좋아하는 모습을 보니, 재발할지도 모른다고 말해서 그 기쁨에 찬물을 끼얹고 싶지 않았다. 하지만 나는 마음이 찜찜했다. 종양이 재발하면 어떻게 해야 할지 알 수가 없었다.

그래도 역시 내 환자가 정상으로 돌아온 것은 기뻤다. 퍼시가 주인의 삶에 그토록 큰 부담을 안겨주었던 몰골에서 벗어나 다시 전처럼 활기차게 걸어가는 것을 볼 때마다 흐뭇한 만족감이 밀려왔다. 이따금 나는 트렌게이트 가에서 시장까지 퍼시를 따라가면서, 파트리지 씨한테는 아무 말도 하지 않고 퍼시의 꼬리 아래 부위를 예의 주시하곤 했다.

한편 나는 잘라낸 고환을 글래스고 수의과대학 병리학과에 보내 검사를 의뢰했다. 거기서 보내온 보고서에 따르면 퍼시의 병은 세르톨리 세포 종양이었다. 이런 유형의 종양은 대개 양성이고 내부 장기에 전이되는 경우는 아주 드물다는 반가운 정보도 보고서에 포함되어 있었다. 어쩌면 내가 이 보고서를 믿고 지나치게 방심했는지도 모른다. 나는 이제 퍼시를 따라다니는 것을 그만두었다. 게다가 새로운 환자가 끊임없이 밀려들었기 때문에 퍼시를 까맣게 잊어버린 것도 사실이었다.

따라서 파트리지 씨가 퍼시를 다시 병원에 데려왔을 때 나는 뭔가 다른 문제가 생긴 모양이라고 생각했다. 파트리지 씨가 퍼시를 진찰대 위에 올려놓고 엉덩이를 보여주었을 때도 나는 무슨 일인지 이해하지 못하고 퍼시의 그곳을 멍하니 바라보았다. 하지만 음낭 왼쪽이 보기 흉하게 부어 있는 것을 본 순간 나는 불안에 사로잡혀 몸을 앞으로 기울였다. 내가 음낭을 만지자 퍼시는 으르렁거리는 소리와 투덜거리는 소리로 배경음을 넣었다. 의심할 여지가 없었다. 종양이 다시 커지고 있었다. 게다가 종양은 염증을 일으킨 것처럼 붉고 통증을 수반했기 때문에 예삿일이 아니었다. 위험한 진행성 종양이 분명했다.

"갑자기 생겼지요?" 내가 물었다.

파트리지 씨는 고개를 끄덕였다.

"예, 맞습니다. 날마다 커지는 게 눈에 보일 정도예요."

우리는 곤경에 빠졌다. 이 종양을 완전히 제거할 가망은 없었다. 뚜렷한 경계선이 없이 확산되어 있는 커다란 덩어리여서 어디서부터 시작해야 할지 알 수가 없었다. 어쨌든 내가 그것을 이리저리 찔러대기 시작하면 종양이 내부 장기로 퍼지는 데 필요한 자극만 줄 터였다. 그렇게 되면 퍼시는 끝장이었다.

"이번에는 더 안 좋지요?" 작달막한 화가는 나를 바라보며 침을 꿀꺽 삼켰다.

"아…… 예…… 그런 것 같습니다."

"어떻게 손을 쓸 수는 없습니까?"

방법은 없었다. 하지만 어떻게 말하면 그의 고통을 조금이라도 덜어줄 수 있을까. 나는 그 방법을 생각해내려고 애쓰다가 문득 일주일 전에 《수의사 회보》에서 읽은 기사가 생각났다. 그것은 '스틸베스트롤'이라는 신약에 관한 기사였다. 최근에 개발된 그 약은 동물의 호르몬 치료에 도움이 되는 것으로 여겨지고 있었다. 하지만 내 머리에 떠오른 것은 그 신약이 인간의 전립선암에도 유효하다는 작은 활자체의 발췌 기사였다. 그렇다면 혹시…….

"한 가지 시도해보고 싶은 방법이 있는데……" 나는 갑자기 쾌활하게 말했다. "물론 새로운 치료법이니까 효과를 장담할 수는 없지만, 한두 주일쯤 치료하면서 경과를 지켜봅시다."

"예, 좋습니다, 좋아요." 파트리지 씨는 지푸라기라도 움켜잡는 심정으로 속삭였다.

나는 '베이커 제약회사'에 전화를 걸었다. 제약회사에서는 당장 스틸베스트롤을 보내주었다.

나는 퍼시에게 그 기름 같은 현탁액을 10밀리그램 주사하고, 날마다 10밀리그램짜리 알약을 먹였다. 작은 개에게는 너무 많은 투여량이었지만, 퍼시의 상태가 워낙 절망적이었기 때문에 그 정도는 용납될 것 같았다. 약을 투여한 뒤에는 앉아서 기다릴 수밖에 없었다.

거의 일주일 동안 종양은 계속 자라났다. 나는 하마터면 치료를 중단할 뻔했다. 이튿날에는 종양이 성장을 멈춘 것 같았지만 확신할 수는 없었다. 그런 상태가 며칠 지속되었다. 이제 의심할 여지가 없었다. 종양은 확실히 성장을 멈추었다. 안도의 물결이 밀려왔다. 앞으로 어떻게 될지 모르니까 기뻐 날뛰기에는 아직 일렀지만, 내 치료가 영향을 미친 것만은 분명했다. 그 치명적인 종양의 진행을 일단 막은 것이다.

날마다 산책을 다니는 화가의 발걸음에 다시 탄력이 붙었다. 이윽고 그 흉측한 덩어리가 줄어들기 시작하자 화가는 병원 창문을 향해 손을 흔들고 옆에서 종종걸음 치는 하얀 개를 가리키며 기뻐하곤 했다.

가엾은 파트리지 씨. 그는 파도의 물마루에 올라간 것처럼 행복했지만, 바로 앞에는 첫 번째 순교보다 더욱 기괴한 두 번째 순교가 그를 기다리고 있었다.

처음에는 나만이 아니라 어느 누구도 사태를 알아차리지 못했다. 그저 트렌게이트 가에 갑자기 개가 많아진 것 같다고 생각했을 뿐이다. 게다가 대러비의 다른 구역에서 온 낯선 개들이 눈에 많이 띄었다. 큰 개, 작은 개, 털북숭이 잡종개, 털이 매끈하고 날씬한 귀족적인 개, 온갖 개들이 언뜻 보기에는 아무 목적도 없이 어슬렁거리고 있었지만, 그 개들을 끌어들이는 초점이 있다는 사실이 곧 분명해졌다. 그 초점은 바로 파트리지 씨의 집이었다.

어느 날 아침 살림방에서 창밖을 내다보고 있을 때 문득 진상이 눈부신 섬광처럼 번득였다. 개들의 목표는 퍼시였다. 무엇 때문인지는 모르지만 퍼시가 발정난 암캐의 특징을 띠게 된 것이다. 나는 아래층으로 달려가 병리학 책을 꺼냈다. 과연 있었다. 세르톨리 세포 종양에 걸린 수캐는 다른 수캐들의 성적 관심을 사로잡는 경우가 있었다. 하지만 종양이 가장 컸을 때는 이런 일이 없었는데 종양이 줄어들기 시작한 이제 와서 왜 이런 일이 일어날까? 혹시 스틸베스트롤 때문이 아닐까? 이 신약은 남성을 여성화하는 효과가 있다고 되어 있지만, 설마 그 정도로 심하지는 않을 터였다.

원인이 무엇이든, 퍼시가 수캐들에게 포위되어 있는 것은 부인할 수 없는 사실이었다. 소문이 퍼지자 가까운 농장의 개들까지 합세하여 개들의 수는 더욱 늘어났다. 멀리 홀턴에서 달려온 그레이트데인도 있었고, 선술집 '드로버스 암스'의 닥스훈트인 매그너스까지 가세했다. 개들은 동이 트자마자 줄을 짓기 시작했고, 아침 10시쯤에는 운집한 개들 때문에 길이 막힐 지경이었다. 단골손님 외에 우연히 지나가던 개도 무리에 끼어들었다. 품종과 크기에 관계없이 어떤 개든 기꺼이 클럽 회원으로 받아들여졌다. 그리하여 멍한 표정으로 혀를 축 늘어뜨리고 꼬리를 흔드는 개들의 종류는 갈수록 다양해졌다. 그렇게 각양각색의 잡다한 패거리였지만, 똑같이 성욕을 채우기 위해 법석을 떨고 있다는 동지애가 모든 개를 하나로 묶어주었다.

이 사태는 파트리지 씨에게 견딜 수 없는 스트레스를 주었다. 이따금 나는 파트리지 씨의 두꺼운 안경이 창밖의 패거리를 향해 악의적으로 번득이는 것을 알아차리곤 했다. 하지만 대개는 분노를 억누르고, 바깥에 모여든 개들이 그의 보물 같은 퍼시에게 못된 흑심을 품고 있다는 것을 잊어버린 양 차분하게 그림을 그렸다.

그래도 어쩌다 한 번씩은 자제력을 잃었다. 한번은 그가 고함을 지르며 밖으로 달려 나와 지팡이를 마구 휘둘러댔다. 그는 세련된 허울을 벗어던지고 요크서 전역에 울려 퍼질 만큼 큰 소리로 고함을 질렀다.

"꺼져! 이 썩을 놈들아! 어서 꺼지란 말이야!"

파트리지 씨는 힘을 아끼는 편이 나았을 것이다. 패거리는 잠시 흩어졌다가 다시 원래 위치로 돌아왔기 때문이다.

나는 작달막한 화가를 동정했지만, 내가 해줄 수 있는 일은 아무것도 없었다. 나는 종양이 점점 줄어들고 있는 데 안도감을 느꼈지만, 길 건너편에서 벌어지고 있는 사건에 병적인 흥미를 느낀 것도 인정할 수밖에 없다.

퍼시의 산책은 위험으로 가득 차 있었다. 파트리지 씨는 항상 지팡이로 무장한 뒤에야 용감하게 집에서 나왔고, 퍼시를 묶은 줄을 늘 짧게 잡고 다녔다. 하지만 개들이 물밀듯이 덤벼들면 그런 예방조치는 아무 소용도 없었다. 열정에 눈이 뒤집힌 얼빠진 개들은 화가가 지팡이로 등을 때리고 고함을 질러도 아랑곳하지 않고 작은 퍼시의 등에 올라타곤 했다. 그 창피한 행진은 대개 시장을 가로질러 그 너머까지 계속되면서 대러비 주민들을 즐겁게 해주었다.

점심때가 되면 개들은 대부분 휴식을 취했고, 어둠이 내리면 모두 집으로 자러 갔다. 하지만 작은 갈색 스패니얼 한 마리는 한시도 제 위치를 떠나지 않는 놀라운 헌신을 보여주었다. 보름쯤 지나자 거의 뼈와 가죽만 남았으니까 그동안 거의 아무것도 먹지 않은 게 분명하다. 헬렌이 춥고 어두운 밤에 문간에 웅크린 채 부들부들 떨고 있는 그 개를 발견하고 고기를 조금 갖다 주지 않았다면 녀석은 아마 굶어 죽었을 것이다. 그 개는 밤새도록 거기에 남아 있었던 것 같다. 이따금 한밤중에 깨갱대는 소리로 내 잠을 깨우곤 했기 때문이다. 그 소리를 듣고 나는 파트리지 씨가 침실 창문으로 개한테 무언가를 던진 모양이라고 짐작했다. 하지만 그래도 아무 소용이 없었다. 그 개는 주눅 든 기색도 없이 용감하게 불침번을 계속했다.

이런 사태가 무한정 계속되었다면 파트리지 씨는 어떻게 견뎌냈을까. 어쩌면 이성을 잃어버렸을지도 모른다. 하지만 다행히도 악몽이 끝날 조짐이 나타나기 시작했다. 퍼시의 상태가 나아지면서 패거리들이 점점 줄어들기 시작하더니, 어느 날 드디어 그 작은 갈색 스패니얼도 제 구역을 떠나 어디인지 알 수 없는 곳으로 슬금슬금 떠나갔다.

그것은 내가 퍼시를 마지막으로 진찰대 위에 올려놓은 바로 그날이었다. 나는 쭈글쭈글한 불알을 손가락으로 만지면서 짜릿한 만족감을 느꼈다.

"이제 아무것도 없습니다, 파트리지 씨. 두꺼워진 부분도 없어요. 말끔히 사라졌습니다."

화가는 고개를 끄덕였다.

"이건 그야말로 기적입니다. 정말 고맙습니다. 얼마나 걱정했는지 몰라요."

"충분히 짐작할 수 있습니다. 그동안 무척 힘드셨지요. 하지만 저도 파트리지 씨 못지않게 기쁩니다. 이런 실험적인 치료가 성공하는 것은 수의사한테도 더없는 만족감을 주니까요."

그 후 몇 년 동안 나는 개와 주인이 우리 창문 앞을 지나가는 것을 자주 보았다. 파트리지 씨는 여느 때의 품위를 완전히 되찾았고 퍼시는 전처럼 깔끔한 몸으로 자랑스럽게 걷고 있었다. 그들을 볼 때마다 나는 그 기묘한 막간극을 생각하며 궁금해지곤 했다.

그 종양은 정말로 스틸베스트롤 때문에 줄어들었을까? 아니면 저절로 사그라진 걸까? 그 놀라운 사건은 치료 때문에 일어났을까, 병 때문에 일어났을까, 아니면 양쪽 다일까?

확실한 해답은 알 수 없었지만, 결과는 확실했다. 그 불쾌한 종양은 두 번 다시 돌아오지 않았고, 그 개들도 다시는 돌아오지 않았다.

\* \* \*

비슷한 문제로 고민하는 전 세계의 수의사와 의사들이 이 고환암 환자에 대해 문의해왔다. 유감스럽게도 스틸베스트롤이 늘 효과가 있는 것은 아니라고 보고할 수밖에 없다. 하지만 다행히 퍼시한테는 효과가 있었다. 특히 발정난 암캐처럼 되어 수많은 수캐들한테 시달림을 당하는 것을 보았기 때문에, 퍼시한테 효과가 있었던 것이 더욱 기쁘다. 이야기는 좀 다르지만, 파트리지 씨의 집 밖에 장사진을 쳤던 개들의 기억은 이제 대러비에서도 그런 광경을 좀처럼 볼 수 없다는 사실을 일깨워주었다. 몇 년 전만 해도 발정난 암캐 뒤를 졸졸 따라다니는 수캐 무리를 흔히 볼 수 있었지만 이제는 과거의 일이 되어버렸다. 그것은 물론 대규모로 이루어지고 있는 불임 수술과 발정을 억제하거나 막을 수 있는 다양한 주사제와 알약에도 책임이 있다. 많은 사람들이 반려동물로는 암캐를 좋아하지만, 암캐를 키우면 발정기라는 뜻하지 않은 문제가 발생한다. 다행히 그 문제도 이제는 쉽게 극복할 수 있게 되었다.

# 11
# 가족을 찾습니다

길을 달리는 개는 자주 보지만, 그 개한테는 무언가 유별한 데가 있었다. 나는 속력을 늦추고 다시 한 번 개를 바라보았다.

작은 갈색 개였다. 개는 반대편 차도에서 내 쪽으로 달려오고 있었다. 풀밭 가장자리를 한가롭게 거니는 것이 아니라, 눈에 보이지 않는 무언가를 필사적으로 쫓아가는 것처럼 고개를 앞으로 쑥 내밀고 짧은 다리를 한껏 뻗으며 전속력으로 달려오는 것이었다. 눈은 길게 굽이진 포장도로 너머에 고정되어 있었다. 개가 내 차 옆을 지나갈 때 나는 그 눈과 축 늘어진 혀를 언뜻 보았다. 개는 순식간에 멀어졌다.

내 고물차가 시동이 꺼지면서 덜컹 하고 멈춰 섰지만, 나는 여전히 백미러를 통해 빠르게 멀어져가는 작은 개를 바라보고 있었다. 이윽고 개는 갈색과 초록색이 어우러진 황무지의 풍경 속에 섞여 들어가 보이지 않게 되었다. 그제야 나는 다시 시동을 걸었지만 눈앞의 일에 관심을 돌리기가 어려웠다. 미친 듯이 달리는 그 개한테서 무언가 오싹한 것을 느꼈기 때문이다. 비록 잠깐이었지만 나는 개의 눈 속에서 절망과 공포를 뚜렷이 보았다. 차가 출발했는데도 그 모습을 떨쳐버릴 수가 없었다. 그 개는 어디서 왔을까? 이 고지대의 한적한 샛길 근처에는 농장도 없었고 주차해 있는 차도 보이지 않았다. 어쨌든 그 개는 어딘가에 가려고 우연히 이 길을 지나간 게 아니었다. 그 모든 동작은 광적인 절박함을 나타내고 있었다.

머리에서 떨쳐버리려 해도 소용이 없었다. 나는 그 개를 찾아내야 했다. 울타리 없는 길에서 드문드문 돋아나 있는 히스 덤불 속으로 차를 후진시킨 다음 내가 온 쪽으로 다시 차를 돌렸다. 나는 놀랄 만큼 멀리 달린 뒤에야 비로소 그 작은 개를 따라잡을 수 있었다. 개는 아직도 외로운 경주를 계속하고 있었다. 다가오는 자동차 소리를 듣더니 멈춰 서서 잠시 내 차를 바라보았지만, 또 금세 종종걸음을 치기 시작했다. 하지만 다리가 후들거리는 것으로 보아 개는 거의 탈진한 상태였다. 나는 개보다 20미터쯤 앞에 차를 세우고 내려서 기다렸다.

개가 다가오자 나는 길가 풀밭에 무릎을 꿇고 개를 잡았다. 개는 아무런 저항도 하지 않았다. 갈색 털을 가진 보더테리어였다. 개는 내 차를 다시 한 번 힐끔 보고는 앞쪽에 뻗어 있는 텅 빈 길로 눈길을 돌렸다. 그 눈은 공포에 질린 빛을 띠고 있었다.

목줄은 하고 있지 않았지만, 최근에 목줄을 벗긴 듯 목털에는 고리 모양의 눌린 자국이 있었다. 입을 벌려 이빨을 조사해보니 아직 어린 개였다. 아마 두세 살쯤 되었을 것이다. 배에는 통통하게 지방이 붙어 있으니까 굶주린 것은 아니었다. 내가 피부를 살펴보고 있을 때 다른 자동차가 다가왔다. 그러자 입을 벌리고 헐떡이던 개가 별안간 입을 다물고 온몸을 바싹 긴장시켰다. 개는 강렬한 기대감이 담긴 눈으로 그 차를 뚫어지게 바라보았지만, 그 차가 쏜살같이 지나가버리자 긴장을 풀고 다시 헐떡거리기 시작했다.

수수께끼가 풀렸다. 개는 버려진 것이다. 사랑과 믿음으로 섬겼던 인간들이 자동차 문을 열고 이 낯설고 황량한 세계에다 개를 내던진 다음 쾌재를 부르며 달려가버린 게 분명했다. 나는 메스꺼움을 느꼈다. 정말로 구역질이 났다. 격렬한 분노가 몸을 꿰뚫었다. 인간 말종들! 그들은 당황한 개가 헛되이 쫓아올 것을 생각하면서 킬킬거렸을까?

나는 개의 머리를 쓰다듬었다. 털이 거칠었다. 은행 강도는 용서할 수 있어도 이런 짓을 하는 놈은 절대 용서할 수 없다!

"자, 아저씨랑 함께 집에 가자." 나는 개를 들어 올리며 부드럽게 말했다.

샘은 낯선 개가 내 차에 타는 데 익숙해져 있었기 때문에 태연하게 신참의 냄새를 맡았다. 테리어는 조수석에 웅크리고 앉아서 부들부들 떨고 있었다. 나는 차를 몰면서 줄곧 한 손으로 녀석을 쓰다듬어주었다.

살림방으로 돌아오자 헬렌이 고기와 비스킷을 테리어의 코밑에 놓아주었다. 하지만 개는 음식을 쳐다보지도 않았다.

"사람이 어떻게 이런 짓을 할 수가 있죠?" 헬렌이 중얼거렸다. "도대체 왜 그랬을까요? 무슨 이유로?"

나는 다시 개의 머리를 쓰다듬었다.

"사람들이 무엇 때문에 개를 버리는지 알면 당신은 아마 놀라자빠질 걸. 개가 사나워졌기 때문에 버리는 경우도 있지만, 이 개는 아니야."

나는 많은 개를 보았기 때문에 테리어의 겁먹은 눈 속에 숨어 있는 따뜻한 빛이 무엇을 의미하는지 알 수 있었다. 그리고 테리어는 내가 억지로 입을 벌리고 만지작거려도 아무런 의심도 하지 않고 순순히 몸을 내

맡겼다. 모든 점으로 미루어보아 녀석은 사람을 잘 따르는 온순한 성격이었다.

"그냥 싫증이 나서 버리는 경우도 있어. 귀여운 강아지일 때 사서 기르다가, 개가 자라면 흥미를 잃어버리지. 개 등록비를 내야 할 때가 되면 그 돈이 아까워서 버리는 사람도 있어. 그런 작자들한테는 그게 개를 버릴 충분한 이유가 되지. 개를 차에 태우고 먼 시골로 데려가서는 낯선 곳으로 밀어내고 내**빼**버리는 거야."

나는 더 이상 말하지 않았다. 개를 버리는 이유는 그 밖에도 수없이 많았고 그렇게 버려진 개도 수없이 보았지만, 그런 이야기로 헬렌을 더욱 가슴 아프게 하고 싶지 않았다. 개를 키울 수 없는 집으로 이사하면 개를 버린다. 아기가 태어나 모든 관심과 애정을 요구하면 개를 버린다. 더 매력적인 반려동물을 구했다고 개를 버리는 경우도 있다.

나는 작은 테리어를 바라보았다. 이 녀석한테도 어쩌면 그런 일이 일어났을지 모른다. 크고 멋진 셰퍼드나 눈길을 사로잡는 살루키라면 오동통한 테리어한테서 주인의 관심과 애정을 쉽게 **빼**앗을 수 있었을 것이다. 나는 그런 사례를 실제로 본 적이 있었다. 작은 테리어는 비교적 어린 나이에도 통통하게 살이 쪄 있었다. 아까 길을 달리고 있을 때도 다리가 어깨에서 비스듬히 바깥쪽으로 벌어지는 것이 눈에 띄었다. 그것은 또 하나의 실마리였다. 이 테리어는 운동을 하지 못하고 대부분의 시간을 집 안에 갇혀 지냈을 것이다.

물론 그것은 내 짐작일 뿐이었다. 나는 경찰에 전화를 걸어, 개를 잃어버렸다는 신고가 들어왔는지 알아보았다. 그런 신고는 전혀 없었다. 예상한 대로였다.

우리는 저녁 내내 테리어를 위로해주려고 애썼다. 안심시키고 기운을 북돋워주려고 최선을 다했다. 하지만 테리어는 머리를 앞발 위에 올려놓고 눈을 감은 채 여전히 부들부들 떨고 있었다. 주위에 관심을 보인 것은 바깥 도로를 자동차가 지나갈 때뿐이었다. 자동차 소리가 들리면 테리어는 고개를 들고 귀를 쫑긋 세웠다. 그리고 소리가 사라질 때까지 열심히 귀를 기울였다. 헬렌은 테리어를 무릎에 앉히고 한 시간이 넘도록 쓰다듬어주었지만, 테리어는 깊은 슬픔에 빠져 있어서 헬렌이 어루만지고 부드럽게 말을 걸어도 전혀 반응을 보이지 않았다.

마침내 나는 테리어를 잠재우는 것이 상책이라고 판단하고 모르핀 주사를 놓았다. 우리가 잠자리에 들었을 때 테리어는 샘의 바구니 안에서 깊이 잠들어 있었다. 잠자리를 빼앗긴 샘은 체념한 표정으로 테리어 옆의 깔개 위에 웅크리고 있었다.

이튿날 아침에도 테리어는 여전히 불행해 보였지만, 주위를 둘러보고 음식을 먹을 만큼은 기운을 되찾았다. 내가 다가가서 말을 걸자 테리어는 발랑 드러누워 뒹굴었다. 장난을 치려는 것이 아니라 거의 자동적인 반응이었다. 그것이 평소의 버릇인 듯했다. 내가 허리를 굽혀 가슴을 문지르자 테리어는 무표정하게 멍하니 나를 쳐다보았다. 나는 이렇게 발랑 드러눕는 개를 좋아했다. 그런 개들은 대개 성격이 싹싹했고, 무엇보다도 배를 드러내는 것은 절대적인 신뢰의 몸짓이었다.

"좋아. 어서 기운을 내!"

그러자 테리어의 입이 잠깐 옆으로 벌어졌다. 그 얼굴은 원숭이처럼 우스꽝스러웠다. 입을 크게 벌리고 웃자 얼굴이 둘로 쪼개진 것처럼 보였다. 말할 수 없이 귀엽고 애교가 넘쳤다.

헬렌이 내 어깨 너머로 테리어를 들여다보며 말했다.

"정말 사랑스러운 녀석이네요. 매력적이고⋯⋯ 나는 정말로 이 녀석이 좋아질지도 몰라요."

바로 그게 문제였다. 나도 마찬가지였다. 주인이 원치 않는 동물을 지나치게 좋아하는 것이 내 문제였다. 버림받은 개만이 아니라, 주인이 병원에 데려와서 '선생님이 새 주인을 찾아줄 수 없다면'이라는 불쾌한 단서를 붙여 안락사를 요구하는 개들도 내가 보기에는 모두 귀엽고 사랑스러웠다. 그것은 나를 고민에 빠뜨렸다. 불치병에 걸렸거나 심한 고통을 겪고 있거나 나이가 너무 많아서 살맛을 잃은 개를 잠재우는 것은 그래도 참을 수 있다. 사실 그런 경우에는 괴로워하는 동물에게 은혜를 베푸는 것처럼 느껴지기도 한다. 하지만 젊고 건강하고 매력적인 동물을 안락사 시켜야 할 때는 가슴이 찢어지는 듯하다.

이런 상황에서 수의사는 어떻게 해야 할까? 거절하면 주인은 약국에 가서 독약을 살지도 모른다. 그것을 알면서 그냥 보내야 하나? 수의사들은 고통을 주지 않고 편안히 잠재우는 마취제를 사용하지만 독약은 몹시 고통스럽다. 한 가지 분명한 것은 수의사가 그런 동물을 모두 맡을 수는 없다는 것이다. 내가 충동을 억누르지 못했다면 지금쯤은 상당한 규모의 동물원 원장이 되었을 것이다.

그것은 항상 나를 괴롭힌 문제였지만, 이제는 인정 많은 아내까지 생겨서 상황이 갑절로 어려워졌다.

나는 헬렌에게 내 생각을 솔직히 털어놓았다.

"당신도 알다시피 우리가 이 녀석을 키울 수는 없어. 이 좁은 집에는 개 한 마리로도 충분해."

우리는 머지않아 좀 더 넓은 집으로 이사하게 되겠지만, 헬렌한테는 아직 그 이야기를 하고 싶지 않았다.

헬렌은 고개를 끄덕였다.

"알아요. 하지만 이 강아지는 정말 귀여워요. 나는 오랫동안 귀엽고 사랑스러운 개를 많이 보았는데, 이 녀석도 그런 강아지일 것 같아요. 지금은 겁에 질려 있지만, 그 두려움만 떨쳐버리면 애교 덩어리가 될 거라는 느낌이 들어요. 도대체 이 녀석을 어떻게 하죠?"

"어쨌든 미아니까……" 나는 다시 허리를 굽혀 가슴의 거친 털을 문질러주었다. "사실은 경찰서의 유기동물 보호소에 가야 돼. 하지만 열흘 안에 주인이 나타나지 않으면 우리는 출발점으로 되돌아오게 되지."

나는 테리어를 들어올렸다. 내 품에 안긴 테리어는 아무 저항도 하지 않고 힘없이 축 늘어져 있었다. 이 테리어는 사람을 잘 따르는 개였다. 사람을 좋아하고 믿었다.

"물론 이 동네에 개를 키우고 싶어 하는 사람이 있는지 알아볼 수는 있겠지만, 남아도는 개가 있을 때는 아무도 개를 원치 않는 것 같아." 나는 잠시 궁리하다가 말을 이었다. "지방 신문에 광고를 내볼까?"

"잠깐만요. 신문이라면…… 지난주에 무슨 동물보호소 기사가 나오지 않았나요?"

나는 무슨 뜻인지 이해할 수가 없어서 멍하니 헬렌을 바라보다가 그 기사를 생각해냈다.

"맞아. 토플리 뱅크스 병원의 로즈 간호부장이었어. 그 여자가 떠돌이 동물을 보호하고 있다는 인터뷰 기사가 실렸지. 밑져야 본전이니까 한번 알아봐야겠군." 나는 테리어를 샘의 바구니에 돌려놓았다. "오늘 밤 병원 일이 끝나면 로즈 부장한테 전화해볼게."

쉬는 시간에 차를 마시러 꼭대기층에 올라가보니 상황이 더욱 어렵게 꼬여가고 있었다. 내가 들어갔을 때 테리어는 헬렌의 무릎 위에 앉아 있었다. 벌써 오랫동안 거기에 앉아 있었던 모양이다. 헬렌은 테리어의 머리를 쓰다듬고 있었다. 얼굴에는 모성 본능이 뚜렷이 드러나 있었다.

그뿐만 아니라, 테리어를 보니 내 마음도 약해지는 것을 느낄 수 있었다. 달갑잖은 속삭임이 멋대로 내 마음속에 스며들고 있었다. '테리어 한 마리쯤은 더 키울 수 있지 않을까. 어차피 샘을 키우고 있으니까 한 마리 더 키운다고 해도 별로 성가시진 않을 거야. 우리가 저 테리어를 키우면……'

빨리 조치를 취하지 않으면 마음이 약해진다. 나는 수화기를 들고 병원 전화번호를 돌렸다. 로즈 간호부장을 바꿔달라고 하자 곧 쾌활한 목소리가 들려왔다. 로즈 부장은 이런 상황을 조금도 유별나게 생각지 않는 듯했다. 그녀는 테리어의 나이와 외모, 기질 따위를 사무적으로 물었다. 그 말투로 보아 유기견을 많이 다루어본 듯한 느낌이 들었다.

그녀가 연필로 메모하는 소리가 들려왔다.

"괜찮을 것 같군요. 그런 개는 대개 새 주인을 찾을 수 있어요. 언제 데려오실 수 있죠?"

"지금 당장 가겠습니다."

내가 개를 겨드랑이에 끼고 나가자 헬렌은 눈물을 글썽거렸다. 조금만 늦었으면 테리어를 헬렌의 품에서 떼어놓지 못할 뻔했다. 차를 몰고 가면서 나는 상황이 달랐다면—우리가 안정된 미래와 번듯한 집을 갖고 있었다면—조수석에 발랑 누워 입을 반쯤 벌리고 어디 가는 거냐고 묻는 듯이 상냥한 눈으로 나를 가만히 바라보고 있는 이 작은 강아지를 절대로 남에게 내주지 않았을 거라는 생각을 떨쳐버릴 수가 없었다. 테리어는 이따금 다른 차가 지나갈 때만 벌떡 일어나 그 간절한 표정으로 창밖을 내다보곤 했다. 이 강아지가 그 쓰라린 기억을 잊을 수 있을까?

루이자 로즈 부장은 40대 후반의 싹싹한 여자였다. 내가 전화 목소리를 듣고 상상한 대로 상냥한 웃음과 건강한 얼굴을 갖고 있었다. 그녀는 손을 내밀어 동물을 사랑하는 사람다운 몸짓으로 테리어를 받아 안았다.

"정말 귀엽군요." 그녀가 속삭이듯 말했다.

로즈 부장의 집은 병원 근처의 교외에 있는 방갈로식 주택이었다. 집 뒤에는 운동장이 딸린 개집들이 늘어서 있었다. 한 마리씩 따로 수용되어 있는 개도 있었지만, 잡다한 품종의 개들이 한데 어울려 풀밭에서 즐겁게 뛰놀고 있는 넓은 사육장이 하나 있었다.

"여기에 넣는 게 좋겠어요. 빨리 기운을 되찾게 하려면 그게 가장 좋은 방법이죠. 이 녀석이라면 다른 개들과 금방 친해질 거예요."

그녀는 철망에 달린 문을 열고 테리어를 밀어 넣었다. 다른 개들이 테리어를 둘러쌌다. 곧이어 냄새를 맡고 앞발을 테리어의 등에 올려놓는 개들의 의식이 시작되었다.

로즈 부장은 손으로 턱을 받치고 생각에 잠긴 얼굴로 철망 안의 테리어를 내려다보았다.

"이름, 이름을 지어야 되는데…… 어디 보자…… 그래…… 피프! 피프가 좋겠어!"

그녀는 눈썹을 치켜 올리며 나를 쳐다보았다. 나는 힘차게 고개를 끄덕였다.

"딱 맞는 이름입니다. 정말로 꼭 피프(사과씨)처럼 보이는군요."

로즈 부장은 장난꾸러기처럼 웃었다.

"내 생각도 그래요. 나는 강아지 이름을 하도 많이 지어봐서 이제는 이름 짓는 선수가 되었답니다."

"그러시겠지요. 이 많은 개들한테 모두 이름을 지어주셨나요?"

"물론이죠." 그녀는 개들을 하나씩 가리키며 말하기 시작했다. "저 아이는 빙고예요. 주인한테 버림받은 강아지죠. 그리고 저 녀석은 퍼거스인데 길을 잃었어요. 저 큰 리트리버는 그리프예요. 주인네 식구와 함께 차를 타고 가다가 교통사고가 나서 주인들은 모두 죽고 그리프 혼자 살아남았죠. 그리고 테사는 달리는 자동차에서 밖으로 내던져져서 심하게 다쳤어요. 그 뒤에 있는 아이는 샐리인데, 내가 동물보호소 일을 시작하게 된 것도 실은 저 아이 때문이에요. 길을 잃고 헤매다가 발견되었을 때 샐리는 만삭이었고, 발에서 피를 흘리고 있었어요. 그러니까 아주 먼 거리를 달렸던 게 분명해요. 새끼들은 모두 새 주인을 만났지만 샐리는 아직도 여기 있어요. 새끼를 입양시키려고 많은 사람을 만났는데, 나도 모르는 사이에 내가 떠돌이 동물을 맡아준다는 소문이 퍼져버렸어요. 그래서 이 일을 시작하게 되었고, 보시다시피 이런 결과가 됐어요. 머지않아 보호소를 넓혀야 할 거예요."

피프는 이제 외로워 보이지 않았다. 의례적인 인사가 끝나자 피프는 다른 개들과 함께 막대기 하나를 놓고 격렬한 쟁탈전을 벌이고 있는 콜리와 래브라도 잡종을 흥미롭게 구경하고 있었다.

나는 소리 내어 웃었다.

"여기 개가 이렇게 많은 줄은 몰랐습니다. 이곳엔 얼마나 오래 놔둡니까?"

"새 주인을 찾을 때까지요. 하루 만에 입양되는 애도 있고, 몇 주나 몇 달씩 머물러 있는 애도 있어요. 샐리처럼 이곳에 영원히 눌러앉을 개도 한두 마리 있답니다."

"그런데 이 많은 개를 다 어떻게 먹입니까? 사료비도 만만찮을 텐데요."

그녀는 고개를 끄덕이며 빙긋 웃었다.

"소규모 애견 쇼도 열고, 아침에 커피 파티를 열어서 모금도 하고, 복권도 팔고, 자선 바자회도 열고, 뭐든지 다 해요. 하지만 내가 아무리 애써도 떠돌이 개들은 워낙 먹성이 좋아서 늘 적자랍니다. 하지만 어떻게든 꾸려가고 있지요."

나는 로즈 부장이 제 주머니를 털어서 꾸려나가고 있을 거라고 짐작했다. 내 주위에서는 버림받거나 길 잃은 개들이 짖어대거나 즐겁게 뛰어다니고 있었다. 학대받고 버려진 개를 만나면, 형언할 수 없을 만큼 고약한 짓을 하는 사람들, 자신을 믿고 따르는 무력한 동물의 기분 따위는 눈곱만큼도 생각지 않는 무정한 사람들이 너무 많다는 생각이 들었다. 그것은 어떤 면에서는 소름끼치는 일이지만, 다행히 그와는 정반대되는 사람들, 자기가 가진 것—시간과 돈과 수고—을 모두 바쳐서 동물을 위해 싸우는 사람도 많았다.

나는 로즈 부장을 바라보았다. 간호사답게 깨끗한 피부, 단단한 심지가 엿보이는 차분한 눈매. 간호사는 인류에게 헌신하는 직업이니까 다른 일에 정력이나 관심을 쏟을 여지가 전혀 없을 것 같은데, 사실은 그렇지 않았다.

"정말 고맙습니다, 부장님. 피프가 빨리 새 주인을 만났으면 좋겠군요. 제가 도울 수 있는 일이 있으면 언제든지 연락주십시오."

그녀는 방긋 웃었다.

"걱정 마세요. 저 꼬맹이는 여기 오래 있지 않을 거예요. 그런 예감이 들어요."

나는 떠나기 전에 철망에 기대어 테리어를 다시 한 번 바라보았다. 테리어는 이곳에 잘 적응한 것 같았지만, 이따금 멈춰 서서 그 간절한 눈길로 나를 쳐다보곤 했다. 나도 녀석을 버리고 있다는 생각이 들어서 마음이 언짢았다. 그의 주인, 다음에는 나, 다음에는 로즈 부장…… 겨우 이틀 사이에 그렇게 여러 사람의 손을 거쳤으니…… 일이 잘되었으면 좋겠는데.


그 개를 마음에서 몰아내기가 어려웠다. 나는 겨우 일주일을 견디다가 더는 참을 수가 없어서 동물보호소에 들렀다. 로즈 부장은 방수코트에 고무장화를 신고 개들에게 먹이를 나누어주고 있었다.

"피프 때문에 오셨군요." 로즈 부장은 양동이를 내려놓으면서 말했다. "어제 떠났답니다. 처음부터 피프는 새 주인을 쉽게 만날 것 같은 예감이 들었어요. 아주 인상 좋은 부부가 유기견을 맡아서 키우고 싶다면서 찾아왔는데, 당장 피프를 골랐지 뭐예요." 그녀는 이마로 흘러내린 머리카락을 쓸어 올렸다. "사실 이번 주에는 운이 좋았어요. 그리프와 퍼거스도 좋은 새 주인을 만났거든요."

"잘됐군요. 정말 다행입니다. 실은…… 피프가 궁금했어요. 어디 먼 곳으로 갔나요?"

"아니에요. 여기 대러비에 있어요. 새 주인은 플렌더리스라는 퇴직 공무원이에요. 아주 높은 자리에 있었던 것 같아요. 나는 기대하지도 않았는데 우리 보호소에 기부금을 후하게 내셨답니다. 얼마 전에 훌턴 가에 멋진 집을 마련했는데 피프가 뛰놀 정원도 있대요. 그분들한테 선생님 성함을 알려드렸어요. 그러니까 틀림없이 선생님을 찾아갈 거예요."

터무니없는 기쁨의 물결이 나를 휩쓸었다.

"아아, 예, 그것 참 잘됐군요."

오래 기다릴 필요도 없었다. 일주일도 지나기 전에 나는 피프와 재회했다. 대기실 문을 열자 노부부가 피프와 함께 앉아 있었다. 피프는 새 줄에 묶여 있었다. 나를 보자 피프는 여느 때처럼 발랑 드러눕는 작전으로 나왔다. 그러나 이번에는 그 간절한 표정을 찾아볼 수 없었다. 그 얼굴에 떠오른 표정은 거리낌 없는 기쁨뿐이었다. 입을 활짝 벌리고 웃으면서 헐떡거리자 그 작은 얼굴이 익살스럽게 가로로 갈라졌다. 나는 발랑 누운 테리어의 가슴을 문질러주는 의식을 치르면서 피프가 목줄도 새로 얻은 것을 알아차렸다. 비싸 보이는 목줄에는 피프의 이름과 주소와 전화번호가 새겨진 금속 명찰이 달려 있었다. 나는 피프를 안고 노부부와 함께 진료실로 들어갔다.

"혹시 무슨 문제라도 있으신가요?" 내가 물었다.

"아무 문제도 없습니다." 남편이 대답했다.

그는 좀 뚱뚱한 편이었고, 불그레한 얼굴에 진지한 눈빛, 얼룩 하나 없는 검은 양복은 내가 상상한 고위 공무원의 모습 그대로였다.

"최근에 이 강아지를 구했는데, 선생께서 조언을 좀 해주시면 고맙겠소. 나는 플렌더리스라고 합니다. 이쪽은 안사람이고……."

플렌더리스 부인도 남편처럼 통통했지만, 쾌활하고 태평해 보였다. 남편처럼 견실한 시민으로는 보이지 않았다.

플렌더리스 씨가 말을 이었다.

"우선 철저한 건강 진단을 해주셨으면 합니다."

나는 이미 피프의 건강 진단을 끝냈지만, 다시 건강 상태를 점검했다. 피프는 내가 청진기를 가슴에 댈 때마다 몸을 이리저리 굴렸기 때문에 작업하기가 어려웠다. 체온을 재는 동안 플렌더리스 씨는 피프의 등에 난 갈색 털을 자꾸만 쓰다듬었고, 그의 아내는 남편의 어깨 너머로 피프를 내려다보면서 안심시키듯 고개를 끄덕이고 격려하는 소리를 냈다.

건강 진단이 끝났다.

"아주 건강합니다."

"다행이군요." 남편이 말했다. "그런데…… 배에 있는 이 작은 갈색 점은……."

그의 눈에 불안한 빛이 떠올랐다.

"단순한 색소 침착입니다. 아무것도 아닙니다. 장담해도 좋습니다."

"아, 예, 알겠소." 플렌더리스 씨는 헛기침을 했다. "솔직히 말하면 우리는 지금까지 한 번도 동물을 키워본 적이 없어요. 나는 무슨 일이든 철저히 하는 게 좋다고 생각합니다. 그래서 피프를 제대로 키우기 위해 공부하기로 결심했지요. 그래서 책을 몇 권 샀는데……."

그는 겨드랑이에서 책을 세 권 꺼냈다.『개 키우는 법』과『개의 질병과 건강』과『보더테리어』였다.

"참 좋은 생각이십니다."

여느 때라면 이런 어마어마한 책에 주눅이 들었겠지만, 이번 경우에는 모든 상황이 마음에 들었다. 피프가 행운을 얻었다는 확신이 점점 강해졌다.

"이 책을 읽고 벌써 꽤 많은 정보를 얻었어요." 플렌더리스 씨가 말을 이었다. "홍역 예방주사를 맞히는 편이 좋을 것 같군요. 아시다시피 피프는 유기견이라서 예방주사를 맞았는지 확인할 방법이 없으니까요."

나는 고개를 끄덕였다.

"옳으신 말씀입니다. 실은 저도 권하려던 참이었습니다."

나는 백신을 꺼내 주사기에 약물을 채우기 시작했다.

피하주사를 놓는 동안 주인들보다 피프가 훨씬 더 태연했다. 불안으로 얼굴이 딱딱하게 굳은 플렌더리스 씨는 계속 피프의 머리를 토닥였고, 그의 아내는 피프의 뒷다리를 쓰다듬으며 용기를 내라고 타일렀다.

내가 주사기를 빼내자 플렌더리스 씨는 눈에 띄게 안심한 얼굴로 조사 활동을 재개했다.

"어디 봅시다." 그는 돋보기를 꺼내 쓰고 연필과 수첩을 꺼냈다. 수첩에는 단정한 글씨가 빼곡히 적혀 있었다. "한두 가지 묻고 싶은 게 있는데……."

질문은 한두 가지가 아니었다. 그는 사료, 잠자리, 운동, 고리버들 바구니와 금속 침대의 상대적 장단점, 개한테 흔한 질병들의 특징 등에 대해 질문을 퍼부었다. 그러면서 책을 자주 인용했다. "이 책의 143쪽 아홉째 줄에 따르면……."

나는 책상 너머로 몸을 기울이고 그의 질문에 또박또박 대답해주었다. 내 왕진을 기다리는 농장이 줄을 섰고 개중에는 상당히 급한 일도 있었지만, 플렌더리스 씨의 말을 들으면서 내 만족감은 점점 높아졌다. 나는 꼼꼼하고 책임감 있는 사람들이 피프를 맡아주기를 바랐는데, 이들은 내가 그린 청사진을 현실에 그대로 옮겨놓은 듯했다.

마침내 모든 질문이 끝나자 플렌더리스 씨는 수첩과 연필을 집어넣고 안경을 벗었다. 그 엄격하고 정확한 동작은 그의 일부처럼 여겨졌다.

그는 다시 말을 이었다.

"내가 개를 키우고 싶어 한 이유 중의 하나는 나 자신이 운동을 하기 위해서였어요. 좋은 생각이라고 생각지 않으시오?"

"아주 좋은 생각이십니다. 건강을 유지하는 가장 확실한 방법은 이렇게 활동적인 동물을 키우는 겁니다. 개를 키우면 반드시 밖에 데리고 나가야 하니까요. 대러비 근처에 있는 산길을 생각해보세요. 대러비 주변에는 아름다운 오솔길이 얼마든지 있습니다. 다른 사람들이 소파에 드러누워 신문을 얼굴에 덮고 쿨쿨 자고 있는 일요일 오후에 선생님은 비가 오나 눈이 오나 바람이 부나 밖에 나가 산길을 걷게 될 겁니다."

플렌더리스 씨는 벌써 눈보라를 헤치고 나아가는 자신의 모습이 눈에 보이는 것처럼 어깨를 펴고 턱을 쑥 내밀었다.

"그것만이 아니에요. 이 뱃살도 조금은 빠질 거예요."

그의 아내가 남편의 불룩한 배를 엄지손가락으로 쿡 찔렀다.

"여보, 왜 이래."

그는 엄숙하게 아내를 타일렀지만, 그 얼굴에는 멋쩍은 미소가 떠올라 있었다. 그 웃음은 점잖은 신사의 이미지가 실상과는 전혀 다르다는 것을 보여주었다. 플렌더리스 씨는 선량한 사람이라는 느낌이 들었다.

그는 책을 겨드랑이에 끼고 작은 테리어에게 손을 내밀었다.

"이리 온, 피프. 헤리엇 선생님을 더 이상 붙잡고 있으면 안 돼."

하지만 그의 아내가 더 재빨랐다. 그녀는 피프를 냉큼 품에 안았다. 복도를 걸어가는 동안 그녀는 거친 털이 돋아난 피프의 얼굴에 제 얼굴을 비벼대고 있었다.

병원 문 밖에서 나는 그들이 얼룩 하나 없는 대형 세단에 올라타는 것을 보았다. 차를 몰고 떠나면서 플렌더리스 씨는 나를 향해 엄숙하게 고개를 숙였고 그의 아내는 쾌활하게 손을 흔들었지만, 피프는 뒷다리를 그녀의 무릎에 올려놓고 앞발은 대시보드에 올려놓은 채 앞유리창 밖을 열심히 내다보고 있었다. 재미있는 바깥 구경에 너무 바빠서 나를 쳐다보지도 않았다.

그들이 길모퉁이를 돌았을 때 나는 하나의 사건이 행복하게 끝났다는 느낌을 받았다. 물론 일련의 사건에서 주역을 맡은 것은 로즈 부장이었다. 피프는 그녀가 구해준 수많은 동물 가운데 하나일 뿐이었다. 그녀의 동물보호소는 점점 커질 테고, 그녀는 자신에게 아무 이득도 없는 일을 날마다 열심히 할 것이다. 전국에는 로즈 부장 같은 사람이 많고, 또 동물보호소도 많다. 나는 인간의 손길에 기댈 수밖에 없는 무력한 동물들 편에 서서 지칠 줄 모르고 싸우는 그 헌신적인 사람들을 잠깐 엿보는 특권을 누렸다.

하지만 지금 내 관심사는 한 가지뿐이었다. 피프가 영원한 안식처를 얻었다는 것이다.

\* \* \*

이 두 가지—원치 않는 개를 '쓰레기처럼' 내버리는 구역질나는 짓과

로즈 부장이나 그녀 같은 사람들의 자애로운 노력—를 글로 쓸 기회가
있어서 기뻤다. 이 두 부류의 사람들은 내가 늘 부딪히는 현실이었다. 한
쪽에는 그런 비열한 짓을 하는 무책임한 인간이 우글거리고, 다른 한쪽
에는 버림받은 동물들을 위해 헌신하는 용감하고 다정한 사람들이 있다.
로즈 부장은 여전히 그 위대한 활동에 매달려 있고, 지금은 대러비 교외
에 '시스터 로즈 개 보호소'가 있다. 길 잃은 개와 버려진 개는 모두 거기
에 수용되어 새 주인을 만날 때까지 보살핌을 받는다. 내 병원을 찾아온
수천 명의 손님들은 내가 책에 사인을 해주면 동물 보호를 위해 아낌없
이 돈을 기부한다. 그렇게 모인 기부금은 한푼도 남김없이 개들을 돕는
데 쓰인다. 대러비에서는 선의가 승리를 거두고 있다.

# 12

# 바보 같은 짓

정원 문에 집 이름이 쓰여 있었다.

'라일락 코티지'

나는 왕진할 곳을 적은 목록을 꺼내 다시 한 번 확인했다.

'마스턴 홀, 라일락 코티지, 쿡, 암캐의 출산 지연.'

주소는 맞았다. 이 집은 19세기의 영주 저택인 마스턴 홀 경내에 서 있었다. 1킬로미터 정도 떨어진 솔숲 가장자리 위로 둥근 탑이 우뚝 솟아 있었다.

예순 살쯤 되어 보이는 까무잡잡한 여자가 문을 열고 나를 빤히 바라보았다. 우락부락한 얼굴에서는 웃음기를 찾아볼 수 없었다.

"안녕하세요, 쿡 부인. 개를 보러 왔습니다."

그래도 그녀는 미소를 짓지 않았다.

"아, 들어오세요."

그녀는 나를 작은 거실로 안내했다. 그런데 작은 요크셔테리어가 안락의자에서 뛰어내리자 그녀의 태도가 돌변했다.

"이리 온, 신디. 아이구 내 새끼." 그녀는 달콤하게 속삭였다. "이 아저씨가 너를 도와주러 오셨단다."

그녀는 허리를 숙여 작은 테리어를 쓰다듬었다. 넘치는 사랑으로 얼굴이 환하게 밝아졌다.

나는 맞은편 안락의자에 앉았다.

"문제가 뭡니까?"

"걱정이 돼서 죽겠어요." 그녀는 신경질적으로 두 손을 쥐어짰다. "어제 새끼를 낳았어야 했는데 여태 소식이 없어요. 밤새 한숨도 못 잤어요. 이 아이한테 무슨 일이 생기면 나는 죽어버릴 거예요."

나는 꼬리를 흔들고 있는 테리어를 바라보았다. 테리어는 여주인의 애무를 받으며 쾌활한 눈으로 나를 쳐다보고 있었다.

"전혀 괴로워하는 것 같지 않은데요. 진통하는 기미를 보였습니까?"

"무슨 말씀이세요?"

"헐떡거리거나 불안한 기색을 보이지는 않았습니까? 분비물이 있나요?"

"아뇨, 그런 건 전혀 없어요."

나는 손짓으로 신디를 부르면서 말을 걸었다. 신디는 겁먹은 듯 방바닥을 가로질러 조심스럽게 다가왔다. 나는 신디를 무릎 위로 들어 올려 부풀어 오른 배를 만져보았다. 새끼가 많이 들어 있었지만 아무 이상도 없어 보였다. 체온도 정상이었다.

"따뜻한 물과 비누를 좀 갖다주시겠습니까?"

테리어가 너무 작아서 내진에는 새끼손가락을 써야 했다. 새끼손가락을 비누로 씻고 소독한 다음 질벽을 따라 조심스럽게 밀어 넣었다. 바싹 마른 질벽이 손가락을 꽉 조였다. 자궁 입구는 굳게 닫혀 있었다.

나는 손을 씻고 물기를 닦았다.

"아직 새끼를 낳을 때가 안 됐습니다. 예정일을 잘못 아신 거 아닌가요?"

"아니에요. 어제가 정확히 63일째였어요." 그녀는 잠시 생각하고 나서 말을 이었다. "아무래도 말씀드리는 게 좋겠군요. 신디는 한 번 새끼를 낳은 적이 있는데, 그때도 지금과 똑같았어요. 좀처럼 새끼를 낳을 생각을 안 하는 거예요. 그게 이태 전이었어요. 그때는 리스턴데일에 살고 있었는데, 걱정이 돼서 브룸필드 선생님을 불렀더니 주사를 한 방 놓아주더군요. 그랬더니 놀랍게도 30분 만에 새끼를 쑥쑥 낳았지 뭐예요."

나는 빙긋 웃었다.

"예, 그 주사는 피튜이트린일 겁니다. 브룸필드 선생이 봤을 때는 벌써 해산이 시작되고 있었을 거예요."

"무슨 주사든 간에 그걸 지금 신디한테 놓아주세요. 너무 불안해서 견딜 수가 없어요."

"죄송하지만 그럴 수는 없습니다. 지금 단계에서는 신디한테 아주 해로울 거예요."

나는 신디를 무릎에서 들어 올리면서 일어섰다.

그녀는 나를 노려보았다. 그 까무잡잡한 얼굴이 섬뜩해 보일 수도 있겠다는 생각이 문득 머리를 스쳤다.

"그럼 아무것도 안 해주실 건가요?"

필요가 없어도 고객의 불안을 덜어주기 위해 무언가를 해주어야 할 때가 있다.

"글쎄요…… 차에 알약이 있는데, 그걸 먹이면 신디가 새끼를 낳을 때까지 좋은 컨디션을 유지하는 데 도움이 될 겁니다."

"하지만 나는 그 주사가 훨씬 좋은데. 주사 한 방이면 그만인데. 브룸필드 선생님은 주사를 놓는 데 1초밖에 안 걸렸어요."

"지금은 그 주사도 소용없습니다, 쿡 부인. 정말입니다. 차에 가서 알약을 가져오겠습니다."

그녀는 입을 꽉 다물었다. 나한테 몹시 실망한 눈치였다.

"선생님이 못 하겠다면 할 수 없죠 뭐. 좋도록 하세요. 그런데 내 이름은 쿡이 아니에요!"

"아니라고요?"

"아니에요."

그녀는 더 이상 정보를 제공할 마음이 없어 보였다. 그래서 나는 좀 어리둥절한 기분으로 거실을 나왔다.

길로 나오자, 내 차에서 몇 미터 떨어진 곳에서 나이든 농부가 트랙터에 시동을 걸려고 애쓰고 있었다. 나는 그에게 말을 걸었다.

"이 댁의 노부인은 자기 이름이 쿡이 아니라고 하던데요?"

"그 여자 말이 맞아요. 그 여자는 저기 마스턴 홀의 요리사요. 젊은이가 뭘 좀 혼동한 모양이군." 그는 킬킬 웃었다.

모든 게 갑자기 분명해졌다. 그러니까 그녀는 요리사(cook)라고 말했는데, 그게 이름인 줄 알고 병원 업무 일지에 그렇게 적어놓았던 것이다.

"그럼 진짜 이름은 뭡니까?"

"부비요." 농부가 외쳤을 때 트랙터가 으르렁거리며 되살아났다.

이상한 이름이군(부비는 '멍청이'라는 뜻). 나는 자동차 트렁크에서 비타민 알약을 꺼내 집으로 돌아가면서 생각했다. 안으로 들어가자 나는 '예, 부비 부인'과 '아뇨, 부비 부인'을 연발하면서 사태를 바로잡으려고 최선을 다했다. 하지만 그녀의 태도는 조금도 누그러지지 않았다. 나는 새끼를 낳으려면 아직도 며칠이나 남았으니까 걱정하지 말라고 했지만, 내가 무슨 말을 해도 그녀는 귓등으로 흘려듣는 게 분명했다.

나는 정원의 샛길을 내려오면서 쾌활하게 손을 흔들었다.

"안녕히 계세요, 부비 부인. 뭔가 심상찮은 일이 있으면 주저하지 말고 언제든지 전화하세요."

그녀는 내 말을 들은 것 같지 않았다.

"내 말대로 해주면 좋은데." 그녀는 한탄하듯 말했다. "주사 한 방이면 그만인데."


그녀는 확실히 전화하는 것을 주저하지 않았다. 이튿날 다시 전화가 걸려왔기 때문에 나는 그녀의 집으로 달려가야 했다. 그녀의 말은 전날과 똑같았다. 기막히게 효과가 좋은 그 직방 주사를 지금 당장 놓아달라. 그러면 새끼들이 쑥쑥 나올 것이다. 브룸필드 선생은 당신처럼 꾸물대면서 시간을 낭비하지 않았다. 사흘째에도, 나흘째에도, 닷새째에도 나는 아침마다 마스턴 홀로 불려가서 암캐를 진찰하고 똑같은 설명을 되풀이했다. 엿새째에는 사태가 중대한 국면에 접어들었다. 종기가 곪아서 터지기 직전인 듯한 느낌이었다.

'라일락 코티지'의 작은 방에서 나를 노려보는 검은 눈은 필사적인 빛을 띠고 있었다.

"내 인내심도 한계에 이르렀어요. 이제 도저히 못 참겠어요. 신디한테 무슨 일이 생기면 나는 죽을 거예요. 죽는다고요. 내 말이 무슨 뜻인지 몰라요?"

"물론 아주머니 심정은 이해합니다. 충분히 알고 있습니다."

"그런데 왜 아무것도 안 해주는 거예요?" 그녀가 빽 소리를 질렀다.

나는 손톱이 손바닥을 파고들 만큼 손을 꽉 움켜쥐었다.

"몇 번이나 말씀드렸잖습니까. 피튜이트린 주사는 자궁벽의 근육을 수축시키기 때문에 진통이 시작되고 자궁 입구가 열린 뒤에야 투여할 수 있습니다. 필요하다고 판단되면 기꺼이 주사를 놓아드리겠지만, 지금 그 주사를 놓으면 자궁 파열을 일으킬 수 있어요. 죽을 수도 있다고요."

나는 내 입 구석에 거품이 고이기 시작하는 것 같아서 말을 끊었다.

하지만 내 말은 그녀의 귀에 한마디도 들어가지 않은 것 같다. 그녀는 두 손에 얼굴을 묻었다.

"도저히 견딜 수가 없어요."

나도 이런 일을 얼마나 견딜 수 있을지 궁금했다. 배불뚝이 요크셔테리어가 꿈에까지 나타나기 시작했고, 나는 아침마다 새끼가 빨리 태어나게 해달라는 묵언의 기도로 새 날을 맞이하는 형편이었다. 신디에게 손을 내밀자 녀석은 마지못해 슬금슬금 다가왔다. 신디는 날마다 찾아와 자기를 움켜잡고 몸속에 손가락을 집어넣는 낯선 인간에게 완전히 넌더리가 나 있었다. 그래도 겁먹은 눈으로 다리를 부들부들 떨면서 또다시 모욕적인 대우를 감수했다.

"부비 부인, 신디를 교미시켰다고 말씀하신 날짜 이후에 그 수캐가 다시 신디한테 접근하지 않은 건 확실합니까?"

그녀는 코를 훌쩍거렸다.

"선생님이 계속 그걸 물어보셔서 나도 줄곧 생각해봤어요. 지금 생각해

보니 그 수캐가 일주일 뒤에 또 온 것 같아요."

"그러면 그렇지! 바로 그겁니다!" 나는 두 팔을 벌려 만세를 불렀다.
"신디는 그 두 번째 교미에서 임신한 거예요. 그러니까 예정일은 내일일
겁니다."

"그래도 브룸필드 선생님처럼 그 주사를 놓아서 오늘 해치워버리면 훨
씬 좋을 텐데…… 주사 한 방이면 그만인데……."

"하지만 부비 부인!"

"그리고 한 가지 더 말씀드리겠는데, 내 이름은 부비가 아니에요!"

나는 의자 등받이를 움켜잡았다.

"아니라고요?"

"아니에요!"

"그럼……?"

"둘리예요, 둘리!" 그녀는 심술궂은 표정을 지었다.

"아, 그렇군요…… 알겠습니다."

나는 비틀거리며 정원의 샛길을 지나 차를 몰고 떠났다. 유쾌한 출발은
아니었다.


이튿날 아침에는 마스턴 홀에서 전화가 걸려오지 않았다. 나는 믿을 수
가 없었다. 마침내 만사가 잘되었는지도 모른다. 하지만 어느 농장에 왕
진을 나갔다가 빨리 '라일락 코티지'로 가라는 긴급 연락을 받았을 때
는 몸이 오싹했다. 나는 마침 라일락 코티지와는 정반대쪽에 있었고 게
다가 난산하는 암소를 돌보고 있었기 때문에, 이제는 친숙해진 정원 문
에 도착한 것은 세 시간이 훨씬 지난 뒤였다. 문은 열려 있었다. 내가 용

기를 내어 샛길을 걸어가자 작은 갈색 미사일이 나를 향해 날아왔다. 신디였다. 하지만 몰라보게 달라져 있었다. 으르렁거리며 사납게 짖어대는 신디는 흉포함의 덩어리였다. 나는 움찔 놀라서 뒷걸음쳤지만 신디는 내 바지 자락을 물고 늘어졌다.

내가 으르렁거리는 작은 개를 떼어내려고 애쓰면서 한쪽 다리로 깡충깡충 뛰고 있을 때 소녀 같은 웃음소리가 들려왔다. 나는 그쪽을 돌아보았다.

둘리 부인이 즐거워서 못 견디겠다는 얼굴로 문간에서 나를 바라보고 있었다.

"신디가 새끼를 낳더니 그렇게 달라졌어요. 그런 식으로 새끼를 지키면서 자기가 얼마나 훌륭한 엄마인지 보여주고 있는 거예요."

둘리 부인은 내 발목에 대롱대롱 매달려 있는 작은 개를 사랑스럽게 바라보았다.

"그럼 새끼가……."

"선생님이 오시려면 시간이 걸린다고 해서 파넌 선생님께 전화를 걸었어요. 파넌 선생님은 당장 오셔서 그 주사를 놓아주셨어요. 내가 그동안 줄곧 원했던 그 직방 주사 말이에요. 그랬더니 파넌 선생님이 정원 문을 나가기도 전에 새끼들이 나오기 시작했어요. 모두 일곱 마리나 낳았답니다. 얼마나 예쁜지 몰라요."

"그거 잘됐군요, 둘리 부인…… 정말 다행입니다."

시그프리드는 새끼가 이미 산도에 나와 있는 것을 발견한 게 분명했다. 나는 겨우 신디를 떼어버릴 수 있었다. 여주인이 신디를 안아 올렸기 때문에 나는 새끼들을 검사하러 부엌으로 들어갔다.

강아지들은 정말 귀여웠다. 나는 빽빽거리는 강아지들을 한 마리씩 바구니에서 들어올렸다. 그동안 어미는 둘리 부인의 품에서 굶주린 늑대처럼 으르렁대고 있었다.

"모두 건강합니다, 둘리 부인." 나는 중얼거렸다.

그녀는 동정하는 눈빛으로 나를 바라보았다.

"내가 말했잖아요. 그런데 아무리 말해도 선생님은 내 말을 들으려 하지 않았죠. 주사 한 방이면 그만인데. 파넌 선생님은 정말 훌륭한 분이세요. 꼭 브룸필드 선생님 같으세요."

그 말은 좀 심했다.

"하지만 이걸 아셔야 합니다, 둘리 부인. 파넌 선생은 우연히 시간에 맞춰 도착했을 뿐이라고요. 내가 왔다면……."

"이봐요, 젊은 수의사 선생, 그렇게 말하면 안 되지. 당신을 탓하는 건 아니지만, 다른 사람보다 경험이 풍부한 사람도 있어요. 우리는 누구나 배워야 한답니다." 그녀는 회상에 잠긴 것처럼 한숨을 내쉬었다. "주사 한 방 놓으니까 새끼들이 줄줄이 나왔어요. 어떻게 하는 건지, 당신도 파넌 선생님한테 좀 배우세요. 파넌 선생님이 정원 문을 미처 나가기도 전에……."

그만하면 충분했다. 나는 일어나서 몸을 쭉 폈다. 그러고는 차갑게 말했다.

"둘리 부인, 마지막으로 한 번만 더 말씀드리겠는데……."

"아이쿠, 기막혀라! 나한테 위세 부리지 말아요!" 그녀가 소리를 질렀다. "우리는 당신 없이도 잘 해냈으니까 불평하지 말아요." 그녀의 표정이 엄격해졌다. "그리고 한 가지만 더 말씀드리겠는데, 나는 둘리 부인이 아니에요."

나는 잠시 어지럼증을 느꼈다. 머리가 빙빙 돌았다. 세상이 주위에서
무너져 내리는 것 같았다.

"뭐라고 하셨죠?"

"나는 둘리 부인이 아니라고 했어요."

"아니라고요?"

"아니에요!"

그녀가 왼손을 들어올렸다. 그제야 나는 그 손에 결혼반지가 없다는 것
을 알아차렸다. 나는 그 손을 멍청하게 바라보면서, 지금까지 그 사실을
알아차리지 못한 것은 스트레스가 너무 컸기 때문이라고 생각했다.

"나는 부인이 아니라 미스라고요!"

\* \* \*

때로는 처음부터 내 자신이 패배자로 느껴질 때가 있다. 고객의 이름조
차 제대로 모르면 내 치료법이 옳다는 것을 증명하려고 애써봤자 헛수고
다. 내가 대러비에 처음 왔을 때 시그프리드가 말했다. 수의사는 바보 같
은 짓으로 웃음거리가 될 기회가 많다고. 백 번 옳은 얘기였다.

# 13

## 평생 동안 딱 한 번 짖은 개

"전에 말씀하신 게 이 녀석인가요?"

내가 묻자 윌킨 씨는 고개를 끄덕였다.

"예, 바로 그놈입니다. 늘 그런 식이에요."

나는 발치에 누워 경련을 일으키고 있는 커다란 개를 내려다보았다. 초점이 고정된 눈, 자전거 페달을 밟듯 움직이는 다리. 농부는 양치기개인 지프가 주기적으로 발작을 일으키기 시작했다고 말했지만, 내가 다른 일로 그 농장에 갔을 때 발작이 일어난 것은 우연이었다.

"발작이 끝나면 멀쩡하다고 하셨지요?"

"언제 그랬나 싶게 팔팔합니다. 한 시간 정도는 좀 멍해 보이지만 다시 정상으로 돌아오지요." 농부는 어깨를 으쓱했다. "나도 많은 개를 키워봤고 발작을 일으키는 개도 많이 봐왔어요. 발작을 일으키는 원인은 전부 안다고 생각했지요. 기생충, 상한 먹이, 홍역…… 하지만 이 녀석한테는 손들었습니다. 별의별 방법을 다 써봤지만 소용이 없어요."

"더 이상 애쓰지 않아도 됩니다, 윌킨 씨. 어떤 방법도 지프한테는 별 도움이 안 될 테니까요. 지프는 간질입니다."

"간질이라고요? 하지만 평소에는 아주 건강하고 정상적인데요."

"예, 저도 압니다. 간질이란 게 원래 그래요. 사실 머리에는 아무 이상도 없습니다. 정말 신비로운 병이지요. 원인은 모르지만 유전병인 것은 거의 확실합니다."

윌킨 씨는 눈썹을 치켜 올렸다.

"그거 참 이상하군요. 유전병이라면 왜 지금까지 증세가 나타나지 않았을까요? 지프는 두 살이 다 됐는데, 몇 주 전까지는 이런 일이 없었어요."

"그게 전형적인 간질입니다. 대개 한 살 반에서 두 살 사이에 증세가 나타나지요."

그때 지프가 일어나서 꼬리를 흔들며 주인 쪽으로 비틀비틀 걸어갔기 때문에 이야기가 중단되었다. 발작은 지프한테 아무런 영향도 미치지 않은 듯했다. 사실 발작은 2분도 지속되지 않았다.

윌킨 씨는 허리를 굽혀 머리를 잠깐 쓰다듬어주었다. 우락부락한 그의 얼굴에 생각에 잠긴 표정이 떠올랐다. 그는 몸집이 크고 힘센 40대 남자였다. 눈을 가늘게 뜨고 생각에 잠기자 좀처럼 웃지 않는 그 얼굴이 자못 위협적으로 보였다. 세프 윌킨의 비위를 거스르는 짓은 하고 싶지 않다고 말하는 사람이 한둘이 아니었다. 나는 그들의 말뜻을 이해할 수 있었다. 하지만 그가 나한테는 늘 예의바르게 대했고, 거의 1만 평이나 되는 농장을 갖고 있었기 때문에 우리는 자주 만났다.

그는 양치기개한테 열정을 쏟고 있었다. 많은 농부들이 양치기개 경연대회에 자기 개를 내보내고 싶어 하지만 윌킨 씨를 따라갈 사람은 별로 없었다. 그가 번식시켜 조련한 개들은 지방대회에서는 우승을 맡아놓다시피 했고, 전국대회에서 우승할 때도 있었다. 지프는 그가 가장 기대를 걸고 있는 개였다. 그래서 나는 걱정이 되었다.

월킨 씨는 한배 새끼들 중에서 가장 뛰어난 두 마리—지프와 스위프—를 골라 열심히 훈련을 시켜서 경연대회에 우승했다. 지프와 스위프는 무척 사이가 좋아서 함께 어울리기를 즐겼다. 그렇게 사이좋은 개들은 이제껏 본 적이 없었다. 내가 월킨 씨네 농장에 갈 때마다 지프와 스위프는 늘 함께 있었다. 때로는 자기네 잠자리인 마구간의 낮은 문 위로 코를 내밀고 나란히 서서 밖을 내다보기도 했고, 이따금 주인의 발치를 맴도는 데 몰두하기도 했지만, 대개는 그냥 함께 어울려 놀고 있었다. 지프와 스위프는 으르렁거리고 헐떡거리고 서로 상대의 다리를 물고 땅바닥을 구르는 레슬링에 열중하여 시간가는 줄도 몰랐을 게 분명하다.

그런데 몇 달 전에 월킨 씨의 친구이자 양치기개 경연대회에 열심히 참가하는 조지 크로슬리가 가장 우수한 개를 신장염으로 잃자 월킨 씨가 그에게 스위프를 넘겨주었다. 나는 깜짝 놀랐다. 스위프는 지프보다 훈련 성과가 좋아서 진정한 챔피언이 될 가능성이 높았기 때문이다. 하지만 월킨 씨는 지프를 남겨두고 스위프를 내주었다. 지프는 친구를 그리워했겠지만 농장에는 다른 개들도 있었다. 그 개들이 스위프의 빈자리를 메워주지는 못했다 해도 지프는 결코 쓸쓸하지는 않았다.

나는 지프를 유심히 지켜보았다. 지프가 빠른 속도로 회복되는 것이 눈에 보였다. 그렇게 심한 경련을 일으킨 개가 그렇게 빨리 정상으로 돌아온 것은 놀라운 일이었다. 주인은 뭐라고 말할까. 나는 불안한 마음으로 그의 말을 기다렸다.

주인이 냉정하게 논리적으로 생각한다면 지프를 안락사 시키기로 결정할 것이다. 하지만 다정하게 꼬리를 흔드는 지프를 보자 안락사 따위는 생각하고 싶지도 않았다. 지프는 묘한 매력을 갖고 있었다. 골격이 크고 또렷한 얼룩무늬가 박힌 몸매도 잘생겼지만, 가장 두드러진 특징은 머리였다. 왼쪽 귀는 쫑긋 서 있는데 오른쪽 귀는 납작 누워 있어서, 그 불균형이 익살스럽고 매력적이었다. 실제로 지프는 광대처럼 보였다. 하지만 선의와 우정을 발산하는 어릿광대였다.

윌킨 씨가 마침내 입을 열었다.

"크면 나을까요?"

"그럴 가능성은 거의 없습니다."

"그럼 죽을 때까지 계속하게 될까요?"

"그럴 겁니다. 2, 3주에 한 번씩 발작을 일으킨다고 하셨지요? 간격에는 이따금 변화가 있겠지만, 대개 그런 식으로 계속될 겁니다."

"하지만 언제라도 발작을 일으킬 수 있겠지요?"

"예."

"이를테면 경연대회에 출전했을 때도?" 농부는 고개를 푹 숙였다. 가슴 깊은 곳에서 목소리가 울려나왔다. "그럼 끝장이야."

이어서 긴 침묵이 흘렀다. 농부의 입에서 결정적인 말이 튀어나올 것은 점점 분명해졌다. 세프 윌킨은 경연대회와 관련된 문제에서는 절대로 결정을 망설일 사람이 아니었다. 기준에 미치지 못하는 동물은 무자비하게 도태시키는 것이 그의 방침이다. 그가 마침내 헛기침을 했을 때 나는 그가 무슨 말을 하려는지 예감하고 가슴이 철렁 내려앉았다.

그런데 내 예감이 빗나갔다.

"내가 지프를 계속 기른다면, 선생님이 지프를 위해서 해줄 수 있는 일이 있습니까?"

"약이 있기는 합니다. 그걸 먹이면 발작 빈도가 줄어들 겁니다."

"예…… 알겠습니다…… 약을 받으러 병원에 들르겠습니다." 그는 낮은 소리로 중얼거렸다.

"좋습니다. 하지만 설마 지프를 번식시키지는 않겠지요?"

"그야 물론이죠."

농부는 그 문제를 더 이상 거론하고 싶지 않은 듯 좀 짜증스럽게 투덜거렸다. 나는 그의 속내를 금세 알아차리고 입을 다물었다. 그는 나약한 모습을 들키고 싶어 하지 않았고, 지프를 단순한 반려견으로 키울 작정이었다. 묘하게도 여러 사건들이 제자리에 들어가 갑자기 의미를 갖기 시작했다. 그가 지프보다 우수한 스위프를 친구에게 주고 지프를 제 곁에 둔 것은 단지 지프를 좋아했기 때문이다. 세프 윌킨은 무정한 사람일지 모르지만, 지프의 남다른 매력에는 저항하지 못했다.

나는 차로 돌아가면서 화제를 바꾸어 날씨에 대해 가벼운 잡담을 나누었다. 그런데 내가 막 차를 몰고 떠나려 할 때 윌킨 씨가 다시 원래의 화제를 꺼냈다.

"실은 지프에 대해 지금까지 말하지 않은 게 하나 있는데……" 그는 차창으로 허리를 굽히고 말했다. "그게 간질과 관계가 있는지는 모르겠지만, 지프는 여태껏 한 번도 짖은 적이 없어요."

나는 놀라서 농부를 쳐다보았다.

"한 번도 짖은 적이 없다니…… 태어나서 지금까지 줄곧 그랬단 말인가요?"

"예, 단 한 번도. 다른 개들은 농장에 낯선 사람이 오면 요란하게 짖어대지만, 지프가 짖는 소리는 한 번도 못 들었습니다. 태어나서 지금까지 한 번도 소리를 내지 않았어요."

"그것 참 이상하군요. 하지만 그게 지프의 병과 관계가 있다고는 생각할 수 없군요."

시동을 걸었을 때 나는 지프가 정말로 짖지 않는다는 것을 처음으로 알아차렸다. 암캐 한 마리와 반쯤 자란 강아지 두 마리는 내가 떠나는 것을 보고 시끄럽게 짖어대기 시작했지만, 지프는 입을 벌리고 혀를 축 늘어뜨린 채 다정한 눈길로 나를 바라볼 뿐 아무 소리도 내지 않았다. 지프는 조용한 개였다.

나는 여기에 강한 흥미를 느꼈다. 그래서 그 후 몇 달 동안 윌킨 씨네 농장에 갈 때마다 커다란 양치기개가 무엇을 하고 있든 그 행동을 주의 깊게 관찰했다. 하지만 어떤 변화도 보이지 않았다. 발작은 약 3주에 한 번씩 규칙적으로 일어났지만, 평소에는 정상적이고 활동적이고 행복한 개였다. 다만 소리는 내지 않았다.

나는 대러비에서도 지프를 보았다. 지프는 장보러 온 주인을 따라와 자동차 뒷좌석에 편안히 앉아 있을 때가 많았고, 그럴 때면 나는 윌킨 씨와 이야기를 나눌 기회가 있어도 지프를 화제로 삼지 않았다. 농부들은 일을 시키기 위해서가 아니라 단지 개에 대한 사랑 때문에 개를 키우는 것을 부끄럽게 여기고, 남에게 그런 속내를 들키고 싶어 하지 않는 경향이 있었다. 윌킨 씨는 대부분의 농부들보다 그런 경향이 더욱 강한 것 같았다.

하지만 나는 농장에서 키우는 개들이 대부분 반려견이기도 하다는 느낌을 받았다. 양을 키우는 목장에서 일하는 개들은 물론 없어서는 안 될 일꾼이고, 소를 키우는 목장에서는 소들을 축사로 몰아넣는 일을 거든다. 하지만 날마다 왕진을 다니면서 개들을 관찰해보면, 건초 만드는 계절에는 덜컹거리며 굴러가는 마차 위에 올라앉아 있고, 추수철에는 낟가리 사이에서 쥐를 쫓아다니고 건물 주위를 어슬렁거리거나 주인 옆에서 빈둥거린다. 그런 개들을 보면 궁금할 때가 많았다. 저 개는 정말로 뭘 하고 있는 것일까?

내 의혹이 더욱 강해진 것은 개들이 일을 오히려 방해할 때였다. 내가 소들을 구석으로 몰아넣으려고 애쓰면, 부탁하지도 않았는데 개가 멋대로 끼어들어 소의 다리나 꼬리를 물고 내 일에 참견한다. 그러면 주인은 "이 녀석, 가만히 앉아 있어!" 하거나 "저리 가지 못해!" 하고 버럭 고함을 지른다.

그래서 나는 오늘날까지도 내 지론—'농장 개들은 대부분 반려견이고, 농부들은 단지 개를 가까이 두고 싶어서 개를 키운다'—을 고집하고 있다. 농부들은 고문이라도 당하지 않는 한 절대로 그것을 인정하지 않겠지만, 나는 내 지론이 옳다고 생각한다. 농장 개들은 행복한 나날을 보내고 있다. 산책에 데려가 달라고 애걸할 필요도 없고, 온종일 밖에서 주인과 함께 지낼 수 있다. 나는 농장에 가서 주인을 찾고 싶으면 먼저 개를 찾는다. 개 근처에 반드시 주인이 있기 때문이다. 나는 내 개들을 행복하게 해주려고 애쓰지만, 평범한 농장 개들의 생활과는 비교가 되지 않는다.

윌킨 씨네 가축이 오랫동안 건강했기 때문에 나도 오랫동안 그와 지프를 만나지 못했다. 그러다가 양치기개 경연대회장에서 우연히 윌킨 씨와 지프를 보았다. 그 대회는 멜러턴 농축산물 경진대회와 연계하여 개최된 지방 행사였는데, 나는 마침 그 지역에 가 있었기 때문에 한 시간쯤 짬을 내서 구경하기로 작정했다.

헬렌도 양치기개 경연대회를 좋아했기 때문에 나와 동행했다. 주인들은 자기 개를 멋지게 다루었고, 개들도 주어진 일에 완전히 몰두했다. 그 뛰어난 기량을 볼 때마다 우리는 마법에라도 걸린 것처럼 넋을 잃었다.

헬렌과 나는 팔짱을 끼고 입구로 들어갔다. 길쭉한 대회장 끝에 차들이 초승달 모양으로 주차해 있었다. 대회장은 강변에 마련되어 있었다. 나뭇잎 사이로 스며든 오후 햇살이 출렁거리는 강물 위에서 반짝이고, 표백한 것처럼 하얀 자갈이 깔린 강기슭은 햇빛을 받아 눈부시게 빛났다. 대회 참가자들이 대회장 주변에 모여서 구경을 하며 잡담을 나누고 있었다. 구릿빛으로 그을린 그들은 조용하고 태평한 사람들이었다. 유복한 농부에서부터 농장 일꾼에 이르기까지 사회 계층도 다양했고, 따라서 옷차림도 각양각색이었다. 밀짚모자를 쓴 사람, 중절모를 쓴 사람, 사냥모를 쓴 사람도 있고, 모자를 아예 쓰지 않은 사람도 있었다. 트위드 재킷을 입은 사람, 값비싼 고급 양복을 말쑥하게 빼입은 사람, 노타이셔츠를 입은 사람, 화려한 넥타이를 맨 사람, 티셔츠를 입은 사람도 있었다. 그들은 거의 다 양뿔 손잡이가 달린 기다란 지팡이를 짚고 있었다.

그들 사이를 지나가자 대화가 토막토막 들려왔다.

"프레드, 자네도 왔군." "저 개는 썩 잘하는데." "아니, 한 마리를 놓쳤어. 저것 때문에 망쳤어." "저 양들은 좀 신경질적인데." "그래, 골치 아픈 녀석들이야." 개를 부리는 주인의 휘파람 소리, 고저장단이 다양한 온갖 휘파람 소리와 함께 이따금 들리는 주인의 외침 소리. "앉아!" "옆으로 빠져!" 모든 사람이 자기 개를 다루는 독특한 방식을 갖고 있었다.

차례를 기다리는 개들은 울타리를 따라 뻗어 있는 목책에 묶여 있었다.

개는 일흔 마리쯤 되어 보였다. 흔들리는 꼬리와 다정한 얼굴들이 길게 늘어서 있는 광경은 보기만 해도 유쾌했다. 개들은 서로 낯이 설었지만, 싸움은커녕 싸움 비슷한 것도 일어나지 않았다. 이 작은 개들이 타고난 복종심은 우호적인 기질로 이어진 것 같았다.

개의 주인들도 마찬가지였다. 적개심은 찾아볼 수 없고, 졌다고 화내는 사람도 없고, 이겼다고 꼴사납게 으스대는 사람도 없었다. 제한 시간을 넘긴 사람은 조용히 제 양떼를 구석으로 데려다놓고, 달관한 듯한 웃음을 지으며 동료들 곁으로 돌아왔다. 가벼운 놀림은 있었지만 그뿐이었다.

우리는 마지막 우리에서 30미터쯤 떨어진 곳에서 차에 기대어 대회를 구경하고 있는 셰프 윌킨과 마주쳤다. 자동차 범퍼에 묶여 있던 지프가 나를 돌아보고 히죽 웃었다. 윌킨 부인은 지프 옆에 놓인 간이의자에 앉아서 지프의 어깨에 손을 얹어놓고 있었다. 지프는 여주인의 마음도 사로잡은 것 같았다.

헬렌이 윌킨 부인에게 다가가서 말을 걸었다. 나는 윌킨 씨를 돌아보았다.

"오늘 개를 출전시킬 겁니까?"

"아뇨, 오늘은 그냥 구경하러 왔어요. 나는 출전한 개를 대부분 알고 있지요."

나는 윌킨 씨 옆에 서서 짓밟힌 풀 냄새와 씹는담배 냄새를 맡으며 한동안 대회를 구경했다. 마지막 우리 옆에 심판이 서 있었다.

내가 거기에 간 지 10분쯤 지났을 때 윌킨 씨가 손가락으로 앞쪽을 가리켰다.

"저기 좀 보세요!"

조지 크로슬리가 천천히 자기 위치로 가고 있었다. 스위프가 그 뒤를 종종걸음으로 따라갔다. 그때 지프가 갑자기 몸을 긴장시키더니 꼿꼿이 일어나 앉았다. 귀를 쭈뼛 세우자 불균형한 모습이 더욱 두드러졌다. 지프는 형제이자 친구인 스위프를 오랫동안 보지 못했다. 지프가 스위프를 기억하고 있을까. 그럴 가능성은 없어 보였지만, 지프는 분명 스위프에게 강한 관심을 보이고 있었다. 심판이 하얀 손수건을 흔들고 세 마리의 양이 반대쪽 구석에서 풀려나자 지프는 천천히 몸을 일으켰다.

크로슬리가 손짓을 하자 스위프는 대회장 가장자리를 따라 날듯이 달려갔다. 스위프가 양들에게 가까이 가자 크로슬리가 휘파람을 불었다. 스위프는 당장 풀밭에 납작 엎드렸다. 그때부터 벌어진 광경은 인간과 개의 협력이 어떤 것인지를 보여주는 본보기였다. 세프 윌킨은 항상 스위프가 언젠가는 챔피언이 될 거라고 말했다. 과연 스위프는 주인의 지시에 따라 달리거나 엎드리면서 챔피언이 되기에 부족하지 않은 기량을 보여주었다. 짧고 날카로운 휘파람 소리, 구슬픈 휘파람 소리, 스위프는 다양한 휘파람 소리를 모두 분간하여 거기에 따라 행동했다.

세 마리의 양을 제각각 세 개의 문으로 통과시키는 것이 개들에게 주어진 과제였지만, 스위프만큼 쉽게 그 일을 해낸 개는 한 마리도 없었다. 스위프가 우리 앞에 있는 마지막 우리로 다가왔을 때, 뜻밖의 재난이라도 일어나지 않는 한 스위프가 우승컵을 차지할 것은 분명해 보였다. 하지만 이 마지막 우리가 좀 까다로웠다. 다른 개들의 경우에는 양들이 자꾸만 울타리 바로 앞에서 달아나버리는 바람에 애를 먹었다.

조지 크로슬리는 문을 활짝 열고 지팡이를 내뻗었다. 풀밭에 납작 엎드려 있는 스위프는 거리가 멀기 때문에 주인의 명령을 알아들을 수 없었지만, 지팡이가 가리키는 방향을 보고 이쪽이나 저쪽으로 조금씩 몸을 움직였다. 양들은 이제 우리 입구에 있었지만 여전히 망설이듯 주위를 둘러보았다. 게임은 아직 끝나지 않았다. 하지만 스위프가 거의 알아볼 수 없을 만큼 몸을 꿈틀거리며 양들 쪽으로 다가가자 양들은 돌아서서 마지막 우리로 들어갔다. 크로슬리는 재빨리 우리 문을 닫았다.

그러고는 스위프를 돌아보며 "잘했다!" 하고 소리쳤다. 스위프는 꼬리를 한 번 재빨리 흔들었다.

그러자 고개를 높이 쳐들고 주의를 집중하여 스위프의 움직임을 지켜보고 있던 지프가 고개를 젖히고 우렁차게 소리를 질렀다.

"커엉!"

우리는 모두 깜짝 놀라서 지프를 바라보았다.

"그 소리, 들었어요?" 윌킨 부인이 헐떡이듯 말했다.

"이럴 수가!" 윌킨 씨는 입을 딱 벌리고 지프를 바라보았다.

지프는 자기가 유별난 짓을 했다는 걸 전혀 모르는 눈치였다. 형제를 다시 만난 기쁨에 마음을 완전히 빼앗긴 것 같았다. 몇 초도 지나기 전에 두 마리는 다시 예전처럼 서로 장난스럽게 물고 물리며 땅바닥을 뒹굴고 있었다.


나만이 아니라 윌킨 부부도 지프가 이 사건을 계기로 다른 개들처럼 짖게 되리라고 생각했지만, 그 예상은 빗나갔다.

5년 뒤, 나는 윌킨 씨네 농장에 갔다가 뜨거운 물을 가지러 집으로 들어갔다. 윌킨 부인은 나에게 양동이를 건네주면서 부엌 창문 밖에서 햇볕을 쬐고 있는 지프를 내려다보았다.

"너 여기 있었구나, 웃기는 녀석." 윌킨 부인이 개에게 말을 걸었다.

나는 껄껄 웃었다.

"그날 이후 지프가 한 번이라도 짖은 적이 있습니까?"

윌킨 부인은 고개를 저었다.

"아뇨, 한마디도 안 해요. 나는 오래 기다렸지만, 이제 다시는 짖지 않을 거예요."

"그건 중요하지 않습니다. 하지만 그래도 그날 오후는 평생 잊지 못할 겁니다."

"나도 그래요." 윌킨 부인은 옛날을 회상하며 부드러운 눈으로 다시 지프를 내려다보았다. "가엾은 녀석, 일곱 살이나 되도록 딱 한 번밖에 짖어보지 못하다니!"

\* \* \*

지프가 딱 한 번 짖은 일은 재미있지만 설명할 수 없는 기발한 행동이었다. 어떻게 그런 일이 일어났는지는 영원히 알 수 없을 것이다. 내가 현장을 목격하지 않았다면 믿기조차 어려웠을 것이다. 많은 어린이들이 내 책을 읽고 편지를 보내왔는데, 평생 동안 딱 한 번 짖은 지프의 이야기는 특히 어린이들의 상상력을 사로잡은 모양이다. 그래서 나는 어린 독자들을 위해 이 이야기를 특별히 아동용으로 고쳐 쓰고 피터 바렛의 삽화를 넣어서 단행본으로 펴내기도 했다.

# 14

# 매그너스의 양심

대러비 생활에는 한 가지 좋은 점이 있었다. 개와 고양이를 유난히 좋아하는 내가 소나 말 같은 큰 가축을 상대하는 시골 수의사가 된 것은 헤아릴 수 없이 큰 이점을 갖고 있었다. 나는 요크셔 지방의 들판에서 대부분의 시간을 보냈지만, 그 배경에는 늘 그것과 뚜렷한 대조를 이루는 매력적인 반려동물들이 있었다.

날마다 반려동물을 몇 마리 치료하는 것은 단조로운 일상에 활력소가 되었다. 그것은 돈벌이가 아니라 감정에 바탕을 둔 흥미였고, 그래서 나는 바쁜 와중에도 시간을 쪼개어 반려동물을 치료했고 그 일을 즐길 수 있었다. 작은 동물을 전문으로 다루는 수의사라면 차례로 찾아오는 털북숭이 동물에게 주사바늘을 꽂는 일을 끝없이 반복해야 할 테니까, 반려동물을 마치 거대한 기계에서 쏟아져 나오는 소시지쯤으로 생각하기 쉬울 것이다. 하지만 대러비에서는 모든 반려동물을 개개의 독립된 존재로 식별할 수 있었다.

차를 몰고 시내를 지나다가도 내가 치료한 환자는 한눈에 알아볼 수 있었다. 저기 철물점에서 여주인과 함께 나오는 녀석은 얼마 전에 귓속에 궤양이 생긴 로버 존슨. 저기 석탄 운반차 짐칸에 올라앉아 흐뭇한 표정을 짓고 있는 녀석은 다리를 다친 패치 워커(그래, 다리는 다 나았니?). 모험을 찾아 광장을 혼자 한가롭게 질러가고 있는 저 녀석은 난봉꾼 스팟 브리그스(아이쿠, 저러다가 또 철조망에 걸려 몸 어딘가가 찢어지기 십상이지). 그들의 질병이나 성격을 생각하는 것은 나한테 큰 기쁨을 주었다. 그들은 모두 개성적이었고, 저마다 다른 방식으로 개성을 나타냈기 때문이다.

나와 내 치료에 대한 반응도 저마다 달랐다. 나는 대개 그들이 싫어하는 일을 해야 했지만, 나한테 원한이나 앙심을 품는 개나 고양이는 별로 없었다.

하지만 예외도 있었다. 매그너스가 바로 그런 예외 중의 하나였는데, 녀석은 선술집 '드로버스 암스'에서 키우는 닥스훈트였다.

나는 카운터 너머로 고개를 기울이면서 나직한 목소리로 맥주를 주문했다.

"대니, 1파인트만 주게."

바텐더가 싱긋 웃으며 손잡이를 잡아당기자 맥주가 상쾌한 소리를 내며 쏟아졌다. 바텐더가 잔을 나에게 가져오는 동안, 유리잔 위로 맥주 거품이 높이 부풀어 올랐다.

"오늘 저녁에는 맥주가 아주 맛있어 보이는군." 나는 거의 들리지 않을 만큼 작은 소리로 말했다.

"맛있어 보인다고요? 이건 최고예요. 돈 받고 팔기가 부끄러울 정돕니다."

대니는 맥주가 가득 든 잔을 사랑스러운 듯이 바라보았다.

"그렇게 귀한 맥주를 나눠줘서 고맙네."

한 모금을 주욱 들이켜고 고개를 돌리자, 여느 때처럼 술집 한구석에 화려한 꽃이 그려진 전용 술잔을 들고 앉아 있는 페어번 영감이 보였다.

"오늘은 날씨가 좋았지요, 영감님?" 나는 목청을 낮추어 속삭였다.

노인은 손을 귀에 대고 되물었다.

"뭐라고?"

"오늘 날씨가 좋았다고요."

말하는 내 목소리가 습지를 스치고 지나가는 산들바람 같았다.

바로 그때 누군가가 내 어깨를 탁 쳤다.

"왜 그래, 짐? 후두염에라도 걸렸나?"

돌아보니 키가 훤칠하고 머리가 벗겨진 앨린슨 박사가 서 있었다. 해리 앨린슨은 내 주치의이자 친구였다.

"아아, 해리! 오랜만이군."

무심코 소리를 지른 뒤에야 나는 황급히 입을 손으로 틀어막았다. 하지만 이미 때는 늦었다. 지배인 사무실에서 요란한 소리가 들려왔다. 귀청을 찢는 듯한 그 소리는 언제까지고 계속되었다.

"제기랄, 깜빡했군. 매그너스 녀석, 또 시작이야." 나는 진저리가 나서 말했다.

"매그너스? 도대체 무슨 소리를 하는 건가?"

"얘기하자면 길어."

나는 사무실에서 계속 짖어대는 매그너스의 소리를 들으면서 맥주를 한 모금 마셨다. 그 소리는 안락한 술집의 평화를 산산이 깨뜨리고 있었다. 단골손님들이 조바심을 내면서 통로를 내다보았다.

서 꼬마 녀석이 언제면 나를 잊어줄까. 벌써 먼 옛날처럼 느껴지지만, 내가 매그너스를 처음 만난 것은 드로버스 암스에 새 지배인으로 온 베크위스가 병원으로 녀석을 데려왔을 때였다. 젊은 베크위스는 왠지 좀 불안해 보였다.

"조심하셔야 할 겁니다, 헤리엇 선생님."

"그게 무슨 소리죠?"

"어쨌든 조심하세요. 아주 사납고 위험한 녀석이니까요."

나는 날씬하고 작은 개를 내려다보았다. 진찰대 위에 올라앉은 개는 갈색 점처럼 보였다. 기껏해야 3킬로그램밖에 안 될 만큼 작은 개였다. 그래서 나는 웃지 않을 수 없었다.

"위험해요? 위험할 만큼 크진 않은데."

"몸집은 상관없어요." 베크위스는 경고하듯 손가락 하나를 들어올렸다. "저는 여기 오기 전에 브래드퍼드에서 '백조'라는 술집에 지배인으로 있었는데요, 거기서 매그너스를 수의사한테 데려갔다가 보통 곤욕을 치른 게 아닙니다. 매그너스가 수의사의 손가락을 물었거든요."

"그래요?"

"뼈가 드러날 만큼 깊이 물렸지요! 그 수의사는 제가 생전 들어보지도 못한 욕설을 퍼부었지만, 그분을 나무랄 수도 없었어요. 사방이 온통 피투성이가 될 정도였으니까요. 제가 수의사의 손에 붕대를 감아주어야 했어요."

"흐음, 알겠습니다." 물린 뒤가 아니라 물리기 전에 경고해준 것은 고마운 일이었다. "그런데 그 수의사는 이 녀석한테 뭘 하려고 했는데요? 아주 특별한 치료였나 보죠?"

"천만에요. 저는 그저 발톱을 잘라주려고 데려갔을 뿐이에요."

"그래요? 그럼 오늘은 왜 데려오셨나요?"

"발톱을 잘라주려고요."

"솔직히 말해서 개 발톱 정도는 피를 흘리지 않고도 자를 수 있습니다. 이 개가 불마스티프나 셰퍼드라면 문제가 생길지 모르지만, 닥스훈트 정도는 우리 둘이서 충분히 다룰 수 있어요."

술집 지배인은 고개를 저었다.

"제발 저는 끌어들이지 말아주세요. 죄송하지만 이 녀석을 붙잡고 있는 역할은 사양하겠습니다."

"왜요?"

"이 녀석은 절대로 용서하지 않을 겁니다. 아주 웃기는 놈이에요."

나는 턱을 문질렀다.

"하지만 이 개가 당신 말대로 그렇게 다루기 어렵다면, 그리고 주인인 당신이 개를 붙잡지 못하겠다면, 나더러 어쩌라는 겁니까?"

"저도 잘 모르겠어요…… 저어, 마취를 시키면 어떨까요? 완전히 기절시키면?"

"전신 마취를 하란 말입니까? 겨우 발톱을 자르려고?"

"그 방법밖에 없을 것 같아서요." 베크위스는 작은 동물을 우울하게 내려다보았다. "선생님은 이 녀석을 모르세요."

믿기 어려운 일이지만, 한 줌밖에 안 되는 녀석이 베크위스 집안에서 상전 노릇을 하고 있는 게 분명해 보였다. 나는 그런 지위를 차지하고 있는 개를 많이 보았지만 이렇게 작은 상전은 처음이었다. 어쨌거나 이런 시시한 일에 더 이상 시간을 낭비할 수는 없었다.

"이 녀석한테 입마개를 씌우겠습니다. 발톱 자르는 일은 2, 3분이면 끝날 거예요."

나는 뒤에 있는 손톱깎이를 집어 진찰대 위에 놓고 붕대로 고리를 만들었다.

"아, 착하지, 매그너스." 나는 개한테 다가가면서 알랑거렸다.

작은 개는 붕대가 코에 닿을 때까지 눈 한 번 깜박하지 않고 붕대를 노려보다가, 사납게 으르렁대면서 흉포한 맹수처럼 내 손에 덤벼들었다. 번득이는 이빨이 내 손에서 불과 1센티미터 떨어진 곳에서 딱 소리를 내며 닫혔다. 선득한 바람이 손가락을 스쳤다. 녀석이 다시 덤벼들려는 순간 나는 빈손으로 목덜미를 잡아 눌렀다.

"됐습니다, 베크위스 씨." 나는 침착하게 말했다. "이제 녀석을 잡았어요. 저 붕대를 다시 건네주세요. 금방 끝날 겁니다."

하지만 베크위스는 기가 질린 듯 헐떡거리며 말했다.

"저는 싫습니다. 밖에 나가 있겠어요."

그는 문손잡이를 돌렸다. 이윽고 복도를 달려가는 발소리가 들렸다.

나는 오히려 잘됐다고 생각했다. 주인이 옆에 없는 편이 나을 것이다. 집에서 상전 노릇을 하는 개를 다룰 때는 우선 주인을 내보내는 것이 내 방식이었다. 아무리 사나운 녀석도 개를 능숙하게 다룰 줄 아는 낯선 사람과 단둘이 남게 되면 놀랄 만큼 순식간에 얌전해진다. 자기 집에서는 손도 댈 수 없을 만큼 난폭하지만 병원 문지방을 넘자마자 꼬리를 흔드는 녀석을 나는 숱하게 겪었다. 그리고 그 녀석들은 모두 매그너스보다 덩치가 컸다.

나는 매그너스의 목덜미를 단단히 움켜잡은 채 다시 붕대로 고리를 만들었다. 매그너스는 입을 벌리고 입술을 늑대처럼 뒤로 당기면서 맹렬히 저항했지만, 나는 고리를 녀석의 주둥이에 끼우고 단단히 조인 다음 귓등 뒤에서 매듭을 지었다. 이제 매그너스의 입은 꽉 다물렸지만, 만약을 위해 나는 붕대를 한 번 더 감아서 확실하게 동여맸다.

이렇게 해놓으면 개들은 대개 포기한다. 나는 매그너스도 이제 항복할 기색을 보이겠지 하고 자신만만하게 녀석을 바라보았다. 그러나 붕대를 둘둘 감은 매그너스는 이글거리는 눈빛으로 나를 노려보면서 으르렁거렸다. 높아졌다 낮아졌다 하는 그 소리는 멀리서 수천 마리의 벌떼가 내는 날개 소리 같았다.

때로는 엄격하게 한두 마디 야단을 치면, 누가 위이고 누가 아래인지를 개들한테 확실하게 보여줄 수 있다.

"매그너스! 그만 해! 얌전히 굴지 못해!"

나는 장난이 아니라 정말로 화가 났다는 것을 보여주기 위해 목덜미를 잡고 흔들었지만, 녀석은 퉁방울눈으로 반항하듯 나를 노려볼 뿐이었다.

나는 손톱깎이를 집어 들었다.

"좋아. 말을 듣지 않겠다면 이렇게 할 수밖에 없지."

나는 매그너스를 한쪽 겨드랑이에 끼우고는 앞발을 잡고 발톱을 자르기 시작했다.

매그너스는 속수무책이었다. 버둥대고 꿈틀거렸지만 나는 녀석을 단단히 조였다. 너무 자란 발톱을 꼼꼼히 다듬고 있는 동안 붕대 양옆에서는 침과 함께 분노의 거품이 새어나왔다. 개들이 욕을 할 수 있다면 아마 나는 그 순간 사상 최대의 저주를 받고 있었으리라.

나는 발톱의 민감한 부분을 건드리지 않도록 애쓰면서 조심스럽게 발톱을 깎았다. 그러니 매그너스는 아무런 감각도 느끼지 못했을 것이다. 그런데도 그런 배려는 아무 효과도 없었다. 녀석은 난생처음 인간에게 지배당하고 있다는 굴욕감을 참을 수가 없었다.

일이 끝날 무렵 나는 말투를 바꾸기 시작했다. 과거의 경험으로 보아, 일단 우위가 확립되면 우호관계를 맺기가 쉽다. 그래서 나는 알랑거리는 말투로 살살 비위를 맞춰주기 시작했다.

"착하기도 해라. 그렇게 나쁘진 않았지?"

나는 손톱깎이를 내려놓고 매그너스의 머리를 쓰다듬었다. 하지만 원한에 찬 거품이 붕대 옆으로 빠져나왔을 뿐이다.

"좋아. 이젠 입마개를 풀어주마. 그러면 기분이 훨씬 좋아질 거야. 그렇지?"

입마개를 풀어주면 개들은 대개 기분이 좋아져서 지난 일을 깨끗이 잊어버린다. 내 손을 핥는 개도 있었다. 하지만 매그너스는 달랐다. 마지막 붕대가 코에서 떨어지자마자 녀석은 또다시 나를 물려고 했다. 나는 재빨리 복도로 나가서 소리쳤다.

"됐습니다, 베크위스 씨. 와서 개를 데려가세요."

작은 개는 현관 계단에서 고개를 돌려 나에게 마지막으로 앙심에 찬 눈길을 던지고는 주인에게 이끌려 멀어져갔다. 그것이 이 사건에 대한 내 마지막 기억이었다.

그 눈길은 분명 이렇게 말하고 있었다. "이 나쁜 놈, 절대로 너를 잊지 않겠다."

그게 몇 주 전이었는데, 그날 이후 내 목소리만 들으면 매그너스는 요란하게 짖어대며 불만을 표시하는 것이었다. 처음에는 술집의 단골들도 무척 재미있어했지만, 이제는 이상한 눈으로 나를 바라보기 시작했다. 내가 얼마나 못되게 굴었으면 그렇겠냐고 생각하는 눈치였다. 나는 드로 버스 암스의 아늑한 분위기와 맛있는 맥주를 포기하고 싶지 않았기 때문에 몹시 난감했다. 그 술집은 아무리 추운 밤에도 아늑했고 맥주는 언제 마셔도 맛있었다.

다른 술집에 간다 해도 나는 버릇이 돼서 속삭이는 소리로 말했을 테고, 그러면 사람들은 더욱 이상한 눈으로 나를 쳐다보았을 것이다.


해먼드 부인의 아이리시세터는 매그너스와는 딴판이었다. 이 일은 어느 날 밤 내가 목욕을 하고 있을 때 걸려온 긴급 전화로 시작되었다. 헬렌이 욕실 문을 두드렸다. 나는 서둘러 몸을 닦고 가운을 걸쳤다. 위층으로 뛰어올라가 수화기를 들자마자 걱정 어린 음성이 내 귀를 때렸다.

"헤리엇 선생님! 로크가! 이틀 전에 없어졌는데, 지금 어떤 남자가 데려왔어요. 숲속에서 덫에 발이 걸려 있는 걸 발견했대요. 로크는⋯⋯" 수화기에서 흐느끼는 소리가 들렸다. "로크는 이틀 동안 내내 덫에 걸려 있었던 모양이에요."

"저런! 상태가 심합니까?"

은행 지점장의 아내인 해먼드 부인은 유능하고 분별있는 여성이었다. 잠시 침묵이 흘렀다. 부인은 자제력을 되찾으려고 애쓰는 듯했다. 잠시 후 들려온 목소리는 한결 차분해져 있었다.

"아무래도 발을 잘라야 할 것 같아요."

"아이쿠 저런! 정말 유감이군요."

하지만 나는 별로 놀라지 않았다. 48시간 동안 그 야만적인 덫에 발이 걸려 있었다면 심각한 상태일 것이다. 지금은 다행히도 덫이 불법화되었지만, 그 당시에는 덫 때문에 내가 원치 않는 일을 하고 내키지 않는 결단을 내려야 할 때가 많았다. 상황을 이해하지 못하는 짐승한테서 다리를 잘라내어 살려야 할 것인가? 아니면 안락사를 시켜서 동물의 삶에 막을 내려야 할 것인가? 세 개뿐인 다리로 대러비 시내를 뛰어다니는 개와 고양이들 중에는 내가 다리를 자른 녀석도 여럿 있었다. 그들은 행복해 보였고 주인도 만족했지만 나에게는 슬픈 일이었다.

어쨌든 해야 할 일은 할 수밖에 없었다.

"당장 데려오세요, 해먼드 부인."

로크는 큰 개였지만 군살이 별로 없는 사냥개였다. 안아서 진찰대 위에 올려놓는데 몸이 너무 가볍게 느껴졌다. 저항하지 않는 몸을 두 팔로 끌어안았을 때 피골이 상접한 갈비뼈를 뚜렷이 느낄 수 있었다.

"많이 여위었군요."

"오랫동안 아무것도 못 먹었으니까요. 집에 오자마자, 그렇게 아픈데도 걸신들린 듯이 먹어댔어요."

나는 개의 무릎 밑에 손을 넣어 살며시 들어올렸다. 덫의 사악한 이빨이 요골과 척골을 단단히 조였지만, 나를 걱정시킨 것은 퉁퉁 부어오른 발이었다. 발이 적어도 두 배는 커져 있었다.

"어떤가요?"

해먼드 부인은 두 손으로 핸드백 끈을 비틀었다. 여자는 상황과는 관계없이 병원에 올 때는 반드시 핸드백을 가져오는 것 같았다.

나는 로크의 머리를 쓰다듬었다. 불빛 아래에서 온몸을 뒤덮은 털이 붉은색과 황금색으로 아름답게 빛났다.

"발이 이처럼 심하게 부어오른 건 염증 때문이기도 하지만, 덫에 걸려 있는 동안 혈액 순환이 차단되었기 때문이기도 합니다. 위험한 건 괴저예요. 조직이 죽어서 썩는 거죠."

"알아요. 결혼하기 전에 잠시 간호사 생활을 했으니까요."

나는 퉁퉁 부어오른 발을 조심스럽게 들어올렸다. 내 손이 발바닥뼈와 다리뼈를 만지고 끔찍한 상처 쪽으로 천천히 올라가는데도 로크는 침착하게 앞만 바라보고 있었다.

"엉망이군요. 하지만 좋은 소식도 두 가지는 있습니다. 첫째는 다리가 부러지지 않았다는 것. 덫은 뼈까지 닿았지만 골절된 부위는 없습니다. 그보다 더 중요한 것은 발이 아직 따뜻하다는 겁니다."

"좋은 조짐인가요?"

"그럼요. 아직 피가 돌고 있다는 뜻이니까요. 발이 차갑고 진득거렸다면 가망이 없었을 겁니다. 절단할 수밖에 없었겠지요."

"그럼 발을 자르지 않아도 된다고 생각하세요?"

"그건 모르겠습니다. 아직 피가 돌고 있긴 하지만, 문제는 얼마나 돌고 있느냐 하는 겁니다. 이 조직의 일부는 떼어내야 할 테고, 며칠 동안은 보기에 끔찍할 수도 있어요. 하지만 한번 시도해보고 싶습니다."

나는 따뜻한 물에 소독제를 타서 상처를 씻어내고, 끔찍한 상처 속을 주의 깊게 살펴보았다. 손상된 근육과 죽은 피부를 잘라내면서, 이것이 개한테는 몹시 불쾌한 일일 거라는 생각이 들었다. 하지만 로크는 고개를 높이 쳐들고 거의 꼼짝도 하지 않았다. 내가 깊은 곳을 탐침으로 조사할 때 뭘 하고 있는 거냐고 묻는 듯이 한두 번 고개를 돌려 나를 바라보앉고, 내가 발을 자세히 조사할 때 녀석의 축축한 코가 내 얼굴을 부드럽게 스쳤지만, 그게 전부였다.

그 상처는 아름다움에 대한 모독이었다. 아이리시세터보다 아름다운 개는 별로 없다. 로크는 전형적인 아이리시세터였다. 매끄러운 털에 덮인 우아한 몸, 다리와 꼬리를 뒤덮은 비단 같은 털, 고귀한 얼굴, 상냥한 눈. 다리를 하나 잃으면 어떻게 보일까 하는 생각이 마음을 스쳤다. 나는 고개를 흔들어 그 생각을 떨쳐버리고, 얼른 뒤에 있는 트롤리(의료기구를 싣고 다니는 손수레)에서 항생제 가루를 집어 들었다. 다행히 혁명적 신약의 하나인 설파제가 개발되어 있었다. 나는 그 약이 감염을 막아줄 거라는 확신을 가지고 상처 깊숙이 가루를 채워 넣었다. 그 위에 거즈를 대고, 만사를 운명에 맡기는 기분으로 붕대를 감았다. 내가 할 수 있는 일은 그것뿐이었다.

해먼드 부인은 날마다 로크를 데려왔다. 그리고 날마다 로크는 똑같은 과정을 견뎌냈다. 상처에 들러붙어 있는 붕대를 떼어내고, 죽은 조직을 잘라내고, 다시 붕대를 감는다. 하지만 놀랍게도 로크는 병원에 오기를 꺼리는 기색을 보인 적이 없었다. 내 환자들은 대부분 들어올 때는 꾸물거리며 늑장을 부리고, 나갈 때는 목줄이 끊어질 것처럼 주인을 끌면서 잽싸게 나간다. 심지어는 현관에서 겁을 먹고 달아나는 녀석도 있었다. 목걸이에서 살짝 빠져나가 병원 앞 트렌게이트 가를 쏜살같이 달려가는 개를 주인이 정신없이 쫓아가는 광경도 가끔 볼 수 있었다. 개들은 멍청하지 않으니까, 사람들이 치과에 가기를 무서워하듯 동물병원에 오기를 무서워하는 게 분명하다.

하지만 로크는 언제나 꼬리를 흔들면서 기꺼이 들어왔다. 내가 대기실에 들어가면 로크는 나에게 앞발을 내밀었다. 이것은 옛날부터 로크의 독특한 몸짓이었지만, 하얀 붕대에 감긴 다리를 내미는 것을 보면 기분이 묘했다.

일주일 동안은 전망이 어두웠다. 그동안 내내 죽은 조직이 떨어져 나갔다. 어느 날 저녁, 내가 붕대를 벗기자 해먼드 부인이 숨을 훅 들이마시며 고개를 돌렸다. 부인은 간호 교육을 받았기 때문에 로크의 발을 어떤 식으로 잡아주어야 내가 좀 더 편하게 일할 수 있는가를 직관적으로 알아차렸다. 그래서 그동안은 큰 도움이 되었지만, 오늘 저녁에는 부인이 로크의 상처를 보고 싶어 하지 않았다.

부인을 탓할 수도 없었다. 로크의 발다리에는 군데군데 하얀 뼈가 드러나 있었다. 그 위에 피부 몇 가닥이 아무렇게나 덮여 있어서 꼭 사람 손가락처럼 보였다.

"가망이 없다고 생각하세요?" 부인은 여전히 고개를 돌린 채 작은 소리로 물었다.

나는 한동안 대답하지 않고 로크의 발 아래쪽을 손으로 더듬었다.

"끔찍해 보이긴 하지만, 이제 길 끝에 다다라서 곧 모퉁이를 돌게 될 것 같습니다."

"무슨 뜻이에요?"

"아래쪽 피부는 모두 말짱하고 따뜻합니다. 발바닥은 전혀 손상되지 않았어요. 그리고 오늘은 냄새가 전혀 나지 않습니다. 그건 잘라내야 할 죽은 조직이 더 이상 없기 때문이지요. 이 발은 새살이 돋아나기 시작할 것 같습니다."

부인은 로크의 발을 살짝 훔쳐보았다.

"저 뼈는…… 덮일까요?"

"그럴 겁니다." 나는 믿음직한 설파제 가루를 상처에 뿌렸다. "전과 똑같아지지는 않겠지만 뼈는 보이지 않게 될 겁니다."

정말로 그렇게 되었다. 시간은 오래 걸렸지만, 건강한 새 육아조직이 내 말을 입증하기로 작정한 것처럼 위로 올라왔다. 몇 달 뒤 가벼운 결막염으로 병원에 온 로크는 습관대로 공손히 앞발을 내밀었다. 나는 그 인사를 받아들여 로크와 악수를 나누었다. 로크의 발을 잡고 흔들면서 위쪽 피부를 보았다. 털도 없는 맨살이 매끈매끈 빛나고 있었지만 상처는 완전히 아물어 있었다.

"거의 눈에 안 띄죠?" 해먼드 부인이 말했다.

"그렇군요. 정말 놀랍습니다. 이렇게 작은 흉터만 남다니. 게다가 걸을 때 절룩거리지도 않더군요."

해먼드 부인은 소리 내어 웃었다.

"이제 그 다리는 아주 건강해요. 그리고 로크는 선생님한테 감사하고 있는 것 같아요. 저것 보세요."

동물심리학자들은 아마 이렇게 말할 것이다. 내가 치료해준 것을 그 커다란 개가 알아차렸다고 생각하는 건 터무니없다고. 축 늘어뜨린 혀, 벌린 입, 다정한 눈, 나에게 내민 앞발은 그런 걸 의미하지 않는다고.

그들의 말이 옳을지도 모른다. 하지만 로크는 내가 그런 고통을 주었는데도 나를 전혀 원망하지 않았다. 나는 그것을 확실히 알고 있고, 그 기억을 지금도 마음속에 소중히 간직하고 있다.


이제 다시 동전의 이면으로 돌아와 티미 버터워스에 대해 말해야 할 것 같다. 티미는 털이 뻣뻣한 폭스테리어였는데, 트렌게이트 가에서 조금 떨어진 김버스야드라는 골목에 살고 있었다. 내가 티미를 치료한 것은 한 번뿐이었다.

어느 날 점심시간에 내가 차에서 내려 현관 계단을 올라가고 있을 때, 어린 소녀가 미친 듯이 손을 흔들면서 거리를 달려오는 것이 보였다. 나는 계단에 선 채 소녀를 기다렸다. 숨을 헐떡이며 달려온 소녀는 공포에 질려 눈을 크게 뜨고 있었다.

"저는 웬디 버터워스인데요, 엄마가 저를 보냈어요. 우리 개를 좀 봐주시겠어요?"

"무슨 일인데?"

"엄마가 그러시는데, 뭘 먹었대요!"

"독을 먹었니?"

"그런가 봐요."

소녀의 집은 100미터도 떨어져 있지 않았기 때문에 차를 탈 필요는 없었다. 나는 웬디와 함께 달리기 시작했다. 몇 초 만에 우리는 골목길로 접어들었다. 자갈이 깔린 터널 같은 골목에 우리 발소리가 울려 퍼졌다. 내가 대러비에 처음 왔을 때는 그곳을 보고 깜짝 놀랐다. 세상에 이런 곳도 있나 하는 생각이 들었다. 좁은 골목 양쪽에 빽빽이 들어찬 작은 집들, 손바닥만 한 마당, 너비 1미터도 채 안 되는 골목을 사이에 두고 서로 마주보고 있는 내닫이창. 하지만 오늘은 주위를 둘러볼 시간이 없었다. 붉은 얼굴에 디부진 체격을 가진 버터워스 부인이 당황해서 어찌할 바를 모르고 발만 동동 구르면서 애타게 나를 기다리고 있었기 때문이다.

"저기예요, 선생님!"

버터워스 부인은 문을 활짝 열면서 소리쳤다. 안으로 들어가자 바로 거실이었다. 환자는 생각에 잠긴 표정으로 벽난로 앞 깔개에 앉아 있었다.

"그런데 무슨 일이 있었습니까?"

부인은 두 손을 쥐었다 폈다 하면서 말했다.

"어제 커다란 쥐 한 마리가 마당을 달려가는 것을 보고, 그놈을 잡으려고 쥐약을 사왔어요." 부인은 부들부들 떨면서 침을 꿀꺽 삼켰다. "그 약을 오트밀이 가득 든 냄비에 넣어 섞고 있을 때 누군가가 찾아왔어요. 그래서 현관에 나갔다가 돌아와 보니, 글쎄 그사이에 티미가 그걸 깨끗이 먹어치웠지 뭐예요!"

테리어는 더욱 깊은 생각에 잠긴 표정으로 혀를 내밀어 천천히 입술을 핥았다. 그렇게 맛이 이상한 죽은 이제껏 먹어본 적이 없다고 생각하는 게 분명했다.

나는 버터워스 부인을 돌아보았다.

"약통이 남아 있습니까?"

"예, 여기 있어요." 부인은 부들부들 떨리는 손으로 약통을 건네주었다.

나는 라벨을 읽었다. 잘 알려진 약이었다. 그 이름만 보아도 마음속에서 조종(弔鐘) 소리가 들렸다. 그 약 때문에 죽었거나 죽어가고 있는 수많은 동물이 마음에 떠올랐기 때문이다. 약의 주성분은 아연 인화물인데, 신약이 많이 개발된 오늘날에도 개가 일단 그것을 먹으면 수의사들도 대개 속수무책이다.

나는 깡통을 식탁 위에 탁 내려놓았다.

"당장 토하게 해야 합니다! 병원으로 돌아갈 시간이 없는데, 혹시 세탁

용 소다가 있나요? 그걸 몇 덩어리 먹이면 토하게 할 수 있는데."

"이를 어쩌나!" 버터워스 부인은 입술을 깨물었다. "그런 건 집에 두지 않아요. 다른 방법은 없을까요?"

"잠깐만요!" 나는 식탁을 바라보았다. 차가운 양고기 토막, 감자를 담은 접시, 피클, 그 옆에 있는 건…… "혹시 저 단지에 겨자가 들어 있지 않나요?"

"예, 가득 들어 있어요."

나는 재빨리 그 단지를 움켜잡고 수돗가로 달려가서 겨자를 우유 정도의 농도로 희석했다.

"됐습니다!" 나는 소리쳤다. "개를 밖으로 데리고 나갑시다."

나는 깜짝 놀란 티미를 움켜잡고 깔개에서 번쩍 들어 올려 문 밖으로 달려 나가 자갈 위에 털썩 내려놓았다. 그러고는 티미의 몸을 내 무릎 사이에 단단히 끼우고, 왼손으로 티미의 위아래 턱을 함께 모아 쥐어 입을 벌리지 못하게 했다. 그런 다음 입 옆쪽으로 겨자물을 부어 목구멍 속으로 조금씩 흘려 넣었다. 티미는 속수무책으로 그 메스꺼운 겨자물을 삼킬 수밖에 없었다. 한 숟가락쯤 먹인 뒤에야 나는 티미를 놓아주었다.

테리어는 심한 모욕이라도 당한 것처럼 나를 한 번 매섭게 노려보고는 헛구역질을 하면서 매끄러운 자갈 위를 갈지자걸음으로 걷기 시작했다. 1분도 지나기 전에 티미는 훔쳐 먹은 음식을 구석에 몽땅 게워놓았다.

"다 나온 것 같습니까?" 내가 물었다.

"그래요." 비터워스 부인은 단호하게 대답했다. "솔과 삽을 가져올게요."

티미는 짧은 꼬리를 뒷다리 사이에 말아 넣고 살금살금 집 안으로 들어가, 자기가 좋아하는 벽난로 앞 깔개 위에 다시 자리를 잡았다. 캑캑 기침을 하고 콧김을 내뿜고 앞발로 입을 문질렀지만, 그 고약한 겨자맛은 사라지지 않는 모양이었다. 티미가 그 모든 고생을 내 탓으로 돌리고 나한테 '원수'라는 딱지를 붙인 것이 점점 분명해졌다. 내가 떠날 때 티미가 나에게 던진 눈길은 분명 이렇게 말하고 있었다. "이 나쁜 놈!"

그 표정은 드로버스 암스의 매그너스를 연상시켰지만, 티미는 매그너스와 달리, 짖는 소리로 불만을 나타내는 것만으로는 만족하지 않았다. 그 첫 번째 조짐은 사나흘 뒤에 나타났다. 내가 생각에 잠겨 트렌게이트가를 천천히 걷고 있을 때, 하얀 미사일이 킴버스야드에서 발사되어 내 발목을 물었다 놓고는 올 때처럼 소리 없이 사라졌다. 나는 짧은 다리로 쏜살같이 골목을 내달리는 작은 형체를 언뜻 보았을 뿐이다.

나는 소리 내어 웃었다. 저 녀석, 나를 기억하고 있군! 하지만 그런 일이 거듭해서 일어나자 나는 그 작은 개가 숨어서 나를 기다리고 있다는 것, 요컨대 매복하고 있다는 것을 깨달았다. 티미는 실제로 내 살에 이빨을 박아 넣지는 않고 무는 시늉만 할 뿐이었다. 내 장딴지나 바짓가랑이를 잠깐 낚아채고는 내가 놀라서 펄쩍 뛰는 꼴을 보고 흐뭇해하는 것 같았다. 나는 길을 걸을 때는 대개 깊은 생각에 잠겨 있었기 때문에 나를 기습하기는 식은 죽 먹기였다.

티미를 나무랄 수도 없었다. 티미의 관점에서 생각해보면, 맛이 이상한 음식을 먹고 난롯가에 앉아 있는데 웬 인간 녀석이 느닷없이 덤벼들어 안락한 깔개에서 자기를 낚아채어 고약한 겨자를 입 속에 부어넣은 것이다. 이런 모욕을 당하고 가만있을 수 있겠는가.

내가 도와주지 않았다면 틀림없이 죽었을 동물에게 복수의 대상이 되는 것은 나로서는 오히려 만족스러운 일이었다. 인에 중독된 동물은 오랫동안 – 때로는 몇 주 동안 – 황달과 고통에 시달리며 서서히 무력증에 빠져 결국 필연적인 종말을 맞는다.

그래서 나는 티미의 공격을 너그럽게 참아냈다. 하지만 티미가 매복해 있다는 것을 기억해냈을 때는 김버스야드의 위험을 피해 길 반대쪽으로 건너갔다. 길 건너편에서 바라보면, 모퉁이에 숨어 고개만 삐죽 내밀고 길을 엿보면서 앙갚음할 순간을 기다리고 있는 하얀 개가 보였다.

티미는 원한을 절대로 잊지 않을 녀석이었다.

* * *

이 이야기는 개들의 다양한 반응을 보여준다. 개들마다 수의사에 대한 반응이 다른 것은 항상 내 흥미를 사로잡았다. 로크의 상처를 치료하는 데 사용한 설파제는 아직도 유용한 상처 치료제지만, 요즘은 항생제 가루로 바뀌고 있을 것이다. 티미가 삼킨 아연 인화물은 다행히도 이제는 찾아볼 수 없다. 와파린 같은 근대적인 쥐약은 조심스럽게 사용해야 하지만, 아연 인화물 같은 독극물은 아니다. 그래서 이제는 실수로 쥐약을 먹은 개들이 끔찍한 황달에 걸려 죽어가는 꼴을 보지 않아도 된다. 그런 개를 보면 나는 심한 무력감을 느끼곤 했다.

# 15
# 방귀쟁이 세드릭

전화를 걸어온 사람은 이상하게도 머뭇거렸다.

"헤리엇 선생님…… 오셔서 우리 개 좀 봐주셨으면 하는데, 와주실 수 있나요?"

말투로 느끼건대 분명 상류층에 속하는 여자였다.

"물론입니다. 그런데 무슨 일입니까?"

"예…… 그게…… 저어…… 우리 개가…… 장내 가스가 좀 많은 것 같아요."

"죄송하지만 다시 한 번 말씀해주시겠습니까?"

긴 침묵이 흐른 뒤에야 다시 목소리가 들렸다.

"우리 개가…… 장내 가스가 너무 많아요."

"정확히 어떤 식으로요?"

"글쎄요…… 일종의 트림이라고 표현할 수도 있을 거예요." 목소리가 떨리기 시작했다.

한 줄기 서광이 보이는 듯했다.

"그럼 위가……?"

"위가 아니에요. 우리 개는 상당히 많은…… 트림을 뒤로…… 뒤쪽으로……." 그녀의 목소리에는 제발 이쯤에서 알아달라는 울림이 담겨 있었다.

모든 것이 갑자기 분명해졌다.

"아아, 예, 알겠습니다. 하지만 그건 별로 심각한 문제인 것 같지 않은데요. 아픕니까?"

"아뇨, 다른 면에서는 아주 건강해요."

"그런데도 저한테 보일 필요가 있다고 생각하십니까?"

"예, 그래요. 되도록 빨리 와주셨으면 좋겠어요. 그게 아주…… 아주 큰 문제가 됐어요."

"좋습니다. 오늘 오전에 가겠습니다. 성함과 주소를 말씀해주시겠습니까?"

"로렐스의 럼니 부인이에요."


로렐스는 대러비 변두리에 있는 멋진 집이었다. 집은 넓은 정원에 둘러싸여, 길에서 한참 떨어진 곳에 서 있었다. 럼니 부인이 직접 문을 열어주었다. 그녀를 본 순간 나는 충격에 가까운 놀라움을 느꼈다. 눈부시게 아름다웠을 뿐만 아니라, 이 세상 사람 같지 않은 신비로운 분위기를 지닌 여자였다. 나이는 마흔 살쯤 되어 보였지만, 19세기 후반의 영국 소설에 나오는 여주인공처럼 키가 훤칠하고 수양버들처럼 가냘프고 우아했다. 나는 그녀가 전화할 때 그토록 머뭇거린 이유를 당장 이해할 수 있었다. 어느 모로 보나 그녀는 섬세하고 고상한 여자였다.

"세드릭은 부엌에 있어요. 제가 안내할게요."

세드릭을 보고 나는 다시 한 번 놀랐다. 거대한 복서 개가 기쁜 듯이 달려와 내 가슴팍에 앞발을 척 올려놓았다. 그렇게 크고 단단한 발을 본 것도 오랜만이었다. 나는 개를 떼어놓으려고 했지만 녀석은 꿈쩍도 하지 않고 달라붙어 내 얼굴에 입김을 내뿜고, 꼬리만이 아니라 엉덩이 전체를 맹렬히 흔들어댔다.

"앉아, 세드릭!" 여주인은 날카롭게 말했지만, 세드릭이 들은 척도 하지 않자 신경질적으로 나를 돌아보았다. "세드릭은 사람을 너무 잘 따라요."

"그런 것 같군요." 나는 동물을 간신히 밀어내고 안전한 구석으로 후퇴했다. "그…… 장내 가스는 자주 일어납니까?"

내 질문에 대답이라도 하듯 지독한 유황 가스가 피어올라 소용돌이치며 내게로 밀려왔다. 나를 만난 흥분이 세드릭의 약점을 자극한 모양이었다. 나는 은폐물을 찾아 달려가고 싶었지만 벽을 등지고 있어서 달아날 곳이 없었다. 그래서 할수없이 손을 들어 얼굴을 잠시 덮고 있다가 입을 열었다.

"이게 아주머니가 말씀하신 건가요?"

럼니 부인은 코밑에서 레이스 손수건을 흔들었다. 하얀 얼굴이 발그레하게 물들어 있었다.

그녀는 거의 알아들을 수 없는 목소리로 대답했다.

"예…… 그거예요."

"그렇군요. 걱정하실 거 없습니다. 다른 방으로 가서, 먹이나 그 밖의 몇 가지 문제에 대해 여쭤보고 싶군요."

세드릭은 고기를 너무 많이 먹고 있었다. 그래서 나는 단백질을 줄이고 탄수화물을 늘린 식단을 작성해주었다. 그리고 아침과 저녁에 먹일 제산제를 처방한 뒤 자신만만하게 그 집을 떠났다.

사소한 일이었기 때문에 나는 그 일을 까맣게 잊고 있었다. 그런데 럼니 부인이 또다시 전화를 걸어왔다.

"전혀 차도가 없는 것 같아요."

"그래요? 그거 참 유감이군요. 세드릭은 아직도…… 아직도…… 예…… 예…….." 나는 잠시 생각에 잠겼다. "지금은 세드릭을 진찰해도 제가 해줄 수 있는 일이 없는 것 같습니다. 일주일쯤 고기를 완전히 끊고, 오븐에 구운 흑빵과 비스킷만 주어보세요. 그리고 채소를 먹여보세요. 먹이에 섞어 먹일 가루약을 드릴 테니까 병원에 와서 가져가시고요."

가루약은 강력한 효과를 가진 흡수제였다. 그 약은 틀림없이 잘 들을 줄 알았는데, 일주일 뒤에 럼니 부인이 또 전화를 걸어왔다.

"아무 차도가 없어요." 목소리가 또다시 떨리고 있었다. "저는…… 선생님이 오셔서 개를 다시 봐주셨으면 좋겠어요."

더할 나위 없이 건강한 개를 진찰해봤자 무슨 의미가 있나 하는 생각이 들었지만, 나는 가겠다고 약속했다. 그날은 온종일 바빠서, 로렐스에 도착한 것은 6시가 지나서였다. 진입로에 차가 여러 대 서 있었다. 집 안으로 들어가자 럼니 부인은 몇몇 손님과 차를 마시고 있었다. 손님들도 그녀와 마찬가지로 세련된 상류층 사람들이었다. 그 우아한 모임에 작업복 차림으로 끼어든 내가 본데없는 상놈처럼 느껴졌다.

럼니 부인이 나를 부엌으로 안내하려 할 때 문이 홱 열리더니 세드릭이 손님들 한복판으로 뛰어들었다. 몇 초도 지나기 전에 한껏 모양을 낸 신사 한 분이 거대한 발로 조끼를 잡아 뜯는 개의 공격을 미친 듯이 막아내고 있었다. 그는 단추 두어 개를 잃고서야 개의 공격에서 벗어났다. 복서는 이제 숙녀한테로 관심을 돌렸다. 숙녀가 우아한 드레스를 찢길 다급한 위험에 빠졌을 때 내가 끼어들어 간신히 개를 떼어놓았다.

우아한 방에서 아수라장 같은 혼란이 일어났다. 커다란 개가 이리저리 뛰어다니며 손님들한테 덤벼들자 사방에서 비명이 터져 나왔고, 개한테 제발 그만 하라고 호소하는 여주인의 애처로운 목소리가 울려 퍼졌다. 하지만 나는 눈에 보이지 않는 요소가 이 상황에 끼어든 것을 곧 알아차렸다. 실내가 순식간에 악취로 진동했다. 세드릭의 불운한 병이 재발한 것이다.

나는 세드릭을 방에서 데리고 나가려고 애썼지만 녀석은 복종의 의미를 모르는 것 같았다. 나는 헛되이 세드릭의 뒤를 쫓아다닐 뿐이었다. 곤혹스러운 시간이 지나갔다. 나는 럼니 부인이 얼마나 큰 문제에 직면해 있는지를 비로소 깨닫기 시작했다. 어떤 개도 이따금 방귀를 뀌지만, 세드릭은 달랐다. 온종일 시도 때도 없이 지독한 방귀를 내뿜는 것이다. 소리 없는 방귀가 더 독하고 위험하겠지만, 이처럼 우아한 사교 모임에서는 소리를 동반한 방귀가 주인을 더 괴롭히는 골칫거리일 게 분명했다.

세드릭은 상황을 더욱 악화시켰다. 귀에 거슬리는 소리와 함께 가스가 방출될 때마다 호기심에 찬 눈으로 제 엉덩이를 돌아보고, 제 몸에서 달아난 가스가 눈에 보이기라도 하는 것처럼, 그리고 그 가스를 구석에 몰아넣기로 결심한 것처럼 방 안을 이리저리 뛰어다녔기 때문이다.

방에서 세드릭을 몰아내는 데 1년은 걸린 것 같았다. 내가 마침내 세드릭을 문 쪽으로 몰고 가자 럼니 부인은 문을 활짝 열고 기다렸다. 하지만 개한테는 아직 끝마무리가 남아 있었다. 나가는 길에 세드릭은 뒷다리 하나를 슬쩍 올리더니, 얼룩 하나 없는 바짓가랑이를 향해 세찬 오줌 줄기를 발사했다.

그날 저녁 이후 나는 럼니 부인을 위해 본격적으로 투쟁에 뛰어들었다. 부인은 내 도움을 절실히 필요로 하고 있었다. 나는 자주 그 집을 찾아가 수많은 치료법을 시도했다. 시그프리드에게 이 문제를 상담하자 숯가루 비스킷을 먹여보라고 권했다. 세드릭은 숯가루 비스킷을 엄청나게 먹었고 그것을 분명 좋아했지만, 다른 치료법과 마찬가지로 세드릭의 병에는 조금도 영향을 미치지 못했다.

나는 그동안 줄곧 럼니 부인의 수수께끼를 생각하고 있었다. 그녀는 몇 해 전부터 대러비에 살았지만, 대러비 사람들은 그녀에 대해 아는 것이 거의 없었다. 그녀가 과부인지 이혼녀인지, 아니면 남편과 별거 중인지를 놓고 논쟁이 벌어졌지만, 나는 그런 데에는 관심이 없었다. 나에게 가장 큰 수수께끼는 럼니 부인이 어떻게 세드릭 같은 개와 관계를 갖게 되었을까 하는 점이었다.

럼니 부인의 성격에 세드릭만큼 어울리지 않는 동물도 상상하기 어려웠다. 그 유감스러운 골칫거리를 제쳐놓더라도 세드릭은 모든 면에서 여주인과 정반대였다. 우둔하고 부산스럽고 외향적인 개는 여주인의 우아한 가정에는 전혀 어울리지 않았다. 부인이 어떻게 세드릭을 키우게 되었는지는 끝내 알아내지 못했지만, 나는 그 집에 다니는 동안 세드릭을 찬양하는 숭배자가 적어도 한 사람은 있다는 것을 알게 되었다.

그는 콘 펜턴이라는 늙은 정원사였다. 평생을 농장 일꾼으로 일하다가 은퇴하고 지금은 로렐스 저택에서 일주일에 평균 사흘씩 정원을 가꾸고 있었다. 복서가 내 차를 따라 정원 샛길을 시원스럽게 내달리면 노인은 탄복한 눈으로 개를 바라보곤 했다.

어느 날 노인이 말했다.

"정말 대단한 개요!"

"예, 정말 좋은 녀석이죠."

내 말은 진심이었다. 세드릭을 알게 되면 누구나 녀석을 좋아하지 않을 수 없었다. 세드릭은 붙임성 있고 악의가 없었다. 세드릭은 방귀만이 아니라 살가운 애교도 끊임없이 발산했다. 단추를 잡아떼거나 바지에 오줌을 뿌리는 것은 순수한 우정에서 나온 행동이었다.

"저 다리 좀 봐요!" 콘 영감은 근육이 불끈거리는 세드릭의 넓적다리를 황홀하게 바라보면서 말했다. "저 대문도 단숨에 뛰어넘을 수 있을 거요. 개라면 저 정도는 돼야지!"

노인의 말을 듣고 있는 동안, 문득 노인 자신이 복서를 닮았다는 생각이 들었다. 그래서 세드릭한테 그렇게 강한 매력을 느끼는 게 아닐까. 머리에 든 것은 별로 없지만, 황소처럼 튼튼한 몸, 힘센 어깨, 늘 싱글싱글 웃고 있는 커다란 얼굴까지 콘 영감은 세드릭과 같은 부류였다.

"마님이 저 개를 정원에 내보내주면 얼마나 재미있는지 몰라요." 그는 항상 코를 킁킁거리며 독특한 코맹맹이 소리를 냈다. "세드릭과 함께 놀면 시간가는 줄을 모르지."

나는 콘 영감을 유심히 바라보았다. 그는 실내에서 세드릭을 본 적이 없으니까 세드릭의 고질병을 알아차리지 못했을 것이다.

병원으로 돌아오면서 나는 내 치료가 아무 성과도 거두지 못하고 있다는 사실을 곰곰 생각했다. 이런 환자를 걱정하는 것은 우스꽝스러워 보였지만, 그 일이 나를 괴롭히기 시작한 것도 엄연한 사실이었다. 내 고민은 시그프리드한테도 전염되기 시작했다. 내가 차에서 내리자 병원 계단을 내려오고 있던 원장이 내 팔을 잡았다.

"로렐스에 갔었나? 방귀 뀌는 복서는 좀 어때?"

"여전합니다."

내가 대답하자 시그프리드는 사뭇 동정하는 표정으로 고개를 저었다.

우리는 둘 다 좌절감에 빠졌다. 알약으로 된 엽록소를 구할 수 있었다면 도움이 되었을지 모르나, 당시에는 그런 것이 없었기 때문에 나는 별의별 방법을 다 써보았다. 하지만 어떤 방법을 써도 상황은 달라지지 않을 것 같았다. 주인이 럼니 부인이 아닌 다른 사람이었다면 문제가 그렇게 심각하지는 않았을 것이다. 그 문제를 럼니 부인과 의논하는 것조차 이제는 견딜 수 없을 만큼 괴로워졌다.

시그프리드의 동생인 트리스탄도 도움이 되지 않았다. 수의과대학에 재학 중인 트리스탄은 자기가 보고 싶은 환자를 고르는 안목이 아주 높았는데, 세드릭의 증세에 당장 흥미를 느끼고 내 왕진에 따라가겠다고 고집을 부렸다. 하지만 나는 그 후 두 번 다시 트리스탄을 그 집에 데려가지 않았다. 여주인 옆에 있던 커다란 개가 우리에게 달려들면서 환영 인사라도 하듯 유난히 큰 소리로 강력한 방귀를 내뿜었기 때문이다.

그러자 트리스탄은 연극적인 몸짓으로 한 손을 뻗으며 말했다.

"오! 더 말해다오. 결코 거짓말을 하지 않는 달콤한 입술이여!"

트리스탄이 그 집에 간 것은 그때가 처음이자 마지막이었다. 가뜩이나 골치가 아픈데 트리스탄까지 가세하면 견딜 재간이 없었다.

그때는 미처 몰랐지만 더 큰 타격이 나를 기다리고 있었다. 며칠 뒤 럼니 부인이 또 전화를 걸어왔다.

"제 친구가 복서 암컷을 키우고 있는데, 우리 집에 데려와서 세드릭과 교미를 시키고 싶대요."

"예?"

"세드릭하고 자기 개를 짝지어주고 싶대요."

"세드릭하고요?" 나는 책상 가장자리를 움켜잡았다. 아니, 이게 현실일 리가 없어! "그래서…… 아주머니도 그럴 생각이십니까?"

"물론이죠."

나는 비현실감을 떨쳐버리려고 고개를 저었다. 세드릭을 번식시키고 싶어 하는 사람이 있다니, 도저히 이해할 수가 없었다. 세드릭과 똑같은 고질병을 지닌 여덟 마리의 작은 세드릭이 눈앞에 생생히 떠올랐다. 나는 수화기를 움켜잡은 채 그 끔찍한 환상을 멍하니 바라보았다. 하지만 물론 방귀를 많이 뀌는 것은 유전병이 아니었다. 나는 정신을 차리고 헛기침을 했다.

"알았습니다. 그렇게 하세요."

잠시 침묵이 흘렀다.

"선생님이 교미를 감독해주셨으면 좋겠는데……."

"그럴 필요는 없을 것 같은데요." 나는 손톱이 손바닥을 파고들 만큼 손을 움켜쥐었다. "내가 없어도 잘될 겁니다."

"하지만 선생님이 계시면 훨씬 마음이 놓일 거예요. 제발 와주세요." 그녀는 호소하듯 말했다.

나는 길게 신음을 내뱉는 대신 숨을 깊이 들이마셨다.

"알았습니다. 그럼 내일 아침에 가겠습니다."

나는 그날 저녁 내내 불안에 시달렸다. 그 고상한 부인과 함께 또다시 곤혹스러운 시간을 보낼 생각을 하니 끔찍했다. 내가 그 부인과 나누는 대화나 함께 하는 일은 왜 만날 이런 것뿐인가? 왜 그래야 하지? 그런데 이번에는 정말로 최악의 사태가 벌어질 것 같은 불길한 예감이 들었다. 아무리 멍청한 수캐도 발정난 암캐를 만나면 어떻게 일을 진행해야 하는지 본능적으로 알겠지만, 세드릭처럼 우둔한 개는……

이튿날 아침, 내 걱정은 모두 현실이 되었다. 트루디라는 이름의 암캐는 날씬하고 작은 복서였는데, 기꺼이 세드릭을 받아들일 자세를 취했다. 그런데 세드릭은 트루디를 만난 것을 기뻐했지만 제 역할을 할 기미를 전혀 보이지 않았다. 트루디의 냄새를 맡은 세드릭은 혀를 축 늘어뜨리고 얼빠진 얼굴로 춤이라도 추듯 트루디의 주위를 몇 번 맴돌았다. 그러고는 잔디밭을 한 번 구르고 트루디에게 덤벼드는가 싶더니 갑자기 우뚝 멈춰 서서 다리를 바깥쪽으로 벌리고 고개를 낮추었다. 같이 놀자는 신호였다. 나는 한숨을 내쉬었다. 내가 예상한 대로였다. 그 덩치 큰 녀석은 어떻게 해야 하는지 전혀 모르고 있었다.

이 무언극이 한동안 계속되면서 흥분이 고조되자 그 정서적 긴장은 필연적인 결과를 낳았다. 세드릭의 고질병이 재발한 것이다. 세드릭은 자주 멈춰 서서, 그런 소리를 생전처음 들어보는 것처럼 흥미로운 표정으로 제 꼬리를 조사했다.

세드릭은 다양한 춤을 추었고 이따금 잔디밭 주위를 질주했다. 그런 과정을 열 번쯤 되풀이한 뒤, 세드릭은 마침내 암캐에 대해 무언가를 해야겠다고 결심한 모양이었다. 나는 세드릭이 암캐에게 다가가는 것을 보고 숨을 죽였다. 하지만 불행히도 세드릭은 반대 방향을 골라 작업을 시작했다. 트루디는 세드릭의 터무니없는 짓을 참을성 있게 견뎠지만, 세드릭이 얼굴 쪽으로 덤벼들어 왼쪽 귀 부위를 부지런히 공략하기 시작한 것을 알고는 마침내 참을성을 잃었다. 트루디는 날카로운 비명을 지르며 세드릭의 뒷다리를 깨물었고, 세드릭은 깜짝 놀라 달아났다.

그 후 세드릭이 다가올 때마다 트루디는 이빨을 드러내며 경고를 보냈다. 트루디가 신랑한테 환멸을 느낀 것은 분명했다. 트루디를 나무랄 수도 없었다.

"트루디가 세드릭한테 질려버린 것 같군요." 나는 럼니 부인에게 말했다.

트루디만이 아니라 나도 질려버렸고, 럼니 부인이 얼굴을 붉히고 손수건을 흔들며 숨을 가볍게 헐떡거리고 있는 것으로 보아 가엾은 부인도 질려버린 게 분명했다.

"예…… 그런 것 같네요." 부인이 대답했다.

그래서 트루디는 제 집으로 돌아갔고, 종견으로서 세드릭의 경력은 그것으로 막을 내렸다.

이 마지막 사건을 겪고 나는 결단을 내렸다. 럼니 부인과 진지하게 이야기를 나눌 필요가 있었다. 며칠 뒤 나는 로렐스 저택을 찾아갔다.

"이건 제가 상관할 일이 아니라고 생각하시겠지만, 솔직히 말씀드려서 세드릭은 아주머니한테 어울리는 개가 아닙니다. 실제로 세드릭은 아주머니의 생활을 엉망으로 만들고 있어요."

럼니 부인은 눈을 크게 떴다.

"글쎄요…… 세드릭이 골칫거리인 건 사실이지만, 그럼 어떻게 하는 게 좋겠다고 생각하세요?"

"세드릭 대신에 다른 개를 키우시는 게…… 푸들이나 코기처럼 작고, 아주머니가 통제할 수 있는 개가 좋겠지요."

"하지만 세드릭을 죽일 수는 없어요." 부인의 눈이 순식간에 눈물로 가득 찼다. "저는 정말로 세드릭을 좋아해요. 아무리 세드릭이…… 여러 가지 문제를 갖고 있다 해도……."

"물론 죽이라는 뜻은 아닙니다! 저도 세드릭을 좋아합니다. 세드릭도 무슨 악의가 있어서 그런 짓을 하는 건 아니고요. 하지만 저한테 좋은 생각이 있는데, 세드릭을 콘 영감한테 주는 게 어떻겠습니까?"

"콘 영감요?"

"예. 그분은 세드릭을 세상에 둘도 없이 멋진 개로 높이 평가하고 있습니다. 그분과 함께 살면 세드릭도 행복할 겁니다. 콘 영감네 집 뒤에는 목초지가 있고 가축도 몇 마리 있습니다. 세드릭은 거기서 실컷 뛰놀 수 있고, 콘 영감이 이 댁에서 정원 일을 할 때는 세드릭을 데려올 수도 있을 겁니다. 그러면 부인은 일주일에 세 번은 세드릭을 볼 수 있습니다."

럼니 부인은 말없이 나를 바라보았다. 얼굴에 안도감과 희망이 서서히 떠오르는 것이 보였다.

"아주 좋은 생각인 것 같군요. 하지만 콘이 세드릭을 맡아줄까요?"

"기꺼이 맡아줄 겁니다. 내기를 걸어도 좋습니다. 그분은 외로울 겁니다. 다만 한 가지 걱정이 있는데…… 세드릭과 콘 영감은 지금까지 밖에서만 만났는데, 실내에서 함께 있을 때 세드릭이 또…… 그렇게 되면 똑같은 문제가……."

"그건 괜찮을 거예요." 럼니 부인이 재빨리 말했다. "제가 휴가를 떠날 때는 항상 콘이 한두 주일 동안 세드릭을 맡아주었는데, 콘은 한 번도…… 그런…… 문제를 입 밖에 낸 적이 없거든요."

나는 가려고 일어났다.

"그거 잘됐군요. 당장 콘 영감한테 말해야겠습니다."

며칠도 지나기 전에 럼니 부인이 전화를 걸어왔다. 콘 영감은 뛸 듯이 기뻐하며 세드릭을 맡았고, 둘은 새로운 공동생활에 행복하게 적응한 듯 보였다. 럼니 부인도 내 조언을 받아들여 어린 푸들을 구했다.

내가 그 푸들을 처음 본 것은 생후 6개월이 다 되어갈 때였다. 강아지가 가벼운 습진에 걸렸기 때문에 여주인이 나에게 왕진을 부탁했다. 나는 그 우아한 방에 앉아서 럼니 부인을 바라보았다. 하얀 강아지를 무릎에 올려놓고 있는 차분하고 조용한 부인. 모든 것이 그야말로 한 폭의 그림처럼 제자리에 딱 들어맞은 느낌이었다. 사치스러운 카펫, 길게 늘어진 벨벳 커튼, 부서지기 쉬운 우아한 탁자, 그 위에 놓여 있는 값비싼 도자기, 액자에 든 세밀화. 그곳은 세드릭이 있을 곳이 아니었다.

콘 영감의 집은 거기서 1킬로미터도 떨어져 있지 않았다. 나는 병원으로 돌아가는 길에 충동적으로 그 집 문을 두드렸다. 노인이 문을 열어주었다. 나를 보자 그 커다란 얼굴에 함박웃음이 떠올랐다.

"들어오게, 젊은이!" 노인은 코맹맹이 소리로 외쳤다. "정말로 반갑군!"

내가 작은 거실에 발을 들여놓자마자 털로 뒤덮인 형체가 나에게 덤벼들었다. 세드릭은 조금도 변하지 않았다. 난롯가의 망가진 안락의자까지 가려면 세드릭과 한참 격투를 벌여야 했다. 콘 영감은 내 맞은편에 자리를 잡았다. 복서가 펄쩍 뛰어올라 얼굴을 핥자 영감은 주먹으로 개의 머리를 다정하게 때렸다.

"앉아, 이 멍청아!" 콘 영감은 애정이 듬뿍 담긴 목소리로 중얼거렸다. 그러자 세드릭은 영감의 발치에 깔린 너덜너덜한 깔개 위에 털썩 주저앉아, 새 주인을 숭배하듯 쳐다보았다.

"헤리엇 선생." 콘 영감은 독해 보이는 담배를 썰어 파이프에 채우면서 말을 이었다. "이 멋진 녀석을 갖게 해주어서 정말 고맙네. 세드릭은 최고야. 억만금을 준대도 팔지 않을 걸세. 아무도 이보다 더 좋은 친구를 바랄 수는 없을 거야."

"그거 잘됐군요. 저 녀석도 여기서 아주 행복하게 지내는 것 같은데요."

노인은 파이프에 불을 붙였다. 푸른 연기가 뭉게뭉게 피어올라 검게 그을린 낮은 들보 쪽으로 올라갔다.

"집 안에는 거의 들어오지 않는다네. 이렇게 튼튼한 개는 밖에서 넘치는 힘을 방출하고 싶어 하지."

하지만 그 순간 세드릭은 분명 힘이 아닌 다른 것을 방출하고 있었다. 독한 담배 연기보다 더 지독하게 코를 찌르는 익숙한 냄새가 세드릭한테서 피어올랐기 때문이다. 콘 영감은 그것을 전혀 알아차리지 못한 것 같았지만, 닫힌 공간에서 그 냄새는 도저히 참기 어려웠다.

"아, 예." 나는 헐떡거리면서 말했다. "저는 그저 어떻게 지내고 계신지 보려고 잠깐 들렀을 뿐입니다. 이제 그만 가봐야겠어요."

나는 서둘러 일어나 문 쪽으로 비틀거리며 다가갔지만, 냄새는 밀물처럼 나를 따라왔다. 노인이 먹다 남긴 식사가 놓여 있는 식탁 옆을 지날 때 카네이션이 듬뿍 꽂혀 있는 깨진 꽃병이 보였다. 그것이 이 집의 유일한 장식품인 듯했다. 어쨌든 나는 거기에서 탈출로를 발견하고 향기로운 꽃 속에 일른 코를 묻었다.

콘 영감은 흐뭇한 눈으로 나를 바라보았다.

"정말 예쁜 꽃이지? 로렐스의 마님은 정원에서 마음대로 꽃을 가져가라고 하시지만 나는 카네이션이 제일 좋아."

"그 댁 정원이 그렇게 아름다운 건 모두 영감님 덕이니까요." 나는 여전히 꽃 속에 코를 묻은 채 말했다.

"한 가지 곤란한 문제가 있는데……" 노인이 슬픈 어조로 말했다. "나는 꽃을 충분히 즐길 수가 없다네."

"무슨 말씀이세요?"

노인은 두어 번 파이프를 빨았다.

"내 목소리가 좀 이상한 건 알고 있겠지?"

"아니, 뭐…… 그렇게…… 이상한 건 아닙니다."

"아니야, 자네도 알고 있어. 나는 젊었을 때부터 그랬다네. 편도선 수술을 받았는데, 뭔가가 잘못돼서 이렇게 돼버렸지."

"저런! 그거 참 안됐군요."

"뭐 그렇게 심각한 문제는 아니지만, 한 가지 장애가 생겼지."

"그럼……?"

한 줄기 빛이 보이기 시작했다. 콘 영감과 세드릭이 만나 더할 나위 없이 완벽한 관계를 맺고 행복한 미래가 확실하게 보장된 이유를 이제야 알 것 같았다. 그것은 운명처럼 느껴졌다.

"그래." 노인이 슬픈 듯이 말을 이었다. "나는 냄새를 전혀 못 맡는다네."

* * *

내가 세드릭의 불운한 약점에 그토록 곤혹스러움을 느낀 것은 주로 럼니 부인이 그렇게 고상하고 우아한 사람이었기 때문이다. 그런 문제를 부인과 의논하는 것은 여간 괴로운 일이 아니었다. 하지만 또 다른 문제가 있다. 40년 전만 해도 고상한 상류사회에서는 방귀를 입에 담을 수 없는 문제로 생각했다. 지금은 전혀 다르다. 한 매력적인 노부인이 해러게이트의 어느 가게에서 나에게 다가와 내 팔을 잡고 이렇게 말했을 때 나는 세상이 달라졌다는 사실을 실감했다. "이봐요, 헤리엇 씨. 방귀쟁이 복서 이야기는 정말 재미있었어요."

# 16
## 대러비의 악동

병원 우편함으로 폭죽을 던져 넣은 것은 웨슬리 빙크스였다.

초인종 소리를 듣고 컴컴한 복도를 달려가고 있을 때, 옛날 '딱총'이라고 부른 폭죽이 바로 내 발치에서 폭발했기 때문에 나는 깜짝 놀라서 펄쩍 뛰어올랐다.

현관문을 홱 열어젖히고 밖을 내다보았지만 거리는 텅 비어 있었다. 롭슨네 가게 유리창에 되비친 불빛을 받아 어슴푸레 밝아진 길모퉁이로 달아나는 형체가 언뜻 보였을 뿐이다. 희미한 웃음소리가 들려왔다. 웨슬리가 거기 어딘가에 있는 것은 분명했지만 나는 속수무책이었다.

나는 진저리를 내며 집 안으로 돌아왔다. 그 아이는 왜 나를 괴롭히는 것일까? 열 살밖에 안 된 녀석이 나한테 무슨 원한을 품을 수 있단 말인가? 나는 웨슬리에게 원한을 살 만한 일을 한 적이 없는데, 그 아이는 나를 계획적인 공격의 표적으로 삼고 있는 듯했다.

어쩌면 사적인 원한이 아닐 수도 있다. 웨슬리는 나를 권위나 지배층의 대표로 생각하고 있는지도 모른다. 아니면 단지 내가 습격하기 쉬운 상대였기 때문일 수도 있다.

확실히 나는 초인종을 울리고 달아나는 장난을 치기에는 딱 알맞은 상대였다. 급한 환자일 가능성도 있기 때문에 초인종이 울리면 현관으로 달려가지 않을 수 없다. 게다가 진료실과 수술실은 현관에서 멀리 떨어져 있었다. 때로는 꼭대기층에 있는 살림방에서 아래층 현관까지 뛰어내려가기도 했다. 어쨌든 현관까지 가기는 쉽지 않았고, 부리나케 달려가 문을 열었을 때 멀리서 약을 올리는 꼬마를 보면 부아가 치밀곤 했다.

웨슬리가 장난치는 형태는 다양했다. 우편함에 쓰레기를 던져 넣기도 했고, 우리가 병원 앞 길가에 가꾸고 있는 화단에서 꽃을 뽑아버리기도 했고, 내 자동차에 분필로 상스러운 낙서를 하기도 했다.

다른 사람들도 녀석에게 당했다고 불평했기 때문에 피해자가 나 혼자가 아닌 것은 알고 있었다. 과일가게 주인은 상점 앞에 내놓은 사과를 도둑맞았고, 식품가게 주인은 본의 아니게 웨슬리한테 비스킷을 공짜로 대주고 있었다.

웨슬리는 한마디로 대러비의 비행 청소년이었다. 웨슬리라는 이름은 녀석에게 전혀 어울리지 않았다. 그의 행실에서는 웨슬리가 창립한 감리교회의 엄격한 가르침은 흔적도 찾아볼 수 없었기 때문이다. 사실 나는 웨슬리의 가정환경을 전혀 몰랐다. 그에 대해 아는 것이라고는 대러비에서 가장 가난한 동네에 산다는 것뿐이었다. 그 동네에는 좁은 골목을 따라 다 쓰러져가는 오두막들이 빼곡히 늘어서 있고, 집이 무너져서 주인이 피난한 경우도 있었다.

나는 학교를 빼먹고 들판이나 골목을 돌아다니거나 한갓진 강가에서 낚시질을 하는 웨슬리를 자주 보았다. 그런 곳에서 나를 보면 녀석은 반드시 놀리는 말을 던졌고, 친구들이 함께 있을 때는 모두 합세하여 나를 놀리고 웃어댔다. 나는 화가 났지만, 나에 대한 개인적인 감정은 전혀 없을 거라고 나 자신을 타일렀다. 나는 어른이었고, 그것만으로도 그 아이들의 표적이 되기에는 충분했다.

웨슬리의 장난이 가장 큰 성공을 거둔 것은 스켈데일 하우스 바깥에서 지하실의 석탄 창고로 통하는 창살문을 떼어갔을 때였다. 석탄 배달부가 앞 계단 왼쪽에 있는 그 창살문을 들어 올리고 석탄 자루를 비우면, 석탄은 가파른 경사로를 따라 지하실의 석탄 창고로 곧장 미끄러져 내려가도록 되어 있었다.

웨슬리의 머리에 무슨 영감이나 직관이 번득였는지는 모르지만, 그는 하필이면 대러비 축제일에 그 창살문을 훔쳐갔다. 대러비 축제는 훌턴 실버 악단을 앞세워 시내를 누비는 퍼레이드로 시작되었다. 내가 살림방 창문으로 내려다보니, 아래 거리에 사람들이 모두 모여 있는 것이 보였다.

"여보, 저기 좀 봐. 트렌게이트에서 행진이 시작될 모양이야. 저 밑에 내가 아는 사람들이 전부 다 모인 것 같아."

헬렌은 내 어깨 너머로 고개를 내밀고 긴 행렬을 내려다보았다. 보이스카우트, 걸스카우트, 재향군인들이 줄을 서 있고, 시내 인구의 절반이 구경을 나와 인도를 가득 메우고 있었다.

"굉장하네요.. 우리도 내려가서 구경해요."

우리는 긴 계단을 달려 내려왔다. 나는 헬렌을 따라 현관문을 나섰다. 내가 밖으로 나가자 사람들의 눈길이 나에게 쏠렸다. 퍼레이드가 시작되기를 이제나저제나 기다리던 주민들에게 나는 좋은 심심풀이가 되었다. 줄을 서 있던 보이스카우트와 걸스카우트 대원들이 나에게 손을 흔들고,

사방에서 사람들이 고개를 끄덕이거나 미소를 보냈다.

'젊은 수의사가 집에서 나왔군. 얼마 전에 결혼했다고 들었는데, 옆에 있는 여자가 새색시군.' 아마 그들은 이런 생각을 하고 있을 터였다.

행복감이 밀려왔다. 갓 결혼한 남자들이 모두 그런지는 모르지만, 그 신혼시절에 나는 뿌듯한 만족감과 성취감에 잠겨 있었다. 그리고 나는 '수의사'로서 공동체 생활에 참여하고 있음을 자랑스럽게 여겼다. 내 옆 벽에는 내 명패가 걸려 있었다. 그것은 내가 이곳에서 차지하고 있는 확고하고 중요한 지위의 상징이었다. 나는 이제 중요한 인물이었다. 드디어 여기까지 온 것이다.

나는 주위를 둘러보며 점잖은 미소로 답례하고, 백성의 환호에 응답하는 왕족처럼 우아하게 한 손을 들어올리기도 했다. 그때 나는 내 옆에 있는 헬렌이 옹색하게 서 있는 것을 알아차리고 왼쪽으로 한 발짝 비켜섰다. 그런데 거기에는 지하로 통하는 창살문이 있어야 하는데 그것이 없어졌기 때문에 나는 그야말로 멋지게 지하실로 미끄러지고 말았다.

내가 사람들의 시야에서 홀연히 사라졌다면 극적이었을 테고, 나도 그러고 싶었다. 그랬다면 사람들이 갈 때까지 지하실에 숨어 있으면 되고, 더 이상 창피를 당하지 않아도 되었을 것이다. 하지만 나는 가파른 경사로를 조금 내려가다가, 머리와 어깨만 밖으로 내놓은 채 도중에 몸이 끼여버렸다.

내 묘기는 구경꾼들에게 큰 인기를 얻었다. 퍼레이드에 참가한 어떤 사람도 이보다 더 재미난 구경거리를 보여줄 수는 없었다. 깜짝 놀란 사람도 한둘은 있었겠지만 대다수는 폭소를 터뜨렸다. 어른들은 서로 붙잡고 몸을 의지했지만 아이들은 폭발적인 반응을 보였다. 스카우트 대장들은 질서를 회복하려고 애썼지만 아이들은 줄에서 빠져나와 배를 잡고 웃어 댔다. 웃느라 힘이 빠져서 비틀거리는 아이들도 있었다.

나는 훌턴 실버 악단에도 혼란을 일으켰다. 막 행진을 시작하기 위해 악기를 들어 올리고 있던 단원들은 잠시 연주를 포기해야 했다. 악기를 불고 싶어도 악기에 불어넣을 숨이 없었기 때문이다.

나를 구멍에서 꺼내준 것은 두 명의 악단원이었다. 그들은 내 겨드랑이 밑에서 두 손을 깍지끼어 위로 들어올렸다. 아내는 위기에 빠진 남편에게 아무 도움도 되지 못했다. 나는 문기둥에 기댄 채 눈물이 나도록 웃고 있는 헬렌을 원망스럽게 쳐다볼 수밖에 없었다.

마침내 지상으로 복귀했을 때 모든 것이 분명해졌다. 바지에서 석탄가루를 털어내며 태연한 체하려 애쓰고 있을 때 웨슬리 빙크스가 지하실 구멍과 나를 득의양양하게 가리키며 배를 잡고 웃어대는 것이 보였다. 녀석은 구경꾼들을 제치고 가까이 다가와 있었다. 나는 그토록 나를 괴롭힌 도깨비 같은 녀석을 처음으로 가까이에서 볼 수 있었다. 나는 무의식적으로 녀석에게 다가가려 했는지도 모른다. 웨슬리는 마지막으로 이죽거리는 웃음을 던지고는 군중 속으로 잽싸게 사라져버렸다.

나중에 나는 헬렌에게 웨슬리에 대해 물어보았다. 아버지는 녀석이 여섯 살 때 집을 나갔고, 어머니는 그 후 재혼했고, 웨슬리는 지금 어머니랑 의붓아버지와 함께 살고 있다는 것—헬렌이 아는 것은 그것뿐이었다.

묘하게도 그 직후에 또다시 웨슬리를 가까이에서 볼 기회가 생겼다. 창살문 사건이 일어난 지 일주일 뒤여서 분한 마음이 아직도 다 가라앉지 않았을 때인데, 대기실을 들여다보니 웨슬리가 혼자 앉아 있었다. 정확히 말하면 혼자가 아니라 비쩍 마른 검정 개가 웨슬리의 무릎에 올라앉아 있었다.

나는 눈을 의심했다. 녀석을 붙잡으면 야단을 쳐주려고 몇 가지 말을 준비하여 예행연습까지 해두었지만, 개를 보고는 노여움을 억눌렀다. 웨슬리가 수의사인 나를 만나러 왔다면 지금 당장 녀석을 야단칠 수는 없었다. 야단은 나중에 쳐도 된다.

나는 가운을 입고 대기실로 들어갔다.

"그래, 무슨 일로 왔지?" 나는 차갑게 물었다.

웨슬리는 일어나서 반항과 절망이 뒤섞인 표정을 지었다. 이 건물에 들어오기가 무척 힘들었던 모양이다.

"이 개가 좀 이상해요." 웨슬리가 중얼거리듯 말했다.

"그래? 진료실로 데려와."

나는 앞장서서 복도를 지나 진료실로 걸어갔다.

"진찰대 위에 올려놔."

웨슬리가 작은 개를 들어 올렸을 때 나는 이 기회를 놓칠 수는 없다고 판단했다. 개를 진찰하는 동안 지나가는 말처럼 최근에 있었던 사건들을 슬쩍 꺼내보자. 화도 내지 말고, 에둘러 말하지도 말고, 조용히 상황을 조사해보자. "나한테 그런 장난을 치는 이유가 뭐야?" 하는 따위의 말을 막 꺼내려는데, 웨슬리가 개를 진찰대에 올려놓았다. 그 개를 본 순간 나는 모든 것을 잊어버렸다.

개는 아직 다 자라지 않은 강아지였고 완전한 잡종이었다. 검게 윤기나는 털은 래브라도를 연상시켰고, 뾰족한 코와 쫑긋 선 귀는 테리어를 연상시켰지만, 끈처럼 가늘고 긴 꼬리와 안짱다리인 앞다리는 어느 품종에서 유래한 것인지 짐작도 가지 않았다. 그래도 귀엽고 표정이 풍부한 얼굴은 매력적이었다.

하지만 내 관심을 사로잡은 것은 눈구석에 끼어 있는 누런 눈곱과 콧물이었다. 게다가 강아지는 창문으로 들어오는 햇빛에 눈이 부신 듯 계속 눈을 깜박거렸다.

전형적인 개홍역은 진단하기가 아주 쉽지만, 진단이 쉽게 나왔다고 만족할 수는 없다.

"네가 강아지를 키우는 줄은 몰랐구나. 언제부터 키웠지?"

"한 달쯤 됐어요. 친구가 하팅턴의 동물보호소에서 얻어다가 나한테 팔았어요."

"그렇구나."

나는 강아지의 체온을 쟀다. 체온은 40도나 되었지만 나는 놀라지 않았다.

"몇 살이지?"

"9개월이에요."

나는 고개를 끄덕였다. 가장 위험한 나이였다.

나는 통상적인 질문을 계속했지만 대답은 이미 알고 있었다.

일주일 전부터 속이 안 좋아 보였어요. 아뇨, 아프지는 않았어요. 그냥 매사에 시큰둥하고 이따금 기침을 했어요. 별로 걱정하지 않았는데, 눈과 코에서 누런 고름 같은 게 나오기 시작해서 병원에 데려온 거예요……. 우리가 홍역 환자를 보는 것은 대개 그때쯤이고, 그때는 이미 손을 쓸 수가 없다.

웨슬리는 내가 언제 따귀를 때릴지 모른다고 생각하는 것처럼 찌푸린 눈썹 밑에서 눈을 치뜨고 방어 자세를 취한 채 내 질문에 대답했다. 하지

만 내가 마음속에 품었을지도 모르는 분노는 웨슬리를 눈여겨 살피는 동
안 씻은 듯이 사라졌다. 꼬마 도깨비는 가까이에서 보니 부모에게 버림
받은 어린이였다. 더러운 셔츠는 구멍이 나서 팔꿈치가 튀어나와 있었
고, 반바지도 다 해진 누더기였다. 하지만 가장 놀라운 것은 오랫동안 씻
지 않은 몸에서 풍기는 시큼한 악취였다. 대러비에 이런 아이가 있을 줄
은 꿈에도 몰랐다.

내 질문이 끝나자 웨슬리는 용기를 내어 불쑥 물었다.

"무슨 병이에요?"

나는 잠시 망설이다가 대답했다.

"홍역이야."

"그게 뭐예요?"

"아주 고약한 전염병이야. 다른 개한테서 옮았겠지."

"나을까요?"

"그랬으면 좋겠지만, 어쨌든 최선을 다해보마."

열 살밖에 안 된 아이한테 네 강아지가 죽을 거라고는 차마 말할 수 없
었다.

나는 '혼합 막테린'을 주사기에 채웠다. 이것은 당시 홍역 바이러스의
2차 감염을 막기 위해 사용한 약이지만 효과는 거의 없었고, 요즘 나온
항생제를 써도 최종 결과에는 별로 영향을 미칠 수 없다. 바이러스에 감
염된 초기에 발견하면 면역혈청 주사로 치료할 수 있지만, 그 단계에서
개를 병원에 데려오는 사람은 거의 없다.

주사를 놓자 개가 조금 낑낑거렸다. 웨슬리는 손을 뻗어 개를 토닥였
다.

"괜찮아, 듀크."

"강아지 이름이 듀크냐?"

"예."

웨슬리가 귀를 만지작거리자 개는 이상하게 생긴 꼬리를 채찍처럼 휘두르며 웨슬리의 손을 날름 핥았다. 웨슬리는 씨익 웃으면서 나를 쳐다보았다. 지저분한 얼굴에서 거친 표정이 가면처럼 떨어져 나갔다. 나는 그 까만 눈에서 순수한 기쁨을 보았다. 나는 속으로 욕을 내뱉었다. 상황이 더 나빠졌다.

나는 붕산을 상자에 조금 덜어서 웨슬리에게 건네주었다.

"자, 이걸 물에 녹여서 눈과 코를 깨끗이 씻어주렴. 콧구멍이 분비물 덩어리로 꽉 막혀 있잖니. 코를 씻어주면 듀크가 한결 편해질 거야."

웨슬리는 말없이 상자를 받아들면서 진찰대 위에 동전을 떨어뜨렸다. 3실링 6펜스였다. 그것은 우리 병원의 평균 진료비였다. 돈을 못 받을지도 모른다는 불안은 사라졌다.

"다음에는 언제 데려올까요?" 웨슬리가 물었다.

나는 결단을 내리지 못하고 잠시 웨슬리를 바라보았다. 내가 할 수 있는 일은 계속 주사를 놓는 것뿐이지만, 그게 조금이라도 효과가 있을까?

웨슬리는 내 망설임을 오해했다.

"치료비는 낼 수 있어요!" 웨슬리가 불쑥 말했다. "저도 돈을 벌 수 있다고요!"

"돈 때문이 아니라, 언제가 좋을지 생각하고 있었을 뿐이야. 목요일은 어떠냐?"

웨슬리는 열심히 고개를 끄덕이고 강아지와 함께 진료실을 나갔다.

나는 진찰대를 소독하면서 무력감에 사로잡혔다. 요즘 수의사들은 홍역 환자를 옛날만큼 많이 볼 수 없다. 일찌감치 예방주사를 맞히기 때문이지만, 1930년대에는 재수 좋은 극소수만이 예방접종을 받을 수 있었다. 홍역은 예방하기는 쉽지만 치료는 거의 불가능하다.

그 후 3주 동안 웨슬리 빙크스는 믿을 수 없을 만큼 달라졌다. 게으른 악동으로 소문났던 웨슬리가 부지런한 모범 소년의 본보기로 탈바꿈한 것이다. 웨슬리는 아침에 신문을 배달하고, 정원에 구덩이를 파고, 경매 시장에서 소를 모는 일을 거들기도 했다. 그게 다 듀크 때문이라는 사실을 아는 사람은 나뿐이었을 것이다.

웨슬리는 사나흘 간격으로 듀크를 데려왔고, 그때마다 꼬박꼬박 치료비를 냈다. 물론 나는 치료비를 싸게 해주었지만, 내가 깎아준 돈을 웨슬리는 모두 듀크한테 쏟아 부었다. 정육점에서 고기를 사다 먹였고, 우유와 비스킷도 사다 먹였다.

하루는 내가 말했다.

"듀크가 오늘은 아주 멋져 보이는데. 아아, 목줄을 새로 찼구나."

웨슬리는 수줍게 고개를 끄덕이고는 까만 눈으로 나를 뚫어지게 쳐다보며 물었다.

"듀크가 좀 나았나요?"

"거의 그대로야. 홍역은 원래 그래. 별다른 변화 없이 비슷한 상태가 줄곧 계속되지."

"그럼…… 그럼 언제쯤이면 알 수 있어요?"

나는 잠시 생각했다. 웨슬리가 상황을 이해하면 걱정이 줄어들지도 모른다.

"홍역은 합병증이 무서워. 신경 합병증만 피할 수 있다면 듀크는 나을 거야."

"그게 뭔데요?"

"경련, 마비, 근육이 실룩거리는 무도병이 신경 합병증이지."

"합병증이 일어나면 어떻게 돼요?"

"그렇게 되면 가망이 없어. 하지만 합병증이 반드시 생기는 건 아니야." 나는 웨슬리를 안심시키려고 억지로 미소를 지었다. "그리고 순종이 아니라는 건 듀크한테 유리한 점이야. 잡종은 질병에 대한 저항력이 강하니까. 어쨌든 듀크는 먹이도 잘 먹고 아주 활발하잖아?"

"예, 그렇게 나쁘진 않아요."

"그럼 치료를 계속해보자. 주사를 한 대 더 놓아주마."

웨슬리는 사흘 뒤에 다시 찾아왔다. 나는 얼굴만 보고도 웨슬리가 중대한 소식을 가져온 것을 알아차렸다.

"듀크가 많이 좋아졌어요. 눈과 코도 바싹 말랐고, 돼지처럼 먹어대요!"

나는 개를 진찰대 위로 들어올렸다. 상태가 많이 좋아진 것은 분명했다. 나는 웨슬리와 함께 기뻐하려고 애썼다.

"정말 좋아졌구나." 나는 그렇게 웨슬리와 장단을 맞추었지만, 마음속에서는 경종이 울리고 있었다. 신경증이 병발한다면, 개가 겉보기에 분명히 회복되어가고 있는 지금이 고비였다.

나는 억지로 쾌활하게 말했다.

"이젠 병원에 안 와도 돼. 하지만 듀크를 주의 깊게 관찰하고, 조금이라도 이상한 점이 있으면 당장 데려와."

누더기를 입은 소년은 뛸 듯이 기뻐했다. 그러고는 춤을 추다시피 깡충 거리며 복도를 걸어갔다. 나는 웨슬리와 듀크가 다시는 병원에 오지 않기를 간절히 바랐다.

그것이 금요일 저녁이었고, 며칠도 지나기 전에 나는 그 일을 다 잊고 웨슬리와 듀크를 만족스러운 기억의 테두리 안에 밀어 넣었다. 그런데 월요일에 웨슬리가 듀크를 데리고 다시 나타났다.

나는 사무실 책상에서 업무일지를 쓰고 있다가 고개를 들었다.

"웨슬리, 무슨 일이냐?"

"듀크가 비틀거려요."

나는 진료실로 가지 않고 서둘러 책상을 돌아 듀크 옆에 쭈그리고 앉았다. 그리고 개를 유심히 살펴보았다. 처음에는 아무 이상도 발견할 수 없었지만, 계속 관찰하자 고개를 조금 까딱거리는 것이 눈에 띄었다. 나는 듀크의 정수리에 손을 올려놓고 기다렸다. 그러자 손에 느낌이 왔다. 내가 걱정했던 대로 측두 근육이 규칙적으로 경련하고 있었다.

"무도병에 걸린 것 같구나."

"그게 뭐예요?"

"내가 전에 말한 합병증 가운데 하나야. 이런 일이 없기를 바랐는데……."

소년이 갑자기 작고 쓸쓸해 보였다. 웨슬리는 새로 산 가죽 견인줄을 비틀면서 말없이 서 있다가 눈을 질끈 감고 겨우 입을 열었다.

"죽을까요?"

"낫는 경우도 있어." 나는 무도병에 걸렸다가 나은 경우를 한 번밖에 보지 못했다고는 말하지 않았다. "알약을 먹이면 도움이 될지도 몰라."

나는 무도병에서 유일하게 나은 개한테 먹였던 비소제를 웨슬리에게
주었다. 그 개가 과연 비소제 덕분에 나았는지는 알 수 없지만, 그것 말
고는 해줄 게 없었다.

그 후 보름 동안 듀크의 무도병(머리와 다리가 저절로 심하게 움직여, 마치 춤
을 추는 듯한 꼴이 되는 신경병)은 교과서대로 진행되었다. 걱정했던 증세들이
모두 차례로 나타났다. 경련은 머리에서 다리로 번졌고, 걸을 때 아랫도
리가 좌우로 흔들리기 시작했다.

어린 주인은 계속 개를 데려왔고, 나는 마지못해 치료하는 시늉을 하면
서도 가망이 없다는 것을 웨슬리가 깨닫게 하려고 애썼다. 그래도 웨슬
리는 치료를 계속해달라고 고집했다. 그리고 내가 치료비는 필요 없다고
말해도, 계속 바쁘게 뛰어다니면서 신문배달이며 여러 가지 일로 용돈을
벌어 고집스럽게 치료비를 냈다. 그러던 어느 날 오후, 웨슬리가 혼자 병
원에 왔다.

"듀크를 데려올 수가 없었어요. 이젠 걷지도 못해요. 우리 집에 가서 봐
주시겠어요?"

나는 웨슬리를 내 차에 태웠다. 일요일 오후 3시쯤이었다. 거리는 조용
했다. 웨슬리는 자갈 깔린 마당을 지나 작은 집으로 나를 안내했다.

집 안으로 들어가자 악취가 코를 찔렀다. 시골 수의사는 웬만해서는 구
역질을 느끼지 않는데, 이 집에서는 속이 뒤집혀서 금방이라도 토할 것
같았다. 빙크스 부인은 뒤룩뒤룩 살진 몸에 더러운 드레스를 꼴사납게
걸치고는 입에 담배를 물고 식탁 위에 몸을 구부리고 있었다. 식탁에는
먹고 난 그릇이 수북이 쌓여 있었지만, 비어 있는 한 귀퉁이에 잡지를 놓
고 열심히 읽는 중이었다. 우리가 들어가자 그녀는 우리를 힐끔 쳐다보

앉다. 머리에 주렁주렁 매달린 클립이 잠시 흔들렸다.

창가 소파에는 그녀의 남편이 벌렁 드러누워 입을 헤벌리고 코를 골면서 자고 있었다. 숨을 내쉴 때마다 시큼한 술냄새가 코를 찔렀다. 기름 묻은 접시가 수북이 쌓여 있는 싱크대는 구역질나는 더껑이로 뒤덮여 있었다. 옷이며 신문이며 뭔지 알 수 없는 쓰레기가 바닥에 널려 있고, 라디오 소리가 시끄럽게 울려 퍼지고 있었다.

깨끗한 물건은 구석에 놓인 개 바구니뿐이었다. 나는 그쪽으로 다가가 허리를 구부렸다. 바구니 안에 듀크가 힘없이 엎드려 있었다. 여윈 몸이 걷잡을 수 없는 경련을 일으키고 있었다. 움푹 들어간 눈은 또다시 고름으로 가득 차서 멍하니 앞만 바라보았다.

"웨슬리, 잠재울 수밖에 없겠다."

웨슬리는 대답하지 않았다. 나는 설명하려 했지만 요란한 라디오 소리가 내 목소리를 삼켜버렸다. 나는 웨슬리의 어머니를 돌아보며 말했다.

"볼륨 좀 낮춰주시겠어요?"

그녀는 아들에게 고갯짓을 했다. 웨슬리는 라디오로 다가가 스위치를 비틀었다. 방 안이 조용해졌다. 나는 다시 웨슬리에게 말했다.

"방법이 없어. 강아지가 이런 식으로 조금씩 죽어가게 내버려둘 수는 없잖니."

웨슬리는 나를 바라보지 않았다. 절망적인 눈으로 개만 뚫어지게 바라보고 있을 뿐이었다. 이윽고 웨슬리가 한 손을 들며 들릴락 말락 한 소리로 속삭였다.

"좋아요."

나는 서둘러 밖으로 나와 차에 있는 넴부탈을 가져왔다.

"듀크는 아무 고통도 느끼지 못할 거야." 나는 약을 주사기에 넣으면서 말했다.

실제로 그 작은 강아지는 가볍게 한숨을 한 번 내쉬고는 조용히 눈을 감았다. 끔찍한 경련이 마침내 가라앉았다.

나는 주사기를 주머니에 집어넣었다.

"내가 듀크를 데려갈까?"

웨슬리는 어쩔 줄 모르는 눈으로 나를 쳐다보았다. 그러자 그의 어머니가 끼어들었다.

"예, 가져가요. 빌어먹을 강아지 따위는 애초부터 집에 들여놓고 싶지도 않았어요."

그녀는 다시 잡지로 눈길을 떨어뜨렸다.

나는 얼른 강아지를 안고 밖으로 나왔다. 웨슬리는 나를 따라 나와서, 내가 트렁크를 열고 검은 작업복 위에 듀크를 조용히 눕히는 것을 지켜보았다.

내가 트렁크 뚜껑을 닫았을 때 웨슬리는 부들부들 떨면서 손가락 관절이 눈 속으로 파고들 만큼 주먹으로 눈을 힘껏 문지르고 있었다. 내가 어깨를 안아주자 웨슬리는 잠시 나한테 몸을 기대고 흐느껴 울었다. 웨슬리가 이런 식으로—위로해줄 사람이 있는 어린 소년답게—울 수 있었던 적이 있을까.

하지만 곧 웨슬리는 몸을 똑바로 세우고 더러운 볼에 눈물을 문질렀다.

"집으로 돌아갈 거니?" 내가 물었다.

웨슬리는 눈을 깜박거리며 나를 쳐다보았다. 예전의 거친 표정이 되돌아와 있었다.

"아뇨!"

웨슬리는 홱 돌아서서 걸어가버렸다. 한 번도 뒤를 돌아보지 않았다. 나는 웨슬리가 길을 건너 담장을 넘고 목초지를 가로질러 강 쪽으로 발을 끌며 걸어가는 것을 지켜보았다.

그 순간 웨슬리가 옛날 생활로 돌아갔다고 생각한다. 그때부터 웨슬리는 아무 일도 하지 않았고 유익한 활동은 전혀 하지 않았다. 나한테 못된 장난을 치지는 않았지만, 다른 면에서는 훨씬 심각한 비행으로 치달았다. 헛간에 불을 질렀고, 도둑질을 해서 경범죄로 재판을 받았고, 열세 살 때 이미 차를 훔쳤다.

결국에는 소년원에 보내졌고, 그 후 웨슬리는 대러비 지역에서 모습을 감추었다. 웨슬리가 어디로 갔는지 아는 사람은 아무도 없었다. 대부분의 사람들은 웨슬리를 잊어버렸지만, 잊지 않은 사람도 있었다. 대러비 경찰서의 경사도 웨슬리를 잊지 않은 사람 가운데 하나였다.

경사는 생각에 잠긴 얼굴로 말했다.

"그 웨슬리 빙크스는 타고난 악당이었어요. 그놈은 평생 한 번도 사람이나 동물을 사랑한 적이 없을 겁니다."

나는 대답했다.

"경사님이 그렇게 생각하는 것도 당연하지만, 그 생각이 전적으로 옳은 건 아닙니다. 웨슬리가 진심으로 사랑한 동물이 딱 하나 있었거든요."

\* \* \*

사랑하고 보살펴줄 동물을 갖는 것이 청소년의 생활에 큰 영향을 미칠 수 있다는 말은 진실이다. 이 이야기는 또한 개의 전염병인 홍역이 얼마나 무서운 병인가를 보여준다. 강아지한테 예방주사를 맞히려고 줄지어 우리 병원에 찾아오는 사람들을 보면, 이제 우리가 이 무서운 병을 뒷전으로 밀어낼 수단을 가진 것이 고마울 따름이다.

# 17
# 붕대 감은 손가락

로리 오헤이건의 바지 앞섶 바로 옆에서 그런 식으로 칼을 휘두르다니, 나도 좀 생각이 모자랐던 것 같다.

나는 돼지를 거세하고 있었다. 거세해야 할 새끼돼지가 여러 마리여서 나는 일을 서둘렀고, 그 바람에 아일랜드 출신 농장 일꾼의 불안감이 높아지고 있다는 것을 미처 알아차리지 못했다. 젊은 농장주가 새끼돼지를 붙잡아 로리에게 건네주면, 로리는 녀석을 거꾸로 들어 제 넓적다리 사이에 끼우고 돼지 뒷다리를 벌렸다. 그러면 내가 음낭을 재빨리 절개하고 고환을 꺼내는데, 그때마다 칼날이 헝겊 바지에 감싸인 그의 사타구니를 스치곤 했던 것이다.

마침내 그가 헐떡거리며 소리쳤다.

"제발 조심하세요, 선생님!"

나는 일손을 멈추고 고개를 들었다.

"왜 그래, 로리?"

"그 칼을 좀 조심해서 움직여달라고요. 선생님은 인디언처럼 내 다리 사이에서 칼을 휘두르고 있잖아요. 까딱하면 일도 다 끝나기 전에 내가 죽겠어요!"

"조심하세요, 선생님." 젊은 농장주가 외쳤다. "돼지 대신 로리를 거세하진 마세요. 그랬다가는 로리의 마누라가 절대로 용서하지 않을 테니까."

그는 큰 소리로 웃음을 터뜨렸고, 아일랜드인은 수줍게 히죽 웃었고, 나는 킥킥거렸다.

그게 내 불찰이었다. 순간적인 방심으로 칼날이 미끄러져 내 왼쪽 집게손가락을 베고 만 것이다. 면도날처럼 날카로운 칼날은 깊이 파고들었고, 순식간에 내 주위는 온통 피바다가 된 것 같았다. 나는 무슨 수를 써도 출혈을 막을 수 없을 거라고 생각했다. 자동차 트렁크에서 꺼내온 구급약으로 오랫동안 지혈을 했는데도 붉은 피는 계속 스며 나왔고, 마침내 농장을 떠날 때 내 손가락은 참으로 가관이었다. 그렇게 꼴사납게 붕대를 감은 손가락은 본 적이 없었다. 아무리 해도 피가 멎지 않아서 할수 없이 솜을 잔뜩 대고, 그 솜을 고정시키기 위해 폭이 10센티미터나 되는 붕대를 친친 감아야 했기 때문이다.

농장을 떠날 때는 이미 날이 어두워져 있었다. 12월 말에는 오후 5시만 되어도 해가 지고, 얼어붙은 하늘에 별이 나타나기 시작한다. 나는 거대한 손가락을 핸들에서 곤추세우고 천천히 차를 몰았다. 그 손가락은 마치 길안내 표시처럼 헤드라이트 사이를 가리키고 있었다. 대러비에서 2킬로미터쯤 떨어진 곳까지 오자 길가에 서 있는 나무들의 앙상한 가지 사이로 시내의 불빛이 깜박거리기 시작했다. 그때 차 한 대가 맞은편에서 달려와 나를 지나쳐갔다. 하지만 곧이어 급브레이크를 밟는 소리가 들리더니 그 차가 내 쪽으로 되돌아오기 시작했다.

내 차를 지나 길가에 멈춰 선 그 차에서 누군가가 맹렬히 손을 흔드는 것이 보였다. 내가 차를 세우자 젊은 남자가 운전석에서 뛰어내려 내 쪽으로 달려왔다.

그는 창문으로 얼굴을 들이밀고 숨찬 목소리로 외쳤다.

"수의사 선생님이세요?"

그는 몹시 허둥대고 있었다.

"예, 그런데요?"

"아이쿠, 살았다! 우리는 맨체스터로 가는 길인데, 선생님 병원에 들렀더니…… 이쪽으로 왕진을 나가셨다고 해서…… 선생님 차가 어떻게 생겼는지 말해줬습니다. 제발 도와주세요!"

"무슨 일입니까?"

"우리 개가…… 뒷좌석에 있어요. 공이 목구멍에 끼여서…… 죽을 것 같아요."

나는 그가 말을 끝내기도 전에 차에서 뛰어내려 그 차로 달려갔다. 커다란 흰색 세단이었다. 어두운 뒷좌석에서 유리창에 실루엣으로 비친 여러 개의 작은 머리가 입을 모아 울부짖고 있었다.

내가 문을 열자 울부짖음은 낱말의 형태를 갖추었다.

"오오, 베니, 베니, 베니……!"

네 어린아이의 무릎 위에 늘어져 있는 커다란 개의 모습이 어렴풋이 보였다.

"오오, 아빠, 베니가 죽었어요. 죽었다고요!"

"개를 꺼냅시다." 나는 숨을 헐떡거리며 말했다.

젊은 남자가 앞다리를 잡아당겼고 나는 몸통을 받쳤다. 하지만 축 늘어진 개는 내 손에서 미끄러져 포장도로에 떨어졌다.

나는 털로 뒤덮인 개를 더듬더듬 만져보았다.

"아무 것도 안 보여요! 앞쪽으로 끌고 갈 테니까 좀 도와주세요."

우리는 아무 저항도 하지 않는 개를 헤드라이트 불빛 속으로 질질 끌고 갔다. 그제야 나는 사태를 파악할 수 있었다. 한창 나이의 크고 아름다운 콜리가 입을 헤벌리고 혀를 늘어뜨린 채 누워 있었다. 생기 없는 눈은 아무 것도 보고 있지 않았다. 숨도 쉬지 않았다.

젊은 아빠는 개를 한 번 보고는 두 손으로 머리를 감싸 안았다.

"아아, 하느님. 아아, 하느님……"

차 안에서는 그의 아내가 흐느끼는 소리와 뒷좌석에 탄 아이들이 울부짖는 소리가 들려왔다.

"베니…… 오, 베니……."

나는 젊은 아빠의 어깨를 움켜쥐고 소리쳤다.

"공이 어쨌다고 했죠?"

"공이 목구멍에 걸렸어요. 손가락을 입 속에 넣어 꺼내려고 했지만, 아무리 해도 꼼짝하지 않아요."

손을 개의 입 속에 집어넣어 보니 공이 만져졌다. 골프공만 한 크기의 단단한 고무공이 인두에 코르크 마개처럼 끼여서 숨통을 틀어막고 있었다. 나는 젖어서 미끄러운 공을 손톱으로 할퀴려고 애썼지만 아무 것도 잡히지 않았다. 어떤 인간도 그런 식으로 공을 꺼낼 수는 없다는 사실을 깨닫는 데에는 3초밖에 걸리지 않았다. 방법을 생각해볼 겨를도 없었다. 나는 손을 빼내어 개의 아래턱과 목이 이어진 부위에 양쪽 엄지손가락을 대고 힘껏 눌러보았다.

그러자 공이 툭 튀어나와 얼어붙은 길바닥을 통통 튀면서 길가 풀숲으로 굴러갔다. 나는 개의 각막 표면을 만져보았다. 반사행동은 전혀 없었다. 좀 더 일찍 이 방법을 써보지 않은 것이 못내 후회스러웠다. 나는 자책감에 짓눌려 털썩 무릎을 꿇었다. 이제 내가 할 수 있는 일은 개의 시체를 병원으로 가져가서 처리하는 것뿐이었다. 가족이 죽은 개를 데리고 맨체스터까지 차를 몰고 가게 할 수는 없었다. 하지만 슬퍼하는 가족을 위해서 내가 할 수 있는 일이 있다면 무엇이든 해주고 싶었다. 나는 개의 갈비뼈를 덮고 있는 밤색 털가죽을 손으로 어루만졌다. 붕대를 감은 거대한 손가락은 내 무력감을 상징하듯 도드라져 보였다.

　그 손가락을 멍하니 바라보고 있을 때 손바닥 밑에서 희미한 고동이 느껴졌다.

　나는 고개를 번쩍 들고 고함을 질렀다.

　"심장이 뛰고 있어요! 아직 죽지 않았어요!"

　나는 최선을 다해 개를 돌보기 시작했다. 하지만 그 한적하고 어두운 시골길에서 내가 할 수 있는 일은 별로 없었다. 강심제 주사도 없고, 산소 호흡기도 없고, 기관에 꽂는 튜브도 없었다. 그래서 3초마다 한 번씩 손바닥으로 개의 가슴을 압박하는 재래식 인공호흡법을 쓸 수밖에 없었다. 개의 눈은 아직 초점이 잡히지 않았지만, 숨을 쉬기를 바라면서 개의 목구멍 속에 필사적으로 숨을 불어넣었다. 그리고 거의 감지할 수 없는 심장 고동을 느끼려고 이따금 갈비뼈 사이를 손으로 더듬었다.

　눈꺼풀이 파르르 떨린 것이 먼저였는지, 아니면 갈비뼈가 조금 올라가면서 요크셔의 차가운 공기를 허파 속으로 빨아들인 것이 먼저였는지는 알 수 없다. 아마 두 가지가 동시에 일어났을 것이다. 그 순간부터는 모든 일이 꿈만 같고 놀라웠다. 나는 시간가는 것도 잊었다. 내가 거기에 앉아 있는 동안 호흡은 깊어지고 규칙적이 되었다. 개는 주위를 인식하기 시작했다. 개가 주위를 둘러보고 머뭇거리며 꼬리를 움직이기 시작했을 무렵, 나는 무릎 관절이 뻣뻣해지고 그 자리에 거의 얼어붙어버린 것을 갑자기 깨달았다.

나는 간신히 몸을 일으켜, 개가 비틀비틀 일어나는 것을 놀란 눈으로 지켜보았다. 젊은 아빠가 개를 뒤쪽으로 데려가자 기쁨의 함성이 개를 맞이했다.

젊은 아빠는 머리를 호되게 얻어맞은 것처럼 멍해 보였다. 개가 회복되는 동안 그는 줄곧 중얼거리고 있었다.

"선생님은 그 공을 툭 빼냈는데…… 그냥 툭 빼냈는데…… 나는 왜 그 생각을 못했을까?"

떠나기 전에 나에게 돌아선 그는 아직도 쇼크 상태에 빠져 있는 것처럼 보였다.

"어떻게…… 어떻게 감사를 드려야 할지 모르겠군요. 이건 기적입니다." 그는 잠시 차에 몸을 기댔다. "그런데 치료비는 얼마입니까? 얼마나 드리면 될까요?"

나는 턱을 문질렀다. 약은 전혀 쓰지 않았다. 시간만 들였을 뿐이다.

"5실링입니다. 그리고 다시는 개가 그렇게 작은 공을 갖고 놀게 하지 마세요."

그는 돈을 건네고 나와 악수를 하고 떠났다. 한 번도 차에서 나오지 않은 엄마는 떠날 때 손을 흔들었지만, 내가 받은 가장 큰 보상은 마지막에 언뜻 보인 뒷좌석 광경이었다. 거기서는 작은 팔들이 개를 끌어안고 기쁨에 넘쳐 있었다. 고마움과 기쁨에 가득 찬 외침 소리가 밤의 어둠 속으로 서서히 사라져갔다.

"베니…… 베니…… 베니……."

환자가 회복된 뒤, 수의사들은 자신의 공로가 얼마나 되는지 궁금해질 때가 많다. 어쩌면 치료하지 않아도 병이 나았을지 모른다. 사실 그런 일은 종종 일어난다. 수의사의 치료 덕분에 나았다고 확신하기는 어렵다.

하지만 능숙한 기술을 전혀 발휘하지 않았더라도 죽음의 문턱에 이른 동물을 살아서 숨 쉬는 세계로 되돌려놓았다고 확신할 수 있다면 그 만족감은 오랫동안 마음 한구석에 남아서 수의사의 고생과 좌절을 위로해 주고 만사를 순조롭게 해준다.

하지만 베니의 경우에는 모든 것이 비현실적인 성질을 띠고 있었다. 나는 그 행복한 아이들의 얼굴도 보지 못했고, 앞좌석에 웅크리고 앉아 있었던 아이들 엄마의 얼굴도 보지 못했다. 아이들 아버지의 인상은 희미하게나마 남아 있지만, 그는 나와 함께 있는 동안 거의 줄곧 두 손으로 얼굴을 감싸고 있었다. 거리에서 우연히 만난다 해도 알아보지 못했을 것이다. 개도 강렬한 헤드라이트 불빛 속에서만 보았기 때문에 기억이 희미했다.

그 가족도 마찬가지였던 모양이다. 일주일 뒤에 나는 아이들 엄마한테서 유쾌한 편지 한 통을 받았다. 그녀는 차 안에 숨어서 사태를 방관한 것을 사과하고, 사랑하는 개를 살려주어서 고맙다고 말했다. 개는 이제 아무 일도 없었던 것처럼 아이들과 뛰놀고 있다면서, 내 이름조차 묻지 않은 게 후회스럽다는 말로 편지를 끝냈다.

확실히 묘한 사건이었다. 그들은 내 이름을 모를 뿐 아니라, 나를 다시 만나도 알아보지 못할 게 분명하다.

사실 돌이켜 생각해보면 그때 그들에게 가장 인상적이었던 것은 하얀 붕대를 감은 내 거대한 손가락이었을 것이다. 그 손가락은 거의 독자적인 개성과 의미를 가지고 그 현장에서 끊임없이 움직였다. 그 가족이 나에 대해 가장 잘 기억하고 있는 것은 그 손가락일 게 분명하다. 아이들 엄마의 편지는 이런 말로 시작되었기 때문이다.

'손가락에 붕대를 감은 수의사 선생님……'

* * *

오래전에 그 편지를 받은 것도 기뻤지만, 최근에 어떤 부인한테서 더욱 기쁜 편지를 받았다. 그녀는 자기네 개도 목구멍에 공이 걸려 똑같은 곤경에 빠졌다고 말했다. 그녀도 처음엔 입으로 공을 빼내려 했지만 소용이 없었다. 희망을 포기하려고 했을 때 문득 내 책에서 읽은 이야기가 생각나 턱 뒤에서 공을 밀어냈다. 그래서 개의 목숨을 구할 수 있었다면서, 나더러 고맙다고 말했다. 그 편지를 읽고, 내가 사람들을 가르치기 위해 책을 쓰는 것은 아니지만 이런 식으로 내 책의 도움을 받은 사람도 꽤 있겠다는 생각이 들어 흐뭇한 기분이 들었다.

# 18
# 셰프의 별난 취미

베일스 씨의 작은 농장은 하이번 마을의 중간쯤에 자리 잡고 있었다. 농장으로 들어가려면 1미터 높이의 돌담 사이로 난 길을 20미터쯤 걸어가야 한다. 돌담 왼쪽에는 이웃집이 있고 오른쪽에는 베일스 씨네 앞마당이 있었다. 셰프는 이 앞마당에 거의 온종일 숨어 있었다.

셰프는 콜리의 평균치보다 훨씬 큰 거대한 개였다. 셰퍼드의 피가 섞인 게 분명하다. 콜리 특유의 흰색과 검은색의 긴 털이 탐스럽게 나 있지만, 굵은 다리와 갈색의 고상한 머리와 쫑긋한 귀는 셰퍼드를 연상시켰기 때문이다. 어쨌든 내가 날마다 왕진을 다니면서 보는 아담한 콜리와는 딴판이었다.

돌담 사잇길을 걸어가고 있을 때 내 마음은 벌써 앞마당 끝에 보이는 외양간에 가 있었다. 로즈라는 이름의 암소가 수의사의 숙면을 방해하는 원인 불명의 위장병에 걸렸기 때문이다. 위장병은 정확한 진단을 내리기가 무척 어렵다. 로즈는 이틀 전부터 끙끙 앓으며 젖을 내지 않았다. 어제 로즈를 진찰하면서 여러 가지 가능성을 생각해보았다. 쇠붙이를 잘못 먹은 게 아닐까? 하지만 주름위는 제대로 수축하고 있었고, 새김질 소리도 나고 있었다. 게다가 로즈는 내키지 않는 기색이기는 했지만 건초도 조금은 먹고 있었다.

그럼 매복증(항문 안쪽에 배설물이 나오지 못하고 쌓여서 생기는 병)일까? 아니면 장이 뒤틀렸을까? 복통이 있는 것은 분명했고, 체온은 39도였다. 그것은 쇠붙이를 삼켰을 때와 비슷한 증세였다. 물론 배를 갈라보면 정확한 원인을 알아낼 수 있겠지만, 베일스 씨는 구식이어서 내가 확실한 진단도 내리지 않고 소한테 칼을 대는 것을 좋아하지 않았다. 그런데 나는 내 진단을 확신할 수 없었으니까 속수무책이었다.

환자의 상태가 나아지기를 바라면서 돌담 사잇길을 절반쯤 걸어왔을 때 느닷없이 내 오른쪽 귓전에서 무시무시한 폭발음이 울려 퍼졌다. 또 셰프 녀석이었다.

돌담은 그 개가 펄쩍 뛰어올라 지나는 사람의 귀에 대고 짖기에 딱 알맞은 높이였다. 그것은 셰프가 즐겨 쓰는 수법이었고 나도 여러 번 거기에 걸려들었다. 하지만 이번처럼 호되게 당한 적은 전에 없었다. 나는 정신이 딴 데 팔려 있었고, 셰프는 가장 높이 뛰어올랐을 때 내 얼굴에 입을 바싹 갖다 대고 짖을 수 있도록 점프하는 타이밍을 절묘하게 조절했던 것이다. 게다가 셰프는 덩치에 걸맞게 짖는 소리도 우렁찼다. 가슴 깊은 곳에서 울려나와 딱 벌린 입에서 증폭된 소리는 거대한 황소의 울음소리에 못지않았다.

나는 공중으로 펄쩍 뛰어올랐다. 심장이 두근거리고 머리가 띵했다. 땅으로 내려오자 나는 돌담 너머를 노려보았다. 하지만 여느 때처럼 내가 본 것은 집 모퉁이를 돌아 잽싸게 사라지는 털투성이의 형체뿐이었다.

그것은 알 수 없는 수수께끼였다. 셰프는 왜 그런 짓을 할까? 셰프는 나한테 악의를 품고 있는 포악한 동물일까? 아니면 나한테 장난을 치려는 의도일까? 나는 셰프한테 가까이 가본 적이 없었기 때문에 어느 쪽인지는 알아낼 수 없었다.

나는 나쁜 소식을 견딜 수 있는 상태가 아니었지만, 외양간에서 나를 기다리고 있는 것은 나쁜 소식이었다. 농부의 얼굴만 보고도 암소의 상태가 더 나빠진 것을 알 수 있었다.

"로즈는 기능 장애인 것 같네." 베일스 씨가 우울하게 중얼거렸다.

나는 이를 갈았다. 배탈에도 수많은 종류가 있지만, 나이 많은 농부들은 모든 배탈을 뭉뚱그려 '기능 장애'라고 불렀다.

"그럼 기름이 효과가 없었군요?"

"딱딱하고 작은 똥 덩어리가 조금 나오고 있을 뿐이야. 내 말대로 기능 장애가 틀림없네."

"알겠습니다, 아저씨." 나는 일그러진 미소를 지으며 말했다. "좀 더 강력한 치료법을 시도해봐야겠네요."

나는 자동차에서 위세척 기구를 가져왔다. 배 속에 집어넣는 긴 고무관, 소의 입을 벌리는 나무 재갈, 뿔 뒤에서 죔쇠를 채우도록 되어 있는 가죽끈. 나는 따뜻한 물에 포르말린과 소금을 듬뿍 부으면서 워털루에 친위대를 파견하는 나폴레옹 같은 기분을 느꼈다. 이것이 효과가 없으면 손을 들 수밖에 없다.

이튿날 아침, 나는 하이번 마을에 하나뿐인 포장도로를 지나가다가 가게에서 나오는 베일스 부인을 보았다. 나는 차를 세우고 차창 밖으로 고개를 내밀었다.

"로즈가 오늘 아침에는 좀 어떻습니까?"

베일스 부인은 장바구니를 땅바닥에 내려놓고 심각한 얼굴로 나를 바라보았다.

"별로 좋지 않아요. 남편은 로즈가 곧 죽을 것 같대요. 남편을 만나고 싶으면 저 목초지를 건너가야 할 거예요. 지금 거기에 있는 작은 헛간에서 문을 손보고 있거든요."

목초지로 통하는 문을 향해 차를 몰면서 나는 갑자기 참담한 기분에 사로잡혔다. 나는 길에 차를 세워놓고 빗장을 열었다.

"제기랄! 제기랄! 제기랄!"

나는 초록빛 풀밭을 천천히 가로지르면서 계속 중얼거렸다. 이 농장에 작은 비극이 일어날 것만 같은 고약한 예감이 들었다. 로즈가 죽으면, 암소 열 마리에 돼지 몇 마리를 키우는 영세한 농부에게는 큰 타격일 것이다. 그런 사태를 막기 위해 내가 뭔가를 할 수 있어야 하는데, 아무 성과도 거두지 못하고 있으니 가슴이 답답했다.

그런데도 나는 평화로움이 내 영혼 속으로 슬며시 스며드는 것을 느꼈다. 그곳은 넓은 목초지였다. 나는 저쪽 끝에 보이는 헛간을 향해 무릎을 스치는 풀을 헤치며 걸어갔다. 목초가 그만큼 자랐으면 언제든지 베어서 건초를 만들 수 있었다. 나는 지금이 한여름이라는 것을 불현듯 깨달았다. 햇볕은 뜨거웠고, 걸음을 내디딜 때마다 향긋한 클로버 냄새와 따뜻한 풀 냄새가 수정처럼 맑은 공기 속으로 피어올랐다. 가까이 있는 넓은 콩밭에는 꽃이 활짝 피어 이국적인 꽃향기가 풍겨왔다. 나는 향긋한 술의 성분을 분간하려고 애쓰는 것처럼 눈을 지그시 감고 그 향기를 들이마셨다.

조용했다. 그 정적이 무엇보다도 내 마음을 달래주었다. 고요함과 나

혼자 있다는 느낌. 나는 햇빛 아래 잠들어 있는 텅 빈 초록빛 풀밭을 나른하게 둘러보았다. 아무것도 움직이지 않았고 아무 소리도 들리지 않았다.

그때였다. 내 발밑의 땅이 느닷없이 믿을 수 없을 만큼 큰 소리를 내며 폭발했다. 거대한 털투성이 형체가 푸른 하늘을 가리고 시뻘건 입이 내 얼굴에 대고 소리쳤다. "크엉!" 나는 비명을 지르며 뒤로 비틀거렸다. 눈을 무섭게 부릅뜨자 문을 향해 전속력으로 사라지는 셰프가 보였다. 셰프는 목초지 한복판 풀숲에 숨어서 내 눈의 흰자위가 보일 때까지 기다렸다가 기습한 것이다.

셰프가 우연히 거기에 있었는지, 아니면 내가 도착하는 것을 보고 그 위치로 살금살금 이동했는지는 영원히 알 수 없겠지만, 셰프의 관점에서 보면 결과는 더없이 만족스러웠을 것이다. 내가 그렇게 놀란 것은 난생처음이었기 때문이다. 내 생활에는 놀라움과 불안이 늘 따라다니지만, 아무도 없는 조용한 풍경 속에서 으르렁거리며 솟아오른 거대한 개는 놀라움 그 자체였다. 갑자기 놀라거나 긴장하면 저도 모르게 오줌을 지린다는 말을 들었지만, 나도 이때 하마터면 그런 불운을 당할 뻔했다.

헛간에 도착했을 때에도 나는 여전히 부들부들 떨고 있었다. 베일스 씨가 길 건너 농장으로 나를 데려가는 동안에도 나는 거의 한마디도 하지 못했다.

환자를 보았을 때는 고통이 더욱 심해졌다. 암소는 살이 녹아버린 것처럼 여위어 있었고, 움푹 들어간 눈으로 멍하니 벽만 바라보고 있었다. 불길한 울음소리는 더욱 커졌다.

나는 마지막으로 한 번 더 위세척을 해보기로 결심했다. 위세척은 여전히 내 무기고에서 가장 강력한 무기였지만, 이번에는 거기에 검은 당밀 500그램을 추가했다. 당시에는 거의 모든 농부가 외양간에 검은 당밀을 놓아두었기 때문에 나는 구석으로 걸어가서 꼭지만 틀면 되었다.

내가 하이번 마을로 차를 몰고 간 것은 이튿날 오후가 되어서였다. 차를 농장 밖에 세워두고 돌담 사잇길로 들어서려다가 문득 걸음을 멈추었다. 길 건너 목초지에 암소 한 마리가 나와 있었다. 그것은 어제의 목초지 옆에 있는 방목장이었고, 그 암소는 틀림없는 로즈였다. 잘못 볼 리가 없었다. 로즈는 짙은 붉은색 털과 뚜렷이 구별되는 축구공 모양의 하얀 반점이 왼쪽 옆구리에 있었기 때문이다.

나는 문을 열고 다가갔다. 몇 초도 지나기 전에 걱정이 사라졌다. 로즈의 상태는 놀랄 만큼 좋아져 있었다. 기적적인 회복이었다. 사실 건강한 암소와 다를 게 없었다. 나는 로즈에게 다가가서 엉덩이를 긁어주었다. 로즈는 온순한 소여서 나를 한 번 돌아보고는 다시 풀을 뜯었다. 로즈의 눈은 이제 퀭하지 않고 반짝반짝 빛나고 있었다.

안도감이 홍수처럼 밀려왔다. 그때 베일스 씨가 옆에 있는 목초지에서 돌담을 넘어오는 것이 보였다. 베일스 씨는 아직도 그 헛간 문을 손보고 있는 모양이었다.

다가오는 그를 보고 있으려니까 그가 가엾게 느껴졌다. 암소를 고쳤다고 우쭐해서 승리감을 드러내면 안 될 것 같았다. 베일스 씨는 그동안 몹시 걱정했을 텐데, 그 앞에서 지나치게 우쭐대면 좋지 않다는 생각이 들었다.

"안녕하세요, 아저씨. 오늘은 로즈가 좋아 보이는군요."

농부는 모자를 벗고 이마의 땀을 훔쳤다.

"아아, 완전히 딴 소가 되어버렸어."

"이제 치료할 필요도 없을 것 같은데요." 나는 그렇게 말하고 잠시 망설였다. 그래, 조금 빈정대는 것은 해롭지 않을 거야. "어제 추가로 위세척을 하길 잘했어요."

"그 펌프질 말인가?" 베일스 씨가 눈썹을 치켜 올렸다. "그건 아무 상관도 없네."

"무슨…… 그게 무슨 말씀이세요? 그 덕에 로즈가 나았는데요."

"아닐세, 젊은이. 짐 오클리가 로즈를 고쳐주었다네."

"짐 누구요? 도대체 무슨……."

"어제 저녁에 짐이 여기 왔었지. 저녁에 자주 들르는데, 로즈를 한 번척 보더니 어떻게 하면 되는지 방법을 가르쳐주더군. 분명히 말하는데 로즈는 그때 다 죽어가고 있었어. 그놈의 펌프질은 아무 효과도 없었단 말일세. 그런데 짐이 와서, 로즈가 목초지를 죽도록 달리게 하라고 하더군."

"뭐라고요?"

"짐은 그렇게 말했어. 전에도 그런 소를 많이 보았는데, 한바탕 달리고 나면 낫는다고. 그래서 로즈를 여기로 끌고 와서 짐이 하란 대로 했더니 눈 깜짝할 사이에 좋아지는 거야."

나는 몸을 뒤로 젖히고는 냉정하게 말했다.

"도대체 짐 오클리가 누굽니까?"

"우편배달부라네."

"배달부요?"

"하지만 과거에 가축을 키운 적이 있어서, 가축에 대해서는 빠삭하지."

"물론 그렇겠지요. 하지만 분명히 말씀드리는데⋯⋯."

농부는 한 손을 들어올렸다.

"더 이상 말하지 말게, 젊은이. 짐이 로즈를 고쳐주었고, 그걸 부인할 수는 없어. 짐이 로즈를 쫓아다니는 걸 자네가 보았으면 좋았을걸. 짐은 나랑 동갑인데 아직도 팔팔하지. 얼마나 잘 달리는지 몰라."

농부는 그 광경을 생각하면서 킬킬거렸다.

나는 완전히 질려버렸다. 농부가 우편배달부를 찬양하는 동안 나는 멍하니 암소의 꼬리를 긁다가 쇠똥을 손에 묻히고 말았다. 그래도 나는 남은 위엄을 총동원하여 베일스 씨에게 고개를 끄덕였다.

"그만 가봐야겠습니다. 집에 들어가서 손 좀 씻어도 괜찮겠죠?"

"좋고말고. 마누라가 뜨거운 물을 내줄 걸세."

농부의 집은 돌담이 끝나는 곳에 있었다. 거기까지 가는 길이 끝없이 멀게 느껴졌다. 내가 부엌문이 있는 오른쪽으로 막 돌아서려는 순간, 왼쪽에서 갑자기 쇠사슬이 쩔그럭거리는 소리가 들리더니 개가 으르렁거리며 덤벼들었다. 개는 내 코앞에서 한 번 큰 소리로 짖고는 사라졌다.

이번에는 심장이 멎는 줄 알았다. 나는 방어 태세가 전혀 갖추어져 있지 않아서 셰프의 습격을 견딜 수 있는 상태가 아니었다. 나는 베일스 부인이 달갑지 않은 방문객을 쫓으려고 이따금 셰프를 문간의 개집에 묶어두는 것을 까맣게 잊고 있었다. 머리로 올라온 피가 귓속에서 윙윙 소리를 냈다. 나는 거의 드러눕다시피 벽에 몸을 기대고, 자갈 깔린 마당에 똬리를 틀고 있는 긴 쇠사슬을 멍하니 바라보았다.

나는 동물한테 화를 내는 사람들을 싫어하지만, 그때는 나도 참을성을 잃었다. 그동안 쌓인 낭패감이 지리멸렬한 외침 소리가 되어 터져 나왔다. 나는 쇠사슬을 움켜잡고 미친 듯이 잡아당기기 시작했다. 그동안 나를 괴롭힌 녀석은 그 개집 속에 있었다. 이번만은 녀석도 도망칠 수 없다. 이번에야말로 녀석과 결판을 내자. 개집은 3미터쯤 떨어져 있었는데, 처음에는 아무것도 보이지 않았다. 쇠사슬 끝이 묵직했을 뿐이다. 쇠사슬을 가차 없이 잡아당기자 코끝이 나타나고 이어서 머리가 나타났다. 그리고 마침내 커다란 개가 목줄에 매달려 힘없이 끌려나왔다. 셰프는 일어날 기미도 보이지 않았고, 나에게 인사를 하고 싶어 하는 기색도 없었다. 하지만 나는 무자비하게 쇠사슬을 잡아당겼다. 셰프는 조금씩 자갈 위를 끌려와 내 발치에 엎드렸다.

화가 머리끝까지 치솟은 나는 쭈그리고 앉아 셰프의 코밑에 종주먹을 들이대고 휘두르면서 고함을 질렀다.

"이 멍청아! 한 번만 더 그랬다가는 네 머리통을 부셔버릴 거야. 알았어? 또 그런 짓을 하면 네 머리통을 날려버릴 거라고!"

셰프는 겁먹은 눈으로 나를 힐끔 쳐다보고, 미안한 듯 뒷다리 사이에서 꼬리를 흔들었다. 그래도 내가 계속 고함을 지르자 셰프는 이빨을 드러내고 알랑거리는 웃음을 지었다. 마지막에는 벌렁 드러누워 눈을 지그시 감고 가만히 누워 있었다.

그래서 나는 알았다. 셰프는 얼간이였다. 사나운 공격은 단순한 장난이었다. 나는 흥분을 가라앉히기 시작했지만, 그래도 셰프한테 내 뜻을 분명히 전달하고 싶었다.

"좋아." 나는 여전히 위협적인 목소리로 속삭였다. "내 말 명심해!" 나는 쇠사슬을 놓아주고 마지막으로 소리쳤다. "자, 이젠 네 집으로 돌아가!"

셰프는 꼬리를 뒷다리 사이에 말아 넣고는 엉덩이를 내리고 거의 무릎으로 엉금엉금 기다시피 하여 자기 집으로 돌아갔다. 나는 손을 씻으려고 부엌으로 들어갔다.

한 달 뒤, 베일스 씨가 암소를 봐달라고 전화를 걸어왔을 때는 놀라지 않을 수 없었다. 로즈 사건이 있은 뒤로는 소에게 문제가 생기면 짐 오클리한테 도움을 청할 줄 알았기 때문이다. 하지만 그의 목소리는 여전히 정중하고 상냥했다. 나한테 신뢰를 잃은 기미는 전혀 없었다. 참으로 이상한 일이었다.

나는 농장 밖에 차를 세워두고, 돌담 사잇길로 접어들기 전에 우선 앞마당을 조심스럽게 살폈다. 쇠사슬이 철거덕거리는 소리가 희미하게 들려왔다. 셰프는 개집에 숨어 있었다. 나는 걸음을 늦추었다. 녀석한테 또 당하고 싶지는 않았다. 골목 끝에 이르자 나는 멈춰 서서 기다렸다. 하지만 내가 본 것은 조용히 개집 속으로 퇴각하는 코끝뿐이었다. 그날 호되게 야단친 것이 그 커다란 녀석한테 먹혔든 모양이었다. 그런 터무니없는 짓을 내가 더는 참지 않으리라는 것을 셰프는 알았던 것이다.

하지만 일을 마치고 나오면서 나는 별로 기분이 좋지 않았다. 동물한테 이기는 것은 무의미하다. 셰프의 가장 큰 즐거움을 빼앗았다고 생각하자 왠지 마음이 편치 않았다. 모든 동물은 나름대로 오락을 즐길 권리가 있고, 셰프의 취미는 이따금 심장마비를 일으킬 수도 있지만, 그것은 뭐니 뭐니 해도 셰프가 가장 좋아하는 일이고 셰프의 생활의 일부나 마찬가지였다. 녀석의 생활에서 중요한 즐거움을 빼앗은 것이 후회스러웠다. 자랑스러운 마음은 털끝만큼도 없었다.

그 여름이 끝날 무렵, 나는 하이번 마을을 지나가다가 베일스 씨네 농장 밖에 잠시 차를 세웠다. 흙먼지가 날리는 마을길은 오후의 햇빛을 받으며 졸고 있었다. 마을은 적막에 싸여 있고 움직이는 것은 하나도 보이지 않았다. 그때 한 작달막한 사내가 돌담 사잇길로 어슬렁거리며 다가왔다. 뚱뚱하고 까무잡잡한 사내는 냄비와 프라이팬 따위를 한아름 안고 있었다. 마을 밖에서 야영을 하고 있는 떠돌이 땜장이가 분명했다.

　나는 울타리 틈으로 안마당을 들여다볼 수 있었다. 셰프가 돌담 쪽으로 소리 없이 살금살금 다가오는 것이 보였다. 나는 사내가 돌담 사잇길로 들어가고 셰프가 돌담 위로 보이는 사내의 머리를 따라가는 것을 흥미롭게 지켜보았다.

　내가 예상한 대로 사건은 사잇길 중간쯤에서 일어났다. 완벽하게 타이밍을 맞춘 도약, 정점에 이르렀을 때의 순간적인 정지 동작, 무방비 상태인 사내의 귀에 입을 바싹 들이대고 내지르는 어마어마한 소리. "크엉!"

　그것은 여느 때처럼 효과 만점이었다. 나는 도리깨질하듯 휘두르는 팔과 날아가는 냄비와 프라이팬을 잠깐 보았다. 이어서 금속이 쨍그랑거리는 소리가 한참 동안 들리더니 작달막한 사내가 로켓처럼 튀어나왔다. 사내는 오른쪽으로 구부려져 쏜살같이 달아나버렸다. 사내는 마을 끝에 있는 가게 안으로 사라질 때까지 잠시도 멈추지 않고 그 짧은 다리를 피스톤처럼 움직였다.

　사내가 왜 그 가게에 들어갔는지는 알 수 없다. 정신을 차리려면 술이라도 한 잔 마셔야 할 텐데, 그 가게에서는 기껏해야 탄산음료밖에 마실 수 없기 때문이다.

　셰프는 만족한 듯 앞마당을 건너, 사과나무가 그늘을 드리우고 있는 시

원한 풀밭에 털썩 주저앉았다. 그러고는 앞발에 머리를 얹고 느긋하게 다음 희생자를 기다렸다.

나는 웃으면서 클러치를 넣고 그곳을 떠났다. 가게에 들러 그 작달막한 사내한테 안심하고 프라이팬을 가지러 가라고, 사나운 개한테 사지가 찢길까봐 겁낼 필요는 전혀 없다고 말해줄 작정이었지만, 내 마음을 가득 채우고 있는 감정은 셰프가 조금도 활기를 잃지 않았구나 하는 안도감이었다.

셰프는 여전히 취미를 즐기고 있었다.

* * *

개들은 분명 놀기를 좋아하고, 어떤 형태로든 즐거움을 얻을 수 있는 오락이나 취미를 갖고 있다. 따라서 개들이 외로워하지 않도록 가능하면 두 마리를 함께 키우는 것이 좋다. 하지만 이것은 불편하거나 불가능할 때가 많고, 그런 경우에는 주인이 함께 놀아주면 된다. 자주 놀아줄수록 좋다. 개와 함께 할 수 있는 놀이는 놀랄 만큼 많다. 줄다리기, 막대기나 공을 던져주고 다시 가져오게 하기, 숨바꼭질까지도 할 수 있다. 물론 개 스스로 오락을 찾아낼 때도 있다. 셰프처럼.

# 19

# 축제 같은 수술

비가 추적추적 내리는 밤 9시였다. 하지만 내 일은 아직도 끝나지 않았다. 나는 운전대를 더욱 단단히 움켜잡고 앉음새를 바꾸면서 나지막하게 신음 소리를 냈다. 지친 근육이 불평을 했기 때문이다.

왜 이런 직업을 택했을까? 좀 더 쉽고 평온한 직업을 택할 수도 있었을 텐데. 광부나 벌목꾼도 수의사보다는 나을 거야. 나는 세 시간 전에 송아지를 받으러 대러비 시장을 지날 때부터 자기연민에 빠지기 시작했다. 상점들은 모두 문을 닫았고, 겨울비가 내리는 시내에는 느긋한 분위기가 감돌고 있었다. 다른 사람들은 모두 하루 일을 끝내고 난롯가에서 책을 읽거나 담배를 피우며 편안히 쉬고 있을 것이다. 나도 집에 돌아가면 난로와 책이 있고, 게다가 헬렌도 있었다.

내가 낭패감에 빠진 것은 젊은이를 가득 실은 차가 선술집 '드로버스 암스' 앞에서 떠나는 것을 보았을 때인 듯싶다. 무도회나 파티에 가는 길인 듯 한껏 모양을 낸 세 쌍의 남녀가 즐겁게 웃으며 떠들고 있었다. 다들 편안하고 즐거운 시간을 보내고 있는데 오직 나 혼자만은 추위와 비를 무릅쓰고 중노동이 기다리고 있는 고지대로 털털거리며 달려가야 한다.

새끼를 낳고 있는 암소를 보았을 때도 전혀 기운이 나지 않았다. 아직 출산 경험이 없는 젊은 암소인데다 비쩍 말라서 뼈와 가죽만 남은 것처럼 보였다. 암소는 앞이 트인 초라한 헛간에 옆으로 누워 있었다. 바닥에는 낡은 깡통과 부서진 벽돌 같은 쓰레기가 어지럽게 흩어져 있었지만, 녹슨 석유램프에서 바람에 깜박거리며 새어나오는 불빛밖에 없는 곳에서는 발부리에 차이는 것이 무엇인지도 분간하기 어려웠다.

나는 그 헛간에서 송아지를 조금씩 끌어내면서 두 시간을 보냈다. 태위가 잘못된 것이 아니라 송아지가 산도에 꽉 끼였을 뿐이지만, 암소가 일어나려 하지 않았기 때문에 나는 줄곧 헛간 바닥에 엎드려 벽돌과 깡통 사이를 굴러다녀야 했다. 일어난 것은 양동이로 손을 씻으러 갈 때뿐이었다. 오들오들 떨면서 양동이까지 가는 동안에도 얼음처럼 차가운 비가 추위에 움츠러든 내 가슴과 어깨를 때렸다.

그리고 이제 나는 집으로 돌아가고 있었다. 얼굴은 꽁꽁 얼어버렸고, 피부는 옷에 닿을 때마다 쓸려서 따끔거렸다. 저녁 내내 힘센 사내들한테 머리부터 발끝까지 실컷 뭇매를 맞은 것처럼 온몸이 쑤시고 아팠다. 콥턴이라는 작은 마을로 접어들었을 때는 자기연민에 빠져 허우적거리고 있었다. 따뜻한 여름철에는 이 마을도 목가적이었다. 초록빛 언덕 비탈을 끼고 도는 길과 히스가 우거진 고원까지 뻗어 있는 짙푸른 나무들은 언제나 퍼스셔(스코틀랜드 중부의 풍광이 아름다운 지역)의 풍경을 연상시켰다.

하지만 오늘 밤에는 그 마을도 캄캄하게 죽어 있었다. 빗줄기가 헤드라이트 불빛을 가로질러 문이 굳게 닫힌 집들을 때렸다. 빛이라고는 마을 한복판의 선술집에서 새어나오는 희미한 불빛뿐이었다. 빗물이 강을 이루어 흐르는 길에 선술집 불빛이 조용히 떨어져 있었다. 나는 바람에 흔들리는 '여우와 사냥개'라는 간판 밑에 차를 세우고 문을 열었다. 맥주라도 한잔하면 기운이 날지도 모른다.

술집으로 들어가자 쾌적한 온기가 나를 맞아주었다. 카운터는 없고, 농가 부엌을 개조하여 벽에 회반죽을 칠하고 등받이가 높은 의자와 참나무 탁자를 늘어놓았을 뿐이었다. 한쪽 끝에 낡은 화덕이 있고, 장작불이 딱딱 소리를 내며 타고 있었다. 그 위에서는 벽시계가 손님들이 중얼거리는 소리보다 더 큰 소리로 똑딱거렸다. 요즘 술집 같은 활기는 없었지만 평화로웠다.

내가 의자에 앉자 옆사람이 말을 걸어왔다.

"지금까지 일하셨나 보군요?"

"아아, 테드. 어떻게 알았어요?"

테드는 더러워진 내 방수코트와 장화에 눈길을 던졌다. 농장에서 갈아입기가 귀찮아서 그대로 걸치고 온 것이다.

"그 차림은 일요일에 입는 양복이 아니고, 코끝에는 피가 묻어 있고, 귀에 쇠똥이 묻어 있으니까요."

테드 돕슨은 30대의 덩치 큰 소몰이꾼이었다. 그가 활짝 웃자 하얀 이가 드러났다.

나도 웃으면서 손수건으로 얼굴을 문질렀다.

"때로는 왜 그렇게 코가 근지러운지 이상해요."

나는 술집 안을 둘러보았다. 여남은 명의 손님이 맥주를 마시고 있었다. 개중에는 도미노게임을 즐기는 사람도 있었다. 모두 농장 일꾼들, 내가 동트기 전에 침대에서 어둠 속으로 불려나올 때 늘 보는 사람들, 꼭두 새벽에 일어나 허름한 외투 차림으로 비바람을 피해 고개를 숙인 채 자전거를 타고 농장으로 일하러 가는 사람들, 생계를 위해 고된 현실을 묵묵히 받아들이는 사람들이었다. 새벽에 일터로 가는 그들을 볼 때마다 나는 생각하곤 했다. 이런 일이 나한테는 이따금 일어날 뿐이지만, 저 사람들은 아침마다 하는 일이라고.

게다가 그들은 일주일에 30실링을 벌기 위해 그 고생을 감수하고 있었다. 여기서 그들을 보자 나는 좀 부끄러운 생각이 들었다.

술집 주인은 워터스 씨였다. '워터스'에는 오줌이라는 뜻도 있기 때문에 그는 걸핏하면 놀림감이 되곤 했다. 워터스 씨가 맥주 거품을 내기 위해 단지를 높이 들어 올려 내 잔을 채워주었다.

"여기 있습니다, 헤리엇 선생님. 6펜스 되겠습니다. 특별히 할인해서 반값에 드리는 거예요."

이 술집에서 파는 맥주는 모두 지하실의 나무통에 들어 있는 것을 단지에 옮겨서 가져온 것이었다. 손님이 붐비는 술집에서는 도저히 불가능한 일이었겠지만, '여우와 사냥개'는 붐빌 때가 거의 없었다. 워터스 씨는 선술집에서 돈을 벌어 부자가 되지는 못할 것이다. 하지만 그는 술집 옆에 있는 작은 외양간에서 암소 네 마리를 키웠고, 술집 뒷마당에서는 암탉 쉰 마리가 모이를 쪼며 돌아다녔고, 암돼지 두 마리는 해마다 새끼를 몇 배씩 낳았다.

"고맙습니다, 워터스 씨."

나는 맥주를 한 모금 길게 들이켰다. 추운 데서 땀을 흘렸더니 목이 말랐다. 시원한 맥주가 흘러들자 갈증이 싹 가시는 듯했다. 나는 이 술집에 몇 번 온 적이 있었고, 손님들도 모두 낯익은 얼굴이었다. 특히 은퇴한 목동인 앨버트 클로즈 영감은 밤마다 난롯가 의자에 죽치고 앉아 있었다. 언제 보아도 늘 그 자리였다.

그는 늘 두 손과 턱을 양치기로 일할 때 들고 다녔던 긴 지팡이 위에 올려놓고 멍한 눈으로 앉아 있었다. 그가 데리고 다니는 미키도 있었다. 주인과 마찬가지로 나이 들어 양치기개에서 은퇴한 미키는 몸의 절반은 의자 밑에, 나머지 절반은 탁자 밑에 쭉 뻗고 누워 있었다. 두 앞발이 경련하듯 공기를 휘젓고 입술과 귀가 실룩거리고 이따금 짖는 소리를 내는 것으로 보아 미키는 지금 한창 생생한 꿈을 꾸고 있는 게 분명했다.

테드 돕슨이 팔꿈치로 나를 살짝 찌르면서 웃었다.

"미키 녀석은 아직도 양떼를 몰고 있는 모양이군요."

나는 고개를 끄덕였다. 미키는 지금 주인의 휘파람 소리에 따라 웅크리고 돌진하고 목초지 주위를 돌았던 행복한 시절을 꿈속에서 다시 살고 있는 게 분명했다. 앨버트 영감도 마찬가지였다. 저 퀭한 눈 뒤에는 무엇이 숨어 있을까? 나는 젊은 시절의 앨버트를 상상할 수 있었다. 바람 부는 언덕과 황무지, 바위산과 개울을 넘어 끝없이 먼 길을 성큼성큼 걸어다니고, 한 걸음 내디딜 때마다 저 지팡이로 풀밭에 구멍을 냈을 것이다. 눈이 오나 비가 오나 어깨에 무거운 자루를 짊어지고 사시사철 야외에서 지내는 데일 지방의 목동들만큼 건강한 사람은 없었다.

그런데 이제 앨버트는 관절염에 걸린 쇠약한 노인이 되어, 낡은 트위드 모자의 너덜거리는 챙 밑에서 바깥세상을 멍하니 내다보고 있었다. 나는 그가 잔을 막 비운 것을 보고, 그에게 다가가서 말을 걸었다.

"안녕하세요, 영감님?"

그는 귀에 손을 대고 나를 쳐다보며 눈을 껌뻑거렸다.

"뭐라고?"

나는 목청을 높여 큰 소리로 외쳤다.

"안녕하세요, 영감님?"

"불평해서는 안 되지." 노인은 중얼거렸다. "아암, 불평할 수는 없어."

"한잔하시겠습니까?"

"아아, 고맙네." 그는 떨리는 손가락으로 자기 잔을 가리켰다. "여기다 한 방울만 따라주면 돼."

나는 한 방울이 1파인트 한 잔을 의미한다는 것을 알고 술집 주인에게 손짓을 했다. 주인은 맥주 단지를 능숙하게 기울였다. 늙은 양치기는 다시 채워진 잔을 들고 나를 쳐다보았다.

"건배." 그가 신음하듯이 말했다.

"그럼 즐겁게 드세요."

내가 막 내 자리로 돌아오려 할 때 늙은 개가 일어나 앉았다. 졸린 듯이 기지개를 켜고 두어 번 고개를 흔들고는 주위를 둘러보는 것으로 보아, 내가 제 주인한테 소리를 지르는 바람에 꿈에서 깨어난 모양이었다. 미키가 고개를 돌려 나를 본 순간 나는 깜짝 놀랐다.

미키의 눈은 끔찍했다. 아니, 정확히 말하면 그 눈은 고름이 덕지덕지 엉겨붙은 속눈썹에 가려 거의 보이지도 않았다. 미키는 괴로운 듯 눈을 깜박거리며 눈앞에 장식술처럼 늘어진 젖은 속눈썹 사이로 나를 쳐다보았다. 코 양쪽으로 흘러내린 누런 고름이 하얀 털에 말라붙어 거무죽죽하고 지저분해 보였다.

내가 손을 내밀자 미키는 잠깐 꼬리를 흔들고는 눈을 감아버렸다. 눈을 감고 있는 게 더 편한 듯했다.

나는 앨버트 영감의 어깨에 손을 얹었다.

"영감님, 미키가 언제부터 저렇게 됐습니까?"

"뭐라고?"

나는 다시 목청을 높였다.

"미키의 눈 말입니다. 상태가 심각해요."

"아아." 노인은 알아들었다는 듯 고개를 끄덕였다. "눈감기에 걸렸어. 어렸을 때부터 걸핏하면 눈감기에 걸렸지."

"아니, 이건 감기가 아닙니다. 눈꺼풀 때문이에요."

"뭐라고?"

나는 숨을 한 번 깊이 들이마시고 목청껏 소리를 질렀다.

"눈꺼풀이 안쪽으로 구부러졌어요. 이건 심각한 문제예요."

노인은 다시 고개를 끄덕였다.

"아아, 미키는 머리를 문틈에 대고 잠을 잘 때가 많지. 거기는 외풍이 심해."

"아닙니다, 영감님! 그건 아무 관계도 없어요. 이건 '엔트로피온'이라고 하는데, 고치려면 수술을 해야 합니다."

"맞아, 젊은이." 노인은 맥주를 한 모금 마셨다. "가벼운 감기일 뿐이야. 어렸을 때부터 줄곧 감기에……."

나는 지쳐서 내 자리로 돌아왔다. 테드 돕슨이 묻는 듯한 눈으로 나를 바라보았다.

"그게 뭡니까?"

"아주 고약한 거예요. 눈꺼풀이 안쪽으로 휘어서 속눈썹이 눈알을 스치는 것을 엔트로피온이라고 하지요. 몹시 고통스럽고, 때로는 염증을 일으키거나 심하면 실명하는 경우도 있습니다. 그렇게 심하지 않더라도 개한테는 불편하기 짝이 없지요."

"알겠습니다." 테드는 생각에 잠긴 얼굴로 말했다. "오래전부터 미키의 눈이 지저분한 것은 알고 있었지만, 요즘 갑자기 나빠졌어요."

"때로는 그렇게 되는 경우도 있지만, 대개는 선천성입니다. 미키는 태어났을 때부터 줄곧 그런 기미가 있었을 거예요. 그런데 무엇 때문인지 최근에 갑자기 저렇게 끔찍한 상태로 발전했겠지요."

나는 다시 늙은 개를 돌아보았다. 미키는 여전히 눈을 꽉 감은 채 탁자 밑에 묵묵히 앉아 있었다.

"그럼 아프겠군요?"

나는 어깨를 으쓱했다.

"눈에 티끌 하나만 들어가도 그렇게 쓰리고 아픈데, 미키는 오죽하겠습니까. 몹시 괴로울 겁니다."

"가엾어라. 그런 줄은 전혀 몰랐어요." 테드는 담배를 꺼냈다. "그런데 수술하면 고칠 수 있나요?"

"그럼요. 수의사가 할 수 있는 일 중에서도 가장 신나는 일이지요. 수술이 끝나면 항상 개한테 자비를 베푼 기분이 들어서 뿌듯하거든요."

"그렇겠군요. 마음이 흐뭇할 거예요. 하지만 수술비가 비싸겠지요?"

나는 일그러진 미소를 지었다.

"그거야 생각하기 나름이죠. 까다롭고 시간이 많이 걸리는 수술이라서, 대개 1파운드쯤 받고 있습니다."

인간을 다루는 의사라면 어이가 없어서 웃어버릴 만큼 적은 돈이지만, 그래도 앨버트 영감한테는 엄청 큰 액수일 것이다.

우리는 잠시 입을 다물고 노인을 바라보았다. 낡아서 실밥이 드러난 외투, 다 떨어진 부츠 위로 흘러내린 너덜너덜한 바지 자락. 1파운드는 노령연금 보름치에 해당하는 큰돈이다.

테드가 벌떡 일어났다.

"어쨌든 영감님한테 말해줘야 해요. 내가 설명하지요."

그는 노인에게 다가갔다.

"한잔 더 하실래요?"

늙은 양치기는 멍하니 테드를 쳐다보고는 빈 술잔을 가리켰다.

"아, 여기다 한 방울만 따라주면 돼."

소몰이꾼은 워터스 씨에게 손짓을 하고는 허리를 굽혀 노인의 귀에 대고 고함을 질렀다.

"헤리엇 선생이 뭐라고 했는지 알아들으셨어요?"

"아아…… 그래…… 미키는 눈감기에 걸렸어."

"아닙니다! 그런 게 아니에요! 그건 엔트…… 엔트…… 어쨌든 다른 병이에요."

"미키는 만날 눈감기에 걸려." 앨버트 영감은 술잔에 코를 박고 중얼거렸다.

테드는 분통을 터뜨렸다.

"이 멍청한 영감탱이야! 내 말 잘 들어! 미키를 잘 돌봐줘야 돼. 그리고……."

하지만 노인은 여전히 멍한 눈으로 중얼거렸다.

"그래, 미키는 강아지 때부터…… 걸핏하면 눈감기에 걸렸지……."

그때는 미키 때문에 내 고생을 잊을 수 있었지만, 그 눈이 며칠 동안 머리에 달라붙어 떠나지 않았다. 그 눈을 고쳐주고 싶었다. 내가 한 시간만 수고하면 그 개는 오랫동안 알지 못했던 새로운 세상으로 나갈 수 있을 것이다. 나는 당장 콥턴으로 달려가 그 개를 차에 싣고 대러비로 데려와서 수술대에 올려놓고 싶은 충동을 느꼈다. 하지만 그럴 수는 없었다. 돈 걱정을 하지는 않았지만, 그런 식으로 해서는 병원을 꾸려나갈 수 없었다.

농장에서는 절름발이가 된 개들, 길거리에서는 피골이 상접한 고양이들을 자주 보았다. 그런 녀석들을 모두 데려다가 내 수의학 지식을 베풀 수 있다면 멋졌을 것이다. 실제로 몇 번 시도해보기도 했지만 뜻대로 되지 않았다.

나를 고민에서 해방시켜준 것은 테드 돕슨이었다. 어느 날 저녁에 그가 누이를 만나러 시내에 온 길에 병원을 찾아왔다. 나는 병원 문간에서 그를 만났다. 자전거에 기대서 있는 그의 쾌활하고 깨끗한 얼굴이 환하게 빛났다. 어두컴컴한 길거리까지도 환하게 밝아지는 것 같았다.

그는 곧장 용건으로 들어갔다.

"미키한테 그 수술을 해주시겠습니까?"

"물론이죠. 하지만…… 수술비는 어떻게……?"

"그건 걱정 마세요. '여우와 사냥개' 단골들이 맡기로 했으니까요. 친목회 돈에서 빼낼 겁니다."

"친목회 돈이라고요?"

"여름에 놀러 가려고 매주 조금씩 돈을 모으고 있지요."

"정말 친절하시군요. 하지만 그게 확실합니까? 싫어하는 회원도 있지 않을까요?"

테드는 소리 내어 웃었다.

"천만에요. 1파운드 정도는 없어도 괜찮아요. 어차피 술값으로 날아갈 돈이니까." 그는 잠깐 말을 끊었다가 덧붙였다. "모두 원하고 있습니다. 그 이야기를 들은 뒤로는 그 늙은 개를 볼 때마다 신경이 쓰여서요."

"어쨌든 잘됐군요. 그런데 미키를 어떻게 데려오실 겁니까?"

"내가 일하는 목장 주인이 승합차를 빌려주기로 했어요. 수요일 밤이면 어떨까요?"

"좋습니다."

나는 테드가 자전거를 타고 멀어져가는 것을 지켜보다가 돌아섰다. 요즘 사람들은 겨우 1파운드를 가지고 뭐 그렇게 야단법석을 떠나 싶겠지만, 그 당시에는 큰돈이었다. 내 수의사 봉급이 주급 4파운드였으니까, 그것과 비교해보면 어느 정도는 짐작이 갈 것이다.


드디어 수요일 밤이 되었다. 미키의 수술은 일종의 축제가 되어 있었다. 작은 승합차에는 '여우와 사냥개'의 단골들이 가득 차 있었고, 자전거를 타고 달려온 사람도 있었다.

늙은 개는 겁먹은 듯 슬금슬금 복도를 지나 수술실로 걸어왔다. 익숙지 않은 에테르 냄새와 소독약 냄새에 연신 콧구멍을 실룩거리고 있었다. 농장 일꾼들의 대부대가 왁자지껄 떠들면서 그 뒤를 따라왔다. 무거운 부츠로 타일 바닥을 쿵쾅거리며 수술실로 행진했다.

마취를 맡은 트리스탄이 개를 수술대 위로 들어올렸다. 나는 주위를 둘러보았다. 수많은 얼굴이 늘어서서 기대에 찬 눈으로 나를 바라보는 익숙지 않은 광경이 펼쳐져 있었다. 나는 일반인이 수술에 입회하는 것을 좋아하지 않지만, 이 사람들은 수술비를 대주는 후원자니까 쫓아낼 수도 없었다.

나는 불빛 아래서 처음으로 미키를 자세히 보았다. 그 끔찍한 눈만 빼고는 잘생긴 개였다. 미키는 수술대 위에 앉아서 눈을 가늘게 뜨고 그 틈새로 잠깐 나를 엿보다가, 밝은 불빛에 눈이 부신 듯 다시 눈을 감아버렸다. 이 개는 평생을 그런 식으로 보냈을 것이다. 눈을 가늘게 뜨고 주위를 잠깐씩 조심스럽게 살피면서, 지금까지 그렇게 살아왔을 것이다. 미키에게 마취제를 주사하는 것은 잠시나마 그 고통에서 해방시켜주는 은혜를 베푸는 거나 마찬가지였다.

미키가 의식을 잃고 옆으로 길게 드러눕자 나는 처음으로 미키의 눈을 조사할 수 있었다. 고름이 엉겨붙은 속눈썹에 움찔하면서 눈꺼풀을 벌려보니 눈물과 고름이 눈에 가득 차 있었다. 미키는 오래전부터 각막염과 결막염을 앓고 있었지만, 각막에 궤양이 생기지 않은 것을 보고 나는 그나마 안도의 한숨을 내쉬었다.

"상태가 엉망이긴 하지만, 다행히 영구적인 손상은 없는 것 같습니다."

농장 일꾼들은 환호성을 지르지는 않았지만 무척 기뻐했다. 모두 웃고 떠들자 축제 분위기가 더욱 고조되었다. 나는 메스를 집어 들면서 이렇게 시끄러운 곳에서 수술하는 것은 난생처음이라는 생각이 들었다.

하지만 메스를 눈에 댔을 때는 기뻐서 가슴이 뛰었다. 이 순간을 얼마나 간절히 기다렸던가. 나는 왼쪽 눈부터 시작했다. 눈꺼풀 가장자리와 나란히 눈꺼풀을 길게 절개한 다음, 칼을 반원형으로 움직여 눈 위의 조직을 1센티미터쯤 절개했다. 다음에는 겸자로 피부를 집어서 잘라내고,

281

피가 흐르는 상처 가장자리를 맞붙여 꿰매면서 속눈썹이 위쪽으로 팽팽히 잡아당겨진 것을 만족스럽게 확인했다. 그토록 오랫동안 속눈썹에 찔려 고통을 받았던 각막 표면은 이제 속눈썹과 멀리 떨어져 있었다.

아래쪽 눈꺼풀에서는 피부를 조금만 잘라냈다. 거기서는 피부를 많이 잘라낼 필요가 없었다. 다음에는 오른쪽 눈을 수술할 차례였다. 나는 즐겁게 칼을 놀리다가, 문득 소란이 가라앉은 것을 알아차렸다. 소곤대는 소리는 들렸지만 농담과 웃음소리는 사라졌다. 얼핏 고개를 들자 로렐그로브에서 온 켄 애플턴이 눈에 들어왔다. 그가 맨 먼저 내 눈길을 끈 것은 당연했다. 그는 키가 190센티미터를 넘는데다 자기가 돌보는 샤이어종 말처럼 늠름한 체구를 갖고 있었기 때문이다.

"여긴 되게 덥군." 켄이 중얼거렸다. 나는 그 말이 사실이라는 것을 알 수 있었다. 그의 얼굴에서 땀이 줄줄 흘러내리고 있었기 때문이다.

내가 일에 열중해 있지 않았다면, 켄이 땀만 흘리는 것이 아니라 얼굴도 백짓장처럼 창백해졌다는 것을 알아차렸을 것이다. 내가 눈꺼풀에서 피부를 잘라내고 있을 때 트리스탄의 고함 소리가 들려왔다.

"저 사람 잡아요!"

주위에 있던 친구들이 거구의 켄 애플턴을 얼른 떠받쳤다. 그는 마룻바닥으로 조용히 미끄러져, 내가 봉합을 끝낼 때까지 평화롭게 자고 있었다. 트리스탄과 내가 기구를 소독하여 치우고 있을 때에야 그는 깨어나서 주위를 두리번거리기 시작했다. 친구들이 그를 부축하여 일으켜 세웠다. 이제는 절개가 끝났기 때문에 일행은 활기를 되찾았다. 켄은 놀림감이 되었지만, 얼굴이 핼쑥해진 사람은 켄만이 아니었다.

"이봐요 켄, 아무래도 당신한테는 위스키가 필요하겠는데요." 트리스탄이 말했다.

그러고는 방에서 나갔다가 위스키 병을 들고 돌아와, 손님을 따뜻하게 접대하는 그 특유의 정신으로 모든 사람에게 술을 나누어주었다. 비커와 계량컵과 시험관까지 술잔으로 동원되었고, 잠들어 있는 개 주위에서 떠들썩한 술판이 벌어졌다. 마침내 그들이 승합차를 타고 어둠 속으로 사라졌을 때, 마지막으로 내 귀에 들린 것은 만원이 된 승합차 안에서 들려오는 노랫소리였다.

그들은 열흘 뒤에 실밥을 뽑으러 미키를 데려왔다. 상처는 깨끗이 아물었지만, 각막염은 아직 다 낫지 않아서 늙은 개는 아직도 아픈 듯이 눈을 깜박거리고 있었다. 내가 수술의 최종 결과를 안 것은 그로부터 한 달 뒤였다.

나는 또다시 저녁 왕진을 나갔다가 콥턴 마을을 지나 집으로 돌아오고 있었다. '여우와 사냥개'의 불 켜진 문간을 보자, 날마다 밀려드는 일거리에 파묻혀 거의 잊고 있었던 그 수술이 생각났다. 나는 술집에 들어가 낯익은 얼굴들 사이에 자리를 잡았다.

모든 것이 기분 나쁠 만큼 전과 똑같았다. 앨버트 영감은 여전히 그 자리에 앉아 있었고, 미키는 탁자 밑에 길게 엎드려 자고 있었다. 발이 꿈틀거리는 것은 미키가 또 생생한 꿈을 꾸고 있다는 증거였다. 나는 미키를 유심히 바라보다가 더 이상 참을 수가 없어서 자석에라도 끌린 것처럼 녀석에게 다가갔다.

"미키! 일어나, 미키!" 나는 미키 옆에 쭈그리고 앉아 미키를 깨웠다.

실룩거리던 다리가 움직임을 멈추었다. 그리고 털로 뒤덮인 머리가 천천히 내 쪽으로 방향을 돌렸다. 나는 숨을 죽였다. 아주 긴 시간이 지난 것 같았다. 이윽고 나는 어린 강아지의 눈처럼 반짝반짝 빛나는 맑고 커다란 두 눈을 들여다보고 있었다. 믿을 수가 없었다. 행복감이 밀려왔다.

미키가 나를 마주보며 입을 크게 벌리고 활짝 웃었다. 꼬리가 돌바닥을 쓸었다. 따끈한 포도주가 내 혈관 속을 흐르는 듯한 기분이었다. 염증은 없었다. 눈곱도 없었다. 바싹 마른 깨끗한 속눈썹은 부드러운 곡선을 그리며 위로 올라가 각막 표면에는 전혀 닿지 않았다. 나는 개의 머리를 쓰다듬었다. 미키가 열심히 주위를 둘러보기 시작했다. 늙은 개가 고통에서 해방되어 눈앞에 열린 새로운 세계를 맛보는 것을 보고 나는 짜릿한 기쁨을 느꼈다. 내가 일어서자 테드 돕슨을 비롯한 단골손님들은 재미있는 음모라도 꾸미는 것처럼 싱글싱글 웃고 있었다.

"영감님." 나는 앨버트 영감에게 소리를 질렀다. "한잔하시겠어요?"

"아, 이 잔에 한 방울만 따라주면 돼, 젊은이."

"미키의 눈이 많이 좋아졌네요."

노인은 술잔을 들어올렸다.

"건배. 아아, 그때는 감기에 걸렸을 뿐이야."

"하지만 영감님……!"

"눈감기는 고약해. 이 녀석은 계속 문간에서 자니까 또 눈감기에 걸릴 거야. 강아지 때부터 걸핏하면……."

\* \* \*

나는 외과수술에 대해 즐겨 쓰곤 했다. 외과수술은 동물의 고통을 신속하게 없애고 삶의 기쁨을 안겨주기 때문이다. 엔트로피온 수술도 바로 그런 수술이고 우리 병원에서도 자주 하는 수술이지만, 마음씨 좋은 농장 일꾼들에게 둘러싸여 미키를 수술한 그날 밤처럼 떠들썩한 축제 분위기에서 수술한 것은 처음이자 마지막이었다. 하지만 오늘날의 고객들은 앨버트 클로즈 영감과는 달리 우리의 수고를 충분히 인정해주고 고마워한다.

# 20
## 징고와 스키퍼의 우정

동물도 친구가 필요하다. 들판에 있는 두 마리 동물을 관찰해본 적이 있는가? 말과 양처럼 종(種)이 달라도 그들은 함께 어울린다. 동물들 사이의 이런 우정은 언제나 내 관심을 사로잡았다. 특히 잭 샌더스네 개 두 마리는 헌신적인 우정의 본보기로 생각될 때가 많다.

한 녀석은 이름이 징고였다. 하얀색의 힘센 불테리어인데, 철조망에 살이 찢겨 병원에 왔다. 내가 상처를 꿰매려고 마취주사를 놓아도 녀석은 딱 한 번 낑낑 소리를 냈을 뿐이다. 그러고는 운명을 감수하기로 작정한 듯 멍하니 앞만 바라보고 있었다.

그동안 징고와 한시도 떨어질 수 없는 사이인 스키퍼는 친구의 뒷다리를 잘근잘근 깨물고 있었다. 개 두 마리를 한꺼번에 진찰대 위에 올려놓는 것은 이례적인 일이었지만, 나는 웰시코기인 스키퍼와 불테리어인 징고의 우정을 잘 알고 있었기 때문에 주인이 두 마리를 함께 올려놓아도 말리지 않았다.

나는 마취가 된 것을 확인한 뒤 상처를 꿰매기 시작했다. 징고도 아프지 않다는 것을 알고는 눈에 띄게 느긋해졌다.

"징고야, 이번에 혼쭐이 났으니까 앞으로는 철조망에 가까이 가면 안 된다는 걸 깨달았겠지?"

내가 말하자 잭 샌더스가 소리 내어 웃었다.

"글쎄요, 그럴 것 같지 않은데요. 오늘 아침에도 징고를 데리고 골목길을 내려갈 때 또 사고를 쳤지 뭡니까. 나는 주위에 위험이나 장애물이 전혀 없는 줄 알았는데, 징고는 울타리 너머에 있는 개를 발견하고는 총알같이 달려가는 거예요. 다행히 그 개가 그레이하운드라서 징고가 따라잡을 수 없었지만."

"너는 정말 골치 아픈 녀석이야."

나는 환자를 토닥였다. 매부리코인 징고는 커다란 얼굴을 내 쪽으로 돌리고 입을 귀에서 귀까지 벌리고 활짝 웃었다. 뒤쪽에서는 꼬리가 채찍처럼 홱홱 움직였다.

"놀랍지 않습니까?" 징고의 주인이 말했다. "징고는 늘 싸울 상대를 찾고 있지만, 어른이든 아이든 사람한테는 절대 덤벼들지 않으니 말입니다. 사람이 무슨 짓을 해도 얌전히 있지요. 징고는 세상에서 제일 온순한 개예요."

나는 봉합을 끝내고 바늘을 트롤리에 떨어뜨렸다.

"불테리어는 원래 투견이라는 걸 기억하셔야 합니다. 징고는 옛날부터 내려오는 본능에 따르고 있을 뿐이에요."

"그건 알고 있습니다. 그래서 줄을 풀어줄 때마다 사방을 잘 살펴야 해요. 개가 보이면 상대를 가리지 않고 덤벼드니까요."

"하지만 이 녀석은 예외지요."

나는 웃으면서 작은 코기를 가리켰다. 스키퍼는 친구의 다리에 싫증이

나서 이제는 친구의 귀를 잘근잘근 씹고 있었다.

"예, 정말 놀랍지 않습니까. 스키퍼가 귀를 물어뜯어도 징고는 앙갚음 하지 않을 겁니다."

정말 놀라운 일이었다. 열한 살인 스키퍼는 벌써 노쇠 징후를 보이기 시작하여 몸놀림이 뻣뻣해지고 시력이 떨어졌다. 반면에 징고는 한창 힘과 정력이 넘치는 세 살이었다. 땅딸막하고 가슴이 두툼하고 뼈와 근육의 덩어리인 징고는 만만찮은 동물이었다. 하지만 스키퍼가 아무리 물어뜯어도 징고는 고개를 돌려 친구의 머리를 거대한 입 속에 집어넣고는 스키퍼가 단념할 때까지 기다릴 뿐이었다. 불테리어의 턱은 강철 덫만큼 무자비할 수 있지만, 스키퍼의 작은 머리를 사랑스럽게 포옹하듯 가만히 물고 있었다.

열흘 뒤에 잭 샌더스가 실밥을 뽑기 위해 개 두 마리를 다시 병원에 데려왔다. 개들을 진찰대 위에 올려놓으면서 그는 걱정스러운 표정을 지었다.

"징고가 좋지 않습니다. 며칠 동안 먹이도 안 먹고 비참해 보여요. 이 상처 때문에 패혈증에 걸린 게 아닐까요?"

"물론 그럴 수도 있습니다." 나는 불안한 눈으로 내가 꿰맨 옆구리를 내려다보고, 긴 흉터를 손가락으로 만져보았다. "하지만 세균에 감염된 징후는 없는데요. 부기도 없고 통증도 없습니다. 상처는 깨끗이 아물었어요."

나는 한 발 뒤로 물러서서 징고를 바라보았다. 꼬리를 사타구니에 말아넣고 무심하게 앞만 바라보는 모습이 왠지 우울해 보였다. 친구가 뒷발을 부지런히 깨물고 있는데도 징고는 무관심했다.

분명히 스키퍼는 이런 식으로 무시당하는 것을 좋아하지 않았다. 스키퍼는 작전을 바꾸어 커다란 개의 귀를 공격하기 시작했다. 그래도 징고가 반응을 보이지 않자, 이번에는 징고의 거대한 머리가 한쪽으로 기울어질 만큼 잡아당겨 더욱 심하게 물어뜯기 시작했다. 하지만 징고는 아랑곳하지 않았다.

"스키퍼, 그만하면 됐어. 오늘은 징고가 장난을 받아줄 기분이 아니야."

나는 스키퍼를 바닥에 내려놓았다. 녀석은 화가 나서 진찰대 주위를 돌아다녔다.

나는 징고를 철저히 검사했지만, 열이 있다는 것밖에 찾아내지 못했다.

"열이 40도나 됩니다. 많이 아픈 건 의심할 여지가 없어요."

"무슨 병일까요?"

"열이 이렇게 높은 것으로 보아 급성 전염병에 걸린 게 분명합니다. 하지만 지금으로서는 원인을 정확히 지적하기가 어렵습니다."

나는 손을 내밀어 넓은 두개골을 쓰다듬고 하얀 얼굴을 손가락으로 쓸면서 생각을 더듬었다.

꼬리가 뒷다리 사이에서 씰룩 움직였다. 징고는 눈알을 굴려 나를 보고, 그런 다음 주인 쪽으로 눈길을 돌렸다. 내 주의를 사로잡은 것은 그 눈의 움직임이었다. 나는 얼른 위쪽 눈꺼풀을 들어올렸다. 결막은 정상적인 분홍빛으로 보였지만, 매끄럽고 하얀 공막이 약간 노르스름한 것을 알 수 있었다.

"황달이군요. 오줌에서 뭔가 이상한 점을 발견하지 못했습니까?"

잭 샌더스는 고개를 끄덕였다.

"그러고 보니 정원에서 오줌 누는 것을 보았는데 오줌 색깔이 좀 진해 보였어요."

"담즙 색소 탓입니다." 내가 배를 가볍게 누르자 개가 움찔했다. "역시 이 부위가 아주 민감하군요."

"황달이라고요?" 잭 샌더스는 진찰대 너머로 나를 바라보았다. "어디서 걸렸을까요?"

"이런 개를 보면 우선 두 가지를 생각합니다. 인중독이나 렙토스피라증이죠. 열이 높은 것으로 보아 렙토스피라증인 것 같습니다."

"다른 개한테서 옮았을까요?"

"그럴 수도 있지만, 쥐한테 옮았을 가능성이 더 큽니다. 징고는 쥐를 잡습니까?"

"예, 이따금요. 골목 끝에 있는 낡은 닭장에 쥐가 많은데, 징고는 이따금 거기 들어가서 쥐를 쫓아다니지요."

"바로 그거예요! 더 이상 원인을 찾을 필요는 없을 것 같군요."

잭은 천천히 고개를 끄덕였다.

"어쨌든 무슨 병인지 알았으니 됐습니다. 이제 치료를 시작할 수 있으니까요."

나는 말없이 그를 바라보았다. 그렇게 간단한 문제가 아니었다. 잭을 심란하게 만들고 싶지는 않았지만, 잭은 학교에서 교편을 잡고 있는 지적이고 분별있는 40대 남자였다. 그에게는 모든 것을 사실대로 말해주어야 한다는 생각이 들었다.

"이건 치료하기가 꽤 어려운 질병입니다. 수의사가 가장 애를 먹는 것은 황달에 걸린 개랍니다."

"위험한 병이라는 뜻인가요?"

"그렇습니다. 사실 황달은 사망률이 대단히 높습니다."

그의 얼굴에 고통과 걱정이 뒤섞인 표정이 떠오르는 것을 보자 그가 가엾게 느껴졌다. 하지만 나중에 충격을 받는 것보다 지금 경고해두는 편이 나았다. 징고는 며칠 안에 죽을 수도 있었기 때문이다. 30년이 지난 지금도 나는 개의 눈이 노랗게 변한 것을 보면 겁이 난다. 페니실린 같은 항생제가 렙토스피라균에 어느 정도는 효과가 있지만, 그래도 이 병은 치명적일 때가 많다.

"알겠습니다." 그는 생각을 정리하고 있었다. "그래도 뭔가 방법은 있겠죠?"

"물론입니다." 나는 쾌활하게 말했다. "렙토스피라균을 죽이는 혈청제를 주사하고 약을 먹일게요. 전혀 희망이 없는 건 아니에요."

나는 혈청제를 주사했다. 이 단계에서는 혈청제도 별로 효과가 없다는 것을 알았지만, 다른 방법이 없었다. 나는 스키퍼한테도 그 주사를 놓아주었다. 미리 주사를 놓으면 스키퍼를 그 병에서 지켜줄 수 있을 것이다.

"한 가지만 더 말씀드리죠. 이 병은 사람한테도 전염되니까, 징고를 다룰 때 위생상 예방조치를 철저히 취하셔야 합니다. 아셨죠?"

그는 고개를 끄덕이고 징고를 진찰대에서 들어올렸다. 커다란 개는 내 환자들이 대부분 그렇듯이 하얀 가운과 소독약 냄새가 나는 병원에서 빨리 나가려고 애썼다. 잭은 징고에게 이끌려 병원 복도를 종종걸음 치면서 간절한 눈빛으로 나를 돌아보았다.

"저것 좀 보세요! 건강이 그렇게 나빠 보이지는 않지요?"

나는 아무 말도 하지 않았다. 징고가 괜찮기를 진심으로 바랐지만, 그 매력적인 동물이 죽을 운명이라는 확신을 떨쳐버릴 수가 없었다. 어쨌든 이제 곧 알게 될 터였다.

아니나 다를까, 이튿날 아침 9시도 되기 전에 잭 샌더스한테서 전화가 걸려왔다.

"징고가 별로 안 좋습니다." 그는 별일 아닌 것처럼 애써 쾌활하게 말했지만 목소리가 떨리고 있었다.

늘 겪는 일이지만 나는 맥이 탁 풀렸다.

"지금 어떻게 하고 있습니까?"

"아무 것도 안 합니다. 먹으려고도 않고…… 그냥 누워 있습니다. 기운이 하나도 없어요. 그리고 이따금 토합니다."

예상했던 대로지만 그래도 옆에 있는 책상을 걷어차고 싶었다.

"곧 가겠습니다."

오늘은 징고가 꼬리를 흔들지 않았다. 난로 앞에 웅크린 채 난롯불을 멍하니 바라보고 있을 뿐이었다. 눈의 노란색은 선명한 오렌지색으로 짙어졌고, 열도 더 올라갔다. 나는 혈청제를 다시 주사했지만 커다란 개는 주사바늘이 몸에 들어가도 관심을 보이지 않았다. 나는 그 집을 나오기 전에 하얀 털을 쓰다듬어주었다. 스키퍼는 여느 때처럼 친구 옆에 바싹 붙어 있었지만 징고의 생각은 딴 데 가 있었다. 자신의 고통 속에 깊이 잠겨 있어서 친구한테 신경 쓸 겨를이 없어 보였다.

나는 날마다 징고를 찾아갔다. 나흘째에 징고는 옆으로 길게 드러누워 거의 혼수상태에 빠져 있었다. 결막과 공막과 구강 점막은 모두 혼탁한 암갈색이었다.

"괴로워하고 있나요?" 잭 샌더스가 물었다.

"솔직히 말씀드리면 고통은 느끼지 않을 겁니다. 메스껍고 구역질이 나겠지만, 그것뿐일 거예요."

"나는 포기하고 싶지 않습니다. 선생님이 가망이 없다고 생각해도 안락사는 시키고 싶지 않아요. 선생님은 그러고 싶겠지요?"

나는 애매한 몸짓으로 대답을 피했다. 그리고 스키퍼를 관찰했다. 스키퍼는 어리둥절한 것 같았다. 이제 친구를 귀찮게 구는 전술을 포기하고, 어쩔 줄 모르는 태도로 친구의 냄새를 맡고 있었다. 딱 한 번 스키퍼는 징고의 귀를 살짝 잡아당겼지만, 여전히 징고는 반응이 없었다.

나는 무력감을 느끼면서 효과도 없는 치료를 되풀이했고, 다시는 살아 있는 징고를 보지 못할 거라는 불길한 예감을 느끼면서 그 집을 나왔다.

이튿날 아침에 잭 샌더스한테서 전화가 걸려왔다. 각오는 하고 있었지만, 나쁜 소식으로 하루를 시작하는 것은 역시 기분이 좋지 않았다.

"징고가 간밤에 죽었습니다. 선생님한테 알려드리는 게 좋을 것 같아서요. 오늘 아침에 다시 오겠다고 하셨기 때문에……." 잭은 사무적인 투로 말하려 애쓰고 있었다.

"정말 안됐군요. 나는 그래도……."

"예, 알고 있습니다. 애써주셔서 고맙습니다."

이럴 때 남들이 친절하게 대해주면 더욱 견디기 어려운 법이다. 샌더스 부부는 자식이 없어서 동물을 끔찍이 사랑했다. 나는 잭 샌더스의 기분을 알고 있었다.

나는 수화기를 든 채 서 있다가 겨우 입을 열었다.

"아직 스키퍼가 있으니까 기운을 내세요."

충분한 위로가 될 것 같지는 않았지만, 비록 늙은 개일망정 남아 있는 개를 위안으로 삼는 것은 도움이 되었다.

"맞아요. 스키퍼가 있어서 얼마나 다행인지 모릅니다."

나는 그날 일을 시작했다. 때로는 환자가 죽기도 하지만, 지나고 보면 오히려 한시름 던 기분이 들기도 했다. 더구나 징고의 경우에는 죽음을 피할 수 없다는 것을 알고 있었기 때문에 일찍 결말이 난 것이 차라리 다행이다 싶었다.

하지만 일은 그것으로 끝나지 않았다. 일주일도 지나기 전에 잭 샌더스가 다시 전화를 걸어왔다.

"스키퍼가 징고와 똑같이 되어가고 있는 것 같습니다."

차가운 손이 내 위를 잡고 비틀었다.

"하지만 그럴 리가…… 스키퍼한테는 예방주사를 놓았는데요!"

"글쎄, 나도 어찌 된 일인지 모르겠어요. 비참한 꼴로 돌아다니고, 거의 아무 것도 먹질 않아요."

나는 밖으로 달려 나가 차에 올랐다. 샌더스 부부가 사는 변두리로 달려가는 동안 가슴이 두근거리고 끔찍한 생각이 마음속을 오락가락했다. 어떻게 스키퍼가 감염되었을까? 그 혈청제가 치료약으로는 거의 효과가 없지만 예방약으로는 확실한 효과를 기대할 수 있었다. 나는 만약을 위해 스키퍼한테 그 주사를 두 번 놓았다. 샌더스 부부가 사랑하는 개를 두 마리 다 잃는 것도 딱한 일이지만, 두 번째는 내 잘못일지도 모른다고 생각하자 견딜 수가 없었다.

작은 웰시코기는 나를 보자 비틀거리며 카펫을 가로질러 다가왔다. 나는 얼른 스키퍼를 부엌 식탁 위로 들어올렸다. 그러고는 불안한 마음으로 눈꺼풀을 뒤집어보았지만 공막에는 황달 기미가 전혀 없었다. 구강 점막도 마찬가지였다. 체온도 정상이었다. 나는 안도의 숨을 내쉬었다.

"어쨌든 렙토스피라증은 아닙니다." 내가 말했다.

샌더스 부인이 두 손을 맞잡았다.

"아아, 살았다. 우리는 틀림없이 같은 병인 줄 알았어요. 그런데 스키퍼가 몹시 아픈 것 같아요."

나는 작은 개를 꼼꼼히 진찰한 뒤 청진기를 주머니에 집어넣으며 말했다.

"아무 이상도 없는데요. 심장에 잡음이 좀 있지만, 그건 전부터 있었으니까 새삼스러운 건 아닙니다. 어쨌든 스키퍼는 늙었으니까요."

"징고를 잃은 슬픔 때문일까요?" 잭 샌더스가 물었다.

"그럴 수도 있습니다. 둘이 그렇게 친했으니까 상실감을 느끼는 것도 당연하죠."

"하지만 결국 이겨내겠죠?"

"물론입니다. 가벼운 진정제를 드릴 테니까 그걸 먹이면 도움이 될 겁니다."

나는 며칠 뒤 장터에서 잭 샌더스를 만났다.

"스키퍼는 좀 어떻습니까?"

잭은 볼을 부풀렸다.

"여전합니다. 아니, 더 나빠진 것 같아요. 문제는 먹이를 거의 먹지 않는다는 겁니다. 비쩍 말라가고 있어요."

나는 어떻게 해야 할지 알 수가 없었다. 이튿날 지나가는 길에 잭 샌더스네 집에 들러보았다.

작은 웰시코기는 몰라보게 변해 있었다. 스키퍼는 나이가 많은데도 왕초처럼 귀와 꼬리를 곤추세우고 활력이 넘쳤다. 징고가 살아 있을 때는 스키퍼가 분명 왕초였다. 하지만 지금은 바람 빠진 풍선처럼 풀이 죽어 있었다. 내가 들어가자 흐리멍덩한 눈으로 나를 쳐다보고는 바구니로 엉금엉금 기어 들어가 몸을 웅크리더니, 세상을 보고 싶지 않은 것처럼 눈을 감아버렸다.

나는 다시 스키퍼를 진찰했다. 심장의 잡음이 좀 더 뚜렷해진 듯싶었지만, 노쇠하고 기진맥진해 보이는 것 말고는 아무 이상도 없었다.

"스키퍼가 징고 때문에 이렇게까지 괴로워한다고는 믿기 어렵습니다. 단지 노쇠한 탓일지도 몰라요. 이번 봄에 열두 살이 되지요?"

샌더스 부인이 고개를 끄덕였다.

"맞아요. 그럼…… 스키퍼가 이대로 죽을 수도 있다고 생각하세요?"

"그럴 수도 있습니다."

나는 샌더스 부인의 심정을 알 것 같았다. 보름 전만 해도 건강한 개 두 마리가 집 안을 뛰어다니며 놀았는데, 남은 한 마리마저 이제 곧 없어지면 얼마나 쓸쓸할까.

"그래도 무슨 방법이 없을까요?"

"강심제를 좀 드리겠습니다. 그리고 스키퍼의 오줌을 받아서 병원으로 가져오세요. 콩팥 기능이 어떤지 보고 싶으니까요."

나는 소변을 검사했다. 알부민이 조금 검출되었지만, 그 나이의 개한테서 예상할 수 있는 수준은 넘지 않았다. 신장염이 원인일 가능성은 사라졌다.

비타민도 먹여보고 철분이 들어간 강장제나 유기인산 에스테르도 먹여보았지만 작은 개는 나날이 쇠약해졌다. 내가 다시 왕진 요청을 받은 것은 징고가 죽은 지 한 달쯤 뒤였다.

스키퍼는 바구니 속에 누워 있었다. 내가 부르자 천천히 고개를 들었다. 얼굴은 살이 쪽 빠져서 수척했다. 흐릿해진 눈은 나를 알아보지도 못하는 것 같았다.

"이리 온." 나는 격려하듯 말했다. "바구니에서 나와봐."

잭 샌더스가 고개를 저었다.

"소용없습니다. 이젠 바구니에서도 나오질 않아요. 우리가 밖에 꺼내놔도 너무 쇠약해서 걷지도 못합니다. 그리고…… 밤에는 여기 부엌에다 똥오줌을 쌉니다. 지금까지는 한 번도 그런 일이 없었는데……."

조종(弔鐘)이 울리는 것 같았다. 잭 샌더스의 말은 노쇠의 마지막 단계에 이른 개가 나타내는 증상이었다. 나는 신중하게 말을 골랐다.

"유감이지만 스키퍼는 종착역에 도달한 모양입니다. 징고를 잃은 슬픔이 이런 결과를 초래할 수는 없을 거예요."

잭 샌더스는 아무 말도 하지 않았다. 잠시 아내를 바라보고 불쌍한 개를 한참 내려다보았다.

"물론 우리도 마음 한구석에서는 그렇게 생각하고 있었어요. 그래도 스키퍼가 먹기 시작할지 모른다는 기대를 버릴 수 없었지요. 그럼 어떻게…… 어떻게 하면 좋을까요?"

나는 결정적인 말을 꺼낼 용기가 나지 않았다.

"스키퍼가 괴로워하는 것을 옆에서 그냥 지켜볼 수는 없을 것 같군요. 스키퍼는 이제 뼈와 가죽만 남았습니다. 지금은 삶에서 어떤 기쁨도 느끼지 못할 거예요."

"알겠습니다. 나도 같은 생각이에요. 스키퍼는 온종일 저기 누워서 어떤 것에도 관심이 없어요." 그는 말을 끊고 다시 아내를 돌아보았다. "내일까지 생각해보겠습니다. 하지만 선생님은 희망이 전혀 없다고 생각하시죠?"

"예, 그렇습니다. 늙은 개들은 마지막에는 이렇게 되는 경우가 많습니다. 스키퍼는 완전히 망가졌어요. 이제 끝난 것 같습니다."

잭 샌더스는 긴 한숨을 내쉬었다.

"맞습니다. 내일 아침 여덟 시까지 내가 연락하지 않으면 우리 집에 와서 스키퍼를 잠재워주세요."

나는 전화가 걸려오리라고는 거의 기대하지 않았고, 실제로 전화도 오지 않았다. 신혼 시절에 헬렌은 대러비의 제분소에서 사무원으로 일했기 때문에 우리는 아침에 함께 출근할 때가 많았다. 살림방에서 긴 계단을 함께 내려오면 나는 헬렌을 현관까지 배웅하고 왕진을 나갈 채비를 하곤 했다.

그날 아침에도 헬렌은 여느 때처럼 나에게 입을 맞추고 거리로 나가려다가 살피는 듯한 눈으로 나를 바라보며 물었다.

"아침식사를 하면서도 계속 말이 없었는데, 무슨 일 있었어요?"

"아무 것도 아니야. 일 때문에 좀……."

그러나 헬렌이 계속 나를 빤히 바라보고 있었기 때문에 샌더스 부부와 그들의 개에 대해 간단히 말해주었다.

헬렌은 내 팔을 잡았다.

"정말 안타까운 노릇이네요. 하지만 그런 일로 우울해지면 안 돼요. 그러면 수의사 일을 해나갈 수 없어요."

"나도 알아. 하지만 나는 원래 감상적인 사람이야. 그게 내 문제점이지.

가끔 수의사가 되지 말았어야 했다는 생각이 들 때가 있어.”

“그건 잘못 생각한 거예요. 수의사가 아닌 당신은 상상할 수도 없어요. 당신은 해야 할 일을 할 테고, 그것도 아주 잘 해낼 수 있을 거예요.”

헬렌은 다시 나에게 입을 맞추고는 돌아서서 계단을 내려갔다.

나는 오전 10시가 지나서야 샌더스네 집 밖에 차를 세웠다. 자동차 트렁크를 열고 주사기와 마취제를 꺼냈다. 늙은 개를 평화롭고 편안하게 잠재워줄 농축 마취제였다.

부엌에 들어갔을 때 맨 처음 눈에 띈 것은 마루를 아장아장 걸어 다니는 통통하고 하얀 강아지였다.

나는 놀라서 강아지를 내려다보았다.

“이건⋯⋯.”

샌더스 부인은 굳은 얼굴에 억지로 미소를 지었다.

“어제 남편과 이야기했는데, 개가 한 마리도 없다는 건 생각만 해도 견딜 수가 없었어요. 그래서 파머 부인을 찾아갔죠. 파머 부인네 암캐가 징고를 낳았거든요. 그런데 마침 그 개가 또 한 배를 낳아서 파머 부인이 팔려고 내놓았더라고요. 무슨 운명인 것 같았어요. 이 강아지한테도 징고라는 이름을 붙여주었어요.”

“참 좋은 생각입니다! 현명한 결정을 내리셨어요.”

나는 강아지를 들어올렸다. 강아지는 꼼지락거리고 낑낑대면서 내 얼굴을 핥으려고 했다. 이 강아지 덕분에 내 일이 훨씬 쉬워지겠구나 하는 생각이 들었다.

나는 주머니에서 가만히 마취제 병을 꺼내면서 구석의 바구니 쪽으로 다가갔다. 스키퍼는 어제와 마찬가지로 공처럼 몸을 웅크린 채 나를 아는 체도 하지 않았다. 내가 지금 하려는 일은 스키퍼가 이미 시작한 여행을 쉽고 빠르게 해줄 거라고 생각하자 마음이 편해졌다.

내가 주사바늘로 마취제 병의 고무 뚜껑을 찌르고 마취액을 막 빨아들이려는데 스키퍼가 고개를 들었다. 스키퍼는 바구니 가장자리에 턱을 올려놓고 강아지를 유심히 바라보고 있었다. 강아지는 우유 접시 쪽으로 아장아장 걸어가 부지런히 핥기 시작한 참이었다. 그런 강아지를 바라보는 스키퍼의 표정에는 오래전에 사라진 무언가가 떠올라 있었다.

나는 작은 웰시코기가 몸을 일으키려고 애쓰는 것을 가만히 지켜보았다. 스키퍼는 몇 번 넘어진 뒤에야 간신히 일어섰다. 그러고는 바구니 밖으로 굴러 나와 후들거리는 다리로 마루를 가로질렀다. 강아지 옆에 이르자 휘청거리면서 멈춰 섰다. 옛 모습을 찾아볼 수 없을 만큼 수척해졌지만, 놀랍게도 스키퍼는 목을 길게 빼어 강아지의 작은 귀를 입에 물었다. 나는 도저히 믿을 수가 없었다.

강아지들은 참을성이 없다. 스키퍼의 이빨이 귀를 물자 징고 2세는 날카롭게 비명을 질렀다. 그래도 스키퍼는 끄떡도 하지 않고 하얀 귀를 잘근잘근 씹는 데 열중했다.

나는 마취제 병과 주사기를 다시 주머니 속에 떨어뜨리고 샌더스 부인에게 조용히 말했다.

"먹을 것을 좀 가져다주세요."

샌더스 부인은 허둥지둥 식품저장고로 달려가 고기 몇 점을 가져왔다. 스키퍼는 얼마 동안 귀를 물고 있다가 놓아주고, 이번에는 강아지를 머리끝부터 꼬리끝까지 샅샅이 냄새 맡기 시작했다. 서두르지 않고 신중하게 냄새를 맡은 뒤에야 비로소 고기 접시 쪽으로 돌아섰다. 스키퍼는 고기를 씹을 기력도 없었지만, 고기 한 점을 물고 천천히 턱을 움직이기 시작했다.

"맙소사!" 잭 샌더스가 외쳤다. "며칠 만에 처음 먹는 거예요!"

샌더스 부인이 내 팔을 잡았다.

"어떻게 된 거죠? 우리는 집에 개가 한 마리도 없는 게 견디기 힘들어서 저 강아지를 데려왔을 뿐인데."

"이제 다시 두 마리를 키우게 된 것 같군요."

나는 문으로 걸어가면서 샌더스 부부를 돌아보고 씽긋 웃었다. 두 사람은 황홀한 눈으로 스키퍼를 바라보며 넋을 잃고 있었다. 스키퍼는 고기를 삼키고는 당장 두 번째 고기를 입에 물었다.

"나는 이만 가봐야겠습니다. 안녕히 계세요."


여덟 달쯤 지났을 때 잭 샌더스가 병원에 와서 징고 2세를 진찰대 위에 올려놓았다. 녀석은 불테리어답게 가슴이 딱 바라지고 다리가 튼튼한 개로 자라고 있었다. 다정한 얼굴과 힘차게 흔들어대는 꼬리를 보자 징고 1세가 생각났다.

"발바닥에 습진이 좀 생겼어요." 잭이 말하고는 허리를 숙여 스키퍼를 진찰대 위에 올려놓았다.

그 순간 나는 환자를 잊어버렸다. 내 관심은 온통 웰시코기한테 쏠렸다. 스키퍼는 통통하게 살이 오르고 눈은 반짝반짝 빛나고 있었다. 게다가 이제 덩치가 커진 불테리어의 뒷다리를 옛날과 다름없이 기운차게 물어뜯고 있었다.

"저것 좀 보세요! 시계가 거꾸로 돌아가고 있는 것 같군요."

내가 말하자 잭 샌더스는 소리 내어 웃었다.

"둘이 얼마나 친한지 몰라요. 전과 똑같습니다."

"이리 온, 스키퍼." 나는 녀석을 움켜잡고 찬찬히 살펴보았다. 검사를 끝낸 뒤에도 나는 친구한테 돌아가려고 몸부림치는 스키퍼를 잠시 잡고 있었다. "앞으로도 몇 년은 더 살겠는데요."

"정말요?" 잭 샌더스는 장난스러운 눈으로 나를 바라보았다. "하지만 아주 오래전에 선생님이 스키퍼는 종착역에 이르렀다고, 이제 끝났다고 말한 것 같은데요?"

나는 한 손을 들어올렸다.

"압니다, 알아요. 하지만 세상에는 틀려서 좋은 일도 있는 법이죠."

\* \* \*

동물끼리의 우정이 얼마나 중요한가를 알려주는 따뜻한 추억 가운데 하나다. 동물 치료의 심리학적 측면은 매우 흥미롭다. 동물이 삶의 의욕을 잃으면 죽는 경우가 많다. 이것은 모든 동물한테 적용된다. 난산으로 다 죽어가던 암양도 돌봐야 할 새끼가 있으면 대개 살아남는다. 스키퍼는 가장 만족스러운 사례였다. 물론 개가 친구를 잃었을 때의 반응은 저마다 다르다. 잠깐 슬퍼하다가 마는 경우도 있고, 오랫동안 슬픔에 잠기는 개도 있다.

# 21
# 얼간이 세스 필링

"그 애송이 헤리엇은 지독한 멍청이야."

사람의 사기를 높여주는 말은 결코 아니었다. 맛있는 맥주가 내 입 안에서 잠시 시큼해졌다. 나는 저녁에 산통 환자를 치료하고 집으로 돌아가는 길에 선술집 '왕관과 달'의 칸막이 룸에서 혼자 맥주를 마시고 있었다. 그런데 홀에서 쪽문을 통해 그 말이 또렷이 들려온 것이다.

나는 불이 환히 켜진 홀을 볼 수 있도록 자리를 조금 옮겼다. 그 말을 한 사람은 세스 필링이었다. 날품팔이 일꾼인 그는 대러비에서 꽤 알려진 인물이었다. 명색은 일꾼이지만 실제로는 거의 일을 하지 않았고, 그 우람한 체격과 불그레한 얼굴은 직업안정과의 실업수당 지급 창구에서 자주 볼 수 있었다.

"그 녀석은 아무 것도 몰라. 특히 개에 대해서는 깜깜하다고."

덩치 큰 필링은 맥주 1파인트를 단숨에 들이켰다.

"소를 다루는 솜씨는 나쁘지 않던데?" 다른 목소리가 끼어들었다.

"그럴지도 모르지. 하지만 나는 소 이야기를 하는 게 아니라 개 이야기를 하고 있는 거야." 필링은 위압적으로 대꾸했다. "개를 치료하려면 기술이 필요하지."

"그래도 헤리엇은 수의사잖아?" 세 번째 남자가 말했다.

"나도 알아. 하지만 수의사도 천차만별이야. 헤리엇은 아무 짝에도 쓸모없는 돌팔이라고. 그 녀석에 대한 소문을 몇 가지 말해줄 수도 있어."

남의 이야기를 엿듣는 사람은 자기를 칭찬하는 말을 절대 들을 수 없다고 한다. 세스 필링이 술집에서 나를 헐뜯는 말을 듣기보다는 당장 거기서 나오는 편이 현명하다는 것은 잘 알고 있었지만, 물론 나는 나오지 않았다. 병적인 호기심에 사로잡혀 온 신경을 곤두세우고 그들의 대화에 귀를 기울였다.

"무슨 소문인데?" 그의 친구들도 나만큼 흥미가 동한 것 같았다.

"그 녀석이 엉망으로 만들어버린 개를 나한테 데려온 사람이 한두 명이 아니야."

"자넨 개에 대해서 모르는 게 없지. 안 그래, 세스?"

이 말에 빈정거림이 담겨 있다고 생각한 것은 내 희망적인 해석이었을지 모르지만, 정말로 빈정거림이 담겨 있었다 해도 필링에게는 통하지 않았다. 그는 자기만족에 빠져 그 커다랗고 우둔한 얼굴에 주름을 잡고 선웃음을 쳤다.

"그럼, 개에 대해서는 모르는 게 없지. 평생 동안 개들 틈에서 지냈고 공부도 많이 했으니까." 그는 맥주를 꿀꺽꿀꺽 들이켰다. "우리 집에는 개에 대한 책이 잔뜩 있는데, 나는 그걸 다 읽었어. 개의 질병과 치료법에 대해서는 빠삭하지."

술집에 있던 다른 남자가 끼어들었다.

"그럼 개에 대해서는 한 번도 실패한 적이 없나?"

잠시 침묵이 흐른 뒤 필링이 위엄있게 말했다.

"한 번도 실패하지 않았다고 말하진 않겠어. 아주 드물긴 하지만 나도 모르는 게 있지. 하지만 그래도 헤리엇한테 가지는 않아." 그는 고개를 설레설레 저었다. "아무렴, 헤리엇한테는 안 가지. 나는 브로턴에 가서 데너비 브룸한테 조언을 청한다네. 그 사람은 나하고 아주 친하거든."

나는 조용한 룸에서 맥주를 한 모금 마셨다. 데너비 브룸은 당시 번창하고 있던 수많은 '돌팔이' 가운데 하나였다. 그는 원래 건축업자—정확히 말하면 벽에 회반죽을 바르는 미장이—였는데, 신비로운 마력에 이끌려 정식으로 수의학 분야를 공부하지 않고 돌팔이 수의사가 되었다. 그리고 지금은 상당히 호화로운 생활을 하고 있었다.

그가 돌팔이 수의사로 떼돈을 번다 해도 나는 그에게 아무 반감도 품지 않았다. 우리는 모두 먹고살아야 하기 때문이다. 어쨌든 브로턴은 우리 영업 구역 밖이니까 그가 나를 성가시게 하는 일은 거의 없었다. 하지만 브로턴 일대의 동료 수의사들은 브룸에 대해 험담을 서슴지 않았다. 나는 그의 이름이 가장 큰 성공 비결이라고 확신했다. '데너비 브룸'이라는 말 자체가 대단히 인상적이고 어마어마하게 들렸기 때문이다.

"나는 그래." 필링이 말을 이었다. "데너비와 나는 친한 사이이고, 우린 개에 대해 자주 의견을 나눠. 실제로 전에 한 번 내 개를 데너비한테 데려간 적이 있는데…… 이 녀석 좀 봐. 좋아 보이지? 어때?"

나는 일어나서 발돋움을 하고 홀을 엿보았다. 필링의 반려견인 울프스피츠가 주인의 발치에 앉아 있는 것이 보였다. 윤기 나는 풍성한 털을 가진 잘생긴 개였다. 덩치 큰 사내는 허리를 숙여 여우처럼 생긴 개의 머리를 토닥였다.

"아주 귀한 개야. 이런 개를 헤리엇 같은 돌팔이한테 맡길 수는 없지."

"도대체 헤리엇이 뭐가 어떻다는 거야?" 누군가가 물었다.

"내가 말해주지." 필링은 제 머리를 톡톡 두드렸다. "헤리엇은 여기에 든 게 별로 없어."

나는 더 이상 듣고 싶지 않아서 잔을 내려놓고 슬며시 밤의 어둠 속으로 빠져나왔다.

그런 일을 겪은 뒤 나는 세스 필링을 더욱 눈여겨보게 되었다. 그가 시내를 어슬렁거리며 돌아다니는 모습은 자주 볼 수 있었다. 다방면에 걸쳐 그렇게 풍부한 지식을 가지고 있는데도 일자리를 얻지 못할 때가 많았기 때문이다. 그는 개에 대해서만 전문가가 아니었다. '왕관과 달'에 죽치고 앉아서 정치와 원예, 조류 사육, 농업, 경제 상황, 크리켓, 낚시를 비롯한 온갖 문제에 대해 거드름을 피우며 이야기했다. 그는 거의 모든 문제에 대해 해박한 지식을 자랑했다. 그런 사람이 직장에 오래 다니지 못하고 금방 해고당하는 것은 놀라운 일이었다.

시내를 어슬렁거릴 때는 대개 개를 데리고 다녔는데, 그 멋진 개가 나에게는 내 결점을 상징하는 존재처럼 보이기 시작했다. 나는 본능적으로 그를 피해 다녔지만, 어느 날 아침 그와 정면으로 마주치고 말았다.

시장의 버스 정류장에 사람들이 모여 브로턴행 버스를 기다리고 있었다. 거기에 세스 필링과 울프스피츠가 있었다. 나는 우체국에 가는 길에 그 옆을 지나가다가 나도 모르게 멈춰 서서 개를 바라보았다. 그 아름다운 개가 몰라보게 변해 있었다.

풍성한 잿빛 털이 윤기를 잃고 성기어져 있었다. 목덜미에 사자 갈기처럼 긴 털이 빽빽하게 나 있는 것이 울프스피츠의 특징인데, 그것도 거의 사라져버렸다.

"내 개를 보고 있군?"

필링은 내가 더러운 손으로 개를 만질까봐 두려워하는 것처럼 줄을 잡아당겨 작은 개를 자기 쪽으로 끌어당겼다.

"예…… 미안하지만 저절로 눈길이 가는군요. 피부병에 걸린 것 같은데요?"

덩치 큰 사내는 깔보는 눈으로 나를 바라보았다.

"아아, 좀…… 그래서 지금 데너비 브룸한테 보이려고 브로턴에 데려가는 길이오."

"그렇군요."

"개를 잘 아는 사람한테 데려가는 게 좋겠다고 생각했지." 그는 정류장에 모여 있는 사람들을 둘러보며 아니꼽다는 투로 웃었다. 그들은 모두 흥미롭게 귀를 기울이고 있었다. "이 개는 아주 귀한 개니까."

"물론 그렇겠지요."

"지금까지는 내가 직접 치료했소." 그는 더욱 목청을 높였다. 그것은 그가 말하지 않아도 알 수 있었다. 지독한 타르 냄새가 코를 찔렀고, 개 털에 기름 같은 물질이 묻어 있었기 때문이다. "하지만 그래도 확인하는 게 좋겠지. 데너비 브룸처럼 믿을 만한 사람이 가까이 사는 건 행운이야. 안 그렇소, 헤리엇 선생?"

"맞습니다."

그는 구경꾼을 둘러보았다.

"더구나 이렇게 귀한 개라면 더 말할 것도 없지. 아무한테나 맡겨서 망쳐놓을 수는 없으니까."

"개가 어서 나았으면 좋겠군요."

"걱정 마시오. 내가 고칠 테니까." 덩치 큰 사내는 이 막간극을 즐기고 있었다. 그는 큰 소리로 웃으면서 말을 이었다. "그건 선생이 걱정할 일이 아니지."

이 짧은 만남이 하루를 활기차게 해주지는 않았지만, 이제 필링을 주의해서 지켜볼 이유가 하나 더 늘어났다. 그 후 보름 동안 나는 그의 행동을 유심히 지켜보았다. 개털이 놀랄 만큼 빠른 속도로 줄어들고 있었기 때문에 내 관심은 날이 갈수록 깊어졌다. 그뿐만 아니라 개의 태도도 달라져서, 전처럼 기운차게 걷지 않고 금방이라도 죽을 것처럼 발을 질질 끌고 다녔다.

보름이 지날 무렵 나는 덩치 큰 사내가 털 깎인 양처럼 보이는 동물을 개줄에 매달아 끌고 가는 것을 보고 소름이 끼쳤다. 그 아름답던 울프스피츠가 털을 다 잃고 알몸만 남아 있었다. 하지만 내가 그쪽으로 다가가자, 나를 알아본 개 주인은 가엾은 개를 질질 끌고 반대 방향으로 사라져버렸다.

하지만 며칠도 지나기 전에 나는 그 개를 다시 볼 수 있었다. 개는 스켈데일 하우스의 대기실에 있었다. 그리고 이번에는 주인이 아니라 여주인이 개와 함께 있었다.

필링 부인은 대기실 의자에 꼿꼿이 앉아 있다가, 내가 진료실로 오라고 하자 벌떡 일어나 내 옆을 지나서 복도로 나갔다. 그러고는 나보다 앞장서서 씩씩하게 복도를 걸어갔다.

그녀는 키가 아주 작았지만 엉덩이가 펑퍼짐하고 옹골차 보였다. 걸음도 빨랐다. 턱을 쑥 내밀고 걸음을 내디딜 때마다 고개를 까딱거리면서 언제나 잰걸음으로 걸었다. 그녀는 절대로 웃지 않았다.

나는 세스 필링이 밖에서는 허풍을 떨지만 집에서는 작달막한 마누라한테 죽어지낸다는 소문을 들었다. 입을 꽉 다물고 이글거리는 눈빛으로 나를 노려보는 필링 부인의 얼굴을 보니 그 소문을 믿을 수 있었다.

그녀는 힘센 팔로 울프스피츠를 들어 올려 진찰대 위에 올려놓았다.

"우리 개 좀 봐주세요." 그녀는 내뱉듯이 말했다.

나는 개를 보고 놀라서 숨을 훅 들이마셨다.

"세상에!"

작은 개는 벌거숭이나 마찬가지였다. 피부는 바싹 말라서 비늘처럼 벗겨졌고 쭈글쭈글 주름이 져 있었다. 진정제 주사라도 맞은 것처럼 고개를 축 늘어뜨리고 있었다.

"놀라셨죠?" 그녀가 소리를 질렀다. "놀라는 게 당연해요. 끔찍하지 않아요?"

"그렇군요. 다른 데서 보았다면 몰라봤을 겁니다."

"그래요, 아무도 몰라볼 거예요. 나는 이 개를 세상에서 둘도 없이 소중하게 여기는데, 이 꼴 좀 보세요." 그녀는 말을 끊고 몇 번 콧김을 내뿜었다. "이게 다 누구 때문인지 아세요? 선생님은 모르세요?"

"글쎄……."

"아니, 아실 거예요. 이게 다 제 잘난 남편 때문이에요." 그녀는 다시 말을 끊고 가쁘게 숨을 몰아쉬며 나를 노려보았다. "제 남편을 어떻게 생각하세요?"

"나는 사실 필링 씨를 잘 모릅니다. 그저……."

"나는 남편을 잘 알아요. 한마디로 얼간이죠. 지독한 멍청이예요. 모르

309

는 것도 없고 아는 것도 없어요. 그 멍청이가 내 소중한 개를 갖고 놀다가 결국 이 꼴로 망쳐놓았지 뭐예요."

나는 아무 말도 하지 않고 울프스피츠를 세심히 살펴보았다. 내가 그 개를 가까이에서 자세히 관찰할 수 있었던 것은 이때가 처음이었다. 그 결과 나는 문제의 원인을 분명히 알 수 있었다.

필링 부인은 턱을 더 앞으로 내밀면서 말을 이었다.

"처음에 남편은 습진이라고 했어요. 그런가요?"

"아니요."

"다음에는 옴이라고 했어요. 그런가요?"

"아니요."

"무슨 병인지 아세요?"

"예."

"그럼 말해주시겠어요?"

"점액수종입니다."

"점……?"

"잠깐만요. 다시 한 번 확인해볼게요." 나는 청진기를 개의 가슴에 댔다. 예상했던 대로 지맥(遲脈)이 있었다. 갑상선기능저하증에 걸리면 심장 박동이 아주 느려진다. "예, 맞습니다. 의심할 여지가 없어요."

"아까 뭐라고 하셨죠?"

"점액수종. 갑상선 결함이죠. 목에 갑상선이라는 샘이 있는데, 그게 기능을 제대로 발휘하지 못하고 있는 겁니다."

"그 병에 걸리면 털이 빠지나요?"

"예. 그리고 피부가 이렇게 비늘처럼 벗겨지고 쭈글쭈글 주름이 지기도 하지요."

"이 개는 온종일 반쯤 졸고 있는데, 그건 어떤가요?"

"그것도 전형적인 증상입니다. 이 병에 걸린 개는 완전히 무기력해집니다. 활력을 다 잃어버리죠."

그녀는 손을 내밀어 개의 피부를 만졌다. 한때는 아름다운 털이 덤불처럼 더부룩하게 자랐던 피부가 이제는 벌거숭이가 다 되어 질긴 가죽 같았다.

"고칠 수 있나요?"

"그럼요."

"기분 나쁘게 생각 마시고 대답해주세요. 정말로 확실한가요? 그 진단이 틀렸을 가능성은 없나요? 점액인지 뭔지 하는 그 병인 게 확실해요?"

"물론 확실합니다. 명명백백합니다."

"선생님한테는 명명백백하겠죠." 그녀의 얼굴이 확 붉어졌다. 이를 뿌드득 갈고 있는 것 같았다. "하지만 그 잘난 인간한테는 명명백백하지 않아요. 미련 곰탱이 같으니라고! 그 등신이 내 개한테 무슨 짓을 했는지 생각하면 죽여버리고 싶을 정도예요."

"필링 씨도 개를 위해 그게 가장 좋다고 생각해서 한 일이겠지요."

"어떻게 생각했든 상관없어요. 그 덩치 큰 얼간이가 이 가엾은 개를 괴롭힌 걸 생각하면…… 어디 잡히기만 해봐라."

나는 그녀에게 알약을 내주었다.

"이건 갑상선 제제인데, 밤과 아침에 한 알씩 먹이세요."

그녀는 미심쩍은 눈으로 나를 바라보았다.

"피부에도 뭔가 발라야 하지 않을까요?"

"아니요. 피부에 바르는 약은 아무 소용 없습니다."

"그럼……" 그녀의 얼굴이 자줏빛으로 변했다. 그녀는 다시 콧김을 내뿜기 시작했다. "그럼 제 남편이 그동안 발라준 그 지저분한 약은 모두 허탕이었다는 건가요?"

"그런 것 같습니다."

"죽여버리고 말겠어!" 그녀는 분노를 폭발시켰다. "내 강아지한테 더러운 기름 찌꺼기를 몇 병씩 처바르다니! 그리고 브로턴의 돌팔이 녀석은 끔찍한 로션을 보내왔어요. 고약한 냄새가 나는 노란색 로션인데, 그것 때문에 집 안이 온통 악취로 진동하고 내 카펫도, 좋은 의자 커버도 모두 망가졌어요!"

유황에 고래기름과 크레졸을 섞었을 거라고 나는 생각했다. 옛날에 훌륭한 약재로 쓰인 것들이지만, 이 경우에는 아무 쓸모도 없고 지극히 반사회적이다.

필링 부인은 개를 바닥에 내려주고는 고개를 숙이고 구부정한 모습으로 복도를 성큼성큼 걸어갔다. 나는 그녀가 혼잣말로 중얼거리는 소리를 들을 수 있었다.

"내가 집에 갈 때까지 기다려. 끝장을 내줄 테니까. 끝장을 내고야 말겠어!"


당연히 나는 환자의 상태가 궁금했지만, 그 후 보름 동안 어디에서도 울프스피츠를 보지 못했다. 그래서 나는 세스 필링이 나를 피해 다니고 있다고 생각할 수밖에 없었다. 한번은 그가 울프스피츠를 끌고 골목으로 잽싸게 사라지는 것을 본 것도 같았지만, 분명히 세스 필링이라고 확신할 수는 없었다.

내가 세스 필링과 울프스피츠를 본 것은 우연이었다. 차를 몰고 길모퉁
이를 돌아서 막 시장으로 들어가는데 한 남자와 개 한 마리가 매점에서
나오는 것이 보였다.

차창으로 개를 바라본 순간 나는 숨을 죽였다. 그렇게 짧은 기간에 개
의 피부는 건강한 솜털로 뒤덮였고, 개는 옛날처럼 활기차게 걷고 있었
다.

내가 차의 속도를 줄이자 개 주인이 내 쪽을 홱 돌아보았다. 그는 사냥
꾼에게 몰린 짐승처럼 겁에 질린 눈으로 나를 힐끔 바라보고는 줄을 잡
아당기며 허둥지둥 달아났다.

그의 마음속에 어떤 혼란이 일어났는지, 어떤 감정들이 충돌했는지는
상상할 수밖에 없었다. 물론 그는 개가 회복되는 것을 보고 싶어 했겠
지만, 이런 식으로 낫는 것은 원치 않았을 것이다. 그런데 결국 내 치료를
받고 믿을 수 없을 만큼 빨리 나아버렸기 때문에 그의 처지가 아주 곤란
해졌다. 나는 점액수종이 극적으로 낫는 경우를 몇 번 보았지만, 그 울프
스피츠만큼 극적인 회복은 본 적이 없다.

세스 필링의 고통은 다양한 방법으로 나에게 전달되었다. 그가 단골 술
집을 바꾸어, 이제는 저녁마다 '불곰'이라는 술집에 다닌다는 소문이 들
렸다. 대러비처럼 좁은 곳에서는 소문이 하루아침에 퍼진다. '왕관과 달'
에 단골로 드나드는 농장 일꾼들이 그 엉터리 전문가를 요크셔식 농담으
로 놀려댔을 게 분명하다.

하지만 그가 주로 고난을 당한 곳은 집이었다. 내가 치료를 끝낸 지 달
포쯤 뒤에 필링 부인이 개를 병원으로 데려왔다.

지난번과 마찬가지로 그녀는 개를 번쩍 들어 진찰대 위에 올려놓고는, 늘 그렇듯이 웃음기라고는 찾아볼 수 없는 엄격한 얼굴로 나를 바라보았다.

　"그냥 고맙다는 인사를 드리러 왔어요. 그리고 선생님이 개를 보고 싶어 할 것 같아서."

　"정말 보고 싶었습니다. 이렇게 와주셔서 고맙습니다."

　나는 아름다운 개를 바라보며 감탄하지 않을 수 없었다. 새로 돋아나 자르르 윤기가 흐르는 풍성한 털, 반짝이는 눈, 생기발랄한 표정.

　"정상으로 돌아왔다고 해도 좋겠군요."

　그녀는 고개를 끄덕였다.

　"저도 그렇게 생각했어요. 고맙습니다."

　나는 그녀를 현관까지 배웅했다. 그녀는 개를 끌고 거리로 나가다가 그 다부진 얼굴로 다시 나를 돌아보았다. 눈이 마주쳤다. 그녀의 엄격한 눈이 무척 위협적으로 보였다.

　"한 가지만 더 말씀드릴게요. 나는 그 얼간이가 내 개한테 한 짓을 절대 용서하지 않겠어요. 남편은 그동안에도 줄곧 나한테 혼이 났지만, 죽을 때까지 평생 내 구박을 받을 거예요."

　그녀가 길을 따라 걸어가자 작은 개는 옆에서 경쾌하게 종종걸음을 쳤다. 나는 그들의 뒷모습을 바라보면서 즐거운 기분에 잠겼다. 그렇게 회복이 잘 된 환자를 보면 언제나 흐뭇하지만, 이 경우에는 또 다른 보너스가 있었다.

　필링은 땅딸막한 마누라한테 평생 구박을 당할 테니, 얼마나 고소한 노릇인가.

　내 책에는 불쾌한 인물이 별로 나오지 않지만, 세스 필링은 그 보기 드문 인물 가운데 하나다. 나는 그의 낭패를 고소하게 생각했지만, 마음 한구석에서는 그가 가엾게 느껴지기도 한다. 세스 필링처럼 박식한 체하는 엉터리 전문가로서는 점액수종 같은 병을 만난 게 불운이었다. 이 질병은 비교적 드물지만, '제대로' 아는 사람이라면 쉽게 치료할 수 있다.

# 22

# 떠돌이 개

노점 사이를 어슬렁거리는 그 작은 개가 눈에 띈 것은 어느 장날 시그프리드와 함께 장을 보고 있을 때였다.

병원이 한산하면 우리는 곧잘 시장을 돌아다니며 선술집 '드로버스 암스' 문간에 모여 있는 농부들과 이야기를 나누곤 했다. 때로는 많이 밀린 진료비를 받기도 했고 다음 주의 일거리를 미리 얻기도 했지만, 그런 일이 없어도 신선한 공기를 마시는 것만으로도 즐거웠다.

그 누런 개가 눈길을 끈 것은 녀석이 비스킷 노점 앞에 앉아서 구걸을 하고 있었기 때문이다.

"저 녀석 좀 보게." 시그프리드가 말했다. "어디서 느닷없이 튀어나왔을까?"

그때 노점상이 비스킷 하나를 던져주자 개는 게걸게걸 먹어치웠다. 하지만 노점상이 가까이 다가가서 손을 내밀자 작은 개는 종종걸음으로 달아나버렸다.

하지만 멀리 가지는 않고 다른 노점 앞에 멈춰 섰다. 거기서는 달걀과 치즈·버터·케이크·스콘 따위를 팔고 있었다. 개는 주저 없이 그 노점 앞에 또 주저앉았다. 앞발을 들어 올리고 기대에 찬 눈으로 음식을 바라보며 꼼짝도 않는 것이 영락없이 구걸하는 자세였다.

나는 시그프리드를 팔꿈치로 쿡 찔렀다.

"또 구걸을 하고 있군요."

시그프리드도 고개를 끄덕였다.

"그러게. 애교가 대단하지 않나? 품종이 뭘까?"

"잡종인 것 같은데요. 양치기개처럼 보이지만, 테리어의 피도 섞인 듯싶네요."

오래지 않아서 개는 롤빵 하나를 우적우적 씹어 먹고 있었다. 우리는 개에게 다가갔다. 나는 다가가면서 부드럽게 말을 걸었다.

"멍멍아." 나는 1미터쯤 떨어진 곳에 쭈그려 앉으면서 말했다. "이리 온. 어디 좀 보자."

개는 나를 돌아보았다. 묘하게 매력적인 얼굴에서 상냥한 갈색 눈이 나를 바라보았다. 털이 부숭부숭한 꼬리가 흔들렸다. 하지만 내가 좀 더 다가가자 개는 고개를 돌리더니 서두르는 기색도 없이 장꾼들 사이로 사라져버렸다. 작은 동물에 대한 시그프리드의 태도는 도무지 예측할 수가 없었기 때문에 나는 그 개를 쫓아다니느라 수선을 피우고 싶지 않았다. 시그프리드는 말에 열중해 있어서, 내가 개와 고양이를 잡으려고 뛰어다니는 것을 우습게 여기는 경향이 있었기 때문이다.

사실 그 무렵 시그프리드는 동물을 애완용으로 키우는 데 강력히 반대하고 있었다. 어디에 가든 자기 차에 다섯 마리의 잡다한 개를 태우고 다니면서도 반려동물을 키우는 것은 분별없는 짓이라고 떠들어댔다. 30년이 지난 지금은 차에 개를 한 마리만 태우고 다니지만, 이제는 시그프리드도 반려동물을 키우는 것을 강력히 지지하고 있다. 그래서 이 분야에서 시그프리드가 어떤 반응을 보일지는 판단하기 어려웠기 때문에 나는 작은 개를 따라가고 싶은 마음을 억눌렀다.

내가 거기에 서 있을 때 젊은 경찰관이 다가왔다.

"그 작은 개는 오전 내내 노점 사이를 돌아다니면서 구걸을 했답니다. 하지만 선생님과 마찬가지로 저도 그 녀석한테 접근할 수가 없었습니다."

"이상하군요. 사람을 잘 따르는 개가 분명한데, 겁을 먹고 있어요. 주인이 누구일까요?"

"떠돌이 개인 것 같습니다. 저도 개에 관심이 많아서 이 근처에 있는 개라면 거의 다 알고 있는데, 아까 그 개는 처음 보는 놈입니다."

나는 고개를 끄덕였다.

"그렇겠지요. 떠돌이 개라면 무슨 일을 당했을지 몰라요. 심한 학대를 견디다 못해 도망쳤을 수도 있고, 차에서 내던져져 버림을 받았을 수도 있거든요."

"그렇겠지요." 경찰관이 대꾸했다. "세상에는 못된 사람도 있으니까요. 어떻게 말 못하는 짐승을 그런 식으로 길바닥에 내버릴 수 있는지, 정말 이해가 안 돼요. 그 개를 잡으려고 몇 번 시도해봤지만 번번이 실패했지 뭡니까."

그 일이 온종일 내 마음에서 떠나지 않았다. 그날 밤 침대에 누웠을 때도 낯선 세상을 돌아다니며 노점 앞에 앉아 자기가 아는 유일한 방법으로 도움을 청하고 있는 그 작은 개의 애처로운 모습이 자꾸만 눈앞에 어른거려 잠을 이룰 수가 없었다.

그때 나는 총각이었다. 그래서 같은 주 금요일 밤에 시그프리드와 나는 10킬로미터쯤 떨어진 허즐리에서 열리는 무도회에 가려고 야회복을 차려입고 있었다.

그 당시는 셔츠에 풀 먹인 가슴바대를 대고 뻣뻣하고 높은 칼라를 다는 시절이었기 때문에 야회복을 입는 것은 고문이었다. 시그프리드의 방에서는 장식 단추와 씨름하면서 내지르는 다양한 욕설이 끊임없이 들려오고 있었다.

나는 살이 쪄서 야회복이 작아졌기 때문에 시그프리드보다 훨씬 심한 곤경에 빠져 있었다. 질식할 것처럼 목을 조르는 칼라는 간신히 달았지만, 이번에는 겨드랑이가 꽉 조이는 재킷에 몸을 억지로 쑤셔 넣느라 진땀을 빼야 했다. 겨우 옷차림을 다 갖추고 시험 삼아 조심스럽게 숨을 몇 번 들이마셨을 때 전화벨이 울렸다.

며칠 전 시장에서 만난 그 젊은 경찰관이었다.

"그 개를 여기 보호하고 있습니다. 아시죠? 장터에서 구걸하던 떠돌이 개……."

"그래요? 그럼 누군가가 그 개를 붙잡았군요."

경찰관은 잠시 뜸을 들이다가 대답했다.

"그게 아니라 시내에서 2킬로미터쯤 떨어진 길가에 누워 있는 것을 어느 경찰관이 발견해서 이리로 데려왔습니다. 사고를 당했어요."

나는 시그프리드에게 말했다. 그는 손목시계를 들여다보았다.

"늘 이 모양이군. 안 그래, 제임스? 우리가 어딜 가려고만 하면 꼭 무슨 일이 생긴다니까. 지금이 아홉 시니까 서둘러 가도 빠듯해." 그는 잠시 생각하고 나서 덧붙였다. "어쨌든 거기 가서 개를 살펴보게. 나는 여기서 기다릴게. 무도회엔 가능하면 같이 가는 게 나을 테니까."

나는 경찰서로 가면서 할 일이 많지 않기를 간절히 바랐다. 이 무도회에는 이 지역의 말 애호가들이 모두 모일 테니까 시그프리드에게는 아주 중요한 행사였다. 시그프리드는 춤을 별로 좋아하지 않았지만, 마음 맞는 사람들과 술을 마시면서 환담을 나누는 것만으로도 충분히 즐거울 터였다. 또한 그는 그런 사교 모임에서 고객들을 만나는 것이 사업에도 유익하다고 주장했다.

떠돌이 개들을 넣어두는 우리는 경찰서 뒷마당 한구석에 있었다. 경찰관이 나를 그곳으로 안내하여 문 하나를 열었다. 작은 개는 알전구 밑에 꼼짝도 않고 누워 있었다. 내가 허리를 굽혀 갈색 털을 쓰다듬자 개는 깔짚 사이에서 잠깐 꼬리를 흔들었다.

"어쨌든 꼬리를 흔들 수는 있군요." 내가 말했다.

경찰관은 고개를 끄덕였다.

"예, 성질이 좋은 개인 것 같습니다."

나는 되도록 개를 만지지 않고 진찰하려고 애썼다. 개를 아프게 하고 싶지 않았고, 부상이 어느 정도인지 알 수가 없었기 때문이다. 하지만 언뜻 보기에도 몇 가지는 분명했다. 찢긴 상처가 많았고, 뒷다리 하나가 골절되어 있었고, 입술에서 피가 흐르고 있었는데, 이빨이 상했기 때문일 수도 있었다. 나는 개의 입 안을 들여다보려고 머리를 조심스럽게 들어 올렸다. 개는 오른쪽을 밑으로 하고 옆으로 누워 있었다. 머리를 내 쪽으로 돌렸을 때 나는 얼굴을 호되게 얻어맞은 듯한 기분을 느꼈다.

오른쪽 눈알이 눈구멍에서 튀어나와 광대뼈 위에 생겨난 소름끼치는 종양처럼 매달려 있었다. 눈꺼풀이 공막의 흰자위 뒤로 잡아당겨져, 번

들거리는 눈구멍이 고스란히 드러나 있었다.

나는 그 광경에 아연실색하여 그 자리에 한참 동안 멍하니 쭈그려 앉아 있었다. 몇 초가 째깍거리며 천천히 지나갔다. 나는 개의 얼굴을 들여다보았고, 개는 내 얼굴을 바라보았다. 한쪽의 부드러운 갈색 눈으로는 나를 무조건 믿는다는 듯이, 그리고 다른 한쪽의 기괴한 눈알로는 무의미하게.

경찰관의 목소리가 내 생각을 중단시켰다.

"정말 엉망이죠?"

"예…… 차에 치인 게 분명합니다. 상처가 이렇게 많은 것으로 보아 차바퀴에 깔린 채 질질 끌려간 모양이에요."

"어떻게 생각하세요?"

나는 그 말뜻을 알아차렸다. 세상에서 버림받고 아무도 원치 않는 이 개를 고통에서 해방시켜주는 것이 분별있는 일이었다. 개는 중상을 입었고, 주인도 없는 듯했다. 마취제 한 방만 놓으면 개의 고통은 끝날 것이고, 또 나는 무도회에 갈 수 있었다.

하지만 경찰관은 한마디도 하지 않았다. 어쩌면 경찰관도 나처럼 그 부드러운 눈에 담겨 있는 순수한 믿음을 보고 있었는지 모른다.

나는 벌떡 일어섰다.

"전화 좀 쓸 수 있을까요?"

전화선을 통해 들려오는 시그프리드의 목소리는 초조감으로 가득 차 있었다.

"제기랄, 벌써 아홉 시 반이야! 무도회에 가려면 지금 떠나야 돼. 지금 못 갈 바에는 아예 안 가는 게 나아. 중상을 입은 떠돌이 개라고? 그렇게 중대한 문제 같지도 않은데 그래."

"압니다. 원장님을 기다리게 해서 죄송하지만, 마음을 정할 수가 없어요. 여기 오셔서 원장님 생각을 말씀해주세요."

잠시 침묵이 흐른 뒤 길게 한숨을 내쉬는 소리가 들려왔다.

"알았네. 5분 뒤에 보세."

시그프리드가 경찰서에 들어오자 가벼운 술렁거림이 일어났다. 시그프리드는 작업복을 입고 있어도 기품이 있어 보였지만, 목욕과 면도를 하고 반짝거리는 하얀 셔츠에 까만 타이를 매고 코트를 걸친 차림으로 경찰서에 들어오자 백작처럼 고귀해 보였다.

그가 주위에 앉아 있는 사람들의 존경 어린 눈길을 받고 있을 때, 젊은 경찰관이 한 걸음 앞으로 나섰다.

"이쪽으로 오십시오."

우리는 뒷마당의 개 보호소로 돌아갔다.

시그프리드는 개 앞에 쭈그리고 앉아서 유심히 살펴보았다. 말은 한마디도 하지 않았다. 그러고는 조심스럽게 개의 머리를 들어 올려 번들거리는 기괴한 눈을 보았다.

"맙소사!" 시그프리드가 낮은 소리로 말했다. 그러자 털이 부숭부숭한 긴 꼬리가 바닥을 쓸었다.

시그프리드는 잠시 꼼짝도 않고 개의 얼굴을 뚫어지게 바라보았다. 침묵 속에서 꼬리가 깔짚을 스치는 소리만 바스락거렸다.

이윽고 시그프리드가 몸을 일으키며 중얼거렸다.

"병원으로 데려가세."

병원에서 우리는 개를 마취시키고, 수술대 위에 의식을 잃고 누워 있는 개를 비로소 철저히 진찰할 수 있었다. 잠시 후 시그프리드는 청진기를 가운 주머니에 집어넣고 수술대에 두 손을 짚었다.

"안구 탈출, 대퇴골 골절, 깊은 열상 다수, 부러진 발톱…… 자정까지 해도 모자라겠군."

나는 아무 말도 하지 않았다.

시그프리드는 검은 타이의 매듭을 풀고 장식 단추를 벗겼다. 그리고 뻣뻣한 칼라를 떼어서 수술등 가로대에 걸었다.

"휴우, 이제야 좀 살겠군." 그는 중얼거리면서 봉합 재료를 늘어놓기 시작했다.

나는 수술대 너머로 그를 바라보았다.

"무도회는 어떡할 겁니까?"

"빌어먹을 무도회. 어서 일이나 하세."

우리는 오랫동안 바쁘게 일했다. 나는 내 칼라를 시그프리드의 칼라 옆에 걸어놓고, 우선 눈부터 치료하기 시작했다. 다른 일을 하기 전에 그 소름끼치는 눈부터 먼저 처리하고 싶은 마음은 시그프리드나 나나 마찬가지였다.

내가 커다란 눈알에 윤활제를 바르고 눈꺼풀을 벌리자, 시그프리드가 텅 빈 눈구멍 속에 눈알을 조심스럽게 밀어 넣었다. 눈알이 무사히 미끄러져 들어가 시야에서 사라지고 각막만 눈에 보이자 나는 안도의 숨을 내쉬었다.

"이제야 눈처럼 보이는군. 안 그래?" 그는 검안경을 집어 들고 눈알 속을 들여다보았다. "큰 손상은 없는 것 같군. 신품처럼 좋아질 수 있을 거야. 하지만 며칠 동안은 눈을 보호해야 하니까 눈꺼풀을 꿰매두세."

골절된 경골의 부러진 끝은 심하게 어긋나 있어서, 그것을 다시 맞붙이고 석고붕대를 감느라 애를 먹었다. 겨우 그 일을 끝내고, 다음에는 수많은 열상을 봉합하는 지루한 작업에 착수했다.

　이 일은 둘이 분담했다. 한동안 수술실에서는 갈색 털을 상처에서 잘라내는 가위 소리만 들렸다. 이 일을 해도 대가를 받을 수 없다는 것은 둘다 알고 있었지만, 이렇게 애를 썼는데도 결국에는 안락사를 시켜야 할지 모른다는 생각이 가장 괴로웠다. 이 개는 아직 경찰의 보호를 받고 있었고, 열흘 안에 주인이 나타나지 않으면 안락사를 시켜야 한다. 개의 운명에 관심이 있는 주인이라면 왜 진작 경찰에 신고하지 않았겠는가?

　일을 끝내고 기구를 씻을 때쯤에는 벌써 자정이 지나 있었다. 시그프리드는 봉합바늘을 트레이에 내던지고 잠들어 있는 개를 내려다보았다.

　"의식이 돌아오는 모양이군. 난롯가로 데려가세. 그러면 개가 깨어날때까지 한잔하면서 기다릴 수 있을 테니까."

　우리는 들것 대신 담요에 개를 눕혀 거실로 데려가서 이글이글 타오르는 탄불 앞에 내려놓았다. 시그프리드는 긴 팔을 뻗어 벽난로 위에 있는 유리진열장에서 위스키 병과 술잔 두 개를 꺼냈다. 우리는 칼라도 달지 않은 셔츠 바람으로 술잔을 들었다. 풀 먹인 가슴바대와 장식띠를 댄 야회복 바지는 결국 가지 못한 무도회를 생각나게 했지만, 벽난로 양쪽에 편안히 앉아 있는 두 사람 사이에는 환자가 몸을 길게 뻗고 평온하게 누워 있었다.

　개는 이제 보기가 좀 나았다. 한쪽 눈은 봉합되어 닫혀 있고 하얀 깁스를 댄 뒷다리는 뻣뻣하게 뻗어 나와 있었지만, 누군가의 보살핌과 사랑을 받은 듯 깔끔한 모습이었다. 개는 주인이 있는 개처럼 보였지만, 정말로 주인이 있는지는 의문이었다.

오전 1시가 가까워지고 있었다. 술병이 바닥을 드러냈을 때쯤 털이 텁수룩한 갈색 머리가 움직이기 시작했다.

시그프리드가 몸을 앞으로 기울여 귀를 만졌다. 그러자 당장 꼬리가 난로 앞 깔개를 탁탁 내리치고, 분홍빛 혀가 나른하게 시그프리드의 손가락을 핥았다.

"대단한 녀석이군." 시그프리드는 그렇게 중얼거렸지만 그 목소리는 좀 멍하게 들렸다. 나는 시그프리드도 개의 운명을 걱정하고 있다는 것을 알았다.


사흘 뒤에 눈에서 실밥을 뽑았다. 눈꺼풀 밑에 정상적인 눈이 있는 것을 보니 기뻤다.

젊은 경찰관도 나 못지않게 기뻐했다.

"저것 좀 보세요!" 그가 소리쳤다. "아무 일도 없었던 것처럼 말짱해 보여요."

"아주 잘됐어요. 부기와 염증도 다 가라앉았군요." 나는 잠시 망설이다가 말을 이었다. "혹시 개를 찾으러 온 사람이 있었나요?"

경찰관은 고개를 저었다.

"아직 없습니다. 하지만 여드레가 남았고, 그동안은 여기서 우리가 보살필 겁니다."

나는 몇 번 경찰서를 찾아갔다. 작은 개는 꾸밈없이 기뻐하며 나를 맞아주었다. 두려움은 다 사라진 듯, 깁스를 한 뒷다리로 일어서서 내 다리에 앞발을 대고 꼬리를 흔들었다.

하지만 내 불길한 예감은 줄곧 강해졌다. 열흘째 되는 날, 나는 두려운 마음으로 경찰서의 개 보호소를 찾아갔다. 개 주인이 나타났다는 연락은 없었다. 안락사는 피할 수 없을 것 같았다. 늙거나 불치병에 걸린 개를 안락사 시키는 것은 자비로울 수 있지만, 젊고 건강한 개를 죽이는 것은 끔찍한 일이었다. 나는 그 일을 싫어했지만, 그것도 수의사의 의무 가운데 하나였다.

젊은 경찰관이 문간에 서 있었다.

"아직 아무 연락도 없습니까?"

내가 묻자 경찰관은 고개를 저었다.

나는 경찰관 옆을 지나 보호소로 들어갔다. 작은 개는 전처럼 내 다리에 의지하여 뒷다리로 일어서서 내 얼굴을 보고 웃었다. 입은 크게 벌어지고 눈은 기쁨으로 빛났다.

나는 얼른 돌아섰다. 지금 당장 하지 않으면 절대로 못할 것 같았다.

"헤리엇 선생님." 경찰관이 내 팔을 잡았다. "제가 이 개를 키울까 하는데요."

"당신이?" 나는 경찰관을 뚫어지게 바라보았다.

"예. 이곳에는 떠돌이 개가 많고 저는 그 개들을 모두 동정하지만, 그렇다고 그 개들을 모두 맡아서 키울 수는 없잖습니까?"

"그야 물론이죠. 나도 똑같은 고민을 안고 있어요."

그는 천천히 고개를 끄덕였다.

"하지만 이 녀석은 왠지 다릅니다. 게다가 때맞춰 여기 온 것 같은 느낌이 들어요. 저한테는 어린 딸이 둘 있는데, 그 애들이 개를 키우고 싶다고 줄곧 졸라댔답니다. 딸애들한테는 이 작은 녀석이 딱 맞을 것 같은데요."

따뜻한 안도감이 밀려오기 시작했다.

"전적으로 동의합니다. 이 개는 성격이 좋아요. 아이들이 키우기에는 더할 나위 없이 좋을 겁니다."

"좋습니다. 그럼 그렇게 결정하겠습니다. 결정을 내리기 전에 우선 선생님의 조언을 듣고 싶었거든요." 그는 환하게 미소를 지었다.

나는 그를 처음 보는 것처럼 바라보았다.

"실례지만 이름이 뭡니까?"

"펠프스라고 합니다. 펠프스 순경이지요."

펠프스는 선량해 보이는 젊은이였다. 피부도 깨끗하고, 푸른 눈은 쾌활해 보이고, 다정한 모습이 믿음직스러웠다. 나는 그의 손을 잡고 어깨를 두드려주고 싶은 충동을 억눌러야 했다. 그래도 어떻게든 수의사다운 태도를 유지할 수 있었다.

"잘됐군요." 나는 허리를 굽혀 작은 개를 쓰다듬었다. "실밥을 뽑아야 하니까 열흘 뒤에 잊지 말고 개를 병원에 데려오세요. 저 깁스는 한 달쯤 뒤에 풀어야 할 겁니다."

실밥을 푼 것은 시그프리드였다. 그래서 나는 한 달 뒤에야 우리 환자를 다시 볼 수 있었다.

펠프스 순경은 네 살과 여섯 살인 어린 딸들과 함께 개를 데려왔다.

"깁스를 지금쯤 풀어야 한다고 하셨지요?"

그의 말에 나는 고개를 끄덕였다.

그는 딸들을 내려다보았다.

"자, 얘들아, 개를 진찰대 위에 올려놔줄래."

어린 소녀들은 열심히 개를 끌어안고 진찰대 위로 들어올렸다. 개는 기뻐서 맹렬히 꼬리를 흔들며 입을 크게 벌리고 헐떡거렸다.

"성공한 것 같군요."

내가 말하자 펠프스 순경은 빙긋 웃었다.

"그 정도가 아닙니다. 이 두 아이한테는 더 바랄 나위 없이 완벽한 개예요. 이 녀석이 우리한테 얼마나 큰 기쁨을 주는지 모릅니다. 이제 우리는 한가족이에요."

나는 작은 톱을 꺼내 깁스를 자르기 시작했다.

"양쪽 다 잘됐군요. 개도 안전하고 안정된 가정을 좋아하니까요."

"이 녀석이 지금보다 더 안전할 수는 없을 겁니다." 펠프스 순경은 작은 개의 갈색 털을 쓰다듬으면서 소리 내어 웃었다. 그러고는 개한테 말을 걸었다. "너는 장날 노점에서 구걸을 했기 때문에 부랑죄로 체포된 거야. 너는 이제 법의 보호를 받고 있어."

\* \* \*

이 이야기에는 수의사 생활에 재미를 주는 것들이 많이 들어 있다. 구걸하는 개의 매력, 풀 먹인 셔츠를 입고 무도회에 가려다가 결국 다친 개를 수술하게 되는 예측불가능성, 젊은 경찰관의 친절한 마음씨. 그리고 매력적인 개가 좋은 가정을 찾는 일도 되풀이 일어난다. 막판에는 아이들이 등장하여 행복한 이야기를 더욱 완벽하게 마무리해주었다.

# 23

# 도둑맞은 자동차

"헤리엇 선생님! 간밤에 자동차를 도둑맞았어요." 리지 부인이 기쁜 듯이 말했다. 그러고는 환한 미소를 지으며 나를 쳐다보았다.

나는 그 집 문간에 멈춰 섰다.

"그거 참 안됐군요. 어떻게⋯⋯."

"빨리 말씀드리고 싶어서 좀이 쑤실 정도예요!" 그녀의 목소리는 흥분과 기쁨으로 떨리고 있었다. "어젯밤에 어떤 좀도둑이 이 동네를 얼쩡거렸나 봐요. 그런데 내가 멍청하게도 차 문을 잠그지 않고 그냥 내버려뒀지 뭐예요."

"정말 재수가 없었군요."

"어머나, 죄송해요. 선생님을 이렇게 문간에 세워두다니. 내가 너무 흥분해서 정신이 없었네요. 어서 들어오세요."

나는 그녀 옆을 지나 거실로 들어갔다.

"충분히 이해할 수 있습니다. 큰 충격을 받으셨을 테니까요."

"충격이라고요? 선생님은 아직 내 말뜻을 모르시는군요. 충격은커녕 너무나 멋진 일이에요."

"예?"

"굉장해요." 그녀는 두 손을 맞잡고 천장을 쳐다보았다. "무슨 일이 일어났는지 아세요?"

"방금 말씀하셨잖아요."

"아니, 아직 절반은 말하지 않았어요."

"말하지 않았다고요?"

"어쨌든 앉으세요. 전부 다 말씀드릴 테니까."


이 이야기를 설명하려면 열흘 전으로 돌아가야 한다. 그날 오후에 리지 부인이 눈물을 흘리며 스켈데일 하우스 계단을 뛰어올라왔다.

"우리 개가 사고를 당했어요." 그녀는 헐떡거리며 말했다.

나는 그녀의 등 뒤를 바라보았다.

"개는 어디 있습니까?"

"차 안에요. 움직여도 되는지 몰라서……."

나는 인도를 가로질러 차 문을 열었다. 케언테리어인 조슈아가 뒷좌석 담요 위에 꼼짝도 않고 누워 있었다.

"무슨 일이 있었는데요?" 내가 물었다.

리지 부인은 한 손으로 눈을 가렸다.

"끔찍했어요. 조슈아가 우리 집 맞은편에 있는 목초지에서 노는 건 선생님도 아시죠? 30분 전에 거기서 토끼를 쫓아가다가 트랙터에 깔렸어요."

나는 그녀의 얼굴에서 움직이지 않는 개한테로 눈길을 돌렸다가 다시 부인을 바라보았다.

"트랙터 바퀴가 조슈아 위를 지나갔나요?"

그녀는 눈물을 줄줄 흘리면서 고개를 끄덕였다.

나는 그녀의 팔을 잡았다.

"아주머니, 이건 중요한 일입니다. 바퀴가 조슈아의 몸 위를 지나간 게 확실합니까?"

"예, 확실해요. 내 눈으로 똑똑히 보았으니까요. 당장 달려갔지만, 설마 살아 있을 줄은 몰랐어요." 그녀는 숨을 크게 들이마셨다. "트랙터에 깔리고도 살 수는 없겠죠?"

부인을 슬프게 하고 싶지는 않았지만, 이렇게 작은 개가 그렇게 무거운 트랙터에 깔리고도 살아남는 것은 불가능해 보였다. 뼈가 부러지는 것은 제쳐놓고라도 내장이 심하게 손상되는 것은 피할 수 없다. 나는 목초지에서 신나게 뛰노는 조슈아를 자주 보았기 때문에 꼼짝 않고 축 늘어져 있는 작은 형체는 더욱 보기에 안쓰러웠다.

"어디 한번 봅시다."

나는 조슈아 옆자리에 올라타고 조심스럽게 다리를 만져보았다. 골절을 알려주는 삐걱거리는 소리가 금방이라도 날 줄 알았는데 다리는 멀쩡했다. 나는 조슈아의 몸무게를 지탱하면서 몸 밑으로 천천히 손을 밀어넣었다. 조슈아가 반응을 보인 것은 내가 요대를 움직였을 때뿐이었다.

가장 좋은 조짐은 눈과 입안 점막이 분홍색이라는 것이었다. 아까보다는 희망이 생겼다. 나는 밝은 표정으로 리지 부인을 돌아보았다.

"놀랍게도 내출혈은 없는 것 같습니다. 다리뼈도 부러지지 않았고요. 골반뼈가 부러진 것은 확실하지만, 그것도 그리 심하지는 않은 것 같습니다."

리지 부인은 눈물로 얼룩진 얼굴에서 손을 떼고 동그래진 눈으로 나를 바라보았다.

"정말로 살아날 수 있을까요?"

"지나친 기대를 품으시면 곤란하지만, 지금으로서는 심각한 손상을 발견할 수 없습니다."

"믿을 수 없군요."

나는 어깨를 으쓱했다.

"저도 동감입니다. 믿을 수 없는 일이지만, 트랙터에 깔리고도 가벼운 상처만 입고 살아난다면 땅이 부드러웠기 때문이라고 생각할 수밖에 없습니다. 바퀴에 깔렸을 때 땅이 움푹 들어갔겠지요. 어쨌든 엑스레이를 찍어서 확인해봅시다."

당시에는 큰 동물을 전문으로 하는 동물병원이 대부분 그렇듯이 우리 병원에도 엑스레이 설비가 없었지만, 동네 병원이 필요할 때마다 우리를 도와주었다. 나는 조슈아를 그리로 데려가서 엑스레이를 찍어보았다. 엑스선 사진은 골반뼈가 골절되었다는 내 진단을 확인해주었다.

"제가 할 수 있는 일은 별로 없습니다." 나는 조슈아의 여주인에게 말했다. "이런 손상은 대개 저절로 낫습니다. 당분간은 뒷다리로 일어서기가 좀 어려울 테고, 몇 주 동안은 뒷다리에 힘이 없겠지만 시간이 지나면 회복될 겁니다. 무리하지 말고 푹 쉬면 됩니다."

"정말 다행이에요!" 리지 부인은 내가 작은 개를 자동차 뒷좌석에 다시 눕히는 것을 지켜보았다. "그럼 이제 기다리기만 하면 되겠네요?"

"그러기를 바랍니다."

이틀 뒤에 조슈아를 진찰한 결과, 내장이 손상되었을지도 모른다는 염려는 말끔히 사라졌다. 점막은 선명한 분홍색이었고, 모든 장기가 정상적으로 기능을 발휘하고 있었다.

그러나 리지 부인은 여전히 걱정을 떨쳐버리지 못했다.

"조슈아가 너무 애처로워요. 저것 좀 보세요. 기운이 하나도 없이 깊은 슬픔에 잠겨 있어요."

"트랙터에 깔렸으니까 여기저기 멍들고 아프겠지요. 게다가 정신적으로도 심한 충격을 받았을 겁니다. 인내심을 갖고 기다려야 합니다."

내가 말하는 동안 작은 개가 일어나더니, 몇 걸음 비틀거리며 걷다가 다시 옆으로 쓰러졌다. 조슈아는 나한테도 주위에도 전혀 관심을 보이지 않았다.

나는 그 집을 나오기 전에 살리실산 정제 몇 알을 조슈아의 여주인에게 주었다.

"이걸 먹이면 통증이 좀 누그러질 겁니다. 차도가 없으면 연락 주세요."

그런데 리지 부인은 48시간도 지나기 전에 전화를 걸어왔다.

"조슈아를 다시 봐주셨으면 좋겠어요. 상태가 전혀 좋아지지 않아요."

작은 테리어는 전과 마찬가지였다. 나는 깔개 위에 엎드려 앞발에 턱을 올려놓고 풀죽은 얼굴로 우울하게 난롯불만 바라보고 있는 조슈아를 내려다보았다.

"이리 온, 조슈아. 이제 기분이 좀 나아졌을 텐데."

나는 허리를 숙여 철사처럼 **뻣뻣한** 털을 쓰다듬었지만, 내 말도 몸짓도 전혀 효과가 없었다. 조슈아는 내가 거기에 있지도 않은 것처럼 무시해버렸다.

리지 부인은 걱정스러운 얼굴로 나를 돌아보았다.

"줄곧 이런 상태예요. 평소에 조슈아가 어떤지는 선생님도 아시잖아요."

"예, 평소에는 불덩어리 같았지요." 나는 내 다리 주위를 팔짝팔짝 뛰어다니고 열심히 나를 쳐다보던 조슈아를 또다시 머리에 떠올렸다. "정말 이상하군요."

"그것만이 아니에요." 리지 부인이 말을 이었다. "아무 소리도 내지 않아요. 그게 제일 걱정이에요. 조슈아는 아주 훌륭한 파수꾼이었으니까요. 아침에 우편배달부가 와도 짖고, 우유배달부가 와도 짖고, 청소부가 와도 짖고, 누가 와도 짖곤 했는데…… 시끄러운 개는 아니었지만, 누군가가 오면 반드시 짖는 소리로 알려주곤 했어요."

"예, 그랬지요."

그것도 나는 기억하고 있었다. 내가 초인종을 울릴 때마다 안에서 요란하게 짖어대는 조슈아의 소리가 들려오곤 했었다.

"그런데 이제는 너무 조용해서 무서울 정도예요. 사람들이 집에 들락거리려도 조슈아는 쳐다보지도 않아요." 리지 부인은 천천히 고개를 저었다. "조슈아가 짖어주기만 한다면 얼마나 좋겠어요! 딱 한 번만이라도! 그게 조슈아가 나아지고 있다는 신호일 것 같아요."

"아마 그럴 겁니다."

"어디 다른 데 문제가 있는 건 아닐까요?"

나는 잠시 생각하고 나서 대답했다.

"아뇨, 아무 문제도 없습니다. 어쨌든 몸에는 이상이 없습니다. 엄청난 공포를 경험하고 자기 껍질 속에 틀어박힌 겁니다. 시간이 지나면 거기서 나오겠지요."

나는 리지 부인만이 아니라 나 자신도 납득시키려고 애쓰는 듯한 느낌
이 들었다. 그리고 그 후에도 리지 부인이 계속 전화를 해서 조슈아의 상
태가 좋아지지 않는다는 소식을 전해주었기 때문에 나는 더욱 의기소침
해졌다.

리지 부인이 다시 전화를 해서 집에 와달라고 부탁한 것은 사고가 일어
난 지 일주일 뒤였다. 조슈아는 여전했다. 매사에 무관심하고, 꼬리를 사
타구니에 말아 넣고, 눈에는 슬픔이 어려 있고, 여전히 소리를 내지 않았
다.

리지 부인은 잔뜩 긴장해 있었다.

"선생님, 어떡하면 좋아요? 조슈아를 생각하면 잠도 안 와요."

나는 청진기와 체온계를 꺼내 작은 개를 다시 진찰했다. 그러고는 머리
끝부터 꼬리끝까지 철저히 촉진을 했다. 진찰이 끝나자 나는 깔개 위에
쭈그리고 앉은 채 리지 부인을 쳐다보았다.

"별다른 이상은 찾을 수 없습니다. 인내심을 가지고 기다릴 수밖에 없
겠어요."

"전에도 그렇게 말씀하셨지만, 이런 상태는 더 이상 견딜 수가 없어
요."

"아직도 짖지 않나요?"

리지 부인은 고개를 저었다.

"여전해요. 조슈아가 짖어주기를 애타게 기다리고 있지만…… 먹이도
먹고 걸어 다니기도 하는데 소리는 전혀 안 내요. 조슈아가 짖는 소리만
들으면, 딱 한 번만이라도 짖어주면 걱정이 없겠어요. 하지만 그렇지 않

으면 조슈아가 죽을 것 같은 끔찍한 기분이 들어서…….”

다음 왕진은 좀 더 유쾌하기를 바라기는 했지만, 기뻐서 어쩔 줄 모르는 리지 부인을 보고 나는 안심하면서도 놀라지 않을 수 없었다.

나는 거실의 안락의자에 앉았다.

“빨리 차를 찾으면 좋겠군요.”

리지 부인은 무관심하게 손을 내저었다.

“차는 어디선가 나오겠죠.”

“하지만 그래도 속이 무척 상하시겠어요.”

“속이 상해요? 천만에요! 난 너무 행복해요!”

“행복하다고요? 차를 잃어버린 게……?”

“아뇨. 그게 아니라 조슈아 때문이에요.”

“조슈아요?”

“예.” 리지 부인은 맞은편 의자에 앉아 앞으로 몸을 내밀었다. “도둑놈들이 우리 차를 몰고 갔을 때 조슈아가 어떻게 했는지 아세요?”

“어쨌는데요?”

“짖었어요! 조슈아가 짖었다고요!”

\* \* \*

내가 이 이야기를 쓴 것은 차를 도둑맞고 기뻐하는 사람을 난생처음 보았기 때문이다. 하지만 사실은 그렇게 놀랄 일도 아니었다. 나는 애견이 병에서 회복되면 온갖 근심걱정을 다 잊어버리고 하늘에라도 오를 듯이 기뻐하는 사람을 많이 보았다. 누구나 알고 있듯이 병을 앓던 개가 짖기 시작하면 그것은 개가 최악의 고비를 넘기고 이제 곧 건강을 되찾을 거라는 신호인 경우가 많다. 거기에 비하면 차를 도둑맞은 게 무슨 대수겠는가?

# 24
# 탈출 소동

　그날 아침, 나는 부어오른 귀에 칼을 들이댔다. 트리스탄은 지친 듯이 수술대 위에 한쪽 팔꿈치를 괴고 잠들어 있는 개의 코에 마취용 마스크를 들이대고 있었다. 그때 시그프리드가 방으로 들어왔다.

　시그프리드는 환자를 힐끗 바라보았다.

　"아, 자네가 말한 그 혈종이군." 그러고는 수술대 너머로 동생을 바라보았다. "맙소사. 오늘 아침에는 네 꼴이 정말 가관이구나. 어젯밤에는 언제 들어왔지?"

　트리스탄이 핼쑥한 얼굴을 들었다. 핏발선 눈은 퉁퉁 부은 눈꺼풀에 파묻혀 단추 구멍처럼 보였다.

　"잘 모르겠어. 아마 꽤 늦었을 거야."

　"꽤 늦어? 나는 새끼 낳는 돼지를 돌봐주고 새벽 네 시에 돌아왔는데, 그때까지도 넌 집에 돌아와 있지 않았어. 도대체 어디 갔었냐?"

　"주류판매업자조합에서 주최한 무도회에 갔었어. 정말 유쾌했지."

　"물론 그랬겠지!" 시그프리드는 콧방귀를 뀌었다. "그런 건 놓치는 법이 없지. 다트 동호회의 만찬, 교회 종지기들의 야유회, 전서구 클럽의

무도회······ 그리고 이번에는 주류판매업자조합의 무도회냐? 어디선가
유쾌한 술잔치가 벌어지면 너는 반드시 냄새를 맡을 거야."

비난을 받을 때면 늘 품위를 유지하는 트리스탄은 이제 그 품위를 초라
한 망토처럼 몸에 걸쳤다.

"사실은 주류판매업자들 중에 친구가 많거든."

그의 형은 화가 나서 얼굴이 시뻘게졌다.

"당연히 그렇겠지. 너는 그들의 최고 고객일 테니까."

트리스탄은 아무 대답도 하지 않고 에테르 병에 들어가는 산소의 유입
을 주의 깊게 점검하기 시작했다.

"그리고 또 하나." 시그프리드가 말을 이었다. "나는 네가 몰래 빠져나
가서 여자들과 어울리는 걸 다 알고 있어. 게다가 네가 어울리는 여자가
한 다스쯤 되는 모양인데, 한참 열심히 시험공부를 해야 할 때 그래도 되
는 거냐?"

"그건 과장이야." 트리스탄은 괴로운 눈으로 형을 쳐다보았다. "이따금
여자 친구를 만나서 즐거운 시간을 보내는 건 인정하지만, 그건 형도 마
찬가지잖아."

트리스탄은 공격이 최선의 방어라고 믿고 있었다. 그리고 이것은 효과
적인 반격이었다. 젊고 매력적인 여자들이 스켈데일 하우스를 끊임없이
들락거리며 시그프리드에게 쉬지 않고 공세를 퍼붓고 있는 것은 사실이
었기 때문이다.

하지만 형은 잠시 주춤했을 뿐이다.

"나는 신경 쓰지 마!" 시그프리드는 버럭 고함을 질렀다. "나는 시험에
모두 합격했어. 문제는 너야! 요전 날 밤에 네가 '드로버스 암스'에서 새

로 온 웨이트리스랑 함께 나오는 걸 내가 못 본 줄 알아? 너는 재빨리 가게 처마 밑으로 몸을 피했지만, 그건 분명히 너였어."

트리스탄은 헛기침을 했어.

"그럴 수도 있지. 나는 최근에 리디아와 친해졌으니까. 리디아는 아주 좋은 여자야."

"리디아가 나쁜 여자라는 게 아니야. 내 말은 네가 밤마다 술이나 퍼마시고 여자 꽁무니나 쫓아다니지 말고 집에 얌전히 앉아서 열심히 공부하는 걸 보고 싶다는 거야. 알았냐?"

"알았습니다, 형님."

트리스탄은 우아하게 고개를 숙이고는 마취 기구의 손잡이를 내렸다.

시그프리드는 어깨로 숨을 몰아쉬면서 잠시 동생을 노려보았다. 이런 충고는 항상 그를 지치게 했다. 이윽고 그는 홱 돌아서서 나가버렸다.

문이 닫히자마자 트리스탄은 몸에 걸치고 있던 품위를 벗어 던졌다.

"잠깐만 마취약을 지켜봐줘, 짐."

그는 쉰 목소리로 말하고는 구석의 세면대로 다가가서 계량컵에 찬물을 가득 채워 한 모금 길게 들이켰다. 그런 다음 솜뭉치를 수돗물에 적셔서 이마를 문질렀다.

"하필이면 그때 들어올 게 뭐람. 지금은 큰 목소리와 성난 꾸지람을 들어줄 기분이 아니야." 그는 커다란 아스피린 병에서 아스피린 몇 알을 꺼내 입에 털어 넣고 다시 물을 벌컥벌컥 마셔서 약을 삼켰다. "됐어, 짐." 그는 수술대로 돌아와 다시 마취 마스크를 맡으면서 중얼거렸다. "어서 계속하자고."

나는 다시 잠자고 있는 개 위로 몸을 기울였다. 개는 해미라는 이름의 스코티시테리어였다. 이틀 전에 여주인인 웨스터먼 여사가 데려왔다.

웨스터먼 여사는 은퇴한 교사였는데, 그녀를 볼 때마다 학생들이 그녀한테는 꼼짝도 못했을 거라는 생각이 들곤 했다. 내 눈을 똑바로 들여다보는 쌀쌀한 눈은 그녀가 나만큼 키가 크다는 것을 나한테 새삼 일깨워 주었고, 근육이 잘 발달한 어깨와 그 한복판에 놓여 있는 각진 턱은 큰 키와 함께 그녀의 당당한 풍채를 이루는 중요한 요소였다.

"헤리엇 선생님." 그녀가 큰 소리로 말했다. "우리 해미를 좀 봐주세요. 심각한 병이 아니었으면 좋겠지만, 귀가 퉁퉁 붓고 아픈가 봐요. 개들은…… 저어…… 암에 안 걸리겠죠?"

그녀의 눈빛이 잠시 흔들렸다.

"암일 가능성은 거의 없습니다."

나는 작은 개의 턱을 들어 올리고 얼굴 옆에 축 늘어져 있는 왼쪽 귀를 살펴보았다. 머리 전체가 고통에 짓눌린 것처럼 비뚤어져 있었다.

나는 조심스럽게 귀를 들어 올려, 탱탱하게 부어오른 부분을 집게손가락으로 살짝 만져보았다. 해미는 나를 돌아보고 낑낑거렸다.

"그래, 알았다. 여기를 만지면 아프지?"

웨스터먼 여사를 돌아보았을 때 나는 하마터면 짧게 자른 회색 머리를 들이받을 뻔했다. 그녀가 작은 개 위로 머리를 바싹 들이대고 있었기 때문이다.

"이개혈종(耳介血腫)입니다."

"그게 뭐죠?"

"피부와 귀의 연골 사이에 있는 작은 혈관이 터지는 바람에 피가 흘러나와서 이처럼 심하게 붓는 것을 말합니다."

그녀는 개의 새까만 털을 토닥거렸다.

"원인이 뭐죠?"

"대개는 궤양입니다. 최근에 머리를 흔들지 않았나요?"

"예, 그러고 보니 머리를 흔들었어요. 마치 귀에 뭐가 들어가서 그걸 꺼내려고 애쓰는 것처럼."

"너무 심하게 머리를 흔들면 혈관이 터집니다. 궤양은 이 견종의 개한테는 드물지만, 해미는 가벼운 궤양이 있군요."

그녀는 고개를 끄덕였다.

"알았어요. 그럼 어떻게 치료하죠?"

"치료법은 수술밖에 없습니다."

"오오, 저런!" 그녀는 손으로 입을 막았다. "수술은 싫어요."

"걱정하실 거 없어요. 피를 빼내고, 귀의 분리된 조직층을 봉합하기만 하면 됩니다. 빨리 수술하지 않으면 심한 통증에 시달릴 테고, 결국에는 귀가 콜리플라워처럼 울퉁불퉁해질 겁니다. 이렇게 예쁜 개가 그런 꼴이 되는 건 저도 보고 싶지 않군요."

이 말은 진심이었다. 해미는 우쭐대며 걸어 다니는 깔끔한 개였다. 스코티시테리어는 매력적인 견종이다. 요즘에는 그 개를 거의 볼 수 없는 것이 한탄스러울 때가 많다.

웨스터먼 여사는 잠시 망설이다가 수술에 동의했고, 우리는 수술 날짜를 이틀 뒤로 잡았다. 약속한 날 해미를 데려온 웨스터먼 여사는 내 품에 개를 맡기고는 머리를 몇 번이나 쓰다듬은 다음, 트리스탄과 나를 번갈아 바라보았다.

"해미를 잘 돌봐주실 거죠?"

웨스터먼 여사는 턱을 쑥 내밀었다. 푸른 눈이 날카로운 비수처럼 나를 찌르는 것 같았다. 나는 짓궂은 장난을 치다가 들킨 개구쟁이 같은 기분을 느꼈다. 트리스탄도 같은 기분을 느낀 모양이었다. 웨스터먼 여사가 나가자 트리스탄이 숨을 길게 토해냈기 때문이다.

"우와, 대단한 여자야. 저 여자 심기는 절대로 건드리고 싶지 않군."

나는 고개를 끄덕였다.

"그래. 그리고 저 여자는 이 개를 세상에 둘도 없는 보물로 생각하고 있으니까 잘 치료해주자고."


시그프리드가 나간 뒤 나는 부어오른 솔방울 같은 귀를 들어 올려 안쪽 피부를 절개했다. 갇혀 있던 피가 뿜어져 나왔다. 나는 에나멜 접시에 피를 받은 다음, 상처에서 커다란 핏덩어리를 몇 개 짜냈다.

"이 녀석이 그렇게 아파한 것도 당연하군." 나는 낮은 소리로 말했다. "이제 깨어나면 기분이 훨씬 좋아질 거야."

나는 피부와 연골 사이의 공간에 설파제를 채운 다음, 단추를 사용하여 조직을 봉합하기 시작했다. 이렇게 하지 않으면 며칠도 못 가서 다시 피가 공간을 채운다. 내가 이개혈종을 처음 수술했을 때는 속에 거즈를 채워 넣고 붕대로 귀를 머리에 동여매곤 했다. 주인들은 붕대가 움직이지 않도록 할머니용 모자를 작게 만들어서 씌워주었지만, 까불어대는 개들은 대개 성가신 모자를 금세 벗어버렸다.

단추는 그보다 훨씬 좋은 아이디어였고, 조직층을 서로 단단히 맞붙여주어서 귀가 찌그러질 가능성을 크게 줄여주었다.

점심때쯤 해미는 마취에서 깨어났다. 아직 약 기운이 좀 남아서 멍하긴 했지만, 부풀어 올랐던 귀가 작아져서 한결 편해진 것 같았다. 웨스터먼 여사는 낮에 먼 곳에 볼일이 있었기 때문에 밤에 해미를 데리러 오기로 되어 있었다. 작은 개는 바구니 속에 웅크린 채 철학자처럼 주인을 기다렸다.

차를 마시는 시간에 시그프리드가 탁자 너머로 동생을 힐끗 건너다보면서 말했다.

"나는 몇 시간 동안 브로턴에 갔다 올 예정이야. 오늘은 네가 집에 남아 있다가 웨스터먼 여사가 오면 개를 넘겨주었으면 좋겠다. 여사가 정확히 언제 올지는 나도 몰라." 시그프리드는 잼을 한 숟갈 떠냈다. "환자를 계속 지켜보면서도 조금은 공부를 할 수 있겠지. 이제는 밤에 나돌아다니지 말고 집에서 시험공부를 해야 할 때가 됐어."

트리스탄은 순순히 고개를 끄덕였다.

"알았어. 그렇게 할게."

하지만 나는 그의 말투가 시큰둥한 것을 알아차렸다.

시그프리드가 차를 몰고 떠나자 트리스탄은 턱을 문지르며 생각에 잠긴 얼굴로 프랑스식 창문(좌우 여닫이의 유리문으로, 보통 뜰이나 발코니로 통하는 출입구로 쓰인다)을 통해 어두워지는 정원을 내다보았다.

"이거 정말 골치 아프게 됐는걸."

"왜?"

"사실은 리디아가 오늘 휴일이라서 만나기로 약속했거든." 트리스탄은 낮은 소리로 잠시 휘파람을 불었다. "일이 순풍에 돛단 듯이 진행되고 있는 이때, 이렇게 좋은 기회를 낭비하는 건 너무 아까워. 리디아는 나한테 홀딱 반한 모양이야. 느낌이 팍 오거든. 사실 그 애는 내 말이라면 뭐든지 따르고 있어."

나는 어이가 없어서 그를 쳐다보았다.

"어제 밤새 술을 마셨으니까 오늘은 조용히 지내다가 일찍 잠자리에 들고 싶어 할 줄 알았는데."

"난 아니야. 사실은 또 나가고 싶어서 좀이 쑤시는걸."

실제로 그는 팔팔하고 원기가 넘쳐 보였다. 눈은 반짝반짝 빛나고, 핼쑥했던 뺨은 다시 발그레해져 있었다.

"이봐 짐, 혹시 이 개 옆에서 주인이 오기를 기다려줄 수는 없을까?"

나는 어깨를 으쓱했다.

"미안해, 트리스. 나는 테드 빈스네 암소를 보러 가야 돼. 골짜기 끝에 있는 농장 말이야. 거기 갔다 오려면 적어도 두 시간은 걸릴 거야."

그는 잠시 입을 다물고 있다가 손가락 하나를 들어 올렸다.

"해결책을 생각해냈어. 아주 간단해. 아니, 사실은 완벽해. 리디아를 여기 데려오면 돼."

"뭐? 집에 데려온다고?"

"그래, 바로 이 방에. 해미는 바구니에 넣어서 난롯가에 놓아두고 리디아와 나는 소파에 앉으면 돼. 좋았어! 추운 겨울밤에 그보다 더 멋진 일이 어딨겠어. 게다가 돈도 안 들고."

"하지만 트리스! 오늘 아침에 원장님이 설교한 얘기를 벌써 잊어버렸어? 그 양반이 일찍 돌아와서 너와 리디아가 여기 함께 있는 걸 보면 어쩌려고 그래?"

트리스탄은 담배에 불을 붙이고 연기를 뭉게뭉게 뿜어냈다.

"그럴 가능성은 전혀 없어. 너는 그렇게 사소한 일을 걱정하는 게 탈이야. 우리 형은 브로턴에 가면 항상 늦게 돌아오잖아. 아무 문제도 없어."

"그럼 마음대로 해. 하지만 아무리 생각해도 그건 말썽을 자초하는 짓이야. 어쨌든 너는 세균학을 공부해야 하잖아? 시험이 코앞에 다가오고 있는데."

트리스탄은 담배 연기 속에서 천사 같은 미소를 지었다.

"걱정 마. 조만간 책을 한 번 훑어볼 테니까."

그 문제에 대해서는 트리스탄과 논쟁을 벌일 수 없었다. 나는 같은 책을 여섯 번 정도는 읽어야 겨우 이해가 되지만, 트리스탄은 머리가 좋으니까 한 번만 대충 훑어도 충분할 것이다. 나는 왕진을 하러 나갔다.

8시쯤 돌아와서 현관문을 열었을 때 나는 트리스탄을 까맣게 잊고 있었다. 테드 빈스네 암소가 내 치료에 반응을 보이지 않아서 그 걱정으로 머리가 꽉 차 있었기 때문이다. 나는 내가 제대로 치료를 하고 있는 건지 의심스러워지기 시작했다. 그래서 책을 조사해보고 싶었다. 책은 거실 책장에 꽂혀 있었다. 나는 서둘러 복도를 걸어가 문을 활짝 열었다.

그 순간 나는 어리둥절하여 우뚝 멈춰 섰다. 그렇게 잠시 서서 내 생각을 새로운 상황에 적응시키려고 애썼다. 소파는 활활 타오르는 난롯불 앞으로 바싹 당겨져 있고 담배 연기와 향수 냄새가 자욱했지만 거실에는 아무도 없었다.

가장 인상적인 것은 프랑스식 창문에 걸려 있는 기다란 커튼이었다. 커튼은 어떤 물체가 방금 엄청난 속도로 뚫고 지나간 것처럼 가볍게 펄럭이면서 천천히 내려오고 있었다. 나는 카펫을 종종걸음으로 가로질러 어두운 정원을 내다보았다. 어디선가 어둠 속을 허둥지둥 뛰어가는 소리, 쿵하는 소리, 숨죽인 외침 소리가 들렸다. 이어서 타닥타닥 하는 발소리와 새된 비명 소리가 들렸다. 나는 잠시 서서 귀를 기울였다. 눈이 어둠에 익숙해지자, 높은 벽돌담 밑으로 나 있는 긴 오솔길을 따라 뒷마당으로 갔다. 뒷마당 문은 열려 있고, 뒷골목으로 통하는 커다란 문도 열려 있었지만 인기척은 전혀 없었다.

나는 천천히 왔던 길을 되짚어갔다. 프랑스식 창문에서 새어나오는 따뜻한 불빛이 높은 저택 발치에 네모꼴로 고여 있었다. 안으로 들어가 창문을 막 닫으려는데 누군가가 몰래 움직이는 소리와 다급하게 속삭이는 소리가 들렸다.

"짐?"

"트리스! 도대체 어디서 튀어나온 거야?"

트리스탄은 발꿈치를 들고 내 옆을 지나 살금살금 거실로 들어가서 불안한 눈으로 주위를 둘러보았다.

"형이 아니라 너였구나!"

"그래, 내가 방금 들어왔어."

트리스탄은 소파에 털썩 주저앉아 두 손에 얼굴을 묻었다.

"빌어먹을! 몇 분 전만 해도 리디아를 품에 안고 여기 누워 있었는데. 맘 놓고 평화롭게! 모든 게 멋있었어! 그때 현관문이 열리는 소리가 들렸지 뭐야."

"하지만 넌 내가 지금쯤 돌아온다는 걸 알고 있었잖아."

"그래. 그러니까 여느 때 같으면 짐이냐고 소리를 질렀겠지만, 오늘은 무엇 때문인지 '아뿔싸, 형이 돌아왔다!'는 생각이 든 거야. 복도를 걸어오는 발소리가 꼭 형의 발소리처럼 들렸거든."

"그래서 어떻게 했는데?"

트리스탄은 손가락으로 머리를 마구 휘저었다.

"나는 완전히 공포에 사로잡혔어. 한창 리디아의 귀에다 달콤한 말을 속삭이고 있다가, 느닷없이 리디아를 움켜잡고 소파에서 들어 올려 창문 밖으로 내던져버렸지."

"그럼 내가 들은 쿵 소리는……."

"그래, 리디아가 정원에 떨어지는 소리였어."

"그다음에는 새된 비명 소리가……."

트리스탄은 한숨을 내쉬고 눈을 감았다.

"그건 리디아가 장미 덤불에 들어갔을 때 지른 소리야. 리디아는 이곳 지리를 모르잖아."

"정말 미안해, 트리스. 그런 식으로 불쑥 들어오지 말았어야 하는 건데. 딴 생각으로 머리가 꽉 차 있었거든."

트리스탄은 힘없이 일어나 내 어깨에 손을 올려놓았다.

"네 잘못이 아니야. 네 탓이 아니야." 트리스탄은 담배로 손을 뻗었다. "다음에 리디아 얼굴을 어떻게 봐야 할지 모르겠군. 리디아를 뒷골목으로 쫓아내고 전속력으로 도망치라고 말했거든. 리디아는 나를 완전히 미친놈으로 생각할 거야."

트리스탄은 공허한 신음소리를 냈다.

나는 기운을 북돋워주려고 애썼다.

"다시 화해할 수 있을 거야. 나중에는 이 이야기를 하면서 한바탕 웃게 될걸."

하지만 트리스탄은 내 말을 듣고 있지 않았다. 공포로 크게 뜨인 눈은 나를 지나쳐 내 뒤쪽을 뚫어지게 바라보고 있었다. 이윽고 그는 떨리는 손가락을 천천히 들어 올려 벽난로 쪽을 가리켰다. 그는 입을 한동안 뻐끔거린 뒤에야 겨우 말을 뱉어냈다.

"맙소사. 없어졌어!" 그가 숨을 헐떡거리며 말했다.

나는 트리스탄이 충격 때문에 머리가 이상해진 줄 알았다.

"없어지다니? 뭐가 없어져?"

"그 빌어먹을 개! 내가 밖으로 뛰쳐나갈 때 개는 저기 있었어. 바로 저기에!"

나는 텅 빈 바구니를 내려다보았다. 등골이 오싹했다.

"맙소사! 열린 창문으로 나간 게 분명해. 큰일났군."

우리는 정원으로 뛰쳐나가 샅샅이 찾아보았지만 개는 어디에도 보이지 않았다. 우리는 돌아와서 손전등을 들고 나가 다시 한 번 찾아보았다. 개 이름을 소리쳐 부르면서 뒷마당과 뒷골목까지 찾아 헤맸지만 희망의 불꽃은 차츰 사그라들었다.

10분 뒤, 우리는 환하게 불이 켜진 방으로 터덜터덜 돌아와 서로 얼굴을 마주보았다.

우리 두 사람의 공통된 생각을 먼저 입 밖에 낸 것은 트리스탄이었다.

"웨스터먼 여사가 개를 찾으러 오면 뭐라고 하지?"

나는 고개를 저었다. 개를 잃어버렸다고 말한다는 건 생각하고 싶지도 않았다.

바로 그 순간, 현관 초인종 소리가 복도에 울려 퍼졌다. 트리스탄은 공중으로 펄쩍 뛰어올랐다.

"맙소사!" 그는 부들부들 떨었다. "그 여자일 거야. 짐, 네가 가서 만나. 모두 내 잘못이라고 말해. 뭐든지 너 좋을 대로 말해도 좋아. 나는 도저히 그 여자 얼굴을 볼 수가 없어."

나는 어깨에 잔뜩 힘을 주고 긴 복도를 당당하게 걸어가서 문을 열었다. 웨스터먼 여사가 아니었다. 날씬한 몸매에 금발 머리카락을 가진 아가씨였다. 그녀는 성난 눈으로 나를 노려보았다.

"트리스탄은 어디 있죠?"

그 새된 목소리는 오늘 밤 우리가 다뤄야 할 만만찮은 여자가 웨스터먼 여사만이 아니라는 것을 말해주었다.

"저어, 트리스는…… 어어……."

"저기 있는 거 다 알아요!"

그녀가 나를 지나쳐갈 때 나는 그녀의 뺨에 흙이 묻어 있고 머리가 엉망으로 헝클어져 있는 것을 알아차렸다. 내가 그녀를 따라 거실로 들어오자 그녀는 곧장 내 친구한테 성큼성큼 다가갔다.

"내 스타킹 좀 봐!" 그녀는 분노를 폭발시켰다. "엉망이 됐어!"

트리스탄은 신경질적으로 날씬한 다리를 내려다보았다.

"미안해, 리디아. 새로 한 켤레 사줄게. 정말이야. 약속해, 자기야."

"그러는 게 신상에 좋을 거야. 치사한 자식! 그리고 나를 '자기'라고 부르지 마. 그런 수모를 당한 건 세상에 태어나서 처음이야. 도대체 나를 뭘로 본 거야?"

"모두 오해였어. 내가 설명할게……."

트리스탄은 용감하게도 매력적인 미소를 지으려고 애쓰면서 그녀에게 한 걸음 다가섰지만, 그녀는 뒤로 한 걸음 물러섰다.

"거리를 유지해." 그녀는 쌀쌀맞게 말했다. "당신을 상대하는 건 하룻밤으로 충분해."

그녀가 홱 돌아서서 밖으로 나가자 트리스탄은 벽난로에 머리를 기댔다.

"멋진 우정의 종말이로군." 그리고는 다시 몸을 부들부들 떨기 시작했다. "그건 그렇고, 우린 그 개를 찾아야 돼. 어서 가자."

나는 이쪽 방향으로, 트리스탄은 저쪽 방향으로 출발했다. 달이 뜨지 않은 밤이라서 한치 앞도 안 보일 만큼 어두웠다. 그 칠흑 같은 어둠 속에서 우리는 새까만 개를 찾고 있었다. 우리는 둘 다 희망이 없다는 것을 알고 있었지만, 그래도 노력은 해봐야 했다.

대러비 같은 작은 도시에서는 조금만 가면 금세 불빛이라고는 전혀 없는 시골길이 나온다. 나는 발부리가 걸려 비틀거리면서 아무 것도 보이지 않는 들판을 돌아다녔지만, 그래 봤자 아무 소용도 없다는 것은 갈수록 더욱 분명해졌다.

이따금 트리스탄의 궤도 안에 들어가면, 텅 빈 들판에 메아리치는 그의 절망적인 외침 소리가 들리곤 했다.

"해미! 해미야! 해미이……!"

30분 뒤에 우리는 스켈데일 하우스에서 만났다. 트리스탄이 내 얼굴을 쳐다보았다. 내가 고개를 젓자 그는 제 몸속으로 움츠러드는 것 같았다. 그는 가슴을 부풀려 숨을 쉬려고 애썼다. 나는 걸어 다녔지만 트리스탄은 줄곧 뛰어 다닌 게 분명했다. 그건 너무나 당연한 일이었을 것이다. 우리는 둘 다 곤경에 빠져 있었지만, 최종적으로 철퇴를 맞을 사람은 트리스탄이었기 때문이다.

"다시 나가서 찾아보는 게 좋겠어."

그가 헐떡거리며 말했을 때 다시 현관 초인종이 울렸다.

그의 얼굴에서 순식간에 핏기가 사라졌다. 그는 내 팔을 움켜잡았다.

"이번에는 틀림없이 웨스터먼 여사일 거야. 오오, 하느님, 그 여자가 왔어!"

복도에서 빠른 발소리가 들리더니 거실 문이 열렸다. 하지만 그것은 웨스터먼 여사가 아니라, 이번에도 역시 리디아였다. 리디아는 소파로 성큼성큼 다가가더니 소파 밑으로 손을 뻗어 핸드백을 꺼냈다. 그러고는 한마디도 하지 않고 다시 나가버렸다. 거실을 나가기 전에 무서운 곁눈질로 트리스탄을 움츠러들게 했을 뿐이다.

"대단한 밤이로군!" 그는 한 손을 이마에 대고 신음 소리를 냈다. "이런 밤은 두 번 다시 겪고 싶지 않아. 견딜 수가 없어."

그 후 한 시간 동안 우리는 수없이 밖으로 출격했지만 끝내 해미를 찾지 못했다. 다른 사람도 해미를 못 본 것 같았다. 내가 집으로 돌아와 보니 트리스탄은 소파에 축 늘어져 있었다. 입은 헤벌어져 있고, 더욱 기진맥진한 기색이 역력했다. 내가 고개를 젓자 트리스탄도 고개를 저었다. 바로 그때 전화벨이 울렸다.

내가 수화기를 들고 잠시 상대의 말을 듣고 있다가 트리스탄을 돌아보았다.

"난 나가봐야 돼. 드루 씨네 조랑말이 또 복통을 앓고 있대."

트리스탄은 의자 깊숙한 곳에서 한 손을 빼내 나에게 내밀었다.

"나를 혼자 두고 가진 않겠지, 짐?"

"미안하지만 가봐야 돼. 하지만 오래 걸리진 않을 거야. 겨우 2킬로미터 거리니까."

"하지만 웨스터먼 여사가 오면 어떡해?"

나는 어깨를 으쓱했다.

"사과해야겠지. 해미는 틀림없이 나타날 거야. 아마 내일 아침에……."

"쉽게 말하는군……." 트리스탄은 한 손을 옷깃 속에 집어넣었다. "그리고 형은 어떡하지? 형이 돌아와서 개가 어디 갔느냐고 물으면 어떡해? 뭐라고 대답하지?"

"나 같으면 그건 걱정하지 않겠어." 나는 쾌활하게 대답했다. "소파에서 웨이트리스와 노닥거리느라 그런 것에는 신경을 쓸 수 없었다고 말해. 그러면 이해할 거야."

하지만 익살을 부리려는 내 노력은 전혀 효과가 없었다. 트리스탄은 차가운 눈으로 나를 노려보면서 떨리는 손으로 담배에 불을 붙였다.

"전에도 말했지만, 너한테는 심술궂고 잔인한 구석이 있어."

내가 도착했을 때 드루 씨네 조랑말은 거의 회복되어 있었지만, 나는 가벼운 진정제를 주사하고 집으로 돌아가기 시작했다. 그런데 도중에 문득 어떤 생각이 떠올라, 대러비 변두리를 일주하는 순환도로로 차를 돌렸다. 그 도로 연변에 웨스터먼 여사가 사는 방갈로식 주택 단지가 있었다. 나는 단지 입구에 차를 세워 놓고 '10'이라고 적힌 샛길을 따라 올라갔다.

거기에 해미가 있었다. 해미는 현관 앞 깔개 위에 편안히 웅크리고 앉아 있다가, 내가 다가가자 좀 놀란 눈으로 나를 쳐다보았다.

"이리 온. 네가 우리보다 분별이 있구나. 왜 진작 이 생각을 못했을까?"

나는 해미를 조수석에 태웠다. 차가 출발하자 해미는 대시보드에 앞발을 올려놓고는 헤드라이트 불빛 속에 펼쳐지는 도로를 흥미로운 듯이 내다보았다. 정말로 침착한 사냥개였다.

스켈데일 하우스에 도착하자 나는 해미를 겨드랑이에 끼우고 현관문 손잡이를 돌리려다가 문득 손을 멈추었다. 트리스탄은 그동안 나를 상대로 수많은 장난—가짜 전화, 내 침실에 나타난 귀신 등등—을 성공시켰다. 우리는 좋은 친구였지만 그는 나를 놀려먹을 기회를 놓친 적이 없었다. 이 상황에서 만약 처지가 정반대였다면 트리스탄은 무자비하게 나를 곯려먹을 것이다. 나는 초인종에 손가락을 대고 몇 초 동안 계속 누르고 있었다.

안에서는 한동안 아무 소리도 들리지 않았고 인기척도 나지 않았다. 나는 겁에 질린 트리스탄이 겨우 용기를 내어 파멸을 향해 다가오는 모습을 상상했다. 이윽고 복도에 불이 켜졌다. 기대에 부푼 가슴으로 유리창을 통해 안을 들여다보니 복도 모퉁이에 우선 코가 나타나고 이어서 눈 하나가 아주 조심스럽게 나타났다. 차츰 얼굴 전체가 조금씩 시야에 들어왔다. 현관문 유리창을 통해 히죽히죽 웃고 있는 내 얼굴을 알아본 순간, 트리스탄은 분노의 고함을 내지르면서 주먹을 불끈 치켜들고 복도를 달려왔다.

트리스탄은 반쯤 미친 상태였으니까 정말로 나를 공격했을 것이다. 하지만 해미를 보고는 모든 것을 다 잊어버렸다. 트리스탄은 털북숭이 동물을 끌어안고 어루만지기 시작했다.

"어이구, 착한 해미, 예쁜 해미." 그는 거실로 종종걸음을 치면서 낮은 소리로 다정하게 해미를 불러댔다. "어이구, 예쁘기도 하지."

트리스탄은 해미를 바구니에 조심스럽게 집어넣었다. 그러자 해미는 '아이고, 또 여기 왔군' 하는 눈초리로 주위를 둘러보고는 머리를 옆구리에 대고 당장 잠이 들었다.

트리스탄은 소파에 축 늘어진 채 흐리멍덩한 눈으로 나를 쳐다보았다.

"우린 살았어, 짐." 그가 속삭였다. "하지만 나는 앞으로 달라질 거야. 나는 오늘 수십 킬로미터를 달렸고, 해미를 소리쳐 부르느라 목이 다 쉬어버렸어. 완전히 기진맥진한 상태야."

나도 한시름 놓았다. 그 후 10분도 지나기 전에 웨스터먼 여사가 찾아왔을 때 우리는 파국이 얼마나 가까이 다가와 있었는지를 절감했다.

해미가 입을 벌리고 짧은 꼬리를 맹렬하게 흔들면서 달려들자 웨스터먼 여사는 소리쳤다.

"오오, 내 아가! 온종일 얼마나 걱정했는지 아니?"

여사는 단추가 줄지어 달려 있는 귀를 머뭇거리며 살펴보았다.

"그 끔찍한 부기가 빠지니까 훨씬 보기 좋구나. 솜씨가 대단하시군요, 헤리엇 선생님. 정말 고맙습니다. 그리고 젊은이도 고마워요."

비틀비틀 일어난 트리스탄은 나와 함께 거실에서 나가는 웨스터먼 여사에게 가볍게 고개를 숙였다.

"한 달 뒤에 다시 데려오세요. 실을 뽑아야 하니까."

나는 여사의 등에 대고 소리친 다음, 거실로 뛰어왔다.

"원장님이 방금 도착했어. 그동안 공부를 하고 있었던 것처럼 보이는 게 좋을 거야."

트리스탄은 책장으로 달려가서 데이비스의 『세균학』과 공책 한 권을 꺼내 들고 의자에 앉았다. 형이 들어왔을 때 그는 공부에 몰두해 있었다.

시그프리드는 난롯가로 걸어가서 손을 녹였다. 얼굴은 발그레했고 얼근하게 취한 것 같았다.

"방금 웨스터먼 여사와 이야기했는데, 무척 만족스러워하더군. 잘했어. 둘 다."

"고맙습니다."

나는 그렇게 대답했지만, 트리스탄은 열심히 책을 훑어보며 공책에 무언가를 끼적거리느라 대답도 하지 않았다.

시그프리드는 트리스탄의 의자 뒤로 다가가서 어깨 너머로 펼쳐진 책을 들여다보았다.

"아아, 그래. 간균성 패혈증." 그는 너그러운 미소를 지으면서 중얼거렸다. "그 부분은 제대로 해두는 게 좋아. 시험에 빠지지 않고 나오니까." 그는 한 손을 동생의 어깨 위에 잠깐 올려놓았다. "네가 공부하는 걸 보니 참 기쁘다. 너는 요즘 너무 많이 놀았어. 그래서 건강까지 나빠지고 있지. 책과 함께 하룻밤을 보내면 너한테 유익할 거야."

시그프리드는 하품을 하고 기지개를 켠 다음 문으로 걸어갔다.

"나는 졸려서 그만 자야겠다. 트리스탄, 네가 정말 부럽구나. 집에서 조용히 평화로운 저녁을 보내는 것만큼 좋은 건 없으니까 말이야."

\* \* \*

환자가 달아나는 상황은 결코 드물지 않다. 많은 수의사들이 그런 일을 겪는다. 특히 작은 동물을 치료하는 일이 부업으로 취급되어 입원실이 체계화되지 않았던 1930년대에는 환자가 달아나는 경우가 많았다. 웨스터먼 여사나 시그프리드처럼 만만찮은 사람이 관련되면 문제가 더욱 심각해졌다. 만족스러운 수술—이개혈종 치료—을 기록하는 것도 흥미로운 일이다. 귀에 생긴 혈종을 수술로 제거하면 환자의 고통을 순식간에 없애줄 수 있다. 트리스탄의 애정 생활을 장식한 에피소드를 기록할 기회를 얻은 것도 즐거웠다.

# 25

# 유모차를 밀고 다니는 남자

도시에서는 남자가 유모차를 미는 것도 그리 희한한 광경이 아니겠지만, 한적한 황무지에서 그런 광경과 마주치게 되면 한 번쯤 돌아볼 필요가 있을 것이다. 특히 그 유모차에 커다란 개가 타고 있을 때는 더욱 그렇지 않을까?

어느 날 아침 대러비가 내려다보이는 구릉지에서 내가 본 것이 바로 그런 광경이었다. 차를 몰고 가던 나는 속도를 늦추어 천천히 그 옆을 지나쳤다. 나는 그 남자가 유모차에 개를 태우고 가는 광경을 지난 서너 주일 동안 여러 번 목격했다. 사내와 개가 최근에 그 지역으로 이사를 온 것은 분명했다.

내 차가 옆을 지나가자 사내는 고개를 돌려 미소를 짓고는 손을 들어 보였다. 갈색 얼굴에 떠오른 그 미소는 보기 드물게 상냥했다. 얼굴은 마흔 살쯤 되어 보였고, 갈색 목에는 칼라도 대지 않았고 넥타이도 매지 않았다. 추운 날인데도 빛바랜 줄무늬 셔츠가 벌어져서 가슴이 드러나 보였다.

그가 누구인지, 어떤 사람인지 궁금해서 견딜 수가 없었다. 낡아빠진 스웨이드 골프 재킷, 코르덴바지, 튼튼한 부츠에서는 별로 실마리를 얻을 수 없었다. 그를 부랑자로 생각할 사람도 있겠지만, 부랑자와는 어울리지 않는 성실하고 활동적인 분위기를 갖고 있었다.

나는 창문을 내렸다. 요크셔의 3월은 건조하고 쌀쌀했다. 메마른 칼바람이 내 뺨을 때렸다.

"오늘 아침에는 바람이 차군요."

사내는 흠칫 놀란 것 같았다.

"예, 그런 것 같군요."

나는 낡고 녹슨 유모차와 그 안에 앉아 있는 덩치 큰 개를 바라보았다. 개는 밀렵꾼이 사냥개로 쓰는 그레이하운드 잡종이었다. 내가 바라보자 개는 침착하고 위엄있게 나를 마주보았다.

"개가 멋지군요."

"예, 이름은 제이크라고 합니다." 사내는 다시 미소를 지어 가지런한 이를 드러냈다. "대단한 녀석이죠."

나는 손을 흔들고 속력을 냈다. 백미러를 보니 다부진 체격의 사내가 고개를 치켜든 채 어깨를 펴고 기운차게 걸음을 내딛는 모습과 유모차 한복판에 동상처럼 솟아 있는 제이크의 거대한 얼룩무늬가 보였다.

오래지 않아 나는 그 기묘한 한 쌍을 다시 만날 수 있었다. 어느 농가 마당에서 짐말의 이빨을 검사하다가 문득 눈을 들어보니, 마구간 너머의 언덕 비탈에 있는 메마른 돌담 옆에 한 사람이 무릎을 꿇고 있는 게 보였다. 그리고 그 옆에는 유모차가 놓여 있고 덩치 큰 개가 풀밭에 앉아 있었다.

나는 언덕을 가리켰다.

"저 사람 누굽니까?"

농부는 소리 내어 웃었다.

"로디 트래버스예요. 로디를 아세요?"

"아뇨, 모릅니다. 요전 날 길에서 잠깐 이야기를 나누었을 뿐이에요."

"아아, 길에서요." 농부는 알 만하다는 듯 고개를 끄덕였다. "로디를 만나는 곳은 대개 길이죠."

"뭐 하는 사람입니까? 어디 출신이죠?"

"요크셔의 어디 출신인가 본데, 정확히 어디인지는 나도 모릅니다. 나만이 아니라 아무도 모를 걸요. 하지만 무슨 일이든 못하는 게 없다는 것만은 확실합니다."

나는 사내가 납작한 돌을 솜씨 좋게 쌓아서 무너진 돌담을 수리하고 있는 것을 바라보았다.

"저 사람이 지금 하고 있는 일은 아무나 쉽게 할 수 있는 일이 아닌 것 같군요."

"맞아요. 돌담 쌓기는 숙련된 기술이 필요한 일인데, 지금은 그 일을 할 줄 아는 사람이 차츰 사라져가고 있지요. 로디는 돌담 쌓는 솜씨가 일품입니다. 게다가 산울타리도 만들고, 도랑도 파고, 가축도 돌볼 수 있지요. 어떤 일도 능숙하게 해내는 만능 일꾼이에요."

나는 줄을 집어 들어 말의 어금니에서 날카로운 모서리를 갈아내기 시작했다.

"여기 얼마나 오래 있을까요?"

"저 돌담을 다 수리하면 떠날 겁니다. 좀 더 붙잡아둘 수 있으면 좋겠지만, 저 사람은 절대로 한곳에 오래 머물지 않아요."

"하지만 어딘가에 집은 있겠지요?"

"천만에요." 농부는 또 소리 내어 웃었다. "로디는 집이 없습니다. 저 유모차에 들어 있는 게 로디의 전 재산이에요."

그 후 몇 주가 지나는 동안 매섭던 봄바람도 부드러워지기 시작했고, 따뜻한 햇빛을 받은 둔덕에는 화려한 앵초가 초록빛 풀밭에 점점이 피어나게 되었다. 그동안 나는 로디를 자주 보았다. 때로는 길을 걸어가는 로디를 먼빛으로 보기도 했고, 이따금 목초지를 둘러싼 도랑에서 부지런히 삽질하는 모습을 보기도 했다. 제이크는 주인 옆에서 성큼성큼 걷거나 주인이 일하는 것을 지켜보면서 늘 주인과 함께 있었다. 하지만 나와 로디가 실제로 재회한 것은 내가 포슨 씨네 양들에게 신장병 예방접종을 하고 있을 때였다.

예방접종을 받을 양은 300마리였다. 일꾼들이 양을 몇 마리씩 작은 우리로 몰아넣으면, 로디가 양을 한 마리씩 잡아서 내가 주사를 놓을 수 있도록 붙잡고 있었다. 나는 로디가 이 일에도 역시 전문가라는 것을 알 수 있었다. 구릉지에서 방목하는 양들은 로디 옆을 총알처럼 휙휙 지나갔지만, 로디는 때로는 공중에서 쉽게 양의 털을 움켜잡고는 앞다리를 들어 올려 털이 나지 않은 깨끗한 부위를 드러내곤 했다. 양의 팔꿈치 뒤에 있는 그 부위는 수의사가 주사를 놓을 경우에 대비하여 자연이 미리 준비해둔 것처럼 보였다.

바깥의 바람 부는 언덕 비탈에는 덩치 큰 잡종개가 똑바로 앉아서 작은 우리 주위를 열심히 돌아다니는 농장 개들을 흥미롭게 내려다보고 있었지만, 어떤 식으로도 개들을 방해하거나 간섭하지 않았다.

"훈련을 잘 시켰군요."

내가 말하자 로디는 빙그레 웃었다.

"예, 녀석은 절대로 이리저리 뛰어다니면서 사람을 성가시게 하지 않아요. 내가 일을 마칠 때까지 저기 저렇게 앉아 있어야 한다는 것을 알고 있지요. 그러니까 끝까지 얌전히 앉아 있을 겁니다."

"거기에 아주 만족하고 있는 것 같은데요." 나는 만족감의 화신 같은 개를 다시 한 번 힐끗 쳐다보았다. "주인과 함께 방방곡곡을 돌아다니는 생활을 즐기고 있는 것 같아요."

"맞습니다." 포슨 씨가 한 무리의 양을 우리 안으로 몰아넣으면서 끼어들었다. "저 개는 세상에 근심 걱정이라곤 하나도 없지요. 주인처럼."

로디는 아무 말도 하지 않고, 양들이 우리 안으로 달려 들어오자 허리를 펴고 숨을 한 번 길게 들이마셨다. 거의 쉬지 않고 열심히 일했기 때문에 작은 땀방울이 이마에서 뚝뚝 떨어지고 있었지만, 드넓은 황무지와 산을 바라보는 그의 얼굴에서는 완전한 평온함을 읽을 수 있었다. 잠시 후 그가 말했다.

"그건 사실인 것 같습니다. 제이크와 나는 걱정거리가 별로 없어요."

포슨 씨는 짓궂게 싱긋 웃었다.

"이봐 로디, 그건 자네가 지금까지 한 말 중에서 가장 옳은 말일세. 마누라도 없지, 자식도 없지, 생명보험도 없지, 은행대출도 없지, 걱정할 게 뭐가 있나. 정말 평화로운 생활일 거야."

"그런 것 같습니다. 하지만 돈도 없지요" 로디가 말했다.

농부는 놀리는 듯한 눈으로 그를 바라보았다.

"그럼 돈을 좀 모으는 게 어때? 그러면 든든한 기분이 들지 않을까?"

"아뇨. 돈을 저 세상까지 가져갈 수 있는 것도 아니고. 돈이란 그저 빚 지지 않고 살아갈 수 있을 만큼만 갖고 있으면 충분합니다."

그 말은 결코 독창적인 것도 아니었지만 평생 내 기억에 박혀 있었다. 그것은 그 말이 로디의 입에서 나왔기 때문이고, 그가 깊은 확신을 가지고 그 말을 했기 때문이다.

예방접종을 마치고 양들이 목초지로 돌아간 뒤에 나는 로디를 돌아보았다.

"정말 고맙습니다. 당신처럼 양을 잘 잡아주는 사람과 함께 일하면 일이 훨씬 빨리 끝나지요."

나는 담뱃갑을 꺼냈다.

"한 대 태우시겠습니까?"

"고맙지만, 담배를 안 피웁니다."

"그래요?"

"예, 술도 안 마십니다."

그는 온화한 미소를 지어 보였다. 나는 또다시 그가 육체적으로나 정신적으로 순수한 사람이라는 느낌을 받았다. 술도 안 마시고 담배도 안 피우고, 물질적인 재산이나 야망도 없이 야외를 끊임없이 돌아다니는 삶 – 어두운 그늘이라곤 하나도 없이 밝은 눈, 맑은 피부, 다부진 체격에는 그의 삶이 모두 드러나 있었다. 체구는 별로 크지 않았지만, 이 세상의 그 무엇도 그를 파괴할 수 없을 것 같았다.

"가자, 제이크. 저녁 먹을 시간이야."

그가 부르자 덩치 큰 잡종개는 기쁨에 들떠서 주인의 주위를 뛰어다녔다. 내가 다가가서 말을 걸자 개는 호의로 가득 찬 잘생긴 얼굴로 나를 쳐다보면서 꼬리를 끊어져라 흔들어댔다.

나는 개의 뾰족하고 길쭉한 머리를 쓰다듬고 귀를 간질여주었다.

"굉장한 미남이군요. 당신 말대로 대단한 녀석이에요."

나는 손을 씻으러 농가로 걸어갔다. 집으로 들어가기 전에 로디와 제이크를 힐끗 돌아보았다. 그들은 돌담 옆의 아늑한 곳에 앉아 있었다. 로디는 보온병과 음식을 벌여놓고 있고, 그런 주인을 제이크는 열심히 지켜보고 있었다. 돌담 위로는 바람이 쌩쌩 불고 있었지만 그들에게는 찬란한 햇빛이 비치고 있었다. 그들은 더없이 편안하고 평화로워 보였다.

내가 손을 씻으러 부엌 싱크대 앞에 서자 농부의 아내가 말했다.

"로디는 절대 남의 신세를 지려고 하지 않아요. 집에 들어와서 같이 저녁을 먹어도 좋은데, 굳이 저렇게 밖에서 개와 함께 먹고 싶어 해요."

나는 고개를 끄덕였다.

"이렇게 농가를 돌아다니면서 일할 때는 어디서 잠을 잡니까?"

"어디서든 자요. 건초 헛간이나 곡물 창고에서도 자고, 때로는 한뎃잠도 자요. 하지만 우리 집에서 일할 때는 이층 방에서 자죠. 농부들은 누구나 반갑게 로디를 집 안에 들여놓을 거예요. 로디는 항상 몸을 깨끗이 하니까요."

"알겠습니다." 나는 문 뒤에 걸려 있는 수건을 끌어당겼다. "로디는 정말 대단한 사람이군요."

그녀는 뭔가가 생각난 듯이 빙긋 웃었다.

"정말 대단한 사람이에요. 로디만이 아니라 그 개도 대단하죠." 그녀는 오븐에서 향긋한 냄새가 나는 로스트햄 한 접시를 꺼내 식탁에 놓았다. "그 사람은 나무랄 데가 없어요. 누구나 로디 트래버스를 좋아하죠. 정말 좋은 사람이에요."

　로디는 여름 내내 대러비 지역에 머물렀다. 나는 농장에서 일하거나 길
에서 유모차를 밀고 가는 로디를 보는 데 익숙해졌다. 비가 내릴 때는 낡
아빠진 개버딘 코트를 입었지만, 비가 내리지 않을 때는 항상 골프 재킷
과 코르덴바지를 입고 있었다. 그가 그 옷을 어디서 구했는지는 알 수 없
다. 평생 한 번도 골프장에 가본 적이 없을 터인 그가 골프 재킷을 입고
다니는 것은 그가 지니고 있는 숱한 수수께끼 가운데 하나일 뿐이었다.

　10월 초의 어느 이른 아침, 나는 언덕길에서 그를 만났다. 간밤에는 서
리가 내릴 만큼 추워서, 돌담 너머의 풀숲은 하얀 서리의 무자비한 손아
귀에 사로잡혀 모든 풀잎이 꽁꽁 얼어 있었다.

　나는 눈만 내놓고 얼굴 전체를 머플러로 단단히 감싸고 있었다. 장갑을
끼었는데도 손가락이 얼어버려서, 언 손을 녹이려고 무릎을 탁탁 두드려
야 했다. 하지만 차를 세우고 창문을 내렸을 때 내 눈에 맨 먼저 들어온
것은 앞단추를 풀어헤친 셔츠 속에 보이는 맨가슴이었다.

　"안녕하세요, 헤리엇 선생님. 만날 수 있어서 다행이네요." 그는 멈춰
서서 잔잔한 미소를 지어 보였다. "보름 동안 이 길을 따라가면서 일하다
가 멀리 떠날 작정이거든요."

　"그러시군요." 나는 이제 그를 충분히 알고 있었기 때문에 어디로 가느
냐고는 묻지 않았다. 그 대신 나는 제이크를 내려다보았다. 제이크는 코
를 킁킁거리며 풀냄새를 맡고 있었다. "오늘 아침에는 제이크가 걷고 있
군요."

　로디는 소리 내어 웃었다.

"예, 걷고 싶어 할 때도 있고 타고 싶어 할 때도 있습니다. 자기가 원하는 대로 하고 있지요."

"그렇군요. 우리는 틀림없이 또 만날 겁니다. 그럼 잘 가세요."

그는 손을 흔들고 얼어붙은 도로를 경쾌하게 걸어갔다. 그가 떠나자 내 삶을 풍요롭게 해주던 광맥 하나가 갑자기 사라진 듯한 기분이 들었다.

그런데 그게 아니었다. 바로 그날 저녁 8시쯤 초인종이 울려서 나가 보니 로디가 현관 앞 계단에 서 있었다. 그 뒤에는 어디에나 그를 따라다니는 유모차가 서 있었다. 얼어붙을 듯이 추운 어둠 속에서 유모차의 형체를 겨우 알아볼 수 있었다.

"우리 개를 좀 봐주세요, 헤리엇 선생님."

"아니, 무슨 일입니까?"

"잘 모르겠어요. 뭐랄까…… 일종의 기절 발작을 일으키고 있어요."

"기절 발작요? 그건 제이크답지 않군요. 제이크는 어디 있습니까?"

그는 뒤쪽을 가리켰다.

"유모차 안에요. 덮개 밑에 있습니다."

나는 문을 활짝 열었다.

"안으로 데려오세요."

로디는 낡고 녹슨 유모차를 능숙하게 계단 위로 밀어 올린 다음, 삐걱거리고 덜컹거리며 복도를 지나 진료실로 밀고 왔다. 진료실의 밝은 불빛 아래에서 그는 지퍼를 열고 덮개를 젖혔다. 그 밑에 길게 누워 있는 제이크가 보였다.

개는 눈에 익은 개버딘 코트를 베개처럼 베고 있었다. 그 주위에는 주인의 재산—여벌 셔츠와 양말을 끈으로 묶어놓은 꾸러미, 차 한 상자, 보온병, 포크와 나이프, 군용 배낭—이 놓여 있었다.

덩치 큰 개는 겁먹은 눈으로 나를 쳐다보았다. 제이크를 토닥여주면서 나는 녀석이 온몸을 바들바들 떨고 있는 것을 느낄 수 있었다.

"이대로 잠시 누워 있게 합시다. 그리고 당신이 본 것을 정확하게 말해 주세요."

그는 손바닥을 맞비볐다. 손가락이 떨리고 있었다.

"오늘 오후에 처음 시작되었어요. 즐겁게 풀밭을 뛰어다니며 장난을 쳤는데, 그러다가 갑자기 발작을 일으킨 거예요."

"어떻게요?"

"마치 엔진이 꺼진 것처럼 우뚝 멈춰 서더니 옆으로 픽 쓰러졌지요. 그러고는 숨을 헐떡이고 침을 흘리면서 잠시 누워 있었어요. 녀석이 죽는 줄 알았습니다."

그때를 생각하자 공포가 되살아난 듯 그는 눈을 크게 뜨고 입술을 씰룩거렸다.

"얼마나 오래 지속됐죠?"

"몇 초밖에 안 됐어요. 그러고는 다시 일어났는데, 아무 이상도 없이 멀쩡했어요."

"하지만 또 기절했군요?"

"예, 몇 번이나 기절했습니다. 그때마다 나는 미칠 것 같았어요. 하지만 발작을 일으키지 않을 때는 멀쩡했어요. 평소와 전혀 다를 게 없었지요."

아무래도 심상치 않았다. 로디의 설명은 간질의 초기 증세와 비슷했다.

"제이크는 몇 살입니까?"

"지난 2월에 다섯 살 됐습니다."

367

간질병이 시작되기에는 좀 나이가 많은 편이었다. 나는 청진기로 제이크의 심장을 진찰했다. 열심히 귀를 기울였지만 겁에 질린 동물의 빠른 고동 소리만 들릴 뿐이었다. 그것은 전혀 비정상이 아니었다. 체온도 정상이었다.

"제이크를 진찰대 위에 올려놓읍시다. 당신이 엉덩이 쪽을 드세요."

덩치 큰 개는 우리가 진찰대로 들어 올리는데도 축 늘어져 있었지만, 진찰대의 매끄러운 표면 위에 잠시 누워 있다가 겁먹은 눈으로 주위를 둘러보고는 천천히 조심스럽게 일어나 앉았다. 우리가 지켜보는 앞에서 제이크는 목을 길게 빼어 주인의 얼굴을 핥고 꼬리를 다리 사이에서 흔들었다.

"이것 보세요!" 로디가 외쳤다. "또 멀쩡해졌어요. 아무 일도 없었던 것처럼 보일 겁니다."

정말로 제이크는 빠른 속도로 자신감을 되찾고 있었다. 머뭇거리며 바닥을 몇 번 내려다보더니 갑자기 훌쩍 뛰어내려 주인에게 다가가서 가슴에 앞발을 올려놓았다.

나는 뒷다리로 서서 꼬리를 맹렬하게 흔드는 개를 바라보았다.

"어쨌든 다행이군요. 아까는 보기가 딱했지만, 문제가 무엇이든 이제는 평소 상태로 돌아간 것 같습니다. 그러면……."

내 입에서 거침없이 흘러나오던 유쾌한 말이 갑자기 중단되었다. 나는 잡종개를 뚫어지게 바라보았다. 앞다리는 다시 바닥으로 내려와 있고, 입을 헤벌린 채 숨을 쉬려고 헐떡이고 있었다. 필사적으로 헐떡이고 헛구역질을 하다가, 비틀거리며 방을 가로질러 유모차 바퀴에 충돌하고는 옆으로 털썩 쓰러졌다.

"아니, 이럴 수가! 빨리 진찰대로 다시 들어 올려요!"

나는 개의 허리를 끌어안고 로디와 함께 다시 진찰대 위로 들어 올렸다.

진찰대 위에 누워 있는 거대한 형체를 보면서 나는 도저히 믿을 수가 없었다. 이제는 숨을 쉬려고 애쓰지도 않았다. 숨을 전혀 쉬지 않고 있었다. 의식도 없었다. 나는 개의 넓적다리 안쪽을 손가락으로 눌러 맥을 짚어보았다. 맥박은 아직 빠르고 약하게 뛰고 있었지만 숨을 쉬지 않았다.

개는 지금 당장이라도 숨을 거둘지 모르는데 나는 무력하게 서 있을 뿐이었다. 내가 받은 과학적 훈련은 아무 쓸모도 없었다. 마침내 나는 좌절감을 폭발시켜 손바닥으로 개의 갈빗대를 힘껏 때렸다.

"제이크! 제이크, 왜 이래?"

내 말에 대답이라도 하듯 잡종개는 당장 헐떡거리며 숨을 몰아쉬기 시작했고, 눈꺼풀이 파르르 떨리면서 의식이 돌아왔다. 녀석은 눈을 뜨고 주위를 두리번거리기 시작했다. 하지만 아직도 겁에 질려 있었고, 내가 부드럽게 머리를 쓰다듬자 납작 엎드렸다.

긴 침묵이 흘렀다. 그동안 개의 공포는 서서히 가라앉았다. 이윽고 제이크는 진찰대 위에 일어나 앉아 차분하게 우리를 바라보았다.

"보셨지요?" 로디가 낮은 소리로 말했다. "똑같은 일이 또 일어났어요. 도무지 영문을 알 수가 없네요. 개에 대해서는 제법 안다고 생각했는데."

나는 아무 말도 하지 않았다. 나도 영문을 알 수가 없었고, 명색이 수의사였기 때문이다.

마침내 내가 입을 열었다.

"그건 발작이 아니었어요. 무엇 때문인지는 모르지만 제이크는 숨통이 막혀 있었어요." 나는 주머니에서 손전등을 꺼냈다. "목을 한번 들여다보겠습니다."

　나는 제이크의 턱을 벌리고, 혀를 집게손가락으로 누르고 목구멍 깊숙한 곳에 불빛을 비추었다. 제이크는 온순한 개라서 내가 괴롭혀도 전혀 저항하지 않았지만, 인두에 불빛을 비춰보아도 전혀 이상을 발견할 수 없었다. 나는 목구멍 어딘가에 뼛조각이라도 끼어 있기를 간절히 바랐지만, 분홍빛 혀와 건강한 편도선과 반짝이는 어금니를 아무리 살펴보아도 그런 것은 찾을 수 없었다. 모든 것이 완벽해 보였다.

　나는 제이크의 고개를 더 뒤로 기울였다. 그러자 제이크의 몸이 뻣뻣해지는 것이 느껴졌다. 로디의 외침 소리가 들렸다.

　"또 시작이에요!"

　과연 제이크는 또 질식 상태에 빠져들고 있었다. 나는 얼룩무늬 몸뚱이가 내 손에서 미끄러지듯 빠져나가 다시 진찰대 위에 납작 엎드리는 것을 멍하니 바라보았다. 제이크는 또다시 입을 크게 벌리고 거품을 뿜어냈다. 아까처럼 호흡은 완전히 멈추었고 흉곽은 전혀 움직이지 않았다. 몇 초가 째깍거리며 지나갔다. 나는 다시 제이크의 가슴을 손으로 때렸지만 이번에는 효과가 없었다. 아래 눈꺼풀을 끌어내려서 보니 움직이지 않는 안구의 결막이 푸른색을 띠고 있었다. 제이크는 죽음을 눈앞에 두고 있었다. 그 비극이 나를 짓눌렀다. 제이크는 단순한 개가 아니라 로디의 가족이었다. 그런데 나는 그 제이크가 죽어가는 꼴을 속수무책으로 지켜보고만 있었다.

　바로 그 순간 희미한 소리가 들렸다. 숨 막힌 기침 소리였다. 기침이 나오면서 개의 입술이 바르르 떨렸다.

"빌어먹을!" 나는 소리쳤다. "숨통이 막혀 있어요. 목구멍 속에 무언가가 있는 게 분명해요."

나는 또다시 제이크의 머리를 잡고 입 안에 손전등을 밀어 넣었다. 바로 그 순간 녀석이 다시 기침한 것을 나는 영원히 감사할 것이다. 기침과 함께 후두개 연골이 열렸고, 나는 모든 문제의 원인을 언뜻 볼 수 있었다. 축 늘어져 있는 후두개 너머에 완두콩 크기의 매끄럽고 둥근 물체가 있는 것이 언뜻 보였다.

"자갈 같은데요." 나는 헐떡거리듯 말했다. "후두개 바로 안쪽에 있어요."

"그럼 목젖 안에 있다는 겁니까?"

"맞습니다. 그 돌멩이가 볼밸브 같은 역할을 하면서 이따금 기도를 막아버리는 겁니다." 나는 제이크의 머리를 흔들었다. "보세요. 이렇게 머리를 흔드니까 기도를 막았던 자갈이 움직였어요. 다시 의식이 돌아오고 있습니다."

제이크는 다시 되살아나 고르게 숨을 쉬고 있었다.

로디는 제이크의 머리를 쓰다듬고 등을 지나 뒷다리의 근육을 어루만졌다.

"하지만…… 같은 일이 또 일어나겠지요?"

나는 고개를 끄덕였다.

"그럴 겁니다."

"자꾸 그러다 보면 어쩌다 한 번쯤은 자갈이 움직이지 않을 수도 있고, 그러면 제이크는 끝장이 나겠지요?"

로디는 얼굴이 창백해져 있었다.

"바로 그겁니다. 그래서 아무래도 그 자갈을 빼내야 할 것 같습니다."

"하지만 어떻게……?"

"후두를 절개하는 겁니다. 그것도 지금 당장. 그 방법밖에 없어요."

"좋습니다." 그는 침을 삼켰다. "어서 시작합시다. 제이크가 또 쓰러지면 나는 도저히 견딜 수 없을 거예요."

나는 그 말이 무슨 뜻인지 알 수 있었다. 무릎이 후들거리기 시작했다. 제이크가 또 쓰러지면 나도 쓰러질 거라는 생각이 들었다. 아니, 그것은 강한 확신이었다.

나는 가위를 집어 들고 후두 앞쪽의 털을 깎아냈다. 전신마취제는 감히 사용하지 못하고 그 부위에만 국부마취제를 주사한 뒤 소독약을 발랐다. 다행히 방금 끓는 물로 소독해둔 수술 기구가 멸균솥에 들어 있었다. 나는 수술 기구가 담긴 트레이를 진찰대 옆의 트롤리에 올려놓았다.

"제이크의 머리를 꽉 잡으세요." 나는 낮은 소리로 말하고 메스를 움켜잡았다.

피부와 근막을 절개하고, 흉골과 설골과 견갑골 사이의 얇은 근육층을 절개하자 후두의 앞쪽 표면이 드러났다. 살아 있는 개의 후두를 절개해본 경험은 한 번도 없었지만, 지금은 망설이고 있을 때가 아니었다. 얇은 박막을 절개하는 데에는 몇 초밖에 걸리지 않았다. 나는 후두 안을 들여다보았다.

있었다! 진짜 자갈이었다. 반짝반짝 빛나는 회색 자갈은 아주 작았지만 제이크를 죽이기에는 충분한 크기였다.

나는 자갈이 기관지 속으로 넘어가지 않게 얼른 꺼내야 했다. 나는 몸을 뒤로 기울여 트레이를 더듬었다. 날이 넓은 겸자가 손에 잡혔다.

위대한 외과의사들은 손도 떨리지 않을 테고, 나처럼 헐떡거리지도 않을 것이다. 하지만 나는 이를 악물고 겸자를 후두 속으로 집어넣었다. 자갈을 집은 순간 내 손은 마술에라도 걸린 것처럼 떨림을 멈추었다. 헐떡거림도 멈추었다. 아니, 사실은 아예 숨을 쉬지 않았다. 나는 숨을 죽인 채 반짝이는 작은 물체를 천천히 들어내어 진찰대 위에 살짝 떨어뜨렸다. 달그락 소리가 났다.

"그겁니까?" 로디가 물었다.

"그래요." 나는 바늘과 봉합사를 집어 들었다. "이제 괜찮습니다."

봉합은 몇 분밖에 걸리지 않았다. 봉합이 끝날 때쯤 제이크는 이미 초롱초롱한 눈으로 주위를 살피고, 무슨 일이든 할 준비가 되어 있다는 듯 앞발을 꼼지락거리고 있었다. 제이크는 재난이 끝났다는 사실을 아는 것 같았다.


로디는 열흘 뒤에 다시 제이크를 데리고 실을 뽑으러 왔다.

그날은 사실 로디가 대러비를 떠나는 날이었다. 나는 말끔히 아문 상처에서 실을 빼낸 다음, 현관까지 로디를 배웅했다. 제이크는 우리 주위를 까불면서 뛰어다녔다.

스켈데일 하우스 바깥의 포장도로에 낡아빠진 유모차가 녹슨 몸으로 위엄있게 서 있었다. 로디가 덮개를 열었다.

"올라타."

로디가 말하자 덩치 큰 개는 익숙한 자리로 훌쩍 뛰어올랐다.

로디가 두 손으로 유모차 손잡이를 잡았을 때, 가을 햇빛이 갑자기 구름장을 뚫고 이제는 나에게 익숙해진 그 광경을 비추었다. 그 광경은 날마다 보는 일상적인 풍경의 일부가 되어 있었다. 골프 재킷, 가슴을 풀어 헤친 셔츠, 갈색 가슴, 유모차 위에 똑바로 앉아 주위를 둘러보며 타고난 품위를 발산하는 잘생긴 개.

"그럼 안녕히 가세요. 또 이 지역에 오시겠죠?"

그는 나를 돌아보며 또 그 미소를 지어 보였다.

"아마 또 오게 될 겁니다."

그는 유모차를 밀기 시작했다. 제이크는 삐걱거리는 수레에 앉아 가볍게 흔들리면서 거리를 내려갔다. 그날 밤 병원에서 나는 유모차 덮개 밑에 있던 물건을 기억에 되살렸다. 그의 면도기와 수건과 비누 따위의 잡동사니가 들어 있을 군용 배낭, 차 한 상자와 보온병. 그리고 또 하나— 작은 목줄. 그건 제이크가 강아지였을 때 쓰던 목줄일까? 아니면 로디가 사랑한 또 다른 개의 목줄일까? 그 목줄은 로디에게 또 하나의 수수께끼를 더해주었다. 그리고 다른 일들도 설명해주었다. 그 농부의 말이 옳았다. 로디의 전 재산은 그 유모차에 다 들어 있었다.

게다가 로디가 바라는 것은 그게 전부인 것 같았다. 그가 길모퉁이를 돌아 내 시야에서 사라진 뒤에도 나는 그의 즐거운 휘파람 소리를 들을 수 있었기 때문이다.

* * *

최근에 어느 기자가 나를 찾아와, 이 지방의 고유한 특징을 가진 인물을 소개해달라고 부탁했다. "그런 사람은 별로 없습니다" 하고 나는 대답했다. 지나치게 개괄적인 말이겠지만, 내 글에 비옥한 토양을 제공해준

순박한 사람들을 이제는 거의 찾아볼 수 없는 게 사실이다. 요크셔 사투리나 요크셔 특유의 표현도 더 이상 들을 수 없다. 교육, 텔레비전, 편리해진 교통이 사람들을 평준화하여, 어디에 사는 사람이든 모두 엇비슷해졌다. 로디 트래버스 같은 사람은 이제 찾아볼 수 없다. 대러비의 노인들은 아직도 로디를 그리워하며, 햇볕에 그을린 로디가 커다란 개를 유모차에 태우고 시골길을 걸어가던 기억을 되살린다. 제이크는 로디에게 딱 맞는 길동무였다. 나는 잡종개를 볼 때마다 제이크의 후두에서 자갈을 제거했던 경험을 떠올린다.

# 26

# 간호사 개 주디

　내가 양치기개 주디를 처음 만난 것은 혀가 나무처럼 딱딱해진 에릭네 송아지를 치료하고 있을 때였다. 농부는 이 어린 짐승한테 소홀했다고 인정하면서 안쓰러운 표정을 지었다. 송아지는 마치 걸어 다니는 해골 같았기 때문이다.

　"빌어먹을!" 에릭은 투덜거렸다. "나는 이 녀석을 다른 녀석들과 함께 먼 목초지에 풀어놓았어요. 그래서 내가 미처 알아차리지 못한 게 분명합니다. 이런 꼴이 된 줄은 꿈에도 몰랐어요."

　방선간균이 혀에 감염되면, 침을 많이 흘리고 턱 밑이 부어오르는 초기 증세가 나타났을 때 빨리 치료해야 한다. 그렇지 않으면 혀가 점점 딱딱해져서 결국에는 입 밖으로 쑥 튀어나온다. 혀가 나무처럼 딱딱해진다고 해서 예로부터 이 병을 '목설병(木舌病)'이라고 부른다.

　비쩍 마른 송아지는 이미 그런 상태에 도달해 있어서 측은해 보였을 뿐만 아니라, 혀를 쑤욱 내밀고 나를 조롱하는 것 같아서 좀 우스꽝스럽기까지 했다. 하지만 혀가 그렇게 되었으니 아무 것도 먹을 수가 없어서 송아지는 문자 그대로 굶어 죽어가고 있었다. 이제 송아지는 될 대로 되라는 듯 조용히 누워 있었다.

"한 가지 방법이 있는데, 정맥주사를 놓는 것은 아무 문제도 없을 겁니다. 이 송아지는 저항할 힘이 없으니까요."

당시의 새로운 치료법은 혈관에 요오드화나트륨을 주입하는 것이었다. 이 근대적인 치료법은 극적인 효과를 나타냈다. 그 전에는 소가 목설병에 걸리면 농부들은 요오드팅크를 혀에 발라주곤 했지만, 치료에 오랜 시간이 걸릴 뿐만 아니라 효과가 있을 때도 있고 없을 때도 있었다. 요오드화나트륨은 그것을 개량한 마술적인 치료법이었고, 며칠 이내에 결과가 나타났다.

나는 주사바늘을 송아지의 경정맥에 찔러 넣고 맑은 액체가 든 약병을 기울였다. 나는 늘 증류수 250시시에 요오드화나트륨 2드램(1드램은 3.89그램)을 섞어서 사용했는데, 이 정도 양을 주입하는 데에는 오랜 시간이 걸리지 않았다. 실제로 내가 주디를 보았을 때는 약병이 거의 다 비어 있었다.

나는 덩치 큰 개가 그동안 줄곧 내 곁에 앉아 있는 것을 알고 있었지만, 약병이 비어가자 검은 코가 주사바늘에 거의 닿을 만큼 가까이 다가왔다. 검은 코는 고무 튜브를 따라 약병 쪽으로 올라왔다가 다시 바늘 쪽으로 내려가면서 주의 깊게 냄새를 맡았다. 내가 바늘을 빼자 검은 코는 주사바늘이 꽂혔던 자리를 세심하게 조사하기 시작했다. 이어서 혀가 나타나 송아지의 목을 꼼꼼히 핥기 시작했다.

나는 쪼그리고 앉아서 그 광경을 지켜보았다. 이것은 단순한 호기심이 아니었다. 그 개의 태도에는 병든 송아지에 대한 강한 관심과 염려가 뚜렷이 드러나 있었다.

"이봐요, 에릭. 이 개는 나를 그냥 지켜보고 있는 게 아니라는 느낌이 드는군요. 내 치료를 처음부터 끝까지 감독하고 있는 것 같아요."

농부는 소리 내어 웃었다.

"맞습니다. 주디는 정말 이상한 녀석이에요. 일종의 간호사죠. 소한테 문제가 생기면 옆에서 지킵니다. 절대로 떼어놓을 수가 없어요."

제 이름이 들리자 주디는 얼른 고개를 들었다. 잘생긴 녀석이었다. 털색은 흔히 볼 수 있는 색깔이 아니라 얼룩덜룩했다. 농장에서 양치기개로 키우는 콜리는 대개 검은색과 흰색으로 이루어져 있는데, 주디는 거기에 갈색과 회색의 물결무늬가 섞여 있었다. 어쩌면 다른 견종과의 교잡으로 태어난 잡종인지도 모르지만 그 결과는 대단히 매력적이었다. 총명하게 반짝이는 눈과 다정하게 웃고 있는 듯한 입이 그 효과를 더욱 높여주었다.

나는 손을 뻗어 주디의 귀 뒤를 간질였다. 그러자 주디는 힘차게 꼬리를 흔들었다. 아니, 꼬리만이 아니라 엉덩이 전체를 흔들어댔다.

"성격이 아주 싹싹하고 좋은 것 같군요."

"예. 하지만 그것만이 아니에요. 이상하게 들리겠지만, 녀석은 우리 농장의 모든 가축에 대해 책임감을 느끼고 있는 것 같아요."

나는 고개를 끄덕였다.

"정말 그런 것 같군요. 어쨌든 이 송아지를 앉힙시다."

우리는 짚더미에 송아지를 앉히고, 등뼈 아래쪽을 눌러서 송아지가 가슴을 바닥에 대고 편안히 앉은 자세를 취하게 했다. 그런 다음 송아지가 균형을 잃고 쓰러지지 않도록 양옆에 짚단을 놓아주고 말에게 덮어주는 거적을 덮어주었다.

그런 자세를 취하자 아까만큼 다 죽어가는 상태로 보이지는 않았지만, 쓸모없는 혀를 쑥 내밀고 야윈 머리를 축 늘어뜨리고 침을 삼키지 못해 짚더미에 질질 흘리는 것을 보자, 이 송아지가 살아 있는 모습을 다시 보게 될지 의심스러웠다.

그러나 주디는 나처럼 비관적인 기분이 아닌 듯했다. 거적과 짚단을 코로 철저히 조사한 뒤, 주디는 앞으로 이동하여 송아지의 털투성이 이마를 격려하듯 혀로 핥아주고 송아지와 마주보는 자리에 편안히 자리를 잡았다. 그 모습은 중환자를 지켜보는 야간 당직 간호사와 똑같았다.

"줄곧 저렇게 있을까요?"

나는 허리까지 오는 축사 문을 닫으면서 마지막으로 안을 들여다보았다.

"그럼요. 송아지가 죽거나 나을 때까지는 꿈쩍도 안 할 겁니다. 주디는 지금 물 만난 물고기처럼 제 진가를 마음껏 발휘하고 있는 거예요."

"어쩌면 저렇게 송아지 앞에 앉아서 삶의 의욕을 북돋워주고 있는지도 모릅니다. 송아지는 도움이 필요해요. 주사약이 효과를 발휘하기 시작할 때까지는 우유나 죽을 먹여서 생명을 연장시켜야 합니다. 송아지가 스스로 마실 수 있다면 가장 좋겠지만, 마시지 못하면 우윳병에 넣어서 먹이세요. 하지만 조심하셔야 합니다. 자칫하면 송아지가 질식할 수도 있으니까요."

이 경우에는 정말로 잘 듣는 치료약을 사용했기 때문에─당시에는 이런 일이 그리 자주 일어나지 않았다─나는 여느 때보다 훨씬 치료 결과에 흥미를 느꼈다. 그래서 한시라도 빨리 송아지에게 돌아가, 내가 정말로 송아지를 죽음의 문턱에서 구해냈는지 확인하고 싶어서 좀이 쑤셨다. 하지만 나는 약에 기회를 주어야 했고, 약이 효과를 발휘하려면 닷새 동안은 기다려야 했다.

닷새 뒤에 나는 마당을 질러 송아지가 있는 우리로 다가가면서 이제 곧 모든 것이 분명해질 거라고 생각했다. 송아지는 죽었거나 아니면 회복되고 있거나, 둘 중 하나일 것이다.

주디는 자갈 밟는 내 발소리를 놓치지 않았다. 귀를 쫑긋 세운 주디의 머리가 축사의 낮은 문 위에 나타났다. 승리감이 샘물처럼 솟아나 내 마음을 가득 채웠다. 간호사가 아직도 근무를 서고 있다면 환자는 살아 있는 게 분명하다. 덩치 큰 개가 잠시 사라졌다가 문을 훌쩍 뛰어넘어 기쁨에 들떠서 엉덩이 전체를 흔들며 달려왔을 때 내 확신은 더욱 강해졌다. 주디는 만사가 잘된 것을 나한테 보고하려고 최선을 다하고 있는 것 같았다.

송아지는 아직 우리 안에 누워 있었지만 고개를 돌려 나를 쳐다보았다. 나는 송아지 입에 건초 한 가닥이 매달려 있는 것을 알아보았다. 혀는 입술 안쪽으로 사라져 보이지 않았다.

에릭이 마당에서 우리 안으로 들어왔다.

"잘되고 있는 거지요?"

"예, 그건 분명합니다. 혀는 훨씬 부드러워졌고, 보아하니 건초를 먹으려 했나 보군요."

"아직 건초를 먹을 수는 없지만, 우유와 죽은 건강한 소처럼 잘 먹고 있습니다. 한두 번 일어서기도 했고요. 하지만 서 있으면 다리가 심하게 후들거려요."

나는 요오드화나트륨을 한 병 꺼내서 다시 소의 정맥에 주사했다. 주디는 또다시 주사바늘에 거의 닿을 만큼 코를 들이대고 열심히 냄새를 맡았다. 주디의 눈은 주사바늘이 꽂힌 자리에 집중되어 있었다. 주사약 냄새를 하나도 놓치지 않으려고 너무 열심이었기 때문에, 이따금 콧구멍에서 세찬 바람을 내뿜고는 다시 검사를 시작하곤 했다.

주사를 마치자 주디는 다시 정위치로 돌아갔다. 나는 떠날 준비를 하면서, 짚더미에 묻혀 있는 주디의 엉덩이가 관능적으로 흔들리는 것을 보았다. 나는 좀 어리둥절했지만, 자세히 보니 주디는 앉은 자세로 나에게 꼬리를 흔들고 있었다.

"일이 잘되어가니까 주디가 기분이 좋은 모양이군요."

농부는 고개를 끄덕였다.

"예, 정말 그렇습니다. 주디는 남을 돌봐주기를 좋아해요. 송아지가 태어날 때마다 온몸을 정성껏 핥아주고, 우리 집 고양이가 새끼를 낳아도 마찬가지예요."

"조산원 노릇도 합니까?"

"그렇다고 말할 수도 있겠지요. 또 한 가지 이상한 점은 외양간에서 소들과 함께 산다는 겁니다. 따뜻하고 좋은 개집이 있는데, 그건 본 척도 않고, 밤마다 짚더미 위에서 소들과 함께 잔다니까요."

나는 일주일 뒤에 다시 송아지를 찾아갔다. 내가 다가가자 송아지가 이번에는 경주마처럼 우리 안을 마구 뛰어다녔다. 송아지를 겨우 구석으로 몰아넣고 코를 움켜잡았을 때는 숨이 가빴지만 기분은 최고였다. 나는 손가락을 송아지 입안에 집어넣었다. 혀는 부드러웠고 거의 정상이었다.

"한 번 더 주사를 놓겠습니다. 목설병은 철저히 뿌리 뽑지 않으면 재발할 위험이 크니까요." 나는 둘둘 말린 고무 튜브를 풀기 시작했다. "그런데 주디가 안 보이는군요?"

"송아지가 이제 다 나았다고 생각하는 모양입니다. 어쨌든 오늘 아침에는 주디한테 따로 할 일이 생겼어요. 저기 주디가 보이시죠?"

나는 문 너머를 바라보았다. 주디가 거드름을 피우며 마당을 지르고 있었다. 그런데 입에 무언가를 물고 있었다. 노란 솜털로 뒤덮인 물체였다.

나는 목을 길게 뺐다.

"뭘 물고 가는 겁니까?"

"병아리예요."

"병아리요?"

"예, 지금 병아리들이 여기저기 뛰어다니고 있습니다. 이제 겨우 한 달밖에 안 됐는데, 주디는 병아리들이 외양간에 있으면 더 편안하고 행복할 거라고 생각하는 모양이에요. 외양간에다 병아리 잠자리를 만들어주고, 제 몸을 동그랗게 말아서 병아리들을 감싸 안으려고 애쓴답니다. 하지만 병아리들이 어디 가만히 있나요."

나는 주디가 외양간으로 사라지는 것을 지켜보았다. 주디는 금세 밖으로 나오더니, 잔돌 사이를 부리로 쪼고 있는 병아리들을 쫓아가서 한 마리를 부드럽게 물어 올렸다. 그러고는 부지런히 외양간으로 되돌아갔지만, 주디가 들어가자 아까 외양간에 갖다놓은 병아리가 문간에 다시 나타나 뒤뚱거리며 친구들 곁으로 돌아가버렸다.

주디는 잠시 좌절감에 빠졌지만, 나는 주디가 그 일을 계속하리라는 것을 알았다. 그것은 주디가 타고난 품성이었기 때문이다.

간호사 주디는 아직도 열심히 근무 중이었다.

* * *

　동물의 보호 본능은 모성애에서 가장 뚜렷이 나타난다. 모성애가 가장 강하고 가장 흔히 볼 수 있는 특징인 것은 의심할 나위가 없다. 하지만 모든 동물에게 관심을 가지고 보살핀 동물은 내가 아는 한 주디뿐이다. 에릭이 말했듯이 주디가 물 만난 물고기처럼 진가를 발휘하는 것은 가축 가운데 병든 동물이 있을 때였다. 주디는 타고난 간호사 개였다. 내가 수의사 생활을 하는 동안 그런 개는 처음 보았다. 그래서 다른 사람도 주디 같은 개를 본 적이 있는지 궁금할 때가 많다.

# 27
## 눈물 어린 야간 호출

"우우우…… 으흐흐흑!"

가슴이 찢어질듯 비통하게 흐느끼는 소리에 잠이 싹 달아나버렸다. 오전 1시였다. 한밤중에 침대 옆 전화가 울리는 것은 예사였다. 수화기를 들면서 나는 농부의 걸걸한 목소리를 예상했다. 암소가 새끼를 낳고 있으니 빨리 와달라는 거겠지. 그런데 뜻밖에도 절망에 빠진 울음소리가 들려온 것이다.

"누구시죠?" 나는 숨을 죽이고 물었다. "무슨 일입니까?"

저쪽에서 침을 꿀꺽 삼키는 소리가 나더니 웬 남자가 흐느끼면서 애원하는 소리가 들려왔다.

"험프리 코브인데, 제발 좀 빨리 와서 머틀을 봐주시오. 죽어가고 있나봐요."

"머틀요?"

"예, 우리 강아지요. 우우후우! 끔찍한 상태예요. 우흐흐흑!"

손에 움켜쥔 수화기가 바르르 떨렸다.

"지금 어떻게 하고 있습니까?"

"헐떡이고 있는데, 가망이 없을 것 같소. 빨리 좀 와주세요!"

"댁이 어디죠?"

"힐 가 끝에 있는 시더 하우스요."

"거기라면 알고 있습니다. 곧 가겠습니다."

"고맙소. 정말 고마워요. 머틀은 오래 버티지 못할 거요. 빨리 좀 와주세요!"

나는 침대에서 뛰어내려 옷을 걸쳐둔 의자 쪽으로 달려갔다. 어둠 속에서 서두르는 바람에 작업복 바지의 한쪽 가랑이에 발을 둘 다 집어넣고 말았다. 나는 마룻바닥에 꽈당 넘어졌다.

헬렌은 야간 호출에 익숙해져서 반쯤만 잠을 깰 때가 많았다. 나는 언제나 헬렌을 깨우지 않으려고 불도 켜지 않고 옷을 입었다. 어린 아들 지미를 위해 층계참에 밤새 상야등을 켜두고 있기 때문에 그 희미한 불빛이 늘 침실로 흘러들고 있었다.

하지만 이번에는 그 체계가 허물어졌다. 내가 꽈당 하고 넘어지는 소리에 헬렌이 놀라서 벌떡 일어나 앉았다.

"여보, 왜 그래요? 무슨 일이죠?"

나는 간신히 몸을 일으켰다.

"괜찮아, 여보. 발이 걸려서 넘어졌을 뿐이야."

나는 의자 등받이에서 셔츠를 낚아챘다.

"그런데 왜 그렇게 서둘러요?"

"아주 급한 환자야. 빨리 가봐야 돼."

"그건 좋지만, 그렇게 허둥댄다고 더 빨리 갈 수는 없어요. 진정해요."

물론 아내 말이 옳았다. 나는 긴급 상황에서도 느긋할 수 있는 수의사들이 늘 부러웠다. 하지만 나는 그런 기질을 타고나지 못했다.

나는 계단을 뛰어 내려가 길쭉한 뒷마당 끝에 있는 차고로 달려갔다. 시더 하우스까지는 10분도 안 걸리는 거리여서 환자를 생각할 시간이 별로 없었지만, 이런 급성 호흡곤란은 심부전이나 갑작스러운 알레르기가 원인일 거라고 판단했다.

초인종을 울리자마자 현관 밖의 불이 켜지고 어느새 험프리 코브 씨가 내 앞에 서 있었다. 그는 땅딸막한 60대 노인이었고, 번들거리는 대머리가 알처럼 둥글둥글한 외모를 더욱 강조해주고 있었다.

"아, 헤리엇 선생, 어서 들어와요." 그는 눈물을 줄줄 흘리면서 비탄에 잠긴 목소리로 외쳤다. "주무시고 계셨을 텐데 이렇게 와주셔서 정말 고맙소."

그의 입김을 타고 위스키 냄새가 돌풍처럼 밀려와 머리가 빙빙 돌았다. 앞장서서 현관홀을 가로지르는 그의 다리가 휘청거렸다.

환자는 설비가 잘 갖추어진 널찍한 부엌의 화덕 옆에 놓인 바구니에 누워 있었다. 머틀이 내 애견인 샘과 같은 비글종인 것을 확인했을 때 후끈한 열기가 밀려왔다. 나는 무릎을 꿇고 머틀을 자세히 살펴보았다. 머틀은 입을 벌리고 혀를 축 늘어뜨리고 있었지만, 심한 고통을 겪고 있는 것 같지는 않았다. 내가 머리를 토닥여주자 꼬리로 담요를 탁탁 때렸다.

애끊는 울음소리가 내 귀에 들려왔다.

"어때요? 심장병인가요? 오오, 머틀! 불쌍한 녀석!"

코브 씨는 애견 옆에 웅크리고 앉아 펑펑 울고 있었다. 눈물이 걷잡을 수 없이 흘러내렸다.

"아저씨, 머틀은 별로 아픈 것 같지 않으니까 너무 심란해하지 마세요.

저한테 진찰할 기회를 주십시오."

청진기를 머틀의 가슴에 대보니 놀랄 만큼 건강한 고동 소리가 들렸다. 체온도 정상이었다. 내가 배를 촉진하고 있을 때 코브 씨가 다시 끼어들었다.

"문제는 내가 이 녀석을 방치해두고 있다는 거요." 그는 헐떡거리며 말했다.

"그게 무슨 뜻입니까?"

"나는 경마장에 가서 도박에 술을 마시느라 온종일 캐터릭에 가 있었어요. 이 녀석은 까맣게 잊어버리고……."

"그럼 온종일 머틀을 집에 혼자 내버려두었군요?"

"그건 아니오. 마누라가 함께 있었지."

"그렇다면 부인께서 머틀을 먹이고 정원에 내보냈을 거 아닙니까."

"그렇긴 하지만 머틀을 놔두고 간 게 잘못이오. 머틀은 나를 그렇게 끔찍이 생각하는데."

그가 말하는 동안 나는 얼굴 한쪽이 열기로 따끔거리는 것을 느낄 수 있었다. 그것을 깨달은 순간 문제가 해결되었다.

"머틀을 화덕에 너무 가까이 놔두었군요. 머틀은 너무 더워서 헐떡거리는 겁니다."

코브 씨는 미심쩍은 눈으로 나를 바라보았다.

"바구니는 오늘 이리로 옮겼는데. 바닥에 타일을 새로 까느라……."

"그겁니다. 원래 위치로 바구니를 옮기면 머틀은 괜찮아질 겁니다."

"하지만……" 그의 입술이 다시 바들바들 떨리기 시작했다. "단순히 더워서가 아니오. 머틀은 괴로워하고 있다니까. 눈을 봐요."

머틀은 비글 특유의 사랑스러운 눈을 갖고 있었다. 눈물이 글썽한 것처럼 촉촉하고 큰 눈이었다. 머틀은 그 가련해 보이는 눈을 이용하는 법을 알고 있었다. 얼굴에 감정이 깃들어 있는 듯이 보이기로는 스패니얼이 으뜸이라고 생각하는 사람이 많지만, 나는 스패니얼도 비글을 따라갈 수는 없다고 생각한다. 게다가 머틀은 그 방면의 전문가였다.

"저 같으면 그건 걱정하지 않겠습니다. 제 말을 믿으세요. 머틀은 괜찮을 겁니다."

그는 여전히 불행해 보였다.

"그럼 아무것도 안 해주실 건가요?"

이것은 수의사에게 중요한 문제였다. '무언가를 해주지' 않으면 사람들은 만족하지 않는다. 이 경우에는 머틀보다 오히려 주인인 코브 씨의 상태가 훨씬 나빴다. 치료가 필요한 것은 코브 씨였다. 단지 코브 씨를 만족시키기 위해 머틀한테 주사바늘을 꽂고 싶지는 않았다. 그래서 나는 가방에서 비타민 알약 하나를 꺼내 작은 개의 혀 밑에 밀어 넣었다.

"됐습니다. 이 약을 먹으면 도움이 될 겁니다."

어쨌든 내가 사기꾼 돌팔이는 아니야. 비타민을 먹어도 해롭지는 않을 테니까.

코브 씨는 눈에 띄게 느긋해졌다.

"고맙소. 이제야 마음이 놓이는군요."

그는 호화롭게 꾸민 객실로 나를 안내하더니, 비틀걸음으로 유리진열장을 향해 걸어갔다.

"가기 전에 한잔하셔야죠?"

"아니, 됐습니다. 정말입니다. 괜찮으시다면 사양하겠습니다."

"나는 한잔해야겠어요. 신경을 안정시키기 위해서라도. 적잖이 당황했 거든."

그는 술잔에 위스키를 듬뿍 따르고는 의자를 가리키며 앉으라는 손짓을 했다.

내 침대가 나를 부르고 있었지만 나는 의자에 앉아서 위스키를 마시는 코브 씨를 관찰했다. 그는 은퇴한 마권업자인데, 한 달 전에 웨스트라이딩에서 대러비로 이사를 왔다고 말했다. 이제 경마와 직접적인 관계는 없지만 아직도 경마를 사랑해서 영국 북부에서 열리는 경마는 빼놓지 않고 본다는 것이다.

"나는 항상 택시를 타고 가서 온종일 즐겁게 지내지요."

그 행복한 시간을 회상하자 그의 얼굴이 환하게 빛났다. 그러다가 그 투실투실한 볼이 잠시 실룩거리더니 비통한 표정이 되돌아왔다.

"하지만 나는 개를 방치하고 있어요. 머틀을 집에 내버려두고 가니까 말이오."

"그렇지 않습니다. 아저씨가 머틀과 함께 목초지에 나가 있는 것을 본 적이 있거든요. 머틀한테 운동을 충분히 시키고 계시지요?"

"산책은 날마다 많이 시키는 편이오."

"그렇다면 머틀은 행복하게 살고 있는 겁니다. 방치했다고 생각하시는 건 잘못이에요."

그는 환한 미소를 지으며 위스키를 술잔에 가득 따랐다.

"친절한 젊은이로군. 자, 가기 전에 딱 한 잔만 하구려."

"좋습니다. 그럼 조금만."

술을 마시는 동안 코브 씨는 점점 더 다정해져서, 나중에는 열렬한 호감이 담긴 눈으로 나를 바라보게 되었다.

"제임스 헤리엇." 그가 혀 꼬부라진 소리로 말했다. "제임스라면 애칭이 짐이겠군?"

"예."

"그럼 짐이라고 부르겠네. 괜찮겠지?"

"좋습니다, 아저씨." 나는 그렇게 말하고 술잔을 비웠다. "이젠 정말로 가봐야겠어요."

거리로 나오자 그는 내 팔을 잡고 다시 진지한 얼굴로 말했다.

"고맙네, 짐. 머틀은 오늘 밤 몹시 아팠어. 정말 고마우이."

차를 몰고 떠나면서 나는 머틀이 아무 이상도 없다는 것을 결국 코브 씨한테 납득시키지 못했구나 하고 생각했다. 그는 내가 머틀의 목숨을 구해주었다고 굳게 믿고 있었다. 이례적인 왕진이었고, 오전 2시에 마신 위스키로 위장이 화끈거렸다. 나는 험프리 코브가 웃기는 사람이라고 생각했지만 그래도 그가 마음에 들었다.

그날 밤 이후 나는 목초지에서 머틀을 운동시키는 코브 씨를 자주 보았다. 그는 공처럼 둥근 몸뚱이로 풀밭을 통통 튀어가는 것처럼 보였지만, 나를 볼 때마다 머틀을 죽음의 문턱에서 구해주었다고 연신 고마워하는 것만 빼고는 늘 침착하고 이성적인 태도를 잃지 않았다.

그러다가 갑자기 출발점으로 되돌아갔다. 자정이 지난 직후에 침대 옆 전화가 울렸다. 내가 수화기를 귀에 대기도 전에 비통하게 흐느끼는 소리가 들려왔다.

"우우…… 우우우…… 짐, 머틀이 몹시 아프다네. 좀 와주겠나?"

"무슨…… 이번에는 무슨 일입니까?"

"실룩거리고 있어."

"실룩거려요?"

"끔찍하게 실룩거리고 있어. 짐, 빨리 좀 와주게." 코브 씨는 또다시 허둥대고 있었다. "나를 기다리게 하지 말게. 걱정이 돼서 죽을 지경이야. 아무래도 홍역에 걸린 것 같아."

나는 현기증이 나기 시작했다.

"홍역에 걸릴 리가 없습니다. 홍역은 그렇게 느닷없이 걸리는 병이 아니에요."

"제발 부탁일세, 짐." 그는 내 말을 못 들은 것처럼 말을 이었다. "우린 친구 아닌가. 와서 머틀을 좀 봐주게."

"알았습니다." 나는 지친 목소리로 대답했다. "곧 가겠습니다."

"자네는 정말 친절한 젊은이야. 아주 친절……." 수화기를 내려놓는 동안에도 그 목소리는 꼬리를 끌면서 계속되었다.

나는 지난번처럼 허둥대지 않고 정상적인 속도로 옷을 입었다. 이번에도 지난번과 같은 증세인 듯한데, 왜 하필 또 한밤중인가? 나는 시더 하우스로 가면서, 이번에도 공연한 헛소동이 분명하다고 생각했다. 하지만 앞일은 어떻게 될지 모른다.

현관 밖에서 지난번처럼 현기증 나는 위스키 냄새가 밀려와 나를 감쌌다. 코브 씨는 부엌으로 나를 안내하는 동안 코를 훌쩍거리고 신음 소리를 내면서 한두 번 내 쪽으로 쓰러졌다. 부엌에 들어가자 그는 구석에 놓인 바구니를 가리켰다.

"저기 있네." 그는 눈물을 훔치면서 말했다. "방금 리피온에서 돌아왔는데, 머틀이 이 꼴이 되어 있지 뭔가."

"또 경마장에 가셨습니까?"

"그래. 경마에 돈을 걸고 술을 마시느라 불쌍한 머틀을 집에 처박아두었다네. 나는 건달이야, 짐. 쓸모없는 건달."

"그렇지 않아요! 전에도 말했잖습니까. 하루쯤 외출했다고 해서 개한테 큰 해가 되는 건 아닙니다. 어쨌든 그 경련은 어떻게 된 겁니까? 지금은 멀쩡해 보이는데요."

"아, 지금은 그쳤지만, 내가 들어왔을 때는 뒷다리를 이렇게 떨고 있었다네."

그는 손을 발작적으로 꿈틀꿈틀 움직여 보였다.

나는 속으로 신음을 뱉었다.

"몸을 긁거나 파리를 쫓고 있었을지도 모르지요."

"아니, 단순히 그런 게 아닐세. 나는 머틀이 괴로워하고 있다는 걸 알 수 있어. 저 눈을 좀 보게."

나는 그의 말뜻을 알 수 있었다. 비글종인 머틀의 눈은 물이 가득 고인 웅덩이처럼 감정이 가득 담겨 있어서, 그 깊은 곳에 가슴 뭉클한 원망이 숨어 있는 것처럼 보이기 십상이었다.

나는 헛수고라는 것을 알면서도 머틀을 진찰했다. 무엇을 찾아내게 될지는 알고 있었다. 아니나 다를까 나는 아무 이상도 발견하지 못했다. 하지만 머틀이 정상이라고 아무리 설명해도 코브 씨는 납득하지 않았다.

"그 놀라운 알약을 한 알만 주게." 그는 애원하듯 말했다. "지난번에 그 약을 먹고 단박에 나았잖나."

나는 그의 마음을 편하게 해주어야 할 것 같아서 머틀에게 비타민을 한 알 먹였다.

코브 씨는 안심하고 객실로 비틀거리며 들어가 위스키 술병을 집어 들었다.

"그렇게 충격을 받았으니 기운을 좀 북돋워줄 필요가 있어. 자네도 한잔해야지?"

이 판토마임은 그 후 몇 달 동안 자주 상연되었다. 늘 경마에 다녀온 뒤였고, 늘 자정에서 1시 사이였다. 나는 상황을 분석할 기회가 많았기 때문에 상당히 명백한 결론에 도달했다.

코브 씨가 평소에는 정상적이고 성실한 애견 주인이었지만, 경마장에 가서 술을 많이 마신 뒤에는 애견에 대한 사랑이 끈적끈적한 감상과 죄책감으로 변질되었다. 나는 그가 전화로 부르면 반드시 그 집에 갔다. 내가 거절하면 그가 몹시 슬퍼하리라는 것을 알았기 때문이다. 나는 머틀이 아니라 코브 씨를 치료하고 있었다.

왕진할 필요가 없다는 내 주장을 코브 씨가 단 한 번도 받아들이지 않은 것은 재미있었다. 그는 매번 내 마술적인 알약이 개의 목숨을 구해주었다고 확신했다.

나는 머틀이 일부러 그 가련한 눈으로 주인을 조종했을 가능성을 배제하지 않았다. 개도 주인한테 불만을 품을 수 있다. 나는 어디를 가든 샘을 데리고 다녔지만, 헬렌과 함께 영화관에 가면서 집에 놔두고 가면 녀석은 부루퉁한 얼굴로 침대 밑에 기어들곤 했다. 침대 밑에서 나와도 한두 시간은 일부러 우리를 모른 척 외면했다.

코브 씨가 머틀을 수캐와 짝지어줄 작정이라고 말했을 때 나는 움찔했다. 머틀이 임신을 하면 내가 그의 등쌀에 시달릴 것이기 때문이다.

내 걱정은 현실이 되었다. 코브 씨는 임신 기간인 9주 동안 술만 마시면 아무 근거도 없는 공황 상태에 빠졌고, 일정한 간격을 두고 머틀한테서 온갖 가공의 증세를 찾아냈다.

머틀이 마침내 다섯 마리의 건강한 새끼를 낳았을 때 나는 안도의 한숨을 내쉬었다. 이제 조금은 평화를 얻을 수 있겠구나 생각했다. 사실 나는 코브 씨의 쓸데없는 야간 호출에 진력이 나 있었다. 나는 야간 왕진을 거절하지 않는 것을 원칙으로 삼고 있었지만, 코브 씨는 이 원칙을 지나치게 남용했다. 나도 인내의 한계점에 이르러 있었다. 그래서 나는 언제 한번 기회를 봐서 그가 알아듣도록 말해야겠다고 마음먹었다.

강아지들이 생후 3주쯤 되었을 때 결정적인 기회가 왔다. 그날은 끔찍한 하루였다. 오전 5시에 자궁이 빠져나온 암소를 치료했고, 그 후 몇 시간 동안 왕진을 다니느라 끼니도 걸렀고, 밤늦게까지 농무부에 제출할 서류와 씨름했지만 일부 서류에 기입한 사항이 잘못된 것 같아서 마음이 찜찜했다.

나는 왜 이렇게 사무적인 능력이 없을까. 스스로 생각해도 화가 났다. 기진맥진하여 침대로 기어들었을 때도 나는 여전히 낭패감에 시달리고 있었다. 서류가 마음에 걸려서 좀처럼 잠이 오지 않았다. 나는 서류를 마음에서 몰아내려고 한참 동안 애쓰다가 자정이 훨씬 넘어서야 겨우 잠이 들었다.

우리 환자들은 내가 절실히 잠을 필요로 할 때가 언제인지를 알고 있는 게 아닐까 하는 생각이 든다. 그리고 일부러 내 잠을 방해하고 고소해하는 게 아닐까. 물론 어리석은 망상인 것은 알고 있지만 그런 의혹이 항상 마음을 떠나지 않았다. 그래서 그날 밤 전화벨 소리가 내 귓전에서 폭발했을 때도 나는 별로 놀라지 않았다.

지친 손을 수화기로 뻗으면서 자명종을 보니 야광 바늘이 1시 15분을 가리키고 있었다.

"여보세요." 나는 툴툴거리듯이 말했다.

"우우…… 우우우…… 우우우!" 너무나 귀에 익은 울음소리였다.

나는 이를 악물었다. 이것이야말로 내가 기다리던 기회였다.

"아저씨, 이번에는 또 무슨 일입니까?"

"짐, 머틀이 죽어가고 있어. 정말이야. 빨리 좀 와주게. 빨리!"

"죽어간다고요?" 나는 귀에 거슬리는 소리를 내며 숨을 두어 번 들이마셨다. "어떻게 해서 그런 결론이 나왔습니까?"

"옆으로 길게 드러누워서 부들부들 떨고 있다네."

"그것뿐입니까?"

"마누라가 그러는데, 머틀이 온종일 걱정스러워 보였고 오늘 오후에 정원에 내보냈을 때도 걸음걸이가 뻣뻣했다는군. 나는 레드카에서 돌아온지 얼마 안 됐어."

"그럼 경마에 다녀오셨군요?"

"맞아. 내 개를 온종일 방치해놓고…… 나는 건달이야. 아무짝에도 쓸모없는 건달이라고."

나는 어둠 속에서 눈을 감았다. 코브 씨가 상상 속에서 만들어내는 증상은 끝이 없었다. 이번에는 부들부들 떨고, 걱정스러워 보이고, 뻣뻣하게 걸어 다니는 증상인가. 지금까지 머틀은 숨을 헐떡거리고, 몸을 실룩거리고, 고개를 끄덕거리고, 귀를 흔들었다. 다음에는 또 뭘까?

하지만 이젠 질렸다.

"이것 보세요, 아저씨. 머틀은 아무 이상도 없습니다. 누차 말했듯이……."

"짐, 빨리 좀 와주게. 으흐흐흑!"

"가지 않겠습니다."

"아니, 그런 말은 말게. 머틀은 곧 죽을 거야."

"정말입니다. 왕진을 가봤자 제 시간과 아저씨 돈만 낭비할 뿐이에요.
그러니 그만 가서 주무세요. 머틀은 괜찮을 겁니다."

이불 속에 누워 부들부들 떨면서 왕진을 거절하는 것도 보통 피곤한 게
아니라는 것을 깨달았다. 난생처음 왕진을 거절하기보다는 차라리 침대
에서 일어나 시더 하우스에 가서 또 한 번 판토마임에 참여하는 편이 훨
씬 덜 피곤했을 것이다. 하지만 계속 그럴 수는 없다. 이젠 분명하고 단
호한 태도를 취해야 한다.

불편한 잠에 빠져들었을 때도 나는 여전히 양심의 가책에 시달리고 있
었다. 잠을 자는 동안에도 잠재의식이 계속 활동하는 것은 다행이다. 자
명종 시계가 오전 2시 반을 가리켰을 때 갑자기 잠에서 깨어났기 때문이
다.

"맙소사!" 나는 어두운 천장을 노려보면서 소리쳤다. "머틀은 자간에
걸렸어!"

나는 침대에서 기어 나와 옷을 주워 입기 시작했다. 헬렌이 잠에서 깨
어난 것을 보면 내가 꽤 수선을 떨었던 모양이다. 헬렌이 졸린 목소리로
물었다.

"왜 그래요? 무슨 일이에요?"

"험프리 코브 씨야!"

"코브 씨요? 하지만 그 집에는 서둘러 갈 필요가 없다고 했잖아요."

"이번에는 아니야. 머틀이 정말로 죽어가고 있어." 나는 다시 시계를 노려보았다. "어쩌면 지금쯤 죽었을지도 몰라." 나는 넥타이를 집어 들었다가 다시 의자에 내던졌다. "빌어먹을! 넥타이는 필요 없어!"

나는 방에서 뛰쳐나갔다. 뒷마당을 지나 차에 올라타면서 코브 씨가 말해준 증세를 머릿속으로 곱씹어보았다. 다섯 마리의 새끼에게 젖을 먹이고 있는 작은 암캐, 오늘 오후에는 불안한 기색을 보였고 뻣뻣하게 걸어다녔다. 그리고 이제 길게 누워서 부들부들 떨고 있다. 전형적인 산욕기 자간(子癇: 분만 때 흔히 일어나는 질병으로, 전신경련과 실신발작을 되풀이한다)이다. 치료하지 않으면 순식간에 목숨을 잃을 수도 있다. 그런데 코브 씨가 전화를 걸어온 지 벌써 한 시간 반이 지났다. 이런 생각을 하자 견딜 수가 없었다.

코브 씨는 여태 일어나 있었다. 제대로 서 있지도 못하는 것을 보니 그동안 위스키로 자신을 달래고 있었던 모양이다.

"왔군, 짐." 그가 눈을 껌벅이면서 중얼거렸다.

"머틀은 어떻습니까?"

"여전해."

나는 칼슘과 정맥 주사기를 움켜잡고 코브 씨 옆을 지나 부엌으로 달려갔다.

머틀은 매끄러운 몸을 쭉 뻗은 채 강직성 경련을 일으키고 있었다. 숨이 차서 헐떡거리고, 격렬하게 몸을 떨었다. 입에서 거품이 뚝뚝 떨어졌다. 눈은 부드러움을 잃고 미친 듯이 한 곳만 노려보고 있었다. 끔찍해 보였지만 아직 살아 있었다…… 머틀은 아직 살아 있었다.

나는 깽깽 울어대는 강아지들을 들어 옆의 깔개 위에 내려놓고는 요골 정맥 부위의 털을 재빨리 깎아내고 소독했다. 그런 다음 혈관에 주사바늘을 꽂고 조심스럽게 천천히 약을 주입하기 시작했다. 칼슘은 이 병에 잘 듣는 치료약이지만, 너무 빨리 주사하면 환자가 죽을 수 있다.

주사기를 다 비우기까지는 몇 분이 걸렸다. 나는 주사를 다 놓고도 그 자리에 쭈그리고 앉아 머틀을 지켜보았다. 이런 환자 중에는 칼슘만이 아니라 마취제가 필요한 환자도 있었다. 나는 넴부탈과 모르핀을 가까이 준비해놓았다. 하지만 시간이 갈수록 머틀의 호흡이 느려지고, 뻣뻣하게 경직되었던 근육이 풀리기 시작했다. 머틀이 침을 삼키고 고개를 돌려 나를 쳐다보았을 때 나는 녀석이 살아나리라는 것을 알았다.

머틀의 다리에서 마지막 경련이 사라지기를 기다리고 있을 때 누군가가 내 어깨를 탁 쳤다. 코브 씨가 위스키 병을 들고 내 뒤에 서 있었다.

"자네도 한잔해야지?"

코브 씨가 나를 설득할 필요는 없었다. 나는 하마터면 머틀을 죽일 뻔했다는 것을 알고 심한 충격에 빠져 있었다.

술잔을 들어 올릴 때에도 내 손은 여전히 떨리고 있었다. 내가 첫 모금을 마시자마자 작은 개가 바구니에서 일어나 새끼들을 살펴보러 갔다. 자간 중에는 칼슘에 대한 반응이 늦게 나타나는 경우도 있지만, 극적일 만큼 빨리 나타나는 경우도 있다. 내 신경계를 위해서는 반응이 빨리 나타난 것이 천만다행이었다.

실제로 머틀은 기분 나쁠 만큼 빨리 회복되었다. 머틀은 코를 킁킁거리며 새끼들을 살펴본 뒤, 나를 환영하러 식탁으로 걸어왔다. 머틀의 눈에는 우정이 넘쳤고, 진정한 비글답게 꼬리를 높이 쳐들고 흔들었다.

내가 머틀의 귀를 긁어주고 있을 때 코브 씨가 별안간 킬킬거리기 시작했다.

"이보게 짐, 오늘 밤 내가 한 가지 깨달은 게 있어."

그는 모음을 길게 늘이면서 느릿느릿 말했지만 아직 제정신을 잃지는 않았다.

"그게 뭔데요?"

"나는…… 히히히…… 지난 몇 달 동안 내가 얼마나 바보 멍청이였는 가를 깨달았다네."

"무슨 뜻입니까?"

그는 집게손가락을 세워 점잖게 흔들었다.

"자네는 늘 그랬지. 내가 아무것도 아닌 일로 자네를 침대에서 끌어낸 다고. 머틀이 아프다고 생각하는 건 단지 상상일 뿐이라고……."

"예, 맞습니다."

"그런데 나는 자네 말을 믿지 않았어. 그렇지? 자네 말을 들으려고도 하지 않았어. 하지만 자네가 줄곧 옳았다는 걸 이제야 알았다네. 내가 바 보였어. 밤중에 자네를 성가시게 해서 정말 미안해."

"저 같으면 그런 걱정은 하지 않겠습니다."

"아니, 그건 잘못이야." 그는 쾌활한 얼굴로 꼬리를 흔드는 작은 개를 가리켰다. "머틀을 좀 보게. 오늘 밤 머틀이 아무 이상도 없다는 건 누가 봐도 알 수 있을 거야."

* * *

험프리 코브 같은 사람들이 있는 게 얼마나 다행인가. 험프리는 오래

399

전에 나를 미칠 듯한 상태로 몰아넣었지만, 지금은 그를 생각만 해도 웃음이 나온다. 자간에 대한 글을 쓴 것도 좋았다. 자간은 순식간에 목숨을 빼앗을 수 있는 병이지만, 그만큼 빠르고 쉽게 치료할 수 있는 병이기도 하다. 칼슘은 여전히 효과가 있다. 그보다 좋은 약은 발견하지 못했다. 코브 씨는 자신의 불합리한 행동을 잠깐 깨달은 것 같았지만, 그 후에도 오랫동안 눈물 어린 야간 호출이 계속된 것도 재미있다.

# 28
# 머릿속을 읽는 이발사

농부는 암소들 사이를 지나 내 환자의 꼬리를 잡았다. 그의 머리를 보자마자 나는 조시 앤더슨이 또 일을 저지른 것을 알아차렸다. 일요일 아침이니까 모든 게 딱 들어맞았다. 사실 그한테 물어볼 필요도 없었다.

"어젯밤에 '꿩과 토끼'에 가셨군요?" 나는 체온계를 암소 항문에 밀어넣으면서 지나가는 말처럼 물었다.

농부는 슬픈 얼굴로 머리를 문질렀다.

"빌어먹을. 당장 알 수 있지요? 마누라가 줄곧 놀려댔답니다."

"조시가 술을 많이 마셨던 모양이죠?"

"내가 멍청했어요. 하필 토요일 밤에 머리를 깎았으니, 다 내 탓이죠."

조시 앤더슨은 대러비의 이발사였다. 그는 이발사 일을 좋아했지만 맥주도 좋아했다. 그냥 좋아한 정도가 아니라 열렬히 사랑해서, 밤마다 가위와 이발기를 들고 술집에 갈 정도였다. 그리고 누구든 맥주 1파인트 값만 내주면 신사용 화장실에서 재빨리 머리를 다듬어주곤 했다.

선술집 '꿩과 토끼'의 단골들은 손님이 화장실 변기에 무표정하게 앉아 있고 조시가 머리를 싹둑싹둑 자르는 것을 보고도 전혀 놀라지 않았다. 6페니짜리 맥주 1파인트로 이발을 할 수 있다면 그 정도 불편을 감수할 가치는 충분했지만, 조시의 고객들은 그게 위험한 도박이라는 것을 알고 있었다. 이발사가 맥주를 적당히 마신 상태라면, 대러비 지역에서는 헤어스타일의 기준이 별로 까다롭지 않으니까 비교적 무사히 머리를 깎을 수 있었다. 하지만 조시가 마신 술이 어느 한계를 넘어서면 끔찍한 일이 일어날 수도 있었다.

아직까지는 조시가 손님의 귀를 자른 적이 없지만, 일요일과 월요일에 시내를 돌아다니다 보면 이상하기 짝이 없는 머리 모양을 발견할 수 있었다.

나는 농부의 머리를 다시 한 번 살펴보았다. 내 경험으로 판단하건대 조시는 그 머리를 깎을 때 맥주를 10파인트쯤 마신 상태였을 것이다. 오른쪽 살쩍은 눈 바로 아래에서 정확하게 잘린 반면 왼쪽 살쩍은 어디로 갔는지 보이지 않았다. 윗머리는 군데군데 머리털이 뭉텅이로 뽑혀 맨살이 드러난 곳도 있고 긴 머리가 늘어진 곳도 있어서 아무렇게나 닥치는 대로 잘라놓은 것처럼 보였다. 뒷머리는 보이지 않았지만, 그쪽 모양도 상당히 재미있을 게 분명했다. 돼지꼬리처럼 땋아 늘인 머리가 뒷머리에 숨어 있을지도 모른다.

이건 분명 10파인트를 마시고 자른 머리라고 나는 판단했다. 조시는 12파인트에서 14파인트를 마신 뒤에는 모든 조심성을 내팽개치고 희생자의 머리를 마구 가위질하여 앞머리만 염소수염처럼 남겨두는 경향이 있었다. 이것은 전형적인 죄수의 까까머리여서, 희생자는 몇 주 동안 줄곧 모자를 깊이 눌러쓰고 다녀야 했다.

나는 위험을 무릅쓰고 싶지 않아서, 머리를 자를 필요가 있을 때는 낮에 조시의 이발소로 갔다. 조시도 이발소에서는 멀쩡한 정신으로 일했기 때문이다.

며칠 뒤 나는 이발소에 앉아서 내 차례가 오기를 기다리고 있었다. 내 애견인 샘은 내 의자 밑에 앉아 있었다. 이발사가 일하는 모습을 보고 있으면 인간성의 경이로움이 유난히 눈부시게 빛나는 것 같았다. 이발 의자에는 뚱뚱한 사내가 앉아 있었다. 어깨를 감싼 하얀 이발보 위로 불그레한 얼굴이 거울에 비쳐 있었다. 그 얼굴은 몇 초에 한 번씩 발작적으로 일어나는 통증에 시달리고 있었다. 이유는 간단했다. 조시는 머리를 자르는 것이 아니라 잡아 뽑고 있었기 때문이다.

가위와 이발기가 낡아서 날이 무뎌졌기 때문이기도 했지만, 조시가 이발기를 머리에 댄 채 손목을 탁 튀기는 기술에 숙달해 있었기 때문이기도 했다. 그렇게 손목을 움직일 때마다 머리털이 뿌리째 뽑히곤 했다. 조시는 끝내 전기 이발기를 사지 않았지만, 그런 독특한 기술을 가진 사람이라면 전기 이발기를 쓴다 해도 별 차이가 없었을 것이다.

그런데도 조시한테 머리를 깎으러 가는 사람이 있다는 것은 놀라운 일이었다. 대러비에는 다른 이발사도 있었기 때문이다. 내 생각에 그것은 모든 사람이 조시를 좋아했기 때문이 아닌가 싶다.

나는 이발소에 앉아서 손님의 머리를 깎고 있는 조시를 바라보았다. 조시는 키가 작고 머리가 벗겨진 50대 남자였다. 그 대머리는 이발소 선반에 즐비하게 놓인 발모제를 비웃고 있었다. 얼굴에서는 온화한 미소가 한시도 떠나지 않는 것 같았다. 그 미소와 묘하게 신비로운 커다란 눈이 그의 남다른 매력이었다.

그리고 그는 모든 사람을 사랑했다. 고객이 드디어 시련이 끝난 데 안도의 한숨을 내쉬며 의자에서 일어나자 조시는 옷을 털어주고 등을 두드려주고 쾌활하게 재잘거리면서 법석을 떨었다. 그는 단순히 머리만 자른 것이 아니라 고객과 사교를 즐기고 있었다는 것을 누구나 알 수 있었다.

덩치 큰 농부 옆에 선 조시는 여느 때보다 더욱 작아 보였다. 그렇게 작은 몸속에 그렇게 많은 맥주가 어떻게 다 들어가는지 불가사의할 때가 많았다.

물론 외국인들은 맥주를 엄청나게 마셔대는 영국인의 주량에 놀라곤 한다. 나는 요크셔에서 40년을 보낸 지금도 그 주량을 따라가지 못한다. 그것은 내가 스코틀랜드의 글래스고에서 태어나 자랐기 때문이겠지만, 맥주를 2~3파인트만 마시면 속이 거북해진다. 놀라운 일은 그 40년 동안 술에 취한 요크셔 사람을 본 기억이 거의 없다는 것이다. 요크셔 사람은 술을 마시면 타고난 조심성이 약해지고, 맥주가 폭포처럼 목구멍을 따라 내려가면 차츰 쾌활해지지만, 비틀거리다가 넘어지거나 어리석은 짓을 저지르는 사람은 거의 없다.

예를 들어 조시는 토요일을 빼고는 밤마다 맥주를 8파인트쯤 마셨고, 토요일에는 10파인트에서 14파인트까지 섭취량을 늘렸지만, 평소와 별로 달라 보이지 않았다. 물론 이발 솜씨는 영향을 받았지만, 그뿐이었다.

이제 조시는 나한테로 돌아섰다.

"선생님, 다시 만나서 반갑습니다." 그는 따뜻한 미소로 내 마음을 훈훈하게 해주고, 거의 신비로운 깊이를 가진 커다란 눈으로 나를 애무하면서 의자로 나를 안내했다. "잘 지내시죠?"

"예, 고맙습니다. 아저씨는 어떠세요?"

"좋습니다. 아주 좋아요."

그는 내 턱 밑에 이발보를 두르다가 샘이 이발보 아래로 기어들자 즐겁게 웃었다.

"샘, 오늘도 주인을 따라왔구나." 그는 허리를 구부려 샘의 매끄러운 귀를 쓰다듬었다. "선생님, 샘은 정말 충직한 녀석이에요. 어쩔 수 없을 때를 빼고는 절대로 주인 곁을 떠나지 않으니 말입니다."

"맞습니다. 저도 어딜 가든 샘을 데려가고 싶어요." 나는 의자에 앉은 채 몸을 돌렸다. "그런데 요전 날에는 여기에 개가 있는 것 같던데요?"

조시는 손에 가위를 든 채 동작을 멈추었다.

"맞습니다. 작은 암캐지요. 유기견이었는데, 동물보호소에서 데려왔어요. 애들도 모두 집을 떠났기 때문에 마누라랑 의논해서 개를 한 마리 키우기로 했지요. 우리는 그 개를 애지중지하고 있답니다. 정말 예쁜 녀석이에요."

"견종이 뭡니까?"

"물어보시니까 하는 말인데, 잡종이에요. 혈통은 알 수 없지만 돈 주고는 못 사죠."

내가 그 말에 동의하려는데 조시가 한 손을 들어올렸다.

"잠깐만 기다리세요. 내가 가서 데려올 테니까."

조시는 이발소 위층에 살고 있었다. 그는 계단을 쿵쿵거리며 올라갔다가 작은 암캐를 품에 안고 돌아왔다.

"이 녀석이에요. 어떻습니까?"

그는 내가 잘 볼 수 있도록 암캐를 바닥에 내려놓았다.

나는 그 작은 개를 내려다보았다. 길고 풍성한 곱슬털은 연한 회색을 띠고 있었다. 언뜻 보기에는 웰즐리데일종 양을 작게 축소해놓은 것 같앉다. 혈통이 불확실한 잡종개인 것은 분명했지만, 헐떡거리는 입과 힘차게 흔드는 꼬리는 성격이 좋다는 증거였다.

"괜찮아 보이는군요. 그 동물보호소에서 제일 좋은 개를 고르신 모양입니다."

"우리도 그렇게 생각합니다."

그는 새로 얻은 애견을 어루만졌다. 나는 그가 엄지와 검지로 긴 털을 집어서 가볍게 비벼대는 것을 알아차렸다. 좀 기묘해 보였지만, 그때 문득 조시가 이발소 고객들의 머리를 늘 그런 식으로 만지곤 한다는 생각이 떠올랐다.

"이름은 비너스라고 지었답니다." 조시가 말했다.

"비너스요?"

"예, 비너스처럼 아름다우니까요." 그의 말투는 지극히 진지했다.

"아, 예, 알겠습니다."

조시는 손을 씻고 다시 가위를 집어 들고는 내 머리를 조금 움켜잡았다. 나는 그가 아까 개한테 그랬듯이 내 머리를 자르기 전에 손가락으로 머리카락을 비벼대는 절차를 거치는 것을 보았다.

그가 왜 그러는지는 알 수 없었지만 나는 딴 데 정신이 팔려서 그 문제를 생각할 겨를이 없었다. 나는 마음을 단단히 먹고 있었다. 그래도 가위질하는 동안은 견딜 만했다. 무딘 날이 겹쳐질 때 머리카락이 당겨져서 조금 불쾌할 뿐이었다.

내가 치과에 갔을 때처럼 의자 팔걸이를 움켜잡은 것은 조시가 이발기를 집어 들었을 때였다. 이발기로 목덜미를 밀고 있는 동안은 그래도 괜찮았다. 거울 속 얼굴이 찡그려지는 것은 이발기가 목덜미를 따라 올라오다가 마지막에 홱 당겨질 때였다. 그러면 그 부위에 있는 머리카락이 뿌리째 뽑히곤 했다. 나도 모르게 "윽!" 소리나 "악!" 소리가 입에서 새어나오기도 했지만, 조시는 그 소리를 들은 기색조차 보이지 않았다.

나는 몇 년 동안 그 이발소에서 고객들이 내지르는 고통의 비명을 들었지만, 이발사가 거기에 반응을 보인 적은 한 번도 없었다.

조시는 결코 거만하거나 우쭐대는 사람이 아니었지만, 솜씨 좋은 이발사를 자처하고 있었다. 그가 내 머리에 마무리 빗질을 하고 있는 지금도 그의 얼굴은 자부심으로 빛나고 있었다. 그는 고개를 한쪽으로 기울이고 내 머리를 가볍게 토닥이거나, 내가 앉은 의자를 돌리면서 모든 각도에서 내 머리를 이리저리 뜯어보고, 여기저기 공들여 마무리 손질을 한 뒤에야 비로소 내가 내 머리를 감상할 수 있도록 손거울을 집어 들었다.

"됐습니까, 선생님?"

그의 얼굴에서는 일을 제대로 해냈다는 뿌듯한 만족감이 넘쳐흐르고 있었다.

"좋습니다. 아주 좋아요."

마침내 시련이 끝났다는 안도감 때문에 내 목소리가 더욱 따뜻해졌다.

조시는 만족하여 가볍게 고개를 숙였다.

"머리를 자르기는 아주 쉽습니다. 무엇을 남길 것인지만 알면 되니까요. 바로 그게 요령이지요."

나는 그에게 그 말을 골백번이나 들었지만, 그가 내 코트 뒤를 옷솔로 털어주는 동안 예의바르게 소리 내어 웃었다.

그 무렵에는 내 머리가 아주 빨리 자라곤 했지만, 내가 다시 이발소를 찾아가기 전에 조시가 우리 병원 현관에 나타났다. 나는 차를 마시고 있다가 다급하게 울리는 초인종 소리를 듣고 현관으로 달려갔다.

조시는 비너스를 품에 안고 있었는데, 비너스는 내가 이발소에서 보았던 그 조용하고 차분한 개와는 딴판이었다. 입에서는 침이 거품을 내며 흘러나오고, 캑캑 헛구역질을 하면서 미친 듯이 앞발로 얼굴을 긁어대고 있었다.

조시는 정신 나간 사람 같았다.

"비너스가 숨을 쉬지 못해요. 이것 좀 보세요. 선생님이 빨리 손을 써주지 않으면 질식해 죽을 겁니다!"

"잠깐만요. 무슨 일이 일어났는지 말해주세요. 무언가를 삼켰습니까?"

"닭뼈를 삼켰어요."

"닭뼈요? 개한테는 절대로 닭뼈를 주면 안 된다는 걸 모르세요?"

"압니다, 알아요. 그건 누구나 다 알지만, 우리가 점심때 닭을 먹고 쓰레기통에 버린 뼈를 녀석이 몰래 훔쳐 먹었단 말입니다. 내가 발견하기 전에 벌써 뼈를 꽤 많이 씹어 먹고 이제 이 꼴이 된 겁니다."

그는 입술을 떨면서 나를 노려보았다. 금방이라도 울음을 터뜨릴 것 같았다.

"진정하세요, 아저씨. 비너스는 질식하지 않을 겁니다. 그런데 앞발로 얼굴을 긁고 있는 걸 보니 입 안에 무언가가 박힌 것 같은데요."

나는 작은 개의 턱을 검지와 엄지로 움켜잡고 억지로 벌렸다. 수의사라면 누구나 흔히 보게 되는 광경을 보고 나는 안도의 한숨을 내쉬었다. 기다란 뼛조각이 입천장을 가로질러 양쪽 어금니 사이에 단단히 끼여 있었던 것이다.

이것은 동물병원에서 흔히 다루는 일이지만 즐거운 일이기도 하다. 환자한테 전혀 해롭지 않고 겸자(집게)로 쉽게 제거할 수 있기 때문이다. 환자는 당장 회복되고, 기술도 거의 필요 없고, 주인은 더없이 고마워하며 수의사에게 따뜻한 찬사를 보낸다. 나는 그런 일을 좋아했다.

나는 이발사의 어깨에 손을 올려놓았다.

"걱정하지 않으셔도 됩니다. 이빨에 뼈가 끼었을 뿐이에요. 진료실로 오세요. 금방 빼드릴 테니까."

복도를 지나 집 뒤쪽으로 가는 동안 나는 이발사가 눈에 띄게 느긋해지는 것을 알 수 있었다.

"천만다행이네요. 나는 비너스가 꼼짝없이 죽는 줄 알았어요. 정말입니다. 우리는 이 녀석을 끔찍이 사랑하게 되었는데, 녀석을 잃으면 도저히 견딜 수 없을 거예요."

나는 쾌활하게 웃고 비너스를 진찰대에 올려놓았다. 그러고는 튼튼한 겸자를 집어 들었다.

"아무 문제도 없으니까 걱정 마세요. 일 분도 안 걸릴 겁니다."

다섯 살 된 아들 지미가 차를 마시다 말고 우리를 따라와 있었다. 지미는 겸자를 집어 드는 나를 흥미롭게 지켜보았다. 그 나이에도 벌써 지미는 이런 일을 수없이 보았고, 이빨 사이에 낀 뼛조각을 빼내는 것은 별로 재미있는 일도 아니었다. 하지만 동물병원에서는 앞일이 어떻게 될지 모른다. 언제든지 재미난 일이 일어날 수 있기 때문에 옆에서 얼쩡거릴 가치는 있었다. 지미는 주머니에 두 손을 찔러 넣고 몸을 앞뒤로 흔들면서 낮게 휘파람을 불며 나를 지켜보았다.

이런 경우 대개는 입을 벌리고 겸자로 뼈를 잡아서 빼내기만 하면 된다. 하지만 비너스는 번쩍이는 금속을 보고는 겁이 나서 움츠러들었다.

이발사도 마찬가지였다. 개의 눈에 어린 두려움은 주인의 눈 속에서 네 배로 증식되었다.

나는 이발사를 달래려고 애썼다.

"이건 아무것도 아니에요. 비너스는 조금도 아프지 않을 겁니다. 하지만 녀석의 머리를 잠시만 꽉 잡고 계셔야 합니다."

작달막한 이발사는 숨을 한 번 깊이 들이마시고 비너스의 목을 잡은 다음, 눈을 질끈 감고 고개를 최대한 돌렸다.

"비너스, 착하지." 나는 달콤한 목소리로 말했다. "그걸 빼내면 기분이 훨씬 좋아질 거야."

비너스는 내 말을 믿지 않는 게 분명했다. 주인이 내고 있는 기묘한 신음 소리에 맞추어 격렬하게 몸부림을 치면서 앞발로 내 손을 할퀴었다. 내가 겸자를 입 속에 집어넣자 비너스는 앞니로 겸자를 꽉 물고 늘어졌다. 내가 비너스와 씨름하기 시작하자 조시는 더 이상 참지 못하고 녀석의 목을 놓아버렸다.

비너스는 바닥으로 뛰어내리더니, 다시 캑캑 헛구역질을 하면서 앞발로 얼굴을 긁기 시작했다. 지미는 그것을 재미있다는 듯이 구경하고 있었다.

나는 화가 난다기보다 애처로운 마음으로 이발사를 바라보았다. 이것은 그에게 어울리는 일이 아니었다. 조시는 그의 이발 솜씨가 증명하듯 손이 크고 서툴렀다. 게다가 그는 몸부림치는 개를 붙잡고 있을 힘이 없어 보였다.

"다시 한 번 해봅시다." 나는 쾌활하게 말했다. "이번에는 바닥에서 해볼까요. 비너스는 진찰대를 무서워하는 것 같으니까요. 정말로 아주 사소한 일이에요.”

조시는 입을 꽉 다물고 눈을 가늘게 뜨고 떨리는 손을 개 쪽으로 뻗었지만, 주인의 손이 닿을 때마다 비너스는 잽싸게 그의 손에서 빠져나갔다. 마침내 이발사는 크게 한숨을 내쉬면서 털썩 주저앉아 타일 바닥에 얼굴을 눌러댔다. 지미가 키득거렸다. 상황이 점점 어려워지고 있었다.

나는 이발사를 부축하여 일으켜 세웠다.

“아저씨, 비너스한테 가벼운 마취제를 놓겠습니다. 그러면 버둥거리지 않고 얌전히 있을 겁니다.”

조시의 얼굴이 창백해졌다.

“마취제요? 비너스를 잠재운다는 겁니까? 그래도 괜찮을까요?”

“물론이죠. 저한테 맡겨놓고 갔다가 한 시간쯤 뒤에 데리러 오세요. 그때쯤에는 걸어 다닐 수 있을 겁니다.”

나는 조시를 복도로 데리고 나갔다.

조시는 안쓰러운 눈으로 비너스를 힐끔 돌아보았다.

“정말 괜찮을까요? 우리가 일을 제대로 하고 있는 걸까요?”

“물론입니다. 이런 식으로 계속하면 비너스가 더욱 당황할 뿐이에요.”

“그럼 좋습니다. 한 시간 동안 동생네 집에 가 있겠습니다.”

“그러세요.”

나는 현관문이 닫히는 소리가 들릴 때까지 기다렸다가 재빨리 펜토탈을 준비했다.

개들은 주인이 옆에 없으면 사납게 굴지 않는다. 나는 비너스를 쉽게 바닥에서 진찰대 위로 들어올렸다. 하지만 녀석은 여전히 입을 꽉 다물고 앞발로 나를 공격할 태세를 갖추고 있었다. 내가 입을 만지는 걸 절대로 참지 않을 기세였다.

"좋아. 네 마음대로 해."

나는 녀석의 다리를 움켜잡고, 도드라진 요골 정맥 부위의 털을 깎아냈다. 그 무렵에는 조수의 도움을 받지 않고 내가 직접 개를 마취할 때가 많았다. 놀라운 일이지만 사람은 닥치면 무슨 일이든 할 수 있는 법이다.

비너스는 내가 얼굴만 만지작거리지 않으면 무슨 짓을 하든 상관없다는 태도였다. 나는 혈관에 주사바늘을 밀어 넣고 밀대를 눌렀다. 몇 초도 지나기 전에 비너스의 사나운 태도가 누그러졌다. 고개는 앞으로 수그러지고 온몸이 진찰대 위에 축 늘어졌다. 나는 비너스의 몸을 돌려놓았다. 녀석은 깊이 잠들었다.

"이제 됐다, 지미." 나는 검지와 엄지로 쉽게 이빨을 벌리고 겸자로 뼈를 집어 입에서 빼냈다. "이제 아무것도 없군. 좋아, 다 끝났어."

나는 닭뼈를 쓰레기통에 떨어뜨렸다.

"이렇게 하는 거야, 지미. 꼴사납게 개와 맞붙어 싸울 필요는 없어. 그게 전문가의 방식이지."

아들은 시큰둥하게 고개를 끄덕였다. 상황이 다시 따분해진 것이다. 조시가 진료실 바닥에 늘어졌을 때 지미는 재미난 일이 일어나기를 기대했지만, 이것은 아무 위험도 없는 지루한 일이었다. 지미의 얼굴에서 웃음이 사라졌다.

내 만족스러운 웃음도 조금 굳어졌다. 나는 비너스를 유심히 바라보고 있었는데 녀석이 숨을 쉬고 있지 않았던 것이다. 나는 가슴이 철렁 내려앉는 것을 무시하려고 애썼다. 마취할 때는 언제나 신경을 곤두세웠기 때문이다. 지금도 마취에는 별로 자신이 없다. 젊은 동료가 마취를 맡고 있는 지금도 나는 마취한 환자의 심장을 덮고 있는 흉곽에 손을 올려놓고는 몇 초 동안 눈을 크게 뜨고 뻣뻣하게 긴장해서 서 있는 고약한 버릇을 버리지 못하고 있다. 젊은 수의사들은 내가 불안하고 의기소침한 분위기를 퍼뜨리는 것을 싫어한다. 언젠가는 그들이 나한테 제발 나가 있으라고 핀잔을 줄 날이 오겠지만, 나도 어쩔 수가 없다.

비너스를 지켜보면서 나는 여느 때처럼 나 자신을 타일렀다. 아무 위험도 없어. 마취제 투여량은 정확했고, 어쨌든 펜토탈을 주사하면 대개 일시적으로 호흡이 정지되니까 걱정할 것 없어. 모든 것이 정상이었지만, 그래도 나는 비너스가 빨리 숨을 쉬기를 하나님께 빌었다.

심장은 여전히 힘차게 뛰고 있었다. 나는 갈비뼈를 몇 번 눌러보았지만 소용이 없었다. 안구를 만져보아도 각막 반사 운동은 전혀 없었다. 나는 진찰대를 손가락으로 톡톡 두드리며 작은 개를 유심히 바라보기 시작했다. 지미도 내가 개를 바라보는 만큼 열심히 나를 바라보고 있었다. 지미가 수의학에 깊은 관심을 가진 것은 동물과 농부들과 야외에 매혹되었기 때문이지만, 거기에 또 다른 색깔을 덧붙여주는 것은 바로 아버지인 나였다. 언제 아버지가 우스운 짓을 할지, 또는 언제 아버지한테 우스운 일이 일어날지 모른다는 것이 지미의 흥미를 돋우었다.

날마다 왕진을 간 곳에서 일어나는 예측할 수 없는 재난은 좋은 웃음거리였지만, 정확한 본능을 가진 내 아들은 바로 지금 그런 일이 일어날 것 같은 예감을 느꼈다.

지미의 예감은 적중했다. 나는 비너스를 진찰대에서 홱 들어 올려 머리 위에서 몇 번 흔들었다. 그래도 소용이 없자 나는 복도를 전속력으로 달려갔다. 내 뒤를 열심히 따라오는 작은 슬리퍼 소리가 들렸다.

나는 옆문을 홱 열어젖히고 뒷마당으로 달려 나갔다. 좁은 마당에서 잠시 걸음을 멈추었지만, 그곳은 공간이 충분치 않았다. 나는 넓은 잔디밭까지 내처 달려갔다.

잔디밭에 이르자 작은 개를 풀밭 위에 내려놓고 그 옆에 기도하는 자세로 무릎을 꿇었다. 그러고는 개를 지켜보면서 기다렸다. 심장이 망치로 두드리는 것처럼 쿵쿵 소리를 냈다. 잠시 기다려도 개의 갈비뼈는 움직이지 않았고 눈은 멍하니 앞만 바라보고 있었다.

이럴 리가 없어! 나는 비너스의 뒷다리를 두 손으로 하나씩 움켜잡고 맴을 돌면서 비너스를 내 머리 주위에서 빙빙 돌리기 시작했다. 때로는 더 높게, 때로는 더 낮게. 휘두르기에 온힘을 쏟아 넣자 회전 속도가 놀랄 만큼 빨라지기 시작했다. 이런 방법으로 호흡을 회복시키는 것은 이제 시대에 뒤떨어진 것 같지만, 당시에는 대인기여서 널리 유행했다. 내 아들도 이 방법이 마음에 든 모양이었다. 지미는 너무 웃다가 맥이 빠져서 잔디밭에 큰대자로 벌렁 드러누웠다.

내가 휘돌리기를 멈추고 여전히 움직이지 않는 갈비뼈를 노려보자 지미가 소리를 질렀다.

"또 해, 아빠. 또 해."

지미는 몇 초도 기다릴 필요가 없었다. 나는 또다시 미친 듯이 맴을 돌았고, 비너스는 하늘을 나는 새처럼 휙휙 공기를 가르며 공중을 오르내렸다.

그것은 지미의 기대치를 훨씬 웃돌았다. 지미는 아버지가 일하는 것을 보려고 맛있는 샌드위치를 내팽개치고 온 것이 과연 잘한 일일까 하고 생각했겠지만, 그 보상은 충분히 받고도 남았다. 오늘날까지도 모든 것이 기억에 생생하다. 환자가 아무 이유도 없이 죽지나 않을까 하는 불안과 고통, 그리고 배경 음악처럼 들려오는 아들놈의 새된 웃음소리.

무생물처럼 축 늘어진 형체를 풀밭에 내려놓았다가 다시 휘돌리기를 몇 번이나 되풀이했던가. 하지만 마침내 흉곽이 올라가고 눈이 깜박거렸다.

나는 안도의 한숨을 내쉬면서 차가운 풀밭에 털썩 쓰러졌다. 그렇게 풀밭에 엎드려 초록빛 풀잎 사이로 비너스를 바라보았다. 호흡은 차츰 규칙적이 되었다. 비너스는 입술을 핥으며 주위를 둘러보기 시작했다.

나는 당장 일어날 엄두가 나지 않았다. 정원을 둘러싼 낡은 벽돌담이 아직도 내 주위에서 춤을 추고 있었기 때문이다. 그때 일어났다면 틀림없이 쓰러졌을 것이다.

지미는 실망했다.

"아빠, 더 안 할 거야?"

"그래, 지미. 안 할 거야. 이제 다 끝났어."

나는 풀밭에 일어나 앉아서 비너스를 내 무릎으로 끌어당겼다.

"아주 재미있었는데. 왜 그런 거야?"

"개가 숨을 쉬게 하려고."

"개가 숨을 쉬게 하려면 만날 그렇게 해?"

"아니. 다행히도 그렇게 자주 있는 일은 아니야."

나는 천천히 일어나서 비너스를 다시 진료실로 데려갔다.

조시 앤더슨이 도착했을 때쯤 비너스는 거의 정상으로 돌아온 것처럼 보였다.

"마취제 때문에 아직 다리가 좀 불안정합니다. 하지만 오래가진 않을 거예요.”

“잘됐군요. 그런데 그 고약한 **뼈**는……?”

“모두 **빼냈습니다**.” 내가 개의 입을 벌리자 조시는 뒷걸음쳤다. “보이시죠? 아무것도 없습니다.”

조시는 환한 웃음을 지었다.

“비너스 때문에 고생하셨지요?”

환자들을 대하다 보니 영리하고 약삭빠르게 굴기보다 정직하게 행동하는 버릇이 들었고, 좀 전에 있었던 일을 조시한테 모두 털어놓고 싶어서 좀이 쑤셨다. 실제로 그 말이 목구멍까지 올라왔지만, 이 민감하고 신경질적인 사람을 걱정시킬 필요가 있겠는가? 당신 개가 꽤 오랫동안 빈사 상태에 있었다고 말해봤자 그가 환성을 지를 리도 없고, 나를 더욱 신뢰하게 되지도 않을 것이다.

나는 목구멍까지 올라온 말을 꿀꺽 삼켰다.

“천만에요. 수술은 무사히 순조롭게 끝났습니다.”

선의의 거짓말이었지만, 그래도 거짓말을 하려니까 말이 술술 나오지 않았고 양심의 가책으로 뒷맛이 씁쓸했다.

“다행이군요. 어쨌든 고맙습니다, 선생님.”

그는 비너스 위로 허리를 굽혔다. 그리고는 또다시 손가락으로 비너스의 털을 기묘하게 잡아 비틀었다.

“비너스, 너 공중에 떠 있었냐?” 조시가 멍하니 중얼거렸다.

내 목덜미가 따끔거렸다.

“왜…… 왜 그런 말씀을 하시죠?”

조시가 고개를 돌려 신비로운 깊이를 가진 눈으로 나를 쳐다보았다.

"글쎄요…… 비너스는 잠을 자는 동안 공중에 떠 있었다고 생각하는 것 같습니다. 묘한 느낌이 들었어요."

"아아, 예, 글쎄요…… 예, 그렇군요." 나도 아주 묘한 느낌이 들었다. "이제 비너스를 집에 데려가서 조용히 쉬게 하는 게 좋겠습니다."

나는 차를 마시면서 생각에 잠겼다. 공중에 떠 있다…… 떠 있다.

보름 뒤에 나는 다시 조시의 이발소 의자에 앉아서 시련에 대비하여 마음을 단단히 먹고 있었다. 놀랍게도 조시는 가위를 쓰지 않고 곧바로 그 끔찍한 이발기를 들이댔다. 그는 대개 가위로 시작하여 서서히 마무리로 넘어가는데, 이번에는 처음부터 나를 가장 힘든 곤경 속으로 몰아넣고 있었다.

나는 고통을 조금이라도 누그러뜨리기 위해 흥분한 목소리로 지껄이기 시작했다.

"비너스는 – 아얏! – 어떻습니까?"

"좋습니다. 아주 좋아요." 조시는 거울 속의 나를 보고 살갑게 웃었다. "그 일이 있은 뒤로는 아무 일 없이 잘 지내고 있습니다."

"예 – 오오! – 저도 무슨 문제가 있으리라고는 – 아야야! – 생각지 않았습니다. 전에도 말했듯이 그건 – 아얏! – 아주 사소한 일이었으니까요."

이발사는 아무도 흉내 낼 수 없는 그 독특한 손놀림으로 내 머리카락을 홱 잡아챘다.

"중요한 건 수의사를 신뢰하는 겁니다. 나는 귀여운 비너스를 훌륭한 수의사한테 맡겼다는 걸 알고 있었어요."

"예, 정말 고맙습니다. 그 말을 – 아야야! – 들으니 기분이 좋군요."

나는 만족했지만 죄책감은 여전히 사라지지 않았다.

거울 속에서 실룩거리는 내 얼굴을 보면서 지껄이려고 애쓰는 것도 싫증이 났다. 그래서 나는 다른 일에 정신을 집중하려고 애썼다. 나는 치과에 갔을 때도 그런 수법을 쓰지만 효과는 별로 없다. 그래도 이발사가 내 머리카락을 홱 잡아당겼을 때 나는 스켈데일 하우스의 정원을 열심히 생각했다.

언제 짬을 내서 잔디도 깎아줘야 하고 잡초도 뽑아줘야 할 텐데. 토마토 밭에 비료를 줄 때가 되지 않았나. 이런 생각을 하고 있을 때 조시가 이발기를 내려놓고 가위를 집어 들었다.

나는 한숨을 내쉬고 긴장을 풀었다. 가위질은 조금 불쾌할 뿐이고, 조시가 그 후 가윗날을 갈았을지도 모르잖은가. 내가 여전히 흥미진진한 토마토 문제를 생각하고 있을 때 이발사의 목소리가 나를 현실로 데려왔다.

"나도 정원 가꾸기를 좋아한답니다." 이발사는 손가락으로 내 머리털을 잡아 비틀면서 말했다.

나는 의자에서 펄쩍 뛰어오를 뻔했다.

"놀랍군요. 저도 방금 정원을 생각하고 있었는데."

"예, 압니다." 조시는 엄지와 검지로 내 머리카락을 돌돌 말면서 먼 곳을 바라보는 듯한 표정을 지었다. "머리카락을 통해 전달되지요."

"예?"

"선생님 생각이 머리카락을 통해 나한테 전달된다고요."

"뭐라고요?"

"머리카락은 사람의 머릿속으로 곧장 내려가서 두뇌에서 무언가를 낚아채어 나한테 보내준답니다."

"농담하시는군요."

나는 큰 소리로 웃었지만, 내 웃음소리는 공허하게 들렸다.

조시는 고개를 저었다.

"농담도 장난도 아니에요. 나는 40년 가까이 이발사 노릇을 했는데, 그런 일을 수없이 겪었답니다. 내가 선생님 머리에 떠오른 생각을 이야기하면 깜짝 놀라실 겁니다. 사실은 그래서 말할 수가 없었어요."

나는 하얀 이발보 속에서 몸을 움츠렸다. 물론 시시한 헛소리겠지만, 머리를 깎는 동안은 비너스의 마취 소동을 절대 생각지 않기로 굳게 결심했다.

* * *

이 이야기는 내가 쓴 글 중에서도 가장 유쾌하고 재미있는 이야기다. 여기에는 유별난 것이 많이 들어 있기 때문이다. 이제는 조시 앤더슨 같은 이발사를 어디에서도 찾아볼 수 없다. 내가 이 글에서 언급하지 않은 것은 조시가 담배 장사도 했다는 사실이다. 그는 한창 머리를 깎다가도 담배를 사러 온 손님이 있으면 이발기를 내려놓고 그 손님과 날씨며 크리켓에 대해 한참 대화를 나누고는 태연히 돌아와 다시 머리를 깎곤 했다. 또한 비너스는 아주 별나게 생긴 개였다. 실제로 나는 그렇게 생긴 개를 본 적이 없다. 그런데 내 생각이 머리카락을 통해 밖으로 빠져나간다는 건 도대체 무슨 소리인가? 물론 터무니없는 소리겠지만, 아직도 그것이 불가사의하게 여겨진다.

# 29

# 개를 위한 기도

잭 스콧의 가냘픈 몸이 암소 갈비뼈에 부딪히는 것을 보고 나는 움찔했지만, 잭은 별로 괴로워하는 것 같지 않았다. 놀라서 눈알이 좀 튀어나오고 모자가 한쪽으로 미끄러졌지만, 잭은 다시 암소 꼬리를 잡고 장화를 자갈 바닥에 앙버티고는 다음 전투에 대비했다.

나는 요오드와 요오드화칼륨을 섞은 루골액으로 암소의 자궁을 세척하려고 애쓰는 중이었다. 이것은 제1차 세계대전이 끝난 뒤 자궁 내막염으로 불임이 된 암소를 치료할 때 흔히 쓰인 방법이지만, 금속으로 된 기다란 카테터(체내에 삽입하여 체액을 빼내거나 세정액을 주입하는 가는 튜브)를 자궁 경관으로 집어넣을 필요가 있었다. 그런데 이 암소는 그것을 마뜩잖게 여기는 것 같았다. 내가 카테터를 자궁 경관으로 집어넣으려 할 때마다 암소는 휙 몸을 돌렸고, 암소 꼬리를 잡고 있는 농부는 몸무게가 50킬로그램밖에 안 되었기 때문에 그때마다 옆에 서 있는 암소 옆구리에 가서 부딪히곤 했다.

하지만 이번에는 일이 잘될 것 같은 느낌이 들었다. 튜브가 자궁 속으로 순조롭게 들어가고 있었다. 암소가 몇 초만 가만히 서 있어주면 일은 무사히 끝날 터였다.

"꽉 잡아요, 잭."

나는 루골액을 펌프로 집어넣기 시작했다. 액체가 자궁 속으로 조금씩 흘러드는 것을 느끼자마자 암소는 다시 홱 몸을 돌렸고, 덩치 큰 소들 사이에 끼어 납작하게 짓눌린 농부는 너무 아파서 입을 딱 벌렸다. 소의 발굽이 발가락을 밟자 그의 입에서 낮은 신음 소리가 새어나왔다.

"다 됐습니다." 나는 카테터를 빼내고 한 걸음 뒤로 물러서면서, 이 환자는 유별나게 비협조적이라고 생각했다.

하지만 잭은 그렇게 생각하지 않는 것 같았다. 그는 멍든 발을 절뚝거리면서 암소 앞으로 걸어가 목을 끌어안았다.

"정말 착하구나. 잘했다." 그는 우락부락한 암소의 턱에 볼을 문지르면서 중얼거렸다.

나는 경탄하는 눈으로 잭을 바라보았다. 잭은 늘 이런 식이었다. 인간이든 짐승이든 자기 농장에 있는 모든 생물을 깊이 사랑했고, 동물도 그 애정에 보답하는 것 같았다. 물론 내가 방금 치료한 암소처럼 예외인 경우도 이따금 있었지만.

그는 포옹을 끝내자 암소들 사이를 뚫고 나와 분뇨 도랑을 훌쩍 뛰어넘었다. 얼굴에는 여느 때와 다름없는 미소가 감돌고 있었다. 전형적인 농부다운 불그레한 얼굴은 아니었다. 그의 얼굴은 언제 보아도 며칠 잠을 못 잔 것처럼 핼쑥하고 수척했다. 볼과 이마에 팬 깊은 주름 때문에 마흔 살의 실제 나이보다 늙어 보였다. 하지만 미소는 몸속에 불이 켜져 있는 것처럼 환하게 빛났다.

"선생님이 해주셔야 할 일이 한두 가지 더 있는데요, 우선 황소한테 주사 한 방만 놓아주세요. 기침을 해서요."

우리는 마당을 가로질렀다. 잭의 양치기개인 립이 기쁨을 주체할 수 없는 듯이 주인 주위를 뛰어다녔다. 이런 농장 개들은 대개 눈에 띄지 않게 살금살금 돌아다니지만 립은 행복한 반려견처럼 행동했다.

농부는 허리를 숙여 립을 토닥였다.

"너도 같이 갈래?"

개가 더욱 기뻐 날뛰며 까불어대자, 스콧네 가족 중에서 제일 어린 막내아들과 막내딸도 아장아장 우리를 따라왔다.

"아빠, 어디 가?"

"아빠, 뭐 할 거야?"

아이들이 소리쳤다. 이 농장에 왕진을 오면 대개 아이들을 만날 수 있었다. 아이들은 암소 다리 사이에 들어와 일을 방해할 때도 많았지만, 잭은 조금도 귀찮아하지 않았다.

거대한 황소는 널찍한 우리에 깔린 푹신한 짚더미 위에 누워 있었다. 우리가 들어갔을 때 조용히 되새김질을 하고 있는 것으로 보아 심하게 아프지는 않은 모양이었다.

"상태가 그렇게 나쁘지는 않습니다. 아마 가벼운 감기겠지요. 몇 번 기침하는 소리를 들었으니까요. 주사를 놔주면 기분이 좋아질 겁니다."

열이 조금 있었다. 나는 얼마 전부터 수의사들이 사용하게 된 페니실린 현탁액을 주사기에 채웠다. 그러고는 털 난 엉덩이를 손바닥으로 찰싹 때리고 주사바늘을 찔렀다.

어느 농장에서나 이렇게 덩치 큰 동물한테 주사를 놓을 때는 문제가 생길 수 있었다. 우리 안을 빙빙 돌면서 동물을 쫓아다녀야 할 때도 있는

데, 이 황소는 발을 들어 올리지도 않았다. 누가 꼼짝 못하게 붙잡고 있지도 않았지만 황소는 주사바늘이 근육 속으로 깊이 들어갔을 때 잠깐 흥미를 보이며 제 엉덩이를 돌아보았을 뿐 태연히 되새김질을 계속했다.

"정말 착하구나. 잘했어."

잭은 털 난 목덜미를 잠깐 긁어주고 나와 함께 우리를 나왔다.

"이번에는 새끼 양들을 좀 봐주세요." 그는 나를 조립식 축사로 데려갔다. "그런 건 난생처음 봤습니다."

축사에는 많은 암양과 새끼 양들이 있었지만 농부의 말이 무슨 뜻인지는 쉽게 알 수 있었다. 걸을 때 뒷다리가 건들거리는 새끼가 몇 마리 있었고, 두 마리는 비틀거리며 겨우 몇 걸음 떼어놓다가 옆으로 쿵 쓰러지곤 했다.

잭은 나를 돌아보았다.

"뭐가 잘못된 겁니까?"

"운동 실조증입니다."

"운동 실조증요? 그게 뭐죠?"

"구리 결핍증이죠. 뇌에 변성이 일어나 아랫도리가 약해집니다. 그게 전형적인 형태지만, 때로는 뒷다리가 마비되거나 경련이 일어나는 경우도 있지요. 묘한 병이에요."

"그거 참 이상하군요. 저 암양들은 줄곧 구리를 핥아먹으러 가는 곳이 있었는데."

"그것만으로는 충분치 않아요. 이런 환자가 많이 생기면 임신 중기에 구리 주사를 따로 맞혀야 합니다. 그래야 다음에 태어나는 새끼들이 이 병에 걸리는 것을 예방할 수 있지요."

잭은 한숨을 내쉬었다.

"어쨌든 원인을 알았으니 고칠 수도 있겠군요."

"유감이지만 치료법은 없습니다. 예방할 수밖에 없어요."

"맙소사." 농부는 모자를 뒤로 젖혔다. "그럼 이 녀석들은 어떻게 되는 겁니까?"

"그냥 비틀거리기만 하는 녀석들은 통통한 양이 될 가능성이 크지만, 저 두 녀석은 별로 가망이 없어 보이네요." 나는 옆으로 쓰러져 있는 새끼들을 가리켰다. "벌써 몸의 일부가 마비됐군요. 솔직히 말하면 차라리……"

잭의 얼굴에서 미소가 사라졌다. 동물을 죽이라는 암시만 해도 잭은 늘 얼굴이 굳어졌다. 치료해도 이익이 없다는 판단이 서면 고객들한테 도살을 권유하는 것이 시골 수의사의 의무다. 시골 수의사는 언제나 농부의 상업적 이익을 고려해야 한다.

이 방침은 대부분 먹혀들었지만, 잭 스콧네 농장에서는 효과가 없었다. 유선염으로 젖을 두어 개 잃은 암소를 도살하라고 말하면 잭의 미소 띤 얼굴에 당장 장막이 내리덮인다. 그의 농장에는 한 푼도 돈벌이가 안 되는 동물이 많았지만, 그들은 잭의 친구였고 잭은 그들이 어슬렁거리며 돌아다니는 것을 보면서 즐거워했다.

이제 잭은 주머니에 두 손을 깊이 찔러 넣고 엎드려 있는 새끼 양들을 내려다보았다.

"괴로울까요?"

"아닙니다. 운동 실조증은 환자한테 고통을 주는 병은 아닌 것 같습니다."

"그럼 됐습니다. 둘 다 키우겠습니다. 젖을 빨지 못하면 내가 직접 먹이겠어요. 나는 녀석들한테 기회를 주고 싶습니다."

그가 구태여 말하지 않아도 나는 알고 있었다. 잭은 모든 것에 기회를 주었다. 새끼 양한테 젖을 먹이려면 일거리가 늘어난다. 더구나 장애를 가진 새끼를 키우고 보살피는 것은 예삿일이 아니다. 가뜩이나 바쁜데 그런 가욋일을 좋아할 농부는 아무도 없다. 하지만 나는 잭을 설득하려 해봤자 헛수고라는 것을 알고 있었다. 그것이 그의 방식이었다.

다시 마당으로 나오자 잭은 허리까지 올라오는 우리 문에 몸을 기댔다.

"어쨌든 다음에는 잊지 말고 암양들한테 구리를 공급해야겠군요."

그때 거대한 머리가 문 너머로 불쑥 튀어나왔다. 그곳은 황소 우리였다. 우리 안에 있던 거대한 녀석이 주인에게 경의를 표하고 싶었던 모양이다.

황소는 잭의 목덜미를 핥기 시작했다. 꺼끌꺼끌한 혀에 떠밀린 모자가 자꾸 눈을 가리자 잭은 부드럽게 황소를 타일렀다.

"그만해, 조지. 무슨 짓을 하고 있는 거야?"

그러면서도 뒤로 손을 뻗어 황소의 턱을 간질였다. 조지의 표정은 황소라기보다 개처럼 보였다. 어떻게든 주인을 기쁘게 해주고 주인 마음에 들고 싶어서 안달이 난 표정이었다. 황소는 주인이 말리는데도 얼빠진 눈으로 전보다 더 빨리 농부의 목덜미를 핥고 코로 밀어댔다. 그만한 크기의 황소는 사람을 죽일 수도 있지만, 조지는 잭에게 반려동물일 뿐이었다.

양들이 새끼를 낳는 철이 지나고 여름이 깊어가면서 잭의 헌신적인 보살핌이 효과를 나타내기 시작했다. 몸이 반쯤 마비됐던 새끼 두 마리는 용케 살아남아서 잘 지내고 있었다. 아직도 몇 걸음 걷다가 쓰러지곤 했지만, 쑥쑥 자라는 풀을 조금씩 뜯어먹을 수 있었고, 다행히 뇌의 수초(髓鞘: 신경섬유 주위를 둘러싸고 있는 피막)도 더는 파괴되지 않았다.

스콧네 농장을 둘러싼 나무들이 붉은 빛깔로 불타오르기 시작한 10월, 내가 차를 몰고 농장 옆을 지나가는데 잭이 나를 불러 세웠다.

"잠깐 들어와서 립을 좀 봐주시겠어요?" 그의 얼굴은 걱정스러워 보였다.

"왜요? 립이 아픕니까?"

"아니, 아프다기보다 다리를 절룩거릴 뿐이지만, 왜 그러는지 알 수가 없어서요."

립을 찾으러 멀리까지 갈 필요는 없었다. 립은 주인한테서 멀리 떨어진 적이 없었다. 립을 보았을 때 나는 깜짝 놀랐다. 오른쪽 앞다리가 쓸모없이 늘어져 땅바닥에 질질 끌리고 있었기 때문이다.

"무슨 일이 있었습니까?"

"립이 암소들을 몰아들이고 있을 때 한 녀석이 발길질을 해서 가슴을 정통으로 맞았어요. 그때부터 다리를 절기 시작했는데 점점 심해지는군요. 이상한 것은 립의 다리가 멀쩡하다는 겁니다. 아무리 살펴봐도 다리에는 아무 이상이 없어요. 정말 수수께끼예요."

나는 립의 다리를 발부터 어깨까지 만져보았다. 립은 힘차게 꼬리를 흔들었다. 다리에는 전혀 통증이 없었다. 상처도 없고 손상된 부위도 없었다. 하지만 내 손이 첫 번째 갈비뼈를 스치자 립이 몸을 움찔했다. 진단을 내리기는 어렵지 않았다.

"요골 마비예요."

"요골…… 그게 뭐죠?"

"요골 신경이 첫 번째 갈비뼈를 지나가는데, 암소한테 차여서 그 갈비뼈와 신경이 손상된 게 분명합니다. 그래서 신근(관절을 펴는 작용을 하는 근육)이 마비되어 다리를 앞으로 움직이지 못하는 겁니다."

"그거 큰일이군요." 잭은 립의 머리를 쓰다듬고 뺨에 박혀 있는 하얀 반점을 어루만졌다. "나을까요?"

"대개는 시간이 오래 걸립니다. 신경조직은 재생이 느려서 몇 주나 몇 달씩 걸릴 수도 있거든요. 치료해도 별로 효과가 없을 것 같습니다."

농부는 고개를 끄덕였다.

"알았습니다. 그럼 기다리기만 하면 되겠군요. 그런데 말입니다." 그의 얼굴에 다시 환한 미소가 넘쳐흘렀다. "립은 다리를 절면서도 여전히 암소들을 몰 수 있어요. 일을 하지 못하면 립은 몹시 낙담할 겁니다. 립은 자기 일을 사랑하지요."

차로 돌아가는 길에 잭은 나를 팔꿈치로 가볍게 찌르고는 헛간 문을 열었다. 구석에 밀짚으로 보금자리가 만들어져 있고, 거기에 암고양이가 작은 새끼들과 함께 앉아 있었다. 잭은 거친 손으로 새끼 두 마리를 집어 들었다.

"이것 보세요. 정말 귀엽지 않습니까?"

잭은 두 손에 쥔 새끼 고양이를 뺨에 대고 소리 내어 웃었다.

나는 시동을 걸면서 잭에게 격려하는 말을 해주어야겠다고 생각했다.

"립은 너무 걱정하지 마세요. 이런 경우는 대개 시간이 가면 회복되니까요."

하지만 립은 회복되지 않았다. 몇 달이 지나도 립의 다리는 여전히 쓸모가 없었고, 근육이 거의 없어져버렸다. 신경은 회복될 수 없을 만큼 손상되어버린 게 분명했다. 이 매력적인 동물이 죽을 때까지 세 다리로 걸어 다닐 것을 생각하면 마음이 아팠다.

잭은 전혀 낙심하지 않고 립이 여전히 일을 잘한다고 주장했다.

진짜 불행은 시그프리드와 내가 사무실에서 왕진 준비를 하고 있던 어느 일요일 아침에 일어났다. 초인종이 울려서 나가보니 잭이 립을 품에 안고 계단에 서 있었다.

"무슨 일이죠? 립이 더 나빠졌나요?"

"아뇨, 선생님." 농부의 목소리는 잔뜩 쉬어 있었다. "그게 아니라 립이 차에 치였어요."

우리는 진찰대에서 개를 진찰했다.

"경골이 골절됐군요." 시그프리드가 말했다. "하지만 내장이 손상된 징후는 없네요. 정확히 무슨 일이 일어났는지 아십니까?"

잭은 고개를 저었다.

"아뇨. 립은 마을길로 달려가다가 차에 치였어요. 그러고는 몸을 질질 끌면서 마당으로 돌아왔어요."

"질질 끌고 왔다고요?" 시그프리드는 어리둥절한 표정을 지었다.

"예. 아픈 다리와 같은 쪽 다리가 부러졌지 뭐예요."

시그프리드는 두 볼을 부풀렸다.

"아, 예. 요골 마비. 제임스, 자네가 전에 이야기한 게 기억나는군."

시그프리드는 진찰대 너머로 나를 바라보았다. 시그프리드도 나와 같은 생각을 하고 있는 게 분명했다. 하필이면 같은 쪽 다리가 하나는 골절되고 하나는 마비되다니.

"좋아. 계속하세."

우리는 부러진 다리에 깁스를 했다.

처치가 끝난 뒤, 나는 잭이 낡은 자동차 뒷좌석에 립을 눕히는 동안 문을 잡아주었다.

농부는 차창을 통해 나에게 웃어 보였다.

"오늘 가족을 데리고 교회에 가서 립을 위해 기도하겠습니다."

나는 잭이 길모퉁이를 돌아 사라질 때까지 지켜보다가 돌아섰다. 시그프리드가 바로 내 뒤에 서 있었다.

"일이 잘됐으면 좋겠군." 시그프리드가 생각에 잠긴 얼굴로 말했다. "잘못되면 잭이 몹시 낙담할 거야." 시그프리드는 돌아서서 벽에 걸린 낡은 놋쇠 명판의 먼지를 털었다. "잭은 정말 보기 드문 사람이라네. 개를 위해 기도하겠다고 말했지만, 잭은 누구보다도 그럴 자격이 있어. 콜리지(영국 낭만주의의 대표적 시인)가 뭐라고 했는지 생각나나? '귀하고 천한 것을 가리지 않고 세상 만물을 모두 사랑하는 사람의 기도가 최고'라고 말했지."

"맞습니다. 잭이 바로 그런 사람이죠."

농부는 달포 뒤에 깁스를 풀려고 립을 병원에 데려왔다.

"깁스는 할 때보다 풀 때 훨씬 시간이 오래 걸린답니다." 나는 작은 톱을 준비하면서 말했다.

잭은 소리 내어 웃었다.

"이해가 갑니다. 단단하게 굳어서 자르기가 힘들 테니까요."

나는 이 일을 좋아해본 적이 없다. 손가락으로 하얀 깁스를 벌리고 다리털에서 떼어내기까지는 오랜 시간이 걸린 것 같았다.

골절 부위를 만져본 순간 나는 맥이 쭉 빠졌다. 다리가 거의 낫지 않았던 것이다. 지금쯤은 건강한 유합조직이 생겨났어야 하는데, 부러진 뼈의 양쪽 끝이 경첩처럼 움직이는 것을 느낄 수 있었다. 상태는 조금도 나아지지 않았다.

조제실에서 시그프리드의 발소리가 들렸다. 나는 시그프리드를 불렀다.

시그프리드는 립의 다리를 만져보았다.

"맙소사! 또 그거로군! 이 환자한테는 이런 일이 없기를 바랐는데." 그는 농부를 바라보았다. "잭, 다시 한 번 시도해야겠지만 영 마음에 들지 않는군요."

우리가 새 깁스를 해주자 농부는 싱긋 웃었다.

"시간이 조금 더 필요했을 뿐입니다. 다음에는 괜찮겠지요."

하지만 일은 그렇게 되지 않았다. 두 번째 깁스는 시그프리드와 내가 함께 풀었지만 상황은 지난번과 마찬가지였다. 골절된 뼈 주위에는 유합조직이 거의 생겨나지 않았다.

우리는 할 말이 없었다. 부러진 뼈를 고정시키는 정교한 기술이 개발된 지금도 뼈가 좀처럼 붙지 않는 경우가 있다. 그런 환자들은 예나 지금이나 수의사들에게 깊은 좌절감을 안겨준다. 립이 진찰대 위에 누워 있었던 그날 오후도 마찬가지였다.

내가 침묵을 깼다.

"잭, 이번에도 마찬가지인 것 같은데요."

"뼈가 붙지 않았다는 겁니까?"

"그렇습니다."

잭은 코밑을 손가락으로 문질렀다.

"그럼 그 다리에는 체중을 전혀 싣지 못하겠군요?"

"그렇겠지요."

"그럼…… 립이 어떻게 해나가는지 두고 봐야겠군요."

"하지만 잭." 시그프리드가 부드럽게 말했다. "립은 살아갈 수 없어요. 같은 쪽 다리를 둘 다 못 쓰는 개가 어떻게 걸어 다닐 수 있겠어요."

다시 침묵이 흘렀다. 나는 농부의 얼굴에 또다시 장막이 내리덮이는 것을 볼 수 있었다. 그는 우리 생각을 알아차렸지만 그 생각을 받아들이려 하지 않았다. 잭이 다음에 무슨 말을 할지는 듣지 않아도 뻔했다.

"고통이 심할까요?"

"아니, 아프지는 않습니다." 시그프리드가 대답했다. "이제 골절 부위의 통증은 사라졌고, 마비된 부위는 원래 통증이 없으니까요. 하지만 걸을 수는 없을 겁니다. 모르시겠어요?"

하지만 잭은 벌써 개를 품에 안고 있었다.

"어쨌든 우리는 립한테 기회를 줄 겁니다." 잭은 그렇게 말하고 방을 나갔다.

시그프리드는 진찰대에 몸을 기대고 크게 뜬 눈으로 나를 바라보았다.

"제임스, 어떻게 생각하나?"

"원장님과 같은 생각입니다." 나는 우울하게 대답했다. "잭은 항상 모든 것에 기회를 주지만, 이번에는 전혀 가망이 없는 것 같습니다."

하지만 내 생각이 틀렸다. 몇 주 뒤에 나는 아픈 송아지를 치료하러 스콧 농장에 갔다. 거기서 맨 처음 눈에 띈 것은 젖을 짜기 위해 암소들을 몰아들이는 립이었다. 립은 소떼 뒤에서 이리저리 잽싸게 뛰어다니며 목초지에서 문 쪽으로 소들을 몰아대고 있었다. 나는 놀라서 립을 뚫어지게 바라보았다.

립은 여전히 오른쪽 두 다리에 체중을 싣지 못했지만 그래도 즐겁게 달리고 있었다. 어떻게 그럴 수 있는지는 묻지 마시라. 나도 모르니까. 하지만 립은 튼튼한 왼쪽 두 다리로 몸을 지탱했고, 다친 오른쪽 두 다리의 발바닥은 풀을 스치고 있을 뿐이었다. 아마 립은 외바퀴 자전거를 타는 사람처럼 균형 잡는 요령을 익혔겠지만, 사실은 나도 잘 모른다. 중요한 것은 립이 여전히 사람을 잘 따르는 우호적인 립이었다는 것이다. 립은 나를 보더니 기뻐서 헐떡거리며 꼬리를 힘차게 흔들었다.

잭은 "그러게 내가 뭐랬어요?" 하는 따위의 말은 한마디도 하지 않았지만, 그가 그렇게 말했다 해도 나는 개의치 않았을 것이다. 작은 동물이 자기가 좋아하는 일을 하는 모습은 짜릿한 기쁨과 감동을 안겨주었기 때문이다.

* * *

나는 유별난 일만 글감으로 고르는 것 같다. 내가 아는 농부들 가운데 어떤 동물도 죽이기를 거부한 사람은 잭 스콧뿐이고, 내가 본 개들 가운데 립은 오른쪽 다리를 둘 다 못 쓰면서도 거침없이 뛰어다닐 수 있었던 유일한 개였다. 잭은 확고한 신념을 가진 사람이었고 립이 그 신뢰에 보답한 것을 보니 기분이 좋았다.

# 30

# 대를 이은 개버릇

얼마나 끔찍한 개들인가!

내 마음에 이런 생각이 떠오르는 일은 거의 없었다. 내가 치료한 개들은 거의 다 나름대로 매력적인 면을 갖고 있었기 때문이다.

하지만 휘트혼 씨네 개인 러플스와 머플스의 경우에는 예외를 만들 수밖에 없었다. 그 녀석들에게는 사랑스러운 점을 찾으려고 아무리 애를 써봐도 불쾌한 점밖에 찾을 수 없었다. 나를 자기 집에 맞아들이는 방식도 그런 불쾌한 점 가운데 하나였다.

"앉아! 앉아!"

나는 여느 때처럼 고함을 질렀다. 두 마리의 작은 화이트테리어(웨스티)는 뒷다리로 일어나 내 바짓가랑이를 앞발로 맹렬히 할퀴고 있었다. 내 정강이가 유난히 민감한지 어떤지는 모르겠지만, 녀석들이 발톱으로 할퀴면 몹시 아팠다.

내가 뒷걸음치는 발레리나처럼 발꿈치를 들고 후퇴하자 휘트혼 부부의 즐거운 웃음소리가 방에 울려 퍼졌다. 그들은 이런 광경을 무척 재미있어했다.

"정말 귀엽지 않나요?" 휘트혼 씨는 발작적으로 웃으면서 말했다. "손님한테 어쩜 저렇게 귀엽고 사랑스럽게 인사할 수 있을까!"

나는 결코 그렇게 생각하지 않았다. 그 개들은 회색 플란넬 바지를 통해 내 다리의 살갗을 벗길 뿐만 아니라, 입을 헤벌리고 입술을 떨고 이빨을 맞부딪치면서 악의에 찬 눈길로 나를 노려보고 있었다. 으르렁거리는 소리는 내지 않았지만, 그렇다고 우호적인 인사도 아니었다.

"이리 온, 귀염둥이들." 휘트혼 씨는 개들을 품에 안고 뺨에 다정하게 입을 맞추었다. 그는 아직도 킬킬거리고 있었다. "녀석들이 선생을 그처럼 사랑스럽게 맞아들이고 또 선생이 떠나지 못하게 하려고 애쓰는 게 재미있지 않나요?"

나는 아무 말도 하지 않고 내 바지를 문질렀다. 실상은 그의 말과는 딴판이었다. 그 개들은 내가 집에 들어가면 반드시 나를 할퀴었고, 내가 집에서 나가려 하면 내 발목을 물려고 애썼다. 그리고 내가 그 집에 있는 동안은 온갖 방법을 궁리하여 나를 괴롭혔다. 기묘한 점은 둘 다 늙었다는 것이다. 러플스는 열네 살, 머플스는 열두 살이었다. 개들이 나이가 들면 사납던 성질도 원만해지게 마련인데, 러플스와 머플스는 전혀 그렇지 않았다.

나는 상처가 깊지 않은 것을 확인한 뒤 입을 열었다.

"러플스가 다리를 전다고 들었는데요."

휘트혼 부인이 개를 잡아서 신문지가 펼쳐져 있는 탁자 위에 올려놓았다.

"왼쪽 앞다리예요. 오늘 아침부터 절기 시작했어요. 가엾게도 몹시 괴로워하고 있어요."

나는 조심스럽게 왼쪽 앞발을 잡았다가 얼른 손을 치웠다. 개의 이빨이 내 손가락에서 2센티미터도 채 떨어지지 않은 곳에서 딱 소리를 내며 닫혔다.

"오오, 내 귀염둥이!" 휘트혼 부인이 소리쳤다. "몹시 아픈가 봐요. 조심하세요, 선생님. 러플스는 겁이 많고 신경이 예민해요. 선생님이 러플스를 아프게 하는 것 같아요."

나는 숨을 깊이 들이마셨다. 이 개는 처음부터 테이프로 주둥이를 막았어야 했는데, 전에 한번 입마개를 하자고 제안했다가 휘트혼 부부를 충격과 경악으로 몰아넣은 적이 있었다. 그래서 나는 입마개 없이 요령껏 다룰 수밖에 없었다. 어쨌든 나도 풋내기는 아니었다. 아주 잽싸고 영리한 개가 아니면 나를 물 수 없을 터였다.

나는 집게손가락으로 러플스의 다리를 잡고 다시 한 번 살펴보았다. 그리고 이번에는 러플스의 이빨이 딱 소리를 내며 닫히기 전에 잠깐이지만 내가 원하는 것을 볼 수 있었다. 발가락 사이에 불그레한 종기가 삐죽 돋아나 있었다.

발가락 사이의 낭포! 이런 하찮은 병으로 수의사를 부르다니, 어처구니가 없군! 하지만 휘트혼 부부는 절대로 개들을 병원에 데려오지 않았다. 귀염둥이들이 병원을 무서워한다는 게 그 이유였다.

나는 탁자에서 뒤로 물러섰다.

"해롭지 않은 낭포일 뿐이지만, 그래도 아프기는 할 겁니다. 낭포가 터질 때까지 뜨거운 물로 씻어주세요. 그러면 통증이 누그러질 겁니다. 개들은 대개 낭포를 물어뜯어서 스스로 터뜨리지만, 뜨거운 물로 씻어주면 그 과정을 앞당길 수 있지요."

나는 주사기에 항생제를 채웠다.

"발가락 사이에 낭포가 생기는 원인은 아무도 모릅니다. 낭포를 일으키는 특정한 세균은 아직 발견되지 않았지만, 세균에 감염되었을 경우에 대비하여 항생제 주사를 놓아드리겠습니다."

내가 작은 개의 목덜미를 잡고 주사를 놓자 휘트혼 부인이 다른 개를 탁자 위에 올려놓았다.

"이왕 오신 김에 머플스도 진찰해주세요."

이런 일은 흔히 있었다. 나는 으르렁거리는 하얀 털뭉치를 촉진하고, 청진기와 체온계로 건강 상태를 진찰했다. 머플스는 늙은 개들을 괴롭히는 질병에는 거의 다 걸려 있었다. 관절염과 신장염에 심장 잡음까지. 하지만 불만스럽게 으르렁대는 소리가 가슴에서 메아리치는 바람에 심장의 잡음은 듣기 어려웠다.

진찰이 끝나자 나는 머플스가 먹는 다양한 약을 보충해주고 떠날 준비를 했다. 이때부터 내 왕진의 마지막 단계인 환송 인사가 시작되었다. 휘트혼 부부는 내가 들어올 때의 환영 인사보다 환송 인사를 더 재미있어했다.

의식은 늘 변함이 없었다. 주인들은 재미있어 죽겠다는 듯이 킥킥거리고, 두 마리의 작은 개는 문간에 자리를 잡고 내 출구를 효과적으로 봉쇄했다. 입술을 뒤로 잡아당겨 이빨을 드러낸 녀석들은 악의의 화신이었다. 나는 녀석들을 그 위치에서 끌어내기 위해 오른쪽으로 가는 체하다가 재빨리 문 쪽으로 돌진했다. 하지만 나는 문손잡이를 돌리면서 한편으로는 내 발목을 노리는 이빨을 물리쳐야 했다. 발꿈치를 들고 깡충깡충 뛰면, 아까 집에 들어올 때의 우아한 발레 스텝은 촌스러운 나막신 춤으로 바뀌었다.

하지만 나는 무사히 빠져나왔다. 발로 개들을 재빨리 두어 번 밀어내고는 밖으로 나와 문을 쾅 닫고 신선한 공기를 들이마셨다.

내가 다시 숨을 쉬고 있을 때 우유 장수인 더그 왓슨이 푸른 밴 트럭을 길가에 세웠다. 그는 시내 변두리에 있는 작은 목장에서 젖소 몇 마리를 키우면서 대러비 시민들에게 우유를 팔아 수입을 늘렸다.

"안녕하세요." 그는 휘트혼 씨네 집을 가리켰다. "그 개들을 보러 오셨군요?"

"예."

"진짜 못된 녀석들이죠?"

나는 소리 내어 웃었다.

"별로 상냥한 녀석들은 아니죠."

"정말입니다. 나도 우유를 배달할 때는 조심해야 돼요. 저 문이 어쩌다 열려 있기라도 하면 놈들은 곧장 덤벼든답니다."

"아마 그럴 겁니다."

더그는 눈을 크게 떴다.

"놈들은 특히 발을 노려요. 때로는 사람들 앞에서 미친 듯이 펄쩍펄쩍 뛰어다니는 바보가 된 기분이라니까요."

나는 고개를 끄덕였다.

"그 기분, 나도 잘 압니다."

"계속 움직이지 않으면 당하니까요. 이것 보세요." 그는 차에서 다리를 내밀고 우유를 배달하러 다닐 때 신는 장화 뒤꿈치를 가리켰다. 양쪽에 구멍이 하나씩 뚫려 있었다. "요전 날 한 녀석이 여길 물었어요. 이빨이 장화를 뚫고 살까지 닿았다니까요."

"맙소사. 어떤 녀석이 그랬습니까?"

"잘 모르겠어요. 그런데 그 개들 이름이 뭡니까?"

"러플스와 머플스."

"맙소사!" 그는 그런 이름도 있느냐는 듯이 놀란 눈으로 나를 쳐다보았다. 그의 개는 이름이 스팟이었다. 그는 잠시 생각에 잠겨 있다가 손가락 하나를 쳐들었다. "선생님은 안 믿을지도 모르지만, 그 개들도 옛날에는 정말 온순하고 얌전했답니다."

"설마!"

"농담이 아니에요. 처음에 여기 왔을 때는 다른 개들처럼 사람을 잘 따르는 순한 개였지요. 선생님이 여기 오기 전이었지만, 정말입니다."

"그거 참 놀랍군요. 도대체 무엇 때문에 그렇게 변했을까요."

더그는 어깨를 으쓱했다.

"그거야 아무도 모르죠. 하지만 몇 달 뒤에는 둘 다 고약해졌고, 그 후 갈수록 성질이 더 나빠졌어요."

더그의 말은 내가 병원에 돌아갈 때까지 머리를 떠나지 않았다. 아무리 생각해도 알 수가 없었다. '웨스티'는 내 경험으로는 유난히 상냥하고 살가운 견종이었다. 시그프리드는 조제실에서 산통약을 넣은 병에 복용법을 쓰고 있었다. 나는 그에게 상황을 이야기했다.

"그래, 나도 그런 이야기를 들은 적이 있어. 그 집에 두어 번 갔기 때문에 그 개들이 그렇게 못돼먹은 이유를 알고 있지."

"정말요? 왜 그러는 겁니까?"

"주인들이 그렇게 만들고 있어. 휘트혼 부부는 절대로 개들을 나무라지 않고 지나치게 귀여워해."

"그럴지도 모릅니다. 저도 항상 우리 개들 때문에 법석을 떨었지만, 휘트혼 부부가 시도 때도 없이 개들을 껴안고 입 맞추는 것을 보면 좀 구역질이 나더군요."

"맞아. 그게 너무 지나치면 개한테 좋지 않아. 게다가 그 집에서는 개들이 상전이야. 개는 원래 복종하기를 좋아하지. 복종은 개한테 안정감을 준다네. 러플스와 머플스도 처음부터 제대로 통제를 받았다면 훨씬 행복할 테고 성질도 좋아졌을 걸세."

"러플스와 머플스가 지금 그 집안을 지배하고 있는 건 분명합니다."

"맞아. 그런데 그 개들이 실제로는 그런 처지를 싫어하고 있어. 휘트혼 부부가 장밋빛 안경을 벗고 개들을 정상적으로 다뤄주면 좋겠는데. 하지만 이제 너무 늦은 것 같아."

시그프리드는 산통약을 주머니에 넣고 밖으로 나갔다.

몇 달이 지났다. 나는 휘트혼 씨네 집을 몇 번 더 방문하여 여느 때처럼 발레와 나막신 춤을 추었다. 그런데 묘하게도 늙은 개 두 마리가 몇 주 간격으로 연달아 죽어버렸다. 삶은 폭풍우처럼 격렬했지만 죽음은 평화로웠다. 러플스는 어느 날 아침 바구니 속에서 죽어 있었고, 머플스는 정원의 사과나무 그늘에서 잠든 채 깨어나지 않았다.

어쨌든 그것은 다행이었다. 러플스와 머플스는 나한테 별로 호의를 보이지 않았지만, 나는 녀석들이 나를 심란하게 만드는 일들—교통사고, 만성 질병, 안락사—을 겪지 않은 것이 기뻤다. 그것으로 내 인생의 한 장이 닫힌 것 같았지만, 그 직후에 휘트혼 씨가 전화를 걸어왔다.

"헤리엇 선생, '웨스티' 한 쌍을 또 구했는데, 우리 집에 오셔서 홍역 예방주사를 맞혀주세요."

그 집에 들어가서 꼬리를 흔드는 강아지 두 마리의 환영을 받는 것은 기분 좋은 변화였다. 생후 석 달 된 강아지들은 다정한 눈으로 나를 바라보았다.

"예쁘군요. 이름은 뭐라고 지었습니까?"

"러플스와 머플스." 휘트혼 씨가 대답했다.

"또 같은 이름입니까?"

"그 귀염둥이 녀석들의 기억을 살리고 싶어서요." 그는 강아지들을 움켜잡고 키스를 퍼부었다.

예방주사를 놓은 뒤 나는 오랫동안 그 강아지들을 보지 못했다. 둘 다 놀랄 만큼 건강한 듯했다. 내가 강아지들을 검사해달라는 왕진 요청을 받은 것은 거의 1년이 지나서였다.

내가 거실로 들어갔을 때 러플스 2세와 머플스 2세는 소파에 나란히 앉아 있었다. 태도가 묘하게 굳어 있었다. 내가 다가가자 녀석들은 차가운 눈초리로 나를 노려보더니 무슨 신호라도 받은 것처럼 동시에 이빨을 드러내며 으르렁거렸다. 낮지만 위협적인 소리였다.

나는 몸이 오싹했다. 전과 똑같은 일이 또다시 일어날 리가 없었다. 하지만 휘트혼 씨가 러플스를 탁자 위에 올려놓았을 때 나는 운명의 여신이 시계바늘을 거꾸로 돌려놓은 것을 깨달았다. 작은 개는 탁자 위에 서서 털을 곤두세우고, 이경(耳鏡)을 꺼내는 나를 불신의 눈길로 노려보았다.

"머리를 좀 잡아주세요. 우선 귀를 검사하고 싶으니까요."

나는 러플스의 귀를 잡고 이경을 조심스럽게 집어넣었다. 내가 기구에 눈을 대고 귓구멍을 검사하고 있을 때 개가 갑자기 행동을 개시했다. 사납게 으르렁대는 소리를 듣고 내가 재빨리 고개를 젖힌 순간 돌풍이 내 얼굴을 스쳤다. 이빨이 바로 내 코앞에서 딱 마주친 것이다.

휘트혼 씨는 몸을 젖히고 웃어댔다.

"꼭 작은 원숭이 같지 않습니까? 하하하! 터무니없는 짓은 절대 참으려 들지 않아요." 그는 한참동안 탁자를 두 손으로 잡고 몸을 흔들며 눈물이 날 만큼 웃어대다가 이윽고 눈물을 훔쳤다. "이 녀석은 성깔이 대단해요."

나는 그를 노려보았다. 내 코가 떨어져 나갔을지도 모른다는 사실은 그에게 전혀 중요한 문제가 아닌 듯했다. 나는 그 옆에 서 있는 휘트혼 부인도 쳐다보았다. 그녀도 남편과 마찬가지로 즐겁게 웃고 있었다. 이런 사람들한테 사리를 가르치려고 애써봤자 무슨 소용이 있겠는가. 그들은 완전히 이성을 잃은 상태였다. 나는 그저 내 일을 계속할 수밖에 없었다.

"휘트혼 씨." 나는 엄격하게 말했다. "다시 러플스를 잡아주시겠습니까. 이번에는 두 손으로 목 양쪽을 단단히 잡아주세요."

그는 불안한 눈으로 나를 바라보았다.

"하지만 그렇게 하면 아프지 않을까요?"

"물론 아프지 않습니다."

"알았어요." 그는 개의 얼굴에 뺨을 맞대고 사랑이 듬뿍 담긴 목소리로 속삭였다. "아빠가 살짝 잡을 테니까 걱정하지 마. 약속할게."

그는 내가 지시한 대로 목 양쪽을 잡았다. 나는 다시 조심스럽게 검사를 시작했다. 휘트혼 씨가 개한테 다정하게 속삭이는 소리를 들으면서 귀를 들여다보았지만, 갑작스러운 공격에 대비하여 몸을 바짝 긴장시켰다. 하지만 사납게 짖어대는 소리와 함께 두 번째 공격이 시작되었을 때 나는 전혀 위험하지 않았다. 러플스가 다른 데 관심을 돌렸기 때문이다.

나는 이경을 떨어뜨리고 뒤로 펄쩍 뛰어 물러서면서, 개가 제 주인의 엄지손가락에 이빨을 박아 넣은 것을 보았다. 그냥 살짝 문 것이 아니라 손가락을 물고 늘어졌다.

휘트혼 씨는 날카로운 비명을 지르고는 개를 뿌리쳤다.

"이 썩을 놈아!" 그는 다친 손을 감싸 쥐고 팔딱팔딱 뛰면서 고함을 질렀다. 그는 두 개의 깊은 구멍에서 피가 나오는 것을 보고 러플스를 노려보았다. "이 못된 녀석!"

나는 이들 부부가 자기네 개들에게 좀 더 분별있는 태도를 취했으면 좋겠다고 한 시그프리드의 말을 생각해냈다. 이 사건이 어쩌면 그 출발점이 될지도 모른다.

* * *

늘 얌전하고 순한 개를 키우는 사람도 있는 반면에, 항상 고약하고 위험한 개를 키우는 사람도 있다. 우리 고객의 대대수는 대대로 사람을 잘 따르는 온순한 개를 키우지만, 오랫동안 성미가 고약하고 사나운 개만 우리 병원에 데려온 사람도 있다. 수의사의 살을 물어뜯고 싶은 마음밖에 없는 듯이 보이는 그 개들이 반드시 주인 때문에 버릇이 없어지는 것은 아니다. 문제는 그렇게 간단치 않다. 어쨌든 무엇 때문인지 그 이유를 알고 싶다.

# 31

# 천방지축 브랜디

어두컴컴한 병원 복도에서 개의 얼굴을 보았을 때는 얼굴 옆에 터무니없이 큰 종양이 생긴 줄 알았다. 하지만 가까이 다가온 개를 보니 그것은 연유 깡통이었다. 연유 깡통이 개의 뺨에서 튀어나와 있는 것은 흔히 볼 수 있는 광경이 아니지만, 내가 안심한 것은 그 개가 브랜디라는 것을 알았기 때문이다.

나는 브랜디를 진찰대 위로 들어올렸다.

"브랜디, 너 또 쓰레기통을 뒤졌구나."

덩치 큰 골든래브라도는 멋쩍은 듯 히죽 웃으며 내 얼굴을 핥으려고 했다. 혀가 깡통 속에 끼여 있어서 내 얼굴을 핥을 수는 없었지만, 그 대신 꼬리와 엉덩이를 맹렬히 흔들어댔다.

"선생님, 또 폐를 끼쳐서 죄송해요." 브랜디의 매력적인 여주인인 웨스트비 부인이 애처로운 미소를 지으며 말했다. "아무리 애를 써도 브랜디를 쓰레기통에서 떼어놓을 수가 없네요. 때로는 애들과 내가 깡통을 벗겨주기도 하지만, 이 깡통은 너무 꽉 끼어서 빠지질 않아요. 혀가 뚜껑 밑에 꼼짝없이 끼여버렸어요."

"아, 예……" 나는 깔쭉깔쭉한 금속 가장자리를 따라 손가락을 조심스럽게 움직였다. "이건 좀 까다롭군요. 브랜디가 혀를 베기라도 하면 큰일인데……."

나는 집게로 손을 뻗으면서, 브랜디를 위해 이런 일을 해준 것이 벌써 몇 번째인가 하고 생각했다. 브랜디는 덩치 크고 수선스럽고 얼빠진 개였고 유난히 쓰레기통에 집착했다.

브랜디는 쓰레기통 속에서 깡통을 찾아내어 속에 남아 있는 찌꺼기를 핥아먹기를 좋아했지만, 핥는 데 너무 열중한 나머지 주둥이가 단단히 끼여버릴 때까지 깡통 속으로 깊이 파고드는 게 문제였다. 웨스트비 가족과 나는 샐러드 깡통이나 콘비프 깡통, 수프 깡통에서 수없이 브랜디를 해방시켜주었다. 브랜디는 깡통이란 깡통은 뭐든지 좋아하는 것 같았다.

나는 집게로 뚜껑 가장자리를 잡고 조심스럽게 바깥쪽으로 구부려 브랜디의 혀에서 뚜껑을 들어올렸다. 잠시 후 브랜디는 그 혀에 묻은 음식 찌꺼기를 내 얼굴에 온통 처바르면서 기쁨과 고마움을 표하고 있었다.

"저리 가, 이 멍청한 녀석!" 나는 웃으면서 헐떡거리는 얼굴을 밀어냈다.

"그래, 내려와, 브랜디." 웨스트비 부인이 브랜디를 진찰대에서 들어올리며 날카롭게 말했다. "소란을 피우는 것도 좋지만, 넌 정말 애물단지가 되어가고 있어. 앞으로는 그러지 마."

이런 꾸지람도 힘차게 흔드는 꼬리에는 전혀 효과가 없었다. 나는 브랜디의 여주인이 웃고 있는 것을 보았다. 누구도 브랜디를 좋아하지 않을 수 없었다. 브랜디는 악의라고는 털끝만큼도 없이 사랑과 관용으로 똘똘

뭉친 개였기 때문이다.

나는 웨스트비네 아이들—딸 셋에 아들 하나—이 브랜디의 다리를 잡고 거꾸로 들고 다니거나 젖먹이 옷을 입혀 유모차에 밀어 넣는 것을 본적이 있었다. 아이들은 브랜디를 상대로 온갖 장난을 다 쳤지만 브랜디는 어떤 장난도 기분 좋게 참고 견뎠다. 아니, 사실은 브랜디도 장난을 즐기고 있었던 게 분명하다.

브랜디는 쓰레기통을 좋아하는 것 말고도 몇 가지 특이한 점을 갖고 있었다.

어느 날 오후 나는 웨스트비네 집에서 고양이를 진찰하다가 브랜디의 행동이 이상한 것을 알아차렸다. 웨스트비 부인은 안락의자에 앉아 뜨개질을 하고 있었고, 맏딸은 나와 함께 벽난로 앞 깔개에 쪼그리고 앉아 고양이의 머리를 잡고 있었다.

나는 주머니에 든 체온계를 찾다가 브랜디가 방으로 살금살금 들어오는 것을 보았다. 브랜디는 몰래 카펫을 가로질러 무관심한 태도로 여주인 앞에 앉았다. 그러고는 잠시 후 엉덩이를 여주인의 무릎 쪽으로 조금씩 들어올리기 시작했다. 여주인은 뜨개질하던 손으로 개의 엉덩이를 눌러 앉혔지만 개는 또다시 엉덩이를 들어올리기 시작했다. 엉덩이가 아주 느린 룸바 리듬에 맞춰 조금씩 올라가는 동안 황금빛 얼굴은 아무 일도 없는 것처럼 멍하고 천진난만한 표정을 짓고 있었다.

나는 브랜디의 행동에 매혹되어, 체온계를 찾다 말고 홀린 듯이 녀석을 바라보았다. 웨스트비 부인은 복잡한 뜨개질에 정신이 팔려서, 이제 브랜디의 엉덩이가 청바지를 입은 자기 무릎 위에 얹힌 것도 알아차리지 못하는 듯했다. 브랜디는 첫 단계가 성공적으로 끝난 것에 안심하듯 잠시 동작을 멈추었다가, 앞다리를 의자 쪽으로 조금씩 움직여 제 위치를 강화하기 시작했다. 나중에는 머리를 바닥에 대고 거의 물구나무를 선 자세가 되었다.

마지막으로 한 번만 앞다리를 들어올리면 거대한 개는 여주인의 무릎 위에 완전히 자리를 잡을 수 있을 터였다. 그런데 바로 그 순간 웨스트비 부인이 까다로운 부분을 끝내고 뜨개질감에서 눈을 들었다.

"브랜디, 넌 정말 못 말리겠구나!"

웨스트비 부인은 브랜디의 엉덩이를 손으로 밀어냈다. 가엾게도 카펫 바닥으로 주르르 미끄러진 브랜디는 거기에 엎드린 채 애처로운 눈으로 여주인을 쳐다보았다.

"왜 저러는 겁니까?" 내가 물었다.

웨스트비 부인은 깔깔 웃었다.

"이 낡은 청바지 때문이에요. 브랜디가 우리 집에 처음 왔을 때는 아주 작은 강아지였거든요. 나는 녀석을 몇 시간씩 무릎 위에 앉혀놓고 귀여워했죠. 그때는 내가 청바지를 자주 입었어요. 그런데 브랜디는 이렇게 다 자란 뒤에도 청바지만 보면 내 무릎 위로 올라오려고 기를 쓴답니다."

"하지만 그냥 훌쩍 뛰어오르지는 않는군요?"

"몇 번 시도했다가 호되게 야단을 맞았거든요. 내가 거대한 래브라도를 무릎 위에 앉힐 수 없다는 건 녀석도 잘 알고 있어요."

"그래서 지금은 은근슬쩍 접근하는 거군요?"

웨스트비 부인은 킬킬거렸다.

"맞아요. 내가 뜨개질이나 독서에 열중해 있을 때 살금살금 올라와서 거의 성공할 때도 있어요. 진흙구덩이에서 놀다 들어와서 내 무릎에 올라오면 옷이 엉망이 돼서 갈아입어야 돼요. 그럴 때는 정말로 호되게 야단을 맞죠."

브랜디 같은 환자는 날마다 되풀이되는 내 일에 생기를 주었다. 나는 내 개를 산책시키고 있을 때 브랜디가 강가 풀밭에서 노는 것을 자주 보았다. 유난히 더웠던 어느 날이었다. 많은 개들이 강가에 나와서 주인이 던져주는 막대기를 쫓아다니거나 물속에 들어가 더위를 식히고 있었다. 다른 개들은 조용히 강물로 미끄러져 들어가 헤엄을 쳤지만 브랜디의 방식은 독특했다.

나는 브랜디가 강둑으로 달려 올라가는 것을 보고 강물에 들어가기 전에 잠깐 쉬려는 줄 알았다. 그런데 브랜디는 네 다리를 바깥쪽으로 쫙 벌리고 큰박쥐처럼 허공을 날아 깊은 물속으로 첨벙 뛰어들었다. 내가 보기에 그것은 더없이 행복하고 외향적인 개의 행동이었다.

이튿날 그 풀밭에서 나는 그보다 훨씬 별난 광경을 목격했다. 풀밭 모퉁이에는 어린이 놀이터가 있고 그네 몇 개와 회전목마와 미끄럼틀이 설치되어 있었는데, 미끄럼틀에서 브랜디가 즐겁게 놀고 있었다.

미끄럼을 타기 위해 브랜디는 그답지 않게 진지한 표정을 짓고, 줄을 서 있는 아이들 틈에 끼어 차분히 차례를 기다렸다. 그러다가 자기 차례가 오면 계단을 올라가 잔뜩 거드름을 피우며 미끄럼판을 미끄러져 내려온 다음, 침착하게 계단 쪽으로 돌아가서 다시 줄을 서곤 했다.

아이들은 개가 미끄럼을 타는 것을 당연하게 생각하는 듯했지만, 나는 거기에서 눈을 떼기가 어려웠다. 온종일 브랜디를 보고 있어도 싫증이 나지 않았을 것이다.

나는 브랜디의 별난 행동을 생각하면서 혼자 웃곤 했지만, 몇 달 뒤 웨스트비 부인이 브랜디를 병원에 데려왔을 때는 웃을 수가 없었다. 브랜디는 통통 튀는 활력을 잃어버리고 다리를 질질 끌면서 진료실로 걸어 들어왔다.

나는 브랜디를 진찰대 위에 들어 올리면서 체중이 많이 준 것을 알아차렸다.

"아주머니, 무슨 일입니까?"

웨스트비 부인은 걱정 어린 눈으로 나를 쳐다보았다.

"며칠 전부터 기분이 언짢아 보였어요. 행동이 굼뜨고 매사에 무관심하고 기침을 하고 잘 먹지도 않는데, 오늘 아침에는 정말로 아픈 것 같아요. 숨을 심하게 헐떡거리고……."

"예…… 그렇군요." 나는 체온계를 삽입하면서, 빠른 속도로 오르내리는 흉곽을 바라보았다. 입은 헤벌어지고 눈은 불안해 보였다. "몹시 낙심한 것 같군요."

체온은 40도였다. 나는 청진기를 꺼내 브랜디의 가슴에 대보았다. 나는 스코틀랜드의 어느 늙은 의사가 중병에 걸린 환자의 가슴에서 '호루라기 같은 소리'가 난다고 말하는 것을 들은 적이 있는데, 브랜디의 가슴에서 나는 소리가 그것과 비슷했다. 수포음, 씨근거리는 소리, 삑삑거리는 소리, 부글거리는 소리, 그리고 힘들게 숨을 들이쉬고 내쉬는 소리.

나는 청진기를 주머니에 도로 집어넣었다.

"폐렴에 걸렸군요."

"맙소사." 웨스트비 부인은 손을 뻗어 브랜디의 가슴을 만졌다. "심한가요?"

"그런 것 같습니다."

"하지만……" 그녀는 호소하는 눈으로 나를 바라보았다. "좋은 약들이 나와서 이제는 폐렴도 못 고칠 병이 아니라고 들었는데요."

나는 머뭇거렸다.

"예, 그건 사실입니다. 사람과 대부분의 동물은 설파제와 페니실린 덕분에 상황이 많이 좋아졌지만, 개의 폐렴은 아직도 치료하기가 어렵습니다."

30년이 지난 지금도 사정은 마찬가지다. 페니실린에 이어 수많은 항생제-스트렙토마이신, 테트라사이클린, 합성약품, 새로운 비항생제, 스테로이드-가 개발되었지만, 나는 아직도 폐렴에 걸린 개는 만나고 싶지 않다.

"그래도 가망이 없다고 생각하진 않으시겠죠?" 웨스트비 부인이 물었다.

"예, 물론입니다. 나는 다만 치료에 반응을 보이지 않는 개가 많다는 점을 알려드리고 싶을 뿐입니다. 하지만 브랜디는 젊고 튼튼하니까 나을 가능성이 충분합니다. 어쨌든 무엇 때문에 폐렴에 걸렸는지 이상하군요."

"전 알 것 같아요. 브랜디는 일주일쯤 전에 강에서 헤엄을 쳤어요. 요즘에는 날씨가 추워서 브랜디가 강물에 들어가지 못하게 하려고 애쓰지만, 브랜디는 강물에 막대기가 떠 있는 것을 보면 막무가내로 뛰어들어요. 선생님도 보셨을 거예요. 그것도 브랜디가 하는 별난 짓 가운데 하나죠."

"예, 압니다. 그 후에 브랜디가 몸을 떨었습니까?"

"예. 브랜디를 곧장 집으로 데려갔지만, 얼어붙을 듯이 추운 날이었어요. 몸을 닦아줄 때 녀석이 부들부들 떠는 것을 느낄 수 있었어요."

나는 고개를 끄덕였다.

"그게 원인일 겁니다. 어쨌든 치료를 시작합시다. 페니실린 주사를 놓고, 내일 댁으로 가서 다시 한 번 주사를 놓겠습니다. 브랜디는 병원에 올 수 있을 만큼 상태가 좋지 않습니다."

"알았어요. 또 다른 건 없나요?"

"예, 있습니다. 폐렴 재킷이라는 게 있는데, 그걸 만들어서 브랜디한테 입혀주세요. 낡은 담요에 구멍을 두 개 뚫어서 브랜디의 앞다리를 끼우고, 등을 따라 꿰매주면 됩니다. 낡은 스웨터를 이용해도 좋지만, 어쨌든 가슴을 따뜻하게 감싸주어야 합니다. 밖에 내보내지 말고, 용변을 볼 때만 정원에 내보내세요."

나는 이튿날 그 집에 가서 다시 주사를 놓았다. 차도는 거의 없었다. 나흘 동안 주사를 놓은 뒤, 나는 브랜디가 다른 개들과 마찬가지로 치료에 반응하지 않는다는 것을 깨달았다. 열은 조금 내렸지만 거의 아무것도 못 먹고 차츰 여위어갔다. 설파제 알약을 먹였지만, 그것도 별 효과가 없는 것 같았다.

며칠이 지나도 브랜디는 여전히 기침을 하고 헐떡거렸다. 눈은 더욱 멍해지고, 더 심한 무기력 상태로 빠져들었다. 몇 주 전만 해도 브랜디가 죽는다는 것은 도저히 있을 수 없는 일로 여겨졌겠지만, 이제 나는 이 행복하고 원기왕성한 개가 죽어가고 있다고 판단할 수밖에 없었다.

그래도 브랜디는 죽지 않고 살아남았다. 하지만 겨우 목숨만 건졌다고 말할 수밖에 없었다. 열은 내리고 식욕도 좋아져 죽음의 늪에서 기어 올라왔지만, 더는 좋아지지 않고 몽롱한 무기력 상태가 계속되었다. 브랜디는 그런 상태에 만족하는 것 같았다.

"브랜디는 이제 옛날의 브랜디가 아니에요." 몇 주가 지난 어느 날 아침, 웨스트비 부인이 왕진을 간 나에게 말했다. 그녀의 눈에는 눈물이 가득 고여 있었다.

나는 고개를 끄덕였다.

"예, 그런 것 같군요. 간유를 먹이고 있습니까?"

"예, 날마다 먹여요. 하지만 무엇을 먹여도 효과가 없는 것 같아요. 브랜디가 왜 이러죠?"

"브랜디가 악성 폐렴에서는 회복되었지만, 늑막염과 유착과 폐 손상이 후유증으로 남았거든요. 브랜디는 그 상태에 꼼짝없이 붙잡혀 있는 것 같습니다."

웨스트비 부인은 눈물을 훔쳤다.

"브랜디를 보면 가슴이 아파요. 이제 겨우 다섯 살인데, 다 늙어빠진 개 같아요. 그렇게 생기가 넘쳐흘렀는데." 그녀는 코를 풀었다. "쓰레기통을 뒤진다고 야단치고 내 청바지를 더럽혔다고 혼내준 걸 생각하면…… 다시 옛날처럼 별난 짓을 해준다면 더 바랄 게 없겠어요."

나는 두 손을 주머니에 깊이 찔러 넣었다.

"이제는 그런 짓을 전혀 하지 않습니까?"

"그냥 집 안을 어슬렁거릴 뿐이에요. 산책도 가고 싶어 하지 않아요."

나는 브랜디가 구석의 자기 자리에서 일어나 난로 쪽으로 천천히 걸어가는 것을 지켜보았다. 수척해진 브랜디는 멍한 눈으로 거기에 잠시 서 있다가, 그제야 비로소 나를 알아본 것처럼 꼬리를 잠깐 씰룩거렸다. 그러고는 기침을 하고 신음 소리를 내면서 벽난로 앞 깔개에 털썩 쓰러졌다.

웨스트비 부인의 말 그대로였다. 브랜디는 늙어빠진 개 같았다.

"브랜디가 앞으로도 계속 이럴까요?" 웨스트비 부인이 물었다.

"글쎄요, 희망을 가질 수밖에 없습니다."

하지만 나는 차를 몰고 떠나면서 가망이 거의 없다고 생각했다. 심한 폐렴을 앓은 뒤 폐가 손상된 송아지를 본 적이 있는데, 그 송아지들은 폐렴에서 회복되기는 했지만 살도 찌지 않고 무기력한 '발육부진'으로 평생을 보냈다. 인간을 다루는 의사들의 환자 명단에도 '가슴을 앓은 후유증'에 시달리는 사람들이 많이 올라 있었다. 그들도 우리 수의사와 같은 곤경에 빠져 있었다.

몇 주가 지나고 몇 달이 지났다. 나는 웨스트비 부인이 브랜디를 산책시키고 있을 때만 그 녀석을 보았다. 브랜디는 늘 마지못해 움직이는 듯한 인상을 주었고, 여주인은 브랜디가 따라올 수 있도록 아주 천천히 걸어야 했다. 그런 브랜디를 보면 옛날의 브랜디가 생각나서 슬퍼졌지만, 브랜디의 목숨을 구한 것으로 위안을 삼았다. 이제 내가 브랜디를 위해 해줄 수 있는 일은 아무것도 없었다. 나는 브랜디를 마음에서 몰아내려고 애썼다.

실제로 브랜디를 잊으려는 노력은 2월의 어느 날 오후까지는 상당한 성공을 거두었다. 그 전날 밤에 나는 화재를 겪은 듯한 기분이었다. 새벽 4시까지 산통을 앓는 말을 치료한 뒤, 말이 통증에서 해방된 것을 알고 안심하여 침대로 들어갔는데, 이번에는 암소가 새끼를 낳는다는 전화를 받고 급히 달려가야 했다. 새끼를 처음 낳는 작은 암소한테서 커다란 송아지를 간신히 끌어내기는 했지만, 마지막 남은 힘을 거기에 다 쏟아 부어야 했다. 겨우 집에 돌아왔을 때는 잠자리에 들기에는 너무 늦은 시간이었다.

오전 왕진을 할 때는 너무 피곤해서 영혼이 육체를 떠나버린 듯한 기분
이었다. 점심을 먹으면서 꾸벅꾸벅 졸자 헬렌이 걱정스러운 눈으로 바라
보았다. 2시에 대기실에는 개가 몇 마리 기다리고 있었다. 나는 반쯤 감
긴 눈으로 환자들을 보면서 기계적으로 치료했다. 마지막 환자 차례가
되었을 때는 선 채로 거의 잠들어 있었다. 실제로 나는 몸뚱이만 진료실
에 있는 듯한 느낌이 들었다.

"다음 분." 나는 중얼거리면서 대기실 문을 열고, 한 걸음 뒤로 물러서
서 개가 주인에게 이끌려 복도로 나오기를 기다렸다.

하지만 이번에는 그 일상적인 광경에 큰 차이점이 하나 있었다. 문간에
남자 하나가 나타난 것은 일상적인 광경이었다. 그가 작은 푸들을 데리
고 있는 것도 특별할 게 없었다. 하지만 내 눈이 번쩍 뜨인 것은 그 개가
뒷다리로 서서 걷고 있었기 때문이다.

내가 비몽사몽 상태라는 것은 스스로 알고 있었지만, 그것은 절대 허깨
비가 아니었다. 나는 눈을 크게 뜨고 개를 내려다보았지만 눈에 비치는
영상은 달라지지 않았다. 작은 푸들은 가슴을 내밀고 고개를 꼿꼿이 쳐
들고 군인처럼 똑바로 서서 뽐내는 걸음으로 문간을 통과했다.

"자, 이쪽으로 오세요."

나는 쉰 목소리로 중얼거리고는 진료실 쪽으로 걸어갔다. 타일이 깔린
복도를 반쯤 왔을 때 나는 내 눈이 잘못되지 않았다는 것을 확인하려고
뒤를 돌아보지 않을 수 없었다. 눈에 비친 광경은 아까와 마찬가지였다.
푸들은 여전히 뒷다리로 일어서서 태연히 주인을 따라 행진하고 있었다.

그 남자는 내 어리둥절한 표정을 알아차린 듯 웃음을 터뜨렸다.

"걱정 마세요, 선생님. 이 녀석은 곡예 훈련을 받았답니다. 서커스에서 묘기를 부리던 개를 내가 산 거지요. 이 녀석의 묘기를 사람들한테 보여주면 모두 깜짝 놀라는 게 여간 재미있지 않아요."

"정말 놀랐습니다." 나는 숨찬 목소리로 말했다. "하마터면 심장마비에 걸릴 뻔했어요."

푸들은 병이 난 게 아니라 발톱을 자르러 왔을 뿐이었다. 나는 푸들을 진찰대 위에 올려놓고 발톱을 자르면서 빙긋 웃었다.

"뒷발은 발톱을 자를 필요도 없겠군요. 내버려두어도 저절로 닳아버릴 테니까요." 내가 농담을 할 만큼 기력을 되찾은 것이 기뻤다.

하지만 그 일을 다 끝냈을 때쯤에는 다시 피로가 몰려왔다. 나는 현관까지 그 남자와 푸들을 배웅하면서 금방이라도 쓰러질 것 같은 기분을 느꼈다.

작은 푸들이 종종걸음으로—이번에는 평범하게 네 발로—거리를 걸어가는 것을 지켜보고 있을 때, 유별나고 우스운 짓을 하는 개를 본 지도 꽤 오래되었다는 생각이 문득 떠올랐다. 브랜디가 늘 하던 별스러운 짓……

브랜디의 기억이 홍수처럼 밀려왔다. 나는 지친 몸을 문기둥에 기대고 눈을 감았다. 다시 눈을 떴을 때 브랜디가 웨스트비 부인과 함께 길모퉁이를 돌아오는 것이 보였다. 브랜디의 코는 빨간색의 커다란 토마토 수프 깡통에 완전히 가려져 있었다. 나를 보자 브랜디는 줄을 미친 듯이 잡아당기며 꼬리를 채찍처럼 휘둘렀다.

이번에는 분명 허깨비야. 나는 옛날을 보고 있는 거야. 이제 정말로 침대에 들어가야겠군. 하지만 내가 그 자리에 뿌리라도 내린 것처럼 문기둥에서 꼼짝하지 못하고 있을 때 래브라도가 계단을 뛰어 올라와 내 얼굴을 핥으려고 했다. 토마토 수프 깡통 때문에 그 시도가 실패로 끝나자 브랜디는 맨 아래 계단에 뒷다리를 기대고 다리 하나를 들어 올리는 것으로 만족했다.

나는 환하게 웃고 있는 웨스트비 부인의 얼굴을 뚫어지게 바라보았다.

"아니, 어떻게…… 도대체 어떻게……."

눈을 반짝거리며 활짝 웃는 웨스트비 부인은 어느 때보다도 매력적으로 보였다.

"보세요! 브랜디가 좋아졌어요. 좋아졌다고요!"

순식간에 졸음이 싹 달아났다.

"그러면…… 저 깡통을 떼어달라고 오셨군요?"

"예, 그래요!"

브랜디를 진찰대 위로 들어올리기 위해서는 남은 힘을 다 쥐어짜야 했다. 브랜디는 앓기 전보다 더 무거워져 있었다. 나는 집게를 쥐고, 깔쭉깔쭉한 깡통 가장자리를 브랜디의 코와 주둥이에서 바깥쪽으로 구부리기 시작했다. 브랜디는 토마토 수프를 유난히 좋아하는 게 분명했다. 이번에는 정말로 코와 입이 깡통 속에 깊이 박혀버려서, 깡통을 떼어내는 데 한참 시간이 걸렸기 때문이다.

나는 음식 찌꺼기를 내 얼굴에 처바르려고 하는 브랜디의 공격을 피하느라 진땀을 뺐다.

"다시 쓰레기통으로 돌아갔군요."

"예, 아주 규칙적으로 쓰레기통을 뒤진답니다. 내가 떼어준 깡통도 벌써 몇 개나 돼요. 이젠 아이들과 미끄럼도 같이 타요." 그녀는 즐겁게 웃었다.

나는 가운 주머니에서 청진기를 꺼내 브랜디의 가슴에 댔다. 소리는 놀랄 만큼 깨끗했다. 상태가 좀 좋지 않은 곳도 군데군데 있었지만 귀에 거슬리는 소리는 말끔히 사라졌다.

나는 진찰대에 기대어 다행이라는 마음과 믿을 수 없다는 기분이 뒤섞인 눈으로 그 커다란 개를 바라보았다. 브랜디는 전과 다름없이 부산스럽고 삶의 기쁨으로 충만해 있었다. 혀를 축 늘어뜨리고 히죽 웃는 모습이 행복해 보였다. 유리창으로 들어온 햇빛이 매끄러운 황금빛 털에 반사되어 반짝반짝 빛났다.

"하지만 헤리엇 선생님." 웨스트비 부인이 눈을 크게 뜨고 물었다. "도대체 어떻게 이런 일이 일어났을까요? 어떻게 나았을까요?"

"비스 메디카트릭스 나투라이." 나는 깊은 경의가 담긴 말투로 대답했다.

"뭐라고요?"

"자연 치유력입니다. 자연 치유력이 활동하기로 마음먹으면 어떤 수의사도 당해낼 수 없지요."

"알겠어요. 하지만 언제 그 자연 치유력이 활동할지는 아무도 모르겠죠?"

"그렇습니다."

우리는 브랜디의 머리와 귀와 옆구리를 쓰다듬으면서 잠시 입을 다물었다.

"그런데, 청바지에 대한 관심도 되살아났나요?" 내가 물었다.

"물론이죠! 내 청바지는 지금 세탁기 속에 있어요. 온통 진흙투성이예요. 멋지지 않나요!"

* * *

브랜디 같은 개는 항상 내 삶에 활기를 주었다. 별난 짓을 하는 개들, 나를 웃기는 개들. 브랜디는 타고난 코미디언이었고, 쓰레기통 때문에 일으키는 소란조차도 우스꽝스러운 면을 갖고 있었지만, 브랜디의 폐렴은 한동안 내 얼굴에서 웃음을 앗아갔다. 브랜디처럼 진짜 멋진 개 이야기로 이 책을 끝맺을 수 있어서 정말 기쁘다. 게다가 그것은 행복한 결말로 끝나는 이야기다. 오늘날까지도 나는 브랜디가 어떻게 나았는지 모르지만, 그게 무슨 대수인가.

# 옮긴이의 덧붙임

제임스 헤리엇(James Herriot)—이제는 우리에게도 꽤 친숙한 이름이 되었습니다.

제임스 헤리엇은 1916년 10월 3일 영국 잉글랜드 북동부의 선덜랜드에서 태어나, 한 살 때 스코틀랜드의 글래스고로 이주하여 성장했고, 그곳의 국립수의과대학을 졸업했습니다. 그 후 노스요크셔 주 데일 지방의 소도시(책에는 대러비라고 나오지만 실제로는 서스크)로 이주하여 시골 수의사로서 생애를 보내게 됩니다.

제임스 헤리엇—본명은 제임스 앨프레드 와이트(James Alfred Wight)—이 서스크로 이주한 것은 시그프리드 파넌(본명은 도널드 싱클레어) 원장의 동물병원에 조수로 취직했기 때문인데, 헤리엇은 나중에 이 병원의 공동 경영자가 되었습니다.

수의사 제임스 와이트는 식사 때마다 재미난 고객들의 이야기를 아내 조앤(책 속의 헬렌)에게 들려주는 습관이 있었고, 그 이야기를 책으로 쓰고 싶다는 말을 입버릇처럼 하곤 했습니다. 그런 일이 무려 25년 동안이나 계속되자 조앤은 남편에게 "정말로 책을 쓸 마음이 있다면 벌써 옛날에 썼을 거예요. 이제는 너무 늦었어요. 쉰 살이나 먹은 수의사가 무슨 책을 쓴다는 거예요?" 하고 핀잔을 주었습니다. 제임스 와이트가 제임스 헤리 엇이라는 필명으로 책을 쓰기 시작한 것은 아내의 그런 빈정거림이 계기 가 되었다고 합니다.

헤리엇의 첫 번째 책은 『그들이 말을 할 수만 있다면』이라는 제목으로 저자가 54세 때인 1970년에 영국에서 출간되었습니다. 초판 부수는 겨 우 1500부. 하지만 이 책에 주목한 출판업자가 있었습니다. 미국의 대 형 출판사인 '세인트 마틴 프레스'의 사장인 토머스 매코맥. 그는 헤리엇 의 두 번째 책 『수의사에게 일어나서는 안 될 일』(1972)이 나오기를 기다 렸다가, 두 권을 한 권으로 합쳐 미국에서 펴낼 계획을 세웠습니다. 마음 에 들지 않았던 제목을 이 기회에 바꿀 생각을 했는데, 이 문제가 거론되 었을 때 작가의 딸인 로즈메리가 찬송가의 한 구절을 따서 『이 세상의 모 든 크고 작은 생물들』이라는 제목을 제안했고, 매코맥은 무릎을 쳤다고 합니다. 이 책은 미국에서 출간되자마자 당장 베스트셀러가 되었습니다. 그러니 1972년이야말로 사실상 작가 제임스 헤리엇이 탄생한 해라고 할 수 있을 것입니다.

이 책이 나온 뒤 《시카고 트리뷴》지에는 다음과 같은 서평이 실렸습니 다. "세상에 정의라는 것이 있다면, 이 책은 이 분야의 고전이 될 것이다. 이 책의 저자는 전혀 힘들이지 않은 것처럼 술술, 그러면서도 타이밍을 완벽하게 맞추어 이야기를 들려준다. 그보다 훨씬 유명한 작가들이 평생 글을 써도 이렇게 흠잡을 데 없는 문학적 매력을 얻기는 어려울 것이다."

그의 저술 활동은 그 후에도 계속되어 여러 권의 책을 펴냈는데, 다음 과 같은 4부작 시리즈로 정리되었습니다.

All Creatures Great and Small(1972년)

이 세상의 모든 크고 작은 생물들

All Things Bright and Beautiful(1974년)

이 세상의 눈부시게 아름다운 것들

All Things Wise and Wonderful (1977년)

이 세상의 똑똑하고 경이로운 것들

The Lord God Made Them All (1981년)

이 세상의 모든 것을 주님이 만드셨다


이 제목들은 영국의 시인 세실 프랜시스 알렉산더(1818~95)의 찬송가 구절에서 따온 것입니다.

이 연작은 하나같이 작가 자신의 삶과 체험을 담고 있습니다. 수의대를 졸업한 뒤 대러비로 이주하여 수의사로 일하면서 만난 사람과 동물들, 꽃다운 처녀와 만나 연애하고 결혼하는 이야기(제1권)/달콤한 신혼 시절, 그럼에도 걸핏하면 한밤중에 호출을 받고 소나 말의 출산을 도우러 나가야 하는 수의사의 고락과 시골 생활의 애환(제2권)/제2차 세계대전 때문에 공군에 입대하여 훈련받는 틈틈이 대러비와 아내를 그리며 과거를 회상하는 이야기(제3권)/군에서 제대하고 대러비로 돌아와 아들과 딸을 낳고 지역 사회의 명사가 되는 이야기(제4권).

옴니버스 형식으로 전개되는 에피소드들은 과거와 현재를 넘나들고, 인간과 동물의 경계를 허뭅니다. 《워싱턴 포스트》지의 서평대로, "어떤 이야기는 재미있고, 어떤 이야기는 훈훈하고, 어떤 이야기는 극적이고, 또 어떤 이야기는 눈물을 자아낼 만큼 감동적"입니다. 그렇긴 하지만 이 책들은 실제적 사실을 그대로 서술한 것은 아니기 때문에 '자전적 소설'로 분류됩니다. 그러니까 체험 사실을 바탕으로 작가 나름의 상상력을 발휘하여 재미난 읽을거리를 창작했다는 뜻이겠지요.

헤리엇의 글을 읽으면서 무엇보다 감동적인 것은 자연과 그 품안에서 살아가는 모든 생물들에 대한 저자의 순수한 애정입니다. 하지만 그 애정은 하루아침에 생겨난 것이 아니라 온갖 곤혹과 혼란과 분노를 겪는 동안에 생겨난 것이고, 그 자신이 수의사로서 가장 적당한 곳에서 일하고 있다는 자각에서 비롯한 것입니다. 게다가 그 자각에 이르는 과정은 어떤 설명이나 이치가 아니라 갖가지 구체적인 에피소드를 통해 어느덧 독자들의 마음에 진솔하게 전달됩니다. 헤리엇이 들려주는 이야기는 말하자면 사람 사는 세상의 드라마이고, 그의 책들이 영화와 드라마로 각색되어 인기를 얻은 것도 다 그런 배경과 맥락 덕분일 것입니다.

제임스 헤리엇은 1995년 2월 23일 전립선암으로 세상을 떠났습니다.

그가 죽은 뒤, 그의 생전에 알려지지 않았던 일상적 측면들이 여러 매체에 자세히 소개되었습니다. 특히 강조된 것은 헤리엇의 청빈한 생활 태도였습니다. 그의 전기를 쓴 그레이엄 로드는 헤리엇을 아시시의 성인 프란체스코에 견줄 정도였습니다.

책이 아무리 팔리고(그의 책들은 모두 베스트셀러가 되었고, 20여 언어로 번역되어 전 세계에서 수천만 부가 팔렸습니다), 텔레비전 드라마가 인기를 얻어도(그의 책을 대본으로 한 드라마가 영국 BBC 방송에서 제작되어, 1978~80년과 1988~90년에 총 90회의 시리즈로 방영되었습니다), 헤리엇은 생활방식을 전혀 바꾸지 않았다고 합니다. 아내와 함께 아담하고 소박한 침실 두 개짜리 단층집에서 계속 살았고, 마지막까지 온화하고 겸손한 시골 수의사였습니다.

제임스 헤리엇은 나중에 4부작 시리즈에 실린 이야기들 가운데 개에 관한(또는 개와 인간의 관계에 관한) 글들만 따로 엮어서 『개 이야기』(원제: James Herriot's Dog Stories, 1986)를 펴냈습니다. 원서에는 50편의 이야기가 실려 있는데, 이 책에는 31편의 이야기만 골라서 엮었습니다. 4부작 시리즈의 우리말 번역본에 실릴 것들은 중복을 피하기 위해서 뺐고, 또 재미나 감동이 떨어지는 것도 몇 편 뺐습니다.

오스트리아의 동물행동학자 콘라트 로렌츠에 따르면, 개는 인류가 혈거생활을 하고 있던 시대부터 인간의 친구였다고 합니다. 개들은 사냥하러 나가는 남자들을 따라가서 재빨리 사냥감의 존재를 냄새 맡아 짖는 소리로 사냥꾼에게 알려줄 뿐만 아니라, 사냥감을 쫓거나 포위하여 쉽게 잡을 수 있도록 해주었습니다. 우리 조상들이 사냥감을 잡으면, 개들은 동굴 밖에서 기다리다가 남은 고기토막이나 뼈다귀를 얻어먹기도 했을 것입니다.

인간과 개는 말하자면 '공생' 관계였습니다. 이렇게 유사 이전부터 인간과 파트너십을 확립한 개들은 훗날 양치기개나 사냥개나 경비견으로 인간 사회에 이바지할 뿐만 아니라 외로움을 달래주는 친구로서도 헌신적인 특성을 발휘하고 있습니다. (한국에서는 '식용견'의 역할까지 보태고 있습니다.)

'개는 인간의 가장 좋은 친구'라든가 '서당개 삼 년이면 풍월을 읊는다'는 등, 개에 대한 찬사는 헤아릴 수 없이 많습니다. '개의 인권'을 가장 먼저 확립한 영국 런던의 '애견 묘지'에는 "너는 남편보다도 더 충실하게 나에게 헌신해주었다"는 말이 새겨진 묘비명도 있습니다.

또한 영국에서는 '사역견'과 '반려견'을 냉정할 만큼 엄격하게 구별하여 키웁니다. 예컨대 전통적 오락인 여우 사냥의 경우 사냥감을 굴속에 몰아넣은 개들을 여우와 함께 쏘아 죽이는 관행이 남아 있을 정도입니다. 그런 영국에서 헤리엇의 시리즈가 오랫동안 애독되고 있는 이유는, 개를 가축으로 보는 전근대적인 사고방식에서 개를 마음의 벗으로 바꿔 놓았기 때문이 아닐까 싶습니다.

이런 사정은 우리나라도 마찬가지여서, 주위를 둘러보면 반려견을 키우는 사람이 날로 늘어나고 있습니다. 한 통계에 따르면, 우리나라에는 반려견이 300만 마리나 되고, 애견산업은 연간 1조원 규모로 추산된다고 합니다. 동물병원·애견 미용실·애견 호텔 등은 고전적 업종에 속하고, 최근에는 패션 전문점·장례식장·전문 사진관·애견 카페·애견 백화점까지 등장한 실정입니다.

동물을 아끼는 마음이야 더없이 소중하고 바람직한 것이지만, 그러나 우리의 동물 보호가 인간 중심의 일방적인 횡포는 아닌지 돌아보게 됩니다. 반려견이 많아지는 반면에, 병들거나 싫증났다는 이유로 버려지는 개도 크게 늘어나고 있고, 분풀이 대용물로 학대받는 개들도 많다고 합니다. 이 책에 실린 싱싱하고 훈훈한 이야기를 읽으면서 잠시나마 그런 반성의 기회를 가져보는 것도 좋지 않을까 싶군요.

2017년 정초, 제주 애월에서
김석희

옮긴이 **김 석 희**

서울대학교 불문학과를 졸업하고 대학원 국문학과를 중퇴했으며, 1988년 한국일보 신춘문예에 소
설이 당선되어 작가로 데뷔했다. 영어·프랑스어·일어를 넘나들면서 고대 인도의 서사시인 『라마야
나』와 『마하바라타』(아시아 출판사), 수의사 헤리엇의 이야기 『이 세상의 모든 크고 작은 생물들』과
『이 세상의 눈부시게 아름다운 것들』, 허먼 멜빌의 『모비딕』, 스콧 피츠제럴드의 『위대한 개츠비』,
루 월리스의 『벤허』, 알렉상드르 뒤마의 『삼총사』, 쥘 베른 걸작선집(20권), 시오노 나나미의 『로마
인 이야기』, 다니자키 준이치로의 『미친 사랑』, 무라타 사야카의 『편의점 인간』 등 많은 책을 번역했
다. 역자후기 모음집 『번역가의 서재』 등을 펴냈으며, 제1회 한국번역대상을 수상했다.

수의사 헤리엇의 이야기 5

# 수의사 헤리엇의 개 이야기

2017년 2월 13일 초판 1쇄 펴냄

**지은이** 제임스 헤리엇 | **옮긴이** 김석희 | **펴낸이** 김재범
**편집장** 김형욱 | **편집** 신아름 | **관리** 강초민 | **디자인** 나루기획
**인쇄** AP프린팅 | **종이** 한솔PNS

**펴낸곳** (주)아시아 | **출판등록** 2006년 1월 27일 | **등록번호** 제406-2006-000004호
**전화** 02-821-5055 | **팩스** 02-821-5057
**주소** 경기도 파주시 회동길 445(서울 사무소: 서울시 동작구 서달로 161-1 3층)
**이메일** bookasia@hanmail.net | **홈페이지** www.bookasia.org
**페이스북** www.facebook.com/asiapublishers

**ISBN** 979-11-5662-305-2
      979-11-5662-274-1 (세트)

*값은 뒤표지에 표시되어 있습니다.

이 도서의 국립중앙도서관 출판예정도서목록(CIP)은 서지정보유통지원시스템 홈페이지(http://seoji.nl.go.kr)와
국가자료공동목록시스템(http://www.nl.go.kr/kolisnet)에서 이용하실 수 있습니다.(CIP제어번호 : CIP2017001531)